Revival

Stephen King

Revival

Roman

Aus dem Amerikanischen
von Bernhard Kleinschmidt

Weltbild

Die amerikanische Originalausgabe erschien 2014 unter dem Titel *REVIVAL*
bei Scribner, New York.

Besuchen Sie uns im Internet:
www.weltbild.de

Genehmigte Lizenzausgabe für Weltbild GmbH & Co. KG,
Steinerne Furt, 86167 Augsburg

Übersetzung: Bernhard Kleinschmidt
Umschlaggestaltung: Johannes Frick, Neusäß
Umschlagmotiv: www.shutterstock.com (© Martin Capek);
Dreamstime.com (© Cammeraydave)
Gesamtherstellung: CPI Moravia Books s.r.o., Pohorelice
Printed in the EU
ISBN 978-3-95973-067-9

2019 2018 2017 2016
Die letzte Jahreszahl gibt die aktuelle Lizenzausgabe an.

Dieses Buch ist für einige derer,
die mein Haus erbaut haben:

Mary Shelley
Bram Stoker
H. P. Lovecraft
Clark Ashton Smith
Donald Wandrei
Fritz Leiber
August Derleth
Shirley Jackson
Robert Bloch
Peter Straub

Und für ARTHUR MACHEN,
dessen Novelle *Der große Pan* mich zeit
meines Lebens verfolgt hat.

Das ist nicht tot, was ewig liegt,
Bis dass die Zeit den Tod besiegt.

H. P. Lovecraft

I

Der Fünfte im Spiel. Der Schädelberg. Der See des Friedens.

In wenigstens einer Hinsicht ist unser Leben wirklich wie ein Film. Die Hauptdarsteller sind unsere Familienmitglieder und Freunde, die Nebenfiguren Nachbarn, Kollegen, Lehrer und Bekannte. Dazu kommen die Kleindarsteller: die junge Frau mit dem hübschen Lächeln, die im Supermarkt an der Kasse sitzt, der freundliche Barkeeper in der Stammkneipe, die Typen, mit denen man dreimal pro Woche im Fitnesscenter trainiert. Und es gibt Tausende Statisten – jene Leute, die durch jedes Leben strömen wie Wasser durch ein Sieb, weil man sie ein einziges Mal sieht und dann nie wieder. Der Teenager, der bei Barnes & Noble vor den Graphic Novels steht, weshalb man sich an ihm vorbeischieben muss (mit einem gemurmelten »'tschuldigung«), um zu den Zeitschriften zu gelangen. Die Frau im Auto nebenan, die vor der roten Ampel ihren Lippenstift nachzieht. Die Mutter, die ihrer Kleinen Eiscreme vom Gesicht wischt, irgendwo in einem Lokal am Straßenrand, wo man zu einem kurzen Imbiss eingekehrt ist. Der Verkäufer, dem man bei einem Baseballspiel einen Beutel Erdnüsse abgekauft hat.

Aber manchmal gerät eine Person in unser Leben, die in keine dieser Kategorien passt. Sie ist der Joker, der über die Jahre hinweg in unregelmäßigen Abständen aus dem Kartenstapel auftaucht, oft an einem entscheidenden Wendepunkt. Im Film wird eine solche Gestalt auch als Fünfter im Spiel oder Katalysator des Wandels bezeichnet. Taucht sie auf, so weiß man, dass sie da ist, weil der Drehbuchautor sie hineingeschrieben hat. Aber wer schreibt das Drehbuch unseres Lebens? Das Schicksal oder der Zufall? Lieber möchte ich Letzteres glauben. Das möchte ich von ganzem Herzen und mit ganzer Seele. Wenn ich an Charles Jacobs denke – meinen Fünften im Spiel, meinen Katalysator, meine Nemesis –, so ist mir die Vorstellung, sein Auftreten in meinem Leben könnte irgendetwas Schicksalhaftes an sich haben, unerträglich. Das würde nämlich bedeuten, dass all die schrecklichen Dinge – diese *Gräuel* – vorgesehen waren. Ist das der Fall, dann gibt es nichts, was man als Licht bezeichnen könnte, und unser Glauben daran ist eine törichte Illusion. Ist das der Fall, dann leben wir in der Dunkelheit wie Tiere in ihrem Bau oder Ameisen tief unten in ihrem Haufen. Und wir sind nicht allein.

Zum sechsten Geburtstag hatte ich von Claire eine Armee bekommen, und an einem Samstag im Oktober 1962 bereitete ich mich auf eine große Schlacht vor.

Ich stamme aus einer großen Familie – vier Jungen, ein Mädchen –, und als Jüngster bekam ich immer viele Geschenke, aber die von Claire waren die besten. Ich weiß nicht, ob das daran lag, dass sie die Älteste von uns war oder das einzige Mädchen oder beides. Von allen großartigen Geschenken, die sie mir im Lauf der Jahre machte, war diese Armee mit Abstand das tollste. Sie bestand aus zweihundert grünen Plastiksoldaten, manche mit Gewehren, andere mit Maschinengewehren, und etwa ein Dutzend waren an röhrenähnliche Dinger geschweißt, bei denen es sich laut Claire um Mörser handelte. Dabei waren außerdem acht Lastwagen und zwölf Jeeps. Das vielleicht Coolste an der Armee war der Karton, in dem sie untergebracht war, eine Feldkiste aus Pappe, die mit grün-brauner Tarnfarbe bedruckt war. An der Vorderseite stand in Schablonenschrift EIGENTUM DER U.S. ARMY. Darunter hatte Claire im selben Stil eine zusätzliche Aufschrift angebracht: JAMIE MORTON, KOMMANDANT.

Das war ich.

»Ich hab in einem von Terrys Comicheften eine Anzeige dafür gesehen«, sagte sie, als ich mein begeistertes Kreischen eingestellt hatte. »Der hat sie mich allerdings nicht ausschneiden lassen, weil er ein Nasenpopler ist …«

»Genau«, sagte Terry. Er war acht. »Ich bin ein großer Nasenpopler.« Er spreizte Zeige- und Mittelfinger und steckte sie in die Nasenlöcher.

»Schluss jetzt«, sagte unsere Mutter. »Kein Geschwisterzoff an Geburtstagen, bitte sehr und danke schön. Terry, nimm die Finger aus der Nase.«

»Jedenfalls hab ich den Bestellzettel kopiert und eingeschickt«, sagte Claire. »Ich hatte schon Angst, das Zeug kommt nicht mehr rechtzeitig, aber es hat geklappt. Schön, dass es dir gefällt.« Damit gab sie mir einen Kuss auf die Schläfe. Dort küsste sie mich immer hin. Obwohl das schon so lange her ist, spüre ich diese zarten Küsse immer noch.

»Das ist ganz toll!«, sagte ich und presste die Feldkiste an die Brust. »Und das wird für immer und ewig toll bleiben!«

Es war nach dem Frühstück, bei dem es Blaubeerpfannkuchen mit Frühstücksspeck gegeben hatte, was ich am liebsten aß. Am Geburtstag bekamen wir alle unser Leibgericht, und die Geschenke wurden immer nach dem Frühstück überreicht, in der Küche mit ihrem Holzofen, dem langen Tisch und unserer riesigen Waschmaschine, die ständig kaputt war.

»Für immer und ewig dauert bei Jamie wahrscheinlich gerade mal fünf Tage«, sagte Con. Er war zehn Jahre alt, schlank (später nahm er allerdings zu) und schon damals naturwissenschaftlich interessiert.

»Netter Spruch, Conrad«, sagte unser Vater. Er hatte seine Arbeitsklamotten an, einen sauberen Overall, auf dessen linker Brusttasche mit Goldfaden sein Name – RICHARD – eingestickt war. Auf der rechten Seite stand MORTON HEIZÖL. »Ich bin beeindruckt.«

»Danke, Daddy!«

»Dein großes Mundwerk verschafft dir die Gelegenheit, deiner Mutter beim Abwaschen zu helfen.«

»Heute ist Andy dran!«

»Das war einmal«, sagte Vater und goss Sirup auf den letzten Pfannkuchen. »Hol dir ein Geschirrtuch, du Sprücheklopfer. Und pass auf, dass nichts kaputtgeht.«

»Du verwöhnst ihn noch total«, sagte Con, griff sich jedoch trotzdem ein Geschirrtuch.

Was meine Vorstellung der Ewigkeit anging, hatte Connie nicht ganz unrecht. Fünf Tage später sammelten sich unter meinem Bett auf dem Geschicklichkeitsspiel, das Andy mir geschenkt hatte, bereits die Staubmäuse (ohnehin fehlten einige wichtige Teile; Andy hatte es für einen Vierteldollar beim Wohltätigkeitsbasar erstanden). Den Puzzles, die ich von Terry bekommen hatte, erging es ebenso. Con hatte mir einen View-Master geschenkt, der sich ein bisschen länger hielt, irgendwann jedoch in meinem Kleiderschrank landete und nie wieder in die Hand genommen wurde.

Von meinen Eltern kriegte ich Klamotten, weil mein Geburtstag Ende August ist und ich in jenem Jahr in die erste Klasse kam. Ich packte neue Hosen und Oberteile aus, die in etwa so aufregend waren wie ein Testbild im Fernsehen, gab mir aber Mühe, mich begeistert zu bedanken. Ich vermute, dass sie das problemlos durchschaut haben; einem Sechsjährigen fällt es nicht gerade leicht, Begeisterung vorzutäuschen ... wenngleich das bedauerlicherweise etwas ist, was wir meistens ziemlich schnell lernen. Jedenfalls kamen die Sachen in die riesige Waschmaschine, wurden im Garten auf die Wäscheleine gehängt und schließlich gefaltet in den Schubladen meiner Kommode deponiert. Wahrscheinlich müsste ich nicht erwähnen, dass sie dort ungestört ihr Dasein fristeten, bis der September kam und es unumgänglich war, sie anzuziehen. Wie ich mich erinnere, war ein Pullover dabei, der eigentlich ziemlich cool war – er war braun mit gelben Streifen. Wenn ich ihn trug, tat ich so, als wäre ich ein Superheld mit Namen Wespenmann: Ihr Bösewichte, hütet euch vor meinem Stachel!

Was die Feldkiste mit der Armee betraf, lag Con jedoch falsch. Mit den Figuren spielte ich den lieben langen Tag, normalerweise am

Rand des Vorgartens, wo zwischen unserem Rasen und der Methodist Road ein unbefestigter Gehweg verlief. Die Straße selbst war damals ebenfalls nicht geteert. Mit Ausnahme der Route 9 und der zweispurigen Straße zum Goat Mountain, wo sich ein Resort für reiche Leute befand, waren alle Straßen in Harlow damals unbefestigt. Ich erinnere mich, wie meine Mutter mehrfach über den ganzen Staub weinte, der an trockenen Sommertagen ins Haus wehte.

An vielen Nachmittagen spielten Billy Paquette und Al Knowles – meine zwei besten Freunde – mit mir Krieg, aber an dem Tag, an dem Charles Jacobs zum ersten Mal in mein Leben trat, war ich allein. Ich weiß nicht mehr, wieso Billy und Al nicht dabei waren, aber ich erinnere mich, dass ich es genoss, ausnahmsweise für mich zu sein. Zum einen war es dadurch nicht nötig, die Armee in drei Divisionen aufzuteilen. Zum anderen – was wichtiger war – musste ich mich mit den beiden nicht darum streiten, wer mit Siegen dran war. Eigentlich kam es mir unfair vor, überhaupt jemals verlieren zu müssen; schließlich waren es *meine* Soldaten, und es war *meine* Feldkiste.

Als ich dieses Thema kurz nach meinem Geburtstag an einem heißen Spätsommertag mit meiner Mutter besprach, nahm sie mich bei den Schultern und sah mir in die Augen, ein klarer Hinweis darauf, dass mir eine weitere Lektion fürs Leben bevorstand. »Dieses *Das ist meins!* ist eines der größten Probleme auf der Welt, Jamie. Wenn du mit deinen Freunden spielst, gehören die Soldaten euch allen.«

»Selbst wenn wir dabei gegeneinander kämpfen?«

»Selbst dann. Wenn Billy und Al zum Abendessen heimgehen und du die Soldaten wieder in die Schachtel packst …«

»Es ist ’ne *Feldkiste!*«

»Gut, in die Feldkiste. Wenn du sie wegpackst, gehören sie wieder dir allein. Die Menschen sind sehr einfallsreich, wenn es darum geht, schlecht zueinander zu sein, das wirst du noch rausbekommen, wenn du älter bist, aber ich glaube, dieses ganze schlechte Verhalten kommt einfach vom guten alten Eigennutz. Versprich mir, dass du nie eigennützig sein wirst, Junge.«

Das versprach ich, aber es passte mir trotzdem nicht, wenn Billy und Al gewannen.

An jenem Tag im Oktober 1962, als das Schicksal der Welt an einem seidenen Faden über einer kleinen tropischen Insel namens Kuba hing, kämpfte ich jedenfalls auf beiden Seiten, was bedeutete, dass ich die Schlacht gewinnen würde. Morgens war der städtische Straßenhobel vorbeigekommen (»der verteilt doch bloß die Steine«, sagte mein Vater immer missmutig), und am Straßenrand lag eine Menge lockeres Erdreich. Ich scharrte so viel zusammen, dass es für einen kleinen Hügel, dann einen großen Hügel und schließlich einen *sehr* großen Hügel reichte, der mir fast bis zu den Knien ging. Zuerst wollte ich ihn Goat Mountain nennen, aber das fand ich dann doch einerseits wenig originell (schließlich war der echte Goat Mountain nur zwölf Meilen entfernt) und andererseits langweilig. Nach einiger Überlegung beschloss ich, ihn Schädelberg zu nennen. Ich versuchte sogar, mit den Fingern zwei augenähnliche Höhlen hineinzubohren, aber die Erde war so trocken, dass die Löcher immer wieder einbrachen.

»Na ja«, sagte ich zu den Plastiksoldaten, die wild durcheinander in ihrer Feldkiste lagen. »Die Welt ist hart, und man kann nicht alles haben.« Das war einer der Lieblingssprüche meines Vaters, und da er fünf Kinder ernähren musste, hatte er sicher gute Gründe dafür, das anzunehmen. »Dann tun wir eben so, als ob es Höhlen wären.«

Die Hälfte meiner Soldaten platzierte ich auf dem Gipfel des Schädelbergs, wo sie einen eindrucksvollen Anblick boten. Besonders gefiel mir, wie die Kerle mit den Mörsern sich dort machten. Die da oben waren die Krauts. Die amerikanischen Truppen stellte ich am Rasenrand auf. Sie bekamen sämtliche Jeeps und Lastwagen, weil es total stark aussehen würde, wenn die beim Angriff den steilen Berghang hinaufrollten. Bestimmt fielen manche dabei um, aber ein paar würden es schon auf den Gipfel schaffen. Und die Typen mit den Mörsern überrollen, die um Gnade winseln würden. Da hatten sie sich allerdings verrechnet.

»Auf in den Tod!«, sagte ich, während ich die letzten heroischen Amerikaner aufstellte. »Hitsmer, du bist als Nächster dran!«

Ich ließ meine Männer vorwärtsmarschieren, Reihe um Reihe – wobei ich so knatterte wie die Maschinengewehre in Comicheften –, als ein Schatten auf das Schlachtfeld fiel. Ich blickte auf und sah einen Mann vor mir stehen. Weil sich die Nachmittagssonne hinter ihm befand, war er eine von goldenem Licht umgebene Silhouette – eine menschliche Sonnenfinsternis.

Ringsherum war allerhand los, am Samstagnachmittag war das bei uns immer so. Andy und Con waren in dem lang gestreckten Garten hinter dem Haus, wo sie mit ein paar Freunden johlend Flugball-Grundball spielten. Claire war mit einigen ihrer Freundinnen in ihrem Zimmer, um auf ihrem tragbaren Plattenspieler Musik zu hören: »The Loco-Motion«, »Soldier Boy«, »Palisades Park«. Außerdem hämmerte es in der Garage, wo Terry und unser Vater an dem alten 51er Ford werkelten, den Vater »Road Rocket« nannte. Oder das »Projekt«. Einmal hörte ich aber auch, wie er ihn als Scheißding bezeichnete, ein Ausdruck, der mir schon damals gefiel und den ich heute noch verwende. Wenn man sich besser fühlen will, braucht man nur etwas als Scheißding zu bezeichnen. Normalerweise wirkt das.

Es war also einiges los, doch in diesem Augenblick schien alles zu verstummen. Ich weiß, das ist nur eine Illusion, wie falsche Erinnerungen sie verursachen (ganz zu schweigen von einem mit düsteren Assoziationen vollgepackten Koffer), aber dennoch ist dieses Bild sehr stark. Ganz plötzlich brüllten keine Jungen mehr hinten im Garten, im Obergeschoss liefen keine Schallplatten, aus der Garage kam kein Hämmern. Kein einziger Vogel sang.

Dann beugte der Mann sich nieder, und die sinkende Sonne strahlte ihm so grell über die Schulter, dass sie mich vorübergehend blendete. Ich hob eine Hand, um die Augen abzuschirmen.

»Ach, tut mir leid«, sagte er und trat ein Stück zur Seite, damit ich ihn ansehen konnte, ohne gleichzeitig in die Sonne zu blicken. Oben trug er ein schwarzes Jackett, wie man es sonntags zum Kirchgang anzog, und ein schwarzes Hemd mit merkwürdigem Kragen, unten Bluejeans und abgetragene Slipper. Es war, als wollte er gleichzeitig zwei unterschiedliche Personen sein. Im Alter von sechs Jahren teilte ich die Erwachsenen in drei Kategorien ein: junge Leute, normale Leute und alte Leute. Dieser Typ gehörte zu den jungen Leuten. Er hatte die Hände auf die Knie gestützt, um die sich gegenüberstehenden Truppen zu betrachten.

»Wer sind Sie?«, fragte ich.

»Charles Jacobs.« Der Name kam mir irgendwie bekannt vor. Er streckte mir die Hand hin, die ich sofort schüttelte, denn schon mit sechs Jahren hatte ich Manieren. Das hatten wir alle. Unsere Eltern sorgten dafür.

»Wieso tragen Sie einen Kragen, wo nur in der Mitte ein Stück weißer Stoff ist?«

»Weil ich Pfarrer bin. Wenn du sonntags in die Kirche gehst, werde ich von nun an dort sein. Und wenn du am Donnerstagabend zur Jugendgruppe gehst, bin ich auch da.«

»Früher war Mr. Latoure unser Pfarrer«, sagte ich. »Aber der ist gestorben.«

»Ich weiß. Das tut mir leid.«

»Ist schon okay. Mama hat gesagt, dass er nicht gelitten hat, sondern gleich in den Himmel gekommen ist. Aber so einen Kragen hat er nicht gehabt.«

»Weil Bill Latoure ein Laienprediger war. Das heißt, er war sozusagen ehrenamtlich tätig. Er hat die Kirche in Gang gehalten, weil sonst niemand da war. Das war sehr nett von ihm.«

»Ich glaube, mein Dad weiß über Sie Bescheid«, sagte ich. »Der ist einer von den Diakonen in der Kirche. Das heißt, er darf die Kollekte machen. Aber da muss er sich mit den anderen Diakonen abwechseln.«

»Sich abzuwechseln ist was Gutes«, sagte Jacobs und ließ sich neben mir auf die Knie nieder.

»Wollen Sie beten?« Diese Vorstellung war irgendwie beunruhigend. Beten tat man in der Kirche und in deren Jugendgruppe, die meine Geschwister als Abendschule bezeichneten. Als Mr. Jacobs sie wieder in Schwung brachte, war es mein erstes Jahr dort, so wie es auch mein erstes Jahr in der richtigen Schule war. »Wenn Sie mit meinem Dad sprechen wollen, der ist mit Terry in der Garage. Die beiden bauen eine neue Kupplung in den Road Rocket ein. Na ja, eigentlich macht das mein Dad. Terry gibt ihm bloß die Werkzeuge und sieht zu. Er ist acht. Ich bin sechs. Ich glaube, meine Mama ist auf der Veranda und sieht zu, wie die da hinten Flugball-Grundball spielen.«

»Als ich klein war, haben wir das Schlag-den-Schläger genannt«, sagte er und schmunzelte. Es war ein freundliches Schmunzeln. Ich mochte ihn sofort.

»Echt?«

»Mhm, weil man den Ball an den Schläger klatschen musste, nachdem man ihn gefangen hatte. Wie heißt du, mein Junge?«

»Jamie Morton. Ich bin sechs.«

»Das hast du schon gesagt.«

»Ich glaube nicht, dass schon mal jemand in unserem Vorgarten gebetet hat.«

»Tja, das werde ich auch nicht tun. Ich will mir bloß deine Truppen genauer ansehen. Wer sind die Russen und wer die Amerikaner?«

»Also, die da unten sind Amerikaner, das stimmt, aber die auf dem Schädelberg sind Krauts. Die Amerikaner müssen den Berg erobern.«

»Weil er im Weg ist«, sagte Jacobs. »Hinter dem Schädelberg liegt die Straße nach Deutschland.«

»Genau! Und da ist der Oberkraut! Hitsmer!«

»Der Urheber von so viel Bösem«, sagte er.

»Hä?«

»Nicht so wichtig. Wie wär's, wenn ich die Bösewichte einfach Deutsche nenne? Krauts klingt irgendwie gemein.«

»Nein, das stimmt schon, die Krauts sind die Deutschen, und

die Deutschen sind Krauts. Mein Vater war im Krieg. Halt bloß im letzten Jahr. Er hat in Texas Lastwagen repariert. Waren Sie im Krieg, Mr. Jacobs?«

»Nein, dafür war ich noch zu jung. Für Korea ebenfalls. Wie sollen die Amerikaner eigentlich den Hügel da einnehmen, General Morton?«

»Raufstürmen!«, rief ich. »Mit ihren Maschinengewehren schießen! Peng! Rat-tat-tat-tat!« Dann ließ ich meine Stimme tief aus der Kehle kommen: »Takka-takka-takka!«

»Ein direkter Angriff auf die Anhöhe kommt mir riskant vor, General. An Ihrer Stelle würde ich meine Truppen aufteilen ... ungefähr so ...« Er stellte die eine Hälfte der Amerikaner nach links und die andere Hälfte nach rechts. »Dadurch entsteht eine Zangenbewegung, siehst du?« Er legte die Spitzen von Daumen und Zeigefinger zusammen. »So stößt man von beiden Seiten aufs Ziel vor.«

»Aha«, sagte ich. Ein direkter Angriff war zwar prima – da gab's ordentlich blutige Action –, aber was Mr. Jacobs vorgeschlagen hatte, kam mir trotzdem attraktiv vor. Es war hinterlistig, und Hinterlist konnte befriedigend sein. »Ich hab versucht, ein paar Höhlen zu machen, aber die Erde ist zu trocken.«

»Das sehe ich.« Er bohrte einen Finger in den Schädelberg und sah zu, wie das Loch in sich zusammenfiel. Dann stand er auf und klopfte sich die Knie ab. »Ich hab einen kleinen Sohn, der in ein, zwei Jahren wahrscheinlich viel Spaß an deinen Soldaten hätte.«

»Er kann schon jetzt damit spielen, wenn er will.« Ich gab mir Mühe, nicht eigennützig zu sein. »Wo ist er?«

»Noch in Boston, zusammen mit seiner Mutter. Es gibt 'ne Menge einzupacken. Wahrscheinlich kommen sie am Mittwoch her. Spätestens am Donnerstag. Aber Morrie ist eigentlich noch zu jung für Soldaten. Er würde sie bloß nehmen und in der Gegend herumschmeißen.«

»Wie alt ist er denn?«

»Erst zwei.«

»Bestimmt macht er noch in die Hose!«, rief ich und brach in Lachen aus. Höflich war das wohl nicht, aber ich konnte mich nicht beherrschen. Kinder, die in die Hose machten, waren einfach total komisch.

»Das tut er tatsächlich, aber wenn er älter ist, gibt sich das sicher«, sagte Jacobs lächelnd. »Dein Vater ist in der Garage, sagst du?«

»Stimmt.« Jetzt fiel mir ein, wann ich seinen Namen schon einmal gehört hatte – beim Abendessen hatten meine Eltern darüber gesprochen, dass der neue Pfarrer aus Boston kommen solle. *Ist er nicht furchtbar jung*, hatte meine Mutter gefragt. *Ja, und das wird sich in seinem Gehalt widerspiegeln*, hatte mein Vater grinsend erwidert. Ich glaube, die beiden waren noch länger bei diesem Thema geblieben, aber ich hatte nicht zugehört. Andy stopfte Kartoffelpüree in sich hinein. Das tat er immer.

»Versuch's mal mit diesem Angriff von den Flanken her«, sagte er, während er sich abwandte.

»Hä?«

»Die Zangenbewegung.« Er legte wieder die Spitzen von Daumen und Zeigefinger aneinander.

»Ach so. Klar. Mach ich.«

Ich versuchte es. Es klappte ziemlich gut. Die Krauts starben allesamt. Allerdings war die Schlacht nicht gerade spektakulär, weshalb ich zum Frontalangriff überging, bei dem Lastwagen und Jeeps vom steilen vorderen Hang des Schädelbergs purzelten, während die Krauts rückwärts hinuntertaumelten und dabei verzweifelte Todesschreie ausstießen: *»Aaaaahhh!«*

Während die Schlacht tobte, saßen meine Eltern mit Mr. Jacobs auf der vorderen Veranda, tranken Eistee und unterhielten sich über irgendwelche Kirchenangelegenheiten – abgesehen davon, dass mein Dad als Diakon fungierte, war meine Mutter im Damenzirkel. Nicht als Vorsitzende, aber sie kam gleich danach. Die schicken Hüte, die sie zu jener Zeit hatte, waren eine Schau. Bestimmt ein Dutzend besaß sie davon. Damals waren wir glücklich.

Mutter rief meine Geschwister samt ihren Freunden und Freundinnen herbei, damit sie den neuen Pfarrer kennenlernten. Ich wollte auch hingehen, aber Mr. Jacobs hielt mich mit einer Handbewegung davon ab und sagte meiner Mutter, wir hätten uns schon begrüßt. »Kämpfen Sie ruhig weiter, General!«, rief er.

Ich kämpfte weiter. Con, Andy und ihre Freunde verschwanden wieder nach hinten, um weiterzuspielen. Claire und ihre Freundinnen gingen wieder nach oben und tanzten weiter (allerdings hatte meine Mutter ihnen gesagt, sie sollten die Musik leiser stellen, bitte sehr und danke schön). Mr. und Mrs. Morton und Reverend Jacobs unterhielten sich weiter, und zwar eine ganze Weile. Ich erinnere mich noch, dass ich oft überrascht war, wie lange die Erwachsenen plappern konnten. Es war ermüdend.

Ich achtete nicht mehr auf die drei, weil ich die Schlacht am Schädelberg auf unterschiedliche Weise wiederholte. Bei dem befriedigendsten Szenario, einer Modifikation von Mr. Jacobs' Zangenbewegung, hielt ein Teil der amerikanischen Truppen die Deutschen von vorn in Schach, während der Rest einen Bogen machte, um den Feind von hinten zu überfallen.

»Arrgghh!«, brüllte einer der Deutschen, bevor ihm in den Kopf geschossen wurde.

Allmählich wurde mir langweilig, und ich überlegte, ob ich ins Haus gehen sollte, um ein Stück Kuchen zu essen (falls die Freunde von Con und Andy was übrig gelassen hatten), als wieder ein Schatten auf mich und mein Schlachtfeld fiel. Ich blickte auf und sah Mr. Jacobs, der ein Glas Wasser in der Hand hielt.

»Das habe ich von deiner Mutter bekommen. Darf ich dir was zeigen?«

»Klar.«

Er kniete sich wieder hin und übergoss den gesamten Gipfel des Schädelbergs mit Wasser.

»Das ist ein Gewitter!«, rief ich und gab Donnergeräusche von mir.

»Mhm, wenn du so willst. Mit Blitzen. Jetzt schau her.« Er streckte zwei Finger wie Teufelshörner aus und stieß sie in die feuchte Erde. Diesmal blieben die Löcher erhalten. »Na bitte«, sagte er. »Höhlen.« Er nahm zwei deutsche Soldaten und stellte sie hinein. »Die werden nicht so einfach zu vertreiben sein, General, aber das schaffen die Amerikaner schon.«

»Toll! Danke!«

»Gieß noch mal Wasser drauf, wenn es wieder krümelig wird.«

»Mach ich.«

»Und denk dran, das Glas mit in die Küche zu nehmen, wenn die Schlacht beendet ist. Ich will an meinem ersten Tag in Harlow nicht schon Probleme mit deiner Mutter bekommen.«

Ich versprach es und streckte ihm die Hand hin. »Schlagen Sie ein, Mr. Jacobs!«

Er lachte und tat es, dann ging er die Methodist Road hinunter auf das Pfarrhaus zu, wo er mit seiner Familie in den folgenden drei Jahren wohnen würde, bis man ihn vor die Tür setzte. Ich sah ihn davongehen, dann wandte ich mich wieder dem Schädelberg zu.

Bevor ich richtig loslegen konnte, fiel wieder ein Schatten über das Schlachtfeld. Diesmal war es mein Vater. Er sank auf ein Knie, wobei er darauf achtete, keine amerikanischen Soldaten zu zermalmen. »Na, Jamie, was hältst du von unserem neuen Pfarrer?«

»Ich mag ihn.«

»Ich auch. Deine Mutter mag ihn ebenfalls. Er ist sehr jung für eine solche Aufgabe, und wenn er sich macht, werden wir nur seine erste Gemeinde sein, aber ich glaube, er wird gut zurechtkommen. Vor allem mit der Jugendgruppe. Jung und Jung gesellt sich gern.«

»Schau mal, Daddy, er hat mir gezeigt, wie man Höhlen macht. Man muss bloß die Erde nass machen, bis sie fast schlammig ist.«

»So, so.« Er zauste mir das Haar. »Vor dem Abendessen musst du dich aber ordentlich waschen.« Er griff nach dem Glas. »Soll ich das schon mal mit reinnehmen?«

»Ja, bitte sehr und danke schön.«

Er nahm das Glas und ging zum Haus. Als ich mich wieder dem Schädelberg zuwandte, sah ich, dass die Erde ausgetrocknet war und die Höhlen in sich zusammengestürzt waren. Die Soldaten darin waren lebendig begraben worden. Aus meiner Sicht war das in Ordnung, schließlich handelte es sich um welche von den Bösewichten.

Heutzutage sind wir in Sachen Sex schrecklich sensibel, und Eltern, die klar bei Verstand sind, kämen nie auf die Idee, einen Sechsjährigen mit einem erwachsenen Mann loszuschicken, der allein lebt (wenn auch nur für ein paar Tage), aber genau das tat meine Mutter am folgenden Montagnachmittag, und zwar ohne Bedenken.

Reverend Jacobs – meine Mutter sagte, ich solle ihn so nennen, nicht Mister – kam gegen Viertel vor drei den Methodist Hill herauf und klopfte an die Fliegengittertür. Ich lag im Wohnzimmer auf dem Boden, um Bilder auszumalen, während sich Mutter eine Spielshow ansah, bei der man angerufen wurde. Sie hatte beim Sender WCSH ihren Namen eingeschickt und hoffte, den Hauptpreis des Monats zu gewinnen, einen Staubsauger von Electrolux. Die Chancen standen nicht gut, das war ihr klar, aber die Hoffnung sei nun mal, wie sie sagte, eine Höllenmacht. Das war als Scherz gedacht.

»Könnten Sie mir Ihren Jüngsten wohl für eine halbe Stunde ausleihen?«, fragte Reverend Jacobs. »Ich habe was in meiner Garage, was er sich vielleicht gern ansehen möchte.«

»Was ist es denn?«, fragte ich, während ich mich schon aufrappelte.

»Eine Überraschung. Du kannst deiner Mutter später davon erzählen.«

»Mama?«

»Ist gut«, sagte sie. »Aber zieh erst mal deine Schulklamotten aus, Jamie. Möchten Sie inzwischen ein Glas Eistee, Reverend Jacobs?«

»Mit Vergnügen«, sagte er. »Aber ich frage mich, ob Sie es wohl schaffen könnten, mich Charlie zu nennen.«

Sie dachte darüber nach, dann sagte sie: »Nein, aber Charles bringe ich wahrscheinlich hin.«

Ich zog mir Jeans und ein T-Shirt an, und weil die beiden über Erwachsenendinge sprachen, als ich wieder nach unten kam, ging ich hinaus, um auf den Schulbus zu warten. Con, Terry und ich besuchten die Einraumschule an der Route 9, zu der man problemlos zu Fuß gehen konnte, aber Andy ging auf die Kreismittelschule, und Claire fuhr bis über den Fluss zur Gates Falls High, wo sie in der ersten Klasse war. (»Pass bloß auf, dass du auch erstklassig bleibst«, hatte Mutter sie ermahnt – das war wieder so ein Scherz gewesen.) Der Busfahrer setzte die beiden an der Kreuzung von Route 9 und Methodist Road ab, am Fuß vom Methodist Hill.

Ich sah sie aussteigen, und während sie die Straße herauftrotteten – wie immer zankend, das konnte ich hören, als ich neben dem Briefkasten wartete –, kam Reverend Jacobs heraus.

»Bereit?«, fragte er und nahm mich bei der Hand. Das kam mir völlig natürlich vor.

»Klar«, sagte ich.

Auf halbem Wege die Straße hinunter stießen wir auf Andy und Claire. Andy fragte, wo ich hinwolle.

»Zum Haus von Reverend Jacobs«, sagte ich. »Der will mir eine Überraschung zeigen.«

»Bleib bloß nicht zu lange weg«, sagte Claire. »Du bist mit Tischdecken dran.« Sie warf einen Seitenblick auf Jacobs, dann wandte sie sich schnell wieder ab, als fiele es ihr schwer, ihn anzuschauen. Es dauerte nicht lange, bis meine große Schwester böse in ihn verknallt war. Ihre Freundinnen ebenfalls.

»Ich bringe ihn gleich wieder zurück«, versprach Jacobs.

Hand in Hand gingen wir die Straße zur Route 9 hinunter, die nach Portland führte, wenn man links abbog, und nach Gates Falls, Castle Rock und Lewiston, wenn man sich nach rechts wandte. Dort blieben wir stehen und hielten Ausschau nach irgendwelchen Autos, was lächerlich war, da außer im Sommer kaum Verkehr war, und dann gingen wir an Wiesen und an Feldern mit Mais vorbei, dessen Stängel schon trocken waren und im sanften Herbstwind raschelten. Nach zehn Minuten hatten wir das Pfarrhaus erreicht, ein schmuckes, weißes Gebäude mit schwarzen Fensterläden. Dahinter stand die First Methodist Church von Harlow, was ebenfalls lächerlich war, da es in Harlow keine andere Methodistenkirche gab.

Das einzige weitere Gotteshaus in Harlow war die Shiloh Church, deren Mitglieder wir für gemäßigte bis ernsthafte Spinner hielten. Sie fuhren zwar nicht mit Einspännern oder dergleichen durch die Gegend, aber alle Männer und Jungen hatten außerhalb des Hauses einen schwarzen Hut auf. Die Frauen und Mädchen trugen bis zu den Knöcheln reichende Kleider und weiße Hauben. Laut meinem Vater meinten die Shilohiten zu wissen, wann das Ende der Welt komme, weil das angeblich in einem speziellen Buch niedergelegt sei. Laut meiner Mutter hatte jeder in Amerika das Recht zu glauben, was er wollte, solange er niemand Schaden zufügte ... aber sie widersprach meinem Vater nicht. Unsere Kirche war größer als die der Shilohiten, aber sehr schlicht. Außerdem hatte sie keinen Turm. Früher hatte sie einmal einen gehabt, aber vor langer Zeit, 1920 oder so, war der bei einem Hurrikan umgefallen.

Reverend Jacobs und ich gingen die ungepflasterte Einfahrt des Pfarrhauses entlang. Interessanterweise hatte er einen blauen Plymouth Belvedere, ein sehr cooles Auto. »Normale Kupplung oder Druckknopf-Automatik?«, fragte ich.

Er blickte überrascht drein, dann grinste er. »Automatik«, sagte er. »Das ist ein Hochzeitsgeschenk von meinen Schwiegereltern.«

»Die sind aber nett!«

»Na ja«, sagte er und lachte. »Magst du Autos?«

»Alle von uns mögen Autos«, sagte ich, womit ich alle in meiner Familie meinte ... wenngleich das auf meine Mutter und Claire wohl weniger zutraf. Irgendwie kapierten Frauen nicht, wie cool Autos waren. »Wenn der Road Rocket repariert ist, nimmt mein Dad damit am Castle-Rock-Speedway teil.«

»Tatsächlich?«

»Na ja, eigentlich nicht er selbst. Mama hat gesagt, das geht nicht, weil es zu gefährlich ist, aber irgendjemand andres. Vielleicht Duane Robichaud. Der führt mit seinen Eltern den Laden hier. Letztes Jahr hat er beim Speedway den Wagen mit der Nummer neun gefahren, aber dann hat der Motor Feuer gefangen. Dad sagt, jetzt sieht er sich nach einem anderen Wagen um.«

»Kommen die Robichauds zur Kirche?«

»Äh ...«

»Das heißt wohl nein. Komm mit in die Garage, Jamie.«

Dort war es düster und muffig. Ich fürchtete mich ein bisschen vor den Schatten und dem Geruch, aber Jacobs schien das nichts auszumachen. Er führte mich tiefer ins Dunkel, dann blieb er stehen und hob deutend die Hand. Was ich da sah, verschlug mir den Atem.

Jacobs gluckste leise, wie man es tat, wenn man auf etwas stolz war. »Willkommen am See des Friedens, Jamie.«

»Wow!«

»Den habe ich inzwischen schon mal aufgebaut, während ich auf Patsy und Morrie warte. Eigentlich habe ich noch allerhand im Haus zu tun, und ich habe auch schon eine Menge zustande gebracht – zum Beispiel die Brunnenpumpe repariert –, aber bevor Patsy mit den Möbeln eintrifft, kann ich sonst nicht mehr viel machen. Deine Mutter und die anderen Damen vom Zirkel haben hier alles fantastisch sauber gemacht, Kleiner. Mr. Latoure ist ja immer von Orr's Island herübergekommen, und es ist schon ewig her, seit hier jemand richtig gewohnt hat. Vor dem Zweiten Weltkrieg war das. Ich habe mich bei deiner Mutter zwar schon bedankt, aber es würde nicht schaden, wenn du ihr noch mal meinen Dank ausrichtest.«

»Klar, mach ich«, sagte ich, aber ich glaube nicht, dass ich diesen zweiten Dank je weitergegeben habe, denn ich hörte kaum, was er sagte. Meine ganze Aufmerksamkeit war auf den Tisch gerichtet, der fast die Hälfte der Garage in Anspruch nahm. Darauf breitete sich eine grüne, hügelige Landschaft aus, gegen die mein Schädelberg läppisch war. Seither habe ich viele solcher Landschaften gesehen, hauptsächlich im Schaufenster von Spielzeugläden, aber durch die führte immer das Schienennetz einer elektrischen Eisenbahn. Auf dem Tisch, den Reverend Jacobs aufgestellt hatte – eigentlich kein echter Tisch, sondern mehrere Sperrholzplatten auf Sägeböcken –, befand sich kein einziger Zug, sondern nur eine ländliche Miniaturwelt, etwa dreieinhalb Meter lang und eineinhalb Meter breit. Fast fünfzig Zentimeter hohe Hochspannungsmasten marschierten diagonal hindurch. Beherrscht wurde alles von einem See mit echtem Wasser, das selbst in der Dunkelheit hellblau leuchtete.

»Ich muss es bald abbauen, sonst passt der Wagen nicht in die Garage«, sagte er. »Das wäre Patsy gar nicht recht.«

Er beugte sich vor, stützte die Hände auf die Oberschenkel und blickte auf die sanften Hügel, die fadenähnlichen Überlandleitungen, den großen See. Am Ufer grasten Schafe und Kühe (die waren absolut nicht maßstabsgerecht, aber das fiel mir nicht auf, und es wäre mir auch egal gewesen). Außerdem standen da viele Straßenlaternen, was irgendwie merkwürdig war, weil es keine Stadt und keine Straßen gab, die sie hätten beleuchten können.

»Hier könntest du mit deinen Soldaten eine ganz schöne Schlacht schlagen, was?«

»Stimmt«, sagte ich. Einen ganzen Krieg kann ich da führen, dachte ich.

Er nickte. »Das geht allerdings nicht, denn am See des Friedens kommen alle miteinander aus, und es ist nicht erlaubt zu kämpfen. In dieser Hinsicht ist es wie im Himmel. Sobald die Jugendgruppe wieder angefangen hat, will ich das in den Keller rüberschaffen. Vielleicht können du und deine Brüder mir dabei helfen. Es wird den Kindern Spaß machen, glaube ich.«

»Und ob!«, sagte ich und fügte etwas hinzu, was mein Vater oft sagte. »Da würde ich mein letztes Hemd drauf wetten!«

Er lachte und gab mir einen Klaps auf die Schulter. »Na, willst du jetzt ein Wunder sehen?«

»Ich glaube schon«, sagte ich. Eigentlich war ich mir da nicht sicher. Es hörte sich irgendwie gruselig an. Mit einem Mal wurde mir klar, dass wir beide allein in einer alten Garage waren, in der kein Auto stand, in einer staubigen Höhle, die so roch, als wäre sie jahrelang fest verschlossen gewesen. Das Tor nach draußen stand zwar offen, schien aber ewig weit entfernt zu sein. Ich mochte Reverend Jacobs zwar ganz gern, wünschte mir jetzt aber trotzdem, ich wäre zu Hause geblieben, um auf dem Boden zu liegen, Bilder auszumalen und mitzubekommen, ob meine Mutter tatsächlich den Staubsauger und damit endlich die Oberhand in ihrem unaufhörlichen Kampf mit dem Sommerstaub gewann.

Da bewegte Reverend Jacobs die Hand langsam über dem See durch die Luft, und ich vergaß meine Nervosität. Unter den Sperrholzplatten erhob sich ein leises Summen, wie es unser Philco-Fernseher von sich gab, wenn er in Gang kam, und all die kleinen Straßenlaternen flammten auf. Sie waren grellweiß, fast zu hell, als dass man sie direkt anschauen konnte, und sie übergossen die grünen Hügel und das blaue Wasser mit einem magischen Mondschein. Selbst die Kühe und Schafe aus Plastik sahen realistischer aus, möglicherweise weil sie nun Schatten warfen.

»Mensch, wie haben Sie das bloß gemacht?«

Er grinste. »Ziemlich guter Trick, was? ›Gott sprach: Es werde Licht! Und es wurde Licht, und das Licht war gut.‹ Bloß bin ich nicht Gott, weshalb ich mich der Elektrizität bedienen muss. Die ist was Wunderbares, Jamie. Eine solche Gabe Gottes, dass wir uns jedes Mal, wenn wir einen Schalter betätigen, gottähnlich fühlen, meinst du nicht auch?«

»Glaub schon«, sagte ich. »Mein Opa erinnert sich noch daran, als es kein elektrisches Licht gab.«

»Das tun viele Menschen«, sagte er. »Aber es wird nicht mehr lange dauern, bis all diese Menschen gestorben sind ... und wenn es so weit ist, wird niemand mehr groß darüber nachdenken, welch ein Wunder die Elektrizität ist. Und welch ein Geheimnis. Wir haben zwar eine Vorstellung davon, wie sie funktioniert, aber zu wissen, wie etwas funktioniert, und zu wissen, was es *ist*, sind zwei ganz unterschiedliche Dinge.«

»Wie haben Sie die Lichter eingeschaltet?«, fragte ich.

Er deutete auf ein Brett unterhalb der Tischplatte. »Siehst du das rote Lämpchen da?«

»Mhm.«

»Das ist eine fotoelektrische Zelle. So etwas kann man kaufen, aber die hier habe ich selber gebaut. Sie sendet einen unsichtbaren Strahl aus. Wenn ich den unterbreche, gehen die Straßenlaternen rund um den See des Friedens an. Und wenn ich das noch einmal tue ... nämlich so ...« Er fuhr mit der Hand über die Landschaft, worauf die Laternen schwächer, dann zu winzigen Lichtpunkten wurden und schließlich erloschen. »Siehst du?«

»Cool«, flüsterte ich.

»Versuch es mal.«

Ich hob die Hand. Erst geschah nichts, aber als ich mich auf die Zehenspitzen stellte, unterbrachen meine Finger den Strahl. Erneut summte es unter dem Tisch, und die Laternen flammten wieder auf.

»Ich hab's geschafft!«

»Da hätte ich auch mein letztes Hemd drauf gewettet«, sagte er und zauste mir das Haar.

»Was ist das für ein Summen? Das hört sich wie unser Fernseher an.«

»Schau unter den Tisch. Moment, ich knipse das Licht an, damit du besser sehen kannst.« Er betätigte einen Schalter an der Wand, worauf zwei, drei verstaubte Glühbirnen, die von der Decke hingen, aufleuchteten und einen Teil der Dunkelheit vertrieben. An dem muffigen Geruch änderte sich freilich nichts, und nun roch ich noch etwas anderes – etwas Heißes und Öliges.

Ich bückte mich – in meinem Alter musste ich mich nicht tief bücken – und blickte unter den Tisch. An der Unterseite waren drei kastenförmige Dinger befestigt. Sie waren der Ursprung des Summens und auch des öligen Geruchs.

»Batterien«, sagte Jacobs. »Die ich ebenfalls selbst gebastelt habe. Elektrizität ist mein Hobby. Und technische Spielereien.« Er grinste wie ein Kind. »Bin richtig verrückt danach! Was meine Frau allerdings fast in den Wahnsinn treibt.«

»Mein Hobby ist, gegen die Krauts zu kämpfen«, sagte ich. Weil mir einfiel, dass das seiner Meinung nach irgendwie gemein war, fügte ich hinzu: »Gegen die Deutschen, wollte ich sagen.«

»Ein Hobby braucht jeder«, sagte er. »Außerdem braucht jeder ein paar Wunder, einfach um zu beweisen, dass das Leben mehr ist als ein langer Trott von der Wiege bis zur Bahre. Möchtest du noch eines sehen, Jamie?«

»Klar!«

In der Ecke stand ein weiterer Tisch, auf dem Werkzeuge, Kabelenden und drei oder vier zerlegte Transistorradios lagen, wie Claire und Andy welche besaßen, ferner normale Batterien, wie man sie im Laden kaufen konnte. Außerdem ein Holzkästchen. Jacobs nahm es, ging in die Hocke, damit wir auf gleicher Höhe waren, klappte es auf und holte eine weiß gewandete Figur heraus.

»Weißt du, wer das ist?«

Das tat ich, weil die Figur fast genauso aussah wie mein fluoreszierendes Nachtlicht. »Jesus. Jesus mit einem Rucksack auf dem Rücken.«

»Das ist kein gewöhnlicher Rucksack, sondern ein Batteriepack. Schau her.« Er klappte den Rucksackdeckel auf, der an einem Scharnier, nicht größer als eine Nähnadel, befestigt war. Im Inneren steckten zwei Dinger, die wie glänzende Münzen mit einem winzigen Fleck Lötzinn darauf aussahen. »Die habe ich auch selber gemacht, weil man im Laden nichts kaufen kann, was so klein und doch so kraftvoll ist. Ich könnte sie wahrscheinlich patentieren lassen, und vielleicht tue ich das eines Tages auch, aber …« Er schüttelte den Kopf. »Nicht so wichtig.«

Er klappte den Deckel des Rucksacks wieder zu und trug Jesus zu der Landschaft am See des Friedens. »Hoffentlich ist dir aufgefallen, wie blau das Wasser ist«, sagte er.

»Na klar! Der blaueste See, den ich je gesehen hab!«

Er nickte. »An und für sich schon ein Wunder, würde man meinen ... bis man genauer hinschaut.«

»Hä?«

»In Wirklichkeit ist es bloß Farbe. Darüber sinne ich manchmal nach, Jamie. Wenn ich nachts nicht einschlafen kann. Dass man mit ein wenig Farbe derart seichtes Wasser so tief erscheinen lassen kann.«

Es kam mir ziemlich albern vor, über so etwas nachzudenken, aber ich sagte nichts. Dann kam er wieder in die Gegenwart zurück und stellte Jesus neben den See.

»Ich habe vor, das in der Jugendgruppe zu verwenden – so was bezeichnet man als Lehrmittel –, aber ich werde dir schon mal eine kleine Probevorführung präsentieren, ja?«

»Okay.«

»Na dann: So steht geschrieben im vierzehnten Kapitel des Evangeliums nach Matthäus. Wirst du dich von Gottes heiligem Wort belehren lassen, Jamie?«

»Klar, ich denke schon«, sagte ich, fühlte mich jedoch schon wieder unbehaglich.

»Bestimmt wirst du das«, sagte er. »Was wir als Kinder lernen, bleibt nämlich am längsten haften. Okay, los geht's, also hör gut zu. ›Und alsbald trieb Jesus seine Jünger‹ – das heißt, er befahl es ihnen –, ›dass sie in das Schiff traten und vor ihm herüberfuhren, bis er das Volk von sich ließe. Und da er das Volk von sich gelassen hatte, stieg er auf einen Berg allein, dass er betete ...‹ Betest du eigentlich, Jamie?«

»Ja, jeden Abend.«

»Guter Junge. Okay, zurück zu unserer Geschichte. ›Und am Abend war er allein daselbst. Und das Schiff war schon mitten auf dem Meer und litt Not von den Wellen; denn der Wind war ihnen entgegen. Aber in der vierten Nachtwache kam Jesus zu ihnen und ging auf dem Meer. Und da ihn die Jünger sahen auf dem Meer gehen, erschraken sie und sprachen: Es ist ein Gespenst! und schrien vor Furcht. Aber alsbald redete Jesus mit ihnen und sprach: Seid getrost, ich bin's; fürchtet euch nicht!‹ Das war die Geschichte, möge Gott sein heiliges Wort segnen. Nicht schlecht, was?«

»Ja, schon. Manche sagen doch auch dazu, dass er über das Wasser gewandelt ist, oder?«

»Stimmt. Möchtest du sehen, wie Jesus über den See des Friedens wandelt?«

»Ja! Klar!«

Er griff Jesus unter das weiße Gewand, worauf das Figürchen sich zu bewegen begann. Als es den See erreichte, versank es nicht darin, sondern glitt einfach über das Wasser. Nach etwa zwanzig Sekunden hatte es die andere Seite erreicht. Dort war ein Hang, und es versuchte, ihn zu erklimmen, aber ich sah, dass es gleich umfallen würde. Bevor das geschah, nahm Reverend Jacobs es an sich. Er griff Jesus wieder unters Gewand und stellte ihn ab.

»Er hat's geschafft!«, sagte ich. »Er ist über das Wasser gegangen!«

»Hm ...« Reverend Jacobs lächelte, aber irgendwie war es kein fröhliches Lächeln. Ein Mundwinkel war nach unten gezogen. »Ja und nein.«

»Was meinen Sie damit?«

»Siehst du, wo er ins Wasser gegangen ist?«

»Ja ...«

»Fass da mal rein, und schau, was du findest. Pass auf, dass du dabei nicht an die Überlandleitungen kommst, weil da echter Strom durchfließt. Nicht viel, aber wenn man sie versehentlich berührt, kriegt man einen Schlag. Vor allem, wenn man nasse Hände hat.«

Vorsichtig streckte ich die Hand aus. Ich hatte zwar nicht den Eindruck, dass er mir einen Streich spielen wollte – wie es Terry und Con manchmal taten –, aber ich war mit einem fremden Mann an einem fremden Ort, weshalb ich mir nicht völlig sicher war. Das Wasser sah tief aus, aber das war eine von der blauen Farbe des Untergrunds und den von der Oberfläche reflektierten Lichtern geschaffene Illusion. Meine Finger tauchten nur bis zum ersten Gelenk ein.

»Du bist noch nicht ganz an der richtigen Stelle«, sagte Reverend Jacobs. »Geh ein kleines bisschen nach rechts. Du weißt doch, was rechts und was links ist?«

Klar. Meine Mutter hatte mir beigebracht: Rechts ist die Hand, mit der man schreibt. Bei Claire und Con hätte das freilich nicht geklappt, denn die waren Linkshänder.

Als ich die Finger nach rechts bewegte, spürte ich etwas im Wasser. Es war eine Rille aus Metall. »Ich glaube, ich hab's gefunden«, sagte ich zu Reverend Jacobs.

»Das glaube ich auch. Du berührst die Schiene, auf der Jesus wandelt.«

»Es ist ein Zaubertrick!«, sagte ich. Magier hatte ich schon in der *Ed Sullivan Show* gesehen, und Con besaß einen Kasten mit Zaubertricks, den er zum Geburtstag bekommen hatte. Inzwischen war allerdings alles außer den schwimmenden Kugeln und dem verschwindenden Ei verloren gegangen.

»Das stimmt.«

»Wie damals, als Jesus übers Wasser zu diesem Boot gegangen ist!«

»Das befürchte ich manchmal auch«, sagte er.

Er sah so traurig und abwesend aus, dass mir wieder etwas mulmig zumute war, aber außerdem tat er mir leid. Wobei ich keinerlei Ahnung hatte, wieso er traurig sein musste, wenn er eine so tolle künstliche Welt wie den See des Friedens in seiner Garage stehen hatte.

»Das ist ein wirklich guter Trick«, sagte ich und tätschelte ihm die Hand.

Er kehrte von dort, wo er gewesen war, zurück und grinste mich an. »Da hast du recht«, sagte er. »Wahrscheinlich vermisse ich bloß meine Frau und meinen kleinen Sohn. Ich glaube, deshalb habe ich dich mir ausgeliehen, Jamie. Aber jetzt sollte ich dich zu deiner Mutter zurückbringen.«

Als wir die Landstraße erreichten, nahm er mich wieder bei der Hand, obwohl aus keiner Richtung ein Auto kam, und so gingen wir die ganze Methodist Road hinauf. Ich hatte nichts dagegen, denn ich hielt gern seine Hand. Er behütete mich, das wusste ich.

Einige Tage später trafen Mrs. Jacobs und Morris ein. Letzterer war bloß ein kleiner Wicht in Windeln, aber sie war hübsch. Am Samstag, dem Tag, bevor Reverend Jacobs zum ersten Mal auf der Kanzel unserer Kirche stand, halfen Terry, Con und ich ihm, den See des Friedens in den Keller des Pfarrhauses zu schaffen, wo sich an jedem Donnerstagabend die Jugendgruppe treffen sollte. Wenn sich kein Wasser im See befand, sah man deutlich, wie seicht er war. Auch die Schiene mit der Rille, die hindurchführte, war klar erkennbar.

Reverend Jacobs nahm Terry und Con das Versprechen ab, nichts zu verraten – damit den Kleinen die Illusion nicht verdorben werde, sagte er (weshalb ich mich wie ein Großer fühlte, was ich genoss). Die beiden waren einverstanden, und ich glaube, sie haben den Mund gehalten, aber die Lampen im Pfarrhauskeller waren wesentlich heller als jene in der Garage, und wenn man sich direkt vor die Landschaft stellte, um sie anzuschauen, dann sah man, dass der See des Friedens in Wirklichkeit nur eine große Pfütze war. Die Schiene konnte man ebenfalls sehen. Bis Weihnachten wussten alle Bescheid.

»Es ist bloß ein stinklangweiliger Schwindel«, sagte Billy Paquette an einem Donnerstagnachmittag zu mir. Er und sein Bruder Ronnie hassten die Jugendgruppe, aber ihre Mutter zwang sie hinzugehen. »Wenn er es noch ein einziges Mal vorführt und dabei den Quatsch erzählt, wie Jesus übers Wasser gewandelt ist, muss ich kotzen.«

Ich überlegte, ob ich mich deshalb mit ihm prügeln sollte, aber er war größer. Außerdem war er mein Freund. Ganz zu schweigen davon, dass er recht hatte.

II

Drei Jahre. Conrads Stimme. Ein Wunder.

Vor die Tür gesetzt wurde Reverend Jacobs wegen der Predigt, die er am 21. November 1965 auf seiner Kanzel hielt. Letzteres war im Internet leicht zu recherchieren, weil ich einen Anhaltspunkt hatte – es war der Sonntag vor Thanksgiving. Eine Woche später war er aus unserem Leben verschwunden, und zwar allein. Patsy und Morris, der von den Kindern in der Jugendgruppe als Morrie das Klettchen bezeichnet wurde, waren da bereits nicht mehr bei uns. Ebenso wenig wie der Plymouth Belvedere mit der Druckknopf-Automatik.

Meine Erinnerungen an die drei Jahre zwischen dem Tag, an dem ich den See des Friedens zum ersten Mal sah, und dem Tag der Furchtbaren Predigt sind erstaunlich deutlich, obwohl ich vor der Niederschrift dieses Berichts behauptet hätte, ich wisse nicht mehr viel davon. Wie viele von uns, hätte ich gefragt, erinnern sich an irgendwelche Einzelheiten aus der Zeit, in der sie sechs bis neun Jahre alt waren? Aber zu schreiben ist etwas gleichermaßen Wunderbares und Schreckliches. Es öffnet tiefe Brunnen der Erinnerung, die bis dahin fest verschlossen waren.

Ich könnte den Bericht, dessen Niederschrift ich mir vorgenommen habe, wahrscheinlich beiseiteschieben und stattdessen ein ganzes Buch – und zwar kein kleines – mit jenen Jahren und jener Welt füllen, die ganz anders ist als die, in der ich heute lebe. Ich erinnere mich daran, wie meine Mutter in ihrem Unterrock am Bügelbrett stand, unglaublich schön im Licht der Morgensonne. Ich erinnere mich an meine schlaff am Hintern hängende, scheußlich lodengrüne Badehose, in der ich mit meinen Brüdern im Harry's Pond schwimmen ging. Wir machten uns gegenseitig vor, der schleimige Grund sei Kuhscheiße, aber es war nur

Schlamm (*wahrscheinlich* war es nur Schlamm). Ich erinnere mich an schläfrige Nachmittage in der Einraumschule von West Harlow, an denen ich mit Dicky Osgood in der Buchstabierecke saß. Wir hockten auf unseren Winterjacken, während ich versuchte, dem armen dämlichen Kerl beizubringen, wie man *Giraffe* buchstabierte. Ich erinnere mich sogar noch, wie er sagte: »W-w-warum s-soll ich so was b-b-buchstabieren, wo ich doch nie eine zu *s-s-sehen* kriege?«

Ich erinnere mich an das Netzwerk aus ungepflasterten Straßen, das unseren Ort durchzog, und daran, wie wir an eiskalten Apriltagen in der Pause im Schulhof Murmeln spielten, und an das Rauschen des Windes in den Tannen, wenn ich nach dem Nachtgebet im Bett lag und aufs Einschlafen wartete. Ich erinnere mich, wie mein Vater mit einem Schraubenschlüssel in der Hand aus der Garage kam, die Mütze mit dem Aufdruck MORTON HEIZÖL tief in die Stirn gezogen. Durch das Schmierfett auf seinen Fingerknöcheln quoll Blut. Ich erinnere mich, wie Ken MacKenzie in der *Mighty 90 Show* die Zeichentrickfilme mit Popeye ankündigte und dass ich nachmittags den Fernseher abgeben musste, wenn Claire mit ihren Freundinnen nach Hause kam, weil die dann auf *American Bandstand* umschalten wollten, um zu sehen, was die Mädchen dort trugen. Ich erinnere mich an Sonnenuntergänge, die so rot wie das Blut auf den Knöcheln meines Vaters waren, was mich noch jetzt zum Zittern bringt.

Ich erinnere mich an tausend weitere Dinge, hauptsächlich gute, aber ich habe mich nicht an den Computer gesetzt, um eine rosa Brille aufzusetzen und in Nostalgie zu schwelgen. Die selektive Erinnerung ist eine der Hauptsünden älterer Menschen, und dafür habe ich keine Zeit. Es war nicht alles gut. Wir wohnten auf dem Land, und damals war das Landleben hart. Wahrscheinlich ist es das heute noch.

Mein Freund Al Knowles geriet mit der linken Hand in den Kartoffelsortierer seines Vaters und verlor drei Finger, bevor es Mr. Knowles gelang, das widerspenstige, gefährliche Ding auszuschalten. Ich war an jenem Tag dabei und weiß noch, wie die Bänder sich rot färbten. Ich weiß noch, wie Al schrie.

Mein Vater (unterstützt von Terry, seinem treuen, wenn auch ahnungslosen Gehilfen) brachte den Road Rocket zum Laufen – mein Gott, was für ein prachtvolles Knattern die Karre von sich gab, wenn Dad den Motor auf Touren brachte! – und stellte ihn Duane Robichaud zur Verfügung, damit der ihn beim Speedway in Castle Rock fahren konnte, frisch lackiert und mit der Nummer *19* auf den Seiten. In der ersten Runde des ersten Rennens überschlug sich der Idiot damit – Totalschaden. Duane trug nicht einmal einen Kratzer davon. »Ich glaub, das Gaspedal hat geklemmt«, sagte er und grinste sein dämliches Grinsen, worauf mein Vater kommentierte, mit einem solchen Arsch am Lenkrad sei das kein Wunder.

»Das wird dich lehren, einem Robichaud was Wertvolles anzuvertrauen«, sagte meine Mutter, und mein Vater schob die Hände so tief in die Taschen, dass der Bund seiner Unterhose zum Vorschein kam. Vielleicht wollte er dafür sorgen, dass sie ihm nicht entkamen und irgendwohin gelangten, wo sie nicht hinsollten.

Lenny Macintosh, der Sohn vom Postboten, verlor ein Auge, als er sich bückte, um zu sehen, wieso der Kanonenschlag, den er in eine leere Ananasdose gesteckt hatte, nicht losging.

Mein Bruder Conrad verlor die Stimme.

Daher – nein, es war nicht alles gut.

Am ersten Sonntag, an dem Reverend Jacobs auf die Kanzel stieg, waren mehr Leute anwesend als in all den Jahren, in denen der dicke, weißhaarige, gutmütige Mr. Latoure die Kirche in Betrieb gehalten hatte. Er hatte wohlgemeinte, aber unverständliche Predigten gehalten, wobei er am Muttertag, den er den Müttersonntag nannte, immer in Tränen ausgebrochen war (diese Einzelheiten hat meine Mutter mir Jahre später erzählt, ich selbst hatte kaum Erinnerungen an Mr. Latoure). Statt zwanzig Kirchgängern waren mindestens viermal so viele da, und ich erinnere mich, wie ihre Stimmen sich beim Lobpreis emporschwangen:

Preist Gott, der uns den Segen gibt, preist ihn, der unsre Schuld vergibt! Ich bekam eine Gänsehaut. Außerdem konnte Mrs. Jacobs gut mit der Pedalorgel umgehen, und ihr blondes Haar, im Nacken von einem einfachen schwarzen Band zusammengehalten, leuchtete vielfarbig im Licht, das durch unser einziges Buntglasfenster fiel.

Als unsere guten Sonntagsschuhe beim Heimweg Staubwölkchen aufstieben ließen, ging ich direkt hinter unseren Eltern und hörte, wie Mutter ihre Anerkennung äußerte. Und ihre Erleichterung. »Ich dachte, weil er so jung ist, hält er uns womöglich einen Vortrag über Bürgerrechte oder darüber, dass man den Wehrdienst abschaffen sollte«, sagte sie. »Stattdessen haben wir eine sehr nette, bibeltreue Belehrung gehört. Ich glaube, die Leute werden wiederkommen, meinst du nicht auch?«

»Eine Zeit lang«, sagte mein Vater.

»Ach, da spricht mal wieder der große Ölbaron«, sagte sie und boxte ihm spielerisch gegen den Arm. »Der große Zyniker. «

Wie sich herausstellte, hatten sie beide irgendwie recht. Die Zahl der Kirchgänger ging nie auf das Niveau zur Zeit von Mr. Latoure zurück – im Winter hatte sich da nur ein kleiner Haufen in dem zugigen, mit einem Holzofen geheizten Raum zusammengedrängt, um es wärmer zu haben –, aber sie sank langsam auf sechzig, dann auf fünfzig und schließlich auf ungefähr vierzig, von wo aus sie wie das Barometer an einem unbeständigen Sommertag auf und ab schwankte. Für den Rückgang machte allerdings niemand die Predigten von Mr. Jacobs verantwortlich, die immer klar, ansprechend und bibeltreu waren (sie enthielten nie etwas Beunruhigendes über Atombomben oder Bürgerrechtsdemonstrationen). Man erschien einfach nicht mehr so zahlreich.

»Heutzutage ist Gott für die Leute nicht mehr so wichtig«, sagte meine Mutter eines Tages nach einer besonders enttäuschenden Zahl von Kirchenbesuchern. »Es wird noch ein Tag kommen, an dem sie das bereuen.«

Während dieser drei Jahre erlebte auch unsere methodistische Jugendgruppe eine bescheidene Renaissance. Zu Mr. Latoures Zeiten waren am Donnerstagabend selten mehr als ein Dutzend Kinder zugegen gewesen, und vier davon hießen Morton: Claire, Andy, Con und Terry. Damals galt ich fürs Teilnehmen noch als zu jung, weshalb Andy mir manchmal eine Kopfnuss verpasste und mich als Glückspilz bezeichnete. Als ich Terry einmal fragte, wie es gewesen sei, zuckte er gelangweilt die Achseln. »Wir haben Lieder gesungen, Bibelverse gepaukt und versprochen, dass wir nie Alkohol trinken und Zigaretten rauchen werden. Außerdem hat er uns gesagt, wir sollen unsere Mutter lieben und dass die Katholen in die Hölle kommen, weil sie Götzen anbeten. Und wie sehr die Juden das Geld lieben. Und er meint, wir sollen uns vorstellen, dass Jesus zuhört, wenn einer von unseren Freunden einen dreckigen Witz erzählt.«

Unter der neuen Leitung wuchs die Teilnehmerzahl jedoch auf drei Dutzend Kinder und Jugendliche zwischen sechs und siebzehn an, weshalb man für den Pfarrhauskeller zusätzliche Klappstühle kaufen musste. Es lag nicht an dem mechanischen Jesus, den Reverend Jacobs über den See des Friedens wackeln ließ; selbst ich fand das bald nicht mehr besonders spannend. Auch die Bilder vom Heiligen Land, die er an die Wände hängte, hatten wohl nicht viel damit zu tun.

Eine wichtige Rolle spielten seine Jugend und sein Enthusiasmus. Er predigte nicht nur, sondern veranstaltete auch Spiele und anderen Zeitvertreib, weil – wie er regelmäßig erwähnte – Jesus meistens im Freien gepredigt habe, was bedeute, dass das Christentum nicht nur in der Kirche stattfinde. Wir lernten zwar weiter Bibelverse, aber dabei spielten wir Reise nach Jerusalem, und ziemlich oft fiel jemand bei der Suche nach dem fünften Buch Mose, Kapitel 14, Vers 9 oder nach 1 Timotheus 2, 12 auf den Boden. Das war ziemlich komisch. Außerdem gab es den Übungsplatz, den der Reverend mit Unterstützung von Con und Andy hinter der Kirche gebaut hatte. An manchen Donnerstagen spielten wir Jungen Baseball, während die Mädchen uns anfeuerten; an anderen Tagen spielten die Mädchen Softball, und die Jungen feuerten sie an (in der Hoffnung, dass einige der Mädchen mal vergaßen, dass sie an der Reihe waren, und im Rock kamen).

Bei den »Jugendvorträgen«, die Reverend Jacobs am Donnerstagabend hielt, kam oft sein Interesse an der Elektrizität zur Geltung. Ich erinnere mich, dass er eines Nachmittags bei uns zu Hause anrief und Andy bat, am nächsten Abend einen Pullover zu tragen. Als wir alle versammelt waren, rief er meinen Bruder nach vorn und sagte, nun wolle er demonstrieren, welche Bürde die Sünde darstelle. »Wenngleich ich mir sicher bin, dass *du* kein großer Sünder bist, Andrew«, fügte er hinzu.

Mein Bruder lächelte nervös und sagte nichts.

»Ich will euch damit keine Angst machen«, sagte der Reverend. »Es gibt Pfarrer, die an so was glauben, aber so einer bin ich nicht. Es ist bloß, damit ihr Bescheid wisst.« (Wie ich inzwischen erfahren habe, ist dies genau das, was gewisse Leute uns erzählen, bevor sie uns einen Heidenschrecken einzujagen versuchen.)

Er blies mehrere Luftballons auf und sagte, wir sollten uns vorstellen, jeder wiege zwanzig Pfund. Dann hielt er den ersten in die Höhe und meinte: »Der hier lügt.« Er rieb ihn kurz ein paarmal an seinem Hemd, dann hielt er ihn an Andys Pullover, wo er wie festgeklebt hängen blieb.

»Der hier ist Diebstahl.« Er brachte den nächsten Ballon an Andys Pulli an.

»Das ist der Zorn.«

Ich erinnere mich nicht mehr genau, aber ich glaube, dass er insgesamt sieben Luftballons an Andys selbst gestrickten Rentierpullover klebte, einen für jede der Todsünden.

»Das macht zusammen mehr als einen Zentner an Sünden«, sagte er. »Eine schwere Last! Doch wer nimmt hinweg die Sünden der Welt?«

»Jesus!«, ertönte es pflichtschuldig im Chor.

»Genau. Wenn ihr ihn um Vergebung bittet, geschieht Folgendes.« Er zog eine Stecknadel hervor und ließ die Ballons nacheinander platzen, auch einen, der sich befreit hatte und wieder angeklebt werden musste. Ich glaube, wir alle fanden diesen Teil der Lektion wesentlich spannender als den frommen Trick mit der statischen Elektrizität.

Die eindrucksvollste Demonstration der Wirkung von Elektrizität gelang ihm mit einer eigenen Erfindung, die er Jakobsleiter nannte. Es war ein Kasten aus Metall, etwa so groß wie die Feldkiste, in der meine Spielzeugarmee hauste. Oben ragten zwei Drähte heraus, die wie die Zimmerantenne eines Fernsehers aussahen. Wenn er den Apparat anschloss (diese Erfindung wurde statt von Batterien vom Stromnetz gespeist) und den Schalter an der Seite umlegte, stiegen lange Funken an den Drähten empor, fast zu hell zum Hineinschauen. Ganz oben erreichten sie ihre größte Länge und verschwanden anschließend. Als Reverend Jacobs etwas Puder über den Apparat streute, nahmen die aufsteigenden Funken verschiedene Farben an. Die Mädchen kreischten vor Entzücken.

Auch dies sollte irgendeine religiöse Aussage verdeutlichen – zumindest nach Absicht von Charles Jacobs –, aber ich habe beim besten Willen keine Ahnung mehr, welche. Vielleicht ging es um die heilige Dreifaltigkeit. Sobald die Jakobsleiter direkt vor uns stand und wir sahen, wie die farbigen Funken aufstiegen und die Elektrizität wie ein wütender Kater fauchte, klangen solche exotischen Vorstellungen meist wie ein flüchtiges Fieber ab.

An einen seiner kleinen Vorträge erinnere ich mich jedoch ganz deutlich. Er saß auf einem Stuhl, den er umgedreht hatte, damit er uns über die Lehne hinweg betrachten konnte. Seine Frau saß hinter ihm auf der Klavierbank, mit sittsam gefalteten Händen und leicht gesenktem Kopf. Vielleicht betete sie, vielleicht war sie einfach nur gelangweilt. Das war jedenfalls ein großer Teil seines Publikums, denn inzwischen hatte die Mehrzahl der Methodistenjugend die Elektrizität und ihre glorreichen Folgerungen allmählich satt.

»Kinder, die Wissenschaft lehrt uns, dass es sich bei der Elektrizität um die Bewegung von geladenen Atomteilchen handelt, die man Elektronen nennt. Wenn die Elektronen fließen, dann erzeugen sie Strom, und je schneller sie das tun, desto höher ist die Spannung. Das ist Wissenschaft und soweit auch in Ordnung, aber es hat seine Grenzen. Es kommt immer ein Punkt, an dem das Wissen erschöpft ist. Was sind Elektronen eigentlich genau? Geladene Atome, behaupten die Wissenschaftler. Das hört sich ganz gut an, aber was sind Atome?«

Er beugte sich über seine Stuhllehne und richtete seine blauen Augen (die ihrerseits elektrisch aussahen) auf uns.

»*Das weiß niemand wirklich!* Und da kommt die Religion ins Spiel. Die Elektrizität ist eine von Gottes Pforten zum Unendlichen.«

»Wenn er bloß ’nen elektrischen Stuhl mitbringen und ein paar weiße Mäuse grillen würde«, lästerte Billy Paquette eines Abends nach dem Segen. »Das wäre endlich mal interessant.«

Wenn man von den häufigen (und zunehmend langweiligen) Vorträgen über die heilige Elektrizität absah, freuten sich die meisten von uns auf den Donnerstagabend. Wenn Reverend Jacobs nicht gerade auf seinem Steckenpferd herumritt, war er in der Lage, lebendige und bisweilen ziemlich lustige Vorträge zu halten, die Lehren aus der Heiligen Schrift enthielten. Er sprach über Probleme aus dem wirklichen Leben, mit denen wir alle konfrontiert waren, zum Beispiel darüber, wenn jemand von Klassenkameraden schikaniert wurde, und über die Versuchung, bei Klassenarbeiten, für die man nicht gelernt hatte, vom Nachbarn abzuschreiben. Wir mochten die Spiele, wir mochten die meisten Vorträge, und wir sangen auch gern, denn Mrs. Jacobs war eine gute Pianistin, die die Lieder nie in die Länge zog.

Außerdem kannte sie nicht nur Kirchenlieder. An einem unvergesslichen Abend spielte sie drei Beatles-Songs, und wir sangen zur Melodie von »From Me to You«, »She Loves You« und »I Want to Hold Your Hand«. Meine Mutter behauptete, Patsy Jacobs spiele siebzigmal besser Klavier als Mr. Latoure, und als die junge Frau des Pfarrers beantragte, einen Teil der Kollekte für einen Klavierstimmer aus Portland zu verwenden, billigten die Diakone das einstimmig.

»Aber vielleicht ist es besser, wenn Sie keine Beatles-Lieder mehr spielen«, machte ihr Mr. Kelton klar. Er war der Diakon mit der längsten Amtszeit. »Solches Zeug können die Kinder im Radio hören. Es wäre uns lieber, wenn Sie sich an eher ... äh ... christliche Melodien halten.«

Mit züchtig niedergeschlagenem Blick bekundete Mrs. Jacobs murmelnd ihr Einverständnis.

Und da war noch etwas anderes: Charles und Patsy Jacobs hatten Sex-Appeal. Ich habe schon erwähnt, dass Claire und ihre Freundinnen ganz verrückt nach ihm waren, und es dauerte nicht lange, bis die meisten Jungs sich in Patsy Jacobs verknallten, denn die war wunderschön. Sie hatte blondes Haar, einen cremigen Teint und volle Lippen. Ihre leicht schräg nach oben stehenden Augen waren grün, und Connie behauptete, sie verfüge über Zauberkräfte, weil ihm jedes Mal, wenn sie diese grünen Augen auf ihn richte, weich in den Knien werde. Angesichts eines solchen Aussehens hätte man sich bestimmt den Mund zerrissen, wenn sie mehr Make-up als einen schicklichen Hauch Lippenstift getragen hätte, doch mit ihren dreiundzwanzig Jahren brauchte sie nicht mehr. Die Jugend war ihr Make-up.

Sonntags trug sie Kleider mit züchtiger Knie- oder Schienbeinlänge, obgleich dies die Jahre waren, in denen der Rocksaum allmählich nach oben wanderte. Zur Jugendgruppe am Donnerstag trug sie ebenso züchtige Freizeithosen und Blusen (laut meiner Mutter von Ship 'n Shore). Dennoch beobachteten die Mütter und Großmütter der Gemeinde sie mit Argusaugen, denn die Figur, die von diesen züchtigen Klamotten zur Geltung gebracht wurde, brachte die Freunde meiner Brüder manchmal dazu, die Augen zu verdrehen oder mit der Hand zu wedeln, wie man es tat, wenn man versehentlich auf eine heiße Herdplatte gefasst hat. Wenn die Mädchen an der Reihe waren, spielte sie mit ihnen Softball, und ich bekam einmal mit, wie mein Bruder

Andy – der damals wohl auf die vierzehn zuging – sagte, sie über den Platz laufen zu sehen sei eine ganz eigene religiöse Erfahrung.

Am Donnerstagabend Klavier spielen und an den meisten anderen Angeboten der Jugendgruppe teilnehmen konnte sie, weil sie Morrie, ihren kleinen Jungen, immer mitbrachte. Er war ein fügsames, pflegeleichtes Kind. Alle mochten ihn. Soweit ich mich erinnere, mochte sogar Billy Paquette, der angehende junge Atheist, den Kleinen, der so gut wie nie weinte. Selbst wenn er hinfiel und sich die Knie aufschürfte, schniefte er schlimmstenfalls, und auch damit hörte er auf, wenn eines der größeren Mädchen ihn hochnahm und tröstete. Wenn wir zum Spielen nach draußen gingen, folgte er den Jungen auf Schritt und Tritt, und wenn er das nicht schaffte, lief er hinter den Mädchen her, die auch während des Bibelstudiums auf ihn aufpassten und ihn beim Singen im Takt schwenkten – daher sein Spitzname Morrie das Klettchen.

Claire mochte ihn besonders, und ich habe eine deutliche Erinnerung daran – die in Wirklichkeit aus vielen sich überlagernden Erinnerungen bestehen muss –, wie die beiden sich in die Ecke mit den Spielsachen zurückgezogen haben. Morrie saß auf seinem Stühlchen, Claire kniete daneben und half ihm, etwas auszumalen oder eine Schlange aus Dominos zu legen. »Wenn ich verheiratet bin, will ich vier Kinder, die genauso sind wie er«, sagte Claire einmal zu unserer Mutter. Da war sie wahrscheinlich bald siebzehn und bereit, die Jugendgruppe hinter sich zu lassen.

»Na, dann viel Glück«, erwiderte Mutter. »Ich hoffe bloß, dass deine hübscher sind als Morrie, Claire-Bär.«

Das war irgendwie unfreundlich, aber nicht unwahr. Obwohl Charles Jacobs ein gut aussehender Mann und Patsy Jacobs eine regelrechte Schönheit war, war Morrie das Klettchen so reizlos wie Kartoffelpüree. Er hatte ein vollkommen rundes Gesicht, das mich an das von Charlie Brown erinnerte. Sein Haar war unscheinbar bräunlich. Während die Augen seines Vaters blau waren und die seiner Mutter bezaubernd grün, waren die von

Morrie schlicht braun. Trotzdem liebten alle Mädchen ihn, als wäre er ein Vorbote der Kinder, die sie in den kommenden zehn Jahren bekommen würden, und die Jungen behandelten ihn wie ihren kleinen Bruder. Er war unser Maskottchen. Er war eben Morrie das Klettchen.

An einem Donnerstagabend im Februar kam ich mit meinen vier Geschwistern vom Pfarrhaus zurück, mit roten Wangen vom Schlittenfahren hinter der Kirche (Reverend Jacobs hatte unsere Rodelbahn mit elektrischen Lampen ausgestattet). Wir sangen aus vollem Hals »I'm Henry the Eighth, I Am«. Wie ich mich erinnere, waren Andy und Con in besonders ausgelassener Stimmung, weil sie unseren Schlitten mitgebracht und Morrie vor sich auf ein Kissen gesetzt hatten, auf dem er furchtlos dahingefahren war wie die Galionsfigur am Bug eines Schiffs.

»Ihr geht gern zur Jugendgruppe, was?«, sagte mein Vater. Ich glaube, in seiner Stimme lag eine leichte Verwunderung.

»Klar!«, sagte ich. »Heute haben wir unheimlich viele Bibelstellen gepaukt, und dann sind wir zum Rodeln rausgegangen. Mrs. Jacobs hat auch mitgemacht, bloß ist die dauernd runtergepurzelt!«

Ich lachte, und er lachte mit. »Das ist toll, aber *lernst* du da eigentlich auch was, Jamie?«

»Der Wille des Menschen sollte im Einklang mit dem Willen Gottes sein«, plapperte ich die Lektion des Abends nach. »Und wenn man den positiven und den negativen Pol von einer Batterie mit einem Kabel verbindet, gibt's einen Kurzschluss.«

»Stimmt«, sagte er. »Weshalb man immer vorsichtig sein muss, wenn man jemand Starthilfe gibt. Aber darin kann ich keine christliche Lehre erkennen.«

»Es ging darum, dass es nicht klappt, wenn man was Falsches tut, bloß weil man denkt, man kann damit was anderes besser machen.«

»Ach so.« Er griff nach der neuesten Ausgabe seiner Autozeitschrift, auf deren Umschlag ein cooler Jaguar XK-E abgebildet war. »Tja, du weißt ja, wie man sagt, Jamie: Der Weg zur Hölle ist mit guten Absichten gepflastert.« Er dachte einen Augenblick nach, dann fügte er hinzu: »Und mit elektrischem Licht beleuchtet.«

Das brachte ihn zum Lachen, und ich lachte mit, obwohl ich den Scherz nicht kapierte. Falls es ein Scherz war.

Andy und Con waren mit zwei Brüdern befreundet, Norm und Hal Ferguson. Die waren Flachländer, wie wir es nannten, also Leute von weit weg. Die Fergusons lebten in Boston, weshalb die Freundschaft normalerweise auf die Sommerferien beschränkt war. Sie besaßen eine Hütte am Lookout Lake, der nur etwa eine Meile von unserem Haus entfernt war, und die beiden Brüderpaare hatten sich bei einer weiteren kirchlichen Veranstaltung kennengelernt, der Ferienbibelschule.

Die Fergusons hatten eine Familienmitgliedschaft im Goat-Mountain-Resort, und manchmal fuhren Con und Andy im Kombi der Familie mit, um dort zu schwimmen und im »Club« zu Mittag zu essen. Der Pool, erklärten sie, sei tausendmal besser als Harry's Pond. Das war Terry und mir ziemlich egal – unser Badeplatz reichte uns völlig, und wir hatten unsere eigenen Freunde –, aber Claire platzte fast vor Neid. Sie wollte sehen, »wie die andere Hälfte der Bevölkerung lebt«.

»Die lebt genau wie wir, Schatz«, sagte Mutter. »Wer auch immer behaupt hat, die Reichen wären irgendwie anders, lag falsch.«

Claire, die gerade nasse Sachen durch die Wringvorrichtung unserer alten Waschmaschine laufen ließ, verzog das Gesicht zu einem Flunsch. »*Das* wage ich zu bezweifeln«, sagte sie.

»Andy sagt, wenn die Mädchen im Pool schwimmen, tragen sie Bikinis«, sagte ich.

Meine Mutter schnaubte. »Da können sie ja gleich in BH und Schlüpfer schwimmen gehen!«

»Also, ich hätte gern einen Bikini«, bemerkte Claire. Das war wohl eine der provokanten Äußerungen, auf die siebzehnjährige Mädchen spezialisiert waren.

Meine Mutter richtete den Finger auf sie. Von dem kurz geschnittenen Nagel tropfte Seife. »So wird man schwanger, junge Dame!«

Diesen Ball schmetterte Claire geschickt zurück. »Dann solltest du Con und Andy verbieten, da hinzufahren. Sonst schwängern die noch irgendein Mädchen.«

»Wirst du wohl den Mund halten?«, sagte meine Mutter mit einem Blick in meine Richtung. »Kleine Burschen haben große Ohren.«

Als ob ich nicht gewusst hätte, was es bedeutete, ein Mädchen zu schwängern: Sex. Der Junge legte sich auf das Mädchen, und dann wackelten die beiden herum, bis *es ihm kam*. In diesem Moment spritzte ein geheimnisvolles Zeug namens Wichse aus dem Pimmel des Jungen. Es versank im Bauch des Mädchens, und neun Monate später war es Zeit für Windeln und einen Kinderwagen.

Trotz der Nörgelei meiner Schwester verboten meine Eltern Con und Andy nicht, ein- oder zweimal pro Woche zum Resort mitzufahren, und auch als die Fergusons im Februar 1965 in den Winterferien kamen und meine Brüder einluden, mit ihnen Ski zu fahren, durften die beiden ohne Weiteres mit nach Goat Mountain. Die zerkratzten, alten Ski meiner Brüder wurden direkt neben die glänzenden neuen der Fergusons aufs Dach des Kombis geschnallt.

Als sie zurückkehrten, hatte Con einen hellroten Striemen am Hals. »Bist du etwa von der Piste abgekommen und gegen einen Ast geknallt?«, fragte Vater, als er zum Abendessen heimkam und sah, was geschehen war.

Con, ein guter Skifahrer, war entrüstet. »Natürlich nicht, Dad. Ich hab mit Norm ein Wettrennen gemacht. Wir waren nebeneinander, schnell wie der Teufel ...«

Mutter deutete mit der Gabel auf ihn.

»Entschuldigung, Mama, schnell wie der Blitz. Norm ist auf einen kleinen Buckel aufgefahren und hat fast das Gleichgewicht verloren. Da hat er seinen Arm so ausgestreckt« – Con zeigte, wie, wobei er beinahe sein Glas Milch umstieß – »und mich mit dem Skistock am Hals erwischt. Es hat wehgetan wie der ... na ja, ihr wisst schon, wie, aber jetzt ist es besser.«

Nur war es das nicht. Am nächsten Tag hatte der rote Striemen sich in einen blauen Fleck verwandelt, der wie ein Halstuch aussah, aber Cons Stimme war heiser geworden. Abends konnte er nur noch flüsternd sprechen. Zwei Tage später war er völlig stumm.

Eine Überdehnung des Halses, die eine Lähmung des Kehlkopfnervs verursacht habe. Das war die Diagnose von Dr. Renault. So etwas sehe er nicht zum ersten Mal, und in ein oder zwei Wochen werde Conrads Stimme allmählich wiederkommen. Ende März werde dann alles in bester Ordnung sein. Man brauche sich keine Sorgen zu machen, sagte er, was aus seiner Sicht verständlich war, denn *er* hatte ja keine Probleme mit der Stimme. Bei meinem Bruder stand die Sache anders. Als der April ins Land zog, schrieb Con immer noch Zettel und gestikulierte, wenn er etwas wollte. Er bestand darauf, zur Schule zu gehen, obwohl die anderen Jungen sich allmählich über ihn lustig machten. Das Problem, am Unterricht mitwirken zu können, hatte er nämlich zumindest einigermaßen dadurch gelöst, dass er sich auf die eine Handfläche JA und auf die andere NEIN gemalt hatte. Außerdem besaß er einen Stapel Karteikarten, auf denen in Blockschrift weitere Mitteilungen standen. Am lustigsten fanden seine Klassenkameraden die mit der Aufschrift DARF ICH AUF DIE TOILETTE.

Dies alles steckte Con scheinbar gut weg, weil er wusste, dass man ihn sonst nur noch heftiger veralbert hätte, aber als ich eines Abends in das Zimmer kam, das er mit Terry teilte, lag er lautlos weinend auf seinem Bett. Ich ging zu ihm und fragte, was los sei. Eine blöde Frage, weil ich es wusste, aber in einer solchen Situation musste man schließlich etwas sagen, und ich *konnte* es sagen, weil ich ja nicht derjenige war, der mit dem Skistock des Schicksals eins an den Hals bekommen hatte.

Hau ab!, formte er mit den Lippen. Die Wangen und die Stirn, übersät mit frisch aufgeblühten Pickeln, glühten. Die Augen waren verschwollen. *Hau ab, hau ab!* Und dann, was mich wirklich aus den Socken haute: *Hau bloß ab, du Schwanzlutscher!*

In jenem Frühling zeigte sich im Haar meiner Mutter das erste Grau. Als mein Vater eines Nachmittags heimkam, wobei er erschöpfter als üblich aussah, sagte ihm Mutter, sie müssten Con nach Portland zu einem Facharzt bringen. »Wir haben lange genug gewartet«, meinte sie. »George Renault, dieser alte Trottel, kann sagen, was er will, aber ich weiß, was passiert ist, und du weißt es auch. Dieser leichtsinnige reiche Schnösel hat meinem Sohn die Stimmbänder zerrissen.«

Mein Vater ließ sich auf einen Stuhl fallen. Keiner der beiden bemerkte, dass ich im Flur an der Garderobe hockte und mir übertrieben viel Zeit ließ, die Turnschuhe zu schnüren. »Das können wir uns nicht leisten, Laura«, sagte er.

»Aber den Laden von Hiram in Gates Falls zu kaufen konntest du dir leisten!«, sagte sie in einem hässlichen, fast höhnischen Ton, den ich noch nie von ihr gehört hatte.

Statt sie anzusehen, saß mein Vater da und blickte auf den Tisch, obwohl sich darauf nichts außer dem rot-weiß karierten Wachstuch befand. »Genau deshalb können wir es uns nicht leisten. Wir bewegen uns auf mächtig dünnem Eis. Du weißt ja, was für ein Winter es war.«

Das wussten wir alle: ein warmer. Wenn das Familieneinkommen von Heizöl abhing, behielt man das Thermometer von Thanksgiving bis Ostern ständig im Blick und hoffte, dass es möglichst weit unten blieb.

Meine Mutter stand an der Spüle, die Hände in einer Wolke aus Seifenschaum verborgen. Irgendwo unterhalb dieser Wolke klapperten Teller, als wollte sie diese zerbrechen, statt sie zu reinigen. »Du musstest den Laden einfach kaufen, stimmt's?« Das war immer noch derselbe Ton. Ich hasste ihn. Er klang, als wollte sie Dad bewusst auf die Palme treiben. »Du großer Ölbaron!«

»Das haben wir lange vor Cons Unfall beschlossen«, sagte er, immer noch ohne den Blick zu heben. Seine Hände steckten wieder tief in seinen Taschen. »Es war im August. Wir beide haben uns hingesetzt und den Farmeralmanach studiert. Ein kalter und schneereicher Winter, stand da, der kälteste seit dem Ende vom Zweiten Weltkrieg. Da haben wir beschlossen, dass es das Richtige ist. Du hast es mit deiner Rechenmaschine durchkalkuliert.«

Unter dem Seifenschaum klapperten die Teller noch lauter. »Nimm einen Kredit auf!«

»Das könnte ich zwar, aber, Laura ... hör mir zu.« Endlich hob er den Blick. »Womöglich muss ich das tun, um überhaupt den Sommer zu überstehen.«

»Er ist dein Sohn!«

»Das weiß ich, verflucht noch mal!«, brüllte Dad. Das machte mir Angst, und meiner Mutter ging es offenbar ebenso, denn diesmal klapperten die Teller unter der Schaumwolke nicht nur. Es krachte. Und als meine Mutter die Hände hob, blutete eine.

Sie hielt sie meinem Vater vor die Nase – wie mein stummer Bruder in der Schule JA oder NEIN vorzeigte – und sagte: »Sieh nur, wozu du mich ge...« Da sah sie mich auf dem Stapel Brennholz sitzen und in die Küche starren. »Schwirr ab! Geh raus zum Spielen!«

»Laura, lass es jetzt nicht an Jamie ...«

»Mach, dass du fortkommst!«, brüllte sie. So hätte Con mich in seinem Zimmer angebrüllt, wenn er eine Stimme gehabt hätte. *»Gott hasst es, wenn man schnüffelt!«*

Sie brach in Tränen aus. Ebenfalls heulend, rannte ich aus der Tür. Ich rannte den Methodist Hill hinunter und über die Route 9, ohne nach links und rechts zu blicken. Ich hatte keine Ahnung, dass ich auf das Pfarrhaus zulief, weil ich zu durcheinander war, überhaupt daran zu denken, mir dort Rat zu holen. Hätte Patsy Jacobs nicht im Vorgarten gestanden, um zu schauen, ob aus den Blumen, die sie im Herbst gepflanzt hatte, irgendetwas geworden war, wäre ich vielleicht bis zum Zusammenbruch gerannt. Aber sie war im Garten, und sie rief meinen Namen. Etwas in mir wollte einfach weiterrennen, aber ich hatte – wie ich glaube, schon erwähnt zu haben – Manieren, und zwar selbst dann, wenn ich gerade völlig durcheinander war. Deshalb blieb ich stehen.

Sie kam zu mir, während ich mit gesenktem Kopf dastand und nach Luft schnappte. »Was ist passiert, Jamie?«

Ich antwortete nicht. Sie streckte eine Hand aus, legte mir die Fingerspitzen unters Kinn und hob es an. Ich sah Morrie neben der schmalen Veranda auf dem Rasen sitzen, umgeben von Spielzeugautos. Er glotzte mich an.

»Jamie? Sag mir, was los ist.«

So wie man uns beigebracht hatte, höflich zu sein, so hatte man uns auch eingeschärft, nicht auszuplappern, was in der Familie vor sich ging. Wie es in meiner Heimat eben üblich ist. Doch Patsy Jacobs' Freundlichkeit löste mir die Zunge, und alles kam wie ein Schwall aus mir heraus: Cons Elend (dessen Tiefe meine Eltern trotz echter Besorgnis nicht begriffen, da bin ich mir ganz sicher), die Befürchtung meiner Mutter, dass seine Stimmbänder gerissen waren und er womöglich nie wieder sprechen konnte, ihr Drängen auf eine fachärztliche Untersuchung und Dads Antwort, dass sie sich so etwas nicht leisten könnten. Vor allem jedoch das Gebrüll. Von der fremden Stimme, die ich aus dem Mund meiner Mutter gehört hatte, erzählte ich Patsy allerdings nicht, aber nur deshalb nicht, weil ich es nicht mit Worten ausdrücken konnte.

Als ich endlich fertig war, sagte sie: »Komm mal nach hinten zum Schuppen. Du solltest mit Charlie sprechen.«

Da der Belvedere inzwischen seinen ordnungsgemäßen Platz in der Garage eingenommen hatte, diente der Schuppen hinter dem Haus Jacobs als Werkstatt. Als Patsy mich hineinführte, bastelte er gerade an einem Fernsehgerät herum, dem der Bildschirm fehlte.

»Wenn ich dieses Schmuckstück wieder zusammengesetzt habe, werde ich Sender aus Miami, Chicago und Los Angeles empfangen können«, sagte er, während er mir den Arm um die Schultern legte und ein Taschentuch aus der Gesäßtasche zog. »Wisch dir die Augen aus, Jamie. Um deine Nase könntest du dich übrigens auch ein bisschen kümmern.«

Ich betrachtete den augenlosen Fernseher, während ich mich säuberte. »Kriegen Sie damit wirklich was aus Chicago und Los Angeles rein?«

»Ach was, das war ein Scherz. Ich versuche bloß, einen Verstärker einzubauen, damit wir was anderes außer Channel 8 empfangen können.«

»Wir kriegen auch 6 und 13 rein«, sagte ich. »6 sieht allerdings ein bisschen aus wie Schneegestöber.«

»Ihr habt auch eine Dachantenne. Wir müssen uns mit einer im Zimmer begnügen.«

»Wieso kaufen Sie sich nicht eine? Die gibt's in Castle Rock bei Western Auto.«

Er grinste. »Prima Idee! Ich stelle mich bei der Quartalsversammlung vor die Diakone und erkläre ihnen, ich will einen Teil der Kollekte für eine Fernsehantenne verwenden, weil Morrie nicht auf *Mighty 90* verzichten kann, während meine Frau und ich am Dienstagabend *Petticoat Junction* sehen wollen. Vergiss es, Jamie. Erzähl mir lieber, was dich so aufgeregt hat.«

Ich blickte mich nach Mrs. Jacobs um, weil ich hoffte, nicht alles zweimal erzählen zu müssen, aber sie hatte sich leise davongemacht. Charles Jacobs nahm mich bei den Schultern und führte mich zu einem Sägebock. Ich war gerade groß genug, mich draufsetzen zu können.

»War es wegen Con?«

Kein Wunder, dass er das erraten hatte; in jenem Frühjahr schlossen wir die Bitte, Con möge seine Stimme wiederfinden, regelmäßig in das Gebet am Ende jedes Donnerstagabends ein, zusammen mit den Fürbitten für andere Mitglieder der Jugendgruppe, die etwas Schweres durchmachten (meist waren das Knochenbrüche, aber Bobby Underwood hatte Verbrennungen erlitten, und Carrie Doughty war von ihrer entsetzten Mutter der Kopf rasiert und mit Essig gewaschen worden, weil es auf ihrer Kopfhaut von Läusen wimmelte). Wie seine Frau hatte Reverend Jacobs jedoch keine Ahnung, wie schlecht es Con wirklich ging und dass sein Elend sich wie ein besonders übler Krankheitskeim unter der ganzen Familie verbreitet hatte.

»Im letzten Sommer hat Dad den Laden von Mr. Hiram gekauft«, flennte ich wieder los. Das war mir zwar zuwider, weil nur kleine Kinder flennten, aber ich konnte anscheinend nichts dagegen tun. »Er hat gesagt, der Preis ist so gut, dass er nicht ablehnen konnte, bloß hatten wir dann einen warmen Winter, und das Heizöl hat nur noch fünfzehn Cent pro Gallone gekostet, und jetzt können sie sich keinen Facharzt leisten, und wenn Sie meine Mama gehört hätten, die hat sich überhaupt nicht angehört wie sonst, und manchmal schiebt Dad die Hände ganz tief in die Taschen, weil …« Da setzte endlich meine anerzogene Zurückhaltung ein, und ich endete mit: »Weil ich nicht weiß, wieso.«

Er zog wieder das Taschentuch hervor, und während ich es benutzte, holte er aus seinem Arbeitstisch einen kleinen Metallkasten. Aus dem ragten in jeder Richtung Drähte heraus wie schlecht geschnittene Haare.

»Das ist der Verstärker«, sagte er. »Erfunden von meiner Wenigkeit. Sobald ich ihn angeschlossen habe, führe ich ein Kabel durchs Fenster bis hoch zum Dach. Dort werde ich das da anschließen.« Er deutete in die Ecke, wo ein Rechen stand, dessen rostige Metallzinken in die Höhe ragten. »Marke Jacobs Eigenbau.«

»Wird das denn funktionieren?«, fragte ich.

»Keine Ahnung. Ich glaube schon. Aber selbst wenn, sind die Tage der Fernsehantennen meiner Meinung nach gezählt. In zehn Jahren werden die Fernsehsignale übers Telefonkabel übertragen werden, und man wird wesentlich mehr als drei Sender zur Verfügung haben. Um das Jahr 1990 wird man die Signale dann von Satelliten zur Erde senden. Ich weiß, das klingt nach Science-Fiction, aber die Technik dafür existiert bereits.«

Er hatte seinen träumerischen Blick, und ich dachte: *Bestimmt hat er Con ganz vergessen.* Inzwischen weiß ich, dass dem nicht so war. Er ließ mir nur Zeit, mich wieder aufzurappeln, und vielleicht musste er außerdem ein wenig nachdenken.

»Zuerst werden die Leute darüber staunen, aber dann werden sie es alle für selbstverständlich halten. Sie werden sagen: ›Ach ja, wir haben Telefon-TV‹, oder auch: ›Wir haben Erdsatelliten-TV‹, aber das wird nicht stimmen. Alles ist ein Geschenk der Elektrizität, die inzwischen so weit verbreitet ist, dass wir gar keine Notiz mehr davon nehmen. Man sagt bekanntlich gern: ›Das ist wie ein Elefant im Wohnzimmer‹, womit man meint, dass etwas zu groß ist, als dass es unbeachtet bliebe, aber man würde selbst einen Elefanten nicht mehr beachten, wenn er lange genug im Wohnzimmer stünde.«

»Außer wenn man seine Haufen wegräumen müsste«, sagte ich.

Daraufhin wieherte er vor Lachen, und ich lachte mit, obwohl meine Augen vom Weinen verschwollen waren.

Reverend Jacobs ging zum Fenster und blickte hinaus. Er verschränkte die Hände hinter dem Rücken und sprach lange Zeit kein Wort. Dann drehte er sich zu mir um und sagte: »Ich will, dass du Con heute Abend zu mir ins Pfarrhaus bringst. Bist du dazu bereit?«

»Klar«, sagte ich ohne große Begeisterung. Ich dachte, er hätte weitere Gebete im Sinn. Ich wusste zwar, dass das nichts schaden konnte, aber man hatte schon reichlich für Con gebetet, und geholfen hatte es auch nichts.

Meine Eltern erhoben keine Einwände dagegen, dass wir zum Pfarrhaus gingen, allerdings musste ich sie einzeln fragen, weil sie an jenem Abend kaum ein Wort miteinander wechselten. Bei Connie musste ich hingegen Überzeugungsarbeit leisten, wahrscheinlich weil ich selbst nicht besonders überzeugt war. Da ich es dem Reverend versprochen hatte, gab ich jedoch nicht auf und holte mir zur Unterstützung Claire. Deren Glauben an die

Kraft des Gebets war wesentlich größer als meiner, und außerdem verfügte sie selbst über gewisse Kräfte. Die kamen wahrscheinlich daher, dass sie das einzige Mädchen war. Was mich und meine drei Brüder anging, gelang es nur Andy – der ihr vom Alter her am nächsten war –, sich ihr zu widersetzen, wenn sie ihn liebreizend ansah und um etwas bat.

Als wir zu dritt die Landstraße überquerten, warfen wir im Licht des aufgehenden Vollmonds lange Schatten. Con, in jenem Jahr gerade dreizehn, dunkelhaarig, schlank, trug eine ausgeblichene Jacke mit Schottenmuster, die er von Andy geerbt hatte, und hielt seinen Notizblock in die Höhe, den er überallhin mitnahm. Er hatte im Gehen darauf gekritzelt, weshalb die Buchstaben zittrig ausgefallen waren. SO EIN BLÖDSINN.

»Schon möglich«, sagte Claire. »Aber wir bekommen Kekse. Mrs. Jacobs hat immer welche da.«

Außerdem bekamen wir den inzwischen fünfjährigen Morrie zu sehen, der schon im Schlafanzug war. Er rannte schnurstracks auf Con zu und sprang ihm in die Arme. »Kannst du immer noch nicht reden?«, fragte er.

Con schüttelte den Kopf.

»Das bringt mein Dad in Ordnung«, sagte Morrie. »Der hat den ganzen Nachmittag daran gearbeitet.« Dann streckte er die Arme nach meiner Schwester aus. »Trag mich rum, Claire, trag mich rum, Claire-Bär, dann kriegst du einen Kuss von mir!« Lachend nahm sie ihn Con ab.

Reverend Jacobs war im Schuppen, gekleidet in ausgeblichene Jeans und einen Pullover. In der Ecke stand ein elektrisches Heizgerät, dessen Elemente kirschrot glühten, doch in der Werkstatt war es trotzdem kalt. Wahrscheinlich war Jacobs zu sehr damit beschäftigt gewesen, an seinen verschiedenen Projekten herumzubasteln, als dass er daran gedacht hätte, den Schuppen winterfest zu machen. Der vorübergehend augenlose Fernseher war von einer Umzugsdecke verhüllt.

Jacobs umarmte Claire und gab ihr ein Küsschen auf die Wange, dann schüttelte er Con die Hand. Der hob anschließend seinen Notizblock hoch. Auf einer neuen Seite stand JETZT WIRD WOHL WIEDER GEBETET.

Das fand ich irgendwie unhöflich, und an Claires Stirnrunzeln sah ich, dass sie derselben Meinung war, aber Jacobs lächelte nur. »Vielleicht kommen wir noch dazu, aber zuerst will ich etwas anderes versuchen.« Er sah mich an. »Wem hilft der Herr, Jamie?«

»Denen, wo sich selber helfen«, sagte ich.

»Grammatikalisch nicht ganz richtig, aber wahr.«

Er ging zum Arbeitstisch und kam mit etwas wieder, was wie ein breiter Stoffgürtel oder die schmalste Heizdecke der Welt aussah. Ein Kabel baumelte herab, an dessen Ende sich ein weißes Plastikkästchen mit einem Schiebeschalter an der Oberseite befand. Den Gürtel in den Händen, stand Jacobs da und betrachtete Con mit ernster Miene. »Das ist ein Projekt, an dem ich das letzte Jahr über immer wieder mal gearbeitet habe. Ich nenne es den elektrischen Nervenstimulator.«

»Eine von Ihren Erfindungen«, sagte ich.

»Nicht ganz. Die Idee, Elektrizität einzusetzen, um Schmerzen zu dämpfen und Muskeln zu stimulieren, ist sehr, sehr alt. Schon sechzig Jahre vor der Geburt Christi hat ein römischer Arzt namens Scribonius Largus entdeckt, dass man Gichtanfälle an den Füßen lindern kann, wenn der Patient fest auf einen elektrischen Rochen tritt.«

»Das haben Sie sich gerade ausgedacht!«, rief Claire lachend. Con lachte nicht, er starrte fasziniert auf den Stoffgürtel.

»Keineswegs«, sagte Jacobs. »Aber mein Gerät wird mit kleinen Batterien versorgt, die ich tatsächlich selbst entwickelt habe. Die sogenannten Zitterrochen sind hier in Maine nur schwer zu beschaffen, und sie einem Jungen um den Hals zu legen wäre sicher auch nicht leicht. Das habe ich nämlich mit diesem selbst gebastelten Stimulationsapparat vor. Vielleicht hat Dr. Renault ja recht damit, dass deine Stimmbänder gar nicht gerissen sind, Con. Vielleicht brauchst du nur eine Art Starthilfe. Ich bin bereit, das Experiment durchzuführen, aber es ist deine Entscheidung. Was meinst du?«

Con nickte. In seinen Augen sah ich einen Ausdruck, der dort eine ganze Weile nicht mehr vorhanden gewesen war: Hoffnung.

»Wieso haben Sie uns das nie in der Jugendgruppe vorgeführt?«, fragte Claire. Das klang fast vorwurfsvoll.

Jacobs blickte überrascht und irgendwie unbehaglich drein. »Ich glaube, mir ist einfach nicht eingefallen, wie ich das mit einem christlichen Inhalt verbinden kann. Bis Jamie mich heute besucht hat, hatte ich eigentlich vor, es an Al Knowles auszuprobieren. Ihr wisst schon, wegen seinem Unfall.«

Wir nickten. Die im Kartoffelsortierer verlorenen Finger.

»Er spürt die Finger, die nicht mehr da sind, immer noch und sagt sogar, dass sie ihm ständig wehtun. Außerdem ist er mit den geschädigten Nerven nicht mehr richtig in der Lage, die Hand zu bewegen. Wie gesagt weiß ich seit Jahren, dass die Elektrizität in solchen Fällen helfen kann. Jetzt sieht es ganz so aus, als würdest du mein Versuchskaninchen sein, Con.«

»Also ist es bloß ein glücklicher Zufall, dass das Gerät jetzt bei der Hand ist?«, fragte Claire. Mir war nicht klar, wieso es darauf ankam, aber das tat es offenbar. Aus ihrer Sicht zumindest.

Jacobs sah sie tadelnd an und sagte: »Ausdrücke wie *glücklicher Zufall* werden von Leuten mit schwachem Glauben verwendet, um den Willen Gottes zu bezeichnen, Claire.«

Daraufhin errötete sie und blickte auf ihre Turnschuhe. Con wiederum war damit beschäftigt, etwas auf seinen Notizblock zu kritzeln. Er hielt ihn in die Höhe. TUT ES WEH?

»Ich glaube nicht«, sagte Jacobs. »Die Stromstärke ist sehr niedrig. Eigentlich minimal. Ich habe es an meinem Arm ausprobiert – wie eine Blutdruckmanschette – und bloß ein Kribbeln verspürt, wie es entsteht, wenn einem ein Arm oder ein Bein eingeschlafen ist und wieder in Gang kommt. Falls doch Schmerzen auftreten, hebst du einfach die Hand, und ich stelle den Strom sofort ab. Ich werde dir den Gurt nun anlegen. Er wird fest sitzen, aber nicht sehr eng, sodass du gut atmen kannst. Die Schnallen sind aus Nylon. Metall kann man bei einem solchen Ding nicht gebrauchen.«

Er legte Con den Gürtel wie einen übergroßen Winterschal um den Hals. Cons Augen waren angstvoll geöffnet, doch als Jacobs fragte, ob er bereit sei, nickte er. Ich spürte, wie Claires Finger sich um meine schlossen. Sie waren kalt. Nun würde Jacobs ein Gebet sprechen, dachte ich, um Erfolg zu erbitten. Auf gewisse Weise tat er das wohl auch. Er bückte sich, um Con direkt in die Augen zu blicken, und sagte: »Erwarte ein Wunder.«

Mein Bruder nickte. Ich sah, wie sich der Gürtel um seinen Hals beim Schlucken auf und ab bewegte.

»In Ordnung. Los geht's.«

Als Reverend Jacobs den Schalter auf dem Kästchen betätigte, hörte ich ein leises Summen. Con machte eine ruckhafte Bewegung mit dem Kopf. Sein Mund zuckte, zuerst am einen Winkel, dann am anderen. Die Finger flatterten, und die Arme schüttelten sich.

»Tut es weh?«, fragte Jacobs. Sein Zeigefinger schwebte über dem Schalter, bereit, den Gürtel abzuschalten. »Heb die Hände, wenn es wehtut!«

Con schüttelte den Kopf. Dann sagte er mit einer Stimme, die so klang, als käme sie durch einen Mund voll Sand: »Tut nicht ... weh. *Warm.*«

Claire und ich tauschten einen verblüfften Blick. Ein Gedanke, stark wie Telepathie, strömte von ihr zu mir und zurück: *Habe ich das wirklich gehört?* Inzwischen drückte Claire meine Hand so fest, dass es schmerzte, aber das war mir egal. Als wir den Blick wieder auf Jacobs richteten, sahen wir, dass er lächelte.

»Nicht sprechen. Vorerst jedenfalls. Ich will den Gürtel noch zwei Minuten eingeschaltet lassen. Solange es nicht wehtut. Falls doch, hebst du einfach die Hände, dann schalte ich sofort aus.«

Die Hände hob Con nicht, nur die Finger bewegten sich unablässig auf und nieder, als würde er auf einem unsichtbaren Klavier spielen. Einige Male hob sich die Oberlippe zu einem ungewollt höhnischen Grinsen, und die Augenlider verfielen in ein krampfhaftes Flattern. Ein weiteres Mal ertönte seine kratzende, sandige Stimme: »Ich ... kann ... wieder *sprechen!*«

»Pst!«, sagte Jacobs streng. Sein Zeigefinger schwebte weiterhin über dem Schalter, jederzeit bereit, den Strom abzustellen. Den Blick hatte er auf den Sekundenzeiger seiner Armbanduhr gerichtet. Es kam mir wie eine Ewigkeit vor, bis er endlich den Schalter betätigte und das leise Summen verstummte. Er löste die Schnallen und schob Con den Gürtel über den Kopf. Mein Bruder griff sich augenblicklich an den Hals. Dort war die Haut etwas gerötet, was aber wohl nicht durch die Elektrizität, sondern durch den Druck des Gürtels hervorgerufen worden war.

»So, Con – jetzt sag mal: ›Auf dem Rasen rasen Hasen, atmen rasselnd durch die Nasen.‹ Aber wenn dein Hals wehtut, hörst du sofort auf.«

»Auf dem Rasen rasen *Hasen*«, sagte Con mit seiner merkwürdig kratzenden Stimme. »Atmen rasselnd durch die *Nasen.*« Dann: »Ich muss ausspucken.«

»Tut dir der Hals weh?«

»Nein, muss bloß ausspucken.«

Claire öffnete die Schuppentür. Con beugte sich hinaus, räusperte sich (was ein unangenehm metallisches Geräusch hervorbrachte, das nach einem rostigen Scharnier klang) und spuckte einen Batzen Schleim aus, fast so groß wie ein Türknauf. So kam es mir jedenfalls vor. Dann wandte er sich wieder zu uns um und massierte sich mit einer Hand die Kehle.

»Auf dem Rasen rasen *Hasen.*« Er hörte sich immer noch nicht an wie der Con, an den ich mich erinnerte, aber die Worte klangen nun klarer und menschlicher. Tränen stiegen ihm in die Augen und rannen ihm an den Wangen herab. »Atmen rasselnd durch die *Nasen.*«

»Das reicht fürs Erste«, sagte Jacobs. »Wir gehen jetzt ins Haus, damit du dort ein Glas Wasser trinken kannst. Ein großes. Du musst viel Wasser trinken. Heute Abend und auch morgen. Bis deine Stimme sich wieder normal anhört. Versprichst du mir das?«

»Ja.«

»Wenn du nach Hause kommst, darfst du deine Eltern begrüßen. Dann gehst du in dein Zimmer, kniest nieder und dankst

Gott dafür, dass er dir die Stimme wiedergegeben hat. Wirst du das tun?«

Con nickte überschwänglich. Er weinte nun heftiger, und damit war er nicht allein. Claire und ich weinten ebenfalls. Nur Reverend Jacobs hatte trockene Augen. Ich glaube, er war zu verblüfft, als dass ihm Tränen gekommen wären.

Patsy war als Einzige nicht überrascht. Als wir ins Haus kamen, drückte sie Con den Arm und sagte mit nüchterner Stimme: »Was für ein guter Junge.«

Morrie umarmte meinen Bruder, was dieser so fest erwiderte, dass die Augen des kleinen Jungen fast aus den Höhlen quollen. Patsy ließ an der Spüle ein Glas Wasser einlaufen, und Con trank es aus. Als er sich bei ihr bedankte, tat er das schon fast mit der eigenen Stimme.

»Gern geschehen, Con. Aber Morrie müsste jetzt eigentlich schon lange im Bett sein, und für euch ist es auch an der Zeit, nach Hause zu gehen.« Sie nahm Morrie bei der Hand. Während sie mit ihm zur Treppe ging, sagte sie, ohne sich umzudrehen: »Ich glaube, eure Eltern werden sehr glücklich sein.«

Das war die Untertreibung des Jahrhunderts.

Die beiden saßen im Wohnzimmer, sahen sich *Die Leute von der Shiloh Ranch* an und sprachen immer noch nicht wieder miteinander. Trotz meiner Freude und Aufregung spürte ich die Eiseskälte zwischen ihnen. Im Obergeschoss trampelten Andy und Terry herum, weil sie sich wieder mal wegen irgendetwas stritten – kurz, alles ging seinen gewohnten Gang. Mutter hatte eine Häkelarbeit auf dem Schoß und beugte sich gerade vor, um das Garn in ihrem Korb zu entwirren, da sagte Con: »Hallo, Mama. Hallo, Dad.«

Vater glotzte ihn mit offenem Mund an. Mutter erstarrte, eine Hand im Korb, die andere samt Nadeln in der Luft. Ganz langsam hob sie den Blick. »Was …?«, sagte sie.

»Hallo«, wiederholte Con.

Mit einem Aufschrei sprang meine Mutter aus dem Sessel, wobei sie den Häkelkorb umwarf, und packte Con, wie sie es manchmal getan hatte, als wir noch klein gewesen waren, um uns wegen irgendeiner Missetat strafend zu schütteln. An jenem Abend blieb das Schütteln aus. Weinend schloss sie Con in die Arme. Ich hörte, wie Terry und Andy die Treppe herunterpolterten, um nachzusehen, was los war.

»Sag noch etwas!«, rief unsere Mutter. »Sag noch etwas, damit ich nicht glaube, geträumt zu haben!«

»Er soll jetzt noch nicht ...«, fing Claire an, aber Con unterbrach sie. Das konnte er jetzt nämlich.

»Ich hab dich lieb, Mama«, sagte er. »Dich auch, Dad.«

Unser Vater nahm Con bei den Schultern und beäugte dessen Hals, aber da war nichts mehr zu sehen; die Röte war verschwunden. »Dank sei Gott«, sagte er. »Dank sei Gott, mein Junge.«

Claire und ich sahen uns an, und wieder musste unser gemeinsamer Gedanke nicht ausgesprochen werden: Auch Reverend Jacobs hatte ein wenig Dank verdient.

Wir erklärten, dass Con seine Stimme vorerst sparsam verwenden solle, und als wir berichteten, er solle zudem viel Wasser trinken, ging Andy in die Küche und kam mit Dads riesigem Kaffeebecher zurück, der mit einer kanadischen Flagge und dem Satz EINE KAISERGALLONE KOFFEIN bedruckt war. Während Con ihn austrank, berichteten Claire und ich abwechselnd, was geschehen war. Ein- oder zweimal mischte Con sich ein, um das Kribbeln zu beschreiben, das er bei der Behandlung gespürt habe. Jedes Mal schimpfte Claire ihn aus, weil er wieder gesprochen hatte.

»Ich kann's einfach nicht glauben«, wiederholte Mutter mehrfach. Sie hielt den Blick fest auf Con gerichtet. Immer wieder ergriff sie ihn, um ihn zu umarmen, als hätte sie Angst, er könnte Flügel bekommen, sich in einen Engel verwandeln und entschweben.

»Wenn die Kirche nicht für sein Heizöl aufkommen würde«, sagte Vater, nachdem wir unseren Bericht beendet hatten, »müsste Reverend Jacobs nie wieder auch nur eine einzige Gallone bezahlen.«

»Wir werden uns was für ihn ausdenken«, sagte Mutter zerstreut. »Aber jetzt wollen wir feiern. Terry, geh zur Gefriertruhe und hol die Eiscreme, die wir für Claires Geburtstag aufgehoben haben. Die wird Cons Hals guttun. Stell sie auf den Tisch, und lass dir von Andy beim Verteilen helfen. Wir essen alles auf, also nehmt die großen Schalen. Du hast doch nichts dagegen, oder, Claire?«

Meine Schwester schüttelte den Kopf. »Das ist besser als eine Geburtstagsparty.«

»Ich muss aufs Klo«, sagte Connie. »Das ganze Wasser. Und dann muss ich beten. Das hat der Reverend gesagt. Lasst mich dabei allein.«

Er ging nach oben. Andy und Terry verschwanden in der Küche, um die Eiscreme auszuteilen (es war Fürst-Pückler-Eis ... merkwürdig, wie mir alles wieder in den Sinn kommt). Meine Eltern sanken in ihre Sessel und starrten auf den Fernseher, ohne ihn zu sehen. Ich sah, wie Mutter mit einer Hand zur Seite tastete und Vater ihre Hand nahm, ohne hinzuschauen, als wüsste er, dass sie da war. Ich war froh und erleichtert.

Dann spürte ich, wie etwas an meiner Hand zog. Es war Claire. Sie führte mich durch die Küche, wo Andy und Terry über die jeweilige Größe der Portionen stritten, in den Flur. Als sie mich ansah, waren ihre Augen weit geöffnet und glänzten.

»Hast du ihn gesehen?«, fragte sie. Bohrend.

»Wen?«

»Reverend Jacobs, du Trottel! Hast du ihn beobachtet, als ich ihn gefragt habe, wieso er uns den elektrischen Gürtel nie in der Jugendgruppe vorgeführt hat?«

»Ja ... schon ...«

»Angeblich hat er ein ganzes Jahr lang daran gearbeitet, aber wenn das stimmen würde, hätte er ihn vorgeführt. Das tut er mit *allem*, was er bastelt!«

Ich erinnerte mich tatsächlich, wie überrascht er ausgesehen hatte, als hätte Claire ihn bei etwas ertappt. Das konnte ich beurteilen, denn ich hatte mehr als einmal denselben Ausdruck auf meinem Gesicht gespürt, wenn *ich* bei etwas ertappt worden war. Aber ...

»Willst du etwa sagen, dass er gelogen hat?«

Sie nickte heftig. »*Ja!* Das hat er! Und seine Frau? *Die hat es gewusst!* Weißt du, was ich glaube? Ich glaube, er hat gleich mit der Arbeit angefangen, nachdem du bei ihm warst. Vielleicht hatte er die Idee schon vorher – ich glaube, er hat massenhaft Ideen für elektrische Erfindungen, die hüpfen ihm im Kopf rum wie Popcorn –, aber richtig gearbeitet an diesem Ding hat er erst heute.«

»Also, Claire, ich glaube nicht ...«

Sie hielt immer noch meine Hand, an der sie jetzt ungeduldig zerrte, als wäre ich im Schlamm stecken geblieben und brauchte Hilfe, mich zu befreien. »Hast du den Küchentisch im Pfarrhaus gesehen? Da war noch für einen gedeckt, mit nichts auf dem Teller und nichts im Glas! Er hat aufs Abendessen verzichtet, damit er weiterarbeiten konnte. Er hat geschuftet wie der Teufel, das hat man an seinen Händen gesehen. Die waren total rot, und an zwei Fingern waren Blasen.«

»Und das alles hat er nur für Con getan?«

»Ich glaube nicht«, sagte sie, wobei sie mir unverwandt in die Augen sah.

»Claire, Jamie!«, rief Mutter. »Es gibt Eiscreme!«

Claire blickte sich nicht einmal nach der Küche um. »Von allen Kindern in der Jugendgruppe hat er dich zuerst kennengelernt, und dich mag er am liebsten. Er hat es für dich getan, Jamie. Er hat es für dich getan.«

Damit ging sie in die Küche und ließ mich wie betäubt neben dem Holzstapel stehen. Wäre sie etwas länger geblieben, um mir die Chance zu lassen, meine Verblüffung zu überwinden, dann hätte ich ihr vielleicht gesagt, was ich empfunden hatte: Reverend Jacobs war ebenso erstaunt gewesen wie wir.

Er hatte nicht erwartet, dass es funktionieren würde.

III

Der Unfall. Die Geschichte meiner Mutter. Die Furchtbare Predigt. Abschied.

An einem warmen und wolkenlosen Wochentag im Oktober 1965 setzte Patricia Jacobs Morrie das Klettchen auf den Beifahrersitz des Plymouth Belvedere, der ein Hochzeitsgeschenk ihrer Eltern gewesen war, und machte sich auf den Weg zum Red & White Market in Gates Falls. »Sie ist einholen gegangen«, hätte man in Neuengland damals gesagt.

Drei Meilen weit entfernt lenkte ein Farmer namens George Barton – ein Hagestolz, in der Gegend als Einsamer George bekannt – seinen Pick-up, einen Ford F-100, auf die Straße. Angehängt war ein Kartoffelroder. George hatte vor, auf der Route 9 zu seinem südlichen Acker zu fahren. Bis dahin war es etwa eine Meile. Mitsamt dem Roder schaffte er höchstens zehn Meilen die Stunde, weshalb er sich ganz rechts am Bankett hielt, damit man ihn gefahrlos überholen konnte. George war rücksichtsvoll gegenüber seinen Mitmenschen. Er war ein guter Farmer. Er war ein guter Nachbar, ein Mitglied des Schulausschusses und ein Diakon unserer Kirche. Außerdem war er, wie er fast stolz zu erwähnen pflegte, »ein Pepileptiker«. Wobei ihm, wie er immer rasch hinzufügte, Dr. Renault Pillen verschrieben habe, mit denen die Anfälle »praktisch hundertprozentig« unter Kontrolle seien. Mag sein, aber an jenem Tag hatte er am Lenkrad seines Pick-ups einen.

»Wahrscheinlich hätte er überhaupt kein Fahrzeug lenken sollen, außer vielleicht auf dem Acker«, sagte Dr. Renault später. »Aber wie könnte man einen Mann mit diesem Beruf wohl bitten, seinen Führerschein abzugeben? Schließlich hat er ja keine Frau und keine erwachsenen Kinder, die er ans Lenkrad setzen könnte. Wenn man ihm den Lappen wegnimmt, kann man ihm genauso gut sagen, er solle seine Farm an den Meistbietenden verhökern.«

Nicht lange nachdem Patsy und Morrie zum Einkaufen aufgebrochen waren, kam Mrs. Adele Parker den Sirois Hill herabgefahren. Dort befand sich eine enge, tückische Kurve, an der es im Lauf der Jahre viele Unfälle gegeben hatte. Also rollte Mrs. Parker im Schneckentempo dahin, weshalb sie Zeit hatte, auf die Bremse zu treten – wenn auch im letzten Augenblick –, statt die Frau zu überfahren, die ihr mitten auf der Straße entgegenwankte. Mit einem Arm presste die Frau ein tropfendes Bündel an die Brust. Nur dieser eine Arm stand Patsy Jacobs noch zur Verfügung, weil der andere am Ellbogen abgerissen worden war. Blut strömte ihr über das Gesicht. Neben der Schulter hing ein Stück Kopfhaut mit blutigen Locken, die im milden Herbstwind wehten. Ihr rechtes Auge lag auf der Wange. All ihre Schönheit war mit einem Schlag zunichtegemacht worden. Schönheit war so zerbrechlich.

»Helfen Sie meinem Baby!«, schrie Patsy, als Mrs. Parker ihren alten Studebaker zum Halten gebracht hatte und ausstieg. Hinter der blutenden Frau mit dem tropfenden Bündel sah Mrs. Parker den Belvedere brennend auf dem Dach liegen. Das ramponierte Vorderende von George Bartons Pickup presste sich dagegen. George lag zusammengesunken auf dem Lenkrad. Dahinter blockierte der umgestürzte Kartoffelroder die Landstraße.

»Helfen Sie meinem Baby!«, rief Patsy wieder, und als Adele Parker sah, was es war – kein Baby, sondern ein kleiner Junge mit abgerissenem Gesicht –, schlug sie die Hände vor die Augen und schrie los. Als sie wieder hinsah, war Patsy auf die Knie gesunken, wie um zu beten.

Ein weiterer Pick-up kam um die Kurve gefahren und wäre fast auf Mrs. Parkers Studebaker geprallt. Er gehörte Fernald DeWitt, der versprochen hatte, George an jenem Tag bei der Kartoffelernte zu helfen. Er sprang aus dem Führerhaus, rannte zu Mrs. Parker und sah die auf der Straße kniende Frau. Dann rannte er weiter zum Unfallort.

»Wo wollen Sie hin?«, schrie Mrs. Parker. »Helfen Sie ihr! *Helfen Sie dieser Frau!*«

Fernald, der bei der Marineinfanterie im Pazifik gekämpft und dabei allerhand Furchtbares gesehen hatte, blieb nicht stehen, rief jedoch eine Antwort über die Schulter. »Die und ihr Kind sind hinüber. George vielleicht nicht.«

Womit er nicht unrecht hatte. Patsy war tot, lange bevor der Krankenwagen aus Castle Rock eintraf, aber George Barton sollte noch über achtzig werden. Ans Lenkrad eines motorisierten Fahrzeugs setzte er sich nie wieder.

Jetzt sagt jedermann: »Woher weißt du das eigentlich alles, Jamie Morton? Du warst doch erst neun Jahre alt.«

Ich weiß es eben.

1976, als meine Mutter noch eine relativ junge Frau war, diagnostizierte man bei ihr ein Ovarialkarzinom. Ich ging damals auf die University of Maine, nahm mir jedoch das vierte Semester frei, um am Ende bei ihr zu sein. Obwohl wir keine Kinder mehr waren (Con lebte weit weg in Hawaii, wo er an der Sternwarte auf dem Mauna Kea Pulsare erforschte), kamen wir alle nach Hause, um bei Mutter zu sein und Vater zu unterstützen, der zu verzweifelt war, als dass er von Nutzen hätte sein können; er wanderte nur im Haus umher oder unternahm lange Spaziergänge im Wald.

Mutter wollte ihre letzten Tage zu Hause verbringen, das hatte sie unmissverständlich ausgedrückt, und wir wechselten uns damit ab, sie zu füttern, ihr ihre Medikamente zu verabreichen oder einfach nur bei ihr zu sitzen. Inzwischen war sie kaum mehr als ein Skelett und bekam Morphium gegen die Schmerzen. Morphium ist ein merkwürdiges Zeug. Es hat die Fähigkeit, Schranken zu zersetzen, die sonst undurchdringlich sind – zum Beispiel das zurückhaltende Wesen, für das Neuengland bekannt ist. An einem Februarnachmittag etwa eine Woche vor ihrem Tod war ich an der Reihe, an ihrem Bett zu sitzen. Es war ein bitterkalter Tag mit Schneegestöber und einem aus Norden kommenden Wind, der am Haus rüttelte und in den Dachtraufen heulte, doch im Haus war es warm. Sogar heiß. Mein Vater war bekanntlich im Heizölhandel tätig, und nach jenem erschreckenden Jahr Mitte der Sechziger, als er vor dem Bankrott gestanden hatte, war er nicht nur erfolgreich, sondern auch relativ wohlhabend geworden.

»Schieb diese Decken von mir runter, Terence«, sagte meine Mutter. »Warum sind es so viele? Ich verbrenne.«

»Ich bin Jamie, Mama. Terry ist draußen in der Garage bei Dad.« Ich schlug die einzige Decke zurück. Zum Vorschein kam ein grelles, scheußlich rosafarbenes Nachthemd, das nichts mehr zu enthalten schien. Die Haare meiner Mutter (bereits ganz weiß, als der Krebs zuschlug) waren ein dünnes Nichts; die Lippen hatten sich von den Zähnen zurückgezogen, sodass diese zu groß und irgendwie pferdeartig aussahen; nur ihre Augen waren gleich geblieben. Die waren immer noch jung und voll verletzter Neugier: *Was geschieht mit mir?*

»Jamie, Jamie, hab ich ja gesagt. Kann ich eine Tablette bekommen? Die Schmerzen sind heute schrecklich. So schlimm ist's mir noch nie gegangen.«

»In einer Viertelstunde, Mama.« Eigentlich wären es zwei Stunden gewesen, aber ich hatte nicht den Eindruck, dass es an diesem Punkt noch darauf ankam. Claire hatte vorgeschlagen, ihr alle auf einmal zu geben, was Andy empörte; er war der Einzige von uns, der unserer ziemlich strengen religiösen Erziehung treu geblieben war.

»Willst du sie etwa in die Hölle bringen?«, hatte er gefragt.

»Wenn *wir* ihr das Zeug geben würden, käme sie bestimmt nicht in die Hölle«, sagte Claire – ganz vernünftig, wie ich fand. »Sie würde schließlich gar nichts davon wissen.« Dann fügte sie etwas hinzu, was mir fast das Herz brach, weil es einer der Lieblingssprüche unserer Mutter war: »Sie weiß ja nicht mal mehr, wo links und rechts ist.«

»Das wirst du nicht tun!«, sagte Andy.

»Nein«, seufzte Claire. Sie sollte bald dreißig werden und war schöner denn je. Weil sie sich endlich verliebt hatte? Falls das zutraf, war es wahrlich bittere Ironie. »Den Mut habe ich nicht. Ich habe bloß den Mut, sie leiden zu lassen.«

»Wenn sie im Himmel ist, wird ihr Leiden nur noch ein Schatten sein«, sagte Andy, als wäre das Thema damit erledigt. Für ihn war es das wohl tatsächlich.

Der Wind heulte, die alten Glasscheiben im einzigen Fenster des Schlafzimmers klapperten, und meine Mutter sagte: »Ich bin jetzt so dünn, so dünn. Ich war eine hübsche Braut, das hat jeder gesagt, aber jetzt ist Laura Mackenzie so dünn.« Ihre Mundwinkel zogen sich zu einem clownesken Flunsch aus Kummer und Schmerz nach unten.

Mir blieben noch drei weitere Stunden bei ihr im Zimmer, bis Terry mich ablösen sollte. Eventuell würde sie ab und zu schlafen, aber momentan tat sie das nicht, und ich wollte sie unbedingt davon ablenken, dass ihr Körper sich selbst verzehrte. Deshalb kam ich auf etwas zu sprechen, was mir gerade in den Sinn kam, und das war zufällig Charles Jacobs. Ich fragte, ob sie eine Ahnung habe, was nach seiner Zeit in Harlow aus ihm geworden sei.

»Ach, das war eine furchtbare Zeit«, sagte sie. »Was seiner Frau und seinem kleinen Jungen zugestoßen ist, war einfach furchtbar.«

»Ja«, sagte ich. »Ich weiß.«

Meine sterbende Mutter sah mich mit umnebeltem, verächtlichem Blick an. »Du weißt gar nichts. Du hast keine blasse Ahnung. Es war furchtbar, weil niemand Schuld hatte. Die von George Barton war es jedenfalls nicht. Der hatte bloß einen Anfall.«

Dann erzählte sie mir, was ich hier bereits berichtet habe. Gehört hatte sie es aus dem Mund von Adele Parker, die gesagt hatte, das Bild der sterbenden Frau werde sie nie aus dem Kopf bekommen. »Eines werde *ich* nie aus dem Kopf bekommen«, sagte Mutter. »Nämlich wie er bei Peabody geschrien hat. Ich wusste nicht, dass ein Mensch so ein Geräusch hervorbringen kann.«

Doreen, die Frau von Fernald DeWitt, rief meine Mutter an, um ihr zu sagen, was geschehen war. Sie hatte einen guten Grund, sich zuerst bei Laura Morton zu melden. »Du musst ihm die Nachricht überbringen«, erklärte sie.

Meine Mutter war entsetzt. »O nein! Das kann ich nicht!«

»Du musst es aber tun«, sagte Doreen geduldig. »So etwas kann man nicht am Telefon mitteilen, und abgesehen von Myra Harrington, dieser alten Aaskrähe, bist du seine nächste Nachbarin.«

Nun, da das Morphium ihre Zurückhaltung weggespült hatte, erzählte meine Mutter mir: »Ich habe meinen ganzen Mut zusammengenommen, aber kaum war ich aus der Tür, hat es mich erwischt. Ich musste umkehren, aufs Klo rennen und kacken.«

Sie ging unseren Hügel hinab und dann über die Landstraße aufs Pfarrhaus zu. Obwohl sie mir das damals nicht gesagt hat, kann ich mir vorstellen, dass es der längste Gang ihres Lebens war. Sie klopfte an die Tür, doch zuerst kam niemand, obwohl sie drinnen das Radio spielen hörte.

»Wieso hätte er mich auch hören sollen?«, fragte sie die Zimmerdecke, während ich neben ihr saß. »Beim ersten Mal habe ich mit den Knöcheln kaum das Holz gestreift.«

Das nächste Mal klopfte sie lauter. Er öffnete die Tür und sah meine Mutter durchs Fliegengitter hindurch an. In der Hand hielt er ein großes Buch, an dessen Titel sie sich noch nach all den Jahren erinnerte: *Protonen und Neutronen – Die geheime Welt der Elektrizität.*

»Tag, Laura«, sagte er. »Geht's Ihnen nicht gut? Sie sind ganz blass. Kommen Sie rein, nur herein.«

Sie trat ein. Er fragte, was geschehen sei.

»Es hat einen schrecklichen Unfall gegeben«, sagte sie.

Er sah zunehmend besorgt aus. »Geht es um Dick oder eines von den Kindern? Soll ich kommen? Setzen Sie sich doch, Laura, Sie sehen ja aus, als würden Sie gleich in Ohnmacht fallen.«

»Bei uns ist alles in Ordnung«, sagte sie. »Es ... Charles, es geht um Patsy. Und Morrie.«

Behutsam legte er das große Buch auf den im Flur stehenden Tisch. Wahrscheinlich hat sie in jenem Moment den Titel gesehen, und es wundert mich nicht, dass sie sich daran erinnerte; in solchen Augenblicken sah man alles und prägte es sich ein. Das weiß ich aus eigener Erfahrung. Ich wünschte, es wäre anders.

»Wie schlimm sind sie verletzt?« Und bevor sie antworten konnte. »Sind sie im St. Stevie's? Bestimmt sind sie dort, das liegt am nächsten. Können wir Ihren Kombi nehmen?«

Das St.-Stephen's-Hospital war in Castle Rock, aber dorthin hatte man die beiden natürlich nicht gebracht. »Charles, Sie müssen sich auf einen fürchterlichen Schock einstellen.«

Er nahm sie bei den Schultern – sanft, wie sie sagte, nicht fest, aber als er sich vorbeugte, um ihr ins Gesicht zu blicken, loderten seine Augen. »*Wie schlimm ist es? Laura, wie schlimm sind sie verletzt?*«

Meine Mutter brach in Tränen aus. »Sie sind tot, Charles. Es tut mir so leid.«

Er ließ sie los. Seine Arme sanken herab. »Nein, das sind sie nicht«, sagte er. Es war die Stimme eines Mannes, der eine simple Tatsache feststellte.

»Ich hätte mit dem Auto herkommen sollen«, sagte meine Mutter. »Ja, ich hätte den Kombi mitbringen sollen. Ich habe nicht nachgedacht. Bin einfach gekommen.«

»Das sind sie nicht«, wiederholte er. Er wandte sich ab und legte die Stirn an die Wand. »Nein.« Er stieß den Kopf so heftig gegen die Wand, dass ein daneben hängendes Bild von Jesus mit einem Lämmchen auf dem Arm klirrte. »Nein.« Als er den Kopf ein weiteres Mal aufprallen ließ, fiel das Bild vom Haken.

Meine Mutter nahm ihn am Arm, der schlaff herabbaumelte. »Charles, tun Sie das bitte nicht.« Und als wäre er eines ihrer Kinder und kein erwachsener Mann: »Ruhig, ganz ruhig, mein Lieber.«

»Nein.« Er ließ die Stirn wieder gegen die Wand krachen. »Nein!« Noch einmal. *»Nein!«*

Diesmal ergriff sie ihn mit beiden Händen und zerrte ihn von der Wand weg. »Schluss damit! Sofort aufhören!«

Benommen sah er sie an. Über seiner Stirn verlief eine hellrote Schwiele.

»Was für ein Blick«, erzählte sie mir Jahre später, als sie im Sterben lag. »Ich konnte ihn nicht ertragen, aber das musste ich. Sobald man so etwas angefangen hat, muss man es zu Ende bringen.«

»Kommen Sie mit mir nach Hause«, sagte sie zu ihm. »Ich schenke Ihnen ein Glas von Dicks Whiskey ein, denn jetzt brauchen Sie das, und ich weiß, so was gibt es hier nicht ...«

Er lachte. Es war ein entsetzliches Geräusch.

»... und dann fahre ich Sie nach Gates Falls. Wir müssen zu Peabody.«

»Peabody?«

Sie wartete, bis er begriff. Er wusste genauso gut wie sie, wer Peabody war. Inzwischen hatte Reverend Jacobs genügend Trauerfeiern abgehalten.

»Patsy kann nicht tot sein«, sagte er in einem geduldigen, belehrenden Ton. »Es ist Mittwoch. Mittwoch ist Miracoli-Tag, sagt Morrie immer.«

»Kommen Sie mit, Charles.« Sie nahm ihn bei der Hand, um ihn zuerst zur Tür und dann in die herrliche Herbstsonne zu ziehen. An jenem Morgen war er neben seiner Frau aufgewacht und hatte beim Frühstück gegenüber seinem Sohn gesessen. Sie hatten über irgendwelche Belanglosigkeiten gesprochen, wie man es eben tat. Wer weiß. Jeder Tag kann der Tag sein, an dem es mit uns zu Ende ist; im Voraus wissen wir das nie.

Als sie die sonnenüberflutete Landstraße erreichten, auf der wie üblich kein Verkehr herrschte, legte er wie ein Hund den Kopf schief. Aus Richtung Sirois Hill waren Sirenen zu hören, und am Horizont stieg ein Rauchfaden auf. Er sah meine Mutter an.

»Morrie auch? Sind Sie sich da sicher?«

»Kommen Sie, Charlie.« (»Das war das einzige Mal, dass ich ihn so genannt habe«, sagte sie zu mir.) »Kommen Sie weiter, wir stehen mitten auf der Straße.«

Sie fuhren in unserem alten Ford-Kombi nach Gates Falls, wobei sie den Umweg über Castle Rock nahmen. Das waren mindestens zwanzig Meilen mehr, aber meine Mutter hatte den schlimmsten Schock inzwischen überwunden und konnte klar denken. Sie hatte nicht die Absicht, am Unfallort vorbeizufahren, selbst wenn das bedeutete, zunächst Robin Hoods Waldbaracke umrunden zu müssen.

Das Bestattungsinstitut lag an der Grand Street. Der Leichenwagen, ein grauer Cadillac, stand bereits in der Einfahrt; am Bordstein parkten mehrere Fahrzeuge. Eines davon war Reggie Keltons Buick, ein wahres Schlachtschiff. Außerdem stand dort zur gewaltigen Erleichterung meiner Mutter ein Lieferwagen mit der Aufschrift MORTON HEIZÖL.

Vater und Mr. Kelton kamen aus dem Eingang, während meine Mutter gerade Reverend Jacobs dorthin führte. Inzwischen war der Reverend folgsam wie ein Kind. Er habe in die Bäume geblickt, sagte meine Mutter später, als hätte er abschätzen wollen, wie lange es noch dauere, bis die Laubverfärbung ihren Höhepunkt erreiche.

Vater umarmte Jacobs, aber der reagierte nicht darauf. Er stand einfach nur da, die Hände an den Seiten, und blickte in die bunten Blätter.

»Charlie, es tut mir so leid«, polterte Kelton. »Wir fühlen alle mit Ihnen.«

Sie eskortierten ihn in allzu süßen Blumenduft. Aus den Lautsprechern an der Decke kam Orgelmusik, leise wie ein Flüstern und irgendwie schauderhaft. Myra Harrington – von allen in West Harlow »Mrs. Plappermaul« genannt – war bereits da, wahrscheinlich weil sie Doreens Anruf bei meiner Mutter am Gemeinschaftsanschluss belauscht hatte. Lauschen war ihr Hobby. Sie stemmte ihren fülligen Körper von einem der im Foyer stehenden Sofas hoch und drückte Reverend Jacobs an ihren gewaltigen Busen.

»Ihre liebe süße Frau und Ihr lieber kleiner Junge!«, rief sie in ihrer hohen, wimmernden Stimme. Meine Mutter sah meinen

Vater an, und beide zogen eine Grimasse. »Nun, jetzt sind sie im Himmel! Das ist der Trost! Erlöst vom Blut des Lammes und von ewigen Armen gewiegt!« An Mrs. Plappermauls Wangen rannen Tränen herab und suchten sich ihre Bahn durch eine dicke Schicht rosa Puder.

Reverend Jacobs ließ es zu, umarmt und bequatscht zu werden. Nach ein, zwei Minuten (»Ich dachte schon, sie würde nicht aufhören, bis sie ihn mit ihren Riesenbrüsten erstickt hat«, sagte meine Mutter) schob er sie weg. Nicht brüsk, aber entschieden. Er wandte sich zu meinem Vater und Mr. Kelton um und sagte: »Ich will jetzt zu ihnen.«

»Nein, Charlie, noch nicht«, sagte Mr. Kelton. »Sie sollten noch ein bisschen warten. Bloß so lange, bis Mr. Peabody sie hergerich ...«

Jacobs ging durch den Aufbahrungssaal, wo irgendeine alte Dame in einem Mahagonisarg auf ihren letzten öffentlichen Auftritt wartete. Dann ging er durch den Flur nach hinten. Er wusste, wohin er wollte; wenige hätten das besser gewusst.

Vater und Mr. Kelton hasteten ihm hinterher, während meine Mutter sich setzte. Myra Harrington ließ sich auf das Sofa gegenüber fallen. Unter einer Wolke aus weißem Haar funkelten ihre Äuglein. Sie war damals schon alt, in ihren Achtzigern, und wenn sie nicht gerade Besuch von einem ihrer vielen Enkel und Urenkel bekam, machten nur Tragödien und Skandale sie wirklich lebendig.

»Wie hat er es aufgenommen?«, flüsterte sie theatralisch. »Hast du dich mit ihm hingekniet und gebetet?«

»Jetzt nicht, Myra«, sagte Mutter. »Ich bin fix und fertig. Ich will bloß die Augen schließen und mich kurz ausruhen.«

Doch diese Ruhe war ihr nicht vergönnt, denn genau in diesem Augenblick drang ein Schrei aus dem rückwärtigen Teil des Bestattungsinstituts, wo sich die Vorbereitungsräume befanden.

»Es hat sich angehört wie heute der Wind draußen, Jamie«, sagte sie. »Nur hundertmal schlimmer.« Endlich wandte sie den Blick von der Zimmerdecke ab. Es wäre mir lieber gewesen, wenn sie das nicht getan hätte, denn gleich hinter dem Licht in ihren Augen sah ich die Dunkelheit des Todes. »Zuerst konnte man kein Wort verstehen, da war bloß dieses unheimliche Heulen. Fast wünschte ich, es wäre dabei geblieben, aber das war nicht der Fall. ›*Wo ist sein Gesicht?*‹, schrie er. ›*Wo ist das Gesicht von meinem Kleinen?*‹«

Wer sollte bei der Bestattung predigen? Das war eine Frage, die mich (ähnlich wie die, wer dem Friseur die Haare schnitt) stark beschäftigte. Später hat man mir alles erzählt, aber ich war nicht dabei; meine Mutter hatte beschlossen, dass nur sie, Dad, Claire und Con zur Beerdigung gehen würden. Uns andere würde das womöglich zu sehr belasten, meinte sie (wobei sie bestimmt an die grausigen Schreie aus dem Vorbereitungsraum dachte), und daher musste Andy zu Hause bleiben, um auf Terry und mich aufzupassen. Mir passte das gar nicht, weil Andy ganz schön brutal sein konnte, vor allem wenn unsere Eltern nicht da waren. Dafür, dass er sich für so christlich hielt, verwendete er unheimlich gern den Bennnesselgriff und verteilte Kopfnüsse – so heftige, dass man Sterne sah.

Am Samstag der Doppelbestattung von Patsy und Morrie gab es allerdings weder Pferdeküsse noch Kopfnüsse. Andy sagte, wenn unsere Eltern bis zum Abendessen nicht zurück wären, würde er eine Dose Nudeln mit Tomatensoße aufwärmen. Bis dahin sollten wir uns einfach vor den Fernseher hocken und die Klappe halten. Dann ging er nach oben, ohne wieder herunterzukommen. So brummig und autoritär er auch sein konnte, er hatte Morrie das Klettchen genauso sehr gemocht wie wir alle, und natürlich war er in Patsy verknallt gewesen (auch das galt für uns alle ... mit Ausnahme von Con, der sich nicht für Mädchen interessierte, woran sich nie etwas ändern sollte). Womöglich war er nach oben gegangen, um zu beten – wenn aber du betest, so gehe in dein stilles Kämmerlein und schließ die Tür zu, rät der Evangelist Matthäus –, vielleicht wollte er auch einfach nur dasitzen, nachdenken und versuchen, dem allen einen Sinn abzugewinnen. Sein Glaube war von den beiden Todesfällen zwar nicht gebrochen worden – er blieb bis zum Tod ein eingefleischter Fundamentalist –, aber ernsthaft erschüttert worden war er bestimmt. Mein Glaube wiederum war durch die Tode ebenfalls noch nicht gebrochen. Das brachte erst die Furchtbare Predigt zustande.

Bei der Trauerfeier in unserer Kirche predigte Reverend David Thomas von der Kongregationalistengemeinde in Gates Falls, was bei niemand Missfallen erregte, denn, wie mein Vater sagte: »Zwischen den Kongregationalisten und den Methodisten gibt es praktisch keinen Unterschied.«

Was jedoch durchaus Missfallen erregte, war die Entscheidung von Jacobs, die Zeremonie auf dem Friedhof von Stephen Givens abhalten zu lassen. Givens war der Pastor der Shiloh Church (er bezeichnete sich selbst nicht als Reverend), deren Mitglieder sich zu jener Zeit immer noch eisern an die Ansichten von Frank Weston Sandford hielten, einem Prediger, der das Nahen der Apokalypse verkündete und alle Eltern aufforderte, ihre Kinder selbst für geringfügige Verfehlungen durchzuprügeln. »Ihr müsst Schulmeister Christi sein«, lautete sein Credo. Außerdem verordnete er sechsunddreißigstündige Fastenübungen ... selbst für Kleinkinder.

Seit Sandfords Tod hatte Shiloh sich sehr verändert (und heute gibt es kaum mehr Unterschiede zu anderen protestantischen Glaubensgemeinschaften), aber 1965 grassierten noch allerhand alte Gerüchte, genährt von der merkwürdigen Kleidung der Mitglieder und deren ausdrücklichem Glauben, bald komme das Ende der Welt, vielleicht schon nächste Woche. Es stellte sich jedoch heraus, dass Charles Jacobs und Stephen Givens sich seit Jahren in Castle Rock zum Kaffee getroffen hatten und befreundet waren. Nach der Furchtbaren Predigt meinten manche Leute im Ort, Reverend Jacobs sei vom Shilohismus »infiziert« worden. Schon möglich, aber laut meinen Eltern (und auch laut Con und Claire, deren Einschätzung ich mehr vertraute) verhielt Givens sich während der kurzen Zeremonie am Grab ruhig, tröstlich und angemessen.

»Er hat kein einziges Mal vom Ende der Welt gesprochen«, sagte Claire. Ich erinnere mich, wie schön sie an jenem Abend in ihrem dunkelblauen Kleid (ein schwarzes hatte sie nicht) und ihrer Erwachsenenstrumpfhose aussah. Außerdem weiß ich noch, dass sie fast nichts zu Abend aß, sondern die Sachen auf ihrem Teller nur herumschob, bis alles vermischt war und wie Hundefutter aussah.

»Was hat Givens aus der Schrift gelesen?«, fragte Andy.

»Erster Korinther«, sagte unsere Mutter. »Die Stelle, wo man in einem Spiegel nur ein dunkles Bild sieht.«

»Gute Wahl«, sagte mein älterer Bruder weise.

»Und was war mit *ihm?*«, fragte ich unsere Mutter. »Was war mit Reverend Jacobs?«

»Der war ... ruhig«, sagte sie mit sorgenvoller Miene. »Ich glaube, er hat meditiert.«

»Nein, hat er nicht«, sagte Claire und schob ihren Teller weg. »Er war total durcheinander. Saß einfach auf seinem Klappstuhl am Kopfende vom Grab, und als Mr. Givens ihn gebeten hat, als Erster Erde reinzuschaufeln und dann gemeinsam mit ihm den Segen zu sprechen, hat er weiter bloß mit hängendem Kopf und den Händen zwischen den Knien dagesessen.« Sie begann zu weinen. »Es kommt mir wie ein Traum vor, ein schlimmer Traum.«

»Aber dann ist er doch aufgestanden und hat Erde ins Grab geworfen«, sagte mein Vater und legte den Arm um sie. »Nach einer Weile jedenfalls. Eine Handvoll auf jeden Sarg. Nicht wahr, Claire-Bär?«

»Ja«, sagte sie und weinte noch heftiger. »Nachdem ihn der Shiloh-Typ an den Händen gepackt und praktisch hochgezogen hat.«

Con hatte überhaupt nichts gesagt, und nun merkte ich, dass er gar nicht mehr am Tisch saß. Ich sah ihn draußen im Garten an der Ulme stehen, an der unser Schaukelreifen hing. Er hatte den Kopf an die Rinde gelegt und krallte die Hände in den Baum. Seine Schultern zitterten.

Im Gegensatz zu Claire hatte er allerdings sein Abendessen verzehrt. Das weiß ich noch. Er hat alles auf seinem Teller aufgegessen und um einen Nachschlag gebeten, mit fester, klarer Stimme.

An den folgenden drei Sonntagen kamen Gastprediger, die von den Diakonen eingeladen worden waren, aber Pastor Givens war nicht darunter. Obwohl er sich auf dem Friedhof ruhig, tröstlich und angemessen verhalten hatte, hatte man wohl nicht bei ihm angefragt. Abgesehen davon, dass man in Neuengland von Natur aus zurückhaltend ist und auch so erzogen wird, neigt man dort zu bequemen Vorurteilen, wenn es um Religion und Rasse geht. Drei Jahre später bekam ich mit, wie einer meiner Lehrer an der Highschool von Gates Falls ebenso empört wie verwundert zu einer Kollegin sagte: »Wie ist bloß jemand auf die Idee gekommen, diesen Martin Luther King umzubringen? Menschenskind, das war ein *guter* Nigger!«

Die Treffen der Jugendgruppe wurden nach dem Unfall abgesagt. Ich glaube, wir waren alle froh darüber – selbst Andy, der als König der Bibelverse bekannt war. Wir waren ebenso wenig in der Lage, Reverend Jacobs in diesem Rahmen zu begegnen, wie umgekehrt. Die Spielecke, wo Claire und die anderen Mädchen Morrie beaufsichtigt (und dabei viel Spaß gehabt) hatten, wäre ein furchtbarer Anblick gewesen. Und wer hätte uns beim Singen auf dem Klavier begleiten sollen? Wahrscheinlich hätte sich schon jemand im Ort dazu bereit erklärt, aber Charles Jacobs war nicht imstande, das zu organisieren, und es wäre ohnehin nicht dasselbe gewesen. Wir hätten nur daran gedacht, wie Patsys blondes Haar während so rhythmischen Liedern wie »We Are Marching to Zion« von einer Seite zur anderen schwang. Dieses blonde Haar lag jetzt auf einem Seidenkissen unter der Erde und wurde dort im Dunkeln ganz allmählich spröde.

Als ich mit Terry an einem grauen Novembernachmittag damit beschäftigt war, mithilfe von Schablonen Truthähne und Füllhörner auf die Fensterscheiben zu sprühen, läutete das Telefon einmal lang und einmal kurz: unser Zeichen. Meine Mutter hob ab und sprach kurz mit dem Anrufer, dann legte sie wieder auf und strahlte uns an.

»Das war Reverend Jacobs. Am Sonntag wird er auf die Kanzel steigen, um die Thanksgiving-Predigt zu halten. Ist das nicht schön?«

Jahre später – ich besuchte die Highschool, und Claire, die an der University of Massachusetts studierte, war für die Semesterferien nach Hause gekommen – fragte ich meine Schwester, weshalb ihn damals niemand zum Schweigen gebracht habe. Wir standen im Garten und schoben uns den alten Schaukelreifen zu. Sie musste nicht nachfragen, wen ich meinte, denn von jener Sonntagspredigt war bei uns allen eine Narbe zurückgeblieben.

»Weil er sich anfangs so *vernünftig* angehört hat, glaube ich. So *normal.* Als den Leuten klar wurde, was er wirklich sagte, war es zu spät.«

Mag sein, aber ich erinnere mich, wie sowohl Reggie Kelton als auch Roy Easterbrook ihn gegen Ende unterbrachen, und schon bevor er anfing, wusste ich, dass etwas nicht in Ordnung war, weil er auf die Schriftlesung des Tages nicht die übliche Schlussformel folgen ließ: *Möge Gott sein heiliges Wort segnen.* Das hatte er noch nie vergessen, nicht einmal am Tag unserer ersten Begegnung, als er mir gezeigt hatte, wie der kleine elektrische Jesus über den See des Friedens ging.

Die Lesung am Tag der Furchtbaren Predigt stammte aus dem dreizehnten Kapitel des ersten Korintherbriefs. Es war derselbe Abschnitt, den Pastor Givens auf dem Friedhof an den beiden Gräbern – einem großen, einem kleinen – gelesen hatte. »Denn unser Wissen ist Stückwerk, und unser Weissagen ist Stückwerk. Wenn aber kommen wird das Vollkommene, so wird das Stückwerk aufhören. Da ich ein Kind war, da redete ich wie ein Kind und dachte wie ein Kind und war klug wie ein Kind; da ich aber ein Mann ward, tat ich ab, was kindlich war. Wir sehen jetzt durch einen Spiegel in ein dunkles Bild; dann aber von Angesicht zu Angesicht. Jetzt erkenne ich's stückweise; dann aber werde ich erkennen, gleichwie ich erkannt bin.«

Er klappte die große Bibel auf der Kanzel zu – nicht heftig, aber das dumpfe Geräusch hörten wir alle. An jenem Sonntag war die Methodistenkirche von West Harlow voll. Jede Bank war besetzt, aber es war totenstill, und man hörte nicht einmal ein Husten. Ich erinnere mich noch, wie ich darum betete, dass er seine Predigt überstehen möge, ohne in Tränen auszubrechen.

Myra Harrington – Mrs. Plappermaul – saß auf der vordersten Bank, und obwohl sie mir den Rücken zugewandt hatte, konnte ich mir ihre Augen vorstellen, halb vergraben in ihren fetten, gelblichen Höhlen und funkelnd vor Begierde. Meine Familie befand sich in der dritten Reihe, wo wir immer saßen. Mutters Gesicht zeigte keine Regung, aber ich sah, wie sie ihre Bibel mit ihren weiß behandschuhten Händen so fest umklammerte, dass die Seiten in dem weichen Einband sich u-förmig verbogen. Claire hatte ihren Lippenstift abgeknabbert. Die Stille zwischen dem Ende der Schriftlesung und dem Beginn dessen, was man in Harlow später als Furchtbare Predigt bezeichnen sollte, dauerte gewiss nicht länger als fünf oder höchstens zehn Sekunden, die mir jedoch wie eine Ewigkeit vorkamen. Reverend Jacobs hielt den Kopf über die riesige Bibel mit ihrem glänzenden Goldschnitt gebeugt. Als er ihn endlich hob und sein ruhiges, gefasstes Gesicht zeigte, lief ein leises Seufzen der Erleichterung durch die versammelte Gemeinde.

»Dies war eine schwere, sorgenvolle Zeit für mich«, sagte er. »Eigentlich brauche ich euch das nicht zu sagen; unsere Gemeinde ist eng verbunden, und wir kennen einander alle. Ihr habt mich auf jede euch mögliche Weise unterstützt, wofür ich immer dankbar sein werde. Besonders danken möchte ich Laura Morton, die mir die Nachricht vom Tod meiner Lieben so behutsam und rücksichtsvoll beigebracht hat.«

Er nickte ihr zu. Sie erwiderte die Geste, dann hob sie ihre weiß umhüllte Hand, um eine Träne wegzustreichen.

»Viel von der Zeit, die seit dem Tag jenes Verlusts bis zum

heutigen Sonntagmorgen verstrichen ist, habe ich mit Nachdenken und Studien verbracht. Und im Gebet, würde ich gern hinzufügen, doch obgleich ich immer wieder auf die Knie gesunken bin, habe ich die Gegenwart Gottes nicht gespürt, weshalb Nachdenken und Studien ausreichen mussten.«

Die Gemeinde schwieg. Alle hatten den Blick auf ihn gerichtet.

»Ich habe die Bücherei von Gates Falls aufgesucht, um die *New York Times* einzusehen, aber dort sammeln sie nur *Weekly Enterprise*. Deshalb hat man mich nach Castle Rock verwiesen, wo man die *Times* auf Mikrofilm hat – ›Suchet, so werdet ihr finden‹, sagt der Evangelist Matthäus. Wie recht er hat.«

Hie und da erhob sich ein leises Glucksen, das jedoch rasch erstarb.

»Tag für Tag bin ich dorthin gegangen und habe mich durch Mikrofilme gewühlt, bis mir der Kopf geschmerzt hat, und einiges von dem, was ich gefunden habe, möchte ich euch gern mitteilen.«

Aus der Tasche seiner schwarzen Anzugjacke zog er mehrere Karteikarten.

»Im Juni letzten Jahres tobten drei kleine Tornados durch May, einen Ort in Oklahoma. Es gab Sachschaden, aber niemand kam zu Tode. Die Einwohner strömten in die Baptistenkirche, um Loblieder anzustimmen und Dankesgebete darzubringen. Während sie sich dort befanden, suchte ein vierter Tornado – ein Monstrum der Kategorie F5 – den Ort heim und zertrümmerte die Kirche. Einundvierzig Personen kamen um. Dreißig weitere erlitten schwere Verletzungen, darunter Kinder, die Arme und Beine verloren.«

Er sortierte die Karte nach unten und widmete sich der nächsten.

»An das hier werden sich einige von euch vielleicht erinnern. Im August letzten Jahres fuhr ein Mann mit seinen zwei Söhnen in einem Ruderboot auf den Lake Winnipesaukee hinaus. Sie hatten den Hund der Familie dabei. Der Hund fiel über Bord, und beide Jungen sprangen hinterher, um ihn zu retten. Als der Vater sah, dass seine Söhne zu ertrinken drohten, sprang er ebenfalls ins Wasser, wobei er das Boot zum Kentern brachte. Alle drei starben. Der Hund schwamm ans Ufer.« Er hob den Blick und lächelte sogar kurz – es war, als schielte die Sonne an einem kalten Januartag durch einen Wolkenschleier. »Ich habe versucht herauszubekommen, was aus dem Hund wurde – ob die Frau, die auf einen Schlag ihren Mann und ihre Söhne verloren hat, ihn behielt oder einschläfern ließ –, darüber jedoch nichts gefunden.«

Ich warf einen verstohlenen Blick auf meine Geschwister. Terry und Con blickten nur verwirrt drein, aber Andys Gesicht war vor Entsetzen, vor Zorn oder vor beidem ganz weiß. Er hatte die Hände im Schoß geballt. Claire weinte leise vor sich hin.

Die nächste Karteikarte.

»Oktober letzten Jahres. In der Nähe von Wilmington, North Carolina, traf ein Hurrikan auf die Küste, wobei siebzehn Menschen ums Leben kamen. Sechs davon waren Kinder in einer kirchlichen Tagesstätte. Ein siebtes galt als vermisst. Seine Leiche wurde eine Woche später gefunden – in einem Baum.«

Die nächste.

»Hier geht es um eine Missionarsfamilie, die im früheren Belgisch-Kongo, was heute, soweit ich weiß, Zaire heißt, die Armen mit Nahrung, Medikamenten und dem Evangelium versorgte. Sie bestand aus fünf Personen. Alle wurden ermordet. Es stand zwar nicht konkret in dem Artikel – in der *New York Times* werden nämlich nur Nachrichten gedruckt, die wirklich druckreif sind –, aber es wurde angedeutet, dass es sich bei den Mördern eventuell um Kannibalen handelte.«

Nun erhob sich ein missbilligendes Gemurmel, das von Reggie Kelton ausging. Jacobs hörte es und hob die Hand zu einer beinahe segnenden Geste.

»Vielleicht muss ich gar keine weiteren Beispiele anführen, obgleich ich es könnte: die Brände, die Überflutungen, die Erdbeben, die Krawalle, die Mordanschläge. Die Welt erzittert unter ihnen. Dennoch hat es mir einen gewissen Trost gespendet, diese Geschichten zu lesen, weil sie beweisen, dass ich mit meinem Leid nicht allein bin. Allerdings ist dieser Trost gering, denn solche Tode – wie der meiner Frau und meines Sohnes – scheinen so grausam und launenhaft zu sein. Christus ist mit dem Fleische gen Himmel gefahren, sagt man uns, doch nur zu oft stehen wir armen Sterblichen hier auf der Erde vor einem hässlichen Haufen aus gemartertem Fleisch und jener ständigen, sich immer wiederholenden Frage: Warum? Warum? *Warum?*

Mein Leben lang habe ich in der Schrift gelesen, zuerst auf dem Schoß meiner Mutter, dann in der methodistischen Jugendgruppe, dann im Theologiestudium, und ich kann euch sagen, meine Freunde, dass nirgendwo in der Schrift direkt auf diese Frage eingegangen wird. Am nächsten kommt die Bibel dem in einer Stelle aus dem Korintherbrief, wo der Apostel Paulus im Grunde sagt: ›Es nützt nichts zu fragen, meine Brüder, ihr würdet es doch nicht begreifen.‹ Als Hiob Gott selbst fragte, bekam er eine noch unverblümtere Antwort: ›Wo warst du, da ich die Erde gründete?‹ Was im Jargon unserer jungen Gemeindemitglieder heißen würde: Zisch ab, du Null.«

Diesmal gluckste niemand.

Er betrachtete uns. Um seine Mundwinkel spielte ein leichtes Lächeln. Das Licht unseres Buntglasfensters malte ihm blaue und rote Rauten auf die linke Wange.

»Die Religion soll unser Trost sein, wenn schwere Zeiten kommen. Gott ist unser Stecken und Stab, heißt es im Psalm vom guten Hirten; er wird bei uns sein und uns stützen, wenn wir den unvermeidlichen Gang durchs finstere Tal des Todes antreten. In einem anderen Psalm wird uns versichert, Gott sei unsere Zuversicht und Stärke, wenngleich die Leute, die in jener Kirche in Oklahoma zu Tode kamen, das womöglich bestreiten würden ... wenn sie noch einen Mund hätten, irgendetwas zu bestreiten. Und als die drei im Boot, der Vater und seine zwei Söhne, ertranken, weil sie ihren Hund zu retten versuchten, haben sie da Gott gefragt, was vor sich gehe? Was es mit alldem auf sich habe? Und während ihnen das Wasser in die Lunge drang und der Tod ihren Geist verdunkelte, hat Gott da wohl erwidert: ›Das erzähle ich euch in ein paar Minuten, Leute‹?

Sagen wir doch einmal klar und deutlich, was der Apostel Paulus meinte, als er von jenen dunklen Bildern im Spiegel sprach. Er meinte, wir sollen einfach allem Glauben schenken. Wenn unser Glaube stark ist, kommen wir in den Himmel, und sobald wir dort sind, begreifen wir die ganze Angelegenheit. Als wäre das Leben ein Witz und der Himmel der Ort, an dem uns endlich die kosmische Pointe erklärt wird.«

Inzwischen hörte man in der Kirche leises weibliches Schluchzen und deutlichere männliche Unmutsbekundungen. Doch bisher hatte noch niemand den Raum verlassen, und es hatte sich auch noch niemand erhoben, um Reverend Jacobs zu sagen, er solle sich hinsetzen, weil es allmählich blasphemisch werde. Dazu waren alle noch zu perplex.

»Als ich es müde war, die offenbar launischen und oft schauderhaft schmerzvollen Tode unschuldiger Menschen zu erforschen, habe ich mich den verschiedenen Zweigen des Christentums zugewandt. Ach, Freunde, was war ich erstaunt, wie viele es da gibt! Welch ein Turm aus Doktrinen! Die Katholiken, die Episkopalen, die Methodisten, die Baptisten – sowohl die beinharten wie die windelweichen –, die Kirche von England, die Anglikaner, die Lutheraner, die Presbyterianer, die Unitarier, Jehovas Zeugen, die Siebenten-Tags-Adventisten, die Quäker, die Shaker, die Griechisch-Orthodoxen, die Orientalisch-Orthodoxen, die Shilohiten – ja, ja, die dürfen wir nicht vergessen – und mindestens fünfzig weitere.

Hier in Harlow hängen wir alle an Gemeinschaftsanschlüssen, und mir scheint, die Religion ist der größte Gemeinschaftsanschluss, den es gibt. Stellt euch mal vor, wie überlastet die Verbindungen zum Himmel am Sonntagvormittag sein müssen! Und wisst ihr, was mich fasziniert? Jede einzelne Kirche, die sich den Lehren Christi widmet, meint, sie wäre die einzige mit einer *persönlichen* Verbindung zum Allmächtigen. Dabei, du meine

Güte, habe ich noch nicht einmal die Mohammedaner erwähnt, die Juden, die Theosophen, die Buddhisten oder jene, die Amerika genauso glühend verehren, wie die Deutschen zwölf albtraumhafte Jahre lang Hitler verehrt haben.«

In diesem Augenblick verließen die Ersten die Kirche. Zuerst einige wenige ganz hinten, mit gesenktem Kopf und hochgezogenen Schultern (als wären sie verprügelt worden), dann immer mehr. Reverend Jacobs schien das gar nicht wahrzunehmen.

»Manche dieser verschiedenen Kirchen und Konfessionen sind friedfertig, aber die größten – und die *erfolgreichsten* – sind mit dem Blut, den Knochen und den Schreien jener errichtet worden, die die Frechheit besaßen, sich dem jeweiligen Bild Gottes nicht zu beugen. Die Römer haben die Christen den Löwen vorgeworfen, die Christen haben jene zerstückelt, die sie für Ketzer, Zauberer oder Hexen hielten, Hitler hat dem falschen Gott der Rassenreinheit Millionen Juden geopfert. Millionen sind verbrannt, erschossen, erhängt, gefoltert, vergiftet, auf dem elektrischen Stuhl hingerichtet und von Hunden in Stücke gerissen worden ... alles im Namen Gottes.«

Meine Mutter schluchzte vernehmlich, aber ich blickte nicht zu ihr hinüber. Das konnte ich nicht. Ich war wie erstarrt. Auch vor Entsetzen natürlich, schließlich war ich erst neun. Aber daneben spürte ich einen wilden Jubel in mir aufsteigen, ein Gefühl, dass mir endlich jemand die schlichte, ungeschminkte Wahrheit sagte. Ein Teil von mir hoffte, Reverend Jacobs würde aufhören, doch in erster Linie wünschte ich mir von ganzem Herzen, er möge weitersprechen, und dieser Wunsch wurde mir erfüllt.

»Christus hat uns gelehrt, die andere Wange darzubieten und unsere Feinde zu lieben. Zwar legen wir ein Lippenbekenntnis dazu ab, doch wenn wir eins aufs Haupt bekommen, versuchen wir meist, es dem anderen doppelt heimzuzahlen. Christus hat die Geldwechsler aus dem Tempel vertrieben, aber wir wissen nur zu gut, dass diese Beutelschneider nie lange wegbleiben; wenn ihr jemals in einem Gemeindesaal an einem spannenden

Bingo-Nachmittag teilgenommen oder im Radio gehört habt, wie ein Prediger um Geld bettelte, wisst ihr genau, was ich meine. Jesaja hat prophezeit, es werde der Tag kommen, an dem wir unsere Schwerter zu Pflugscharen schmieden, aber alles, was man in unserem dunklen Zeitalter geschmiedet hat, sind Atombomben und Interkontinentalraketen.«

Reggie Kelton erhob sich. Er war so rot, wie mein Bruder Andy bleich war. »Sie müssen sich setzen, Reverend. Sie wissen nicht, was Sie da reden.«

Reverend Jacobs setzte sich nicht.

»Und was bekommen wir für unseren Glauben? Für die Jahrhunderte, die wir dieser oder jener Kirche unser Blut und unser Geld gespendet haben? Die Zusicherung, dass uns am Ende von alledem der Himmel erwartet, und wenn wir dort eintreffen, erklärt man uns die Pointe, und wir sagen: ›Ach ja! Jetzt hab ich's endlich kapiert!‹ Das ist der große Lohn. Das dröhnt uns von Kindheit an in den Ohren: der Himmel, der Himmel, der Himmel! Wir werden die Kinder wiedersehen, die wir verloren haben, und unsere liebe Mutter wird uns in die Arme nehmen! Das ist das Zuckerbrot. Die Peitsche, mit der wir geschlagen werden, ist die Hölle, die Hölle, die Hölle! Ein Pfuhl der ewigen Verdammnis und Qual. Wir erzählen Kindern, die so jung wie mein geliebter toter Sohn sind, ihnen drohe das ewige Feuer, wenn sie ein Bonbon klauen oder auf die Frage, weshalb ihre neuen Schuhe nass geworden sind, mit einer Lüge antworten.

Es gibt keinerlei Beweise für diese zwei Orte, die uns nach unserem Tod bestimmt sind, keine wissenschaftliche Basis, nur das dürftige Versprechen, *dass alles Sinn ergibt.* Gekoppelt ist es an unser starkes Bedürfnis zu glauben. Als ich jedoch in Peabodys Hinterzimmer stand und auf die entstellten Überreste meines kleinen Sohnes blickte, der viel lieber nach Disneyland als in den Himmel wollte, da hatte ich eine Offenbarung. Die Religion ist das theologische Gegenstück zu einer Versicherungspolice, deren Prämie wir Jahr für Jahr bezahlen, und wenn wir dann schließlich die Leistung in Anspruch nehmen müssen, für die wir so –

verzeiht mir die Anspielung –, so lammfromm gelöhnt haben, entdecken wir, dass die Firma, die unser Geld genommen hat, in Wahrheit gar nicht existiert.«

An diesem Punkt erhob sich Roy Easterbrook in der sich zusehends leerenden Kirche. Er war ein unrasierter Koloss, der in einer vergammelten kleinen Wohnwagensiedlung im Osten des Ortes lebte, nicht weit von der Bahnstrecke nach Freeport. Normalerweise kam er nur an Weihnachten, doch heute hatte er eine Ausnahme gemacht.

»Reverend, ich hab gehört, im Handschuhfach Ihres Wagens lag eine Flasche Schnaps«, sagte er. »Und Mert Peabody hat gesagt, als er sich über Ihre Frau gebeugt hat, um sie herzurichten, hat es gerochen wie in der Kneipe. Da haben Sie Ihren Grund. Das ist der Sinn von dem Ganzen. Sie haben also nicht den Mumm, sich mit Gottes Willen abzufinden? Gut, bitte sehr. Aber lassen Sie uns damit in Frieden.« Worauf Easterbrook sich umdrehte und hinauspolterte.

Das brachte Jacobs abrupt zum Schweigen. Er umklammerte den Kanzelrand mit festem Griff, während er dastand. Die Augen in seinem kalkweißen Gesicht loderten, die Lippen waren so fest zusammengepresst, dass der Mund nicht mehr sichtbar war.

Da erhob sich mein Vater. »Charles, Sie müssen jetzt Schluss machen.«

Reverend Jacobs schüttelte den Kopf, als wollte er ihn wieder klar bekommen. »Ja, Sie haben recht, Dick«, sagte er. »Was ich sage, wird doch nichts bewirken.«

Doch, das tat es. Bei einem kleinen Jungen tat es das.

Er trat ein Stück zurück, sah sich um, als wüsste er nicht mehr, wo er sich befand, und machte dann wieder einen Schritt vorwärts, obwohl niemand mehr da war, der ihn anhörte – bis auf meine Familie, die Diakone und Mrs. Plappermaul, die immer noch mit hervorquellenden Augen in der ersten Reihe hockte.

»Nur eines noch. Woher wir kommen, ist ein Mysterium, und wohin wir gehen ebenfalls. Vielleicht gibt es dort irgendetwas, aber ich möchte wetten, dass es nicht Gott ist, wie irgendeine

Kirche ihn versteht oder sich vorstellt. Seht euch die vielen widersprüchlichen Doktrinen an, dann wisst ihr das. Die heben sich gegenseitig auf, bis nichts mehr übrig bleibt. Wenn ihr etwas Wahres sehen wollt, eine Macht, die größer ist als ihr, dann seht euch einen Blitz an – der hat eine Milliarde Volt, hunderttausend Ampere Stromstärke und Temperaturen von *fünfzigtausend Grad Fahrenheit*. Darin liegt eine höhere Macht, das will ich nicht bestreiten. Aber hier, in diesem Gebäude? Nein. Glaubt, was ihr wollt, ich aber sage euch: Hinter dem Spiegel von Apostel Paulus verbirgt sich nichts als eine blanke Lüge.«

Damit verließ er die Kanzel und ging durch die Seitentür hinaus. Meine Familie saß da, so sprachlos und still, als wäre gerade eine Bombe detoniert.

Als wir nach Hause kamen, ging meine Mutter ins Elternschlafzimmer, sagte, sie wolle nicht gestört werden, und schloss die Tür. Dort blieb sie den restlichen Tag. Claire kochte das Mittagessen, das wir hauptsächlich schweigend verzehrten. Einmal begann Andy irgendeine Bibelstelle zu zitieren, die das, was der Reverend gesagt hatte, in jeder Hinsicht widerlegte, aber Dad sagte ihm, er solle die Klappe halten. Andy warf einen Blick auf die Hände unseres Vaters, die tief in dessen Taschen steckten, und sagte kein einziges Wort mehr.

Nach dem Essen ging Vater hinaus in die Garage, um am Road Rocket II herumzuschrauben. Ausnahmsweise gesellte sich Terry, gewöhnlich sein treu ergebener Assistent, nicht zu ihm, weshalb ich das tat ... wenn auch nicht ohne Zögern.

»Daddy? Darf ich dich was fragen?«

Er lag auf einem Rollbrett unter dem Wagen, eine vergitterte Arbeitslampe in der Hand. Nur seine in einer Khakihose steckenden Beine ragten hervor. »Ich glaube schon, Jamie. Falls es nicht um dieses verfluchte Schlamassel von heute Morgen geht, sonst kannst du nämlich ebenfalls die Klappe halten. Dazu werde ich heute nichts mehr sagen, morgen ist Zeit genug. Wir müssen bei der Methodistenkonferenz den Antrag stellen, ihn zu entlassen, und dann ist Bischof Matthews in Boston an der Reihe. Jedenfalls stecken wir knietief in der Scheiße, und falls du deiner Mutter je verrätst, dass ich dir gegenüber einen solchen Ausdruck gebraucht habe, zieht sie mir ordentlich die Ohren lang.«

Ich wusste nicht, ob meine Frage etwas mit der Furchtbaren Predigt zu tun hatte oder nicht, sondern nur, dass ich sie stellen musste. »Stimmt das, was Mr. Easterbrook gesagt hat? Dass sie getrunken hat?«

Das Licht unter dem Wagen bewegte sich nicht mehr. Dann schob mein Vater sich heraus, um zu mir hochblicken zu können. Ich hatte Angst, er könnte wütend sein, doch das war er nicht. Nur niedergeschlagen.

»Darüber tuschelt man jedenfalls, und jetzt wird es wahrscheinlich noch schneller die Runde machen, nachdem dieser Volltrottel Easterbrook es herausposaunt hat, aber du kannst mir glauben, Jamie: *Es spielt keine Rolle.* George Barton hatte einen epileptischen Anfall. Er ist auf die falsche Straßenseite geraten, Patsy Jacobs kam um eine nicht einsehbare Kurve, und aus die Maus. Egal, ob sie nüchtern oder stockbesoffen war, diesen Zusammenstoß hätte selbst jemand wie Mario Andretti nicht vermeiden können. Mit einem hatte der Reverend übrigens recht: Die Leute wollen immer einen Grund erfahren, wenn im Leben was Schlimmes passiert. Manchmal gibt es aber keinen.« Er hob die Hand, mit der er nicht die Arbeitslampe hielt, und richtete seinen vom Schmiermittel glänzenden Finger auf mich. »Alles andere war bloß das schwachsinnige Geplapper eines gramgebeugten Mannes, das darfst du nie vergessen.«

Der Mittwoch vor Thanksgiving war in unserem Bezirk nur ein halber Schultag, aber ich hatte Mrs. Moran versprochen, länger dazubleiben, um die Tafeln zu reinigen und unsere kleine Bibliothek aus zerfledderten Büchern zu ordnen. Als ich meine Mutter darüber informierte, wedelte sie nur zerstreut mit der Hand und sagte, ich solle spätestens zum Essen daheim sein. Sie war bereits damit beschäftigt, einen Truthahn in den Ofen zu schieben, aber das konnte nicht unserer sein; der war viel zu klein für sieben Mäuler.

Wie sich herausstellte, blieb auch Kathy Palmer (die sich bei der Lehrerin unbedingt lieb Kind machen wollte) da, um mitzuhelfen, weshalb alles in einer halben Stunde erledigt war. Ich überlegte, ob ich Al oder Billy besuchen sollte, um Cowboy oder irgendwas anderes zu spielen, aber die wollten bestimmt über die Furchtbare Predigt sprechen und darüber, wie Mrs. Jacobs sich und Morrie in den Tod gefahren hatte, weil sie stockbesoffen gewesen war. Diesem Gerücht schenkte man inzwischen tatsächlich so viel Glauben, als wäre es eine unverrückbare Tatsache, und damit wollte ich nichts zu tun haben, weshalb ich nach Hause ging. Es war ein ungewöhnlich warmer Tag für diese Jahreszeit, die Fenster standen offen, und ich hörte, wie meine Schwester mit meiner Mutter stritt.

»Wieso darf ich nicht mitkommen?«, fragte Claire. »Ich will ihm zeigen, dass wenigstens ein paar Leute in diesem bescheuerten Ort noch auf seiner Seite stehen!«

»Weil dein Vater und ich der Meinung sind, dass ihr Kinder euch von ihm fernhalten sollt«, sagte meine Mutter. Die beiden waren in der Küche, während ich mich vor dem Fenster herumtrieb.

»Ich bin kein Kind mehr, Mutter, ich bin siebzehn!«

»Tut mir leid, aber mit siebzehn bist du immer noch ein Kind, und es würde keinen guten Eindruck machen, wenn ein Mädchen in deinem Alter ihn besucht. Das musst du mir einfach glauben.«

»Aber wenn du hingehst, ist es in Ordnung, ja? Du weißt, dass Mrs. Plappermaul dich sehen wird. Die hängt sich ans Telefon, und dann weiß es in zwanzig Minuten jeder, weil alle mithören! Wenn du schon gehst, lass mich doch einfach mitgehen!«

»Ich habe nein gesagt, und damit Schluss.«

»Er hat Con seine Stimme wiedergegeben!«, sagte Claire wütend. »Wie kannst du bloß so gemein sein?«

Es folgte eine lange Pause, dann sagte meine Mutter: »Deshalb besuche ich ihn ja. Nicht damit er morgen was zu essen hat, sondern damit er weiß, dass wir ihm dankbar sind, obwohl er so furchtbare Dinge gesagt hat.«

»Du weißt doch, wieso das passiert ist! Er hat gerade seine Frau und seinen Sohn verloren, und da war er total durcheinander! Halb wahnsinnig!«

»Das ist mir völlig klar.« Mutters Stimme war nun leiser, und ich musste die Ohren spitzen, weil Claire weinte. »Aber das ändert nichts daran, wie geschockt die Leute waren. Er ist zu weit gegangen. *Viel* zu weit. Nächste Woche geht er fort, und das ist gut so. Wenn man weiß, dass man ohnehin vor die Tür gesetzt wird, ist es das Beste, gleich zu kündigen. So kann man sich ein wenig Selbstachtung bewahren.«

»Wer ihn vor die Tür setzt, sind doch die Diakone«, sagte Claire fast höhnisch. »Das heißt, auch Dad.«

»Dein Vater hat keine andere Wahl. Wenn du wirklich kein Kind mehr bist, wirst du das vielleicht erkennen und ein wenig Mitgefühl verspüren. Es zerreißt Dick innerlich.«

»Dann geh nur«, sagte Claire. »Schau mal, ob ein paar Scheiben Truthahnbrust und ein paar Süßkartoffeln ein Ausgleich dafür sind, wie er behandelt wird. Wahrscheinlich isst er das Zeug nicht mal.«

»Claire ... Claire-Bär ...«

»Nenn mich nicht so!«, brüllte Claire, und ich hörte, wie sie zur Treppe polterte. Wahrscheinlich würde sie eine Weile schmollend und weinend in ihrem Zimmer sitzen und dann darüber hinwegkommen. So war es auch einige Jahre vorher gelaufen, nachdem meine Mutter ihr gesagt hatte, mit fünfzehn sei sie eindeutig noch zu jung, als dass sie mit Donnie Cantwell ins Autokino fahren könne.

Ich beschloss, schnell hinten im Garten zu verschwinden, bevor meine Mutter mit ihrer speziellen Thanksgiving-Portion aus dem Haus kam. Dort setzte ich mich auf den Schaukelreifen, wo ich nicht richtig versteckt, aber auch nicht richtig im Blick war.

Zehn Minuten später hörte ich die Haustür zufallen. Als ich mich zur Ecke schlich, sah ich, wie meine Mutter die Straße hinunterging, ein mit Alufolie abgedecktes Tablett in den Händen. Die Folie glitzerte in der Sonne. Ich ging ins Haus und dort die Treppe hinauf. Oben klopfte ich bei meiner Schwester an die Zimmertür, die mit einem großen Poster von Bob Dylan geschmückt war.

»Claire?«

»Hau ab!«, schrie sie. »Ich will nicht mit dir reden!« Der Plattenspieler lief; es waren die Yardbirds, und zwar in voller Lautstärke.

Ich saß mit Terry im Wohnzimmer vor dem Fernseher und rangelte mit ihm um den besten Platz auf der alten Couch (in der Mitte, wo einem keine Sprungfedern in den Hintern stachen), als meine Mutter eine Stunde später wiederkam. Sie schien uns kaum zu bemerken. Con spielte oben auf der Gitarre, die er zum Geburtstag bekommen hatte. Er sang dazu.

Am Sonntag nach Thanksgiving predigte abermals David Thomas von den Kongregationalisten in Gates Falls. Die Kirche war wieder voll, vielleicht weil die Leute sehen wollten, ob Reverend Jacobs auftauchte und versuchte, weitere furchtbare Äußerungen zu verbreiten. Das tat er jedoch nicht, sonst hätte man ihn sicher zum Schweigen gebracht, bevor er in Gang gekommen wäre. Womöglich hätte man ihn sogar gepackt und hinausgetragen. Wenn es um Religion geht, versteht man in Neuengland keinen Spaß.

Am Montag darauf legte ich die Viertelmeile von der Schule nach Hause rennend statt gehend zurück. Ich hatte eine Idee und wollte daheim sein, bevor der Schulbus eintraf. Als er kam, griff ich mir Con und zog ihn nach hinten in den Garten.

»Was hast du für Flöhe im Hintern?«, fragte er.

»Du musst unbedingt mit mir zum Pfarrhaus kommen«, sagte ich. »Reverend Jacobs zieht bald weg, vielleicht schon morgen, und vorher sollten wir ihn besuchen. Wir sollten ihm sagen, dass wir ihn immer noch mögen.«

Con entzog sich mir und bürstete sich die Hand an seinem schicken Hemd ab, als hätte er Angst, dass ich darauf Läuse hinterlassen hatte. »Spinnst du? Das kannst du vergessen. Er hat gesagt, es gibt keinen Gott.«

»Aber er hat dir auch den Hals elektrifiziert und deine Stimme gerettet.«

Con hob unbehaglich die Schultern. »Die wäre sowieso wiedergekommen. Hat jedenfalls Dr. Renault gesagt.«

»Der hat gesagt, sie kommt in ein oder zwei Wochen wieder. Das war im Februar. Im April hast du immer noch nicht sprechen können. *Zwei Monate später.*«

»Na und? Es hat eben ein bisschen länger gedauert, das ist alles.«

Ich konnte kaum glauben, was ich da hörte. »Was bist du doch für ein Feigling!«

»Sag das noch mal, und du kriegst was aufs Maul.«

»Wieso willst du dich nicht wenigstens bedanken?«

Mit zusammengepressten Lippen sah er mich an. Seine Wangen waren gerötet. »Wir dürfen ihn nicht besuchen, das haben Mama und Dad gesagt. Er ist wahnsinnig und wahrscheinlich auch noch ein Säufer wie seine Frau.«

Das verschlug mir vollends die Sprache. Die Tränen stiegen mir in die Augen. Nicht weil ich traurig war; es waren Tränen des Zorns.

»Außerdem muss ich die Brennholzkiste auffüllen, bevor Dad heimkommt, sonst kriege ich Ärger«, sagte Con. »Also hör einfach auf damit, Jamie.«

Er ließ mich stehen. Mein Bruder, der später einer der führenden Astronomen der Welt werden sollte – 2011 hat er den vierten der sogenannten Goldlöckchenplaneten entdeckt, die theoretisch bewohnbar wären –, ließ mich einfach stehen. Den Namen Charles Jacobs hat er nie wieder erwähnt.

Am nächsten Tag, dem Dienstag, rannte ich wieder die Landstraße entlang, sobald die Schule aus war. Aber ich wollte nicht nach Hause.

In der Einfahrt des Pfarrhauses stand ein neues Auto. Na ja, neu war es eigentlich nicht; es war ein Ford Fairlane, Baujahr 1958, mit Rost auf den Schwellern und einem Sprung im Beifahrerfenster. Der Kofferraum stand offen, und als ich hineinspähte, sah ich zwei Koffer und das klobige elektronische Gerät, das Reverend Jacobs einmal an einem Donnerstagabend in der Jugendgruppe vorgeführt hatte: das Oszilloskop. Jacobs selbst befand sich offenbar in seinem Schuppen. Dort hörte ich es klappern.

Als ich neben seinem neuen alten Wagen stand, kam mir der Belvedere in den Sinn, der jetzt ein ausgebranntes Wrack war. Fast hätte ich die Flucht ergriffen und wäre nach Hause gerannt. Ich frage mich, inwieweit mein Leben wohl anders verlaufen wäre, wenn ich das getan hätte. Würde ich dann hier sitzen und diesen Bericht schreiben? Darauf gibt es keine Antwort, nicht wahr? Was die dunklen Bilder im Spiegel angeht, hat der Apostel Paulus völlig recht. Tag für Tag blicken wir dort hinein und sehen nichts als unser eigenes Spiegelbild.

Statt fortzurennen, nahm ich meinen ganzen Mut zusammen und ging zum Schuppen. Jacobs war damit beschäftigt, elektronische Gerätschaften in einer orangefarbenen Holzkiste zu verpacken. Um sie zu schützen, wickelte er sie vorher in große Bogen aus zerknülltem braunem Papier. Zuerst sah er mich gar nicht. Er trug Jeans und ein einfaches weißes Hemd. Der Pastorenkragen war verschwunden. Wenn Erwachsene sich verändern, fällt Kindern das normalerweise nicht besonders auf, doch selbst mit meinen neun Jahren sah ich, dass er abgenommen hatte. Er stand in einem Keil aus Sonnenlicht, und als er mich hereinkommen hörte, blickte er auf. Sein Gesicht hatte neue Falten bekommen, die jedoch verschwanden, als er mich sah und anlächelte. Sein Lächeln war so traurig, dass ich einen Stich im Herzen verspürte.

Ohne nachzudenken, rannte ich auf ihn zu. Er breitete die Arme aus und hob mich hoch, damit er mir einen Kuss auf die Wange geben konnte. »Jamie!«, rief er. »Du bist das Alpha und das Omega!«

»Hä?«

»Offenbarung, erstes Kapitel, Vers acht. ›Ich bin das A und das O, der Anfang und das Ende.‹ Du warst das erste Kind, auf das ich traf, als ich nach Harlow kam, und du bist das letzte. Ich bin so froh, so ungeheuer froh, dass du gekommen bist.«

Ich brach in Tränen aus. Das wollte ich nicht, konnte jedoch nichts dagegen tun. »Es tut mir leid, Reverend Jacobs. Alles. Es ist nicht fair, da hatten Sie beim Predigen ganz recht.«

Er küsste mich auf die andere Wange und setzte mich ab. »Ich glaube zwar nicht, dass ich das so prägnant ausgedrückt habe, aber das Wesentliche hast du eindeutig kapiert. Nicht dass du irgendetwas von dem, was ich gesagt habe, ernst nehmen solltest; ich war schlicht außer mir. Deine Mutter wusste das. Sie hat mir das gesagt, als sie mir zu Thanksgiving ein richtiges Festmahl gebracht hat. Und sie hat mir alles Gute gewünscht.«

Als ich das hörte, fühlte ich mich etwas besser.

»Außerdem hat sie mir einen guten Ratschlag gegeben – ich solle von vorn anfangen, weit weg von hier in Harlow, Maine. Sie hat gesagt, an einem neuen Ort würde ich vielleicht meinen Glauben wiederfinden. Das bezweifle ich zwar stark, aber weg von hier muss ich, da hat sie recht.«

»Dann werde ich Sie nie wiedersehen.«

»Sag niemals nie, Jamie. In dieser Welt kreuzen sich unsere Pfade ständig, manchmal an den seltsamsten Orten.« Er nahm sein Taschentuch aus der Gesäßtasche und wischte mir die Tränen vom Gesicht. »Auf jeden Fall werde ich dich im Gedächtnis behalten. Und ich hoffe, auch du denkst von Zeit zu Zeit an mich.«

»Das werde ich.« Dann fiel mir etwas ein: »Da würde ich mein letztes Hemd drauf wetten!«

Er wandte sich wieder seinem nun traurig leeren Arbeitstisch zu, um die letzten Gegenstände einzupacken – mehrere große, rechteckige Batterien, die er als Trockenzellen bezeichnete. Dann schloss er den Deckel der Kiste und machte sich daran, diese mit zwei kräftigen Stricken zu verschnüren.

»Eigentlich wollte Connie mitkommen, um Danke zu sagen, aber er hat ... äh ... Ich glaube, heute ist Fußballtraining. Oder irgendwas anderes.«

»Ist schon in Ordnung. Ich weiß nicht recht, ob ich wirklich etwas für ihn getan habe.«

Ich war geschockt. »Also echt! Sie haben ihm die Stimme zurückgegeben! Mit ihrem Apparat!«

»Ach ja. Mein Apparat.« Er verknotete den zweiten Strick und zurrte ihn fest. Seine Ärmel waren hochgekrempelt, weshalb ich sehen konnte, dass er eindrucksvolle Muskeln hatte. Bis dahin waren mir die noch nie aufgefallen. »Der elektrische Nervenstimulator.«

»Den sollten Sie verkaufen, Reverend Jacobs! Damit könnten Sie eine Menge Geld machen!«

Er stützte einen Ellbogen auf die Kiste, legte das Kinn in die Hand und blickte mich an. »Meinst du wirklich?«

»Klar!«

»Das bezweifle ich stark. Und ich bezweifle, dass mein ENS irgendetwas mit der Genesung deines Bruders zu tun hatte. Schließlich habe ich ihn erst an dem betreffenden Tag gebaut.« Er lachte. »Als Energiequelle habe ich einen winzigen, in Japan hergestellten Motor aus Morries Spielzeugroboter benutzt.«

»Ehrlich?«

»Ehrlich. Das *Konzept* ist stimmig, da bin ich mir ziemlich sicher, aber solche Prototypen, die man hastig zusammenschraubt, ohne die Zwischenschritte zu testen, funktionieren nur sehr selten. Trotzdem hab ich mir eine Chance ausgerechnet, weil ich die Diagnose von Dr. Renault nie angezweifelt habe. Es war eine Nervenlähmung, sonst nichts.«

»Aber ...«

Er hob die Kiste hoch. Die Armmuskeln wölbten sich, und die Venen traten hervor. »Komm mit, Junge.«

Ich folgte ihm zu seinem Wagen. Er stellte die Kiste neben der hinteren Stoßstange ab, inspizierte den Kofferraum und sagte, seine Koffer müsse er wohl auf dem Rücksitz unterbringen. »Kannst du den kleinen nehmen, Jamie? Der ist nicht schwer. Wenn man eine weite Reise macht, nimmt man am besten nicht viel Gepäck mit.«

»Wo wollen Sie hin?«

»Keine Ahnung, aber ich glaube, ich werde es wissen, wenn ich ankomme. Falls dieses Ding nicht vorher schlappmacht. Es schluckt genug Benzin für einen ganzen Autobus.«

Wir stellten die beiden Koffer auf den Rücksitz des Wagens, dann hievte Reverend Jacobs mit einem kurzen Ächzen die große Kiste in den Kofferraum. Er schlug den Deckel zu, lehnte sich an den Wagen und betrachtete mich.

»Du hast eine wunderbare Familie, Jamie, und wunderbare Eltern, die wirklich für euch sorgen. Wenn ich sie bitten würde, euch Kinder zu beschreiben, würden sie bestimmt sagen, dass Claire mütterlich ist, Andy autoritär und rechthaberisch ...«

»Mensch, *damit* könnten Sie nicht richtiger liegen.«

Er grinste. »So einen gibt's in jeder Familie, mein Junge. Außerdem würden sie sagen, dass Terry technisch begabt ist und du der Träumer bist. Was würden sie wohl über Con sagen?«

»Der, der gern lernt. Oder vielleicht der Folksänger, seit er seine Gitarre hat.«

»Mag sein, aber ich möchte wetten, das käme ihnen nicht als Erstes in den Sinn. Sind dir schon mal Cons Fingernägel aufgefallen?«

Ich lachte. »An denen kaut er wie verrückt rum! Einmal hat mein Dad ihm einen Dollar versprochen, wenn er eine Woche damit aufhört, aber das hat er nicht geschafft!«

»Con ist der Nervöse unter euch, Jamie – das würden deine Eltern sagen, wenn sie völlig ehrlich wären. Einer, der an Magengeschwüren leidet, wenn er vierzig ist. Als ihm der Skistock an den Hals geknallt ist und er dadurch die Stimme verloren hat, hatte er Angst, dass sie nicht wiederkommen würde. Und als sie tatsächlich weggeblieben ist, hat er sich eingeredet, dass es dabei bleibt.«

»Dr. Renault hat gesagt ...«

»Renault ist ein guter Arzt. Gewissenhaft. Er ist unverzüglich zu uns ins Haus gekommen, als Morrie die Masern bekam und später noch einmal, als Patsy eine ... na ja, eine Frauensache hatte. Beide hat er absolut professionell behandelt. Aber er strahlt nicht die Zuversicht aus, die die besseren Hausärzte an sich haben. Diese Fähigkeit zu sagen: ›Ach, ist nicht so schlimm, das geht bestimmt bald vorüber.‹«

»Aber das *hat* er doch gesagt!«

»Ja, aber er hat Conrad nicht damit überzeugt, weil er nicht überzeugend wirkt. Er ist in der Lage, den Körper zu behandeln, aber den Geist? Das schafft er nicht besonders gut. Con dachte: ›Er lügt, damit ich mich daran gewöhne, keine Stimme zu haben. Später wird er mir dann die Wahrheit sagen.‹ So ist dein Bruder eben gestrickt, Jamie. Er hat seine Nerven nicht im Griff, und wer so ist, dem spielen die eigenen Gedanken oft einen Streich.«

»Er wollte heute nicht mitkommen«, sagte ich. »Vorhin habe ich gelogen.«

»Ach ja?« Jacobs sah nicht besonders überrascht aus.

»Ja. Ich habe ihn gefragt, aber er hatte Angst.«

»Sei ihm nicht böse deswegen«, sagte Jacobs. »Angstvolle Menschen leben in ihrer eigenen Spezialhölle. Man könnte sagen, die bauen sie sich selbst – so, wie Con seine Stummheit konstruiert hat –, aber sie können nicht anders. So sind sie eben. Deshalb verdienen sie unser Mitgefühl.«

Er wandte sich zum Pfarrhaus um, das bereits verlassen aussah, und seufzte. Dann sah er wieder mich an.

»Vielleicht hat der ENS tatsächlich *irgendwas* bewirkt – jedenfalls habe ich guten Grund zu glauben, dass die dahinterstehende Theorie stimmt –, aber ich bezweifle es sehr. Ich glaube, dein Bruder ist auf einen Trick von mir hereingefallen. Solche Tricks lernt man im Theologiestudium, allerdings spricht man da von einer Technik, den Glauben zu entfachen. Darin war ich schon immer gut, weshalb ich mich sowohl geschämt als auch gefreut habe. Ich habe deinem Bruder gesagt, er soll ein Wunder erwarten, dann habe ich den Strom angestellt und meinen Apparat laufen lassen, der kaum mehr als ein Scherzartikel war. Sobald ich Con mit dem Mund zucken und den Augen blinzeln gesehen habe, wusste ich, dass es klappen würde.«

»Das ist doch klasse!«, sagte ich.

»In der Tat. Aber auch ziemlich niederträchtig.«

»Wieso?«

»Nicht so wichtig. Was wirklich wichtig ist: Du darfst es ihm auf keinen Fall verraten. Es ist zwar nicht wahrscheinlich, dass er die Stimme dann wieder verlieren würde, aber durchaus möglich.« Er warf einen Blick auf seine Armbanduhr. »Weißt du was? Ich glaube, mehr Zeit zu plaudern habe ich nicht, wenn ich es bis heute Abend nach Portsmouth schaffen will. Und du solltest jetzt nach Hause gehen. Dein heutiger Besuch bei mir wird ebenfalls unter uns bleiben, stimmt's?«

»Stimmt.«

»Du bist doch nicht etwa an Mrs. Plappermaul vorbeigekommen, oder?«

Ich verdrehte die Augen, als wollte ich fragen, ob er wirklich so dämlich sei, worauf Jacobs wieder lachte. Es machte mich glücklich, dass ich ihn trotz allem, was geschehen war, zum Lachen bringen konnte. »Ich habe die Abkürzung durchs Feld von Mr. Marstellar genommen.«

»Guter Junge.«

Ich wollte noch nicht weg, und ich wollte auch nicht, dass *er* wegging. »Darf ich Sie noch was fragen?«

»In Ordnung, aber mach schnell.«

»Als Sie Ihre ... äh ...« Es widerstrebte mir, das Wort *Predigt* zu verwenden, weil mir das irgendwie gefährlich vorkam. »Als Sie in der Kirche gesprochen haben, da haben Sie gesagt, ein Blitz ist fünfzigtausend Grad heiß oder so. Ist das wahr?«

Sein Gesicht leuchtete auf wie stets und nur dann, wenn es um Elektrizität ging. Um sein Steckenpferd, hätte Claire gesagt. Mein Dad hätte von Besessenheit gesprochen.

»*Absolut* wahr! Von Erdbeben und Flutwellen eventuell abgesehen, sind Blitze die stärkste Kraft der Natur. Stärker als Tornados und wesentlich stärker als Hurrikane. Hast du schon mal gesehen, wie ein Blitz in die Erde einschlägt?«

Ich schüttelte den Kopf. »Blitze habe ich nur am Himmel gesehen.«

»Es ist wunderschön. Schön und furchterregend.« Er hob den Blick, als würde er nach einem Beispiel suchen, doch an jenem Nachmittag war der Himmel blau. Man sah nur weiße Wölkchen, die gemächlich nach Südwesten zogen. »Wenn du mal einen aus der Nähe sehen willst ... Du weißt doch, wo Longmeadow ist, oder?«

Natürlich wusste ich das. Es war ein öffentlicher Park auf halbem Wege zum Goat-Mountain-Resort. Von dort aus konnte man meilenweit nach Osten blicken. An ganz klaren Tagen sah man bis zur Dünenlandschaft in der Nähe von Freeport, manchmal sogar bis zum Atlantik jenseits davon. Unsere Jugendgruppe veranstaltete dort jeden August ihr sommerliches Grillfest.

»Wenn man von Longmeadow weiterfährt, kommt man zum Pförtnerhaus des Resorts ...«

»... wo man nur reingelassen wird, wenn man ein Mitglied ist oder als Gast von einem kommt.«

»Genau. Das Klassensystem, wie es leibt und lebt. Aber kurz bevor man das Pförtnerhaus erreicht, biegt links eine Schotterstraße ab. Die darf jeder benutzen, weil das Land dem Staat gehört. Nach etwa drei Meilen endet sie an einem Aussichtspunkt, den man Himmelsspitze nennt. Ich bin mit euch nie dorthin gefahren, weil es gefährlich ist – ein Granithang, der am Ende senkrecht abfällt. Es gibt keinen Zaun, bloß ein Schild, das davor warnt, zu nah an die Kante zu treten. Am Gipfel steht ein sechs Meter hoher Eisenstab, der tief in den Fels eingebettet ist. Ich habe keine Ahnung, wer ihn aufgestellt hat und aus welchem Grund, aber er ist schon sehr lange da. Eigentlich müsste er rostig sein, was er aber nicht ist. Weißt du warum?«

Ich schüttelte den Kopf.

»Weil er so oft von Blitzen getroffen wurde. Die Himmelsspitze ist ein besonderer Ort. Sie zieht den Blitzschlag an, und der Eisenstab wirkt wie ein Blitzableiter, nur wesentlich stärker.«

Verträumt blickte er zum Goat Mountain. Verglichen mit den Rockies (oder auch nur den White Mountains von New Hampshire) war der zwar nicht besonders hoch, aber er beherrschte die sanft geschwungenen Hügel im Westen von Maine.

»Der Donner ist dort oben lauter, Jamie, und die Wolken sind näher. Sieht man die Gewitterwolken heranziehen, dann fühlt man sich ganz klein, und wenn man von Sorgen ... oder Zweifeln geplagt wird, ist es gar nicht so schlecht, sich klein zu fühlen. Man weiß, wenn gleich der nächste Blitz einschlägt, weil etwas Atemloses in der Luft liegt. Das Gefühl einer ... wie soll ich sagen ... einer Hitze, die nicht verbrennt. Die Haare stellen sich auf, und dir wird schwer in der Brust. Du spürst die Haut zittern. Du wartest, und wenn der Donner kommt, dröhnt er nicht. Er *knackt*, wie ein von Eis umhüllter Ast, der endlich nachgibt, bloß hundertmal lauter. Dann herrscht Stille ... und dann ist da ein *Klicken* in der Luft, das sich wie das Geräusch von einem altmodischen Lichtschalter anhört. Der Donner grollt, und der Blitz kommt. Man muss die Augen zusammenkneifen, sonst wird man von dem Strahl geblendet und sieht dann nicht, wie der schwarze Eisenstab erst violett aufleuchtet und schließlich wie ein Hufeisen im Schmiedefeuer ganz rot wird.«

»Wow«, sagte ich.

Mit einem Blinzeln kehrte er in die Gegenwart zurück. Er versetzte dem Reifen von seinem neuen alten Wagen einen Tritt. »Verzeihung, Junge. Manchmal gerate ich ein bisschen in Verzückung.«

»Es hört sich toll an.«

»Ach, es ist wesentlich mehr als toll. Fahr irgendwann mal da rauf, wenn du älter bist, und schau es dir selber an. Gib aber gut acht, wenn du in der Nähe von dem Stab bist. Die Blitze haben allerhand Geröll aus dem Fels geschlagen, und wenn du ins Rutschen kommst, kannst du dich vielleicht nicht mehr halten. Und jetzt, Jamie, muss ich wirklich los.«

»Ich tät mir wünschen, dass Sie nicht wegmüssen.« Am liebsten hätte ich wieder losgeheult, hielt mich aber im Zaum.

»Das weiß ich zu schätzen, und es rührt mich, aber du weißt ja, was man sagt: Würden Wünsche wahr, dann wäre auch der Bettler reich.« Er breitete die Arme aus. »Jetzt umarme mich noch einmal.«

Während ich ihn fest drückte, atmete ich tief ein, um mir den Geruch seiner Seife und seines Haarwassers einzuprägen – Vitalis, die Marke, die mein Dad verwendete. Andy inzwischen ebenfalls.

»Du warst mir der Liebste«, flüsterte er mir ins Ohr. »Das ist ein weiteres Geheimnis, das du wahrscheinlich für dich behalten solltest.«

Ich nickte nur. Ich brauchte ihm ja nicht zu erzählen, dass Claire bereits Bescheid wusste.

»Im Keller drüben habe ich etwas für dich dagelassen«, sagte er. »Wenn du es willst. Der Schlüssel liegt unter der Fußmatte.« Er stellte mich auf die Beine, gab mir einen Kuss auf die Stirn und öffnete die Fahrertür. »Das Ding da ist ein echter Schrotthaufen«, sagte er mit einer komischen Verzweiflung, über die ich trotz meiner Traurigkeit grinsen musste. »Trotzdem wird es mich wohl heil von dannen tragen.«

»Ich habe Sie lieb«, sagte ich.

»Ich habe dich auch sehr lieb«, sagte er. »Aber weine nicht mehr wegen mir, Jamie. Mein Herz ist schon so gebrochen, wie ich es gerade noch aushalten kann.«

Bis er weg war, weinte ich tatsächlich nicht mehr. Ich stand nur da und sah zu, wie er rückwärts aus der Einfahrt fuhr. Ich sah ihm hinterher, bis er außer Sicht war. Dann ging ich nach Hause. Damals stand bei uns hinten im Garten noch eine Handpumpe, und ich wusch mir mit dem eiskalten Wasser das Gesicht, bevor ich hineinging. Meine Mutter sollte nicht sehen, dass ich geweint hatte, sonst hätte sie mich gefragt, warum.

Es war die Aufgabe des Damenzirkels, das Pfarrhaus von oben bis unten zu reinigen, alle Spuren der unglückseligen Familie

Jacobs zu beseitigen und es für die nächsten Bewohner herzurichten, aber das habe keine Eile, meinte Dad. Die Räder der methodistischen Kirchenverwaltung drehten sich langsam, und wir hätten Glück, wenn man uns bis zum nächsten Sommer einen neuen Pfarrer zuweise.

»Lasst es einfach eine Weile ruhen«, lautete der Rat meines Vaters, und der Damenzirkel war gern bereit, ihn zu befolgen. Deshalb machten die Mitglieder sich samt ihren Besen, Bürsten und Staubsaugern erst nach Weihnachten an die Arbeit (in jenem Jahr hielt Andy die Laienpredigt, und meine Eltern platzten fast vor Stolz). Bis dahin stand das Pfarrhaus leer, und einige meiner Schulkameraden behaupteten, es würde darin spuken.

Einen Besucher gab es allerdings: mich. An einem Samstagnachmittag schlich ich mich wieder durch das Maisfeld von Dorrance Marstellar, um dem wachsamen Blick von Mrs. Plappermaul auszuweichen. Ich zog den Schlüssel unter der Fußmatte hervor und schloss auf. Ich hatte Angst. Die Behauptung, im Haus würde es spuken, hatte ich zwar verächtlich abgetan, aber sobald ich mich selbst darin befand, konnte ich mir nur zu leicht vorstellen, dass ich mich umdrehte und Patsy mit Morrie dem Klettchen vor mir stehen sah, Hand in Hand, glotzäugig und im Zustand der Verwesung.

Sei nicht so dämlich, sagte ich mir. *Entweder sind die beiden jetzt irgendwo anders, oder sie sind einfach in einem schwarzen Nichts verschwunden, wie Reverend Jacobs es gesagt hat. Also hör auf, dich zu fürchten. Sei kein blöder Angsthase.*

Kein blöder Angsthase zu sein war jedoch ebenso unmöglich, wie keine Bauchschmerzen zu haben, wenn ich am Samstagabend zu viele Hotdogs in mich hineingestopft hatte. Trotzdem ergriff ich nicht die Flucht. Ich wollte sehen, was Reverend Jacobs mir hinterlassen hatte. Irgendwie *musste* ich das sehen. Daher ging ich zu der Tür, an der immer noch ein Poster hing (Jesus Hand in Hand mit zwei Kindern, die wie Dick und Jane in meinem Lesebuch aus der ersten Klasse aussahen), dazu ein Schild mit der Aufschrift LASSET DIE KINDLEIN ZU MIR KOMMEN.

Ich schaltete das Licht ein und stieg die Treppe hinab. Unten sah ich die an die Wand gelehnten Klappstühle, das zugedeckte Klavier und die Spielecke mit dem Tischchen, auf dem nun keine Dominos, Bücher zum Ausmalen und Buntstifte mehr lagen. Aber der See des Friedens war noch da, ebenso wie das Holzkästchen mit dem elektrischen Jesus. Das also hatte Reverend Jacobs mir hinterlassen, und ich war furchtbar enttäuscht. Dennoch öffnete ich das Kästchen und nahm den elektrischen Jesus heraus. Ich stellte ihn dort an den Rand des Sees, wo sich die Schiene befinden musste, und wollte schon unter sein Gewand greifen, um ihn einzuschalten. In diesem Augenblick durchfuhr mich der größte Zornausbruch meines jungen Lebens. Er kam so plötzlich wie einer der Blitzschläge auf dem Berggipfel, von denen der Reverend gesprochen hatte. Ich holte aus und schleuderte den elektrischen Jesus an die Wand gegenüber.

»Du bist nicht echt!«, brüllte ich. *»Du bist nicht echt! Das ist alles bloß ein Haufen Tricks! Scher dich zum Teufel, Jesus! Scher dich zum Teufel! Zum Teufel mit dir, zum Teufel, zum Teufel, Jesus!«*

So heftig heulend, dass ich kaum etwas sehen konnte, rannte ich die Treppe hinauf.

Wie sich herausstellte, bekamen wir nie einen anderen Pfarrer. Einige der Geistlichen aus der Umgebung versuchten, den Faden aufzunehmen, aber die Zahl der Kirchgänger sank gegen null, und in meinem letzten Highschooljahr wurde unsere Kirche endgültig abgeschlossen und verbarrikadiert. Mir war das gleichgültig, denn ich hatte keinen Glauben mehr. Ich habe keine Ahnung, was aus dem See des Friedens und dem elektrischen Jesus geworden ist. Als ich das nächste Mal in den Keller des Pfarrhauses hinunterging – das war sehr viele Jahre später –, war er vollkommen leer. So leer wie der Himmel.

IV

Zwei Gitarren. Die Chrome Roses. Blitzschlag.

Wenn wir zurückschauen, meinen wir, unser Leben würde Muster bilden; jedes Ereignis kommt uns logisch vor, als hätte etwas – oder jemand – alle unsere Schritte (und Fehltritte) vorhergeplant. Ein gutes Beispiel ist der unflätige alte Kerl, der mich unwissentlich auf den Job brachte, in dem ich fünfundzwanzig Jahre tätig war. Nennt man so etwas Schicksal oder schlichtweg Zufall? Ich weiß es nicht. Wie sollte ich? An dem Abend, als Hector der Scherenmann zu seiner alten Silvertone-Gitarre griff, war ich nicht einmal zugegen. Früher einmal hätte ich gesagt, wir wählen unsere Wege nach dem Zufallsprinzip: erst diesen, dann jenen, und der nächste wartet schon. Jetzt weiß ich es besser.

Es gibt gewisse Kräfte.

1963, bevor die Beatles die Musikwelt stürmten, war Amerika von einer kurzen, aber heftigen Schwärmerei für die Folkmusik ergriffen. Die Fernsehsendung, die genau zum richtigen Zeitpunkt kam, um von dieser Mode zu profitieren, hieß *Hootenanny* und präsentierte weiße Interpreten schwarzer Wirklichkeit wie das Chad Mitchell Trio und die New Christy Minstrels. (Als Kommunisten betrachtete Weiße wie Pete Seeger und Joan Baez wurden nicht zu einem Auftritt eingeladen.) Mein Bruder Conrad war der beste Freund von Billy Paquettes älterem Bruder Ronnie, und die beiden hockten an jedem Samstagabend im Haus der Paquettes vor dem Fernseher, wenn »The Hoot« lief, wie sie es nannten.

Zu jener Zeit lebte der Großvater von Ronnie und Billy bei den Paquettes. Er war unter dem Namen Hector der Scherenmann bekannt, weil er fast fünfzig Jahre lang Friseur gewesen war, wenngleich man ihn sich in dieser Rolle nur schwer vorstellen konnte. Friseure galten, ebenso wie Barkeeper, als nette, kommunikative Typen, aber Hector der Scherenmann sagte praktisch nie etwas. Er saß nur im Wohnzimmer, maß mit der Verschlusskappe seiner Whiskeyflasche Bourbon ab, den er sich in den Kaffee kippte, und rauchte Tiparillos. Deren Geruch durchdrang das gesamte Haus. Wenn er doch etwas sagte, waren seine Äußerungen mit Kraftausdrücken gepfeffert.

Immerhin mochte er *Hootenanny* und sah sich die Sendung immer zusammen mit Con und Ronnie an. Eines Abends, nachdem irgendein weißer Knabe davon gesungen hatte, dass sein Baby ihn verlassen habe und er sich deshalb so traurig fühle, schnaubte Hector der Scherenmann und sagte: »Scheiße, Jungs, das ist kein Blues.«

»Was meinst du damit, Grampa?«, fragte Ronnie.

»Blues ist richtig *herbe* Musik. Das Muttersöhnchen da eben hat sich angehört, als hätte es ins Bett gepisst und Angst davor, dass seine Mama das mitkriegt.«

Darüber lachten die beiden, teils aus Vergnügen, teils vor Verwunderung darüber, das Hector sich tatsächlich als eine Art Musikkritiker entpuppte.

»Wartet mal«, sagte er und erklomm langsam die Treppe, wobei er sich mit seiner knotigen Hand am Geländer hochzog. Er blieb so lange weg, dass die beiden ihn schon fast vergessen hatten, als er wieder herunterkam. Er hatte eine alte Silvertone-Gitarre dabei, deren Hals er umklammerte. Ihr ramponierter Korpus wurde von einem ausgefransten Strick zusammengehalten, die Wirbel waren verbogen. Er setzte sich ächzend, wobei er einen Furz von sich gab, und legte sich die Gitarre auf die knochigen Knie.

»Schaltet den Scheiß da aus«, sagte er.

Ronnie gehorchte; die Sendung war sowieso fast zu Ende. »Ich wusste gar nicht, dass du Gitarre spielst, Grampa«, sagte er.

»Hab's auch schon jahrelang nicht mehr gemacht«, sagte Hector. »Als die Arthritis schlimmer wurde, hab ich das Ding weggepackt. Weiß nicht mal, ob ich das verfluchte Luder noch stimmen kann.«

»Lass diese Ausdrücke, Dad«, rief Mrs. Paquette aus der Küche.

Hector der Scherenmann achtete nicht auf sie; falls sie ihm nicht gerade das Kartoffelpüree reichen sollte, tat er das ohnehin nur selten. Vor sich hin fluchend stimmte er langsam die Gitarre, um dann einen Akkord zu spielen, der sich tatsächlich ein wenig nach Musik anhörte. »Man hat gemerkt, dass das Ding immer noch nicht richtig gestimmt war«, sagte Con, als er mir die Geschichte später erzählte. »Aber es klang trotzdem ziemlich cool.«

»Wow!«, sagte Ronnie. »Welcher Akkord ist das, Grampa?«

»E. Dieser ganze Scheiß fängt mit E an. Moment, ihr habt noch gar nichts gehört. Mal sehen, ob ich mich erinnere, wie dieses Hurenteil geht.«

Aus der Küche: »Lass das, Dad.«

Er beachtete den Einwurf ebenso wenig wie zuvor und begann stattdessen, die alte Gitarre zu bearbeiten. Statt eines Plektrums verwendete er einen seiner hornigen, vom Nikotin vergilbten Fingernägel. Zuerst kam er nur langsam vorwärts und murmelte weitere nicht genehme Ausdrücke in seinen Bart, doch dann verfiel er in einen steten, pochenden Rhythmus, bei dem die beiden Jungen sich erstaunt anblickten. Seine Finger glitten am Griffbrett auf und ab, zuerst unbeholfen, dann – als die alten Erinnerungssynapsen allmählich wieder aufflackerten – ein wenig flüssiger, von H zu A zu G und wieder zu E zurück. Das ist ein Riff, den ich inzwischen selbst wohl an die hunderttausend Mal gespielt habe, wenngleich ich 1963 nicht mal den Unterschied zwischen Dur und Moll kannte.

Mit einer hohen, klagenden Stimme, die ganz anders war als jene, mit der er sprach (falls er das überhaupt mal tat), sang Ronnies Großvater: »Why don't you drop down, darlin, let your daddy see ... you got somethin, darlin, keep on *worryin* me ...«

Mrs. Paquette kam aus der Küche. Sie trocknete sich die Hände an einem Geschirrtuch ab und erweckte den Eindruck, soeben einen die Mitte der Landstraße entlangstolzierenden exotischen Vogel, zum Beispiel einen Strauß oder Emu, erblickt zu haben. Billy und die kleine Rhonda Paquette, die damals kaum älter als fünf gewesen sein durfte, kamen halb die Treppe herab, beugten sich übers Geländer und glotzten den alten Mann an.

»Dieser *Beat*«, erzählte Con mir später. »Der war ganz anders als das, was sie bei *Hootenanny* gespielt haben.«

Hector der Scherenmann klopfte inzwischen mit seinem Fuß den Takt und grinste. Con sagte, er habe den Alten vorher noch nie grinsen gesehen, weshalb es ein wenig gruselig gewesen sei, so als hätte Hector sich in eine Art singenden Vampir verwandelt.

»My mama don't allow me to fool around all night long ... she afraid some woman might ... might ...« Er zog das Wort in die Länge. »*Miiight* not treat me right!«

»Weiter so, Grampa!«, rief Ronnie lachend und klatschte mit.

Hector machte sich an die zweite Strophe, in der der Karo-Bube zur Pik-Dame sagt, sie solle mit ihm davonlaufen, aber da riss eine Saite: TWÄNNG.

»Dumme Fotze«, sagte er, und damit war das improvisierte Konzert von Hector dem Scherenmann beendet. Mrs. Paquette riss ihm die Gitarre aus den Händen, wobei die zerfetzte Saite ihrem Auge gefährlich nahe kam, und sagte ihm, er solle rausgehen und sich auf die Veranda hocken, wenn er solche Ausdrücke von sich geben wolle.

Hector der Scherenmann begab sich nicht auf die Veranda, verfiel jedoch wieder in sein gewohntes Schweigen. Die beiden Freunde hörten ihn nie wieder singen und spielen. Er starb im folgenden Sommer. Bei seiner Trauerfeier amtierte Charles Jacobs, dessen Ansehen 1964, im Jahr der Beatles, noch tadellos war.

Am Tag nachdem die verkürzte Fassung von Sleepy John Estes' Song »Drop Down Mama« zum Besten gegeben worden war, fand Ronnie Paquette die Gitarre in einem der Abfalleimer hinter dem Haus, wo sie von seiner erzürnten Mutter deponiert worden war. Ronnie nahm sie mit in die Schule. Dort zeigte ihm Mrs. Calhoun, die neben Englisch auch Musik unterrichtete, wie man eine neue Saite aufzog und das Instrument stimmte, indem man die ersten drei Töne von »Taps« summte. Außerdem schenkte sie Ronnie ein Exemplar von *Sing Out!*, einem Folkmusik-Magazin, in dem Texte und Akkordwechsel von Liedern wie »Barb'ry Allen« abgedruckt waren.

Während der nächsten paar Jahre (mit einer kurzen Unterbrechung während der Zeit, als der Skistock des Schicksals Connie zum Verstummen brachte) lernten die beiden Freunde einen Folksong nach dem anderen. Die alte Gitarre wanderte dabei hin und her. Geübt wurden dieselben simplen Akkorde, die sicher auch Leadbelly in seinen Gefängnisjahren gespielt hatte. Eigentlich hatte keiner der beiden auch nur die leiseste Ahnung vom Gitarrespielen, aber Con hatte eine ziemlich gute Stimme, wenngleich sie zu angenehm für die Blues-Titel klang, die er liebte. Ein paarmal traten sie öffentlich unter dem Namen »Con und Ron« auf. (Sie hatten eine Münze geworfen, um zu bestimmen, welcher Name zuerst genannt werden sollte.)

Irgendwann bekam Con eine eigene Gitarre, eine akustische Gibson mit Kirschfurnier. Sie war erheblich besser als die alte Silvertone von Hector dem Scherenmann, und sie kam zum Einsatz, als die beiden beim Talentabend in der Eureka Grange Titel wie »Seventh Son« und »Sugarland« auf die Bühne brachten. Meine Eltern förderten all das ebenso wie die Eltern von Ronnie, aber für Gitarren gilt dasselbe wie für Computer: Ist der Input Müll, dann eben auch der Output.

Ich kümmerte mich nicht weiter um die Versuche von Con und Ron, als Folk-Duo zu regionalem Ruhm zu gelangen, und bekam es daher kaum mit, wie das Interesse meines Bruders an seiner Gibson zu schwinden begann. Nachdem Reverend Jacobs unseren Ort in seinem neuen alten Wagen verlassen hatte, spürte ich in meinem Leben eine Art Loch. Ich hatte sowohl Gott als auch meinen einzigen erwachsenen Freund verloren, und noch lange danach war ich traurig und irgendwie verängstigt. Meine

Mutter versuchte, mich aufzumuntern, Claire ebenfalls. Selbst mein Dad unternahm einen Versuch. Ich bemühte mich, wieder glücklich zu werden, und mit der Zeit gelang mir das auch, doch als das Jahr 1965 in 1966 und dann in 1967 überging, nahm ich nicht einmal wahr, dass im Obergeschoss keine schlechten Interpretationen von Titeln wie »Don't Think Twice« mehr erklangen.

Zu diesem Zeitpunkt begeisterte Con sich nur noch für den Highschool-Sport (in dem er wesentlich bessere Leistungen erbrachte als beim Gitarrespielen), und was mich anging ... Nun, ein neues Mädchen war in unseren Ort gezogen, Astrid Soderberg. Sie hatte seidiges blondes Haar, kornblumenblaue Augen und kleine Knubbel unter ihrem Pulli, aus denen sich in Zukunft womöglich echte Brüste entwickeln würden. Während der ersten Jahre, in denen wir in dieselbe Klasse gingen, bin ich ihr offenbar nicht weiter aufgefallen – außer dann, wenn sie bei mir die Hausaufgaben abschreiben wollte. Ich hingegen dachte ständig an sie. Ich stellte mir sogar vor, dass mir ein Herzanfall drohte, falls sie es mir wirklich einmal gestatten würde, ihre Haare zu berühren. Eines Tages nahm ich das dicke Webster-Wörterbuch aus dem Regal mit den Nachschlagewerken und trug es zu meinem Tisch, um mit klopfendem Herzen und Gänsehaut sorgfältig ASTRID über die Definition von *Kuss* zu schreiben. Der Ausdruck *Schwärmerei* passt gut zu diesem Zustand, denn in meinem Kopf summte es wie ein schwärmendes Bienenvolk.

Zu Cons Gibson zu greifen kam mir nie in den Sinn; wenn ich Musik wollte, schaltete ich das Radio ein. Aber Talent hat etwas Unheimliches an sich; es meldet sich leise, aber hartnäckig, wenn die Zeit reif ist. Wie bestimmte Suchtmittel empfindet man es als Freund, lange bevor man erkennt, wie tyrannisch es ist. In dem Jahr, in dem ich dreizehn wurde, habe ich das am eigenen Leib erlebt.

Zuerst dies, dann jenes, und das nächste wartet schon.

Mein musikalisches Talent war nicht gerade riesig, aber doch wesentlich größer als das von Con ... oder von irgendjemand sonst in unserer Familie. Dass es vorhanden war, entdeckte ich an einem langweiligen, bewölkten Samstag im Herbst 1969. Alle anderen – selbst Claire, die vom College übers Wochenende heimgekommen war – waren nach Gates Falls zu einem Footballspiel gefahren. Con war damals in der vorletzten Klasse und Tailback bei den Gates Falls Gators. Ich blieb zu Hause, weil ich Bauchschmerzen hatte, allerdings nicht so stark, wie ich es vorgab; ich war einfach kein großer Footballfan, und außerdem sah es so aus, als würde es bald regnen.

Eine Zeit lang sah ich fern, aber auf zwei Sendern lief ebenfalls Football und auf dem dritten Golf – noch schlimmer. Im alten Zimmer von Claire hauste nun Connie, aber im Kleiderschrank lag noch ein Stapel von Claires Taschenbüchern, und ich kam auf die Idee, es mit einem von Agatha Christie zu versuchen. Claire hatte gemeint, die seien leicht zu lesen, und es mache Spaß, zusammen mit Miss Marple oder Hercule Poirot Detektiv zu spielen. Als ich ins Zimmer kam, sah ich Cons Gibson in der Ecke, umgeben von einem unordentlichen Haufen alter Ausgaben von *Sing Out!*. Ich betrachtete sie, wie sie da vernachlässigt an der Wand lehnte, und dachte: *Ob ich da drauf wohl »Cherry, Cherry« spielen kann?*

An diesen Augenblick erinnere ich mich so deutlich wie an meinen ersten Kuss. Dieser Gedanke war nämlich völlig exotisch und abseitig und hatte keinerlei Verbindung zu dem, was ich im Sinn gehabt hatte, als ich in Cons Zimmer getreten war. Das kann ich auf einen ganzen Stapel Bibeln beschwören. Eigentlich war es gar kein Gedanke. Es war wie eine Stimme.

Ich nahm die Gitarre und setzte mich auf Cons Bett. Die Saiten fasste ich zuerst gar nicht an, sondern dachte noch weiter über »Cherry, Cherry« nach. Dass das Lied auf einer akustischen Gitarre gut klingen würde, wusste ich, weil es auf einem akustischen Riff aufgebaut war (nicht dass ich den Begriff damals schon gekannt hätte). Als ich der Melodie im Kopf lauschte, merkte ich verblüfft, dass ich die Akkordwechsel nicht nur hören, sondern auch sehen konnte. Ich wusste alles über sie, außer wo sie sich auf dem Griffbrett verbargen.

Ich griff mir aufs Geratewohl ein Exemplar von *Sing Out!* und suchte nach einem Blues, egal welchem. Fand einen mit dem Titel »Turn Your Money Green«, sah, wie man E greift (*Dieser ganze Scheiß fängt mit E an*, hatte Hector der Scherenmann Con und Ronnie erklärt), und spielte es auf der Gitarre. Es klang gedämpft, aber korrekt. Die Gibson war ein gutes Instrument, das immer noch richtig gestimmt war, obwohl man es so lange vernachlässigt hatte. Ich drückte die ersten drei Finger meiner linken Hand stärker ans Griffbrett. Das tat weh, aber das war mir egal. Weil E einfach stimmte. E war göttlich. Es passte perfekt zu dem Sound in meinem Kopf.

Con hatte ein halbes Jahr gebraucht, um »The House of the Rising Sun« zu lernen, und er schaffte den Wechsel vom D zum F nie, ohne zu stocken, während er seine Finger in Stellung brachte. Ich hingegen lernte die drei Akkorde des Riffs von »Cherry, Cherry« – von E zu A, dann zu D und zurück zu A – in zehn Minuten, worauf mir klar wurde, dass ich mit denselben drei Akkorden auch »Gloria« von den Shadows of Night und »Louie, Louie« von den Kingsmen spielen konnte. Ich spielte, bis meine Fingerspitzen vor Schmerz heulten und ich kaum noch das linke Handgelenk durchstrecken konnte. Als ich endlich aufhörte, tat ich das nicht, weil ich es wollte, sondern weil es nicht anders ging. Und ich konnte kaum erwarten, wieder anzufangen. Die New Christy Minstrels, Ian and Sylvia oder irgendwelche anderen bescheuerten Folksänger waren mir scheißegal, aber »Cherry, Cherry« hätte ich den ganzen Tag lang spielen können; der Song brachte etwas in mir in Bewegung.

Wenn ich richtig gut spielen lerne, dachte ich, bin ich für Astrid Soderberg vielleicht nicht mehr bloß jemand, von dem man die Hausaufgaben abschreiben kann. Doch selbst das kam mir zweitrangig vor, denn Gitarre zu spielen füllte jenes Loch in mir. Es war etwas Eigenes, eine emotionale Wahrheit. Wenn ich Gitarre spielte, fühlte ich mich wieder wie ein richtiger Mensch.

Drei Wochen später kam Con an einem anderen Samstagnachmittag gleich nach dem Footballspiel nach Hause, statt auf dem Grillfest zu bleiben, das nach dem Spiel traditionell vom Förderverein des Teams veranstaltet wurde. Ich saß oben auf der Treppe und schrummte gerade »Wild Thing«. Es hätte mich nicht gewundert, wenn Con ausgerastet wäre, mir die Gitarre weggerissen und mich womöglich eines Sakrilegs beschuldigt hätte, weil ich auf einem für sensible Protestlieder wie »Blowin' in the Wind« gedachten Instrument eine idiotische Banalität von den Troggs spielte.

Con jedoch hatte an jenem Tag drei Touchdowns erzielt, er hatte den Schulrekord für einen Raumgewinn beim Rushing gebrochen, und die Gators hatten die Ausscheidungsspiele für den Aufstieg in die C-Klasse erreicht. Deshalb sagte er nur: »Das ist so ungefähr der dämlichste Titel, der es je ins Radio geschafft hat.«

»Nein, ich glaube, der Pokal geht an ›Surfin' Bird‹«, sagte ich. »Das kann ich auch spielen, wenn du es hören willst.«

»Jesus, bloß nicht!« Den Ausdruck konnte er verwenden, weil Mutter draußen im Garten war, Vater und Terry in der Garage am Road Rocket III werkelten und unser religiös tickender älterer Bruder nicht mehr zu Hause wohnte. Wie Claire ging Andy inzwischen auf die University of Maine (an der es, wie er behauptete, von »nutzlosen Hippies« wimmelte).

»Aber du hast nichts dagegen, wenn ich darauf spiele, Con?«

»Spiel, so viel du willst«, sagte er, während er auf der Treppe an mir vorbeiging. Auf einer Wange hatte er einen auffälligen blauen Fleck, und er roch nach Footballschweiß. »Aber wenn du sie kaputt machst, musst du sie bezahlen.«

»Ich mache sie schon nicht kaputt.«

Das tat ich auch nicht, aber ich brachte massenhaft Saiten zum Reißen. Rock and Roll beansprucht die Saiten eben mehr als Folkmusik.

1970 kam ich auf die Highschool in Gates Falls, das auf der anderen Seite des Androscoggin River lag. Con, der dort inzwischen das letzte Schuljahr absolvierte und sich dank seiner sportlichen

Leistungen sowie seiner fantastischen Noten zum Star gemausert hatte, kümmerte sich nicht um mich. Das war in Ordnung, es juckte mich nicht. Leider nahm mich auch Astrid Soderberg nicht wahr, obwohl sie in der Klassenstunde eine Reihe hinter mir saß und in Englisch sogar direkt neben mir. Sie hatte ihr Haar zu einem Pferdeschwanz gebunden, und ihre Röcke endeten mindestens fünf Zentimeter über dem Knie. Jedes Mal, wenn sie die Beine übereinanderschlug, verlor ich den Verstand. Ich war heftiger in sie verknallt denn je, aber ich hatte gelauscht, als sie mit ihren Freundinnen in der Mittagspause auf der Tribüne der Sporthalle gesessen hatte, und daher wusste ich, dass die Mädels nur Augen für die Jungs in den höheren Klassen hatten. Auf der großen Bühne ihres soeben begonnenen Highschool-Lebens war ich nur ein Statist.

Stattdessen nahm jemand andres Notiz von mir – ein schlaksiger langhaariger Typ aus der obersten Klasse, den Andy wohl als nutzlosen Hippie bezeichnet hätte. Er kam auf mich zu, als ich mittags in der Sporthalle meinen Imbiss verzehrte, zwei Sitzreihen über Astrid und ihrer kichernden Hühnerschar.

»Du bist Jamie Morton, oder?«, sagte er.

Das gab ich zögernd zu. Er trug Schlagjeans mit Flicken auf den Knien, und unter den Augen waren dunkle Ringe zu sehen, als würde er nachts mit zwei bis drei Stunden Schlaf auskommen. Oder sich häufig einen runterholen.

»Komm mal mit runter in den Bandkeller«, sagte er.

»Wieso?«

»Weil ich's dir sage, Frischling.«

Ich folgte ihm, wobei ich mich durch Gruppen aus Schülern drängen musste, die sich lachend und brüllend gegenseitig schubsten und an ihre Spinde hämmerten. Ich hoffte, dass der Typ nicht vorhatte, mich zu verprügeln. Von jemand in der letzten Klasse war das eigentlich nicht zu erwarten, während ich mir durchaus vorstellen konnte, von einem Schüler aus dem Jahrgang über mir schikaniert zu werden. Das war zwar eigentlich verboten, wurde jedoch ausgiebig praktiziert. Die Typen in der letzten Klasse achteten hingegen kaum auf uns, wofür mein Bruder ein gutes Beispiel war.

Im Bandkeller war sonst niemand. Das war eine Erleichterung. Falls der Typ doch vorhatte, mir ein paar aufs Dach zu geben, hatte er immerhin darauf verzichtet, sich von ein paar Kumpels dabei unterstützen zu lassen. Ohnehin streckte er mir die Hand hin, statt mich zu verprügeln. Ich schüttelte sie. Seine Finger waren schlaff und klamm. »Norm Irving.«

»Nett, dich kennenzulernen.« Ob das wirklich zutraf, wusste ich noch nicht.

»Ich hab gehört, du spielst Gitarre, Frischling.«

»Wer hat dir das erzählt?«

»Dein Bruder. Der Footballstar.« Norm Irving öffnete einen Schrank, in dem mehrere Gitarrenkoffer standen. Er holte einen heraus und ließ die Verschlüsse aufschnappen. Zum Vorschein kam eine E-Gitarre, eine prachtvolle, tiefschwarze Yamaha.

»SA 30«, sagte er knapp. »Hab ich mir vor zwei Jahren besorgt. Hab den ganzen Sommer lang mit meinem Dad Häuser angestrichen. Schalt mal den Verstärker ein. Nein, nicht den großen, den kleinen Übungsverstärker direkt vor deiner Nase.«

Ich ging zu dem besagten Miniverstärker, suchte nach einem Schalter oder einer Taste und sah nichts dergleichen.

»An der Rückseite, Frischling.«

»Ach so.« Ich fand einen Kippschalter und betätigte ihn. Ein rotes Lämpchen leuchtete auf, und man hörte ein leises Summen. Das mochte ich von Anfang an. Es war der Sound von Power.

Norm zog ein Kabel aus dem Gitarrenschrank und stöpselte es ein. Er ließ die Finger leicht über die Saiten streichen, worauf der kleine Verstärker ein kurzes *BRONK* von sich gab. Es war atonal, unmelodisch und wunderschön. Er hielt mir die Gitarre hin.

»Was?« Ich war ebenso erschrocken wie aufgeregt.

»Dein Bruder hat behauptet, du spielst Rhythmus. Also spiel Rhythmus.«

Ich nahm die Gitarre, und wieder kam dieses *BRONK* aus dem kleinen Verstärker zu meinen Füßen. Die Gitarre war wesentlich schwerer als zu Hause die akustische von meinem Bruder. »Ich hab noch nie auf 'ner elektrischen gespielt«, sagte ich.

»Ist praktisch dasselbe.«

»Was soll ich spielen?«

»Wie wär's denn mit ›Green River‹? Kriegst du das hin?« Er griff in die Uhrentasche seiner Jeans und zog ein Plektrum hervor.

Es gelang mir, das Ding entgegenzunehmen, ohne es fallen zu lassen. »E-Dur?« Als ob ich hätte fragen müssen. Dieser ganze Scheiß fängt mit E an.

»Das entscheidest du, Frischling.«

Ich legte mir den Gurt über die Schultern und rückte das Polster zurecht. Die Gitarre hing viel zu tief, weil Norman Irving wesentlich größer als ich war, aber ich war zu nervös, auch nur daran zu denken, den Gurt enger zu schnallen. Ich spielte einen E-Akkord und erschrak, wie laut er sich in dem fensterlosen Bandkeller anhörte. Darüber grinste Norm, und beim Anblick dieses Grinsens – bei dem Zähne zum Vorschein kamen, die Norm zukünftig eine Menge Probleme bereiten würden, wenn er sich nicht allmählich darum kümmerte – fühlte ich mich besser.

»Die Tür ist zu, Frischling. Dreh das Ding volle Kanne auf, und leg los.«

Der Lautstärkeregler war auf fünf gestellt. Ich drehte ihn auf sieben, worauf ein erfreulich lautes WÄNGGG ertönte.

»Ich singe echt beschissen«, sagte ich.

»Du brauchst nicht zu singen. Ich singe. Du musst bloß den Rhythmus spielen.«

»Green River« folgt einem simplen Rock-and-Roll-Beat – nicht ganz wie »Cherry, Cherry«, aber so ähnlich. Ich spielte noch einmal E, lauschte im Kopf auf die erste Phrase des Songs und kam zu dem Schluss, dass alles stimmte. Norman begann zu singen. Seine Stimme wurde vom Klang der Gitarre fast völlig übertönt, aber immerhin konnte ich feststellen, dass er eine ganz schöne Röhre hatte. »Take me back down where cool water flows, yeah ...«

Ich wechselte zu A, und er hielt inne.

»Bleibt in E, stimmt's?«, sagte ich. »Sorry, das tut mir jetzt echt leid.«

Die ersten drei Strophenzeilen waren alle in E, aber als ich danach wieder zu A überging, wo simple Rocksongs normalerweise landeten, stimmte es immer noch nicht.

»Welcher ist es?«, fragte ich.

Norm sah mich nur an, die Hände in den Gesäßtaschen. Ich lauschte in meinen Kopf hinein, dann begann ich von vorn. Als ich zur vierten Zeile kam, ging ich zum C, und das stimmte sogar. Ich musste zwar noch einmal von vorn anfangen, doch danach war alles easy. Wir brauchten nur noch ein Schlagzeug, einen Bass ... und natürlich eine Leadgitarre. Wenn John Fogerty von Creedence Clearwater Revival die in den Händen hatte, kam ein Sound heraus, wie ich ihn mir selbst in meinen kühnsten Träumen nicht zutraute.

»Gib mir das Brett«, sagte Norman.

Ich reichte ihm das Instrument, enttäuscht, es wieder hergeben zu müssen. »Danke, dass ich es ausprobieren durfte«, sagte ich und wandte mich zur Tür.

»Moment mal, Morton.« Das war keine große Veränderung, aber immerhin nannte er mich nicht mehr Frischling. »Das Vorspiel ist noch nicht beendet.«

Das Vorspiel?

Aus dem Schrank nahm Norm einen kleineren Kasten, klappte ihn auf und holte eine verkratzte Kay mit Hohlkorpus hervor – eine 900G, falls ihr euch auskennt.

»Steck die in den großen Verstärker, aber dreh den auf vier runter. Die Kay hat 'ne brutale Rückkopplung.«

Ich tat wie befohlen. Zu meiner Körpergröße passte die Kay besser als die Yamaha; ich musste mich zum Spielen nicht vorbeugen. Zwischen den Saiten steckte ein Plektrum, das ich herausnahm.

»Bereit?«

Ich nickte.

»One ... two ... one-two-three-and ...«

Während ich mich durch die simplen Begleitakkorde von »Green River« getastet hatte, war ich schon ziemlich nervös gewesen, aber wenn ich gewusst hätte, wie gut Norman spielen konnte, hätte ich wahrscheinlich überhaupt nichts zustande gebracht. Ich wäre einfach aus dem Raum geflohen. Er traf den Stil von Fogerty genau auf den Punkt, wobei er dieselben Licks wie auf der alten Fantasy-Records-Single spielte. Irgendwie wurde ich davon mitgezogen.

»Lauter!«, brüllte er mir zu. »Dreh auf, und scheiß auf die Rückkopplung!«

Ich stellte den großen Verstärker auf acht und spielte weiter. Da nun beide Gitarren dröhnten und ein schrilles Pfeifen aus dem Verstärker kam, war Norms Stimme nicht mehr zu hören. Das war egal. Ich gab mich dem Rhythmus hin und ließ mich von Norms Lead tragen. Es war, als würde ich auf einer gläsernen Welle surfen, die zweieinhalb Minuten lang dahinrollte, ohne zu brechen.

Als es zu Ende war, brach Stille herein. Es klingelte mir in den Ohren. Norm starrte an die Decke, überlegte und nickte dann. »Nicht überragend, aber auch nicht schlecht. Mit etwas Übung bist du vielleicht besser als Snuffy.«

»Wer ist Snuffy?«, fragte ich. Immer noch Ohrenklingeln.

»Ein Typ, der nach Assachusetts zieht«, sagte er. »Versuchen wir mal ›Needles and Pins‹. Du weißt schon, von den Searchers.«

»E?«

»Nein, fängt mit einem D an, aber keinem einfachen. Du musst es trillern lassen.« Er machte mir vor, wie ich mit dem kleinen Finger auf die hohe E-Saite hämmern sollte, was ich sofort kapierte. Es hörte sich zwar nicht genau wie auf der Platte an, aber es ging in die richtige Richtung. Als wir fertig waren, war ich schweißgebadet.

»Okay«, sagte er und nahm seine Gitarre ab. »Gehen wir nach draußen. Ich brauch jetzt ’ne Kippe.«

Die Raucherecke befand sich hinter dem Technikum. Hier hingen die Kiffer und Hippies ab, zusammen mit Mädchen, die enge Röcke, baumelnde Ohrringe und zu viel Make-up trugen. Am hinteren Ende der Metallwerkstatt hockten zwei Typen auf dem Boden. Ich hatte sie schon gesehen, kannte sie jedoch nicht. Der eine hatte rotblondes Haar und reichlich Akne, der andere krauses rotes Haar, das in allen Richtungen vom Kopf abstand. Die beiden sahen wie Loser aus, aber das spielte für mich keine Rolle. Norman Irving sah nämlich auch wie ein Loser aus, war jedoch der beste Gitarrenspieler, den ich je gehört hatte, von Leuten, die schon Platten aufgenommen hatten, einmal abgesehen.

»Na, wie ist er?«, fragte der Rotblonde. Wie ich später erfuhr, hieß er Kenny Laughlin.

»Besser als Snuffy«, sagte Norman.

Der mit den wirren roten Haaren grinste. »Scheiße, das will nicht viel heißen.«

»Klar, aber wir brauchen jemand, sonst können wir den Auftritt in der Grange am Samstagabend vergessen.« Norm zog eine Packung Kool aus der Tasche und neigte sie in meine Richtung. »Rauchst du?«

»Nein«, sagte ich. Obwohl ich mir bescheuert vorkam, fügte ich wie unter Zwang hinzu: »Tut mir leid.«

Das ignorierte Norman und steckte sich seine Zigarette mit einem Zippo an, auf dem eine Schlange und der Schriftzug NERV MICH NICHT eingraviert waren. »Das ist Kenny Laughlin. Spielt Bass. Der Rothaarige da ist Paul Bouchard. Schlagzeug. Und dieser Pimpf ist der Bruder von Connie Morton.«

»Jamie«, sagte ich. Ich wollte unbedingt, dass diese Typen mich mochten – und mich in ihren Kreis aufnahmen –, aber egal, welche Beziehung sich da entwickeln sollte, ich wollte sie nicht als kleiner Bruder des schulischen Footballstars beginnen. »Ich bin Jamie.« Ich streckte ihnen meine Hand hin.

Der Händedruck der beiden war ebenso schlaff wie der von Norm Irving. Seit Norm mich im Bandkeller unserer Highschool vorspielen ließ, habe ich mit Hunderten von Musikern zusammengearbeitet, und fast jeder hatte denselben kraftlosen Händedruck. Offenbar pflegen Rockmusiker die Ansicht, sie müssten ihre ganze Kraft für ihre Arbeit aufsparen.

»Na, was meinst du?«, fragte Norman. »Willst du in einer Band spielen?«

Und ob ich das wollte! Wenn er mir gesagt hätte, ich müsse als Initiationsritus meine eigenen Schnürsenkel essen, hätte ich die augenblicklich aus ihren Ösen gezogen und zu kauen angefangen.

»Klar, aber ich kann nirgendwo spielen, wo man Alkohol verkauft. Ich bin erst vierzehn.«

Überrascht sahen die drei sich an, dann lachten sie.

»Darüber, ob wir im Holly und im Deuce-Four auftreten, machen wir uns Gedanken, wenn wir halbwegs bekannt geworden sind«, sagte Norman und blies Rauch aus seinen Nasenlöchern. »Vorläufig spielen wir nur bei Tanzveranstaltungen für Teenies. Wie bei der in der Eureka Grange. Aus der Gegend kommst du doch, oder? Aus Harlow?«

»How-Low«, wiederholte Kenny Laughlin kichernd. »Wo die Landeier über den Acker wackeln.«

»Also, du willst spielen, ja?«, sagte Norm. Er hob ein Bein, damit er seine Zigarette mackerhaft auf einem seiner ramponierten Beatle-Boots ablegen konnte. »Dein Bruder sagt, du spielst auf seiner Gibson, die keinen Tonabnehmer hat, aber du kannst die Kay benutzen.«

»Haben die Musiklehrer denn nichts dagegen?«

»Die kriegen das gar nicht mit. Komm am Donnerstagnachmittag zur Grange. Ich bringe die Kay mit. Pass bloß auf, dass du das verfluchte Ding nicht ruinierst. Wir bauen alles auf und proben. Bring ein Notizbuch mit, damit du die Akkorde notieren kannst.«

Es läutete. Die Kids drückten ihre Zigaretten aus und machten sich allmählich auf den Weg zum Schulgebäude. Als eines der Mädchen an uns vorbeikam, gab es Norman einen Kuss auf die Wange und tätschelte ihm das Hinterteil seiner Schlabberjeans. Er schien sie gar nicht zu bemerken, was mir unglaublich cool vorkam. Damit stieg er in meiner Achtung noch höher.

Keiner meiner Bandkollegen machte Anstalten, der Glocke zu gehorchen, weshalb ich allein losging. Da kam mir etwas in den Sinn, und ich drehte mich um.

»Wie heißt die Band eigentlich?«

»Früher nannten wir uns die Gunslingers«, sagte Norm. »Aber das haben manche Leute für, na ja, zu militärisch gehalten. Deshalb sind wir jetzt die Chrome Roses. Da ist Kenny drauf gekommen, als wir bekifft waren und bei meinem Vater eine Sendung über Gartenbau angeschaut haben. Cool, oder?«

In dem folgenden Vierteljahrhundert habe ich bei den J-Tones, bei Robin and the Jays und bei den Hey-Jays gespielt (jeweils geleitet von einem smarten Gitarristen namens Jay Pederson). Außerdem bei den Heaters, den Stiffs, den Undertakers, Last Call und den Andersonville Rockers. In der Blütezeit des Punks habe ich bei Patsy Cline's Lipstick, den Test Tube Babies, Afterbirth und The World is Full of Bricks gespielt. Ich war sogar Mitglied einer Rockabilly-Gruppe, die sich Duzz Duzz Call the Fuzz nannte. Aber meiner Meinung nach hat es nie einen besseren Namen für eine Band gegeben als Chrome Roses.

»Ich weiß nicht recht«, sagte meine Mutter. Sie sah nicht verärgert aus, sondern so, als hätte sie Kopfschmerzen. »Du bist erst vierzehn, Jamie. Conrad sagt, diese Jungs sind *wesentlich* älter.« Wir saßen am Esstisch, der nun, da Claire und Andy fort waren, viel größer zu sein schien. »Rauchen die eigentlich?«

»Nein«, sagte ich.

Meine Mutter wandte sich an Con. »Stimmt das?«

Con, der Terry gerade den Maisbrei reichte, zögerte keinen Augenblick. »Klar.«

Ich hätte ihn umarmen können. Im Lauf der Jahre war es zwischen uns immer wieder zu Meinungsverschiedenheiten gekommen, wie es bei Brüdern so der Fall war, aber wenn es ums Ganze ging, hielten Brüder im Allgemeinen doch zusammen.

»Wir spielen ja nicht in Kneipen oder so, Mama«, sagte ich … wobei ich ahnte, dass wir durchaus in Kneipen spielen würden, und zwar wahrscheinlich lange bevor das jüngste Mitglied der Chrome Roses einundzwanzig wurde. »Bloß in der Grange. Am Donnerstag proben wir da.«

»Das hast du auch dringend nötig«, sagte Terry spöttisch. »Gib mir noch ein Schweinekotelett.«

»Sag *bitte*, Terence«, ermahnte meine Mutter ihn zerstreut.

»Gib mir *bitte* noch ein Schweinekotelett.«

Dad reichte ihm die Platte. Er hatte bisher geschwiegen. Das konnte etwas Gutes oder etwas Schlechtes bedeuten.

»Wie kommst du zur Probe? Und überhaupt, wie willst du zu diesen … diesen *Gigs* kommen?«

»Norm hat einen VW-Bus. Okay, der gehört seinem Dad, aber der hat Norm erlaubt, den Bandnamen auf die Seite zu pinseln!«

»Dieser Norm kann doch kaum älter als achtzehn sein«, sagte meine Mutter. Sie hatte aufgehört zu essen. »Woher weiß ich, dass er ein sicherer Autofahrer ist?«

»Mama, die *brauchen* mich! Der Typ, der bei ihnen Rhythmusgitarre gespielt hat, ist nach Massachusetts gezogen. Wenn keiner Rhythmus spielt, geht ihnen der Gig am Samstagabend flöten!« In diesem Moment durchzuckte mich ein Gedanke wie ein Meteor: Womöglich war Astrid Soderberg am Samstag da. »Es ist wichtig! Es ist 'ne total große Sache!«

»Es gefällt mir nicht.« Inzwischen massierte sie sich die Schläfen.

Endlich ergriff mein Vater das Wort. »Lass ihn hingehen, Laura. Ich weiß, du machst dir Sorgen, aber das ist genau sein Ding.«

Sie seufzte. »In Ordnung. Hoffe ich.«

»Danke, Mama! Danke, Dad!«

Meine Mutter griff nach ihrer Gabel, legte sie jedoch gleich wieder weg. »Versprich mir, dass du keine Zigaretten und kein Marihuana rauchst und nichts trinkst.«

»Versprochen!«, sagte ich, und dieses Versprechen hielt ich zwei Jahre lang.

In etwa.

Meine deutlichste Erinnerung an jenen ersten Auftritt in der Eureka Grange Nr. 7 ist der Gestank meines eigenen Schweißes, als wir vier auf die Bühne gingen. Was Schweiß angeht, sind Jugendliche in der Pubertät unschlagbar. Vor meinem ersten Gig hatte ich zwanzig Minuten lang geduscht – bis das warme Wasser zu Ende ging –, aber als ich mich bückte, um nach meiner geliehenen Gitarre zu greifen, stank ich nach Angst. Die Kay schien mindestens zwei Zentner zu wiegen, als ich sie mir um die Schulter hängte. Ich hatte gute Gründe, Angst zu haben. Selbst unter Berücksichtigung der Tatsache, dass Rock and Roll im Grunde eine simple Angelegenheit ist, war die Aufgabe, die Norm Irving mir gestellt hatte – von Donnerstagnachmittag bis Samstagabend dreißig Titel zu lernen –, undurchführbar, was ich Norm auch sagte.

Er zuckte die Achseln und gab mir den nützlichsten Rat, den ich als Musiker je bekommen habe: Wenn du nicht weißt, was du tun sollst, halt dich zurück. »Außerdem«, sagte er und entblößte sein faulendes Gebiss zu einem teuflischen Grinsen, »ist mein Verstärker sowieso so laut aufgedreht, dass man gar nicht hört, was du von dir gibst.«

Paul spielte einen kurzen Trommelwirbel, um die Aufmerksamkeit des Publikums zu wecken, und schloss ihn mit einem scharfen Schlag aufs Becken ab. Erwartungsfrohes Klatschen ertönte und hörte gleich wieder auf. Millionen Augen (so kam es mir jedenfalls vor) richteten sich auf die kleine Bühne, wo wir uns unter den Scheinwerfern zusammendrängten. Ich erinnere mich noch, wie unglaublich dämlich ich mir in meiner mit Strass verzierten Weste vorkam (die Westen waren Relikte aus der kurzen Periode, in der die Chrome Roses noch die Gunslingers gewesen waren) und dass ich mich fragte, ob ich mich wohl übergeben musste. Das war zwar kaum möglich, da ich mittags nur in meinem Essen gestochert und ganz aufs Abendessen verzichtet hatte, aber es fühlte sich definitiv so an. Dann dachte ich: *Kotzen muss ich nicht. Ich falle in Ohnmacht. Das werde ich tun, ich kippe einfach um.*

Womöglich wäre es tatsächlich so weit gekommen, aber Norm ließ mir nicht die Zeit dazu. »Wir sind die Chrome Roses, okay? Und ihr steht jetzt auf und tanzt!« Dann sagte er zu uns: »One ... two ... you-know-what-to-do.«

Auf seinen Tomtoms spielte Paul Bouchard die Trommelschläge, mit denen »Hang On Sloopy« beginnt, und los ging's. Norm betätigte sich als Leadsänger; mit Ausnahme einiger Lieder, bei denen Kenny diesen Part übernahm, war er das immer. Paul und ich übernahmen die Backing Vocals. Dabei stellte ich mich anfangs furchtbar schüchtern an, aber dieses Gefühl verging, als ich hörte, wie anders meine verstärkte Stimme klang – wie erwachsen. Später wurde mir klar, dass den Begleitsängern sowieso niemand viel Aufmerksamkeit schenkte ... obwohl man deren Stimmen vermissen würde, wenn sie nicht vorhanden wären.

Ich sah, wie die Pärchen unten auf die Tanzfläche gingen und loslegten. Deshalb waren sie gekommen, aber im tiefsten Herzen hatte ich nicht geglaubt, dass sie tanzen würden – jedenfalls nicht zu Musik, an der ich beteiligt war. Als ich merkte, dass man uns nicht mit Buhrufen von der Bühne scheuchen würde, verspürte ich eine Euphorie in mir aufsteigen, die fast ekstatisch war. Seither habe ich genügend Drogen genommen, das ich damit ein Schlachtschiff versenken könnte, aber mit diesem allerersten Kick waren selbst die besten davon nicht zu vergleichen. *Wir* spielten. Und die *anderen* tanzten.

Wir spielten von sieben bis halb elf mit einer zwanzigminütigen Pause gegen neun, in der Norm und Kenny rasch ihre Instrumente ablegten, ihre Verstärker ausdrehten und nach draußen flitzten, um zu rauchen. Für mich vergingen diese Stunden wie ein Traum, weshalb ich mich nicht wunderte, als während eines der langsameren Titel – ich glaube, es war »Who'll Stop the Rain« – meine Eltern vorübertanzten.

Der Kopf meiner Mutter ruhte auf der Schulter meines Dads. Sie hatte die Augen geschlossen, und auf ihrem Gesicht lag ein verträumtes Lächeln. Die Augen meines Vaters waren offen, und als die beiden an der Bühne vorbeikamen, zwinkerte er mir zu. Die Anwesenheit meiner Eltern musste mir nicht peinlich sein; zwar waren die Tanzveranstaltungen in der Highschool und jene in der Rollschuhbahn von Lewiston ausschließlich für Jugendliche, aber wenn wir in der Eureka Grange oder im Veteranensaal von Gates Falls spielten, waren immer viele Erwachsene zugegen. Nur eine Sache war an diesem ersten Auftritt nicht perfekt – zwar sah ich einige von Astrids Freundinnen, aber sie selbst war nicht da.

Meine Eltern gingen früh, und Norm fuhr mich in dem alten VW-Bus nach Hause. Wir waren alle von unserem Erfolg aufgekratzt, lachten und ließen den Auftritt Revue passieren. Als Norm mir einen Zehndollarschein hinstreckte, begriff ich nicht, wofür der war.

»Dein Anteil«, sagte er. »Wir haben fünfzig für den Gig bekommen. Zwanzig für mich – weil mir der Bus gehört und weil ich Leadgitarre spiele – und zehn für jeden von euch.«

Ich kam mir immer noch vor wie in einem Traum, während ich das Geld nahm und mit meiner schmerzenden linken Hand die Seitentür öffnete.

»Am Donnerstag ist Probe«, sagte Norm. »Diesmal im Bandkeller nach der Schule. Nach Hause bringen kann ich dich dann allerdings nicht. Muss meinem Dad helfen. Der streicht in Castle Rock ein Haus.«

Das sei in Ordnung, sagte ich. Wenn Con mich nicht nach Hause mitnahm, dann konnte ich trampen. Die meisten Leute, die von Gates Falls nach Harlow fuhren, kannten mich und würden mich mitnehmen.

»An ›Brown-Eyed Girl‹ musst du noch arbeiten. Du warst viel zu langsam.«

Ich versprach es.

»Und Jamie?«

Ich sah ihn an.

»Sonst warst du ganz gut.«

»Besser als Snuffy«, sagte Paul.

»*Viel* besser als dieser Penner«, fügte Kenny hinzu.

Das machte es beinahe wett, dass Astrid nicht beim Tanz gewesen war.

Mein Vater war schon zu Bett gegangen, aber meine Mutter saß vor einer Tasse Tee am Küchentisch. Sie trug ein Nachthemd aus Flanell, hatte jedoch immer noch ihr Make-up im Gesicht und sah, wie ich fand, sehr hübsch aus. Als sie mich anlächelte, sah ich, dass ihre Augen voller Tränen waren.

»Mama? Geht's dir nicht gut?«

»Doch«, sagte sie. »Ich freue mich bloß so für dich, Jamie. Und ich habe ein bisschen Angst.«

»Das brauchst du nicht«, sagte ich und umarmte sie.

»Du wirst dich von diesen Jungs nicht zum Rauchen anstiften lassen, oder? Versprichst du mir das?«

»Das habe ich dir doch schon versprochen, Mama.«

»Tu's noch einmal.«

Das tat ich. Mit vierzehn etwas zu versprechen war sogar noch leichter, als ins Schwitzen zu kommen.

Oben lag Con auf seinem Bett und las ein Buch über irgendein naturwissenschaftliches Thema. Ich konnte kaum glauben, dass man solche Bücher zum Vergnügen las (vor allem wenn man ein bekannter Footballspieler war), aber Connie tat so etwas eben. Er legte es weg und sagte: »Ihr wart ziemlich gut.«

»Woher willst du das wissen?«

Er grinste. »Ich habe reingeschaut. Nur kurz. Da habt ihr gerade dieses schwachsinnige Lied gespielt.«

»Wild Thing.« Ich musste gar nicht erst nachfragen.

Am folgenden Freitagabend spielten wir im Veteranensaal und am Samstag beim Highschool-Schwof. Bei Letzterem änderte Norm den Text von »I Ain't Gonna Eat Out My Heart Anymore«

zu »I Ain't Gonna Eat Out My Girl Anymore«. Den erwachsenen Aufpassern fiel die erotische Anspielung nicht auf, die achteten nie auf irgendwelche Texte, aber die Kids merkten, was lief, und waren begeistert. Die Sporthalle der Schule war so groß, dass sie als ihr eigener Verstärker diente, und der Sound, den wir zustande brachten, war gewaltig, vor allem bei richtig lauten Titeln wie »Good Lovin'«. »You Boyz Make Big Noize« von Slade war damals zwar noch nicht erschienen, hätte aber ganz gut auf uns gepasst. In der Pause ging Kenny mit Norm und Paul zum Raucherbereich, also ging ich ebenfalls mit.

Dort standen mehrere Mädchen herum, darunter Hattie Greer, die Norm am Tag meines Vorspiels den Hintern getätschelt hatte. Sie legte ihm die Arme um den Hals und drückte sich an ihn. Norm schob die Hände in ihre Gesäßtaschen, um sie enger an sich heranzuziehen. Ich bemühte mich, nicht hinzustarren.

Hinter mir ertönte eine schüchterne Stimme: »Jamie?«

Ich drehte mich um. Es war Astrid. Sie trug einen gerade geschnittenen weißen Rock und eine blaue, ärmellose Bluse. Ihre Haare waren aus dem strengen Pferdeschwanz befreit worden und umrahmten ihr Gesicht.

»Hi«, sagte ich. Und weil mir das irgendwie nicht ausreichend vorkam: »Hi, Astrid. Ich hab dich da drin gar nicht gesehen.«

»Ich bin ziemlich spät gekommen, weil ich mit Bonnie und ihrem Vater mitgefahren bin. Ihr seid ja richtig *gut!*«

»Danke.«

Norm und Hattie küssten sich eifrig. Norm war ein lauter Küsser, weshalb sich das Ganze ein bisschen wie Mutters Staubsauger anhörte. Daneben fand weiteres, leiseres Geknutsche und Rumgemache statt, das Astrid gar nicht zu bemerken schien. Ihre leuchtenden Augen blickten mir unverwandt ins Gesicht. Sie trug Frosch-Ohrringe. *Blaue* Frösche, die zu ihrer Bluse passten. In solchen Momenten nahm man alles wahr.

Mittlerweile wartete sie anscheinend darauf, dass ich noch etwas anderes von mir gab, weshalb ich meine vorherige Bemerkung ausbaute: »Vielen Dank.«

»Rauchst du jetzt eine Zigarette?«

»Ich?« Mir kam die Idee, dass sie mir im Auftrag meiner Mutter hinterherspionierte. »Ich rauche nicht.«

»Gehst du dann mit mir zurück?«

Das tat ich. Vom Raucherbereich bis zur Hintertür der Sporthalle waren es vierhundert Meter. Ich wünschte, es wären vier Meilen gewesen.

»Bist du mit jemand da?«, fragte ich.

»Bloß mit Bonnie und Carla«, sagte sie. »Also mit keinem Typen oder so. Meine Eltern lassen mich nicht mit Jungs ausgehen, bevor ich fünfzehn bin.«

Wie um mir zu zeigen, was sie von einer derart törichten Einstellung hielt, nahm sie mich daraufhin bei der Hand. Als wir zur Tür kamen, sah sie zu mir hoch. Fast hätte ich sie da schon geküsst, verlor jedoch den Mut.

Jungs konnten ganz schöne Trottel sein.

Als wir nach unserem Auftritt damit beschäftigt waren, Pauls Schlagzeug hinten in den VW-Bus zu laden, sprach Norm mich mit strenger, beinahe väterlicher Stimme an. »Nach der Pause hast du ständig danebengelegen. Was war los?«

»Keine Ahnung«, sagte ich. »Tut mir leid. Nächstes Mal läuft es besser.«

»Hoffentlich. Wenn wir gut sind, kriegen wir Gigs. Wenn nicht, kriegen wir keine.« Er klopfte an die rostige Flanke des Busses. »Betsy läuft schließlich nicht mit heißer Luft, und ich auch nicht.«

»Es war dieses Mädchen«, sagte Kenny. »’ne hübsche kleine Blonde in ’nem weißen Rock.«

Norm wirkte wie erleuchtet. Er legte mir die Hände auf die Schultern und schüttelte mich väterlich, während er in ebenfalls väterlichem Ton sagte: »Leg sie flach, kleiner Kumpel. Sobald du kannst. Dann spielst du nämlich besser.«

Worauf er mir fünfzehn Dollar gab.

Am Silvesterabend spielten wir in der Grange. Es schneite. Astrid war da. Sie trug einen Parka mit pelzgefütterter Kapuze. Ich zog sie unter die Feuertreppe und küsste sie. Ihr Lippenstift schmeckte nach Erdbeeren. Als ich mich von ihr löste, sah sie mich mit ihren großen Augen an.

»Ich dachte schon, du tust es nie«, sagte sie und kicherte.

»War es okay?«

»Mach's noch einmal, dann sag ich's dir.«

Wir blieben küssend unter der Feuertreppe stehen, bis Norm mir an die Schulter tippte. »Schluss jetzt, Leute. Wir müssen wieder spielen.«

Astrid gab mir ein Küsschen auf die Wange. »Spielt ›Wild Thing‹, das liebe ich«, sagte sie und rannte auf den Hintereingang zu. Ihre Füße rutschten in den Tanzschuhen herum.

Norm und ich folgten ihr. »Na, dicke Eier?«, fragte er.

»Hä?«

»Vergiss es. Den Song, den sie genannt hat, spielen wir zuerst. Du weißt doch, wie der geht, oder?«

Das tat ich, weil die Band oft irgendwelche Wunschtitel spielte. Und ich freute mich darauf, weil ich mich inzwischen sicherer fühlte, wenn ich die Kay umgeschnallt und eingestöpselt hatte. Sie war wie ein elektrischer Schild, hinter dem ich ungefährdet durchstarten konnte.

Wir gingen auf die Bühne. Paul spielte den üblichen Trommelwirbel, der allen verkündete, dass die Band wieder da war und losrocken wollte. Norm nickte mir zu, während er seinen Gurt zurechtrückte, obwohl das nicht nötig war. Ich trat ans mittlere Mikrofon und bellte: »Dieses Lied ist für Astrid, auf ihren speziellen Wunsch und weil … *wild thing, I think I LOVE you!*« Und obwohl es eigentlich Norms Aufgabe gewesen wäre – sein Vorrecht als Leader der Band –, zählte ich den Anfang des Songs ein: One … two … you-know-what-to-do. Auf der Tanzfläche wurde Astrid von ihren kreischenden Freundinnen geknufft. Ihre Wangen waren leuchtend rot. Sie warf mir eine Kusshand zu.

Astrid Soderberg warf mir eine Kusshand zu.

Die Jungs von Chrome Roses hatten also Freundinnen. Vielleicht handelte es sich auch um Groupies. Oder sie waren beides. Wenn man in einer Band war, war es nicht immer ganz einfach, das zu unterscheiden. Norm hatte Hattie. Paul hatte Suzanne Fournier. Kenny hatte Carol Plummer. Und ich hatte Astrid.

Hattie, Suzanne und Carol quetschten sich manchmal mit uns in den VW-Bus, wenn wir zu unseren Auftritten fuhren. Dazu bekam Astrid nicht die Erlaubnis, aber wenn Suzanne das Auto ihrer Eltern leihen konnte, durfte Astrid bei den Mädels mitfahren.

Manchmal gingen die vier auf die Tanzfläche, um miteinander zu tanzen; meist standen sie jedoch als verschworene kleine Clique einfach da und sahen zu. Die Pausen verbrachten Astrid und ich meist küssend. Nach einer Weile roch ich in ihrem Atem Zigarettenrauch. Das machte mir nichts aus. Als sie das merkte (Mädchen merken so was irgendwie), rauchte sie auch in meiner Gegenwart, und manchmal blies sie mir etwas Rauch in den Mund, während wir uns küssten. Davon bekam ich jedesmal einen Ständer, mit dem man Beton hätte zertrümmern können.

Eine Woche nach ihrem fünfzehnten Geburtstag durfte Astrid mit uns im VW-Bus zum Tanz in Lewiston fahren. Auf dem gesamten Heimweg küssten wir uns, und als ich meine Hand in ihre Jacke schob und eine ihrer Brüste umfasste, die jetzt mehr als nur ein Knubbel war, wehrte sie sich nicht, wie sie es bisher immer getan hatte.

»Das fühlt sich gut an«, flüsterte sie mir ins Ohr. »Ich weiß, es ist unrecht, aber es fühlt sich trotzdem gut an.«

»Vielleicht gerade deshalb«, sagte ich. Manchmal waren Jungs eben doch keine Trottel.

Es dauerte einen weiteren Monat, bevor sie meine Hand in ihren BH ließ, und zwei Monate, bis sie mir erlaubte, mich unter ihrem Rock bis ganz nach oben zu tasten, aber als ich schließlich dort anlangte, gab sie zu, dass sich das ebenfalls gut anfühlte. Weiter wollte sie jedoch nicht gehen.

»Ich weiß, dass ich schon beim ersten Mal schwanger werden würde«, flüsterte sie mir eines Abends ins Ohr, als wir irgendwo im Auto saßen und es besonders heiß geworden war.

»Ich kann was im Drugstore besorgen. Das mache ich einfach in Lewiston, wo mich niemand kennt.«

»Carol sagt, manchmal platzen diese Dinger. Das ist ihr einmal mit Kenny passiert, und sie hatte einen Monat lang total Angst. Sie dachte, ihre Periode würde nie mehr kommen, hat sie gesagt. Aber es gibt andere Sachen, die wir tun können. Die hat sie mir schon erklärt.«

Die anderen Sachen waren ziemlich gut.

Mit sechzehn machte ich den Führerschein, wobei ich die praktische Prüfung als Einziger unter meinen Geschwistern beim ersten Mal schaffte. Zu verdanken hatte ich das zum Teil der Fahrschule, hauptsächlich jedoch Cicero Irving. Norm lebte bei seiner Mutter, einer gutherzigen Wasserstoffblondine, die in Gates Falls ein Haus hatte, aber am Wochenende war er meist bei seinem Vater, der in einer schäbigen Wohnwagensiedlung jenseits der Bahnstrecke in Motton hauste.

Wenn wir am Samstagabend auftraten, versammelten sich die Bandmitglieder – samt ihren Freundinnen – oft nachmittags in Ciceros Wohnwagen, um Pizza zu futtern. Joints wurden gedreht und geraucht, und nachdem ich fast ein Jahr lang abgelehnt hatte, gab ich nach und versuchte es. Zuerst fiel es mir schwer, den Rauch in der Lunge zu behalten, aber das – wie viele meiner Leser wahrscheinlich selbst wissen – gibt sich mit der Zeit. In jenen Tagen rauchte ich nicht besonders viel Dope, nur etwas, um mich für den Auftritt aufzulockern. Ich spielte besser, wenn ich noch ein bisschen high war, und in dem alten Wohnwagen gab es immer viel zu lachen.

Als ich Cicero erzählte, ich hätte in der nächsten Woche Fahrprüfung, erkundigte er sich, ob der Termin in Castle Rock oder oben in der Stadt sei, was Lewiston-Auburn bedeutete. Als ich Letzteres bejahte, nickte er weise. »Das heißt, dich prüft Joe Cafferty. Der macht das schon seit zwanzig Jahren. Früher bin ich oft was mit ihm trinken gegangen, im Mellow Tiger in Castle Rock, als ich dort auf Streife gegangen bin. Das war, bevor das Kaff so groß war, dass es eine reguläre Polizei bekam.«

Man konnte sich nur schwer vorstellen, dass Cicero Irving – grauhaarig, rotäugig, spindeldürr und selten in etwas anderes gekleidet als in alte Khakihosen und Träger-T-Shirts – einmal als Gesetzeshüter tätig gewesen war, aber die Menschen verändern sich eben; manchmal steigen sie auf der Leiter höher, und manchmal steigen sie ab. Ein solcher Abstieg wird häufig von verschiedenen Substanzen befördert, zum Beispiel von jener, die er so geschickt in Papier drehte und mit den jugendlichen Kumpels seines Sohnes teilte.

»Beim ersten Versuch lässt der alte Joey nur selten jemand durchkommen«, sagte Cicero. »Das hält er normalerweise nämlich nicht für angebracht.«

Das wusste ich bereits; Claire, Andy und Con waren allesamt Joe Cafferty zum Opfer gefallen. Terry war von jemand andres geprüft worden (vielleicht war Officer Cafferty gerade krank gewesen), aber obwohl er von Anfang an ausgezeichnet fahren konnte, war er an diesem Tag ein reines Nervenbündel und schaffte es, beim Rückwärtseinparken einen Hydranten zu erwischen.

»Drei Tipps, wenn du durchkommen willst«, sagte Cicero und reichte Paul Bouchard den Joint, den er gerade gedreht hatte. »Erstens, lass die Finger von dem Zeug hier, bis du die Prüfung hinter dir hast.«

»Okay.« Das brachte mir sogar eine gewisse Erleichterung. Ich rauchte zwar gern Gras, aber bei jedem Zug musste ich an das Versprechen denken, das ich meiner Mutter gegeben hatte und nun brach. Allerdings tröstete ich mich mit der Tatsache, dass ich weiterhin weder Zigaretten rauchte noch Alkohol trank, womit ich zu zwei Dritteln im grünen Bereich war.

»Zweitens, sag Sir zu ihm. Danke, Sir, wenn du einsteigst, und danke, Sir, wenn du aussteigst. Das mag er. Kapiert?«

»Kapiert.«

»Drittens, und das ist das Wichtigste, lass dir die verfluchten Haare schneiden. Hippies sind Joe Cafferty nämlich zuwider.«

Diese Idee gefiel mir überhaupt nicht. Seit ich der Band beigetreten war, war ich zwar acht Zentimeter in die Höhe geschossen, aber mein Haarwuchs entwickelte sich reichlich langsam. Ich hatte ein Jahr gebraucht, bis mir die Haare bis fast auf die Schultern fielen. Abgesehen davon hatte es eine Menge Auseinandersetzungen mit meinen Eltern gegeben, die meinten, ich sähe wie ein Landstreicher aus. Andy formulierte sein Urteil noch direkter: »Wenn du wie ein Mädchen aussehen willst, Jamie, dann zieh doch einfach ein Kleidchen an!« Tja, es geht eben nichts über einen wohldurchdachten christlichen Diskurs, nicht wahr?

»Au Mann, wenn ich mir die Haare schneiden lasse, sehe ich wie ein Spießer aus!«

»Das tust du doch sowieso«, sagte Kenny, und jedermann lachte. Selbst Astrid lachte (und legte mir dann die Hand auf den Oberschenkel, um ihrem Verhalten den Stachel zu nehmen).

»Mag sein«, sagte Cicero Irving. »Aber anschließend siehst du wie ein Spießer mit Führerschein aus. Paulie, steckst du den Joint da eigentlich mal an, oder willst du bloß dahocken und ihn bewundern?«

Ich verzichtete aufs Kiffen. Ich redete Officer Cafferty mit Sir an. Ich ließ mir einen Bürohaarschnitt verpassen, was mir das Herz brach und das meiner Mutter vor Freude hüpfen ließ. Als ich rückwärts einparkte, berührte ich die Stoßstange des Wagens hinter mir, aber Officer Cafferty gab mir trotzdem meinen Führerschein.

»Ich habe Vertrauen in dich, Junge«, sagte er.

»Danke, Sir«, sagte ich. »Ich werde es nicht enttäuschen.«

Zur Feier meines siebzehnten Geburtstags war die ganze Familie in unserem Haus versammelt, das nun an einer asphaltierten

Straße stand – der Fortschritt war nicht aufzuhalten. Natürlich war auch Astrid eingeladen, die mir einen selbst gestrickten Pullover schenkte. Den zog ich sofort an, obwohl es ein heißer Augusttag war.

Von meiner Mutter bekam ich eine gebundene Sammlung der historischen Romane von Kenneth Roberts (die ich tatsächlich las). Andy schenkte mir eine in Leder gebundene Bibel (die ich ebenfalls las, hauptsächlich, um ihn zu ärgern), auf der vorn in Gold mein Name eingeprägt war. Die Widmung auf dem Vorsatz stammte aus dem dritten Kapitel der Offenbarung: »Siehe, ich stehe vor der Tür und klopfe an. So jemand meine Stimme hören wird und die Tür auftun, zu dem werde ich eingehen.« Was damit angedeutet wurde – dass ich vom Glauben abgefallen sei –, war nicht gänzlich ungerechtfertigt.

Von Claire, inzwischen fünfundzwanzig und Lehrerin in New Haven, bekam ich ein todschickes Sakko. Con, wie immer knauserig, schenkte mir sechs Saitensätze. Na, wenigstens Flatwounds (damals als »Geschliffene« bezeichnet).

Meine Mutter brachte den Geburtstagskuchen herein, und alle sangen das traditionelle Lied. Wäre Norm dabei gewesen, so hätte er mit seiner Rock-and-Roll-Stimme wahrscheinlich die Kerzen ausgeblasen, aber er war nicht dabei, weshalb ich sie selbst ausblies. Während Mutter die Teller austeilte, fiel mir auf, dass ich von Dad und Terry überhaupt nichts bekommen hatte – nicht mal eine Flower-Power-Krawatte.

Nach dem Kuchen und der Eiscreme (Fürst-Pückler natürlich) sah ich, wie Terry unserem Vater einen Blick zuwarf. Der wiederum sah Mutter an, die ihn nervös anlächelte. Erst im Rückblick wurde mir klar, wie oft ich dieses nervöse Lächeln auf dem Gesicht meiner Mutter gesehen habe, während ihre Kinder aufwuchsen und in die Welt hinausgingen.

»Komm doch mal raus in die Garage, Jamie«, sagte mein Vater und erhob sich. »Terence und ich haben eine kleine Überraschung für dich vorbereitet.«

Die kleine Überraschung entpuppte sich als Ford Galaxie,

Baujahr 1966. Er war frisch gewaschen, gewachst und so weiß wie Mondlicht auf Schnee.

»O Gott«, sagte ich mit schwacher Stimme, und alle lachten.

»Die Karosserie war in Ordnung, aber am Motor musste allerhand getan werden«, sagte Terry. »Wir haben die Ventile neu eingeschliffen, die Zündkerzen ausgewechselt, eine neue Batterie eingebaut ... das volle Programm.«

»Neue Reifen«, sagte Vater und zeigte darauf. »Zwar bloß schwarze, aber keine runderneuerten. Na, gefällt er dir, mein Sohn?«

Ich umarmte ihn. Ich umarmte sie beide.

»Du musst mir und deiner Mutter bloß versprechen, dass du dich nie ans Lenkrad setzt, wenn du was getrunken hast. Wir wollen uns nicht eines Tages in die Augen sehen und sagen müssen, dass wir dir was geschenkt haben, womit du dir selber oder anderen Menschen Schaden zugefügt hast.«

»Versprochen!«, sagte ich.

Astrid – mit der ich den letzten Stummel eines Joints teilen sollte, als ich sie mit meinem neuen Wagen nach Hause fuhr – drückte mir den Arm. »Und ich sorge dafür, dass er sein Versprechen hält!«

Nachdem ich zweimal zu Harry's Pond gefahren war (das war nötig, damit alle von mir transportiert werden konnten), wiederholte sich eine alte Geschichte. Ich spürte, wie mich jemand an der Hand zog. Es war Claire. Wie an dem Tag, an dem Reverend Jacobs unserem Bruder Connie mit dem elektrischen Nervenstimulator die Stimme wiedergegeben hatte, führte sie mich in den Flur.

»Mama möchte, dass du ihr noch etwas anderes versprichst«, sagte sie. »Aber es war ihr zu peinlich, dich darum zu bitten. Deshalb hab ich gesagt, dass ich das übernehme.«

Ich wartete.

»Astrid ist ein nettes Mädchen«, sagte Claire. »Sie raucht, das rieche ich an ihrem Atem, aber deshalb ist sie noch lange nicht verdorben. Außerdem hat sie einen guten Geschmack. Dass sie seit drei Jahren mit dir geht, ist der Beweis dafür.«

Ich wartete.

»Sie ist außerdem ein kluges Mädchen. Bestimmt wird sie aufs College gehen. Und deshalb, Jamie: Mach ihr auf dem Rücksitz deines Wagens bloß kein Kind. Kannst du das versprechen?«

Fast hätte ich gegrinst. Dann hätte es sich um ein halb belustigtes und halb qualvolles Grinsen gehandelt. Seit zwei Jahren hatten Astrid und ich ein Codewort: *Vertagung*. Es blieb bei reinem Petting. Nach jenem ersten Mal war ich mehrfach darauf zu sprechen gekommen, dass es ja Kondome gebe, und ich war sogar so weit gegangen, eine Dreierpackung der Marke Trojan zu besorgen (eines bewahrte ich in meinem Portemonnaie auf, die anderen beiden versteckte ich hinter der Fußbodenleiste in meinem Zimmer), aber Astrid war fest davon überzeugt, schon beim ersten Versuch würde so ein Ding entweder platzen oder leck werden. Daher ... vertagten wir die Sache.

»Du bist nicht böse auf mich, oder?«, fragte Claire.

»Nein«, sagte ich. »Auf dich bin ich doch nie böse, Claire-Bär.« Dabei blieb es auch. Mein Zorn wartete auf das Monster, das sie heiratete, und dieser Zorn hat niemals nachgelassen.

Ich umarmte sie und versprach, Astrid nicht zu schwängern. Dieses Versprechen hielt ich, wenngleich es fast so weit gekommen wäre – vor jenem Tag in der Hütte oben an der Himmelsspitze.

In jenen Jahren träumte ich manchmal von Jacobs – ich sah, wie er die Finger in meinen Miniaturberg steckte, um Höhlen zu bauen, oder wie er die Furchtbare Predigt vortrug, den Kopf von blauem Feuer umgeben wie ein elektrisches Diadem –, aber sonst war er aus meinem Bewusstsein verschwunden bis zu jenem Tag im Juni 1974. Da war ich achtzehn. Astrid ebenfalls.

Das Schuljahr war soeben zu Ende gegangen. Den ganzen Sommer lang hatten die Chrome Roses Auftritte gehabt (unter anderem in ein paar Kneipen, wozu meine Eltern mir widerstrebend die schriftliche Erlaubnis gegeben hatten), und tagsüber wollte ich wie im Jahr zuvor am Verkaufsstand der Marstellar-

Farm jobben. Die Heizölfirma meines Vaters lief gut, sodass meine Eltern sich meine Studiengebühren an der University of Maine leisten konnten, aber man erwartete von mir, einen gewissen Beitrag zu leisten. Bevor ich bei Marstellar anfing, hatte ich allerdings eine Woche frei, weshalb Astrid und ich viel Zeit miteinander verbringen konnten. Manchmal gingen wir zu mir nach Hause, manchmal zu ihr. Nachmittags gondelten wir meist in meinem Galaxie über die Nebenstraßen. Wir suchten uns einen Platz, an dem man parken konnte, und dann ... Vertagung.

An einem Nachmittag standen wir mit dem Wagen in einer stillgelegten Kiesgrube an der Landstraße und ließen einen Joint aus nicht sehr gutem, örtlich angebautem Gras hin und her gehen. Es war schwül; im Westen zogen Gewitterwolken auf. Donner grollte, und es blitzte wohl auch. Das sah ich zwar nicht, doch aus dem Radiolautsprecher am Armaturenbrett kam statisches Knistern und übertönte vorübergehend »Smokin' in the Boy's Room«, einen Titel, den die Roses in jenem Jahr bei jedem Auftritt spielten.

In diesem Augenblick kam mir Reverend Jacobs wieder in den Sinn wie ein lange nicht gesehener Gast, und ich ließ den Motor an. »Drück den Joint aus«, sagte ich. »Wir machen einen Ausflug.«

»Wohin?«

»An einen Ort, von dem mir jemand vor langer Zeit erzählt hat. Falls es ihn überhaupt noch gibt.«

Astrid steckte den Stummel des Joints in eine Blechschachtel, in der sich zuvor Sucrets-Halspastillen befunden hatten. Die verschwand unter ihrem Sitz. Ich fuhr ein paar Meilen die Landstraße entlang und bog dann nach Westen auf die Straße zum Goat Mountain ab. Hier standen die Bäume an beiden Seiten eng beieinander, weshalb mit dem Näherrücken der Gewitterfront auch der letzte trübe Sonnenschein des Tages verschwand.

»Falls du zum Resort willst, da lässt man uns nicht rein«, sagte Astrid. »Meine Eltern haben ihre Mitgliedschaft gekündigt. Sie sagen, sie müssen sparen, wenn ich in Boston aufs College gehen soll.« Sie rümpfte die Nase.

»Nein, zum Resort geht's nicht«, sagte ich.

Wir kamen an Longmeadow vorbei, wo die methodistische Jugendgruppe früher einmal im Jahr Würstchen gegrillt hatte. Die Ausflügler dort warfen nervöse Blicke in den Himmel, während sie ihre Wolldecken und Kühlboxen ergriffen und zu ihren Wagen eilten. Der Donner war nun lauter; er klang wie schwer beladen über den Himmel rollende Güterwaggons, und irgendwo auf der anderen Seite der Himmelsspitze sah ich einen Blitz aufflammen. Erregung überkam mich. *Wunderschön*, hatte Charles Jacobs an jenem letzten Tag gesagt. *Schön und furchterregend.*

Ein Stück weiter wies ein Schild darauf hin, dass es noch eine Meile bis zum Tor des Resorts sei, wo man seine Mitgliedskarte vorzeigen müsse.

»Jamie …«

»Da hinten soll ein Feldweg kommen, der zur Himmelsspitze führt«, sagte ich. »Vielleicht gibt's den nicht mehr, aber …«

Es gab ihn noch, und er war immer noch ungepflastert. Ich bog etwas zu schnell auf ihn ein, wobei das Heck vom Galaxie erst in die eine und dann in die andere Richtung schwenkte.

»Hoffentlich weißt du, was du da tust«, sagte Astrid. Trotzdem hatte sie anscheinend keine Angst, direkt in ein Sommergewitter hineinzufahren, denn ihre Stimme klang interessiert und leicht aufgeregt.

»Das hoffe ich auch.«

Der Weg wurde steiler. Ab und zu schleuderte das Heck des Wagens auf dem losen Schotter, aber meistens blieb es stabil. Zweieinhalb Meilen nach der Abzweigung wichen die Bäume zurück, und da war die Himmelsspitze. Astrid sog scharf die Luft ein und setzte sich kerzengerade auf. Ich trat auf die Bremse und brachte den Wagen knirschend zum Stehen.

Rechts von uns stand eine alte Hütte mit durchhängendem, moosbewachsenem Dach und ausgeschlagenen Fenstern. Über ihre grauen, ungestrichenen Wände schlängelten sich Schmierereien, größtenteils so verblasst, dass sie nicht zu entziffern waren.

Vor uns erhob sich eine große gewölbte Stirn aus Granit. Genau wie Jacobs mir mein halbes Leben zuvor erzählt hatte, reckte sich an deren Spitze ein Eisenstab den Wolken entgegen, die nun schwarz waren und so tief lagen, als würden sie ihn berühren. Zu unserer Linken, wohin Astrid blickte, liefen Hügel, Felder und meilenweit graugrüne Wälder auf den Ozean zu. In dieser Richtung schien die Sonne noch und ließ die Welt erglühen.

»Mein Gott, hat es das hier immer schon gegeben? Und du hast mich nie hergebracht?«

»Ich bin selber nie hergekommen«, sagte ich. »Unser alter Pfarrer hat mir ...«

Weiter kam ich nicht. Ein blendender Blitzstrahl fuhr vom Himmel herab. Astrid schrie auf und barg ihren Kopf in den Händen. Einen Moment, einen seltsamen, schrecklichen und wunderbaren Moment lang hatte ich den Eindruck, dass die Luft sich in elektrisches Öl verwandelt hatte. Ich spürte, wie die Haare auf meinem ganzen Körper, sogar die feinen in Nase und Ohren, sich aufstellten. Dann hörte man ein *Klick*, als hätte ein unsichtbarer Riese mit den Fingern geschnippt. Ein zweiter Blitz zuckte herab, traf auf den Eisenstab und ließ ihn in demselben grellen Blau aufleuchten, das ich in meinen Träumen um den Kopf von Charles Jacobs habe tanzen sehen. Ich musste die Augen schließen, um nicht zu erblinden. Als ich sie wieder öffnete, glühte der Stab kirschrot. *Wie ein Hufeisen im Schmiedefeuer*, hatte Jacobs gesagt, und genauso war es auch. Donner grollte.

» Willst du hier weg?«, brüllte ich, sonst hätte ich mich selbst nicht gehört, so sehr klingelte es mir in den Ohren.

»Nein!«, brüllte sie zurück. *»Da rein!«* Sie zeigte auf die windschiefen Überreste der Hütte.

Zuerst wollte ich ihr sagen, im Wagen sei es sicherer – ich erinnerte mich vage daran, dass man dann durch die Reifen geerdet und vor Blitzen geschützt war –, aber auf der Himmelsspitze hatten unzählige Gewitter getobt, und die alte Hütte stand immer noch. Als wir Hand in Hand darauf zurannten, wurde mir klar, dass es dafür einen guten Grund gab. Der Eisenstab zog die Blitze an. Zumindest hatte er das bisher getan.

Als wir die offene Tür erreichten, begann es zu hageln, kieselgroße Eisbrocken, die mit einem rasselnden Geräusch auf dem Granitboden aufschlugen. »Au, au, *au!*«, schrie Astrid ... doch zugleich lachte sie. Sie flitzte hinein. Als ich ihr folgte, schlug wieder ein Blitz ein, wie ein Artilleriegeschoss auf einem apokalyptischen Schlachtfeld. Diesmal ging ihm kein *Klick*, sondern ein *Klack* voraus.

Astrid packte mich an der Schulter. *»Sieh nur!«*

Ich hatte den zweiten Angriff des Gewitters auf den Eisenstab versäumt, sah jedoch deutlich, was folgte. Kugeln aus Elmsfeuer hüpften und rollten den von Geröll übersäten Hang hinab. Es waren ein halbes Dutzend, die der Reihe nach zerplatzten.

Astrid umarmte mich, aber das reichte nicht aus. Sie schlang die Hände um meinen Hals und *bestieg* mich, bis ihre Oberschenkel sich um meine Hüften schlossen. *»Das ist fantastisch!«*, brüllte sie.

Der Hagel wurde zu Regen, der sintflutartig herunterprasselte. Die Himmelsspitze selbst sah man nicht mehr, doch den Eisenstab verloren wir nie aus dem Blick, weil er wiederholt getroffen wurde. Immer erglühte er blau oder violett und anschließend rot, um dann kurz zu verblassen, bevor wieder ein Blitz einschlug.

Ein derartiger Wasserschwall dauert nie lange an. Als der Regen nachließ, sahen wir, dass der Granithang unter dem Eisenstab sich in einen Fluss verwandelt hatte. Der Donner grollte weiter, hatte jedoch seine Wildheit verloren und flaute zu einem mürrischen Rumpeln ab. Von überallher hörten wir Wasser fließen, als würde die Erde flüstern. Im Osten, über Brunswick, Freeport und Jerusalem's Lot, schien immer noch die Sonne, und dort sahen wir nicht etwa einen oder zwei Regenbogen, sondern sogar fünf oder sechs davon, ineinander verschränkt wie die olympischen Ringe.

Astrid drehte mich zu sich um. »Ich muss dir was erzählen«, sagte sie. Ihre Stimme war leise.

»Was denn?« Mit einem Mal war ich mir sicher, dass sie diesen übernatürlichen Augenblick zerstören würde, indem sie mir sagte, wir müssten Schluss machen.

»Letzten Monat ist meine Mutter mit mir zum Arzt gegangen. Sie hat gesagt, sie will gar nicht wissen, wie ernst es uns beiden ist, weil sie das nichts angeht, aber sie muss dafür sorgen, dass ich mich um mich kümmere. So hat sie es jedenfalls ausgedrückt. ›Du musst dem Arzt bloß erklären, du willst sie, weil deine Periode schmerzhaft und unregelmäßig ist‹, hat sie gesagt. ›Wenn er sieht, dass ich mitgekommen bin, reicht das.‹«

Ich reagierte offenbar ein bisschen langsam, weshalb sie mich in die Brust boxte.

»Die Pille, Dummkopf. Ovral. Inzwischen ist es total ungefährlich, weil ich schon einmal meine Tage hatte, seit ich sie nehme. Ich habe bloß auf den richtigen Moment gewartet, und wenn der jetzt nicht da ist, kommt er nie.«

Ihre leuchtenden Augen blickten in meine. Dann senkte sie den Blick und biss sich auf die Lippe.

»Aber ... verlier nicht die Beherrschung, okay? Denk an mich und sei sanft. Weil ich Angst habe. Carol hat gesagt, beim ersten Mal hat's höllisch wehgetan.«

Wir zogen uns gegenseitig aus – endlich vollständig –, während sich die Wolken über uns teilten und die Sonne durchbrach. Allmählich verstummte das Flüstern des fließenden Wassers. Astrids Arme und Beine waren gebräunt, sonst war sie weiß wie Schnee. Ihr Schamhaar schimmerte leicht golden, wodurch es ihr Geschlecht eher hervorhob als verbarg. In der Ecke, wo das Dach noch ganz war, lag eine alte Matratze – wir waren nicht die Ersten, von denen die Hütte zu diesem Zweck verwendet wurde.

Astrid führte mich ein Stück weit ein, dann sagte sie mir, ich solle innehalten. Ich fragte, ob alles in Ordnung sei, und sie sagte ja, aber sie wolle es selbst tun. »Halt still, Liebling. Halt einfach still.«

Ich hielt still. Es war eine Qual stillzuhalten, aber es war auch wunderbar. Astrid hob die Hüften an. Ich glitt etwas tiefer hinein. Sie wiederholte die Bewegung, und ich glitt noch ein wenig tiefer. Ich erinnere mich, wie ich auf die Matratze blickte und deren verblichenes Muster sah, Spuren von Schmutz und eine einsam dahinwuselnde Ameise. Und daran, wie Astrid wieder die Hüften anhob. Ich glitt ganz hinein, und sie schnappte nach Luft.

»O Gott!«

»Tut es weh? Astrid, tut es ...?«

»Nein, es ist wunderschön. Ich glaube ... du kannst es jetzt tun.«

Ich tat es. *Wir* taten es.

Das war unser Sommer der Liebe. Wir taten es an mehreren Orten – einmal in Norms Zimmer im Wohnwagen von Cicero Irving, wobei sein Bett auseinanderfiel, sodass wir es wieder zusammensetzen mussten –, aber hauptsächlich in der Hütte an der Himmelsspitze. Sie war unser Ort, und wir schrieben unsere Namen zu mehreren Dutzend anderen an die Wand. Ein Gewitter gab es jedoch nie wieder. Nicht in jenem Sommer.

Im Herbst kam ich an die University of Maine, und Astrid ging an die Suffolk University in Boston. Ich nahm an, es würde sich um eine vorübergehende Trennung handeln; wir würden uns in den Ferien sehen, und zu irgendeinem verschwommenen Zeitpunkt in der Zukunft, wenn wir beide das Studium abgeschlossen hatten, würden wir heiraten. Eines der wenigen Dinge, die ich seither über die grundlegenden Unterschiede zwischen den Geschlechtern erfahren habe: Männer stellen Vermutungen an, Frauen tun das hingegen nur selten.

Als wir am Tag jenes Gewitters nach Haus fuhren, sagte Astrid: »Ich bin froh, dass du mein Erster warst.« Ich sei auch froh, erwiderte ich, ohne auch nur eine Sekunde darüber nachzudenken, was ihre Worte bedeuteten.

Es gab keine große Trennungsszene. Wir entwickelten uns einfach auseinander, und falls jemand dieses allmähliche Verdorren unserer Beziehung förderte, so war es Delia Soderberg, Astrids hübsche, stille Mutter, die durchweg nett zu mir war, mich jedoch immer so beäugte, wie eine Ladenbesitzerin einen verdächtigen Fünfzigdollarschein unter die Lupe nahm. *Vielleicht ist der völlig in Ordnung*, denkt die Ladenbesitzerin, *aber irgendwie stimmt da was nicht ganz.* Wäre Astrid schwanger geworden, hätten sich meine Vermutungen über unsere Zukunft möglicherweise bewahrheitet. Vielleicht wären wir sogar sehr glücklich geworden: drei Kinder, Doppelgarage, Swimmingpool im Garten und so weiter. Aber ich glaube eher nicht. Ich glaube, die ständigen Auftritte – und die Mädchen, die immer im Umfeld von Rockbands herumhängen – hätten uns auseinandergebracht. Im Rückblick muss ich zugeben, dass Delia Soderbergs Argwohn gerechtfertigt war. Ich war tatsächlich ein falscher Fünfziger. Ausreichend echt, dass ich damit an den meisten Orten durchkam, wenn auch nicht an Delias Ladentheke.

Bei den Chrome Roses gab es ebenfalls keine große Trennungsszene. Als ich das erste Wochenende vom Campus in Orono nach Hause kam, spielte ich mit der Band am Freitagabend im Veteranensaal und am Samstag im Scooter's Pub in North Conway. Unser Sound war so gut wie eh und je, und inzwischen sackten wir pro Auftritt hundertfünfzig Dollar ein. Ich weiß noch, dass ich bei »Shake Your Moneymaker« als Leadsänger fungierte und ein ziemlich gutes Mundharmonikasolo ablieferte.

Als ich dann jedoch an Thanksgiving wiederkam, stellte ich fest, dass Norm einen neuen Rhythmusgitarristen angeheuert und den Namen der Band in Norman's Knights geändert hatte. »Tut mir leid, Mann«, sagte er achselzuckend. »Es gab massenhaft Angebote, und als Trio können wir nicht arbeiten. Schlagzeug, Bass, zwei Gitarren – das ist Rock and Roll.«

»Ist schon okay«, sagte ich. »Ich hab's kapiert.« Was auch stimmte, denn er hatte recht. Mehr oder weniger jedenfalls. Schlagzeug, Bass, zwei Gitarren, und alles fängt mit E an.

»Morgen Abend spielen wir in Winthrop im Ragged Pony, falls du mitmachen willst. Als Gastmusiker sozusagen.«

»Lieber nicht«, sagte ich. Den neuen Rhythmusgitarristen hatte ich schon mal gehört. Er war ein Jahr jünger und bereits jetzt schon besser als ich; er spielte unwahrscheinlich funky. Außerdem konnte ich den Samstagabend dann mit Astrid verbringen. Was ich tat. Ich vermute, dass sie damals schon mit anderen Typen ausging – sie war zu hübsch, aufs Ausgehen zu verzichten –, aber sie verhielt sich taktvoll. Und liebevoll. Es war ein gutes Thanksgiving. Die Chrome Roses (beziehungsweise Norman's Knights, ein Name, an den ich mich glücklicherweise nie gewöhnen musste) vermisste ich überhaupt nicht.

Na ja. Ihr wisst schon.

Fast überhaupt nicht.

Nicht lange vor den Weihnachtsferien ging ich eines Tages ins Memorial Union Building meiner Uni, um mir im dortigen Pub einen Burger und eine Coke zu genehmigen. Auf dem Weg nach draußen blieb ich am Anschlagbrett stehen. Zwischen dem Wust aus Karteikarten, auf denen Lehrbücher, Autos und Mitfahrgelegenheiten an diverse Orte angeboten wurden, entdeckte ich dies:

> GUTE NACHRICHT! Die Cumberlands kommen wieder zusammen! SCHLECHTE NACHRICHT! Wir brauchen einen Rhythmusgitarristen! Wir sind eine LAUTE UND STOLZE COVER-BAND! Unser Programm: Beatles, Stones, Badfinger, McCoys, Barbarians, Standells, Byrds etc. Wenn du so was spielen kannst, komm in die Cumberland Hall, Raum 421, und bring dein Brett mit. Falls du auf Emerson, Lake & Palmer oder Blood, Sweat & Tears stehst, bleib verd***t noch mal weg.

Inzwischen besaß ich eine hellrote Gibson S G, die ich noch am selben Nachmittag nach dem Unterricht in die Cumberland Hall schleppte, wo ich auf Jay Pederson traf. Wegen der Lärmbeschränkung während der Unterrichtszeit spielten wir in seinem Zimmer ohne Verstärker wie auf Tennisschlägern. Am späten

Abend stöpselten wir unsere Instrumente im Partykeller vom Wohnheim ein. Nachdem wir eine halbe Stunde gerockt hatten, bekam ich den Job. Jay war wesentlich besser als ich, aber daran war ich gewöhnt; schließlich hatte ich meine Rock-and-Roll-Karriere bei Norm Irving begonnen.

»Ich überlege, ob wir den Bandnamen in Heaters ändern sollen«, sagte Jay. »Was meinst du dazu?«

»Solange ich unter der Woche Zeit fürs Studium habe und du die Gage fair aufteilst, kannst du die Band meinetwegen Assholes from Hell nennen.«

»Nicht schlecht, fast so gut wie Doug and the Hot Nuts, aber ich glaube nicht, dass wir dann in irgendeiner Highschool auftreten könnten.« Er bot mir die Hand, ich ergriff sie, und wir drückten so toterfischmäßig zu wie üblich. »Willkommen an Bord, Jamie. Wir proben am Mittwochabend. Sei brav an Ort und Stelle, sonst kannst du's vergessen.«

Ich war vieles, aber brav war ich nicht. An Ort und Stelle war ich trotzdem. Fast zwei Jahrzehnte lang war ich das in einem Dutzend Bands und in Hunderten von Städten. Als Rhythmusgitarrist findet man immer Arbeit, selbst wenn man so breit ist, dass man kaum stehen kann. Im Grunde kommt es lediglich auf zwei Dinge an: Man muss pünktlich an Ort und Stelle sein, und man muss einen E-Barrégriff hinbekommen.

Meine Probleme nahmen ihren Anfang, als ich nicht mehr an Ort und Stelle war.

V

Der Fluss der Zeit. Porträts in Blitzen. Mein Drogenproblem.

Als ich an der University of Maine meinen Abschluss machte (Durchschnitt 2,9 und damit knapp an der Ehrenliste vorbei), war ich zweiundzwanzig. Als ich zum zweiten Mal auf Charles Jacobs traf, war ich sechsunddreißig. Damals sah er für sein Alter erstaunlich jung aus, vielleicht weil er bei unserer letzten Begegnung vor Kummer mager und abgehärmt gewesen war. Ich hingegen sah 1992 wesentlich älter aus, als ich es war.

Ich hatte schon immer ein Faible für Filme. In den Achtzigern sah ich eine ganze Menge, meist allein. Gelegentlich döste ich ein (bei *Heathers* zum Beispiel, der war definitiv ein Schlafmittel), aber im Allgemeinen blieb ich bis zum Ende wach, egal wie breit ich war, getragen von Geräuschen und Farben und dem Anblick unglaublich schöner Frauen in knapper Kleidung. Bücher sind auch was Schönes; ich lese relativ viel, und selbst Fernsehen ist okay, wenn man bei Regenwetter im Motelzimmer festsitzt, aber für Jamie Morton gab es damals nichts Besseres als einen Film da oben auf der großen Leinwand. Nur ich, mein Popcorn und mein Riesenbecher Coke. Und mein Heroin natürlich. An der Theke nahm ich mir einen zusätzlichen Strohhalm, biss ihn in zwei Teile und verwendete ihn, um das Pulver von meinem Handrücken zu schnupfen. An der Nadel hing ich erst 1990 oder 91, aber irgendwann war es so weit. So läuft es bei den meisten von uns. Das könnt ihr mir gern glauben.

Am reizvollsten an Filmen finde ich, wie fließend darin die Zeit vergeht. Zum Beispiel lernt man am Anfang einen stinklangweiligen Jugendlichen kennen – keine Freunde, kein Geld, miese Eltern –, und ganz plötzlich verwandelt der sich in Brad

Pitt in seinen besten Jahren. Das Einzige, was den Langweiler von dem jungen Gott trennt, ist ein Zwischentitel mit den Worten 14 JAHRE SPÄTER.

»Es ist frevelhaft, sich zu wünschen, dass die Zeit schneller vergeht«, hatte meine Mutter uns Kinder manchmal ermahnt – normalerweise dann, wenn wir uns mitten im Februar nach den Sommerferien sehnten oder darauf warteten, dass Halloween sich mit seiner Ankunft ein wenig beeilte –, und wahrscheinlich hatte sie recht, aber ich werde den Gedanken nicht los, dass solche Zeitsprünge für Menschen, die ein schlechtes Leben führen, etwas Gutes sein könnten, und zwischen dem Heraufziehen der Regierung Reagans 1980 und dem Jahrmarkt von Tulsa 1992 führte ich ein sehr schlechtes Leben. Es gab Blackouts, aber keine Zwischentitel. Ich musste jeden Tag dieser Jahre leben, und wenn ich nicht high werden konnte, waren manche Tage hundert Stunden lang.

Die Einblendung sieht in etwa so aus: Aus den Cumberlands wurden die Heaters, und aus den Heaters wurden die J-Tones. Unser letzter Auftritt als Collegeband war der große, ausgelassene Abschlussball 78 in der Sporthalle. Wir spielten von acht Uhr abends bis zwei Uhr morgens. Wenig später engagierte Jay Pederson eine regional ziemlich populäre Sängerin, die außerdem fantastisch Tenor- und Altsaxofon spielen konnte. Ihr Name war Robin Storrs. Wie sich herausstellte, passte sie perfekt zu uns, und im August waren aus den J-Tones Robin and the Jays geworden. Wir wurden zu einer der beliebtesten Partybands von Maine. Wir bekamen so viele Auftritte, wie wir absolvieren konnten, und das Leben war gut.

Jetzt kommt die Überblendung.

Vierzehn Jahre später wachte Jamie Morton in Tulsa auf. Nicht in einem guten Hotel, nicht einmal in dem Ableger einer mittelprächtigen Motelkette; es war eine Absteige mit Namen Fairgrounds Inn. Solche Orte entsprachen Kelly Van Dorns Vorstellung von Sparsamkeit. Es war elf Uhr morgens, und das Bett war nass. Was mich nicht überraschte. Wenn man, unterstützt von Madame H., neunzehn Stunden lang ununterbrochen pennte, war es fast unvermeidlich, ins Bett zu machen. Wahrscheinlich täte man das selbst dann, wenn man dabei das Zeitliche segnete, aber das hätte eine positive Seite – in diesem Fall würde man nie wieder in uringetränkten Boxershorts aufwachen.

Ich schlurfte wie ein Zombie ins Bad, schnüffelnd und mit wässrigen Augen. Unterwegs entledigte ich mich meiner Unterhose. Zuerst widmete ich mich meinem Rasierzeug ... aber nicht um meine Stoppeln zu beseitigen. Mein Injektionsbesteck war noch da, zusammen mit einem mit Tape verschlossenen Frühstücksbeutel, der ein paar Gramm enthielt. Kein Grund zur Annahme, jemand könnte einbrechen, um einen derart armseligen Vorrat zu stehlen, aber ein Junkie prüft so etwas zwanghaft nach.

Nachdem das erledigt war, stellte ich mich vor die Toilettenschüssel, um den Urin loszuwerden, der sich seit meinem nächtlichen Unfall angesammelt hatte. Während ich dastand, wurde mir klar, dass ich etwas Wichtiges vergessen hatte. Ich spielte damals bei einer Crossover-Band mit Country-Wurzeln, und am vergangenen Abend hätten wir beim Jahrmarkt von Tulsa auf der großen Oklahoma-Bühne als Vorgruppe von Sawyer Brown auftreten sollen. Ein erstklassiger Gig, vor allem für eine Band wie White Lightning, die noch nicht bereit für Nashville war.

»Soundcheck um fünf«, hatte Kelly Van Dorn mir mitgeteilt. »Du bist doch da, oder?«

»Klar«, sagte ich. »Mach dir keine Sorgen um mich.«

Tja.

Als ich aus dem Bad kam, sah ich unter meiner Tür einen zusammengefalteten Zettel hervorlugen. Ich hatte eine ziemlich klare Vorstellung davon, was darauf stand, hob ihn dennoch auf und las ihn, um auf Nummer sicher zu gehen. Die Nachricht war kurz, aber nicht schmerzlos.

Ich habe bei der Musikabteilung der Highschool angerufen und glücklicherweise einen jungen Kerl gefunden, der ausreichend

Rhythmus- und Slidegitarre spielen konnte, dass er unser Material hinkriegt. Der hat deine $ 600 gern eingesteckt. Wenn du das liest, sind wir bereits unterwegs nach Wildwood Green. Schlag dir aus dem Kopf, uns nachzureisen. Du bist gefeuert. Tut mir furchtbar leid, aber was zu viel ist, ist zu viel.

Kelly

PS: Wahrscheinlich wirst du nicht auf mich hören, Jamie, aber wenn du dich nicht zusammenreißt, hockst du in einem Jahr im Gefängnis. Falls du Glück hast. Falls nicht, bist du dann tot.

Ich versuchte, den Zettel in meine Gesäßtasche zu stecken, aber stattdessen fiel er auf den abgenutzten grünen Teppichboden – ich hatte vergessen, dass ich nichts anhatte. Ich hob das Ding auf, warf es in den Papierkorb und spähte aus dem Fenster. Bis auf einen alten Ford und den schrottreifen Pickup irgendeines Farmers war der Parkplatz auf dem Hof vollständig leer. Der Explorer, in dem die Band reiste, und der von unserem Tonmann gesteuerte Lieferwagen mit dem Equipment waren verschwunden. Kelly hatte es ernst gemeint. Diese Penner, die keinen anständigen Ton zustande brachten, hatten mich tatsächlich zurückgelassen. Was wahrscheinlich das Beste für mich war. Ich hatte manchmal gedacht, dass ich den kleinen Rest Verstand, den ich noch besaß, verlieren würde, wenn ich noch einen weiteren Song zum Thema Saufen und Seitensprung spielen müsste.

Ich beschloss, die Verlängerung meiner Zimmermiete zu meiner ersten Priorität zu machen. Eigentlich hatte ich keine Lust darauf, noch eine Nacht in Tulsa zu verbringen, vor allem, da der Jahrmarkt ein Stück weiter in vollem Gang war, aber ich brauchte etwas Zeit, über den nächsten Schritt in meiner Karriere nachzudenken. Außerdem musste ich mir neuen Stoff beschaffen, und wenn man auf einer derartigen Veranstaltung niemand fand, der einem Dope verkaufte, hatte man sich nicht genug angestrengt.

Ich kickte die feuchte Unterhose in die Ecke – *eine kleine Anerkennung für das Zimmermädchen*, dachte ich höhnisch – und zog den Reißverschluss meiner Reisetasche auf. Da war nichts drin außer schmutziger Kleidung (am Vortag hatte ich einen Waschsalon aufsuchen wollen, was ich ebenfalls vergessen hatte), aber wenigstens handelte es sich um *trockene* schmutzige Kleidung. Ich zog mich an und trottete über den rissigen Asphalt des Hofes zur Rezeption, wobei ich mir zwar immer noch wie ein Zombie vorkam, mich jedoch immerhin etwas schneller bewegte als auf meinem Weg vom Bett zum Badezimmer. Immer wenn ich schluckte, tat mir der Hals weh. Ein kleines Extra, das zu meinem Vergnügen beitrug.

Die Dame am Empfang war ein etwa fünfzigjähriges Mädchen vom Land mit harten Gesichtszügen, das sein Leben derzeit unter einem Vulkan aus toupiertem rotem Haar verbrachte. Auf dem kleinen Fernsehgerät unterhielt sich ein Talkshowmoderator äußerst angeregt mit Nicole Kidman. Darüber hing ein Kalender mit einem Bild von Jesus, der einem Jungen und einem Mädchen ein Hündchen schenkte. Was mich nicht im Geringsten überraschte. In dieser öden Gegend neigt man dazu, Christus mit dem Weihnachtsmann zu verwechseln.

»Ihre Kollegen haben bereits ausgecheckt«, sagte sie, nachdem sie in ihrer Kladde meinen Namen gefunden hatte. Ihre Aussprache hatte die örtliche Färbung, wodurch sie sich wie ein schlecht gestimmtes Banjo anhörte. »Ist schon ein paar Stunden her. Es hieß, dass sie bis runter nach North Cah'lina fahren wollen.«

»Ist mir bekannt«, sagte ich. »Ich bin nicht mehr bei dieser Band.«

Sie hob eine Augenbraue.

»Kreative Meinungsverschiedenheiten«, sagte ich.

Die Augenbraue hob sich ein weiteres Stück.

»Ich bleibe noch eine Nacht.«

»Mhm, okay. Bar oder mit Karte?«

Ich besaß etwa zweihundert in bar, aber der größte Teil dieses Vermögens war für den Stoff gedacht, den ich auf dem Rummelplatz erwerben wollte, weshalb ich ihr meine BankAmericard reichte. Sie rief bei der Gesellschaft an und wartete, das Telefon zwischen Ohr und fleischige Schulter geklemmt. Im Fernseher lief inzwischen ein Werbeclip für Küchentücher, die offenbar Pfützen von der Größe des Michigansees aufsaugen konnten. Ich sah ihn mir zusammen mit ihr an. Als die Talkshow wieder auf den Bildschirm kam, gesellte sich Tom Selleck zu Nicole Kidman, und die Landpomeranze wartete immer noch. Ihr war das offenbar egal, mir hingegen nicht. Es juckte mich am ganzen Körper, und mein schlechtes Bein begann zu pochen. Gerade als die nächste Werbung kam, spitzte die Landpomeranze die Ohren. Sie drehte sich auf ihrem Sessel von mir weg, blickte durchs Fenster in den strahlend blauen Himmel von Oklahoma und plauderte kurz. Dann legte sie auf und gab mir meine Kreditkarte zurück.

»Abgelehnt. Weshalb ich mir nicht sicher bin, ob ich Bargeld annehmen sollte. Falls Sie welches haben.«

Das war gemein, aber ich schenkte ihr trotzdem mein schönstes Lächeln. »Die Karte ist gültig. Da hat man sich geirrt. Passiert ständig.«

»Dann werden Sie den Irrtum in einem anderen Motel bestimmt richtigstellen können«, sagte sie. (*Den Irrtum richtigstellen!* Was für eine gewählte Ausdrucksweise für ein Mädchen vom Land!) »Die Straße runter gibt's vier weitere, die allerdings nicht viel taugen.«

Im Gegensatz zu diesem Ritz-Carlton am Straßenrand, dachte ich, sagte jedoch: »Versuchen Sie's doch noch mal mit der Karte.«

»Schätzchen«, sagte sie. »Wenn ich Sie so ansehe, muss ich das gar nicht erst tun.«

Ich nieste und drehte den Kopf, um die Ladung mit dem kurzen Ärmel meines T-Shirts (bedruckt mit dem Logo der Charlie Daniels Band) aufzufangen. Was in Ordnung war, da das Shirt in letzter Zeit nicht gewaschen worden war. Vielleicht auch schon etwas länger nicht. »Was soll das heißen?«

»Es heißt, dass ich meinen ersten Mann verlassen habe, als er und seine Brüder angefangen haben, Crack zu rauchen. Nichts für ungut, aber ich weiß, was ich vor mir sehe. Die letzte Nacht ist bezahlt – mit der Kreditkarte von der Band –, aber weil Sie jetzt als Solokünstler unterwegs sind, ist das Zimmer bis ein Uhr nachmittags zu räumen.«

»An der Tür steht: bis drei.«

Sie richtete einen abgeplatzten Fingernagel auf ein Schild links von dem Kalender, auf dem Jesus ein Hündchen in den Händen hielt: WÄHREND DEM JAHRMARKT, 24. SEPTEMBER BIS 4. OKTOBER, IST UM 13 UHR CHEC-OUT.

»*Check-out* ist falsch geschrieben«, sagte ich. »Das sollten Sie richtigstellen.«

Sie warf einen Blick auf das Schild, dann wandte sie sich wieder mir zu. »Stimmt, aber das mit den dreizehn Uhr muss nicht berichtigt werden.« Sie sah auf ihre Armbanduhr. »Das heißt, Sie haben eineinhalb Stunden Zeit. Zwingen Sie mich nicht dazu, die Polizei zu rufen, Schätzchen. Während dem Jahrmarkt schwirren hier mehr von den Kerlen rum als Fliegen um einen frischen Hundehaufen. Da wären schnurstracks welche da.«

»Was für ein Scheißdreck«, sagte ich.

Meine Erinnerung an diese Zeit ist verschwommen, aber die Antwort der Frau weiß ich noch so deutlich, als hätte sie mir vor zwei Minuten ins Ohr gesprochen: »Tja, Schatz, das ist die Realität.«

Dann widmete sie sich wieder ihrem Fernseher, auf dem irgendein Trottel Stepp tanzte.

Bei Tageslicht Stoff zu beschaffen stand für mich außer Frage, nicht mal auf einem Jahrmarkt, weshalb ich bis halb zwei im Fairgrounds Inn blieb (nur um der Landpomeranze eins auszuwischen). Dann packte ich mit einer Hand meine Reisetasche und mit der anderen meinen Gitarrenkoffer und marschierte los. An der Texaco-Tankstelle, wo die North Detroit Avenue zur South Detroit wurde, legte ich eine Pause ein. Inzwischen hinkte ich beim Gehen, und meine linke Hüfte pochte im Takt mit meinem Herzschlag. Auf der Männertoilette kochte ich die Hälfte meines Vorrats auf und spritzte sie in die Höhlung meiner linken Schulter. Ein angenehmes Gefühl stellte sich ein. Sowohl mein rauer Hals als auch der Schmerz in meinem Bein ließen allmählich nach.

Mein gutes linkes Bein war an einem sonnigen Sommertag 1984 zu meinem schlechten linken Bein geworden. Ich saß auf einer Kawasaki; der verfluchte alte Knacker, der mir entgegenkam, steuerte einen Chevrolet von der Größe eines Kabinenkreuzers. Mit dem geriet er auf meine Fahrspur, was mir die Wahl ließ: entweder der unbefestigte Randstreifen oder ein Frontalzusammenstoß. Ich entschied mich für das Offensichtliche und schaffte es an dem alten Knacker vorbei. Mein Fehler bestand allerdings in dem Versuch, mit achtzig Sachen wieder auf die Straße zu gelangen. Ein Rat an alle frischgebackenen Biker da draußen: Es ist keine gute Idee, bei diesem Tempo auf Schotter einen Schlenker zu machen. Ich legte die Maschine flach und brach mir an fünf Stellen das Bein. Außerdem war meine Hüfte zertrümmert. Wenig später entdeckte ich die Freuden von Morphium.

Da sich mein Bein besser anfühlte und ich das Jucken und Zucken im Griff hatte, war ich in der Lage, mich mit etwas mehr Schwung von der Tankstelle wegzubewegen, und als ich den Greyhound-Bahnhof erreichte, fragte ich mich, wieso ich überhaupt so lange bei Kelly Van Dorn und seiner abgefuckten Countryband geblieben war. Sentimentale Balladen zu spielen (und das auch noch in C-Dur, um Himmels willen) war nicht das, wofür ich geschaffen war. Ich war ein Rocker, kein Bauerntrampel.

Ich kaufte mir eine Fahrkarte für den Bus, der mittags am Tag drauf nach Chicago fuhr, wodurch ich außerdem das Recht erhielt, meine Reisetasche und meine Gibson SG – der einzige wertvolle Besitz, der mir geblieben war – bei der Gepäckaufbewahrung abzugeben. Die Fahrkarte kostete mich neunundzwanzig Dollar. Den Rest zählte ich, während ich in einer Toilettenkabine hockte. Es waren hundertneunundfünfzig Dollar, in etwa das, was ich erwartet hatte. Inzwischen sah die Zukunft wesentlich rosiger aus. Ich würde mir auf dem Jahrmarkt Stoff besorgen, irgendeinen Ort suchen, um mich aufs Ohr zu legen – vielleicht in einem Obdachlosenasyl, vielleicht im Freien –, und morgen ging es dann mit dem großen, grauen Kasten nach Chicago. Wie in den meisten Großstädten gab es dort einen Musikertreff, wo die Leute herumsaßen, sich Witze erzählten, die neuesten Gerüchte austauschten und sich nach Auftrittsmöglichkeiten erkundigten. Für manche war das nicht leicht (zum Beispiel für Akkordeonspieler), aber irgendwelche Bands suchten immer einen fähigen Rhythmusgitarristen, und ich war ein bisschen mehr als das. 1992 konnte ich sogar ganz passabel Leadgitarre spielen, wenn man es von mir verlangte. Außerdem war ich kein totales Wrack. Wichtig war nur, nach Chicago zu gelangen und einen Job zu landen, bevor Kelly Van Dorn dort verbreitete, dass ich unzuverlässig war, wozu dieses Arschgesicht unter Umständen wirklich fähig sein mochte.

Da ich noch mindestens sechs Stunden totzuschlagen hatte, bevor es dunkel wurde, kochte ich den Rest von meinem Stoff auf und spritzte ihn dort, wo er am meisten guttat. Sobald das erledigt war, kaufte ich am Zeitungskiosk ein Taschenbuch, setzte mich auf eine Bank, schlug das Buch irgendwo in der Mitte auf und nickte ein. Als ich von einem Niesanfall aufwachte, war es sieben und damit Zeit für den ehemaligen Rhythmusgitarristen von White Lightning, sich auf die Suche nach was Gutem zu begeben.

Als ich das Jahrmarktsgelände erreichte, war der Sonnenuntergang nur noch ein bitterorangefarbener Strich im Westen. Obwohl ich den Großteil meines Geldes für Stoff aufsparen wollte, hatte ich mir für die Fahrt ein Taxi geleistet, weil ich mich alles andere als wohlfühlte. Es waren nicht die üblichen Zuckungen und Schmerzen, die auftraten, wenn die Wirkung des Stoffes nachließ. Der raue Hals war wieder da. In den Ohren hörte ich ein hohes, unangenehmes Summen, und mein Körper fühlte sich überall heiß an. Zumindest Letzteres war normal, wie ich mir einredete; schließlich war es ein beschissen warmer Abend. Was den Rest anging, würden mich sechs bis sieben Stunden Schlaf bestimmt davon kurieren. Die konnte ich mir im Bus genehmigen. Schließlich wollte ich so weit wie möglich auf dem Damm sein, bevor ich mich wieder von der Rock-and-Roll-Armee anwerben ließ.

Den Haupteingang des Geländes ließ ich links liegen, weil nur ein Idiot versuchen würde, bei einer Handwerks- oder Viehausstellung Heroin zu kaufen. Dahinter kam der Eingang zum Vergnügungspark Bell. Dieses Anhängsel des Jahrmarkts in Tulsa ist inzwischen Geschichte, aber im September 1992 war der Rummelplatz in vollem Gange. Beide Achterbahnen – die aus Holz konstruierte Zingo und die modernere Wildcat – wirbelten Leute herum, die jede Haarnadelkurve und jeden selbstmörderischen Sturz in den Abgrund mit fröhlichem Gekreische quittierten. Vor den Wasserrutschen, dem Himalaya und der Geisterbahn – sie hieß Phantasmagoria – hatten sich lange Schlangen gebildet.

Ohne mich darum zu kümmern, schlenderte ich an den Essensständen vorbei, wo mir der Geruch von in Fett gebackenem Teig und Bratwurst, den ich normalerweise verlockend fand, leichte Übelkeit verursachte. An der Ringwurfbude hing ein Typ mit dem richtigen Aussehen herum, den ich fast angesprochen hätte, aber als ich ihm näher kam, roch ich den Drogenfahnder. Das T-Shirt, das er trug (KOKAIN! FRÜHSTÜCK DER SIEGER!), war einen Tick zu offensichtlich. Ich ging weiter, an der Schießbude, dem Wurfspiel mit den hölzernen Milchflaschen, dem Skeeball und dem Glücksrad vorüber. Dabei fühlte ich mich immer schlechter; meine Haut wurde heißer und heißer, das Summen in den Ohren lauter. Mein Hals war so wund, dass ich bei jedem Schlucken zusammenzuckte.

Vor mir sah ich eine aufwendige Minigolfanlage, auf der sich hauptsächlich lachende Teenager vergnügten, und ich glaubte, am Ziel angekommen zu sein. Wo immer Teenager abends unterwegs waren, um Spaß zu haben, trieben sich in der Nähe Dealer herum, die gern dabei halfen, besagten Spaß zu maximieren. Tatsächlich erblickte ich ein paar Burschen, die exakt das richtige Aussehen hatten. An ihrem unsteten Blick und ihren ungewaschenen Haaren sollt ihr sie erkennen.

Hinter dem Minigolf endete die Budenstraße an einer T-Kreuzung, wo es in der einen Richtung zum Ausstellungsgelände und in der anderen zur Rennbahn ging. Weder da noch dort wollte ich hin, aber von rechts hatte ich ein merkwürdiges elektrisches Knistern gehört, gefolgt von Applaus, Gelächter und verblüfften Ausrufen. Als ich mich der Kreuzung näherte, konnte ich sehen, dass jedes Knistern von einem grellen, blauen Leuchten begleitet wurde, das mich an Blitze erinnerte. An die Blitze auf der Himmelsspitze, um es ganz genau zu sagen. Daran hatte ich jahrelang nicht mehr gedacht. Was immer dort vorgeführt wurde, es hatte eine große Menschenmenge angelockt. Ich beschloss, dass die um die Minigolfanlage herumhängenden Gauner ein paar Minuten warten konnten. Solche Typen machten sich nie auf die Socken, bevor man das Neonlicht ausknipste, und ich wollte sehen, wer in dieser heißen klaren Oklahoma-Nacht Blitze erzeugte.

Eine elektrisch verstärkte Stimme rief: »Da ihr nun die Kraft meines Blitzerzeugers gesehen habt – des einzigen auf der Welt, kann ich euch versichern –, werde ich euch vorführen, welch ein wundervolles Porträt von euch ihr mit einem Porträt Alexander Hamiltons aus eurem Portemonnaie oder eurer Brieftasche erwerben könnt; eine *erstaunliche* Demonstration, bevor ich mein elektrisches Studio öffne und euch die Gelegenheit zu einer fotografischen Darstellung biete, wie ihr sie euer Leben lang nicht mehr geboten bekommen werdet. Allerdings brauche ich einen Freiwilligen, damit ihr *genau* sehen könnt, was ihr für die besten zehn Dollar, die ihr je ausgeben werdet, erhaltet! Na, wer stellt sich zur Verfügung? Ist jemand bereit? Es ist völlig ungefährlich, das versichere ich euch! Kommt schon, Leute, ich habe gehört, in der guten alten Zeit war das Volk von Oklahoma für seine Tapferkeit berühmt!«

Vor einer erhöhten Bühne stand eine anständige Menge, etwa fünfzig bis sechzig Köpfe stark. Die Leinwand dahinter war zwei Meter breit und mindestens sechs Meter hoch. Darauf angebracht war ein Foto, das fast so groß war wie das Bild auf einer Kinoleinwand. Es zeigte eine schöne junge Frau, die auf der Tanzfläche eines Ballsaals zu stehen schien. Ihr schwarzes Haar war zu einer Reihe komplizierter Windungen und Strähnen aufgetürmt, an denen man stundenlang gearbeitet haben musste. Sie trug ein schulterfreies, tief ausgeschnittenes Abendkleid, aus dem die hübschen oberen Rundungen ihrer Brüste ragten. Geschmückt war sie mit Diamantohrringen und blutrotem Lippenstift.

Gegenüber der riesigen Frau im Abendkleid stand eine altmodische Kamera wie aus dem neunzehnten Jahrhundert. Sie war auf einem Stativ angebracht und mit einem schwarzen Tuch versehen, das sich der Fotograf über den Kopf werfen konnte. So wie sie platziert war, hätte sie die Frau auf dem Bild nur von den Knien abwärts aufnehmen können. Daneben stand ein Pfosten mit einem Blitzpulvertablett. Den mit schwarzem Anzug und Zylinder ausgestatteten Scharlatan, der seine locker geschlossene Hand auf die Kamera gelegt hatte, erkannte ich sofort.

Ich sehe das alles noch heute völlig klar vor mir, aber meine Erinnerung daran, was als Nächstes geschah, ist unzuverlässig, das gebe ich offen zu. Ich war ein gestandener Junkie, der zwei Jahre zuvor das Spritzenexamen bestanden hatte. Zunächst hatte ich mir die Nadeln nur in die Haut gestochen, dann jedoch immer häufiger auf die Vene gezielt. Ich war fehlernährt und stark untergewichtig. Darüber hinaus hatte ich Fieber. Es war die Grippe, die mich schnell in den Griff bekommen hatte. Als ich am Morgen aufgestanden war, hatte ich gedacht, ich hätte nur die übliche Triefnase vom Heroin oder schlimmstenfalls eine Erkältung, aber als ich Charles Jacobs neben einer altmodischen Kamera vor einer Leinwand mit einer riesenhaften jungen Frau stehen sah, auf deren Bild der Schriftzug PORTRÄTS IN BLITZEN prangte, fühlte ich mich wie in einem Traum. Es überraschte mich nicht, meinen alten Pfarrer zu sehen, nun mit angegrauten Schläfen und feinen Fältchen um den Mund. Es hätte mich nicht einmal überrascht, wenn meine verstorbene Mutter und meine ebenfalls tote Schwester sich auf der Bühne zu ihm gesellt hätten, als Playboy-Bunnys verkleidet.

Als Antwort auf Jacobs' Aufruf, sich freiwillig zu melden, hoben einige Männer die Hand, aber er lachte und deutete auf die schöne junge Frau, die hinter ihm aufragte. »Bestimmt seid ihr Kerle so tapfer wie der Teufel am Samstagabend, aber in einem trägerlosen Kleid würde keiner von euch glänzen.«

Dieser Spruch wurde gutmütig belacht.

»Ich brauche ein *Mädel*«, sagte der Bursche, der mir den See des Friedens vorgeführt hatte, als ich ein Pimpf in kurzen Hosen gewesen war. »Ich brauche ein *hübsches* Mädel! Ein hübsches kleines Mädel aus *Oklahoma!* Was meint ihr dazu, Leute? Seid ihr einverstanden?«

Das Publikum klatschte, um zu demonstrieren, wie einverstanden es damit war. Und Jacobs, der sich sein Opfer bestimmt schon ausgesucht hatte, richtete sein schnurloses Mikrofon auf jemand in der ersten Reihe. »Wie steht's mit Ihnen, Miss? Sie sind das hübscheste Mädel, das man sich vorstellen kann!«

Ich stand ganz hinten, aber die Menge schien sich vor mir zu teilen, als wäre ich von einer magischen Abstoßungskraft besessen. Wahrscheinlich habe ich mir nur mit den Ellbogen einen Weg gebahnt, aber daran erinnere ich mich nicht, und falls jemand sich mit dem Ellbogen gewehrt hat, erinnere ich mich auch daran nicht mehr. Ich schien vorwärts zu schweben. Sämtliche Farben waren jetzt heller geworden, das Dudeln der Karussellorgel und das Kreischen der Leute auf der Achterbahn hörten sich lauter an. Das Summen in meinen Ohren war zu einem melodischen Klingeln angeschwollen: G^7, glaube ich. Ich bewegte mich durch eine aromatische Atmosphäre aus Parfum, Aftershave und billigem Haarspray.

Das hübsche Mädel aus Oklahoma protestierte, aber seine Freundinnen scherten sich nicht darum. Sie schoben sie nach vorn, worauf sie die Stufen auf der linken Seite der Bühne erklomm. Unter dem ausgefransten Saum ihres kurzen Jeansrocks ragten gebräunte Oberschenkel hervor. Über dem Rock trug sie ein grünes Jäckchen, das am Hals hochgeschlossen war, an der Taille jedoch ein schelmisches Stückchen Haut aufblitzen ließ. Ihr Haar war blond und lang. Mehrere Männer pfiffen.

»Jedes hübsche Mädel hat eine ganz spezielle positive Ladung!«, teilte Jacobs der Menge mit, während er sich den Zylinder vom Kopf riss. Ich sah, wie sich die Hand, mit der er den Hut hielt, verkrampfte. Einen kurzen Moment überkamen mich Empfindungen, wie ich sie seit jenem Tag auf der Himmelsspitze nicht mehr erlebt hatte: Gänsehaut auf den Armen, aufgestellte Härchen im Nacken, aufgestaute Luft in meiner Lunge. Dann explodierte auf dem Tablett neben der Kamera etwas, bei dem es sich definitiv nicht um Blitzlichtpulver handelte, und die Leinwand hinter der Bühne erstrahlte in einem glänzenden Blau. Das Gesicht der jungen Frau im Abendkleid wurde ausgelöscht. Als das strahlende Blau verblasste, sah ich anstelle dieses Gesichts das der fünfzigjährigen Landpomeranze, von der ich neun Stunden zuvor aus dem Fairgrounds Inn geworfen worden war. Vielleicht glaubte ich auch nur, sie zu sehen. Dann war die Frau in dem tief ausgeschnittenen Abendkleid wieder da.

Die Menge war regelrecht hingerissen, und ich war es auch ... aber so richtig überrascht war ich nicht. Reverend Jacobs führte einen seiner alten Tricks vor, das war alles. Ebenso wenig überrascht war ich, als er den Arm um das Mädchen legte, um es zu uns umzudrehen, und ich einen Moment lang dachte, es wäre Astrid Soderberg, sechzehn Jahre alt und von der Angst geplagt, schwanger zu werden. Astrid, die mir manchmal den Rauch ihrer Virginia Slims in den Mund blies, was mir einen Ständer für die Ewigkeit bescherte.

Dann stand da oben wieder nur ein hübsches kleines Mädel aus Oklahoma, das von ihrer Farm gekommen war, um sich einen netten Abend zu gönnen.

Der Assistent von Jacobs, ein Knabe mit Pickeln und einer üblen Frisur, kam mit einem gewöhnlichen Holzstuhl angetrottet. Er stellte ihn vor die Kamera und machte sich dann umständlich daran, den Staub von Jacobs' altmodischem Gehrock abzubürsten. »Setzen Sie sich, meine Liebe«, sagte Jacobs, während er das Mädchen zu dem Stuhl führte. »Ich verspreche Ihnen ein angenehm *schockierendes* Vergnügen!«

Er wackelte mit den Augenbrauen, und sein junger Assistent begann zu zappeln, als hätte man ihn elektrisiert. Das Publikum reagierte mit freudigem Schauder. Inzwischen stand ich in der ersten Reihe, und Jacobs' Blick ruhte kurz auf mir, wanderte weiter und kehrte dann zu mir zurück. Nach sekundenlangem Zögern sah er wieder woanders hin.

»Tut es weh?«, fragte das Mädchen, und nun sah ich, dass es eigentlich überhaupt nicht wie Astrid aussah. Natürlich nicht. Sie war wesentlich jünger, als es meine erste Freundin jetzt sein musste ... und wo immer Astrid auch war, ihr Nachname lautete höchstwahrscheinlich nicht mehr Soderberg.

»Überhaupt nicht«, beruhigte Jacobs sie. »Und im Gegensatz zu allen anderen Damen, die es später wagen werden vorzutreten, ist Ihr Porträt ...«

Er wandte den Blick von ihr ab und richtete ihn aufs Publikum. Diesmal direkt auf mich.

»... völlig kostenlos.«

Er setzte sie auf den Stuhl, wobei er weiterhin mit ihr plauderte, verhielt sich nun jedoch etwas zögerlich, so als hätte er den Faden verloren. Während sein Assistent der jungen Frau mit einem Seidentuch die Augen verband, blickte er immer wieder zu mir herüber. Falls er tatsächlich abgelenkt war, fiel das dem Publikum nicht auf; gleich sollte ein kleines hübsches Mädchen zu Füßen einer riesigen schönen Frau fotografiert werden, und das auch noch mit einer Augenbinde, was alles äußerst interessant war. Interessant war natürlich auch, dass das lebende Mädel viel Bein und die Frau auf der Leinwand viel Busen zeigte.

»Was soll denn …«, begann das hübsche Mädchen, dem Jacobs sogleich das Mikrofon vor den Mund hielt, damit das ganze Publikum die Frage hören konnte. »… ein Bild von mir mit zugebundenen Augen?«

»Der Rest von dir ist nicht gerade zugebunden, Süße!«, brüllte jemand, worauf die Menge fröhlich jubelte. Die Süße auf dem Stuhl presste die Knie aneinander, aber sie lächelte auch ein wenig. Das gute alte Bin-ja-keine-Spielverderberin-Lächeln.

»Sie werden staunen, meine Liebe«, sagte Jacobs. Dann wandte er sich dem Publikum zu. »Elektrizität! Wir halten sie zwar für selbstverständlich, aber sie ist das größte Naturwunder unserer Welt! Im Vergleich dazu ist die große Pyramide von Giseh nur ein Ameisenhaufen! Elektrizität ist das Fundament unserer modernen Zivilisation! Manche behaupten, sie zu begreifen, meine Damen und Herren, aber niemand begreift die *geheime* Elektrizität, jene Kraft, die das Universum selbst zu einem harmonischen Ganzen verbindet. Ob *ich* sie begreife? Nein, das tue ich nicht. Nicht vollständig. Aber ich kenne die Kraft, die sie besitzt, um zu zerstören, zu heilen und magische Schönheit zu erschaffen! Wie lautet Ihr Name, Miss?«

»Cathy Morse.«

»Cathy, ein altes Sprichwort besagt, Schönheit liege im Auge des Betrachters. Sie und ich und alle anderen hier werden heute Abend die Wahrheit dieses Sprichwortes erkennen, und wenn Sie die Bühne verlassen, werden Sie ein Porträt besitzen, das Sie noch Ihren Enkelkindern zeigen können. Ein Porträt, das diese Enkelkinder noch ihren *eigenen* Enkeln zeigen werden! Und wenn diese noch ungeborenen Nachfahren nicht darüber staunen werden, so lautet mein Name nicht Dan Jacobs.«

Der lautet tatsächlich nicht so, dachte ich.

Inzwischen schwankte ich vor und zurück wie im Takt der Karussellorgel und der Musik, die nur ich in meinen Ohren hörte. Ich versuchte, damit aufzuhören, stellte jedoch fest, dass mir das nicht gelang. Meine Beine fühlten sich merkwürdig fleischig an, als würden Zoll für Zoll die Knochen aus ihnen herausgezogen.

Du heißt Charles, nicht Dan – glaubst du, ich erkenne den Mann, der meinem Bruder die Stimme wiedergegeben hat, nicht wieder?

»Und jetzt, meine Damen und Herren, sollten Sie Ihre Augen abschirmen!«

Theatralisch bedeckte der Assistent die seinen mit der Hand. Jacobs wirbelte herum, hob das schwarze Tuch hinter der Kamera an und verschwand darunter. »Schließen Sie die Augen, Cathy!«, rief er. »Selbst mit verbundenen Augen kann ein derart kraftvoller elektrischer Impuls blenden! Ich zähle bis drei! Eins … und … zwei … und … *drei!*«

Wieder spürte ich jene seltsame Verdichtung der Luft, und damit war ich nicht allein, denn die Menge wich ein, zwei Schritte zurück. Als Nächstes hörte ich ein scharfes *Klick*, als hätte jemand direkt neben meinem rechten Ohr mit den Fingern geschnippt. Ein blauer Lichtblitz ließ die Welt erstrahlen.

Das Publikum machte *Aaaah*. Und als es wieder sehen konnte und erkannte, was auf der Leinwand hinter der Bühne geschehen war: *AAAAAAHHHHHH!*

Das Abendkleid war dasselbe – tief ausgeschnitten und mit silbernen Pailletten besetzt. Auch die einladende Rundung des Busens war dieselbe, ebenso wie die komplizierte Frisur. Doch die Brüste waren nun kleiner, und die Haare waren blond statt schwarz. Das Gesicht hatte sich ebenfalls verändert. Es war Cathy Morse, die dort auf der Tanzfläche des Ballsaals stand. Dann blinzelte ich, und das hübsche kleine Mädchen aus Oklahoma war verschwunden. Es war wieder Astrid – Astrid, wie sie mit sechzehn gewesen war, die Liebe meiner Tage und die letztendlich erfüllte Begierde meiner Nächte.

Das Publikum atmete verblüfft aus, und mir kam ein verrückter, aber naheliegender Gedanke: Auch die Menschen um mich herum sahen Gestalten aus ihrer Vergangenheit, die entweder schon tot oder vom Fluss der Zeit verändert worden waren.

Dann war es wieder nur noch Cathy Morse, aber das war verblüffend genug. Cathy Morse stand sechs Meter hoch in einem teuren Abendkleid da, wie sie es im echten Leben nie besitzen würde. Sie trug Diamantohrringe, und während der Lippenstift der auf dem Stuhl sitzenden Cathy bonbonrosa schimmerte, leuchtete der Mund ihres riesenhaften Abbilds dahinter hellrot.

Eine Augenbinde war auf dem Bild ebenfalls nicht zu sehen.

Das ist Reverend Jacobs, wie ich ihn kenne, dachte ich, *aber inzwischen hat er sich ein paar Tricks angeeignet, die wesentlich spektakulärer sind als übers Wasser gehende Jesusfiguren und Stoffgürtel mit einem Spielzeugmotor darin.*

Er tauchte unter dem schwarzen Tuch hervor, schlug es zurück und zog eine Platte aus der Rückseite seiner Kamera. Als er sie dem Publikum zeigte, erklang ein neuerliches *AAAAHHHH.* Jacobs verbeugte sich, dann wandte er sich Cathy zu, die mächtig verwirrt aussah. Er hielt ihr die Platte vor die Nase und sagte: »Sie können die Binde abnehmen, Cathy. Die Gefahr ist nun vorbei.«

Cathy Morse schob das Tuch nach unten und sah das Bild auf der Platte: ein Mädel aus Oklahoma, das in eine betörende Gestalt der Pariser Demimonde verwandelt worden war. Sie schlug die Hände vor den Mund, aber Jacobs hatte das Mikrofon parat, und alle hörten ihr *Du lieber Himmel.*

»Drehen Sie sich nun um!«, rief Jacobs.

Sie stand auf, drehte sich um, hob den Blick und fuhr zurück, als sie sich selbst sah, sechs Meter groß und in ein nobles Glitzergewand gekleidet. Jacobs legte ihr den Arm um die Taille, um sie zu stützen. Er schloss die Hand mit dem Mikrofon wieder, in der sich offenbar auch ein Steuergerät befand, und diesmal verschlug es dem Publikum nicht nur den Atem. Ich hörte auch einige Schreie.

Die riesige Cathy Morse drehte sich wie ein Model auf dem Laufsteg langsam um und zeigte die Rückseite ihres Abendkleides, die wesentlich tiefer ausgeschnitten war als die Vorderseite. Sie blickte über ihre Schulter ... und zwinkerte.

Jacobs wusste, wann das Mikrofon ins Spiel kommen musste – er hatte eindeutig viel Erfahrung mit solchen Situationen –, und das Publikum hörte Cathys nächsten Ausruf so deutlich wie ihren ersten: *»Ach du Scheiße!«*

Alle lachten. Sie jubelten. Und als sie sahen, wie tief Cathy errötete, jubelten sie noch lauter. Währenddessen veränderte sich die Gestalt auf der Leinwand. Das blonde Haar nahm eine trübe Färbung an. Die Gesichtszüge verblassten; nur der rote Lippenstift leuchtete hell wie die gebleckten Zähne der Grinsekatze in *Alice im Wunderland.*

Dann sah man wieder die junge Dame, die man zu Beginn gesehen hatte. Das Bild von Cathy Morse war verschwunden.

»Aber *dieses* Bild hier wird nie verschwinden«, sagte Jacobs und hielt die altmodische Platte in die Höhe. »Mein Assistent wird es ausdrucken und rahmen, und bevor Sie heute Abend nach Hause gehen, Cathy, können Sie es hier abholen.«

»Pass auf, du Quasselstrippe!«, rief jemand in der ersten Reihe. »Die Kleine fällt in Ohnmacht!«

Was aber nicht der Fall war. Sie schwankte nur ein wenig auf den Beinen.

Wer in Ohnmacht fiel, war ich.

Als ich die Augen wieder aufschlug, lag ich in einem schmalen Doppelbett. Man hatte mir die Decke bis zum Kinn hochgezogen. Als ich nach rechts blickte, sah ich eine Wand mit einer Täfelung im Holzdekor. In linker Richtung sah ich eine hübsche kleine Kochnische: Kühlschrank, Spülbecken, Mikrowelle. Dahinter standen eine Couch und ein Esstisch mit vier Stühlen; im Wohnbereich gab es sogar einen bequemen Sessel vor dem in die Wand eingebauten Fernseher. Ich konnte den Kopf zwar nicht so weit recken, dass ich in die Fahrerkabine blicken konnte, aber als wandernder Musiker, der Zehntausende Meilen in ähnlichen (wenn auch meist nicht so sauber aufgeräumten) Gefährten gereist war, wusste ich trotzdem, wo ich mich befand: in einem großen Wohnmobil, wahrscheinlich einem Bounder. Im rollenden Zuhause von jemand, der gerade nicht zu Hause war.

Mir war so heiß, als müsste ich verbrennen. Mein Mund war trocken wie Straßenstaub. Außerdem hatte ich üble Entzugserscheinungen. Ich schob die Bettdecke nach unten und fing sofort zu zittern an. Ein Schatten fiel über mich. Es war Jacobs, der etwas Wunderbares in der Hand hielt: Orangensaft in einem hohen Glas, aus dem ein gebogener Strohhalm ragte. Noch besser als das wäre nur eine gefüllte Spritze gewesen, aber eins nach dem anderen. Ich streckte die Hand nach dem Glas aus.

Er zog zuerst wieder die Decke hoch, dann ließ er sich neben dem Bett auf ein Knie nieder.

»Langsam, Jamie. Du bist leider ziemlich krank.«

Ich trank, was meinem Hals unglaublich guttat. Als ich versuchte, das Glas zu ergreifen, um den restlichen Inhalt hinunterzustürzen, hielt Jacobs es von mir weg.

»Langsam, habe ich gesagt.«

Ich ließ die Hand sinken, worauf er mir einen weiteren Schluck genehmigte. Den vertrug ich gut, aber beim dritten verkrampfte sich mein Magen, und das Zittern war wieder da. Das war nicht die Grippe.

»Ich brauche Stoff«, sagte ich. Das war kaum der passende Satz, um die Bekanntschaft mit meinem früheren Pfarrer und erstem erwachsenen Freund aufzufrischen, aber ein bedürftiger Junkie kannte keine Scham. Außerdem hatte mein Gastgeber womöglich selbst ein oder zwei Leichen im Keller. Weshalb sonst wäre er unter dem Namen Dan statt Charles Jacobs aufgetreten?

»Ja, die Spuren sind nicht zu übersehen«, sagte er. »Und ich habe vor, dich damit zu versorgen, zumindest bis du mit der Infektion fertig geworden bist, die in deinem Körper wütet. Sonst erbrichst du noch alles, womit ich dich füttere, und das wollen wir ja nicht, oder? So wie du aussiehst, hast du schließlich mindestens fünfzig Pfund Untergewicht.«

Aus seiner Tasche zog er ein braunes Fläschchen, an dessen Kappe ein kleiner Löffel befestigt war. Ich griff danach. Er schüttelte den Kopf und hielt das Fläschchen von mir weg.

»Wie gehabt. Was hier passiert, bestimme ich.«

Er schraubte die Kappe auf, schüttete einen winzigen Löffel schmutzig graues Pulver heraus und hielt es mir unter die Nase. Ich schnupfte es direkt in mein rechtes Nasenloch. Mit der zweiten Portion bedachte ich das linke. Es war zwar nicht das, was ich brauchte – genauer gesagt, nicht *genug* von dem, was ich brauchte –, aber das Zittern ließ nach, und ich hatte nicht länger das Gefühl, ich müsste den guten kalten Orangensaft wieder auskotzen.

»Jetzt kannst du schlafen«, sagte er. »Oder dösen, wenn du es lieber so ausdrückst. Ich mache dir inzwischen etwas Hühnersuppe. Aus der Dose, also wird sie nicht ganz so wie von deiner Mutter schmecken, aber was anderes habe ich nicht.«

»Ich weiß nicht, ob ich so was drinbehalten kann«, sagte ich, aber wie sich herausstellte, konnte ich es. Als ich den Becher, den er mir hinhielt, ausgetrunken hatte, bat ich um weiteres Dope. Er verabreichte mir zwei äußerst geizige Portionen.

»Wo haben Sie das eigentlich her?«, fragte ich, während er das Fläschchen in der Vordertasche der Jeans, die er jetzt trug, verschwinden ließ.

Er lächelte. Das Lächeln ließ sein Gesicht erstrahlen, und er sah wieder so aus wie damals, als er fünfundzwanzig gewesen war, mit einer Frau, die er liebte, und einem Sohn, den er vergötterte. »Jamie, ich bin schon lange auf Jahrmärkten zu Hause«, sagte er. »Wenn ich keine Drogen auftreiben könnte, wäre ich entweder blind oder ein Volltrottel.«

»Ich brauche mehr. Ich brauche einen Schuss.«

»Den brauchst du nicht, den willst du *haben*, aber von mir kriegst du ihn nicht. Schließlich will ich dich nicht dabei unterstützen, high zu werden. Ich will bloß nicht, dass du Krämpfe bekommst und hier in meinem Wohnmobil zugrunde gehst. Schlaf jetzt. Es ist gleich Mitternacht. Wenn es dir morgen früh besser geht, haben wir allerhand zu besprechen, unter anderem wie du den Affen loswirst, den du schiebst. Sollte es dir nicht besser gehen, bringe ich dich entweder ins St. Francis oder ins medizinische Zentrum der OSU.«

»Viel Glück bei dem Versuch, mich dort aufnehmen zu lassen«, sagte ich. »Ich bin so gut wie pleite, und meine Krankenversicherung besteht aus Aspirin vom Supermarkt.«

»Wie Scarlett O'Hara so schön sagt, aber nicht heute, verschieben wir es auf morgen.«

»Blödes Gerede«, krächzte ich.

»Wenn du meinst.«

»Geben Sie mir noch ein bisschen was.« Die kurzen Sniffs, die er mir genehmigt hatte, waren für mich in etwa so hilfreich wie eine Marlboro Light für jemand, der sein ganzes Leben lang Chesterfield Kings geraucht hat, aber selbst kurze Sniffs waren besser als nichts.

Er dachte nach, dann verabreichte er mir zwei weitere Hits. Noch kärglicher als die letzten zwei.

»Da gebe ich einem Mann mit einer üblen Grippe Heroin«, sagte er und gluckste. »Ich muss verrückt sein.«

Ich schielte unter die Decke und sah, dass er mich bis auf die Unterhose ausgezogen hatte. »Wo sind meine Sachen?«

»Im Kleiderschrank. Leider musste ich damit Abstand zu meinen halten. Sie hatten etwas Hautgout.«

»In der Vordertasche meiner Jeans steckt mein Portemonnaie. Da ist ein Aufbewahrungszettel für meine Reisetasche und meine Gitarre drin. Die Klamotten sind mir egal, die Gitarre nicht.«

»Busstation oder Bahnhof?«

»Busstation.« Das Dope war nur in Pulverform und in medizinischen Dosen verabreicht worden, aber entweder war es sehr guter Stoff, oder es wirkte in meinem ausgelaugten Körper besonders gut. Die Suppe wärmte mir den Bauch, und meine Augenlider fühlten sich wie Bleigewichte an.

»Schlaf jetzt, Jamie«, sagte er und drückte mir sanft die Schulter. »Wenn du mit dieser Krankheit fertigwerden willst, musst du schlafen.«

Ich ließ mich aufs Kissen sinken, das wesentlich weicher war als das in meinem Zimmer im Fairgrounds Inn. »Wieso nennen Sie sich eigentlich Dan?«

»Weil es mein Name ist. Charles Daniel Jacobs. Und jetzt schlaf.«

Nichts lieber als das, aber vorher musste ich noch etwas anderes fragen. Erwachsene veränderten sich, klar, aber wenn sie nicht an einer sie auszehrenden Krankheit litten oder durch einen Unfall entstellt worden waren, konnte man sie normalerweise wiedererkennen. Kinder hingegen ...

»Sie haben mich erkannt, das konnte ich sehen. Wie?«

»Weil deine Mutter Laura in deinem Gesicht lebendig ist, Jamie. Ich hoffe, es geht ihr gut.«

»Sie ist tot. Claire ebenfalls.«

Ich weiß nicht, wie er darauf reagierte. Ich hatte die Augen geschlossen, und zehn Sekunden später war ich eingeschlafen.

Als ich aufwachte, fühlte mein Körper sich kühler an, aber dafür zitterte ich wieder, und zwar stark. Jacobs legte mir einen Fieberstreifen aus dem Drugstore auf die Stirn, hielt ihn etwa eine Minute dort fest und nickte dann. »Wahrscheinlich überlebst du«, sagte er und verabreichte mir zwei weitere Miniaturportionen aus dem braunen Fläschchen. »Kannst du aufstehen, um etwas Rührei zu essen?«

»Zuerst aufs Klo.«

Er zeigte darauf, und ich tappte in das kleine Kabuff, wobei ich mich an verschiedenen Dingen festhielt. Ich musste nur pinkeln, war jedoch zum Stehen zu schwach, weshalb ich mich setzte und es wie ein Mädchen tat. Als ich herauskam, briet Jacobs pfeifend Rührei. Mir knurrte der Magen. Ich versuchte mich zu erinnern, wann ich das letzte Mal etwas Gehaltvolleres als Dosensuppe gegessen hatte. Was mir einfiel, war ein Imbiss in der Garderobe, vor meinem letzten Auftritt. Das war jetzt zwei Tage her. Ob ich seither überhaupt etwas zu mir genommen hatte, konnte ich beim besten Willen nicht sagen.

»Iss langsam«, sagte Jacobs, während er den Teller auf den Esstisch stellte. »Schließlich willst du das Zeug nicht gleich wieder auskotzen, oder?«

Ich gehorchte und aß langsam alles auf. Jacobs saß mir gegenüber und trank Kaffee. Als ich auch um welchen bat, schenkte er mir eine halbe Tasse ein, die stark nach Kaffeesahne schmeckte.

»Der Trick mit dem Bild«, sagte ich. »Wie haben Sie das gemacht?«

»Wieso Trick? Das verletzt mich. Das Bild auf der Leinwand ist mit einer phosphoreszierenden Substanz beschichtet. Die Kamera ist nicht nur ein Fotoapparat, sondern auch ein elektrischer Generator ...«

»Das hab ich schon kapiert.«

»Der Blitz ist sehr kraftvoll und sehr ... speziell. Er projiziert das Bild der Person vor der Kamera auf das der Frau im Abendkleid. Lange ist es nicht vorhanden, dafür ist die Fläche zu groß. Die Bilder, die ich anschließend verkaufe, halten wesentlich länger.«

»So lange, dass man sie seinen Enkelkindern zeigen kann? Wirklich und wahrhaftig?«

»Na ja«, sagte er. »Das nicht.«

»Wie lange dann?«

»Zwei Jahre. Mehr oder weniger.«

»Bis dahin sind Sie natürlich über alle Berge.«

»Richtig. Aber die Bilder, auf die es ankommt ...« Er tippte sich an die Schläfe. »Hier oben. Das gilt für uns alle. Meinst du nicht auch?«

»Aber ... Reverend Jacobs ...«

Einen kurzen Moment sah ich den Mann vor mir, der damals, als Lyndon B. Johnson Präsident gewesen war, die Furchtbare Predigt gehalten hatte. »Bitte nenn mich nicht so. Sag einfach Dan zu mir. Der bin ich jetzt nämlich. Dan, der Mann mit den Blitzporträts. Oder Charlie, wenn du dich damit wohler fühlst.«

»Aber sie hat sich umgedreht. Das Mädchen auf der Leinwand hat eine vollständige Drehung vollführt.«

»Ein simpler Trick der Filmprojektion.« Während er das sagte, wandte er allerdings den Blick ab. Dann sah er mich wieder an. »Willst du, dass es dir wieder besser geht, Jamie?«

»Mir geht's doch schon besser. War wohl bloß eine von den Sachen, die vierundzwanzig Stunden dauern.«

»Das ist keine Sache von vierundzwanzig Stunden, es ist die Grippe, und wenn du versuchst, von hier aus zur Busstation zu marschieren, liegst du mittags wieder flach. Bleib hier, dann wird es dir in einigen Tagen wahrscheinlich besser gehen. Aber wovon ich spreche, ist nicht die Grippe.«

»Mit mir ist alles in Ordnung«, sagte ich, aber jetzt war ich an der Reihe, den Blick abzuwenden. Was meine Augen wieder nach vorn wandern ließ, war das braune Fläschchen. Er hielt es am Löffel und ließ es an seiner kleinen Silberkette wie das Amulett eines Hypnotiseurs hin und her schwingen. Ich griff danach. Er zog es weg.

»Wie lange nimmst du das Zeug schon?«

»Heroin? Etwa drei Jahre.« Eigentlich waren es sechs. »Ich hatte einen Motorradunfall. Hab mir die Hüfte und das Bein ruiniert. Da hat man mir Morphium gegeben ...«

»Natürlich hat man das.«

»... und mich später auf Kodein umgestellt. Das war beschissen, weshalb ich angefangen habe, die Pillen mit Hustensirup runterzuspülen. Terpinhydrat. Schon davon gehört?«

»Soll das ein Witz sein? Unter Schaustellern bezeichnet man es als GI-Gin.«

»Mein Bein ist geheilt, aber nicht vollständig. Dann hat mich – ich war in einer Band namens Andersonville Rockers, oder vielleicht hatte die sich damals auch schon in Georgia Giants umbenannt –, jedenfalls hat mich ein Typ mit Tussionex bekannt gemacht. Das war ein großer Schritt in die richtige Richtung, was die Beherrschung der Schmerzen anging. Sagen Sie mal, wollen Sie das wirklich hören?«

»Auf jeden Fall.«

Ich zuckte die Achseln, als wäre es mir gleichgültig, aber es erleichterte mich, darüber zu sprechen. Vor jenem Tag in Jacobs' Wohnmobil hatte ich das noch nie getan. In den Bands, in denen ich spielte, schob man so etwas einfach beiseite und kümmerte sich nicht weiter darum. Jedenfalls solange ein Bandmitglied überhaupt auftauchte und sich an die Akkorde von »In the Midnight Hour« erinnerte – was wirklich keine große Kunst ist, das kann man mir glauben.

»Das ist ein anderer Hustensirup. Stärker als Terpinhydrat, aber nur wenn man weiß, wie man an das richtig gute Zeug rankommt. Zu diesem Zweck bindet man eine Schnur um den Flaschenhals und lässt das Ding wie ein Irrer kreisen. Die Zentrifugalkraft trennt den Sirup in drei Schichten. Das gute Zeug – das Hydrocodon – befindet sich in der Mitte. Um es aufzusaugen, braucht man nur noch einen Strohhalm.«

»Faszinierend.«

Kommt drauf an, dachte ich. »Nach einer Weile habe ich allerdings wieder Morphium genommen, wenn ich trotzdem Schmerzen hatte. Dann habe ich herausgefunden, dass Heroin ebenfalls wirkt, und zwar zum halben Preis.« Ich grinste. »Der Drogenmarkt verhält sich nämlich wie die Börsenkurse. Als alle anfingen, Crack zu nehmen, ist der Preis von Äitsch in den Keller gefallen.«

»Dein Bein sieht ganz ordentlich aus, finde ich«, sagte er milde. »Es hat eine schlimme Narbe, und offensichtlich ist ein gewisser Muskelschwund vorhanden, aber nicht in besonderem Maß. Da hat der Chirurg gut gearbeitet.«

»Ich kann gehen, ja. Aber versuchen Sie mal, abends drei Stunden lang auf einem Bein zu stehen, das voller Metallnägel und Schrauben ist, unter heißem Scheinwerferlicht und mit einer mehrere Kilo schweren Gitarre um die Schultern. Sie können mir gern Vorhaltungen machen, das bin ich Ihnen wohl schuldig, weil Sie mich aufgehoben haben, als ich am Boden lag, aber erzählen Sie mir nichts über Schmerzen. Darüber weiß niemand was, wenn er es nicht am eigenen Leib erfahren hat.«

Er nickte. »Als jemand, der selber gelitten hat, unter ... Verlusten, kann ich das gut verstehen. Aber ich will dir was sagen, was du sicher schon weißt, jedenfalls tief in dir drin. In Wirklichkeit toben die Schmerzen in deinem Gehirn, auch wenn du dafür dein Bein verantwortlich machst. Das menschliche Gehirn ist darin sehr geschickt.«

Er steckte sich das Fläschchen wieder in die Tasche (ich sah es mit tiefem Bedauern verschwinden), beugte sich vor und sah mir direkt in die Augen.

»Wie auch immer, ich glaube, ich kann dir mit einer elektrischen Behandlung helfen. Ohne jede Garantie, und vielleicht ist der mentale Aspekt deiner Sucht dann nicht für immer geheilt, aber ich kann dir höchstwahrscheinlich etwas verschaffen, was man als Spielraum bezeichnen könnte.«

»So wie Sie Connie geheilt haben, nehme ich an. Nachdem sein Freund ihn mit dem Skistock erwischt hat.«

Er blickte überrascht drein, dann lachte er. »Daran erinnerst du dich also.«

»Natürlich! Wie könnte ich das je vergessen?« Nebenbei erinnerte ich mich daran, wie Con sich nach der Furchtbaren Predigt geweigert hatte, mich noch einmal zum Pfarrhaus zu begleiten. Das war zwar nicht ganz dasselbe gewesen wie die Verleugnung Jesu durch Petrus, aber doch etwas in der Richtung.

»Tja, das war bestenfalls eine zweifelhafte Behandlung, Jamie. Da ging es wohl eher um den Placeboeffekt. Ich biete dir jetzt eine *echte* Behandlung an, eine, die den schmerzhaften Entzugsprozess kurzschließen wird. Glaube ich wenigstens.«

»Was sollten Sie auch sonst sagen.«

»Du beurteilst mich nach der Rolle, die ich auf dem Rummelplatz spiele. Aber die ist nicht mehr als das, was sie ist, Jamie, nämlich eine Rolle. Wenn ich nicht gerade meinen schwarzen Anzug trage und meinen Lebensunterhalt verdiene, versuche ich, die Wahrheit zu sagen. Übrigens sage ich sogar auf der Bühne hauptsächlich die Wahrheit. Die Aufnahme von Miss Cathy Morse wird deren Freundeskreis tatsächlich in Staunen versetzen.«

»Ja«, sagte ich. »Jedenfalls für zwei Jahre. Mehr oder weniger.«

»Hör auf, mir auszuweichen, und beantworte meine Frage. Willst du, dass es dir besser geht?«

Mir kam das PS der Nachricht in den Sinn, die Kelly Van Dorn mir unter der Tür durchgeschoben hatte. In einem Jahr würde ich im Gefängnis hocken, wenn ich mich nicht zusammenriss, hatte er geschrieben. Und das auch nur, wenn ich Glück hätte.

»Ich habe vor drei Jahren schon mal aufgehört.« Das stimmte mehr oder weniger; allerdings hatte ich während dieser Zeit am Marihuanasubstitutionsprogramm teilgenommen. »Hab mich redlich angestrengt und alles durchgemacht, das Zittern, die Schweißausbrüche und den Dünnschiss. Mein Bein hat so dermaßen wehgetan, dass ich kaum noch humpeln konnte. Es ist irgendein Nervenschaden.«

»Ich glaube, um den kann ich mich auch kümmern.«

»Was sind Sie eigentlich, so was wie ein Wundertäter? Wollen Sie mir das allen Ernstes weismachen?«

Er hatte neben dem Bett auf dem Teppichboden gehockt. Nun erhob er sich. »Das reicht jetzt erst einmal. Du musst schlafen. Schließlich bist du noch lange nicht gesund.«

»Dann geben Sie mir etwas, was mir hilft.«

Das tat er ohne Widerspruch, und es half mir. Nur half es mir nicht genug. Damals, 1992, kam echte Hilfe nur durch die Nadel. Es gab nichts anderes. Man konnte nicht einfach einen Zauberstab schwenken, um diesen beschissenen Zustand zu kurieren.

Glaubte ich jedenfalls.

In Jacobs' Wohnmobil blieb ich über eine halbe Woche, in der ich von Suppe, Sandwiches und nasal verabreichten Dosen Heroin lebte, die gerade mal ausreichten, das schlimmste Zittern im Zaum zu halten. Er holte meine Gitarre und meine Reisetasche ab. In Letzterer verwahrte ich ein zusätzliches Injektionsbesteck, aber als ich nachschaute, war es verschwunden. Das war am zweiten Abend, während Jacobs wieder seine Porträts in Blitzen verhökerte. Später bettelte ich ihn an, mir das Besteck zurückzugeben, zusammen mit genügend Heroin, dass ich es aufkochen und spritzen konnte.

»Nein«, sagte er. »Wenn du fixen willst ...«

»Ich hab's mir nur unter die Haut gespritzt!«

Er warf mir einen gönnerhaften Blick zu. »Wenn du das willst, musst du die geeigneten Instrumente selber auftreiben. Falls es dir heute noch nicht gut genug geht, das zu tun, wird es morgen so weit sein, und an einem Ort wie diesem hier brauchst du bestimmt nicht lange. Aber komm dann bloß nicht wieder hierher zurück.«

»Wann bekomme ich denn diese angebliche Wunderkur verabreicht?«

»Wenn du dich so weit erholt hast, dass du eine kleine Anwendung von Elektrizität an deinem Frontallappen aushältst.«

Als ich das hörte, fröstelte es mich. Ich schwang die Beine aus seinem Bett (er schlief auf dem Ausklappsofa) und sah zu, wie er seine Bühnenkleidung auszog, sie sorgfältig aufhängte und in einen einfachen weißen Pyjama von der Sorte schlüpfte, wie sie in Horrorfilmen von den Insassen im Irrenhaus getragen wurden. Manchmal fragte ich mich, ob er nicht selbst in eine solche Institution gehörte, und zwar nicht deshalb, weil er auf dem Jahrmarkt eine Wunderschau abzog. Manchmal – besonders wenn er über die Heilkräfte der Elektrizität sprach – trat in seine Augen ein Ausdruck, der mir geistig nicht recht gesund vorkam. So ähnlich hatte er auch dreingeblickt, als er sich in Harlow um Amt und Würden gepredigt hatte.

»Charlie ...« So nannte ich ihn inzwischen. »Handelt es sich etwa um eine Elektroschockbehandlung?«

Er sah mich nüchtern an, während er seinen weißen Irrenhauspyjama zuknöpfte. »Ja und nein. Gewiss nicht im herkömmlichen Sinn, weil ich nämlich nicht vorhabe, dich mit gewöhnlicher Elektrizität zu behandeln. Meine Sprüche auf der Bühne klingen unglaubwürdig, weil die Leute das so wollen. Die kommen nicht der Realität wegen zu mir, Jamie, sondern der Fantasie wegen. Aber es gibt tatsächlich eine geheime Elektrizität, die mannigfaltige Verwendungsmöglichkeiten bietet. Die habe ich nur noch nicht alle entdeckt, auch die nicht, die mich am meisten interessiert.«

»Wollen Sie mir das vielleicht genauer erklären?«

»Nein. Ich habe mehrere erschöpfende Auftritte hinter mir

und brauche meinen Schlaf. Ich hoffe, du bist morgen immer noch da, aber falls nicht, war es deine eigene Wahl.«

»Früher hätten Sie gesagt, es gibt keine echten Wahlmöglichkeiten, nur den Willen Gottes.«

»Da war ich ein anderer Mensch. Ein junger Kerl mit naiven Vorstellungen. Wünschst du mir eine gute Nacht?«

Das tat ich, und dann legte ich mich wieder in das Bett, auf das er zu meinen Gunsten verzichtete. Er war kein Prediger mehr, aber in vieler Hinsicht immer noch ein guter Samariter. Ich war zwar nicht nackt gewesen wie der Mann, der auf dem Weg nach Jericho von Räubern überfallen worden war, aber das Heroin hatte mir zweifellos viel geraubt. Er hatte mich aufgepäppelt, mir Obdach gegeben und mir genügend zum Ballern besorgt, dass ich nicht den Verstand verlor. Die Frage war nun, ob ich ihm eine Chance geben sollte, meine Gehirnwellen flachzupusten oder nicht. Falls er mich nicht glatt umbrachte, indem er mir einige Megavolt »spezielle« Elektrizität in den Kopf schoss.

Fünfmal, möglicherweise sogar zehn- oder zwölfmal überlegte ich ernsthaft, aufzustehen und mich über den Jahrmarkt zu schleppen, bis ich jemand fand, der mir das verkaufte, was ich brauchte. Das Verlangen danach war wie die Spitze eines Bohrers, der immer tiefer in meinen Kopf vordrang. Nasal verabreichte Minimalportionen brachten nichts. Ich brauchte einen großen Schuss direkt ins Zentralnervensystem. Einmal schwang ich tatsächlich die Beine aus dem Bett und griff nach meinem T-Shirt, entschlossen, es endlich hinter mich zu bringen, doch dann legte ich mich wieder hin, zitternd und schwitzend und zuckend.

Endlich versank ich allmählich in Schlaf. Ich ließ es einfach geschehen und dachte: *Morgen. Morgen mache ich mich auf die Socken.* Aber ich blieb. Und an meinem fünften Morgen – ich glaube jedenfalls, dass es der fünfte war – setzte Jacobs sich ans Lenkrad seines Wohnmobils, ließ den Motor an und sagte: »Machen wir eine Spazierfahrt.«

Ich hatte keine Wahl, so ich nicht die Tür öffnen und aus dem Wagen springen wollte, denn wir waren bereits unterwegs.

VI

Die elektrische Behandlung. Ein nächtlicher Ausflug. Ein wütender Farmer. Eine Fahrkarte für den Mountain Express.

Die elektrische Werkstatt von Jacobs befand sich im Westen von Tulsa. Ich weiß nicht, wie dieser Stadtteil heute aussieht, aber 1992, war er ein trostloses Industriegebiet, in dem viele Firmen entweder bereits erledigt waren oder kurz davor standen. Jacobs bog auf den Parkplatz eines heruntergekommenen Einkaufszentrums in der Olympia Avenue ein und blieb vor einem Schuppen stehen, den ein Schild als Karosseriewerkstatt auswies.

»Die stand lange leer, hat der Immobilienmakler mir gesagt«, sagte Jacobs. Er trug ausgeblichene Jeans und ein blaues Golfhemd. Seine Haare waren gewaschen und gekämmt, seine Augen funkelten vor Erregung. Ich musste ihn nur anschauen, um nervös zu werden. »Ich musste einen Mietvertrag für ein ganzes Jahr abschließen, aber es war trotzdem spottbillig. Komm rein.«

»Sie sollten das alte Schild abnehmen und ein eigenes anbringen«, sagte ich und zeichnete mit Händen, die lediglich leicht zitterten, einen Rahmen in die Luft. »Porträts in Blitzen, Eigentümer C. D. Jacobs. Würde sich bestimmt gut machen.«

»So lange werde ich nicht in Tulsa bleiben«, sagte er. »Und die Porträts dienen eigentlich nur dazu, mir den Lebensunterhalt zu sichern, während ich meine Experimente durchführe. Seit meiner Zeit als Pfarrer habe ich zwar schon einen weiten Weg zurückgelegt, aber es liegt noch eine lange Strecke vor mir. Unvorstellbar lang. Aber komm rein, Jamie. Komm.«

Er schloss die Tür auf, und wir durchquerten ein unmöbliertes Büro, auf dessen schmierigem Linoleum noch die Stellen sichtbar waren, wo einst die Tischbeine gestanden hatten. An der

Wand hing ein sich kräuselnder Kalender, dessen erstes Blatt aus dem April 1989 stammte.

Die Werkstatt dahinter hatte ein Wellblechdach. Die Septembersonne brannte vom Himmel, trotzdem war es nicht brütend heiß, sondern wunderbar kühl. Ich hörte das Flüstern einer Klimaanlage. Als Jacobs eine Reihe von Schaltern umlegte – kürzlich modifiziert, was man daran sah, dass die Kabel provisorisch aus den unverschlossenen Öffnungen ragten –, flammten ein Dutzend strahlend helle Lampen auf. Wären da nicht der ölfleckige Betonboden und die beiden rechteckigen Schächte gewesen, wo früher die Hebebühnen gestanden hatten, hätte man sich wie in einem Operationssaal fühlen können.

»Kostet sicher ein Vermögen, hier eine Klimaanlage laufen zu lassen«, sagte ich. »Vor allem wenn die ganzen Lampen brennen.«

»Ganz im Gegenteil. Die Kühlaggregate habe ich selbst entworfen. Sie verbrauchen nur sehr wenig Strom, den ich zudem größtenteils selbst erzeuge. Theoretisch könnte ich den ganzen Strom erzeugen, aber ich will nicht, dass das Elektrizitätswerk jemand schickt, der hier herumschnüffelt, ob ich wohl irgendwie Strom klaue. Was die Lampen angeht ... du könntest die Birnen darin mit der Hand anfassen, ohne dich zu verbrennen. Deine Haut würde nicht einmal warm werden.«

Unsere Schritte hallten in dem leeren Raum wider. Unsere Stimmen ebenfalls. Es war, als würden wir von Phantomen begleitet. *Den Eindruck hab ich bloß, weil ich auf Entzug bin*, redete ich mir ein.

»Hören Sie, Charlie – Sie pfuschen hier doch nicht etwa mit was Radioaktivem herum, oder?«

Er verzog das Gesicht und schüttelte den Kopf. »An Nuklearenergie habe ich keinerlei Interesse. Das ist Energie für Idioten. Eine Sackgasse.«

»Wie erzeugen Sie den Strom dann?«

»Elektrizität bringt Elektrizität hervor, wenn man weiß, was man tut. Dabei wollen wir es belassen. Komm mal hier rüber, Jamie.«

Am Ende des Raums standen drei oder vier lange Tische mit elektrischen Geräten. Ich erkannte ein Oszilloskop, ein Spektrometer und mehrere Dinger, die wie Marshall-Verstärker aussahen, aber eventuell irgendeine Art Batterien waren. Außerdem sah ich ein Bedienungspult, das weitgehend auseinandergenommen war, und mehrere aufeinandergestapelte Konsolen mit dunklen Skalenscheiben. Dicke Stromkabel schlängelten sich in alle erdenklichen Richtungen. Manche verschwanden in geschlossenen Metallbehältern, die früher vielleicht einmal Werkzeugkästen gewesen waren, andere führten zu den dunklen Steuergeräten.

Vielleicht ist das alles reine Fantasie, dachte ich. *Geräte, die nur in seiner Imagination zum Leben erwachen.* Allerdings waren die Porträts in Blitzen durchaus echt. Ich hatte zwar keine Ahnung, wie er sie zustande brachte – seine Erklärung war nämlich bestenfalls vage gewesen –, aber er brachte sie zustande. Und obwohl ich direkt unter einer der hell strahlenden Lampen stand, schien diese keinerlei Wärme zu verbreiten.

»Sieht nicht so aus, als wäre hier viel anzuschauen«, sagte ich zweifelnd. »Ich hätte mehr erwartet.«

»Blitzende Lichter! Verchromte Messerschalter, die aus Steuerpulten wie in einem Science-Fiction-Film ragen! Bildschirme à la *Star Trek!* Am besten auch noch eine Teleportationskabine oder ein Hologramm der Arche Noah in einer Nebelkammer!« Er lachte vergnügt.

»Nichts in der Art«, sagte ich, obwohl er den Nagel mehr oder weniger auf den Kopf getroffen hatte. »Es kommt mir bloß irgendwie ... karg vor.«

»Das ist es auch. Ich bin so weit gegangen, wie es mir momentan möglich ist. Einen Teil meiner Ausrüstung habe ich verkauft. Andere Geräte – brisanteren Charakters – habe ich auseinandergenommen und eingelagert. Ich habe in Tulsa gute Arbeit geleistet, vor allem da ich so wenig freie Zeit zur Verfügung habe. Leib und Seele zusammenzuhalten ist eine lästige Sache, wie du wohl selber weißt.«

Das wusste ich definitiv.

»Dennoch habe ich gewisse Fortschritte in Richtung meines höchsten Ziels gemacht. Nun muss ich nachdenken, und das kann ich wahrscheinlich nicht, wenn jeden Abend ein halbes Dutzend Auftritte auf mich warten.«

»Und was ist Ihr höchstes Ziel?«

Auch diese Frage ignorierte er. »Komm hierher, Jamie. Möchtest du vielleicht eine kleine Stärkung, bevor wir anfangen?«

Ich war mir nicht sicher, dass ich tatsächlich anfangen wollte, aber eine Stärkung wollte ich auf jeden Fall. Nicht zum ersten Mal überlegte ich, ob ich ihm das braune Fläschchen entreißen und davonlaufen sollte. Nur hätte er mich wahrscheinlich eingeholt und es mir wieder abgenommen. Ich war jünger und von der Grippe schon fast wieder genesen, aber er war trotzdem besser in Form. Unter anderem hatte er sich nicht bei einem Motorradunfall Hüfte und Bein zertrümmert.

Er ergriff einen mit Farbe bekleckten Holzstuhl und stellte ihn vor einen der schwarzen Kästen, die wie Marshall-Verstärker aussahen. »Setz dich hierhin.«

Das tat ich jedoch nicht, jedenfalls nicht sofort. Auf einem der Tische stand ein Bild in einem kleinen Aufstellrahmen. Als er sah, wie ich danach griff, machte er eine Bewegung, als wollte er mich daran hindern. Dann blieb er einfach stehen.

Ein Lied im Radio kann die Vergangenheit mit jäher (wenn auch glücklicherweise vorübergehender) Unmittelbarkeit wiederbringen: der erste Kuss, ein schöner Tag mit Freunden, ein unglücklicher Lebensabschnitt. So kann ich nie »Go Your Own Way« von Fleetwood Mac hören, ohne an die qualvollen letzten Wochen meiner Mutter zu denken; in jenem Frühling schien dieser Titel jedes Mal genau dann im Radio zu laufen, wenn ich es einschaltete. Ein Bild kann dieselbe Wirkung zeitigen. Als ich das in meiner Hand betrachtete, war ich urplötzlich wieder acht Jahre alt. Meine Schwester half Morrie in der Spielzeugecke dabei, Dominos aufzustellen, während Patsy Jacobs »Bringing in the Sheaves« spielte. Sie wiegte sich auf dem Klavierhocker im

Takt, sodass ihr glattes, blondes Haar von einer Seite zur anderen schwang.

Das Bild war eine Studioaufnahme, auf der Patsy eines jener bauschigen, knöchellangen Kleider trug, die schon vor Jahren außer Mode gekommen waren. An ihr sah es trotzdem gut aus. Ihr Sohn saß in kurzen Hosen und Pullunder auf ihrem Schoß. An seinem Hinterkopf ragte ein Haarwirbel in die Höhe, an den ich mich gut erinnerte.

»Wir haben ihn immer Morrie das Klettchen genannt«, sagte ich, während ich mit den Fingern leicht über das Glas strich.

»Ach ja?«

Ich blickte nicht auf. Seine Stimme klang so unsicher, dass ich Angst vor dem hatte, was in seinen Augen möglicherweise zu sehen war. »Ja. Und wir Jungs waren alle in Ihre Frau verliebt. Claire ebenfalls. Ich glaube, sie wollte so wie Mrs. Jacobs werden.«

Bei dem Gedanken an meine Schwester traten mir Tränen in die Augen. Ich könnte jetzt behaupten, das hätte nur daran gelegen, dass ich körperlich so geschwächt war und nach Stoff gierte, was auch die Wahrheit wäre, aber nicht die ganze Wahrheit.

Ich wischte mir mit dem Ärmel übers Gesicht und stellte das Bild wieder hin. Als ich aufsah, fummelte Jacobs an einem Spannungsregler herum, der nicht so aussah, als müsste man daran herumfummeln. »Haben Sie eigentlich nie wieder geheiratet?«

»Nein«, sagte er. »Nicht mal im Traum. Patsy und Morrie waren alles, was ich wollte. Brauchte. Es vergeht kein Tag, an dem ich nicht an die beiden denke, kein Monat, in dem ich keinen Traum träume, in dem sie noch am Leben sind. Dann glaube ich, der Unfall war ein Traum. Und dann wache ich auf. Sag mal, Jamie ... deine Mutter und deine Schwester. Fragst du dich manchmal, wo die jetzt sind? Falls sie überhaupt noch irgendwo sind?«

»Nein.« Sämtliche Reste meines Glaubens, die die Furchtbare Predigt überlebt hatten, waren in der Highschool und im College verdorrt.

»Aha. Ich verstehe.« Er legte den Spannungsregler weg und stellte das Ding an, das wie ein Marshall-Verstärker aussah – die Sorte Verstärker, die Bands, bei denen ich spielte, sich nur selten leisten konnten. Das Gerät summte, aber nicht wie ein Verstärker. Dieses Geräusch war leiser und beinahe musikalisch. »Tja, dann wollen wir mal, nicht wahr?«

Ich betrachtete den Stuhl, ohne mich daraufzusetzen. »Sie wollten mir doch zuerst eine kleine Stärkung verabreichen.«

»Das wollte ich.« Er zog das braune Fläschchen hervor, überlegte kurz und überreichte es mir dann. »Da wir hoffen können, dass dies dein letztes Mal ist, kannst du dir ja selber die Ehre geben. Was meinst du?«

Darum ließ ich mich nicht zweimal bitten. Ich schnupfte zwei gehäufte Löffel und hätte die Dosis gleich verdoppelt, wenn er mir nicht das Fläschchen aus der Hand gerissen hätte. Trotzdem öffnete sich in meinem Kopf ein Fenster und gab den Blick auf einen tropischen Strand frei. Eine milde Brise zog herein, und plötzlich kümmerte ich mich nicht mehr darum, was möglicherweise aus meinen Hirnwellen wurde. Ich setzte mich auf den Stuhl.

Jacobs öffnete einen von mehreren Wandschränken und holte einen ramponierten, von Klebeband zusammengehaltenen Kopfhörer heraus, dessen Ohrpolster von einem feinen Drahtgeflecht überzogen waren. Er stöpselte das Kabel in das verstärkerähnliche Gerät und hielt ihn mir hin.

»Wenn ich ›In-A-Gadda-Da-Vida‹ höre, ergreife ich sofort die Flucht«, sagte ich.

Er lächelte, ohne etwas zu erwidern.

Ich setzte den Kopfhörer auf. Das Drahtgeflecht drückte sich kühl an meine Ohren. »Haben Sie das eigentlich schon mal an jemand andres ausprobiert?«, fragte ich. »Tut es weh?«

»Weh tut es nicht«, sagte er, ohne auf die andere Frage einzugehen. In scheinbarem Widerspruch zu dieser Behauptung reichte er mir einen Mundschutz von der Art, wie ihn Basketballspieler manchmal trugen, und grinste, als er meinen Gesichtsausdruck sah.

»Nur eine Vorsichtsmaßnahme. Steck ihn rein.«

Ich tat wie geheißen.

Aus der Hosentasche zog er ein weißes Kästchen aus Kunststoff, nicht größer als eine Türklingel. »Ich glaube, du wirst ...« Aber dann drückte er auf dem weißen Kästchen eine Taste, worauf ich den Rest nicht mehr mitbekam.

Es gab keinen Blackout, kein Gefühl, dass die Zeit verging, keinerlei Unterbrechung der Kontinuität. Nur ein *Klick*, sehr laut, als hätte Jacobs neben meinen Ohren mit den Fingern geschnippt, obwohl er mindestens eineinhalb Meter von mir entfernt war. Dennoch beugte er sich urplötzlich über mich, statt neben dem Ding zu stehen, das kein Marshall-Verstärker war. Das weiße Steuerkästchen war nirgendwo zu sehen, und mein Gehirn war auf Abwege geraten. Dort war es stecken geblieben.

»Irgendwas«, sagte ich. »Irgendwas, irgendwas, irgendwas. Ist passiert. Passiert. Irgendwas ist passiert. Irgendwas ist passiert, passiert, irgendwas ist passiert. Passiert. Irgendwas.«

»Hör auf damit. Alles ist in bester Ordnung.« Aber er klang nicht gerade überzeugt. Er klang erschrocken.

Der Kopfhörer war verschwunden. Ich versuchte aufzustehen. Stattdessen fuhr eine meiner Hände in die Luft wie die eines Zweitklässlers, der die richtige Antwort wusste und sie unbedingt verkünden wollte.

»Irgendwas. Irgendwas. Irgendwas. Ist passiert. Passiert, passiert. Irgendwas ist passiert.«

Er verpasste mir eine Ohrfeige, und zwar mit aller Kraft. Ich zuckte zurück und wäre vom Stuhl gefallen, wenn dessen Lehne nicht direkt an der Metallwand der Werkstatt gestanden hätte.

Ich ließ die Hand sinken, hörte auf, mich zu wiederholen, und glotzte ihn einfach an.

»Wie lautet dein Name?«

Ich werde sagen, etwas ist passiert, dachte ich. *Vorname Etwas, zweiter Vorname Ist, Familienname Passiert.*

Aber nichts dergleichen. »Jamie Morton.«

» Zweiter Vorname?«

»Edward.«

»Mein Name?«

»Charles Jacobs. Charles *Daniel* Jacobs.«

Er zog das Heroinfläschchen hervor und reichte es mir.

Ich betrachtete es, dann gab ich es zurück. »Vorläufig geht's mir gut. Sie haben mir ja gerade erst etwas gegeben.«

»Tatsächlich?« Er zeigte mir seine Armbanduhr. Wir waren am Vormittag eingetroffen. Jetzt war es Viertel nach zwei Uhr nachmittags.

»Das ist unmöglich.«

Er setzte eine neugierige Miene auf. »Warum?«

»Weil keinerlei Zeit vergangen ist. Oder ... wahrscheinlich doch. Stimmt das?«

»Ja. Wir haben uns lange unterhalten.«

»Worüber haben wir gesprochen?«

»Über deinen Vater. Deine Brüder. Den Tod deiner Mutter. Und den von Claire.«

»Was habe ich über Claire gesagt?«

»Dass sie einen Mann geheiratet hat, von dem sie missbraucht wurde, worüber sie drei Jahre lang vor lauter Scham geschwiegen hat. Schließlich hat sie sich deinem Bruder Andy offenbart, und ...«

»Er hieß Paul Overton«, sagte ich. »Hat an einer schicken Privatschule in New Hampshire Englisch unterrichtet. Andy ist hingefahren, hat auf dem Parkplatz gewartet, und als Overton aufgetaucht ist, hat Andy ihn nach Strich und Faden verprügelt. Wir alle haben Claire sehr geliebt – wir alle, wahrscheinlich auf seine Weise selbst Paul Overton –, aber sie und Andy waren die ältesten von uns und standen sich besonders nahe. Habe ich Ihnen das alles so erzählt?«

»Fast Wort für Wort. ›Wenn du ihr noch einmal was antust, bringe ich dich um‹, soll Andy gesagt haben.«

»Sagen Sie mir, was ich sonst noch erzählt habe.«

»Dass Claire ausgezogen ist, ein Kontaktverbot durchgesetzt

und die Scheidung eingereicht hat. Sie ist nach North Conway gezogen und hat dort eine neue Stelle als Lehrerin gefunden. Sechs Monate nach der Scheidung ist Overton ihr nachgefahren und hat sie in ihrem Klassenzimmer erschossen, als sie nach dem Unterricht beim Aufsatzkorrigieren war. Dann hat er sich selbst umgebracht.«

Ja. Claire war tot. Bei ihrer Beerdigung war das, was von meiner großen, streitlustigen, normalerweise glücklichen Familie übrig war, zum letzten Mal zusammengekommen. An einem sonnigen Tag im Oktober. Als es vorbei war, fuhr ich nach Florida, einfach deshalb, weil ich noch nie dort gewesen war. Einen Monat später spielte ich mit Patsy Cline's Lipstick in Jacksonville. Die Benzinpreise waren hoch, das Klima war für gewöhnlich warm, und ich tauschte meinen Wagen gegen eine Kawasaki ein. Keine gute Entscheidung, wie sich herausstellen sollte.

In einer Ecke des Raums stand ein kleiner Kühlschrank. Jacobs öffnete ihn und brachte mir eine Flasche Apfelsaft, die ich in fünf langen Zügen leerte.

»Versuch mal, ob du aufstehen kannst.«

Ich erhob mich vom Stuhl und taumelte. Jacobs ergriff meine Ellbogen, um mich zu stützen.

»So weit, so gut. Geh jetzt quer durch den Raum.«

Das tat ich, zuerst in Schlangenlinien wie ein Betrunkener, aber als ich zurückkam, ging es mir blendend. Mein Gang war so fest wie der von John Wayne.

»Gut«, sagte er. »Keinerlei Hinken mehr. Fahren wir zum Ausstellungsgelände zurück. Du musst dich ausruhen.«

»Aber irgendwas ist doch passiert«, sagte ich. »Was?«

»Eine kleine Umstrukturierung deiner Gehirnwellen, glaube ich.«

»Das glauben Sie.«

»Ja.«

»Aber *wissen* tun Sie es nicht, oder?«

Darüber dachte er lange nach. So kam es mir jedenfalls vor, obwohl es vielleicht nur wenige Sekunden waren; es sollte noch eine ganze Woche dauern, bevor ich wieder ein echtes Zeitgefühl hatte. Schließlich sagte er: »Ich habe festgestellt, dass bestimmte wichtige Bücher nur sehr schwer zu bekommen sind, und daher bin ich mit meinen Studien noch lange nicht am Ziel. Manchmal bedeutet das, kleine Risiken einzugehen. Nur akzeptable allerdings. Es geht dir doch gut, oder etwa nicht?«

Meiner Meinung nach war es zu früh, diese Frage zu beantworten, aber das sagte ich nicht. Schließlich war die Sache bereits gelaufen.

»Komm jetzt, Jamie. Ich muss heute Abend lange arbeiten und brauche daher selbst etwas Ruhe.«

Als wir zu seinem Wohnmobil kamen, wollte ich dort nach der Tür greifen, worauf meine Hand stattdessen wieder senkrecht in die Höhe schoss. Der Ellbogen war eingerastet; es war, als hätte das Gelenk sich in Eisen verwandelt. Einen entsetzlichen Moment lang dachte ich, mein Arm würde sich nie wieder senken, und ich müsste mein restliches Leben in der Geste eines Schuljungen verbringen, der unbedingt aufgerufen werden wollte. Dann ließ es nach. Ich senkte den Arm, öffnete die Tür und stieg ein.

»Das geht vorüber«, sagte er.

»Woher wollen Sie das wissen, wenn Sie nicht mal genau wissen, was Sie getan haben?«

»Weil ich es schon mal gesehen habe.«

Nachdem er an seinem gewohnten Platz auf dem Jahrmarkt geparkt hatte, zeigte er mir wieder das Fläschchen Heroin. »Das kannst du haben, wenn du es willst.«

Aber ich wollte es nicht. Ich fühlte mich wie jemand, der, wenige Minuten nachdem er an Thanksgiving ein Neun-Gänge-Menü verzehrt hat, ein Bananensplit vorgesetzt bekam. Man wusste, dass so ein zuckerreicher Nachtisch gut schmeckte und man ihn unter gewissen Umständen gierig hinunterschlingen würde, aber nicht nach einer schweren Mahlzeit. Nach einer schweren Mahlzeit war ein Bananensplit kein Objekt der Begierde, sondern eben nur ein Objekt.

»Später vielleicht«, sagte ich, aber dieses Später ist immer noch nicht gekommen. Während ich nun als älterer Mann mit einer leichten Arthritis über diese vergangene Zeit schreibe, weiß ich, dass es so bleiben wird. Jacobs hat mich geheilt, aber es war eine gefährliche Angelegenheit, und das wusste er – wer von akzeptablen Risiken sprach, stellte sich unweigerlich die Frage: *Akzeptabel für wen?* Charlie Jacobs war ein guter Samariter. Außerdem war er ein halb verrückter Wissenschaftler, und an jenem Tag in der verlassenen Karosseriewerkstatt war ich sein frischestes Versuchskaninchen. Er hätte mich umbringen können, und manchmal – eigentlich sogar oft – wünsche ich mir, er hätte es getan.

Den restlichen Nachmittag über schlief ich. Als ich aufwachte, fühlte ich mich wie eine frühere Ausführung von Jamie Morton, mit klarem Kopf und voller Tatendrang. Ich schwang die Beine aus dem Bett und sah zu, wie Jacobs seine Showklamotten anzog. »Ich würde gern etwas wissen«, sagte ich.

»Falls es um unser kleines Abenteuer im Westen dieser Stadt geht, würde ich lieber nicht darüber sprechen. Wie wär's, wenn wir einfach abwarten und schauen, ob du so bleibst wie jetzt oder in deine Sucht zurückfällst ... Diese verfluchte Krawatte, die kriege ich nie richtig hin, und Briscoe hat zwei linke Hände.«

Briscoe war sein Assistent, der Bursche, der das Publikum mit Faxen ablenkte, wenn es abgelenkt werden musste.

»Stillhalten«, sagte ich. »Sie vermurksen das nur. Lassen Sie mich mal ran.«

Ich stellte mich hinter ihn, griff ihm über die Schultern und band die Krawatte. Da ich nicht mehr zitterte, ging die Sache leicht von der Hand. Wie meine Schritte, sobald die Wirkung des Gehirnschusses nachgelassen hatte, waren auch meine Hände ruhig wie die von John Wayne.

»Wo hast du das denn gelernt?«

»Als ich nach meinem Unfall wieder aufstehen und ein paar Stunden spielen konnte, ohne umzufallen, war ich bei einer Gruppe, die sich die Undertakers nannte.« Es war keine besonders tolle Gruppe gewesen, was allerdings für jede Band galt, in der ich der beste Musiker war. »Wir hatten alle eine Gehrock, einen Zylinder und eine schmale Krawatte. Irgendwann sind der Drummer und der Bassist wegen einer Frau in Streit geraten, und die Gruppe hat sich aufgelöst, aber ich hatte immerhin was Neues gelernt.«

»Tja ... danke schön. Was wolltest du mich fragen?«

»Etwas über die Porträts in Blitzen. Offenbar machen Sie die nur von Frauen. Ich habe den Eindruck, dass Sie dadurch auf fünfzig Prozent Ihrer Kunden verzichten.«

Auf seinem Gesicht erschien das jungenhafte Grinsen, das ich von den Spielen im Pfarrhauskeller her kannte. »Als ich die Porträtkamera erfunden habe – die eigentlich eine Kombination aus Generator und Projektor ist, wie du ja schon ahnst –, da habe ich tatsächlich versucht, Männer *und* Frauen aufzunehmen. Das war in Joyland, einem kleinen Vergnügungspark an der Küste von North Carolina. Inzwischen hat er den Betrieb eingestellt, aber es war ein wunderbarer Ort, Jamie. Ich habe mich dort sehr wohlgefühlt. Während meiner Zeit an der größten Budenstraße – man nannte sie die Joyland Avenue – befand sich neben Mysterio's Mirror Mansion eine Schurkengalerie. Das war eine Reihe von lebensgroßen Pappfiguren mit ausgeschnittenem Gesicht. Es gab einen Piraten, einen Gangster mit einer Automatik, eine toughe Braut mit Maschinenpistole, den Joker und Catwoman aus den Batman-Comics. Die Leute haben den Kopf hineingesteckt, und die durch die Gegend ziehenden Fotografinnen des Parks – die Hollywood Girls – haben sie aufgenommen.«

»Und daher haben Sie die Idee?«

»So ist es. Damals nannte ich mich Mr. Electrico – als Hommage an Ray Bradbury, wobei ich bezweifle, dass das irgendeinem der Bauerntölpel dort aufgefallen ist –, und obwohl ich bereits eine krude Version meines derzeitigen Projektors erfunden hatte, ist es mir nie in den Sinn gekommen, den bei der Show vorzuführen. In erster Linie habe ich den Tesla-Transformator und einen Funkengenerator verwendet, eine sogenannte Jakobsleiter. Als ich euer Pfarrer war, Jamie, habe ich euch übrigens eine kleine Jakobsleiter vorgeführt und mit ein paar Chemikalien dafür gesorgt, dass die aufsteigenden Funken ihre Farbe verändern. Erinnerst du dich?«

Allerdings.

»An der Schurkengalerie habe ich gesehen, welche Möglichkeiten mein Projektor bietet, wodurch ich auf die Sache mit dem Porträts in Blitzen kam. Nichts als ein weiterer Schwindel, würdest du wohl sagen ... aber er hat mir geholfen, meine Studien weiterzutreiben, und er tut das immer noch. Jedenfalls habe ich während meiner Zeit in Joyland als Hintergrund nicht nur das schöne Mädchen im Ballkleid verwendet, sondern auch einen Mann in einem teuren schwarzen Anzug. Manche Männer sind darauf angesprungen, aber überraschend wenige. Ich glaube, ihre Kumpels haben sie ausgelacht, weil sie plötzlich so piekfein gekleidet waren. Frauen lachen über so was nie, weil die sich eben gern piekfein kleiden. Ungemein gern. Und wenn sie die Demonstration gesehen haben, stehen sie anschließend Schlange.«

»Wie lange sind Sie eigentlich schon auf Achse?«

Er kniff ein Auge zu, während er nachrechnete. Dann riss er beide voller Erstaunen auf. »Jetzt sind es bereits fast fünfzehn Jahre.«

Ich schüttelte grinsend den Kopf. »Sie sind also vom Prediger zum Scharlatan geworden.«

Sobald mir das aus dem Mund gekommen war, wurde mir klar, wie gemein es klang, aber die Vorstellung, dass mein früherer Pfarrer auf diese Weise Geld verdiente, machte mich immer noch fassungslos. Er war jedoch keineswegs beleidigt. Stattdessen warf er einen letzten bewundernden Blick auf seine perfekt geknotete Krawatte und zwinkerte mir zu.

»Da ist kein Unterschied«, sagte er. »In beiden Fällen geht es nur darum, das Publikum von etwas zu überzeugen. Und jetzt entschuldige mich bitte, derweilen ich mich auf den Weg mache, um ein paar Blitze zu verkaufen.«

Das Heroin ließ er auf dem Tischchen in der Wohnmobilmitte liegen. Von Zeit zu Zeit warf ich einen Blick darauf und nahm das Fläschchen sogar einmal in die Hand, spürte jedoch keinerlei Drang, es zu verwenden. Um die Wahrheit zu sagen, begriff ich nicht einmal, wieso ich damit überhaupt einen so großen Teil meines Lebens vergeudet hatte. Das ganze irrsinnige Verlangen danach kam mir nun wie ein Traum vor. Ich fragte mich, ob jeder sich so fühlte, wenn seine Zwänge das Zeitliche gesegnet haben. Darauf fiel mir keine Antwort ein.

Heute weiß ich immer noch keine.

Briscoe verschwand auf Nimmerwiedersehen, wie Schaustellergehilfen es so häufig taten, und als ich Jacobs fragte, ob ich den Job übernehmen könne, stimmte er sofort zu. Das war keine große Ehre, aber es ersparte ihm die Mühe, vor Ort irgendeinen Trottel zu finden, der die Kamera auf die Bühne schleppte, ihm seinen Zylinder reichte und so tat, als bekäme er gerade einen Stromschlag verpasst. Er schlug mir sogar vor, während der Demonstration ein paar Akkorde auf meiner Gibson zu spielen. »Irgendwas Spannendes«, wies er mich an. »Etwas, was den Leuten den Eindruck vermittelt, dass das Mädchen vielleicht wirklich unter Strom gesetzt wird.«

Das war nicht schwierig. Wenn man zwischen a-Moll und E-Dur wechselte (den Grundakkorden von »House of the Rising Sun« und »The Springhill Mining Disaster«, falls es jemand interessieren sollte), vermittelte man damit immer ein drohendes Verhängnis. Ich genoss es, obwohl ich dachte, ein langer, langsamer Trommelwirbel wäre eine gute Ergänzung gewesen.

»Gewöhn dich nicht zu sehr an den Job«, riet Charles Jacobs mir. »Ich habe nämlich vor weiterzuziehen. Wenn die Messe ihre Zelte abbricht, ist hier im Vergnügungspark tote Hose.«

»Wo wollen Sie hin?«

»Da bin ich mir noch nicht sicher, aber ich habe mich daran

gewöhnt, allein zu reisen.« Er schlug mir auf die Schulter. »Nur damit du Bescheid weißt.«

Das wusste ich schon. Seit dem Tod seiner Frau und seines Sohnes war Charlie Jacobs ein strikter Einzelgänger.

Die Besuche, die er seiner Werkstatt abstattete, wurden zunehmend kürzer. Gelegentlich brachte er ein paar Geräte mit, um sie in dem kleinen Anhänger zu verstauen, den er beim Reisen an das Wohnmobil ankoppelte. Die Verstärker, die keine waren, waren nicht dabei, ebenso wenig zwei der vier langen Metallbehälter. Ich hatte den Eindruck, er wollte dort, wo er landete, neu anfangen. Als hätte er einen Weg so weit wie möglich verfolgt und nun vor, es mit einem anderen zu versuchen.

Ich wiederum hatte keinerlei Ahnung, was ich mit meinem Leben anfangen sollte, nachdem ich die Drogen (und mein Hinken) losgeworden war, aber ich würde bestimmt nicht mit dem König der elektrischen Hochspannung durch die Gegend ziehen. Ich war ihm dankbar, doch da ich mich an die Schrecken der Heroinabhängigkeit nicht mehr richtig erinnern konnte (wahrscheinlich so ähnlich, wie eine Frau sich nach der Niederkunft nicht mehr an die Schmerzen bei der Geburt erinnern konnte), war ich nicht so dankbar, wie man meinen mochte. Außerdem machte er mir Angst. Das galt auch für seine geheime Elektrizität. Die bedachte er immer mit extravaganten Begriffen – so sprach er vom *Geheimnis des Universums* und vom *Pfad zum höchsten Wissen* –, aber eine Vorstellung davon, worum es sich dabei wirklich handelte, hatte er offenkundig genauso wenig, wie ein Kleinkind, das im Kleiderschrank seines Daddys einen Revolver fand, wirklich wusste, was es da in den Händen hielt.

Und wo wir gerade von Schränken sprechen ... Also, ich habe damals ein bisschen herumgeschnüffelt. Dabei fand ich ein Fotoalbum mit Bildern von Patsy und Morrie und von allen dreien zusammen. Die Seiten hatten Eselsohren, und die Bindung war lose. Man musste kein Genie sein, um zu wissen, dass er sich die

Bilder oft anschaute, allerdings habe ich ihn nie dabei beobachtet. Das Album war ein Geheimnis.

Wie seine Elektrizität.

In den frühen Morgenstunden des dritten Oktobers, kurz bevor der Jahrmarkt in Tulsa bis zum nächsten Jahr die Pforten schloss, erlitt ich eine weitere Nachwirkung des Gehirnschocks, den Jacobs mir verpasst hatte. Er bezahlte mich für meine Dienste (wesentlich besser, als diese Dienste es eigentlich wert waren), und ich hatte etwa vier Querstraßen vom Messegelände entfernt auf Wochenbasis ein Zimmer angemietet. Es war klar, dass er allein sein wollte, egal wie sehr er mich mochte (falls das tatsächlich der Fall war), und abgesehen davon, war es definitiv an der Zeit, dass er sein Bett zurückbekam.

Um Mitternacht, etwa eine Stunde nach der letzten Show des Abends, kam ich nach Hause und ging sofort schlafen. Das tat ich fast immer. Da kein Dope mehr in meinem Organismus zirkulierte, schlief ich gut. Allerdings wachte ich in jener Nacht zwei Stunden später in dem mit Unkraut bewachsenen Garten meiner Pension auf. Am Himmel hing eine eisige Mondsichel. Darunter stand Jamie Morton, nackt bis auf eine Socke und mit einem Stück Gummischlauch um den linken Bizeps. Ich hatte keine Ahnung, wo ich das herhatte, aber oberhalb davon blähten die Blutgefäße sich auf. Jedes einzelne war perfekt dazu geeignet, mir einen Schuss zu setzen. Mein Unterarm hingegen war weiß, kalt und fest eingeschlafen.

»Irgendwas ist passiert«, sagte ich. In der rechten Hand hatte ich eine Gabel (weiß Gott, wo die herkam), mit der ich unablässig auf meinen geschwollenen Oberarm einstach. Aus mindestens einem Dutzend Löchern quoll Blut. »Irgendwas. Ist passiert. Irgendwas ist passiert. O Mutter, irgendwas ist passiert. Irgendwas, irgendwas.«

Ich befahl mir aufzuhören, schaffte es aber zunächst nicht. Irgendwie war das alles zwar nicht gerade zügellos, aber die Zügel hielt ich eben nicht selbst in der Hand. Ich musste an den elektrischen Jesus denken, wie er auf seiner verborgenen Schiene über den See des Friedens getrudelt war. So fühlte ich mich jetzt.

»Irgendwas.«

Ein Stich mit der Gabel.

»Irgendwas ist passiert.«

Ein Stich, und noch einer.

»Irgendwas ...«

Ich streckte die Zunge raus und biss darauf. Wieder ertönte das *Klick*, jedoch nicht neben den Ohren, sondern tief im Kopf vergraben. Der Zwang zu sprechen und mir die Gabel in den Arm zu rammen war auf einmal verschwunden. Die Gabel fiel mir aus der Hand. Ich löste den provisorischen Stauschlauch, worauf es im Unterarm kribbelte, weil das Blut wieder hineinströmte.

Zitternd blickte ich zum Mond hinauf und fragte mich, wer – oder was – mich da im Griff gehabt hatte. Dass ich von etwas beherrscht worden war, war mir nämlich klar. Als ich wieder in meinem Zimmer lag (dankbar dafür, dass niemand mich mit im Wind baumelndem Schniedel gesehen hatte), bemerkte ich, dass ich in eine Glasscherbe getreten war und mir ziemlich übel den Fuß aufgeschnitten hatte. Davon hätte ich aufwachen müssen, aber das war nicht geschehen. Weshalb? Weil ich gar nicht geschlafen hatte. Da war ich mir sicher. Etwas hatte mich aus mir selbst herausgeholt und dann die Gewalt über mich übernommen, um mich wie ein Automobil zu steuern.

Ich stand auf, wusch mir den Fuß und legte mich dann wieder ins Bett. Jacobs erzählte ich nie von diesem Erlebnis, denn was hätte das genützt? Er hätte nur gemeint, sich bei einem nächtlichen Spaziergang den Fuß aufzuschneiden sei ein kleiner Preis für die Wunderheilung von meiner Heroinsucht, und damit hätte er recht gehabt. Dennoch:

Etwas war passiert.

Der letzte Tag des Jahrmarkts von Tulsa war in diesem Jahr der vierte Oktober. Am frühen Abend kam ich um halb sechs zum Wohnmobil, um genügend Zeit zu haben, meine Gitarre zu stimmen und Jacobs die Krawatte zu binden – was inzwischen zur Tradition geworden war. Während ich damit beschäftigt war, klopfte es an der Tür. Stirnrunzelnd ging Jacobs hin. Er hatte am Abend sechs Auftritte vor sich, einschließlich des allerletzten um Mitternacht, und mochte es nicht, vorher gestört zu werden.

Er öffnete die Tür, sagte: »Wenn es nicht wirklich wichtig ist, sollten Sie lieber spä…«, und da versetzte ihm ein Farmer mit Latzhose und passender Schirmmütze (offenbar so zornig, wie ein waschechter Oklahoma-Mann es nur sein konnte) einen Faustschlag auf den Mund. Jacobs taumelte zurück, verfing sich in den eigenen Füßen und stürzte zu Boden. Um ein Haar wäre er dabei mit dem Kopf auf dem Esstisch aufgeprallt, was ihn womöglich ausgeknockt hätte.

Unser Besucher stürmte herein, bückte sich und packte Jacobs am Revers. Er war etwa so alt wie sein Opfer, aber wesentlich größer. Und er tobte vor Wut. Jetzt bekommen wir Probleme, dachte ich. Natürlich hatten wir die bereits, aber ich dachte an die Sorte, die mit einem ausgedehnten Krankenhausaufenthalt endete.

»Du bist schuld daran, dass die Polizei sie einkassiert hat!«, brüllte der Mann. »Jetzt wird sie 'ne Vorstrafe auf dem Kerbholz haben, die sie ihr Leben lang nicht loswird! Wie 'ne Blechdose, die man 'nem Welpen an den Schwanz bindet!«

Ich dachte nicht nach, sondern holte einfach einen leeren Kochtopf aus der Spüle und knallte ihm diesen seitlich an den Schädel. Es war kein harter Schlag, aber der Farmer ließ Jacobs los und sah mich verblüfft an. Tränen rannen an den Falten zu beiden Seiten seines ansehnlichen Zinkens herab.

Jacobs, der sich auf alle viere erhoben hatte, krabbelte eilig davon. Aus seiner Unterlippe, die an zwei Stellen aufgeplatzt war, sickerte Blut.

»Wieso suchen Sie sich nicht wenigstens jemand aus, der nicht kleiner ist als Sie?«, fragte ich. Kein besonders vernünftiges Argument, das weiß ich, aber bei solchen Konfrontationen verhalten wir uns gern wieder wie damals auf dem Schulhof.

»Sie muss vor Gericht!«, brüllte er mich mit einem Ton wie ein schlecht gestimmtes Banjo an. »Und daran ist bloß dieses Arschloch schuld! Dieses Arschloch da drüben, das durch die Gegend kriecht wie 'n vermaledeiter *Taschenkrebs!*«

Er sagte *vermaledeit*. Wirklich und wahrhaftig.

Ich stellte den Kochtopf auf den Herd und zeigte ihm meine leeren Hände. Dann erklärte ich in dem besänftigendsten Ton, zu dem ich fähig war: »Ich habe keine Ahnung, von wem Sie sprechen, und ich bin mir sicher« – fast hätte ich *Charles* gesagt –, »ich bin mir sicher, Dan weiß das ebenso wenig.«

»Von meiner Tochter! Meiner Tochter Cathy! Cathy Morse! Er hat ihr gesagt, das Bild ist kostenlos – weil sie auf die Bühne gekommen ist –, aber das war es nicht! Das Bild hat sie 'ne Menge gekostet! Ihr vermaledeites Leben hat sie sich damit ruiniert!«

Vorsichtig legte ich ihm den Arm um die Schultern. Ich hatte befürchtet, er würde mich zusammenschlagen, aber nachdem sein anfänglicher Zorn verraucht war, sah er nur noch traurig und verwirrt drein. »Kommen Sie mal mit raus ins Freie«, sagte ich. »Wir suchen uns eine Bank im Schatten, und dann können Sie mir alles erzählen.«

»Wer sind Sie überhaupt?«

Ich wollte schon *der Assistent von Mr. Jacobs* sagen, aber das hörte sich ziemlich unbedeutend an. Meine Jahre als Musiker kamen mir zu Hilfe. »Sein Agent.«

»Ach ja? Können Sie mir dann 'ne Entschädigung zahlen? Die will ich nämlich. Schon die Gebühr vom Anwalt bringt mich praktisch um.« Er zeigte mit dem Finger auf Jacobs. »Wegen dem! Bloß der ist schuld, verflucht noch mal!«

»Ich ... ich hab keine Ahnung ...« Jacobs wischte sich eine Handvoll Blut vom Kinn. »Ich habe keine Ahnung, wovon Sie sprechen, Mr. Morse, ganz ehrlich.«

Inzwischen hatte ich Morse bis zur Tür bugsiert und wollte den erreichten Geländegewinn nicht wieder preisgeben. »Besprechen wir das doch draußen an der frischen Luft.«

Morse ließ sich von mir hinausführen. Am Rand des Personalparkplatzes stand eine Erfrischungsbude mit rostigen Tischen, die von zerschlissenen Sonnenschirmen beschattet wurden. Ich kaufte Morse eine große Coke und reichte sie ihm. Den ersten Daumenbreit ließ er auf den Tisch schwappen, dann leerte er mit großen Schlucken den halben Pappbecher. Er stellte den Becher ab und presste sich die flache Hand an die Stirn.

»Wenn ich das kalte Zeugs bloß nicht immer so in mich reinschütten würde!«, sagte er. »Das fährt einem wie ein Nagel in den Kopf, oder?«

»Stimmt«, sagte ich und dachte daran, wie ich nackt im matten Mondlicht gestanden und mir die Zinken einer Gabel in den prall mit Blut gefüllten Oberarm gerammt hatte. *Irgendwas war passiert.* Mit mir und offenbar auch mit Cathy Morse.

»Erzählen Sie mir, was für ein Problem es gibt.«

»Dieses Bild, das er ihr geschenkt hat, das ist das verfluchte Problem. Sie hat es überall in der Gegend rumgezeigt. Ihre Freunde haben sie deshalb auf die Schippe genommen, aber das war ihr egal. ›So schau ich *wirklich* aus‹, hat sie den Leuten gesagt. Ich hab abends mal versucht, ihr den Blödsinn auszutreiben, aber meine Frau hat gemeint, ich soll es bleiben lassen, das würde schon von selbst vergehen. Hat auch so ausgesehen, denn sie hat das Bild in ihrem Zimmer gelassen. Zwei Tage oder so, vielleicht auch drei. Ist ohne es zur Friseurschule gegangen. Da dachten wir, es ist vorbei.«

War aber nicht der Fall gewesen war. Am ersten Oktober, also drei Tage zuvor, war sie in Broken Arrow, einem Ort südöstlich von Tulsa, in ein Juweliergeschäft marschiert. Sie hatte eine Einkaufstasche dabei. Die beiden Verkäufer erkannten sie, weil sie seit ihrem Auftritt in Jacobs' Jahrmarktsshow bereits mehrmals da gewesen war. Der eine fragte, ob er etwas für sie tun könne. Cathy stürmte wortlos an ihm vorbei und trat an die Vitrine, in der die teuersten Schmuckstücke ausgestellt waren. Aus ihrer Einkaufstasche zog sie einen Hammer, mit dem sie den Glasdeckel der Vitrine zertrümmerte. Ohne auf das Jaulen der Alarmanlage und zwei üble Schnitte zu achten, die später genäht werden mussten (»da werden Narben bleiben«, klagte ihr Vater), hatte sie hineingegriffen und ein Paar Diamantohrringe herausgeholt.

»Die gehören mir!«, hatte sie gesagt. »Sie passen nämlich genau zu meinem Kleid.«

Kaum hatte Morse seine Geschichte beendet, als zwei breitschultrige Burschen mit dem Schriftzug SICHERHEITSDIENST auf ihren schwarzen T-Shirts auftauchten. »Gibt's hier etwa ein Problem?«, erkundigte sich einer von ihnen.

»Nein«, sagte ich, und es gab auch keines. Nachdem Morse alles erzählt hatte, war sein Zorn glücklicherweise verraucht. Allerdings war er dadurch auch leider irgendwie in sich zusammengesunken. »Mr. Morse wollte gerade gehen.«

Den fast leeren Becher Coke in der Hand, erhob er sich. Auf seinen Fingerknöcheln trocknete das Blut von Charlie Jacobs. Er betrachtete es, als wüsste er nicht, woher es gekommen war.

»Ihm die Cops auf den Hals zu schicken wird nichts bringen, oder?«, fragte er. »Schließlich hat er bloß ein Foto von ihr gemacht, würden die sagen. Teufel noch mal, es war sogar kostenlos.«

»Kommen Sie, Sir«, sagte einer der Wachleute. »Wenn Sie die Ausstellung besuchen wollen, gebe ich Ihnen gern einen Stempel auf die Hand.«

»Nee, danke«, sagte er. »Meine Leute und ich, wir haben genug von dem Theater hier. Wir fahren heim.« Er ging los, wandte sich jedoch gleich wieder um. »Hat er das eigentlich schon mal getan, Mister? Hat er andere so um den Verstand gebracht wie meine Cathy?«

Irgendwas ist passiert, dachte ich. *Irgendwas, irgendwas, irgendwas.*

»Nein«, sagte ich. »Nicht mal andeutungsweise.«

»Was sollen Sie auch sagen, selbst wenn's anders wär. Sind ja sein Agent.«

Dann ging er mit gesenktem Kopf davon, ohne einen Blick zurückzuwerfen.

Im Wohnmobil hatte Jacobs derweil sein mit Blut bespritztes Hemd gewechselt und drückte sich ein mit Eis gefülltes Geschirrhandtuch auf die anschwellende Unterlippe. Er hörte sich an, was Morse mir erzählt hatte, dann sagte er: »Bindest du mir wieder die Krawatte, bitte? Wir sind schon ziemlich spät dran.«

»Moment«, sagte ich. »Moment, Moment, Moment. Sie müssen die Kleine kurieren. So wie Sie mich kuriert haben. Mit dem Kopfhörer.«

Er warf mir einen Blick zu, der gefährlich nahe an Verachtung grenzte. »Meinst du etwa, ihr lieber Daddy würde mich in ihre Nähe lassen? Außerdem wird das, was mit ihr nicht in Ordnung ist ... ihre Zwangsvorstellung ... von selbst vergehen. Sie wird wieder die Alte sein, und jeder Anwalt, der sein Geld wert ist, wird das Gericht davon überzeugen können, dass sie nicht zurechnungsfähig war. Sie wird mit einer Verwarnung davonkommen.«

»Das alles ist nicht gerade neu für Sie, stimmt's?«

Er zuckte die Achseln. Dabei sah er immer noch in meine Richtung, mir jedoch nicht mehr richtig in die Augen. »Von Zeit zu Zeit sind Nachwirkungen aufgetreten, das stimmt, aber bisher war keine so spektakulär wie der Versuch von Miss Morse, sich gewaltsam ein Paar Ohrringe zu verschaffen.«

»Sie probieren diese Sachen einfach aus, stimmt's? Alle Ihre Kunden sind in Wahrheit Versuchskaninchen. Die wissen es bloß nicht. Und *ich* war auch eines.«

»Geht es dir jetzt besser, oder nicht?«

»Es geht mir besser.« Bis auf den gelegentlichen Drang, mir mitten in der Nacht mit einer Gabel pausenlos in den Arm zu stechen.

»Dann binde mir bitte die Krawatte.«

Fast hätte ich es nicht getan. Ich war wütend auf ihn – abgesehen von allem anderen, hatte er sich auch noch heimlich hinausgeschlichen, um den Wachdienst zu rufen –, aber ich stand in seiner Schuld. Er hatte mir das Leben gerettet, was gut war. Außerdem führte ich nun ein drogenfreies Dasein, und das war noch besser.

Daher band ich ihm die Krawatte. Wir brachten die Shows hinter uns. Alle sechs. Die Menge machte *Aaaahhh*, als das Abschlussfeuerwerk des Vergnügungsparks losging, aber nicht so laut, wie wenn Dan, der Mann mit den Blitzporträts, seine magischen Künste vorführte. Und während eine junge Frau nach der anderen sich verträumt auf der Leinwand bewunderte, begleitet von meinen zwischen a-Moll und E-Dur wechselnden Akkorden, fragte ich mich, welche von ihnen wohl später entdecken würde, dass sie ein kleines Stück ihres Verstandes verloren hatte.

Unter meiner Tür steckte ein Umschlag. Das kannte ich schon. Allerdings hatte ich diesmal nicht ins Bett gepinkelt, mein chirurgisch geflicktes Bein tat nicht weh, ich hatte keine Grippe, und ich zitterte und zappelte nicht, weil ich mir unbedingt Stoff besorgen musste. Ich bückte mich, ergriff den Umschlag und riss ihn auf.

Mein Fünfter im Spiel stand nicht auf sentimentale Abschiedsszenen, das musste ich ihm lassen. Der Umschlag enthielt eine Fahrkartenhülle von Amtrak, an der mit einer Büroklammer ein Notizzettel befestigt war. Auf dem Zettel standen ein Name und eine Adresse in einem Ort namens Nederland, Colorado. Darunter hatte Jacobs drei Sätze gekritzelt: *Dieser Mann wird dir einen Job geben, wenn du das willst. Er steht in meiner Schuld. Danke fürs Krawattenbinden. CDJ.*

Ich öffnete die Amtrak-Hülle und fand eine Fahrkarte für den Mountain Express von Tulsa nach Denver. Einfache Fahrt. Die betrachtete ich lange Zeit, während ich mir überlegte, ob ich sie zurückgeben und mir den Betrag in bar auszahlen lassen konnte. Oder ob ich sie verwenden sollte, um in Denver zuerst den Musikertreff aufzusuchen. Allerdings würde es eine Weile brauchen, bis ich technisch wieder auf der Höhe war. Meine Finger waren weich geworden, und meine Spieltechnik war eingerostet. Zu bedenken war auch die Sache mit dem Dope. Wenn man auf Tour war, fand man überall welches. Nach etwa zwei Jahren gehe die Magie der Porträts in Blitzen verloren, hatte Jacobs gesagt. Woher wusste ich, dass es bei seinen Entziehungskuren nicht genauso verlief? Wie *könnte* ich das überhaupt wissen, wenn er es selbst nicht wusste?

Am Nachmittag fuhr ich mit dem Taxi zu der Karosseriewerkstatt, die er im Westen von Tulsa gemietet hatte. Sie lag verlassen da und war völlig leer. Auf dem ölfleckigen Boden lag nicht einmal ein kleiner Kabelrest.

Irgendwas ist hier mit mir passiert, dachte ich. Die Frage war, ob ich den umgebauten Kopfhörer wieder aufsetzen würde oder nicht, wenn ich noch einmal vor derselben Entscheidung stünde. Ich beantwortete sie mit Ja, was ich irgendwie nicht recht verstand, aber das half mir, eine Entscheidung hinsichtlich der Fahrkarte zu treffen. Ich benutzte sie, und als ich nach Denver kam, nahm ich den Bus nach Nederland, hoch oben an einem Westhang der Rockies gelegen. Dort begegnete ich Hugh Yates und begann mein Leben zum dritten Mal.

VII

Heimkehr. Die Wolfjaw-Ranch. Gott heilt wie der Blitz. Taub in Detroit. Prismatische Erscheinungen.

Als mein Vater 2003 starb, hatte er seine Frau und zwei seiner fünf Kinder überlebt. Claire Morton Overton war noch nicht dreißig gewesen, als ihr geschiedener Mann ihr das Leben genommen hatte. Sowohl meine Mutter als auch mein ältester Bruder waren im Alter von einundfünfzig Jahren gestorben.

Frage: Tod, wo ist dein Stachel?

Antwort: Überall, verdammt.

Zu Vaters Trauerfeier fuhr ich heim nach Harlow. Inzwischen waren die meisten Straßen asphaltiert, nicht nur unsere und die Route 9. Wo wir früher schwimmen gegangen waren, stand jetzt eine Wohnsiedlung, und eine halbe Meile von der Kirche der Shilohiten entfernt hatte sich ein kleiner Supermarkt niedergelassen. Dennoch hatte sich der Ort in vieler Hinsicht nicht grundlegend verändert. Unsere Kirche stand immer noch nicht weit vom Haus Myra Harringtons (wenngleich Mrs. Plappermaul nun an dem großen Gemeinschaftsanschluss im Himmel hing), und an dem Baum in unserem Garten hing immer noch die Reifenschaukel. Wahrscheinlich hatten Terrys Kinder sie benutzt, die jetzt allerdings allesamt zu alt für so etwas waren; das Seil war ausgefranst und vom Alter dunkel geworden.

Vielleicht sollte ich es ersetzen, dachte ich … aber weshalb? Für wen? Sicher nicht für meine Kinder, denn ich hatte keine, und dieses Haus war nicht mehr meines.

Der einzige Wagen in der Einfahrt war ein ramponierter Ford, Baujahr 51. Er sah wie der erste Road Rocket aus, aber das war natürlich unmöglich, den hatte Duane Robichaud ja auf dem

Castle Rock Speedway in der ersten Runde seines einzigen Rennens zu Schrott gefahren. Trotzdem befand sich der Aufkleber mit dem Logo von Delco Batteries auf dem Kofferraum, und auf der Seite stand in Farbe, rot wie Blut, die Nummer 19. Eine Krähe flog herab und hockte sich auf die Kühlerhaube. Ich erinnerte mich daran, wie unser Vater uns Kindern beigebracht hatte, Krähen mit der Geste gegen den bösen Blick zu bedenken (*ist eigentlich unnötig, aber es schadet nichts*, hatte er gesagt), und ich dachte: *Das gefällt mir nicht. Irgendetwas ist hier nicht in Ordnung.*

Ich konnte verstehen, dass Con nicht gekommen war, immerhin war Hawaii wesentlich weiter entfernt als Colorado, aber wo war Terry? Schließlich *wohnten* er und seine Frau Annabelle noch hier. Und was war mit den Bowies? Den Clukeys? Den Paquettes? Den DeWitts? Was war mit der Mannschaft der Heizölfirma? Dad war zwar ziemlich alt geworden, aber alle früheren Bekannten konnte er doch sicher nicht überlebt haben.

Ich stellte den Wagen ab, stieg aus und sah, dass es sich nicht mehr um den Ford Focus handelte, den ich in Portland bei Hertz gemietet hatte. Es war der 66er Galaxie, den mein Vater und mein Bruder mir zum siebzehnten Geburtstag geschenkt hatten. Auf dem Beifahrersitz lagen die gesammelten Romane von Kenneth Roberts, die ich von meiner Mutter bekommen hatte: *Oliver Wiswell* und *Arundel* und alle anderen.

Das ist ein Traum, dachte ich. *Einer, den ich schon einmal gehabt habe.*

Diese Erkenntnis brachte mir keinerlei Erleichterung, nur noch größere Furcht.

Auf dem Dach des Hauses, in dem ich aufgewachsen war, landete eine Krähe. Eine weitere ließ sich auf dem Ast nieder, an dem die Reifenschaukel hing. Dessen Rinde war so stark abgerieben, dass er wie ein Knochen hervorstak.

Ich wollte das Haus nicht betreten, weil ich wusste, was ich dort vorfinden würde. Dennoch trugen meine Beine mich vorwärts. Ich stieg die Treppe hoch, und obwohl Terry mir vor acht (oder auch zehn) Jahren ein Foto der renovierten Veranda geschickt hatte, gab dieselbe alte Stufe, es war die zweite von oben, dasselbe alte, übellaunige Ächzen von sich, als ich darauftrat.

Sie warteten im Esszimmer auf mich. Nicht die gesamte Familie, nur die Toten. Meine Mutter war kaum mehr als eine Mumie, wie damals, als sie an jenem kalten Februartag im Sterben gelegen hatte. Mein Vater war bleich und verhutzelt wie auf dem Foto auf der Weihnachtskarte, die Terry mir nicht lange vor Vaters letztem Herzinfarkt geschickt hatte. Andy war korpulent – mein einst magerer Bruder hatte im mittleren Alter eine Menge zugelegt –, aber die durch seinen Bluthochdruck hervorgerufene Röte hatte sich in die wächserne Blässe des Grabes verwandelt. Am schlimmsten sah Claire aus. Ihr wahnsinniger Exmann hatte sich nicht damit zufriedengegeben, sie einfach umzubringen; sie hatte die Tollkühnheit besessen, ihn zu verlassen, weshalb ihm nur eine völlige Vernichtung genügte. Er hatte ihr dreimal ins Gesicht geschossen, die letzten beiden Male, als sie schon tot auf dem Boden des Klassenzimmers lag, bevor er sich selbst eine Kugel ins Hirn jagte.

»Andy«, sagte ich. »Was ist dir zugestoßen?«

»Die Prostata«, sagte er. »Ich hätte auf dich hören sollen, kleiner Bruder.«

Auf dem Tisch stand ein mit Schimmel überzogener Geburtstagskuchen. Während ich ihn betrachtete, wölbte der Zuckerguss sich hoch und platzte auf. Heraus kroch eine schwarze Ameise, groß wie ein Pfefferstreuer. Sie lief am Arm meines toten Bruders hinauf, über seine Schulter und dann auf sein Gesicht. Meine Mutter drehte den Kopf. Ich konnte ihre vertrockneten Sehnen ächzen hören. Es klang wie eine rostige Feder an einer alten Küchentür.

»Alles Gute zum Geburtstag, Jamie«, sagte sie. Ihre Stimme war heiser und ausdruckslos.

»Alles Gute, Junge.« Mein Vater.

»Alles Gute, Kleiner.« Andy.

Dann drehte sich Claire zu mir um und sah mich an, obwohl sie dazu nur eine einzige leere Augenhöhle zur Verfügung hatte.

Sag nichts, dachte ich. *Wenn du etwas sagst, werde ich wahnsinnig.*

Aber sie tat es. Die Worte kamen aus einer verklumpten, mit zertrümmerten Zähnen gefüllten Höhlung.

»Mach ihr auf dem Rücksitz von dem Wagen bloß kein Kind.«

Und meine Mutter nickte wie die Puppe eines Bauchredners, während weitere Riesenameisen aus dem uralten Kuchen krochen.

Ich versuchte, meine Augen zu bedecken, aber meine Hände waren zu schwer. Sie hingen schlaff an den Seiten herab. Hinter mir hörte ich, wie die besagte Treppenstufe ihr übellauniges Ächzen von sich gab. Nicht ein-, sondern zweimal. Zwei Neuankömmlinge, und ich wusste, wer sie waren.

»Nein«, sagte ich. »Aufhören. Bitte hört auf.«

Doch dann fiel die Hand von Patsy Jacobs auf meine Schulter, und die Arme von Morrie dem Klettchen schlangen sich direkt über dem Knie um mein Bein.

»Etwas ist passiert«, flüsterte Patsy mir ins Ohr. Haare kitzelten mich an der Wange, und ich wusste, dass sie ihr von der bei dem Zusammenstoß abgerissenen Kopfhaut hingen.

»Etwas ist passiert«, stimmte Morrie zu und klammerte sich fester an mein Bein.

Dann fingen alle an zu singen. Die Melodie war die von »Happy Birthday«, aber der Text hatte sich verändert.

»Es ist was passi-hiert ... MIT DIR! Was passi-hiert ... MIT DIR! Was passi-hiert, lieber Jamie, was passi-hiert MIT DIR!«

Das war der Moment, wo ich losschrie.

Zum ersten Mal träumte ich diesen Traum in dem Zug, der mich nach Denver brachte. Zum Glück für die Leute, die mit mir im selben Wagen saßen, äußerten sich meine Schreie in der realen Welt nur als heiseres Stöhnen aus tiefer Kehle. Innerhalb der folgenden zwanzig Jahre wiederholte der Traum sich etwa zwei Dutzend Male. Immer wachte ich mit demselben panischen Gedanken auf: *Irgendwas ist passiert.*

Zu dieser Zeit war Andy noch quicklebendig. Ich rief ihn immer mal wieder an und sagte ihm, er solle sich die Prostata untersuchen lassen. Zuerst lachte er mich nur aus, dann wurde er ärgerlich und wies darauf hin, dass unser Vater immer noch gesund wie ein Fisch im Wasser sei und so, wie er aussehe, weitere zwanzig Jahre vor sich habe.

»Mag sein«, erwiderte ich. »Aber Mama ist an Krebs gestorben, und zwar jung. Ihre Mutter ebenfalls.«

»Falls es dir nicht aufgefallen sein sollte – die hatten beide keine Prostata.«

»Ich glaube nicht, dass die Götter der Vererbung sich um so etwas scheren«, sagte ich. »Die schicken den Krebs einfach dahin, wo er am willkommensten ist. Was zierst du dich eigentlich so, um Himmels willen? Man steckt dir einen Finger in den Arsch, es ist in zehn Sekunden vorüber, und solange du nicht spürst, dass der Arzt dir von hinten die Hände auf die Schultern legt, musst du dir nicht mal Sorgen um deine anale Jungfräulichkeit machen.«

»Ich lasse es machen, wenn ich fünfzig bin«, sagte er. »So wird es empfohlen, so mache ich es, und damit Schluss. Es freut mich, dass du dein Leben wieder in Ordnung gebracht hast, Jamie. Und es freut mich, dass du jetzt einen anständigen Job im Musikgeschäft hast, sofern man da überhaupt von so was sprechen kann. Aber das gibt dir noch lange nicht das Recht, mein Leben zu beaufsichtigen. Das tut Gott für mich.«

Mit fünfzig ist es zu spät, dachte ich. *Wenn du fünfzig bist, hat es dich schon im Griff.*

Weil ich meinen Bruder liebte (obwohl er meiner bescheidenen Meinung nach eine ziemlich lästige missionarische Ader entwickelt hatte), unternahm ich einen letzten Versuch und wandte mich an seine Frau Francine. Der konnte ich sagen, worüber Andy sicher nur gespottet hätte – ich hätte eine Vorahnung, und die sei stark. Francie, *bitte* sorge dafür, dass er sich die Prostata untersuchen lässt.

Er ließ sich auf einen Kompromiss ein (»damit ihr beide endlich die Klappe haltet!«), indem er kurz nach seinem siebenundvierzigsten Geburtstag eine Vorsorgeuntersuchung durchführen ließ. Dabei bemerkte er murrend, dieser verfluchte Test sei unzuverlässig. Gut möglich, doch selbst mein bibelfester, den Gang zum Arzt scheuender Bruder konnte das Ergebnis kaum infrage stellen; das war so durchsichtig wie Bo Derek in *Die Traumfrau*. Es folgten ein Besuch beim Urologen in Lewiston und dann eine Operation. Drei Jahre später erklärte man ihn für geheilt. Ein Jahr danach – mit einundfünfzig – erlitt er beim Rasensprengen einen Schlaganfall und lag in den Armen Jesu, noch bevor ihn der Rettungswagen ins Krankenhaus schaffen konnte. Das war im Norden des Staates New York, wo er auch beerdigt wurde. In Harlow fand keine Trauerfeier statt, worüber ich froh war. In meinen Träumen kehrte ich ohnehin allzu oft nach Hause zurück, den Träumen, die eine bleibende Nachwirkung der Behandlung waren, mit der Jacobs meine Drogensucht beseitigt hatte. Daran hatte ich keinerlei Zweifel.

An einem sonnigen Montag im Juni 2008 erwachte ich wieder aus diesem Traum und blieb zehn Minuten im Bett liegen, um mich wieder in den Griff zu bekommen. Allmählich wurde mein Atem langsamer, und ich überwand die Vorstellung, dass ich den Mund nicht aufmachen durfte, weil sonst nichts herausgekommen wäre außer *Irgendwas ist passiert*, wieder und immer wieder. Ich rief mir ins Gedächtnis, dass ich clean und nüchtern war, was immer noch das Wichtigste in meinem Leben darstellte. Schließlich hatte es dieses Leben zum Besseren gewendet. Inzwischen kam der Traum weniger oft, und es waren mindestens vier Jahre vergangen, seit ich beim Aufwachen festgestellt hatte, dass ich auf meine Haut einstach (das letzte Mal mit einem Spatel, was kein bisschen Schaden angerichtet hatte). *Es ist nicht schlimmer als eine kleine Operationsnarbe*, sagte ich mir, und normalerweise gelang es mir auch, es mir so vorzustellen. Nur direkt nach einem solchen Traum spürte ich etwas *hinter* diesem Traum lauern, etwas Bösartiges. Es war weiblich. Dessen war ich mir schon damals gewiss.

Nachdem ich mich geduscht und angezogen hatte, war der Traum nur noch ein schwacher Dunst. Bald würde auch dieser sich ganz aufgelöst haben, das wusste ich aus Erfahrung.

Ich hatte eine in der ersten Etage gelegene Wohnung am Boulder Canyon Drive von Nederland bezogen. 2008 hätte ich mir zwar ein Haus leisten können, aber dann hätte ich eine Hypothek aufnehmen müssen, und das wollte ich nicht. Da ich allein lebte, war eine Wohnung genau das Richtige für mich. Das Bett war so groß wie das in Jacobs' Wohnmobil, und es hatte nicht an Frauen gefehlt, die es im Lauf der Jahre mit mir geteilt hatten. Inzwischen fanden solche Besuche seltener und in größeren Zeitabständen statt, aber das war wohl zu erwarten gewesen. Bald sollte ich zweiundfünfzig werden und damit allmählich ein Alter erreichen, in dem sich selbst die durchtriebensten Schürzenjäger unvermeidlich in zottige alte Geißböcke verwandelten.

Außerdem beobachtete ich gern, wie mein Sparkonto langsam fetter wurde. Ich war zwar absolut nicht knauserig veranlagt, aber Geld war trotzdem keine unwichtige Sache für mich. Die Erinnerung daran, wie ich krank und völlig abgebrannt im Fairgrounds Inn aufgewacht war, war mir nie aus dem Sinn gegangen. Das galt auch für das Gesicht der rothaarigen Landpomeranze, als sie mir meine ausgereizte Kreditkarte zurückgegeben hatte. *Versuchen Sie's doch noch mal*, hatte ich zu ihr gesagt. *Schätzchen*, hatte sie erwidert, *wenn ich Sie so ansehe, muss ich das gar nicht erst tun.*

Ja, aber sieh mal, was aus mir geworden ist, Dörrpflaume, dachte ich, während ich meinen 4Runner auf der Caribou Road nach Westen lenkte. Seit dem Abend, an dem ich in Tulsa auf Charles Jacobs getroffen war, hatte ich zwanzig Kilo zugelegt, aber dank meiner eins fünfundachtzig sahen die sechsundachtzig Kilo gut an mir aus. Na schön, mein Bauch war nicht gerade flach, und mein letzter Cholesterinwert war fragwürdig gewesen, aber in Tulsa hatte ich wie ein KZ-Überlebender ausgesehen. Ich würde zwar nie in der Carnegie Hall auftreten oder mit der E Street Band in Stadien spielen, aber ich spielte immer noch Gitarre –

häufig sogar –, und ich hatte eine Arbeit, die ich mochte und in der ich gut war. Wenn jemand sich mehr wünscht, sagte ich mir oft, fordert er die Götter heraus. Also tu das nicht, Jamie. Und falls du je hören solltest, wie Peggy Lee jenen wehmütigen Klassiker von Leiber und Stoller singt – »Is That All There Is?« –, dann wechselst du einfach den Sender, um dir was Fetzigeres zu genehmigen.

Nach vier Meilen und damit ziemlich genau dort, wo die Caribou Road ein wenig steiler in die Berge führt, bog ich an dem Schild mit der Aufschrift WOLFJAW-RANCH 2 MEILEN ab. Ich tippte meinen Code in die Tastatur am Tor und stellte meinen Wagen auf dem geschotterten Parkplatz ab, der mit MITARBEITER UND TALENTE gekennzeichnet war. Voll hatte ich ihn nur ein einziges Mal erlebt, nämlich als Rihanna hier eine EP aufgenommen hatte. An jenem Tag hatten die Autos sogar die Zufahrtsstraße entlang gestanden, fast bis zum Tor hinunter. Die junge Dame verfügte über ein ansehnliches Gefolge.

Pagan Starshine (echter Name: Hillary Katz) hatte die Pferde sicher schon vor zwei Stunden gefüttert, aber ich ging trotzdem an der Doppelreihe Boxen entlang, um ihnen Apfelschnitze und Karottenstücke zu geben. Die meisten waren groß und wunderschön; manchmal stellte ich sie mir als Cadillac-Limousinen auf vier Beinen vor. Mein Liebling glich jedoch eher einem verbeulten Chevrolet. Er hieß Bartleby und war ein Apfelschimmel ohne nennenswerten Stammbaum. Schon als ich mit nichts als einer Gitarre, einer Reisetasche und einem schwachen Nervenkostüm auf der Ranch angekommen war, hatte er hier gestanden, und schon damals war er nicht jung gewesen. Die meisten seiner Zähne hatte er schon vor Jahren verloren, doch mit den wenigen, die ihm verblieben waren, kaute er seinen Apfelschnitz. Seine Kiefer bewegte sich gemächlich von einer Seite zur anderen, und seine sanften, dunklen Augen blickten mir unverwandt ins Gesicht.

»Du bist ein guter Kerl, Bart«, sagte ich, während ich ihm die

Nüstern streichelte. »Und gute Kerle sind mir einfach total sympathisch.«

Er nickte, wie um zu sagen, dass er das wisse.

Pagan Starshine – für ihre Freunde Paig – streute den Hühnern gerade das Futter hin, mit dem ihre Schürze gefüllt war. Da sie mir nicht zuwinken konnte, begrüßte sie mich mit einem lauten, rostigen Hallo, gefolgt von den ersten zwei Zeilen von »Mashed Potato Time«. Bei den nächsten beiden begleitete ich sie: »It's the latest, it's the greatest«, usw. usf. Früher war Pagan Backup-Sängerin gewesen, und in ihrer Glanzzeit hatte sie wie eine der Pointer Sisters geklungen. Außerdem rauchte sie wie ein Schlot, weshalb sie sich mit vierzig eher wie Joe Cocker in Woodstock anhörte.

Studio 1 war abgeschlossen und dunkel. Ich schaltete das Licht ein und studierte auf dem Anschlagbrett die für den Tag geplanten Sessions. Es waren vier: eine um zehn, eine um zwei, eine um sechs und eine um neun Uhr abends, die wahrscheinlich bis nach Mitternacht dauern würde. Studio 2 war garantiert genauso ausgebucht. Nederland ist ein winziges Kaff hoch in den Bergen, wo die Luft dünn ist; es hat weniger als fünfzehnhundert ansässige Bewohner, aber eine lebendige Musikszene, die völlig im Widerspruch zu seiner Größe steht. Die Autoaufkleber mit der Aufschrift NEDERLAND! KRONE NASHVILLES! sind keine totale Übertreibung. Als noch der Vater von Hugh Yates den Laden schmiss, nahm Joe Walsh in Wolfjaw 1 sein erstes Album auf, und John Denver hat sein letztes in Wolfjaw 2 eingespielt. Hugh hat mir einmal ein Tonband vorgespielt, auf dem Denver seinen Bandmitgliedern von einem Leichtflugzeug erzählt, das er gerade erworben habe. Es trug den Namen Long-EZ. Dabei lief es mir kalt über den Rücken.

Im Ort gab es neun Kneipen, in denen man an jedem Abend der Woche Livemusik hören konnte, und neben unserem hatten sich drei weitere Aufnahmestudios niedergelassen. Die Wolfjaw-Ranch war allerdings das größte und beste. An dem Tag, an dem ich schüchtern Hughs Büro betrat und ihm sagte, Charles Jacobs habe mich geschickt, hingen mindestens zwei Dutzend Fotos an den Wänden, darunter Eddie Van Halen, Lynyrd Skynyrd, Axl Rose (in seiner besten Zeit) und Uz. Sein größter Stolz war jedoch das einzige, auf dem er selbst zu sehen war. Es zeigte die Staple Singers. »Mavis Staples ist eine wahre Göttin«, sagte er zu mir. »Die beste Sängerin in Amerika. Niemand kann ihr das Wasser reichen.«

In meinen Jahren unterwegs hatte ich bei den Aufnahmen von allerhand billigen Singles und schlechten Indie-Alben mitgewirkt, aber auf einem großen Label hörte ich mich erst, als ich bei einer Session von Neil Diamond für einen Rhythmusgitarristen einsprang, der am Pfeiffer-Drüsenfieber erkrankt war. An jenem Tag hatte ich furchtbares Lampenfieber – bestimmt würde ich mich einfach zusammenkrümmen und auf meine SG kotzen, dachte ich –, doch seither habe ich bei vielen Sessions gespielt, meist als Ersatz, aber manchmal auch auf Anforderung. Die Bezahlung war nicht toll, aber auch nicht gerade dürftig. Am Wochenende spielte ich mit der Hausband in einer örtlichen Kneipe mit Namen Comstock Lode und zog gelegentlich einen Gig in Denver an Land. Außerdem unterrichtete ich aufstrebende Highschool-Talente bei einem Sommerkurs, den Hugh nach dem Tod seines Vaters eingerichtet hatte. Er nannte ihn Rock-Atomic.

»Völlig unmöglich«, protestierte ich, als Hugh mir vorschlug, dabei mitzumachen. »Ich kann doch nicht mal Noten lesen!«

»Mag sein«, sagte Hugh. »Aber eine Tabulatur kannst du prima lesen, und mehr wollen die Kids nicht. Zum Glück für uns und für sie brauchen die meisten von denen auch nichts anderes. Hier in den Bergen wirst du auf keinen Andrés Segovia treffen, mein Lieber.«

Damit hatte er recht, und sobald meine Ängste sich gelegt hatten, genoss ich den Unterricht. Einerseits kamen dabei Erinnerungen an die Chrome Roses zurück. Und andererseits ... vielleicht sollte ich mich schämen, so etwas zu sagen, aber bei der Arbeit mit den Jugendlichen empfand ich ein ähnliches Vergnügen wie das, Bartleby morgens seinen Apfelschnitz zu füttern und ihm die Nüstern zu streicheln. Die Kids wollten einfach *rocken*, und die meisten merkten irgendwann, dass sie das konnten ... jedenfalls sobald sie einen E-Barré hinbekamen.

Studio 2 war ebenfalls dunkel, aber Mookie McDonald hatte das Mischpult angelassen. Ich stellte alles ab und nahm mir vor, mit ihm darüber zu sprechen. Er war ein guter Tontechniker, aber da er seit vierzig Jahren Gras rauchte, war er vergesslich geworden. Meine Gibson SG stand zwischen den anderen Instrumenten, weil ich im Lauf des Tages mit einer örtlichen Rockabilly-Combo namens Gotta Wanna ein Demo aufnehmen sollte. Ich setzte mich auf einen Hocker und spielte etwa zehn Minuten ohne Verstärker, Sachen wie »Hi-Heel Sneakers« und »Got My Mojo Working«, einfach um locker zu werden. Inzwischen war ich zwar besser als in meinen Wanderjahren, viel besser, aber ein Eric Clapton würde ich trotzdem nie sein.

Das Telefon läutete. In den Studios tat es das allerdings nicht richtig, der Apparat leuchtete nur an den Kanten blau auf. Ich legte meine Gitarre weg und nahm ab. »Studio zwei, Curtis Mayfield am Apparat.«

»Na, wie ist es so im Jenseits, Curtis?«, fragte Hugh Yates.

»Finster. Das Gute an der Sache hier ist, dass ich nicht mehr gelähmt bin.«

»Freut mich, das zu hören. Komm doch mal rauf ins Haupthaus. Ich hab da was, was du sehen solltest.«

»Puh, Mann, in einer halben Stunde kommt jemand zur Aufnahme. Ich glaube, diese Country-&-Western-Mieze mit den langen Beinen.«

»Mookie wird ihr schon helfen, alles aufzubauen.«

»Nein, wird er nicht. Er ist nämlich noch nicht hier. Und außerdem hat er den Mixer angelassen. Wieder mal.«

Hugh seufzte. »Ich werde mit ihm sprechen. Komm einfach hoch.«

»Okay, aber ... Hugh? Mit dem Mookster spreche *ich*. Das ist mein Job, okay?«

Er lachte. »Manchmal frage ich mich, was aus dem maulfaulen Trauerkloß geworden ist, den ich damals eingestellt habe«, sagte er. »Komm hoch. Es wird dich vom Hocker hauen.«

Das Haupthaus war ein ansehnliches Ranchgebäude, auf dessen Wendeplatz der klassische Continental des Besitzers stand. Hugh war vernarrt in alles, was Superbenzin soff, und diesen Luxus konnte er sich leisten. Wolfjaw spielte zwar kaum mehr als die laufenden Kosten ein, aber Hughs Vorfahren hatten genügend Geld in erstklassige Investments gesteckt, und Hugh – zweimal geschieden, jeweils mit vorherigem Ehevertrag, aus beiden Ehen keine Kinder – war der letzte Spross am Stammbaum der Familie Yates. Er hielt Pferde, Hühner, Schafe und ein paar Schweine, aber das war nicht viel mehr als ein Hobby. Dasselbe galt für seine Autos und seine Sammlung PS-starker Pick-ups. Sein eigentliches Interesse galt der Musik, und die lag ihm wirklich am Herzen. Er behauptete, früher selber Musiker gewesen zu sein; allerdings habe ich nie gesehen, dass er mal ein Blasinstrument oder eine Gitarre in die Hand genommen hätte.

»Musik hat echte Bedeutung«, sagte er mir einmal. »Unterhaltungsliteratur vergeht, Fernsehshows vergehen, und ich glaube nicht, dass du noch weißt, was du vor zwei Jahren im Kino gesehen hast. Aber Musik bleibt bestehen, selbst Popmusik. *Vor allem* Popmusik. Über Sachen wie ›Raindrops Keep Fallin' on My Head‹ mag man zwar die Nase rümpfen, aber diesen dämlichen Quatsch wird man noch in fünfzig Jahren hören.«

Es fiel mir leicht, mich an den Tag zu erinnern, an dem ich ihn kennengelernt hatte, denn Wolfjaw sah noch genauso aus wie damals, bis hin zu dem mitternachtsblauen Continental mit den ovalen Fenstern in der C-Säule. Nur ich hatte mich verändert. An jenem Tag im Herbst 1992 hatte Hugh Yates mich an der Tür empfangen, mir die Hand geschüttelt und mich in sein Büro begleitet. Dort ließ er sich in einen hochlehnigen Sessel hinter einem Schreibtisch fallen, der so groß war, dass darauf eine Piper Cub hätte landen können. Schon als ich ihm ins Haus gefolgt war, war ich nervös gewesen; als ich nun all die berühmten Gesichter von den Wänden blicken sah, trocknete das bisschen Speichel, das mir noch im Mund verblieben war, vollständig aus.

Er musterte mich kritisch – einen Besucher, der ein schmutziges AC/DC-Shirt und noch schmutzigere Jeans trug – und sagte: »Charlie Jacobs hat mich angerufen. Der Rev hat mir vor einigen Jahren einen großen Gefallen getan, weshalb ich in seiner Schuld stehe. Die ist zwar größer, als ich es ihm je vergelten könnte, aber er sagt, wenn ich was für Sie tue, sind wir quitt.«

Ich stand vor seinem Schreibtisch, ohne ein Wort herauszubringen. Wie man bei einer Band vorspielen musste, war mir klar, aber das hier war etwas anderes.

»Er hat gesagt, früher waren Sie süchtig.«

»Stimmt«, sagte ich. Es hatte keinen Sinn, das zu leugnen.

»Heroin gedrückt, hat er gesagt.«

»Stimmt ebenfalls.«

»Aber jetzt sind Sie clean?«

»Ja.«

Ich dachte, nun würde er mich fragen, wie lange schon, aber das tat er nicht. »Nun setzen Sie sich endlich hin, um Himmels willen. Wollen Sie eine Coke? Ein Bier? Limonade? Eistee vielleicht?«

Ich setzte mich, schaffte es jedoch nicht, mich anzulehnen und zu entspannen. »Eistee klingt gut.«

Er drückte auf die Sprechanlage auf seinem Schreibtisch. »Georgia? Zwei Gläser Eistee, Schatz.« Dann sagte er zu mir: »Das hier ist zwar eine richtige Ranch, Jamie, aber das Viehzeug, um das es mir wirklich geht, sind die Viecher, die hier mit ihren Instrumenten aufkreuzen.«

Ich versuchte zu lächeln, kam mir dabei jedoch wie ein Trottel vor, und gab es auf.

Das schien ihm nicht aufzufallen. »Rockbands, Countrybands, Solomusiker. Die sind unser wichtigstes Standbein, aber wir machen auch kommerzielle Jingles für die Radiosender in Denver und jedes Jahr zwanzig bis dreißig Hörbücher. Als Michael Douglas in Wolfjaw einen Roman von Faulkner aufgenommen hat, hätte Georgia sich fast ins Höschen gepinkelt. In der Öffentlichkeit gibt er sich jovial, aber im Studio ist er ein echter Perfektionist.«

Darauf fiel mir keine Antwort ein, weshalb ich schwieg und mich nach dem Eistee sehnte. Mein Mund war so trocken wie die Wüste.

Hugh beugte sich vor. »Wissen Sie, was jede richtige Ranch mehr braucht als alles andere?«

Ich schüttelte den Kopf, doch bevor er das näher erläutern konnte, kam eine hübsche junge Schwarze herein. Sie trug ein Silbertablett, auf dem zwei hohe, mit Eiswürfeln gefüllte Gläser Eistee standen. In jedem steckte ein Minzezweig. Ich drückte zwei Zitronenschnitze in meinem Tee aus, ließ die Zuckerdose jedoch stehen. In meinen Jahren als Junkie hatte ich regelrecht nach Zucker gegiert, aber seit dem Tag, an dem Jacobs mir in der alten Karosseriewerkstatt seine Kopfhörer aufgesetzt hatte, widerte alles Süße mich an. Kurz nach meiner Abfahrt aus Tulsa hatte ich mir im Speisewagen einen Schokoriegel gekauft, ihn jedoch nicht hinuntergebracht. Schon als ich ihn roch, musste ich würgen.

»Danke schön, Georgia«, sagte Hugh.

»Gern geschehen. Vergiss nicht, dass heute Besuchszeit ist. Es geht um zwei Uhr los, und Les erwartet sicher, dass du kommst.«

»Ich denke daran.« Nachdem sie hinausgegangen war und die Tür leise hinter sich zugezogen hatte, wandte er sich wieder an mich. »Was jede richtige Ranch braucht, ist ein Vorarbeiter. Um die Viehzucht und die Landwirtschaft kümmert sich hier Rupert Hall. Der ist bei bester Gesundheit, aber mein *musikalischer* Vorarbeiter liegt im Krankenhaus in Boulder. Les Calloway. Den Namen haben Sie wahrscheinlich noch nie gehört, oder?«

Ich schüttelte den Kopf.

»Wie steht's mit den Excellent Board Brothers?«

Bei dem Namen klingelte es. »Eine Instrumentalband, oder nicht? Surfsound, so ähnlich wie Dick Dale and the Del-Tones?«

»Stimmt genau. Irgendwie komisch, dass die alle aus Colorado kamen, was so weit von beiden Ozeanen entfernt ist wie nur möglich. Sie hatten einen Top-40-Hit, ›Aloona Ana Kaya‹. Was in sehr schlechtem Hawaiianisch ›lass uns vögeln‹ heißt.«

»An den erinnere ich mich, klar.« Natürlich tat ich das, schließlich hatte meine Schwester ihn mindestens zehntausendmal laufen lassen. »Das ist der Titel, bei dem die ganze Zeit ein Mädchen lacht.«

Hugh schmunzelte. »Genau dieses Lachen hat den Song zum One-Hit-Wonder gemacht, und ich bin der Bursche, der es aufgenommen hat. Aber das nur nebenbei. Damals war mein Vater hier der Chef. Und das Mädel, das sich den Arsch ablacht, arbeitet ebenfalls hier. Hillary Katz, die sich heutzutage allerdings Pagan Starshine nennt. Inzwischen ist sie clean, aber an jenem Tag hatte sie so viel Lachgas geschnüffelt, dass sie einfach nicht *aufhören* konnte zu kichern. Das habe ich gleich drüben in der Kabine aufgenommen, ohne dass sie was davon gemerkt hat. Es ist auf der Platte gelandet, und man hat sie mit sieben Riesen beteiligt.«

Ich nickte. Die Geschichte der Rockmusik war voll solch glücklicher Zufälle.

»Jedenfalls haben die Excellent Board Brothers eine einzige Tournee gespielt und dann eine doppelte Bruchlandung hingelegt. Sie wissen, was ich damit meine?«

Das wusste ich durchaus, und zwar aus persönlicher Erfahrung. »Erst brach der Kontostand ein, dann brach die Band auseinander.«

»Richtig. Les kam nach Hause, um für mich zu arbeiten. Als Produzent ist er besser, als er als Musiker je war, und nun ist er schon seit bald fünfzehn Jahren meine wichtigste Stütze im Musikgeschäft. Als Charlie Jacobs mich anrief, hatte ich vor, Sie zu seinem Assistenten zu machen. Ich dachte, dann können Sie sich einarbeiten, während Sie schon was verdienen, und nebenbei noch ein paar Gigs spielen, wie es eben so läuft. Das ist immer noch der Plan, aber einarbeiten müssen Sie sich verflucht schnell, mein Lieber, weil Les letzte Woche einen Herzinfarkt hatte. Er wird sich davon erholen – sagt man mir wenigstens –, aber er wird stark abnehmen und massenhaft Pillen schlucken müssen. Außerdem spricht er davon, in einem Jahr oder so in Rente zu gehen. Das heißt, dass ich genügend Zeit habe festzustellen, ob es mit Ihnen klappt.«

Ich verspürte eine gewisse Panik. »Mr. Yates …«

»Hugh. Duzen wir uns.«

»Hugh, im Produktionsgeschäft kenne ich mich so gut wie gar nicht aus. Die einzigen Studios, in denen ich je gewesen bin, waren die, die meine jeweilige Band stundenweise gemietet hat.«

»Wobei wahrscheinlich die fürsorglichen Eltern des Leadgitarristen die Rechnung bezahlt haben«, sagte er. »Oder die Frau des Schlagzeugers, die acht Stunden täglich gekellnert und sich für ein anständiges Trinkgeld die Füße wund gelaufen hat.«

Ja, so war es in etwa gewesen. Jedenfalls bis besagtes Frauchen auf den Trichter gekommen war und ihren Süßen vor die Tür gesetzt hatte.

Er beugte sich vor und faltete die Hände. »Entweder du lernst es, oder du lernst es nicht. Der Rev meint, du lernst es. Das reicht mir aus. Muss es. Schließlich stehe ich in seiner Schuld. Vorläufig musst du nichts anderes tun, als in den Studios das Licht anzuknipsen und den Terminplan im Blick zu behalten. Das schaffst du doch, oder?«

»Ja.«

»Na also. Und abends schließt du alles wieder ab. Ich habe jemand, der dir zeigen kann, wie es läuft, bis Les wiederkommt. Mookie McDonald heißt der. Falls du genauso gut darauf achtest, was Mookie falsch macht, wie auf das, was er richtig macht, wirst du eine Menge lernen. Lass ihn aber auf keinen Fall irgendwelchen Papierkram erledigen. Und noch was. Wenn du ab und zu Gras rauchst, ist das deine Sache, solange du rechtzeitig zur Arbeit kommst und keinen Steppenbrand verursachst. Aber falls ich erfahren sollte, dass du wieder angefangen hast zu fixen ...«

Ich zwang mich dazu, ihm in die Augen zu blicken. »Das kommt für mich nicht mehr infrage.«

»Eine mutige Ansage, die ich schon oft gehört habe, in einigen Fällen von Leuten, die inzwischen tot sind. Manchmal bewahrheitet es sich allerdings. Ich hoffe, in deinem Fall wird's auch so sein. Aber damit die Sache klar ist: Wenn du drückst, bist du draußen, egal ob ich jemand was schuldig bin oder nicht. Ist das klar?«

Das war es. Kristallklar.

2008 war Georgia Donlin noch genauso schön wie 1992, aber sie hatte ein paar Kilo zugelegt, in ihrem dunklen Haar sah man silberne Strähnen, und sie trug eine Zweistärkenbrille. »Du weißt nicht zufällig, weshalb er heute Morgen so aufgebracht ist, oder?«, fragte sie mich.

»Keine Ahnung.«

»Erst hat er geflucht, dann ein bisschen gelacht, und dann hat er wieder zu fluchen angefangen. Hat gesagt, er hätte es ja gewusst, hat jemand als Arschloch bezeichnet und schließlich was durch die Gegend geschmissen, so hat es sich jedenfalls angehört. Ich will bloß wissen, ob irgendjemand rausgeworfen wird. Falls das der Fall ist, melde ich mich heute krank. Mit Streit kann ich nicht umgehen.«

»Sagt die Frau, die dem Fleischlieferanten im letzten Winter einen Kochtopf an den Kopf geworfen hat.«

»Das war was anderes. Schließlich wollte dieser Volltrottel mir an den Hintern langen.«

»Ein Volltrottel mit gutem Geschmack«, bemerkte ich, und als sie mir einen bösen Blick zuwarf: »Ich mein ja nur.«

»Aha. Immerhin ist es jetzt seit ein paar Minuten ruhig da drin. Hoffentlich hat er sich keinen Herzinfarkt geholt.«

»Vielleicht hat er irgendwas im Fernsehen gesehen. Oder es war was in der Zeitung.«

»Den Fernseher hat er, eine Viertelstunde nachdem ich hergekommen bin, ausgemacht, und was die *Camera* und die *Post* angeht, die hat er schon vor zwei Monaten abbestellt. Er behauptet, er kriegt alles übers Internet. Ich hab ihm gesagt: ›Hugh, diese ganzen Internetartikel werden von Bürschlein geschrieben, die noch nicht alt genug sind, sich zu rasieren, und von Mädels, die gerade ihren ersten richtigen BH gekauft haben. Dem Zeug kann man einfach nicht vertrauen.‹ Leider hält er mich diesbezüglich für eine ahnungslose alte Dame. Das sagt er zwar nicht, aber ich kann es in seinen Augen lesen. Als ob ich keine Tochter hätte, die an der Uni Informatik studiert. *Die* hat mir nämlich gesagt, ich sollte diesem ganzen Bloggermist kein Vertrauen schenken. Jetzt geh. Aber wenn er tot in seinem Sessel liegt, weil er vor Ärger keine Luft mehr bekommen hat, ruf mich nicht rein, um es mit Mund-zu-Mund-Beatmung zu versuchen.«

Erhobenen Hauptes rückte sie ab. Ihr gleitender Gang unterschied sich in nichts von dem der jungen Frau, die sechzehn Jahre zuvor Eistee in Hughs Büro gebracht hatte.

Ich klopfte mit einem Fingerknöchel an die Tür. Hugh war zwar nicht tot, saß jedoch zusammengesunken hinter seinem überdimensionierten Schreibtisch und rieb sich die Schläfen, als hätte er Migräne. Vor ihm stand sein aufgeklappter Laptop.

»Willst du jemand feuern?«, fragte ich.

Er blickte auf. »Hä?«

»Georgia sagt, wenn du jemand feuern willst, meldet sie sich krank.«

»Ich werde niemand feuern. Das ist ja lächerlich.«

»Sie sagt, du hättest was durch die Gegend geworfen.«

»Quatsch.« Er schwieg einen Moment. »Allerdings habe ich auf den Papierkorb eingetreten, als ich diesen Scheißdreck über die heiligen Ringe gesehen habe.«

»Erzähl *mir* von den heiligen Ringen. Dann verpasse ich dem Papierkorb auch einen rituellen Tritt und gehe dann wieder an die Arbeit. Ich habe heute nämlich unglaublich viel zu tun. Unter anderem muss ich zwei Titel für die Session von Gotta

Wanna einüben. Da ist ein gezielter Tritt gegen den Papierkorb vielleicht genau das Richtige, mich in Fahrt zu bringen.«

Hugh machte sich wieder daran, seine Schläfen zu reiben. »Ich habe schon geahnt, dass so was passiert, weil ich wusste, dass er dazu in der Lage ist, aber *das* hätte ich nie erwartet ... etwas in diesem Ausmaß. Na gut, schließlich heißt es, man soll aufs Ganze gehen.«

»Ich hab keinen blassen Schimmer, wovon du redest.«

»Abwarten, Jamie, abwarten.«

Ich pflanzte meinen Hintern auf einer Ecke seines Schreibtischs.

»Jeden Morgen schaue ich mir die Sechsuhrnachrichten an, während ich meine Bauchmuskeln trainiere und auf dem Heimtrainer sitze, okay? Hauptsächlich, weil es zusätzliche aerobe Vorteile mit sich bringt, die Süße vom Wetterbericht zu beäugen. Und heute Morgen habe ich neben den Werbeclips für magische Antifaltencremes und Golden-Oldie-Kollektionen von Time Warner was Besonderes gesehen. Erst konnte ich es gar nicht glauben. Ab-so-lut nicht. Gleichzeitig habe ich's doch geglaubt.« Er lachte, aber nicht wie über einen Scherz, sondern so, wie man über etwas lachte, was man einfach nicht begreifen konnte. »Also hab ich die Glotze ausgestellt und bin ins Internet gegangen, um ein bisschen zu recherchieren.«

Ich wollte zu ihm hinter seinen Schreibtisch treten, aber er hob die Hand, um mich aufzuhalten. »Zuerst muss ich dich fragen, ob du mich zu einer Veranstaltung begleitest, Jamie. Um jemand zu sehen, der nach ein paar Fehlstarts endlich seine Bestimmung gefunden hat.«

»Klar, wieso nicht. Solange es sich nicht um ein Konzert von Justin Bieber handelt. Für diesen Biebs hab ich nun doch ein paar Jahre zu viel auf dem Buckel.«

»Ach, das hier ist viel besser als der. Schau dir das mal an. Aber verbrenn dir dabei nicht die Augen.«

Ich trat hinter den Schreibtisch und begegnete meinem Fünften im Spiel zum dritten Mal. Als Erstes fiel mir der künstlich starre Blick auf, der eines Hypnotiseurs. Die Hände hatte er zu beiden Seiten seines Gesichts gespreizt, und an beiden Ringfingern trug er einen dicken Goldring.

Es war ein Poster auf einer Website mit dem Titel PASTOR C. DANNY JACOBS REVIVAL TOUR 2008.

EIN REVIVAL WIE IN ALTEN ZEITEN!

13.–15. JUNI
FESTPLATZ VON NORRIS COUNTY
20 Meilen östlich von Denver

MIT DEM FRÜHEREN »SOULSÄNGER« AL STAMPER
UND DEN
GOSPEL ROBINS MIT DEVINA ROBINSON

SOWIE

EVANGELIST C. DANNY JACOBS

BEKANNT DURCHS FERNSEHEN
AUS *EINE STUNDE MIT DANNY JACOBS*
UND DER HEILENDEN KRAFT
DES EVANGELIUMS

ERQUICKT EURE SEELE MIT LIEDERN
ERNEUERT EUREN GLAUBEN DURCH HEILUNG
LAUSCHT DER GESCHICHTE DER HEILIGEN RINGE,
WIE NUR PASTOR DANNY SIE ERZÄHLEN KANN!

»Führe die Armen und Krüppel
und Blinden und Lahmen herein;
nötige sie hereinzukommen,
auf dass mein Haus voll werde.«
Lukas 14, 21 und 23

**ERLEBT DIE KRAFT GOTTES,
EUER LEBEN ZU VERÄNDERN!**

FREITAG, 13. JUNI: 19 UHR
SAMSTAG, 14. JUNI: 14 und 19 UHR
SONNTAG, 15. JUNI: 14 und 19 UHR

GOTT SPRICHT WIE EIN STILLES, SANFTES SAUSEN
(1. KÖNIGE 19, 12)
GOTT HEILT GLEICHWIE EIN BLITZ
(MATTHÄUS 24, 27)

**KOMMET ALLE!
KOMMET ZUHAUF!
LASSET EUCH ERWECKEN!**

Ganz unten sah man das Foto eines Jungen, der seine Krücken wegwarf, während die Gemeinde ihn mit freudiger Ehrfurcht beobachtete. Die Bildunterschrift lautete: *Robert Rivard, geheilt von MUSKELSCHWUND am 30.5.2007, St. Louis, Missouri.*

Ich war perplex, so perplex wie jemand, der einen alten, entweder für tot erklärten oder für ein schweres Verbrechen verknackten Freund erblickte. Ein Teil von mir – der veränderte, geheilte Teil – war jedoch keineswegs perplex. Dieser Teil hatte irgendwie schon die ganze Zeit auf so etwas gewartet.

Hugh lachte und sagte: »Mann, du siehst aus, als hättest du einen Vogel verschluckt, der dir in den Mund geflogen ist.« Dann sprach er den einzigen klaren Gedanken aus, den ich in jenem Augenblick im Hirn hatte. »Hat ganz den Anschein, dass der Rev in seine alte Trickkiste gegriffen hat.«

»Ja«, sagte ich und deutete auf das angebliche Zitat aus dem Matthäusevangelium. »Aber in dem Vers da geht es nicht um Heilung.«

Er hob die Augenbrauen. »Ich wusste gar nicht, dass du so bibelfest bist.«

»Es gibt viel, was du nicht weißt, weil wir nie über Charlie Jacobs sprechen«, sagte ich. »Aber ich kannte ihn schon lange vor Tulsa. Als ich ein kleiner Junge war, war er Pastor in unserer Gemeinde. Es war sein erstes Pfarramt, und ich hätte gedacht, auch sein letztes. Bis jetzt.«

Sein Lächeln schwand. »Du verarschst mich! Wie alt war er da, um die achtzehn?«

»Irgendwie so um die fünfundzwanzig. Ich war sechs oder sieben.«

»Hat er damals auch schon Leute geheilt?«

»Von wegen.« Mit Ausnahme meines Bruders Con jedenfalls. »Damals war er ein aufrechter Methodist – du weißt schon, Traubensaft statt Wein beim Abendmahl. Er war unheimlich beliebt.« Wenigstens bis zur Furchtbaren Predigt. »Nachdem er seine Frau und seinen Sohn durch einen Autounfall verloren hatte, hat er gekündigt.«

»Der Rev war verheiratet? Und hatte ein Kind?«

»Ja.«

Hugh dachte nach. »Also hat er tatsächlich das Recht, mindestens einen von diesen Eheringen zu tragen – falls es sich um Eheringe handelt. Was ich bezweifele. Sieh dir mal das an.«

Er schob den Cursor auf die Leiste oben auf der Seite und klickte auf BEZEUGTE WUNDER. Auf dem Bildschirm erschien eine Reihe von Youtube-Videos. Es waren mindestens ein Dutzend.

»Hugh, wenn du die Show von Charlie Jacobs sehen willst, gehe ich gerne mit, aber heute Morgen habe ich wirklich keine Zeit, mich über ihn zu unterhalten.«

Er betrachtete mich scharf. »Eigentlich siehst du gar nicht wie jemand aus, der einen Vogel verschluckt hat. Du siehst aus, als hätte dir jemand einen anständigen Schlag in die Magengrube versetzt. Schau dir bloß dieses eine Video an, dann kannst du gehen.«

In der Mitte des Bildschirms sah man den Jungen vom Poster. Als Hugh darauf klickte, bemerkte ich, dass der gut eine Minute lange Clip mehr als hunderttausendmal angesehen worden war. Noch kein virales Video, aber fast.

Als das Bild in Bewegung geriet, hielt jemand Robert Rivard ein Mikrofon mit der Aufschrift KSDK vors Gesicht. Eine unsichtbare Frau sagte: »Erzähl uns doch bitte, was bei dieser sogenannten Heilung passiert ist, Bobby.«

»Na ja, Ma'am«, sagte Bobby. »Als er meinen Kopf angefasst hat, da hab ich die heiligen Eheringe an den Seiten gespürt, an den Stellen hier.« Er deutete auf seine Schläfen. »Ich hab was knacken gehört, wie wenn ein trockener Zweig bricht. Vielleicht war ich sogar ganz kurz weg vom Fenster. Und dann ist so eine ... weiß auch nicht ... eine *Wärme* an meinen Beinen runtergelaufen ... und ...« Der Junge brach in Tränen aus. »Und ich konnte aufstehen. Ich konnte gehen! Ich war geheilt! Gott segne Pastor Danny!«

Hugh lehnte sich zurück. »Die anderen Videos habe ich mir zwar noch nicht alle angeschaut, aber *was* ich gesehen habe, läuft so ziemlich nach demselben Schema ab. Erinnert dich das an was?«

»Schon möglich«, sagte ich. Vorsichtig. »Wie steht's mit dir?«

Über den Gefallen, den der »Rev« Hugh erwiesen hatte, hatten wir nie gesprochen – einen so großen Gefallen, dass der Besitzer der Wolfjaw-Ranch einen gerade erst clean gewordenen Heroinsüchtigen nur auf der Basis eines Telefongesprächs eingestellt hatte.

»Nicht jetzt, wo du gerade keine Zeit hast. Was machst du in der Mittagspause?«

»Ich lasse mir eine Pizza kommen. Sobald die Country-&-Western-Schnecke fertig ist, kommt ein Typ aus Longmont ... auf seinem Zettel steht, dass er ein Bariton ist, der populäre Songs interpretiert.«

Einen Moment lang blickte Hugh verständnislos drein, dann schlug er sich mit der flachen Hand an die Stirn. »Du lieber Himmel, ist das etwa George Damon?«

»Genau, so heißt er.«

»Jesus, ich dachte, der Trottel wäre schon tot. Er war vor vielen Jahren hier, vor deiner Zeit. Die erste Platte, die er bei uns aufgenommen hat, hieß *Damon Does Gershwin*. Damals gab's noch keine CDs, aber vielleicht schon 8-Spur-Kassetten. Jeder Titel, und zwar wirklich *jeder einzelne verfluchte Titel* hat sich angehört, wie wenn Kate Smith ›God Bless America‹ singt. Lass Mookie auf ihn los, die beiden kennen sich von früher. Falls der Mookster Mist baut, kannst du's beim Abmischen in Ordnung bringen.«

»Bist du dir da sicher?«

»Ja. Wenn wir den Rev und seine heilige Neppshow unter die Lupe nehmen, will ich zuerst wissen, was du über ihn weißt. Wahrscheinlich hätten wir uns schon vor Jahren darüber unterhalten sollen.«

Ich dachte einen Moment nach. »In Ordnung ... aber wenn du etwas von mir erfahren willst, musst du auch was zum Besten geben. Ich möchte einen vollständigen, fairen Informationsaustausch.«

Er verschränkte die Hände auf der nicht unbeträchtlichen Wölbung seines Westernhemds und ließ sich in seinen Sessel sinken. »Es gibt nichts, wofür ich mich schämen würde, falls du den Eindruck haben solltest. Die Sache ist nur völlig ... unglaublich.«

»Ich werde dir glauben«, sagte ich.

»Mag sein. Sag mir jetzt nur noch, wie dieser Vers bei Matthäus wirklich lautet und woher du das weißt.«

»Nach so vielen Jahren kann ich die Stelle nicht mehr genau zitieren, aber sie geht ungefähr so: ›Denn wie ein Blitz ausgeht von Anfang und scheint bis zum Niedergang, so wird auch die Zukunft des Menschensohns sein.‹ Da geht es nicht um Heilung, sondern um die Apokalypse. Und ich erinnere mich daran, weil es eine der Lieblingsstellen von Reverend Jacobs war.«

Ich warf einen Blick auf die Uhr an der Wand. Das langbeinige Country-Girl – Mandy Soundso – war immer zu früh dran. Wahrscheinlich hockte sie schon vor Studio 1 auf der Treppe, die Gitarre neben sich, aber eine Sache musste ich jetzt sofort noch erfahren. »Du hast vorhin bezweifelt, dass er Eheringe an den Händen trägt. Was hast du damit gemeint?«

»Bei dir hat er die Ringe wohl nicht benutzt, was? Als er sich um dein kleines Drogenproblem gekümmert hat?«

Ich musste an die verlassene Karosseriewerkstatt denken. »Nein. Es war ein Kopfhörer.«

»Wann war das? 1992?«

»Genau.«

»Meine Begegnung mit dem Rev fand schon 1983 statt. Bis zu deiner Behandlung hatte er sein Verfahren offenbar modernisiert. Zu den Ringen ist er wahrscheinlich zurückgekehrt, weil sie, ganz im Gegensatz zu Kopfhörern, einen religiösen Touch haben. Aber ich möchte wetten, er hat Fortschritte gemacht, seit ich – und du – mit ihm zu tun hatten. So ist er doch, der Rev, meinst du nicht auch? Er versucht immer, die nächste Stufe zu erreichen.«

»Du nennst ihn den Rev. Ist er denn als Prediger aufgetreten, als du ihm begegnet bist?«

»Ja und nein. Es ist kompliziert. Los, mach dich jetzt auf die Socken, die Kleine wartet sicher schon. Vielleicht trägt sie einen Minirock. Das wird dich von unserem Pastor Danny ablenken.«

Sie trug tatsächlich einen Mini, und ihre Beine waren definitiv ansehnlich. Allerdings achtete ich kaum darauf, und ohne auf die Liste zu schauen, könnte ich euch keinen einzigen Titel nennen, den sie an jenem Tag gesungen hat. Meine Gedanken waren bei Charles Daniel Jacobs alias der Rev. Heute bekannt unter dem Namen Pastor Danny.

Mookie McDonald nahm die Schelte für die Sache mit dem eingeschalteten Mischpult ruhig und mit gesenktem Kopf entgegen. Am Ende nickte er und versprach, sich zu bessern. Das würde er auch tun. Eine Weile jedenfalls. Wenn ich dann in einer oder zwei Wochen zur Arbeit kam, fand ich den Mixer sicher wieder eingeschaltet vor, in 1, in 2 oder in beiden Studios. Jemand ins Gefängnis zu stecken, weil er Gras raucht, finde ich zwar absurd, aber ich zweifele nicht daran, dass ein langjähriger Gebrauch die Erinnerungsfähigkeit mehr oder weniger auf null reduziert.

Als ich dem Mookster sagte, er solle George Damon aufnehmen, hellte sich sein Gesicht auf. »Der Bursche hat mich immer schon begeistert!«, rief er aus. »Alles, was er gesungen hat, hat sich angehört wie …«

»… wenn Kate Smith ›God Bless America‹ singt. Ich weiß. Viel Spaß dabei.«

In dem Erlenhain hinter dem Haupthaus gab es einen hübschen kleinen Picknickplatz. Dort verzehrte Georgia mit ein paar Frauen aus dem Büro gerade ihr Mittagessen. Hugh führte mich zu einem Tisch, der ein ganzes Stück von den anderen entfernt war, und holte zwei abgepackte Sandwiches und zwei Dosen Dr Pepper aus seiner voluminösen Umhängetasche. »Ich habe von Tubby's Geflügelsalat und Thunfischsalat mitgebracht. Du darfst dir was aussuchen.«

Ich wählte den Thunfisch. Eine Weile kauten wir schweigend im Schatten der hohen Berge unsere Sandwiches, dann sagte Hugh: »Also, ich habe auch mal Rhythmusgitarre gespielt, und ich war ein ganzes Stück besser als du.«

»Das sind viele.«

»Am Ende meiner Karriere war ich Mitglied einer Band aus Michigan. Johnson Cats hieß die.«

»War das in den Siebzigern? Diese Typen in Armeehemden, die wie die Eagles geklungen haben?«

»Unseren Durchbruch hatten wir zwar in den frühen Achtzigern, aber ja, das waren wir. Hatten vier Hitsingles, alle von unserem ersten Album. Willst du wissen, weshalb dieses Album überhaupt irgendwelche Aufmerksamkeit erregt hat? Das lag am Titel und am Cover, beides meine Idee. Es hieß *Your Uncle Jack Plays All the Monster Hits*, und auf dem Cover war mein Onkel Jack Yates, wie er in seinem Wohnzimmer sitzt und auf seiner Ukulele klimpert. Die Scheibe selbst war ziemlich heavy, viel Verzerrer und so. Kein Wunder, dass die bei den Grammys nicht als bestes Album rausgekommen ist. Das war die Ära von Toto. ›Africa‹ – Menschenskind, was für ein Scheißdreck das doch war.«

Er brütete vor sich hin.

»Jedenfalls war ich damals bei den Cats, zwei Jahre schon, und deshalb bin ich auf dem ersten Album drauf. Hab auch auf der Tour bei den ersten beiden Konzerten mitgespielt, aber dann musste ich aussteigen.«

»Weshalb?« Ich dachte: *Es muss an Drogen gelegen haben. Damals war das eigentlich immer der Grund.* Aber ich erlebte eine Überraschung.

»Ich bin taub geworden.«

Die Tournee der Johnson Cats hatte in Bloomington begonnen, im Circus One; der nächste Auftritt war im Congress Theater von Oak Park. Kleine Säle, um sich warmzuspielen, mit örtlichen Bands als Vorgruppen. Dann kam Detroit, wo es richtig losgehen sollte: dreißig Städte, in denen die Johnson Cats als Vorgruppe von Bob Seger and the Silver Bullet Band vorgesehen waren. Konzerte in Sportarenen, das einzig Wahre. Das, wovon man immer träumte.

Das Klingeln in den Ohren hörte Hugh zum ersten Mal in Bloomington. Anfangs achtete er nicht weiter darauf und sah es als den Preis, den man bezahlte, wenn man dem Rock and Roll seine Seele verkaufte – welcher anständige Gitarrist litt nicht von Zeit zu Zeit an Tinnitus? Man denke nur an Pete Townshend. An Eric Clapton, an Neil Young. Dann, in Oak Park, kamen Schwindel und Übelkeit hinzu. Mitten im Set taumelte Hugh von der Bühne und stolperte über einen mit Sand gefüllten Eimer.

»Ich erinnere mich immer noch an das Schild an dem Pfosten darüber«, erzählte er mir. »NUR FÜR KLEINBRÄNDE!«

Irgendwie brachte er den Auftritt zu Ende, verbeugte sich und wankte wieder von der Bühne.

»Was ist los mit dir?«, fragte Felix Granby. Er war Leadgitarrist und Leadsänger, womit er in den Augen des Publikums – zumindest sofern es rockte – der Inbegriff der Johnson Cats war. »Bist du besoffen?«

»Darmgrippe«, sagte Hugh. »Mir geht's schon besser.«

Das hielt er auch für wahr; wenn die Verstärker ausgeschaltet waren, schien der Tinnitus nachzulassen. Am nächsten Morgen war er jedoch wieder da, und bis auf das höllische Klingeln hörte Hugh praktisch nichts.

Zwei Mitglieder der Johnson Cats erkannten die drohende Katastrophe in ihrem vollen Ausmaß: Felix Granby und Hugh selbst. Es waren nur noch drei Tage bis zu dem Auftritt im Silverdome von Pontiac. Kapazität neunzigtausend. Da Bob Seger in Detroit besonders populär war, würde es fast ausverkauft sein. Die Johnson Cats standen an der Schwelle des Ruhms, und im Rock and Roll kamen solche Chancen selten ein zweites Mal. Deshalb hatte Felix Granby mit Hugh das getan, was Kelly Van Dorn von White Lightning mit mir getan hatte.

»Ich habe es ihm nicht übel genommen«, sagte Hugh. »An seiner Stelle hätte ich mich wahrscheinlich genauso verhalten. Er hat einen Gitarristen vom L'Amour-Studio in Detroit angeheuert, und der ist dann an dem Abend mit der Band im Dome aufgetreten.«

Den Rauswurf nahm Granby persönlich vor, nicht indem er etwas sagte, sondern indem er Notizzettel beschriftete und sie hochhielt, damit Hugh sie lesen konnte. Er wies darauf hin, dass die anderen Bandmitglieder aus der Mittelschicht kämen, Hugh hingegen aus einer wirklich reichen Familie. Er könne sich einen bequemen Sitz ganz vorn im Flugzeug nach Colorado leisten und die besten Ärzte konsultieren. Auf Granbys letztem Zettel stand in Großbuchstaben: DU WIRST BESTIMMT BALD WIEDER BEI UNS SEIN.

»Tja«, sagte Hugh, während wir im Schatten saßen und unsere Sandwiches von Tubby's futterten.

»Du vermisst es immer noch, stimmt's?«, fragte ich.

»Nein.« Lange Pause. »Ja.«

Er kehrte nicht nach Colorado zurück.

»Auf jeden Fall wäre ich nicht mit dem Flugzeug geflogen. Ich hatte Angst, in fünftausend Meter Höhe würde mir der Schädel platzen. Außerdem wollte ich nicht nach Hause. Ich wollte bloß meine Wunden lecken, die immer noch bluteten, und das konnte ich in Detroit ebenso gut wie anderswo. Jedenfalls ist das die Geschichte, die ich mir vorgegaukelt habe.«

Die Symptome ließen nicht nach: Schwindelgefühle, mäßige bis heftige Übelkeit und immer jenes höllische Klingeln, manchmal leise, manchmal so laut, dass er dachte, es würde ihm den Kopf spalten. Gelegentlich zogen sich all diese Symptome wie das Meer bei Ebbe zurück, und dann schlief er zehn oder gar zwölf Stunden am Stück.

Obwohl er sich etwas Besseres hätte leisten können, hauste er in einem heruntergekommenen Hotel an der Grand Avenue. Einen Besuch beim Arzt schob er zwei Wochen lang auf, weil er furchtbare Angst hatte, er könnte erfahren, dass er an einem bösartigen, inoperablen Hirntumor litt. Als er sich schließlich zwang, eine Allgemeinpraxis in der Inkster Road zu betreten, empfing ihn ein indischer Arzt, der nicht älter als siebzehn aussah. Der nickte, machte ein paar Tests und gab Hugh den dringenden Rat, in einem Krankenhaus weitere Tests durchführen zu lassen. Dort werde man ihm auch experimentelle Medikamente gegen seine Übelkeit zur Verfügung stellen, die er selbst leider nicht verschreiben könne.

Statt ins Krankenhaus zu gehen, unternahm Hugh (jedenfalls dann, wenn seine Schwindelgefühle es zuließen) ebenso lange wie ziellose Wanderungen über den legendären Detroiter Straßenzug, der als 8 Mile Road bekannt ist. Eines Tages kam er an einem Geschäft vorbei, in dessen staubigem Schaufenster Radios, Gitarren, Plattenspieler, Tonbandgeräte, Verstärker und Fernseher standen. Laut Ladenschild hieß der Besitzer Jacobs und verkaufte neue und gebrauchte Elektrogeräte ... wobei das meiste absolut beschissen aussah. Neu kam Hugh Yates überhaupt nichts vor.

»Ich kann dir nicht genau sagen, wieso ich reingegangen bin. Vielleicht war es eine krankhafte Nostalgie nach den ganzen alten Audiogeräten. Vielleicht wollte ich mich selber quälen. Vielleicht dachte ich auch bloß, der Laden wäre klimatisiert, und ich könnte der Hitze draußen entrinnen ... Junge, da hatte ich mich gründlich getäuscht. Es kann aber auch der Spruch über der Tür gewesen sein.«

»Und wie ging er?«, fragte ich.

Hugh grinste mich an. *»Vertraut dem Rev.«*

Er war der einzige Kunde. Die Regale waren mit Geräten vollgepackt, die wesentlich exotischer als die Waren im Schaufenster aussahen. Manches kannte er: Zähler, Oszilloskope, Spannungsmesser und Spannungsregler, Amplitudenregler, Gleichrichter, Stromkonverter. Dazu der andere Kram, von dem er keine Ahnung hatte. Über den Boden schlängelten sich Stromkabel, überall waren Drähte verlegt.

Der Ladenbesitzer kam aus einer Tür, deren Rahmen mit blinkenden Weihnachtslichtern geschmückt war (»wahrscheinlich hat eine Glocke geläutet, als ich reingekommen bin, aber gehört habe ich nichts«, sagte Hugh). Es war mein Fünfter im Spiel, gekleidet in ausgebleichte Jeans und ein bis zum Kragen zugeknöpftes weißes Hemd. Sein Mund formte ein *Hallo* und ein paar Worte, bei denen es sich um *Wie kann ich Ihnen behilflich sein* gehandelt haben mochte. Hugh winkte ihm zu, schüttelte den Kopf und wandte sich den Regalen zu. Er nahm eine Stratocaster in die Hand und schlug sie an, im Unklaren darüber, ob sie überhaupt gestimmt war.

Jacobs beobachtete ihn mit Interesse, jedoch ohne erkennbare Besorgnis, obwohl Hughs Rockermähne ihm inzwischen in ungewaschenen Strähnen bis auf die Schultern hing und seine Klamotten ebenso schmutzig waren. Nach etwa fünf Minuten, als Hugh gerade das Interesse verlor und bereit war, in die Absteige zurückzukehren, in der er hauste, schlugen die Schwindelgefühle zu. Er taumelte, streckte die Hand aus und stieß einen zerlegten

Stereolautsprecher um. Fast hätte er sich wieder gefangen, aber er hatte nicht viel gegessen, und alles um ihn herum wurde grau. Noch bevor er auf dem staubigen Holzboden des Ladens landete, war alles schwarz geworden. Das war exakt das, was auch ich erlebt hatte. Nur der Ort war ein anderer.

Als er aufwachte, lag er mit einem kalten Tuch auf der Stirn in Jacobs' Büro. Hugh entschuldigte sich und sagte, er werde alles bezahlen, was zu Bruch gegangen sei. Jacobs zuckte erstaunt blinzelnd zurück. Eine Reaktion, die Hugh in den vorangegangenen Wochen oft von anderen erlebt hatte.

»Tut mir leid, wenn ich zu laut spreche«, sagte Hugh. »Ich kann mich nicht hören. Bin nämlich taub.«

Jacobs kramte in der obersten Schublade seines unaufgeräumten Schreibtischs (der, wie ich mir vorstellen konnte, mit Kabelenden und Batterien übersät war) und zog einen Notizblock hervor. Er kritzelte etwas darauf und hielt den Block in die Höhe.

Seit Kurzem? Sie haben eine Gitarre angeschaut.

»Ja, seit Kurzem«, antwortete Hugh. »Ich hab was, das man Morbus Menière nennt. Ich bin Musiker.« Darüber dachte er nach und lachte dann ... unhörbar für die eigenen Ohren, während Jacobs mit einem Lächeln reagierte. »Jedenfalls *war* ich einer.«

Jacobs klappte das Blatt auf seinem Notizblock um, schrieb etwas und hielt den Block wieder hoch: *Wenn es M. Menière ist, kann ich vielleicht was für Sie tun.*

»Offenbar hat er wirklich was getan«, sagte ich.

Die Mittagspause war vorüber, und die Mädchen waren wieder an die Arbeit gegangen. Auch für mich gab es was zu tun – allerhand sogar –, aber ich hatte nicht die Absicht aufzustehen, bevor ich den Rest von Hughs Geschichte gehört hatte.

»Wir haben lange in seinem Büro gesessen«, fuhr er fort. »So eine Unterhaltung dauert, wenn der eine alles schriftlich erledigen muss. Auf meine Frage, wie er mir seiner Meinung nach helfen könne, antwortete er, kürzlich mit transkutaner elektrischer

Nervenstimulation, kurz TENS, experimentiert zu haben. Das Verfahren, Elektrizität zur Stimulation geschädigter Nerven einzusetzen, sei mehrere Tausend Jahre alt. Erfunden hätte es irgendein alter Römer.«

Ganz hinten in meinem Gedächtnis öffnete sich eine staubige Tür. »Ein alter Römer namens Scribonius. Der hat entdeckt, dass die Schmerzen in einem gichtigen Fußgelenk manchmal verschwinden, wenn man auf einen Zitterrochen tritt. Und die Behauptung, dein Rev hätte erst kürzlich mit TENS experimentiert, war Quatsch. Der hat schon damit rumgespielt, bevor diese Bezeichnung offiziell erfunden wurde.«

Hugh starrte mich mit gehobenen Augenbrauen an.

»Sprich weiter«, sagte ich.

»Okay, aber wir kommen später darauf zurück, ja?«

Ich nickte. »Du erzählst mir deine Geschichte, und ich erzähl dir dann meine. So haben wir es vereinbart. Ein Hinweis: In meiner Geschichte kippt ebenfalls jemand um.«

»Also ... ich habe ihm gesagt, dass die Menière-Krankheit eine ziemlich mysteriöse Angelegenheit ist – die Ärzte wüssten nicht, ob sie etwas mit den Nerven zu tun hat, ob irgendein Virus eine chronische Flüssigkeitsansammlung im Mittelohr verursacht, ob sie was Bakterielles oder gar genetisch ist. Er daraufhin: *Alle Krankheiten sind elektrischer Natur.* Das habe ich als hirnrissig bezeichnet. Er hat nur gelächelt, auf seinem Notizblock ein neues Blatt aufgeschlagen und lange geschrieben. Dann hat er mir den Block gegeben. Exakt kann ich nicht mehr wiederholen, was dort stand, es ist schon so lange her, aber den ersten Satz werde ich nie vergessen: *Elektrizität ist die Grundlage allen Lebens.*«

Das war Jacobs, wie er leibte und lebte. Der Spruch war eindeutiger als ein Fingerabdruck.

»Anschließend ging es in etwa so weiter: *Zum Beispiel das Herz. Es schlägt mit Mikrovolt. Erzeugt wird diese Strömung durch Kalium, ein Elektrolyt. Der Körper wandelt Kalium in Ionen um – das sind elektrisch geladene Partikel – und verwendet sie, um das Herz und das Gehirn zu regulieren – und ALLES ANDERE.* Die letzten zwei Wörter waren in Großbuchstaben verfasst. Außerdem hatte er sie eingekreist. Als ich ihm seinen Notizblock zurückgab, hat er etwas gezeichnet, ganz schnell, und dann auf meine Augen, meine Ohren, meine Brust, meinen Bauch und meine Beine gedeutet. Anschließend hat er mir die Zeichnung gezeigt. Es war ein Blitzstrahl.«

Was sonst.

»Komm jetzt zur Sache, Hugh.«

»Tja …«

Hugh sagte, er müsse es sich erst mal überlegen. Was er nicht sagte (aber sicher dachte): Er hatte keine Ahnung, um wen es sich bei Jacobs handelte. Möglicherweise war der Kerl ja einer von den durchgeknallten Vögeln, die in jeder Großstadt herumflatterten.

Jacobs schrieb, er verstehe Hughs Zurückhaltung, weil er sie teile. *Schon indem ich ein solches Angebot mache, gehe ich ein Risiko ein. Schließlich kenne ich Sie nicht besser als Sie mich.*

»Ist es gefährlich?«, fragte Hugh. Seine Stimme hörte er dabei zwar nicht, hatte jedoch den Eindruck, dass sie tonlos und roboterhaft klang.

Der Rev hob die Achseln und schrieb.

Will Ihnen nichts vormachen, es ist ein wenig riskant, Elektrizität direkt auf die Ohren anzuwenden. Aber mit NIEDERSPANNUNG, okay? Die schlimmsten Nachwirkungen wären wohl, dass Sie sich in die Hose pinkeln.

»Das ist doch völlig verrückt«, sagte Hugh. »Schon dass wir dieses Gespräch führen, ist reiner Wahnsinn.«

Wieder hob der Rev die Achseln, schrieb diesmal jedoch nichts. Er blickte Hugh nur an.

Hugh saß dort im Büro und hielt das Tuch (immer noch feucht, jetzt aber warm) mit einer Hand umklammert. Er dachte ernsthaft über Jacobs' Vorschlag nach, und alles in allem fand er es völlig normal, darüber ernsthaft nachzudenken, selbst nach einer so kurzen Bekanntschaft. Er war ein Musiker, der taub geworden und von der Band, die er mitgegründet hatte und die nun an der Schwelle zum landesweiten Erfolg stand, vor die Tür gesetzt worden war. Andere Musiker und mindestens ein großer Komponist – Beethoven – hatten zwar mit ihrer Taubheit gelebt, aber der Gehörverlust war nicht das einzige Problem, mit dem Hugh zu kämpfen hatte. Dazu kamen Schwindelgefühle, Zittern, ein periodischer Verlust des Sehvermögens. Außerdem Übelkeit, Erbrechen, Diarrhö, ein jagender Puls. Am schlimmsten war jedoch der fast ununterbrochene Tinnitus. Hugh hatte immer angenommen, Taubheit würde Stille bedeuten. Dem war nicht so, jedenfalls nicht in seinem Fall. Hugh Yates hatte eine kontinuierlich kreischende Alarmanlage mitten im Schädel.

Dazu kam ein weiterer Faktor. Eine Wahrheit, die er sich bisher noch nicht eingestanden, aber von Zeit zu Zeit gewissermaßen von ferne erblickt hatte. Er war in Detroit geblieben, um Mut zu fassen. An der 8 Mile Road gab es viele Pfandhäuser, und in allen wurden Schusswaffen verkauft. War das, was dieser Bursche ihm anbot, etwa schlimmer, als sich die Mündung einer gebrauchten Achtunddreißiger zwischen die Zähne zu schieben und auf den Gaumen zu zielen?

Mit seiner viel zu lauten Roboterstimme sagte er: »Scheiß drauf. Machen Sie sich ans Werk.«

Während mir Hugh den Rest erzählte, blickte er auf die Berge und strich sich mit der Hand über das rechte Ohr. Ich glaube nicht, dass es sich um eine bewusste Geste handelte.

»Er hat ein Schild mit der Aufschrift GESCHLOSSEN ins Schaufenster gestellt, die Tür verriegelt und die Jalousien heruntergelassen. Dann hat er mich neben der Kasse auf einen Küchenstuhl gesetzt und einen Stahlbehälter von der Größe eines Werkzeugkastens auf die Ladentheke gestellt. Darin befanden sich zwei Metallringe, die mit einer Art goldenem Maschendraht umwickelt waren. Sie waren etwa so groß wie diese baumelnden Dinger, die sich Georgia an die Ohren klemmt, wenn sie sich aufbrezeln will. Du weißt doch, welche ich meine, oder?«

»Klar.«

»An beiden war unten ein Gummiding, aus dem ein Kabel ragte. Die beiden Kabel führten zu einem Schaltkästchen, nicht größer als eine Türklingel. Der Rev hat die Unterseite von dem Kästchen geöffnet und mir etwas gezeigt, was wie eine Mikrobatterie aussah. Was mich etwas beruhigte. *Das kann ja nicht viel Schaden anrichten*, dachte ich, wurde jedoch gleich wieder nervös, als er sich Gummihandschuhe übergestreift hat – so welche, wie Frauen sie tragen, um Geschirr zu spülen – und die Ringe mit zwei Zangen gegriffen hat.«

»Ich glaube, Charlies Mikrobatterien sind nicht ganz dieselben, die man im Laden kaufen kann«, sagte ich. »Sie sind wesentlich stärker. Hat er dir eigentlich nie von der geheimen Elektrizität erzählt?«

»Du lieber Himmel, oft sogar. Das war sein Lieblingsthema. Aber das war später, und ich habe nie kapiert, was er damit meinte. Weiß nicht mal genau, ob er es selber kapiert hat. Er hatte dabei immer so einen merkwürdigen Ausdruck in den Augen ...«

»Verwirrt sah er aus«, sagte ich. »Verwirrt, besorgt und aufgeregt, alles zugleich.«

»Ja, so ungefähr. Er hat mir die Ringe an die Ohren gehalten – mit den Zangen, du weißt schon – und mir dann gesagt, ich solle den Knopf auf dem Steuerkästchen drücken, weil er beide Hände voll habe. Fast hätte ich es nicht getan, aber da fielen mir plötzlich die Pistolen in den Schaufenstern der Pfandleihen ein, und ich hab draufgedrückt.«

»Dann hattest du einen Blackout.« Das war keine Frage, weil ich mir dessen sicher war. Aber ich erlebte wieder eine Überraschung.

»Ich hatte Blackouts, das stimmt, und außerdem prismatische Erscheinungen, wie ich es nannte, aber erst später. In diesem Augenblick habe ich bloß ein mächtiges Schnappen mitten im Schädel gehört. Meine Beine wurden stocksteif, und meine Hände sind in die Luft geschossen wie die von einem Schuljungen, der dem Lehrer unbedingt zeigen will, dass er die richtige Antwort weiß.«

Das rief jetzt aber mal Erinnerungen wach.

»Außerdem hatte ich einen komischen Geschmack im Mund. Als hätte ich an einer Kupfermünze gelutscht. Ich habe Jacobs um ein Glas Wasser gebeten, und als ich mich das sagen *hörte*, bin ich in Tränen ausgebrochen. Ich habe eine ganze Weile geweint. Er hat mich in den Armen gehalten.« Endlich wandte Hugh sich von den Bergen ab und sah mich an. »Danach hätte ich alles für ihn getan, Jamie. *Alles*.«

»Das Gefühl kenne ich.«

»Als ich mich wieder im Griff hatte, hat er mir einen Kopfhörer aufgesetzt. Den hat er in ein Radio gestöpselt und einen UKW-Sender eingestellt. Dann hat er die Musik langsam heruntergedreht und mich gefragt, ob ich sie noch hören könnte. Das konnte ich so lange, bis der Regler auf null stand, und ich hätte beinahe schwören können, dass ich sie selbst dann noch hörte. Der Rev hatte mir nicht nur mein Gehör zurückgegeben, es war auch noch schärfer als in all den Jahren, seit ich mit vierzehn in meiner ersten Amateurband gespielt habe.«

Hugh fragte, wie er sich revanchieren könne. Der Rev, selbst nur ein schmuddeliger Bursche, der einen Haarschnitt und ein Bad nötig hatte, dachte darüber nach.

»Passen Sie auf«, sagte er schließlich. »Hier gehen die Geschäfte nicht besonders gut, und manche von den Leuten, die hereinspazieren, sind ziemlich dubios. Deshalb will ich dieses ganze Zeug in einem Lagerhaus im Norden unterbringen, während ich mir überlege, was ich in Zukunft mache. Sie könnten mir beim Transport helfen.«

»Da kann ich Ihnen was Besseres vorschlagen«, sagte Hugh, immer noch begeistert darüber, die eigene Stimme zu hören. »Ich miete das Lager selber und stelle ein paar Leute an, die alles hinschaffen. Ich sehe zwar nicht so aus, als ob ich mir das leisten könnte, aber das täuscht. Ehrlich.«

Diese Vorstellung schien Jacobs einen gewaltigen Schrecken einzujagen. »Auf keinen Fall! Das Zeug, das ich zum Verkauf anbiete, ist zwar hauptsächlich Schrott, aber meine eigenen Geräte sind wertvoll, und vieles von dem, was hinten steht – in meinem Labor –, ist außerdem sehr empfindlich. Wenn Sie mir beim Transport helfen, ist das mehr als genug. Allerdings sollten Sie sich erst etwas ausruhen. Und was essen. Legen Sie ein paar Kilo zu. Sie haben schwere Zeiten hinter sich. Wären Sie daran interessiert, mein Assistent zu werden, Mr. Yates?«

»Wenn Sie das wollen, gerne«, sagte Hugh. »Mr. Jacobs, ich kann immer noch nicht glauben, dass Sie reden und ich Sie dabei hören kann.«

»In einer Woche werden Sie es für selbstverständlich nehmen«, sagte Jacobs wegwerfend. »So läuft das, wenn ein Wunder geschehen ist. Hat keinen Sinn, sich darüber zu beklagen, es liegt schlicht in der Natur des Menschen. Aber da wir in dieser öden Ecke von Detroit tatsächlich gerade gemeinsam ein Wunder erlebt haben, dürfen Sie mich nicht mehr Mr. Jacobs nennen. Für Sie will ich der Rev sein.«

»Wie in Reverend?«

»Genau«, sagte Jacobs und grinste. »Reverend Charles D. Jacobs, derzeit oberster Würdenträger der Ersten Kirche der Elektrizität. Übrigens verspreche ich, Sie nicht zu hart ranzunehmen. Es eilt nicht; wir lassen uns Zeit.«

»Kein Wunder«, sagte ich.

»Wieso?«

»Er wollte nicht, dass du ihm eine Umzugsfirma spendierst, er wollte überhaupt kein Geld von dir. Was er wollte, war deine Zeit. Ich glaube, du hast ihm als Studienobjekt gedient, mit dem er mögliche Nachwirkungen erforschen kann. Was hast *du* eigentlich gedacht?«

»Damals? Gar nichts. Ich habe mich gefreut wie ein Schneekönig. Wenn der Rev mich beauftragt hätte, eine Bank auszurauben, dann hätte ich das eventuell auf einen Versuch ankommen lassen. Im Rückblick betrachtet, hast du wohl recht. Letztlich gab es nicht viel zu tun, denn im Grunde hatte er nur sehr wenig Ware zu verkaufen. In seinem Hinterzimmer war mehr, aber mit einem größeren Lieferwagen hätten wir den ganzen Kram in zwei Tagen wegschaffen können. Trotzdem hat er das über eine ganze Woche ausgedehnt.« Er überlegte. »Ja, stimmt. Er hat mich beobachtet.«

»Er hat dich *studiert.* Auf Nachwirkungen beobachtet.« Ich warf einen Blick auf meine Armbanduhr. In einer Viertelstunde musste ich im Studio sein, und wenn ich noch länger auf dem Picknickplatz herumlungerte, kam ich zu spät. »Erzähl mir, wie die ausgesehen haben, aber lass uns dabei schon mal zum Studio gehen.«

Während wir das taten, berichtete Hugh mir von den Blackouts, die auf die elektrische Behandlung seiner Taubheit gefolgt waren. In den ersten paar Tagen waren sie kurz, wenn auch häufig, und er hatte nicht das Gefühl, das Bewusstsein verloren zu haben. Er fand sich nur plötzlich an einem anderen Ort vor und stellte fest, dass fünf Minuten vergangen waren. Oder zehn. Zweimal geschah das, während er gemeinsam mit Jacobs dessen Instrumente und die zum Verkauf vorgesehenen Gebrauchtwaren in einen alten Lieferwagen lud, den Jacobs von irgendjemand geborgt hatte (vielleicht hatte er diesem Jemand ebenfalls eine Wunderheilung angedeihen lassen, was Hugh jedoch nie herausbekam – so etwas behielt der Rev für sich).

»Ich habe ihn gefragt, was da gerade passiert ist, aber er hat nichts darauf geantwortet, also haben wir einfach weiter Sachen eingeladen und uns ganz normal unterhalten.«

»Hast du ihm geglaubt?«

»Damals schon. Jetzt bin ich mir da nicht mehr sicher.«

Eines Abends – etwa fünf bis sechs Tage nach der Behandlung – saß Hugh auf dem einzigen Stuhl seines schäbigen Hotelzimmers und las ein Buch. Plötzlich stellte er fest, dass er in der Ecke stand, das Gesicht zur Wand gekehrt.

»Hast du irgendwas gesagt?«, fragte ich und dachte: *Irgendwas ist passiert. Irgendwas, irgendwas, irgendwas.*

»Nein«, sagte er. »Aber …«

»Aber was?«

Er schüttelte den Kopf über das, woran er sich erinnerte. »Ich hatte meine Hose ausgezogen und war dann wieder in meine Turnschuhe geschlüpft. Nun stand ich in meinen Boxershorts und meinen Reeboks da. Wahnsinn, oder?«

»Echter Wahnsinn«, sagte ich. »Wie lange haben sich diese kleinen Ausfälle fortgesetzt?«

»In der zweiten Woche hatte ich nur noch ein paar, und in der dritten waren sie ganz vorbei. Aber was anderes hat länger angedauert. Etwas mit meinen Augen. Diese ... prismatischen Erscheinungen. Ich weiß nicht, wie ich es sonst ausdrücken soll. Innerhalb der folgenden fünf Jahre sind sie etwa ein Dutzend Male aufgetreten. Seither überhaupt nicht mehr.«

Wir hatten das Studio erreicht, wo Mookie uns erwartete. Den Schirm seiner Broncos-Mütze hatte er nach hinten gedreht, wodurch er wie der älteste Skateboarder der Welt aussah. »Die Band ist schon drin. Zum Proben.« Er senkte die Stimme. »Mann, sind die scheiße.«

»Sag ihnen, dass wir etwas später anfangen«, meinte ich. »Zum Ausgleich kriegen sie am Ende zusätzliche Zeit.«

Mookies Blick wanderte von Hugh zu mir und dann wieder zurück. Offenbar wollte er die herrschende Stimmung einschätzen. »Sag mal, Hugh, es wird doch niemand gefeuert, oder?«

»Nur dann, wenn du wieder vergisst, das Mischpult auszuschalten«, sagte Hugh. »Und jetzt rein mit dir, wir haben was unter Erwachsenen zu besprechen.«

Mookie salutierte und ging hinein.

Hugh sah mich an. »Diese prismatischen Erscheinungen waren wesentlich merkwürdiger als die Blackouts. Ich weiß gar nicht, wie ich sie beschreiben soll. Um so etwas zu begreifen, muss man es eigentlich selbst erlebt haben.«

»Versuch's mal.«

»Ich habe immer gespürt, wenn es kurz bevorstand. An ganz normalen Tagen, wenn alles so wie sonst war, habe ich dann plötzlich alles *schärfer* gesehen.«

»So wie du nach der Behandlung besser hören konntest?«

Er schüttelte den Kopf. »Nein, denn das war ja tatsächlich so. Meine Ohren sind noch heute besser als vor der Behandlung durch den Rev. Ein Hörtest würde das beweisen, das weiß ich. Hab allerdings nie einen machen lassen. Nein, diese Erscheinungen ... Du weißt doch, dass Epileptiker spüren können, wenn ein Anfall kommt – durch ein Kribbeln in den Handgelenken oder einen eingebildeten Geruch.«

»Ein Vorgefühl.«

»Genau. Dass ich schärfer gesehen habe, war ein Vorgefühl. Und danach kamen ... Farben.«

»Farben?«

»Alles war voller Farben, die an den Rändern der Dinge um mich herum auftauchten, Rot, Blau und Grün. Sie haben sich hin und her bewegt. Es war wie der Blick durch ein Prisma, aber durch eins, das alles nicht nur in seine Einzelteile zerlegt, sondern es gleichzeitig auch vergrößert.« Er tätschelte sich die Stirn, was offenbar der Ausdruck einer milden Frustration war. »Besser kann ich es nicht beschreiben. In den dreißig oder vierzig Sekunden, in denen es geschehen ist, hatte ich beinahe den Eindruck, ich könnte durch die Welt hindurchblicken und direkt dahinter wäre eine andere Welt. Eine, die *realer* ist.«

Er sah mich nüchtern an.

»Das waren meine prismatischen Erscheinungen. Bis heute habe ich mit niemand darüber gesprochen. Damals haben sie mir einen gewaltigen Schrecken eingejagt.«

»Du hast nicht mal dem Rev davon erzählt?«

»Das hätte ich durchaus getan, aber als es das erste Mal passiert ist, war er schon fort. Kein großer Abschied, nur ein Zettel, auf dem stand, in Joplin hätte sich eine geschäftliche Chance für ihn aufgetan. Das war etwa ein halbes Jahr nach der Wunderheilung, und ich war wieder hier in Nederland. Diese Erscheinungen ... sie waren von einer Schönheit, die ich niemals in Worte fassen könnte, aber ich hoffe, dass sie nie wieder auftreten. Denn falls diese andere Welt wirklich vorhanden ist, will ich sie nicht sehen. Und falls sie nur in meiner Fantasie existiert, soll sie lieber dort bleiben.«

Mookie kam heraus. »Die wollen jetzt endlich loslegen, Jamie. Ich kann schon mal was aufnehmen, wenn du willst. Was verbocken kann ich nicht groß, denn verglichen mit diesen Typen hören die Dead Milkmen sich wie die Beatles an.«

Selbst wenn dem so war, hatten sie für ihre Session bares Geld bezahlt. »Nein, ich komme gleich. Sag ihnen, es dauert nur noch zwei Minuten.«

Er verschwand.

»Also, jetzt hast du meine Geschichte gehört, aber ich nicht deine«, sagte Hugh. »Und die will ich erfahren.«

»Heute Abend um neun habe ich eine Stunde Zeit, dann komm ich zu dir und erzähl dir alles. Es wird nicht lange dauern. Meine Geschichte ist nämlich im Wesentlichen dieselbe wie deine: Behandlung, Heilung und Nachwirkungen, die schwächer werden, um schließlich völlig zu verschwinden.« Das stimmte zwar nicht ganz, aber ich musste eine Session aufnehmen.

»Keine Regenbogenfarben?«

»Nein. Anderes Zeug. Zum Beispiel Ticks wie beim Tourettesyndrom, nur ohne obszönes Fluchen.« Die Träume von meinen toten Familienmitgliedern wollte ich für mich behalten, zumindest vorläufig. Womöglich waren das *meine* Blicke in die andere Welt, von der Hugh gesprochen hatte.

»Wir müssen zu seiner Show.« Hugh packte mich am Arm. »Unbedingt.«

»Ganz deiner Meinung.«

»Aber keine große Wiedersehensfeier, ja? Ich will nicht mal mit ihm sprechen, sondern ihn nur beobachten.«

»In Ordnung«, sagte ich und blickte auf seine Hand. »Und jetzt lass mich bitte los, bevor ich noch blaue Flecke bekomme. Ich muss Musik aufnehmen.«

Er ließ los. Ich trat ins Studio und in den Sound einer örtlichen Punkband. Die Burschen versuchten sich in ihren Lederjacken und Sicherheitsnadeln an Sachen, wie die Ramones sie in den Siebzigern wesentlich besser gebracht hatten. Als ich über die Schulter blickte, stand Hugh immer noch da und betrachtete die Berge.

Die Welt hinter der Welt, dachte ich, dann verbannte ich das Ganze aus meinem Hirn – oder versuchte es wenigstens – und ging an die Arbeit.

Ich weigerte mich standhaft ein weiteres Jahr lang, mir einen eigenen Laptop zu besorgen, aber in den beiden Studios standen genügend Computer herum – 2008 nahmen wir fast alles mit Mac-Programmen auf –, und als ich gegen fünf Uhr Pause hatte, googelte ich C. Danny Jacobs und erzielte massenhaft Treffer. Offenbar hatte ich allerhand verpasst, seit »C. Danny« zehn Jahre zuvor erstmals auf der Szene erschienen war, aber ich hatte mir in dieser Hinsicht nichts vorzuwerfen. Ich sah (und sehe) kaum fern, mein Interesse an populärer Kultur beschränkte sich auf Musik, und in die Kirche ging ich schon lange nicht mehr. Kein Wunder, dass ich nicht auf diesen Prediger aufmerksam geworden war, der in seinem Wikipedia-Eintrag als »Oral Roberts des 21. Jahrhunderts« bezeichnet wurde.

Er hatte keine Megakirche, aber seine wöchentliche *Stunde mit Danny Jacobs und der heilenden Kraft des Evangeliums* wurde von Küste zu Küste auf Kabelsendern ausgestrahlt, die nur eine geringe Gebühr verlangten, weil der Ertrag in Form von »Liebesgaben« wahrscheinlich hoch genug war. Aufgezeichnet wurden die Sendungen bei Jacobs' Revival-Tour, bei der er wie in alten Zeiten mit einem Zirkuszelt quer durchs ganze Land tingelte (mit Ausnahme der Ostküste, wo die Leute vermutlich etwas weniger leichtgläubig waren). Auf den im Lauf der Jahre aufgenommenen Fotos sah ich Jacobs älter und grauer werden, aber der Ausdruck in seinen Augen veränderte sich nie: fanatisch und irgendwie verwundet.

Etwa eine Woche bevor ich mich zusammen mit Hugh aufmachte, um Jacobs in seiner angestammten Umgebung zu beobachten, rief ich Georgia Donlin an und fragte, ob ich die Nummer ihrer Tochter haben könne, die an der Universität von Colorado in Boulder Informatik studierte. Die Tochter hieß Brianna.

Bree und ich führten ein ausgesprochen interessantes Gespräch.

VIII

Die Zeltshow.

Es waren siebzig Meilen von Nederland bis zum Festplatz von Norris County, weshalb Hugh und ich viel Zeit zum Plaudern gehabt hätten, aber wir sagten fast nichts, bis wir im Osten von Denver waren. Wir saßen nur da und betrachteten die Landschaft. Mit Ausnahme der dauerpräsenten Smogschicht über Arvada war es ein perfekter Spätsommertag.

Dann schaltete Hugh das Radio aus, in dem auf KXKL ein Oldie nach dem anderen gelaufen war, und sagte: »Hat dein Bruder Conrad eigentlich an irgendwelchen bleibenden Nachwirkungen gelitten, nachdem der Rev ihn von seiner Laryngitis oder was immer befreit hatte?«

»Nein, aber das ist nicht weiter erstaunlich. Laut Jacobs war die Behandlung nur vorgetäuscht und hat wie ein Placebo gewirkt, und ich war immer der Meinung, dass er damit die Wahrheit gesagt hat. Wahrscheinlich stimmt das auch. Schließlich waren das seine frühen Lehrjahre, in denen sich seine Vorstellung von Großprojekten darin erschöpft hat, einen besseren Fernsehempfang zu bekommen. Die Psyche meines Bruders brauchte einfach nur die Erlaubnis, sich wieder gesund zu fühlen.«

»Tja, der Glaube versetzt Berge«, stimmte Hugh mir zu. »Ein wenig Selbstvertrauen tut das übrigens auch. Denk nur an all die Gruppen und Solo-Acts, die bei uns Schlange stehen, um CDs zu machen, obwohl kaum jemand noch welche kauft. Hast du dich eigentlich inzwischen über C. Danny Jacobs informiert?«

»Ausgiebig. Die Tochter von Georgia hat mir dabei geholfen.«

»Ich habe selbst ein bisschen recherchiert, und ich möchte wetten, dass viele seiner Heilungen so wie bei deinem Bruder ablaufen. Da geht es um Leute mit psychosomatischen Erkrankungen, die beschließen, geheilt zu sein, wenn Pastor Danny sie mit seinen magischen Ringen berührt.«

Das mochte stimmen, aber nachdem ich beobachtet hatte, wie Jacobs in Tulsa vorgegangen war, war ich mir sicher, dass er das wahre Geheimnis des Erfolgs beherrschte: Um das breite Hinterwäldlerpublikum zu begeistern, durfte man es nicht nur mit dem Duft brutzelnden Fleisches ködern, sondern musste ihm zumindest ein kleines Stückchen davon servieren. Wenn Frauen erklärten, ihre Migräne sei verschwunden, und Männer verkündeten, sie plage kein Ischias mehr, dann war das schön und gut, aber so etwas hinterließ keinen nachhaltigen, visuellen Eindruck. Es waren keine Porträts in Blitzen, könnte man sagen.

Mindestens zwei Dutzend Websites widmeten sich der Aufgabe, Jacobs zu entlarven, darunter eine mit dem Titel C. DANNY JACOBS: SCHWINDLER GOTTES. Auf diesen Websites fanden sich Hunderte von Kommentaren, in denen behauptet wurde, bei den von Pastor Danny entfernten Krebsgeschwüren handele es sich um Schweinelebern oder Ziegeneingeweide. Zwar war es dem Publikum nicht erlaubt, bei den Auftritten von C. Danny Kameras mitzubringen, und wenn einer der sogenannten Zeltordner sah, dass jemand trotzdem knipste, musste das Foto gelöscht oder der Film abgegeben werden, aber es waren dennoch eine Menge Aufnahmen entstanden. Viele davon schienen die Videos auf der offiziellen Website zu bestätigen, doch auf manchen sah das glitschige Zeug in Pastor Dannys Händen definitiv nach Ziegeninnereien aus. Ich vermutete, dass die sogenannten Geschwüre tatsächlich nicht echt waren – dieser Teil der Show roch zu stark nach Schaustellertheater, als dass es etwas anderes sein konnte. Das hieß jedoch noch lange nicht, dass alles, was Jacobs tat, Schwindel war. Die beiden Männer, die gerade in einem monumentalen Lincoln Continental durch die Gegend gondelten, konnten das bezeugen.

»Du bist schlafgewandelt und hast unwillkürliche Bewegungen gemacht«, sagte Hugh. »Laut Internet bezeichnet man Letzteres als Myoklonie. In deinem Fall war es wohl eine vorübergehende. Und außerdem hast du den Zwang verspürt, dir in die Haut zu stechen, ganz so als hättest du tief in dir drin immer noch den Wunsch, dir einen Schuss zu setzen.«

»Richtig.«

»Ich hatte Blackouts, während ich mich unterhalten oder irgendetwas ganz Normales getan habe – wie Saufaussetzer, nur ohne Alkohol.«

»Und diese prismatischen Erscheinungen.«

»Genau. Außerdem war da das Mädchen aus Tulsa, von dem du mir erzählt hast. Das diese Ohrringe klauen wollte. Am helllichten Tag. Der dreisteste Raubüberfall der Weltgeschichte.«

»Sie dachte, die gehören ihr, weil sie auf dem Foto waren, das Jacobs von ihr gemacht hat. Bestimmt hat sie auch die Boutiquen von Tulsa durchforstet, um das Abendkleid zu finden.«

»Konnte sie sich daran erinnern, die Vitrine zerschmettert zu haben?«

Ich schüttelte den Kopf. Als Cathy Morse vor Gericht kam, war ich schon lange nicht mehr in Tulsa, aber Brianna Donlin hatte im Netz einen kurzen Bericht über sie gefunden. Cathy hatte behauptet, sich an nichts zu erinnern, und der Richter hatte ihr geglaubt, eine psychologische Untersuchung angeordnet und sie der Obhut ihrer Eltern übergeben. Anschließend hatte man nichts mehr von ihr gehört.

Hugh schwieg eine Weile. Ich ebenfalls. Wir sahen die Straße vor uns abrollen. Seit wir die Berge hinter uns gelassen hatten, erstreckte sie sich schnurgerade bis zum Horizont. »Was treibt ihn eigentlich an, Jamie?«, fragte Hugh schließlich. »Das Geld? Da arbeitet er ein paar Jahre lang auf Jahrmärkten, bis er sich eines Tages sagt: Ach, das sind doch bloß Peanuts. Wieso werde ich nicht einfach Fernsehpfarrer und Heilprediger, da kann ich dann richtig Kohle machen?«

»Mag sein, aber ich hatte nie den Eindruck, dass Charlie Jacobs wirklich am großen Geld interessiert ist. Gott ist ihm auch egal, falls er seit seinem Abgang in meiner Heimatstadt nicht eine komplette Kehrtwendung gemacht hat, und als ich in

Tulsa war, habe ich keinerlei religiöse Regung an ihm entdecken können. Wirklich wichtig waren ihm nur seine Frau und sein Sohn – das Familienalbum in seinem Wohnmobil war so zerfleddert, dass es fast auseinanderfiel –, und seine Experimente bedeuten ihm sicher auch etwas. Wenn es um geheime Elektrizität geht, kommt er mir wie der Auto fahrende Kröterich in *Der Wind in den Weiden* vor.«

»Kapiere ich nicht.«

»Besessen. Wenn du mich fragst, braucht er inzwischen mehr Geld als früher, um mit seinen diversen Experimenten voranzukommen. Mehr, als er mit seiner Jahrmarktsbude verdienen konnte.«

»Also geht es ihm letztlich nicht um Heilung? Die ist nicht das Ziel?«

Sicher war ich mir nicht, aber ich glaubte nicht, dass Heilung das Ziel war. Ein Erweckungsgeschäft aufzuziehen war zweifellos einerseits ein zynischer Hieb gegen die Religion, die Jacobs verworfen hatte, und andererseits eine Möglichkeit, mit den sogenannten Liebesgaben groß abzukassieren. Mich aber hatte er nicht zum Geldverdienen geheilt; das war einfach eine helfende Geste von jemand gewesen, der zwar das christliche Etikett abgelegt hatte, nicht jedoch die beiden Grundsätze der Lehre Jesu: Nächstenliebe und Barmherzigkeit.

»Ich weiß nicht, was er eigentlich erreichen will«, sagte ich.

»Denkst du denn, dass *er* das weiß?«

»Ich glaube schon.«

»Du meinst diese geheime Elektrizität. Ich frage mich, ob er überhaupt weiß, worum es sich da handelt.«

Ich wiederum fragte mich, ob ihn das überhaupt kümmerte. Was eine erschreckende Vorstellung war.

Der Jahrmarkt von Norris County fand in der zweiten Septemberhälfte statt, und er war ganz schön groß. Ich hatte ihn einige Jahre zuvor einmal zusammen mit einer Freundin besucht. Da wir jetzt Juni hatten, stand auf dem Festplatz nichts als ein einzelnes, riesiges Zirkuszelt. Passenderweise hatte man es genau dort aufgestellt, wo sich während des Jahrmarkts die fragwürdigsten Vergnügungen befanden, die Spielbuden, in denen man übers Ohr gehauen wurde, und die Tittenshows. Die Parkplätze waren mit Pkws und Pick-ups gefüllt, in vielen Fällen alte Kisten, auf deren Stoßstangen Sticker mit Sprüchen wie JESUS IST FÜR MICH GESTORBEN – ICH LEBE FÜR IHN klebten. Als Krönung des Zelts diente ein monströses elektrisches Kreuz, das wahrscheinlich an den Mittelpfosten geschraubt war. Es war mit roten, weißen und blauen Streifen verziert wie die sich drehende Walze eines Friseurladens. Von innen hörte man den Gesang einer elektrisch verstärkten Gospel-Combo und das rhythmische Klatschen des Publikums. Es strömten immer noch Menschen hinein. Die Mehrheit war grauhaarig, aber es waren auch viele jüngere Leute da.

»Hört sich ganz so an, als hätten die da drin Spaß an der Sache.«

»Klar. Brother Love's Traveling Salvation Show.«

Da von der Ebene ein kühler Wind heranwehte, herrschte außerhalb des Zelts eine angenehme Temperatur, aber drinnen war es wesentlich wärmer. Ich sah Farmer in Latzhosen und ihre nicht mehr jungen Frauen mit geröteten, glücklichen Gesichtern. Ich sah Männer im Anzug und Frauen in schicken Kleidern, die anscheinend direkt von ihrem Bürojob in Denver hierhergekommen waren. Gekommen war außerdem eine Gruppe von Rancharbeitern mexikanischer Herkunft in Jeans und Arbeitshemden, unter deren hochgekrempelten Ärmeln teilweise Knasttätowierungen hervorlugten. Sogar einige Tränentattoos waren auszumachen. Ganz vorn saß die Rollstuhlbrigade. Eine sechsköpfige Band spielte flotte Melodien; davor wiegten sich ebenso viele junge, stämmige schwarze Frauen in voluminösen burgunderroten Chorgewändern im Takt: Devina Robinson und die Gospel Robins. Sie klatschten über dem Kopf in die Hände, während sie ihre weißen Zähne blitzen ließen.

Devina selbst tanzte mit einem schnurlosen Mikro in der Hand vor, stieß einen melodischen Schrei aus, der nach Aretha Franklin in ihren besten Jahren klang, und legte los.

»I got Jesus in my heart,
Yes I do, yes I do,
I'm goin' up to Glory, so can you!
I could go today
Cause he washed my sins away,
I got Jesus in my heart, yes I do!«

Sie forderte die Gläubigen zum Mitsingen auf, was diese nur zu gern taten. Hugh und ich blieben ganz hinten, denn inzwischen gab es im Zelt, das wahrscheinlich über tausend Menschen fasste, nur noch Stehplätze. Hugh beugte sich zu mir und brüllte mir ins Ohr: »Was 'ne Stimme! Die Frau ist echt fantastisch!«

Ich nickte und klatschte fleißig mit. Das Lied hatte fünf Strophen, in denen häufig *Yes I do!* vorkam, und als Devina geendet hatte, strömte ihr der Schweiß über das Gesicht. Selbst die Rollstuhlfahrer schunkelten. Als Höhepunkt erklang ein weiterer Schrei im Aretha-Stil, bei dem Devina das Mikro in die Luft reckte. Der Organist und der Leadgitarrist hielten den letzten Akkord, als ob es um ihr Leben ginge.

Als die beiden endlich aufhörten, brüllte Devina: *»Ruft halleluja, ihr wunderschönen Menschen!«*

Das taten sie.

»Und jetzt zeigt mir, dass ihr Gottes Liebe kennt!«

Sie jubelten und klatschten, als würden sie Gottes Liebe kennen.

Mit dem Ergebnis zufrieden, fragte Devina, ob alle bereit für Al Stamper seien. Man teilte ihr mit, dass man mehr als bereit für ihn sei.

Die Band verfiel in eine langsame, geschmeidige Melodie, und das Publikum ließ sich auf seine Klappstühle nieder. Ein kahlköpfiger Schwarzer betrat flotten Schritts die Bühne. Seine gut drei Zentner Lebendgewicht trug er mit eleganter Leichtigkeit.

Hugh beugte sich wieder zu mir. Diesmal konnte er leiser sprechen. »In den Siebzigern war der bei den Vo-Lites. Damals war er klapperdürr und hatte einen gewaltigen Afro auf dem Schädel. Ich dachte, er ist längst hinüber. Nach all dem Koks, das er geschnupft hat, sollte er es eigentlich sein.«

Von Al Stamper wurde das sogleich bestätigt. »Früher war ich ein großer Sünder«, vertraute er dem Publikum an. »Inzwischen, gelobt sei Gott, bin ich bloß noch ein großer Esser.«

Alle lachten. Er lachte mit, dann wurde er wieder ernst.

»Gerettet hat mich die Gnade Jesu, und von meinen Süchten geheilt hat mich Pastor Danny Jacobs. Vielleicht erinnern sich ein paar von euch an die weltlichen Lieder, die ich mit den Vo-Lites gesungen habe, und noch ein paar weniger von euch erinnern sich vielleicht sogar daran, was ich solo von mir gegeben habe. Heute singe ich andere Melodien, jene uns von Gott gesandten Lieder, die ich einst verschmähte ...«

»Gelobt sei Jesus!«, rief jemand im Publikum.

»So ist es, Bruder, gelobt sei sein Name, und genau das werde ich jetzt tun – seinen Namen lobpreisen.«

Er stimmte »Let the Lower Lights Be Burning« an, ein Kirchenlied, an das ich mich noch gut aus meiner Kindheit erinnerte. Seine Stimme klang so tief und wahrhaftig, dass es mir in der Kehle wehtat. Als er zum Ende kam, sangen die meisten Gläubigen mit. Ihre Augen leuchteten.

Stamper trug zwei weitere Lieder vor (Melodie und Backbeat des zweiten klangen verdächtig nach Al Greens »Let's Stay Together«), dann kündigte er wieder die Gospel Robins an. Die Robins sangen; er sang mit; gemeinsam stiegen ihre freudigen Stimmen zum Herrn empor und versetzten die Gemeinde in himmlische Ekstase. Während die Leute sich stehend die Hände wund klatschten, gingen die Lichter im Zelt allmählich aus. Es blieb nur ein heller weißer Fleck auf der linken Seite der Bühne übrig, und in den trat C. Danny Jacobs. Es war der Charlie, den ich kannte, aber wie sehr hatte er sich seit unserer letzten Begegnung verändert!

Sein weiter, schwarzer Mantel, ähnlich dem, den Johnny Cash auf der Bühne trug, verbarg teilweise, wie dünn er geworden war, aber sein hageres Gesicht verriet die Wahrheit. Andere Wahrheiten waren ebenfalls zu beobachten. Ich glaube, die meisten Menschen, die in ihrem Leben einen großen Verlust – eine große Tragödie – erlitten haben, gelangen an einen Scheideweg. Vielleicht nicht sofort, aber dann, wenn der Schock nachgelassen hat. Das kann Monate oder Jahre später sein. Infolge ihrer Erfahrung dehnen sie sich entweder aus, oder sie ziehen sich zusammen. Wenn das zu esoterisch klingen sollte, was es wohl tut, dann ist das eben so. Ich weiß, wovon ich spreche.

Charles Jacobs hatte sich zusammengezogen. Sein Mund war nur ein bleicher Strich. Seine blauen Augen loderten, aber sie waren in einem Netz aus Fältchen gefangen und sahen kleiner aus. Irgendwie abgeschirmt. Der vergnügte junge Mann, der mir als kleinem Jungen geholfen hatte, Höhlen in den Schädelberg zu graben, der Mann, der mit so viel Mitgefühl gelauscht hatte, als ich ihm erzählte, mein Bruder Con sei stumm geworden ... dieser Mann sah nun wie ein Schulmeister früherer Zeiten aus, der sich daranmachte, einen aufsässigen Schüler zu züchtigen.

Dann lächelte er, und das gab mir zumindest die Hoffnung, dass der junge Mann, der Freundschaft mit mir geschlossen hatte, sich immer noch irgendwo in diesem Jahrmarktsprediger verbarg. Das Lächeln ließ sein ganzes Gesicht aufleuchten. Die Menge applaudierte. Teilweise aus Erleichterung, glaube ich. Er hob die Hände und ließ sie nach unten gewandt wieder sinken. »Setzt euch, Brüder und Schwestern. Setzt euch, Jungs und Mädels. Lasst uns, jeder für jeden, zu Gefährten werden.«

Mit einem Rauschen und Rascheln setzten sich alle. Dann wurde es ruhig im Zelt. Alle Blicke waren auf ihn gerichtet.

»Ich bringe euch die gute Nachricht, die ihr schon oft gehört habt: Gott liebt euch. Ja, jeden von euch. Jene, die ein aufrechtes Leben gelebt haben, und jene, die bis zum Hals in Sünde stecken. Er hat euch so sehr geliebt, dass er euch seinen eingeborenen Sohn gegeben hat – Johannes drei, Vers sechzehn. Am Vorabend seiner Kreuzigung hat dieser Sohn gebetet, ihr möget vor dem Übel bewahrt werden – Johannes siebzehn, Vers fünfzehn. Wenn Gott uns straft, wenn er uns Bürden und Gebrechen auferlegt, so tut er das aus Liebe – Sprüche drei, Verse elf und zwölf. Aber kann er diese Bürden und Gebrechen nicht im selben Geist der Liebe wieder von uns nehmen?«

»Jawohl, gelobt sei Gott!«, erscholl ein Jubelschrei aus der Rollstuhlsektion.

»Ich stehe vor euch, ein Wanderer auf dem Angesicht Amerikas und ein Gefäß für die Liebe Gottes. Werdet ihr mich annehmen, so wie ich euch annehme?«

Das würden sie tun, riefen sie. An meinem Gesicht lief der Schweiß herab, an dem von Hugh und an den Gesichtern neben uns ebenfalls, aber das von Jacobs glänzte trocken, obwohl der Punktscheinwerfer, in dessen Licht er stand, die Luft um ihn herum bestimmt noch heißer werden ließ. Dazu kam der schwarze Mantel.

»Einst hatte ich eine Frau und einen kleinen Jungen«, fuhr er fort. »Dann hat sich ein schrecklicher Unfall ereignet, und beide sind ertrunken.«

Das wirkte, als hätte mir jemand kaltes Wasser ins Gesicht gespritzt. Wieso diese Lüge, wenn es doch keinen Grund zu lügen gab, zumindest keinen, der mir einfiel?

Das Publikum murmelte, ja stöhnte beinahe. Viele der Frauen weinten, einige der Männer ebenfalls.

»Damals habe ich das Gesicht von Gott abgewandt und ihn in meinem Herzen verflucht. Ich bin durch die Wildnis gewandert. Oh, das war New York und Chicago, Tulsa und Joplin, Dallas und Tijuana, es war Portland in Maine und Portland in Oregon, aber alles war dasselbe, alles war Wildnis. Ich habe mich von Gott entfernt, aber nie von der Erinnerung an meine Frau und meinen kleinen Jungen. Ich habe die Lehren Jesu von mir gewiesen, doch dies hier habe ich nie abgelegt.«

Er hob die linke Hand und stellte einen Goldring zur Schau, der für einen gewöhnlichen Ehering eigentlich zu breit und zu dick war.

»Ja, ich wurde von Frauen in Versuchung geführt – natürlich war das so, denn ich bin ein Mann, und Potiphars Weib ist immer unter uns –, aber ich bin treu geblieben.«

»Gelobt sei Gott!«, rief eine Frau. Wahrscheinlich im Glauben, ein heißes sündiges Weib im Matronengewand vom Typ Potiphars Frau jederzeit erkennen zu können.

»Und dann, nachdem ich eines Tages wieder einer solchen Versuchung widerstanden hatte, die ungewöhnlich heftig war ... ungewöhnlich *verführerisch* ... da hatte ich eine göttliche Offenbarung wie Saulus auf der Straße nach Damaskus.«

»Wort Gottes!«, rief ein Mann und hob die Hände himmelwärts (oder zumindest zeltdachwärts).

»Gott sprach, es obliege mir, ein Werk zu tun, und dieses Werk bestehe darin, die Bürden und Gebrechen anderer zu lindern. Er kam im Traum zu mir und befahl mir, einen *weiteren* Ring anzulegen, um damit meine Vermählung mit den Lehren Gottes durch sein heiliges Wort und mit den Lehren seines Sohnes Jesus Christus kundzutun. Damals war ich in Phoenix und arbeitete in einer gottlosen Jahrmarktsshow, und Gott sagte mir, ich solle ohne Nahrung und Wasser in die Wüste gehen wie die Pilger des Alten Testaments über das Antlitz des Landes. In der Wildnis, sagte er mir, würde ich den Ring meiner zweiten und endgültigen Ehe finden. Wenn ich dieser Ehe treu bliebe, so würde ich viel Gutes tun. Ich würde mit meiner Frau und meinem Sohn im Himmel wiedervereint werden, und unsere wahrhaftige Ehe würde vor seinem heiligen Thron und in seinem heiligen Licht von Neuem gesegnet.«

Weitere Ausrufe und Stoßgebete erschollen. Eine Frau in einem adretten Kostüm, dunkelbrauner Strumpfhose und schicken Pumps kippte von ihrem Stuhl auf den Mittelgang und begann in einer ausschließlich aus Vokalen bestehenden Sprache Zeugnis abzulegen. Ihr Begleiter – Mann oder Freund – kniete sich neben sie, bettete ihren Kopf in seine Hände und feuerte sie zärtlich lächelnd an.

»Er glaubt kein Wort von dem, was er da von sich gibt«, sagte ich. Ich war völlig baff. »Jedes Wort ist eine Lüge. Das müssen die Leute doch merken.«

Aber das taten sie nicht, und Hugh hörte mich nicht. Gebannt starrte er auf die Szene. Im Zelt herrschte ein freudiger Tumult, über den sich die Stimme von Jacobs erhob. Dank der Elektrizität (und eines schnurlosen Mikrofons) donnerte sie durch die Hosiannas hindurch.

»Den ganzen Tag ging ich dahin. An einem Rastplatz fand ich etwas, was jemand in einen Mülleimer geworfen hatte, und aß es. Neben dem Weg fand ich eine halbe Flasche Coca-Cola und trank sie. Dann befahl Gott mir, den Weg zu verlassen, und obwohl es da schon allmählich dunkel wurde und erfahrenere Wandersleute als ich in jener Wüste zu Tode gekommen sind, tat ich, wie mir geheißen.«

Das muss inzwischen weit draußen in einem Vorort gewesen sein, dachte ich. *Vielleicht in North Scottsdale, wo die reichen Leute wohnen.*

»Die Nacht war dunkel und bewölkt; kein einziger Stern war zu sehen. Doch kurz nach Mitternacht teilten sich diese Wolken, und ein Mondstrahl fiel auf einen Steinhaufen. Ich ging hin zu ihm, und darunter fand ich ... dies.«

Er hob die rechte Hand. Am Ringfinger steckte ein weiterer dicker Goldring. Das Publikum klatschte brausend Beifall und rief halleluja. Ich versuchte, das Ganze zu begreifen, was mir jedoch nicht gelang. Dies waren Leute, die sich regelmäßig an den Computer setzten, um in Kontakt mit ihren Freunden zu bleiben und die neuesten Nachrichten zu studieren, Leute, für die Wettersatelliten und Lungentransplantationen eine Selbstverständlichkeit darstellten, Leute, deren Lebenserwartung dreißig bis vierzig Jahre über der ihrer Urgroßeltern lag. Trotzdem fielen sie auf eine Geschichte herein, mit der verglichen selbst der Weihnachtsmann und die Zahnfee realistisch wirkten. Jacobs fütterte sie mit Bockmist, und sie genossen es. Mir kam die erschreckende Idee, dass er es ebenfalls genoss, was sogar noch schlimmer war. Das hier war nicht der Mann, den ich von Harlow her kannte, und auch nicht der, der mich an jenem Abend in Tulsa aufgenommen hatte. Wenn ich allerdings daran dachte, wie er mit dem ebenso verwirrten wie verzweifelten Vater von Cathy Morse umgegangen war, musste ich zugeben, dass er die betreffende Richtung damals bereits eingeschlagen hatte.

Ob er diese Leute hasst, ist mir nicht klar, dachte ich, *aber auf jeden Fall empfindet er Verachtung für sie.*

Vielleicht auch nicht. Vielleicht war ihm alles einfach gleichgültig. Mit Ausnahme dessen, was am Ende der Show im Spendenkorb lag.

Währenddessen setzte Jacobs seinen Bericht fort. Die Band hatte zu spielen begonnen, um die Menge noch mehr aufzupeitschen. Die Gospel Robins wiegten sich im Takt und klatschten in die Hände, und das Publikum schloss sich an.

Jacobs erzählte, wie er mit den Ringen seiner beiden Ehen – der weltlichen und der geistlichen – zögernd erste Heilungen bewirkt habe. Er sprach über seine Erkenntnis, nach dem Willen Gottes solle er dessen Botschaft von Liebe und Heilung einem breiteren Kreis überbringen. Immer wieder habe er sich voller Seelenqualen auf die Knie geworfen und erklärt, er sei dessen nicht würdig. Gott habe erwidert, wenn dem so wäre, so hätte er ihm niemals die Ringe übergeben. Das alles klang so, als hätten Jacobs und Gott in irgendeinem himmlischen Rauchsalon lange Gespräche über dieses Thema geführt, dabei womöglich ihre Tabakspfeifen gepafft und auf die sanft geschwungenen Hügel des Himmels hinausgeblickt.

Ich hasste es, wie er jetzt aussah – dieses verkniffene Schulmeistergesicht und dieser starre, zornige Blick seiner blauen Augen. Auch den schwarzen Mantel hasste ich. Schausteller nannten so einen Mantel eine Zwangsjacke. Das hatte ich während meiner Zeit als Assistent in Jacobs' Blitzporträtbude mitbekommen.

»Lasset uns gemeinsam beten!«, rief Jacobs und sank auf die Knie, wobei er vor Schmerz kurz die Augen zu schließen schien. Rheuma? Arthritis? *Heil dich lieber selbst, Pastor Danny*, dachte ich.

Wieder rauschte es, als die Gemeinde unter begeistertem Murmeln auf die Knie sank. Wer mit uns hinten im Zelt stand, tat dasselbe. Fast hätte ich mich dagegen gesträubt – selbst für einen gefallenen Methodisten wie mich stank diese Show nach Blasphemie –, aber ich wollte auf keinen Fall seine Aufmerksamkeit auf mich ziehen wie damals in Tulsa.

Er hat mir das Leben gerettet, dachte ich. *Das darf ich nicht vergessen.*

Wohl wahr. Und die seither vergangenen Jahre waren gute Jahre gewesen. Ich schloss die Augen, nicht zum Gebet, sondern vor Verwirrung. Es wäre mir lieber gewesen, nicht an diesem Ort zu sein, doch eigentlich hatte ich keine andere Wahl gehabt. Nicht zum ersten Mal wünschte ich mir, ich hätte Georgia Donlin nicht gebeten, mich mit ihrer internetaffinen Tochter bekannt zu machen.

Nun war es zu spät.

Pastor Danny betete für die Anwesenden. Er betete für jene, die ans Bett gefesselt waren und nicht hatten kommen können. Er betete für alle Männer und Frauen, die guten Willens waren. Er betete für die Vereinigten Staaten von Amerika und dafür, dass Gott deren Politiker mit seiner Weisheit erfüllen möge. Dann kam er zur Sache und betete, durch seine Hände und seine heiligen Ringe möge Gott, sofern es dessen Wille sei, Heilung bewirken.

Und die Band spielte weiter.

»Sind unter euch welche, die geheilt werden wollen?«, fragte er, während er sich mit einer weiteren Grimasse mühsam wieder auf die Beine rappelte. Al Stamper kam auf ihn zu, um ihm zu helfen, aber Jacobs wies den früheren Soulsänger mit einer Geste ab. »Sind welche unter euch mit schweren Bürden, die sie gern ablegen würden, und mit Gebrechen, von denen sie frei sein wollen?«

Die Gemeinde stimmte lautstark zu, dass dem so sei. Die Rollstuhlfahrer und die chronisch Kranken in den ersten beiden Reihen starrten verzückt auf die Bühne, ebenso wie jene in den Reihen dahinter, von denen viele abgehärmt und todkrank wirkten. Ich sah Bandagen und entstellte Gesichter, Sauerstoffmasken, abgestorbene Glieder und Korsetts. Manche zuckten und wiegten sich hilflos hin und her, weil ihr geschädigtes Gehirn im Schädel Amok lief.

Sanft wie ein von der Wüste heranwehender Frühlingswind stimmten Devina und die Gospel Robins »Jesus Says Come Forth« an. Wie durch Zauberhand erschienen Zeltordner in gebügelten Jeans, weißen Hemden und grünen Westen. Einige von ihnen organisierten im Mittelgang eine Warteschlange derer, die auf Heilung hofften. Andere Westenträger – *viele* andere – gingen durchs Publikum, in den Händen Weidenkörbe für die Spenden, so groß, dass man damit Äpfel hätte klauben können. Ich hörte Münzen klingeln, aber nur sporadisch; die meisten Leute warfen gefaltete Geldscheine hinein, was im Schaustellerjargon als Volltreffer bezeichnet wurde. Die Frau, die in Zungen geredet hatte, wurde von ihrem Freund oder Mann zu ihrem Klappstuhl zurückgeleitet. Die Haare hingen ihr lose um das gerötete, erhaben verzogene Gesicht, und ihre Kostümjacke war mit Dreck beschmiert.

Ich fühlte mich ebenfalls wie mit Dreck beschmiert, aber jetzt kam das, was ich wirklich sehen wollte. Aus meiner Tasche zog ich ein Notizbuch und einen Kugelschreiber. Das Büchlein enthielt bereits mehrere Einträge, teils von mir selbst recherchiert, hauptsächlich jedoch von Brianna Donlin.

»Was hast du vor?«, fragte Hugh mit leiser Stimme.

Ich schüttelte den Kopf. Gleich würde die Heilung beginnen, und ich hatte mir auf Pastor Dannys Website genügend Videos angesehen, dass ich wusste, wie die ablief. *Das ist ganz alte Schule*, hatte Bree gesagt, nachdem sie ebenfalls mehrere der Videos betrachtet hatte.

Eine Frau im Rollstuhl fuhr nach vorn. Jacobs erkundigte sich nach ihrem Namen und hielt ihr das Mikrofon vor die Lippen. Mit zitternder Stimme erklärte sie, sie heiße Rowena Mintour, sei Lehrerin und den weiten Weg von des Moines gekommen. Sie habe schreckliche Arthritis und könne nicht mehr gehen.

Ich schrieb ihren Namen in mein Notizbuch unter den von Mabel Jergens, die einen Monat zuvor in Albuquerque von einer Rückenmarksverletzung geheilt worden war.

Jacobs ließ das Mikro in einer Außentasche seiner Zwangsjacke verschwinden und ergriff den Kopf der Frau mit beiden Händen. Er drückte ihr die Ringe an die Schläfen und presste ihr Gesicht an seine Brust. Dann schloss er die Augen. Seine Lippen bewegten sich in einem schweigenden Gebet ... falls er nicht einfach nur den Text von »Ringel, Ringel, Reihe« rezitierte; wer wusste das schon so genau. Plötzlich zuckte die Frau zusammen. Ihre Hände flogen ruckartig zu beiden Seiten in die Höhe und flatterten wie weiße Vögel. Sie starrte Jacobs ins Gesicht, mit Augen, die entweder vor Verblüffung oder durch die Nachwirkung eines Elektroschocks geweitet waren.

Dann stand sie auf.

Die Menge brüllte ihre Hallelujas. Während die Frau Jacobs umarmte und seine Wangen mit Küssen bedeckte, warfen mehrere Männer ihren Hut in die Luft, was ich bisher zwar in Filmen, aber noch nie im wirklichen Leben gesehen hatte. Jacobs ergriff Rowena bei den Schultern, drehte sie zum Publikum um – alle blickten gebannt zur Bühne, ich mit eingeschlossen – und griff mit der geübten Fingerfertigkeit eines alten Schaustellers nach seinem Mikrofon.

»Geh nun zu deinem Mann zurück, Rowena!«, donnerte er ins Mikrofon. »Geh zu ihm, und preise bei jedem Schritt unseren Herrn Jesus! Preise bei jedem Schritt Gott! Preise seinen heiligen Namen!«

Weinend torkelte sie auf ihren Mann zu, die Arme ausgebreitet, um das Gleichgewicht nicht zu verlieren. Ein Ordner in grüner Weste schob den Rollstuhl direkt hinter ihr her, falls ihre Beine nachgaben ... was sie jedoch nicht taten.

So ging es eine ganze Stunde lang weiter. Die Musik endete genauso wenig wie der Rundgang der Ordner mit den großen Spendenkörben. Jacobs heilte zwar nicht jedermann, aber ich kann euch sagen, dass sein Team die versammelten Hinterwäldler bis auf ihre zweifellos bis zum Limit ausgereizten Kreditkarten ausnahm. Die Mitglieder der Rollstuhlbrigade waren überwiegend nicht in der Lage aufzustehen, nachdem sie von den heiligen Ringen berührt worden waren, aber einem halben Dutzend gelang es. Ich notierte mir sämtliche Namen und strich dann die jener Personen wieder aus, deren Zustand nach dem Kontakt mit Jacobs' heilenden Händen unverändert blieb.

Eine Frau mit grauem Star erklärte, sie könne wieder sehen, und unter den hellen Lichtern hatte es wirklich den Anschein, als wäre die milchige Trübung aus ihren Augen verschwunden. Ein krummer Arm wurde gerade. Ein jammerndes Baby mit irgendeinem Herzfehler hörte auf zu jammern, als hätte man einen Schalter umgelegt. Ein Mann, der sich der Bühne mit gesenktem Kopf auf Krücken genähert hatte, riss sich die Halskrause ab, die er trug, und warf seine Krücken weg. Eine an fortgeschrittener chronischer Bronchitis leidende Frau ließ ihre Sauerstoffmaske fallen. Sie erklärte, sie könne frei atmen, und das Gewicht auf ihrer Brust habe sich verflüchtigt.

Viele der Heilungen waren nicht zu verifizieren, und es war sehr gut möglich, dass es sich in manchen Fällen um Helfershelfer von Jacobs handelte. Zutreffen mochte das zum Beispiel auf einen Mann mit Magengeschwüren, der behauptete, seine Schmerzen seien zum ersten Mal seit drei Jahren verschwunden. Oder auf eine Frau mit Diabetes – und einem unterhalb des Knies amputierten Bein –, die sagte, sie könne ihre Hände und ihre verbliebenen Zehen wieder spüren. Und auf einige Leute mit chronischer Migräne, deren Schmerzen plötzlich verschwunden seien, gelobt sei Gott, voll und ganz verschwunden.

Ich notierte mir trotzdem ihre Namen und – falls sie das verrieten – ihren jeweiligen Wohnort samt Staat, aus dem sie kamen. Bree Donlin war tüchtig, mein Projekt hatte ihr Interesse geweckt, und ich wollte ihr so viele Informationen zur Verfügung stellen wie irgend möglich.

An jenem Abend entfernte Jacobs nur einen einzigen Tumor. Den Namen des betreffenden Patienten schrieb ich nicht einmal auf, weil ich mitbekam, wie eine von Jacobs' Händen kurz in seiner trickreichen Zwangsjacke verschwand, bevor er die magischen Ringe anwandte. Was er dem verzückten, nach Luft schnappenden Publikum präsentierte, sah in meinen Augen verdächtig nach Supermarkt-Kalbsleber aus. Er übergab das Eingeweide einem der Westenträger, der es in ein Einmachglas fallen ließ und schnellstens davonschaffte.

Endlich erklärte Jacobs, seine Heilkraft sei für diesen Abend erschöpft. Wie es um seine Heilkraft stand, konnte ich nicht sagen, aber er selbst sah auf jeden Fall erschöpft aus. Zu Tode erschöpft sogar. Sein Gesicht war immer noch trocken, aber das Hemd klebte ihm an der Brust. Während die leer ausgegangenen Gläubigen widerstrebend zu ihren Plätzen zurückschlurften (zweifellos würden ihm viele zu seiner nächsten Revival-Show folgen), trat er einige Schritte zurück und stolperte. Al Stamper stand da, um ihn aufzufangen, und diesmal nahm Jacobs die Hilfe an.

»Lasset uns beten«, sagte er. Er hatte sichtlich Mühe, wieder zu Atem zu kommen, und ich machte mir unwillkürlich Sorgen, er könnte in Ohnmacht fallen oder an Ort und Stelle einen Herzstillstand erleiden. »Lasset uns Gott unseren Dank darbringen, so wie wir ihm unsere Bürden dargebracht haben. Danach, Brüder und Schwestern, werden Al und Devina und die Gospel Robins uns mit einem Lied hinausbegleiten.«

Diesmal versuchte er gar nicht erst, sich hinzuknien, aber die Gemeinde tat es, einschließlich einiger Zeitgenossen, die wahrscheinlich nicht gedacht hätten, sie würden während ihres irdischen Lebens noch einmal dazu in der Lage sein. Das dabei entstehende Rauschen übertönte beinahe die würgenden Geräusche hinter mir. Ich drehte mich gerade noch rechtzeitig um, dass ich sehen konnte, wie Hughs karierter Hemdrücken zwischen den Ein- und Ausgangsklappen des Zelts verschwand.

Ich sah ihn fünf Meter vom Zelt entfernt unter einem Flutlichtmasten stehen, vornübergebeugt und die Hände auf die Knie gestützt. Die Abendluft hatte sich stark abgekühlt, und die Pfütze zwischen seinen Füßen dampfte leicht. Während ich auf ihn zuging, verkrampfte sich sein Körper, und die Pfütze wurde größer. Als ich ihn am Arm berührte, zuckte er zusammen, taumelte und wäre fast in die eigene Kotze gefallen, was garantiert für eine duftende Heimfahrt gesorgt hätte.

Der panische Blick, den er auf mich richtete, war der eines von einem Waldbrand eingekreisten Tiers. Dann entspannte er sich, richtete sich auf und zog ein altmodisches Rancherhalstuch aus der Gesäßtasche, um sich den Mund abzuwischen. Seine Hände zitterten, und sein Gesicht war totenbleich. Letzteres lag sicherlich auch an dem grellen Schein des Flutlichts, aber nicht ausschließlich.

»Tut mir leid, Jamie. Du hast mich erschreckt.«

»Ist mir aufgefallen.«

»Muss wohl die Hitze gewesen sein. Machen wir uns auf die Socken, oder was meinst du? Der Horde voran.«

Er ging auf den Parkplatz zu. Ich fasste ihn am Ellbogen, aber er entzog sich mir. Nein, das stimmt nicht ganz. Er *schrak zurück*.

»Was war in Wirklichkeit los?«

Zuerst gab er mir keine Antwort, sondern ging einfach weiter auf das hintere Ende des Parkplatzes zu, wo sein Schlachtschiff stand. Ich ging neben ihm. Als er den Wagen erreichte, legte er eine Hand auf die mit Tau beschlagene Kühlerhaube, als würde ihn das trösten.

»Es war eine prismatische Erscheinung. Die erste seit langer, langer Zeit. Ich habe sie kommen gespürt, während er den letzten Kerl geheilt hat – den, der angeblich durch einen Autounfall von der Hüfte abwärts gelähmt war. Als der von seinem Rollstuhl aufstand, wurde plötzlich alles ganz *scharf*. Alles wurde *klar*. Verstehst du?«

Das tat ich zwar nicht, nickte aber trotzdem. Hinter uns klatschte die Gemeinde frohlockend in die Hände und sang aus voller Kehle »How I Love My Jesus«.

»Dann … als der Rev mit Beten … die Farben.« Mit zitternden Lippen blickte er mich an. Er sah zwanzig Jahre älter aus. »Sie waren jetzt so viel heller. Sie haben alles zersplittert.«

Er hob die Hände und packte mich so fest am Hemd, dass dort zwei Knöpfe absprangen. Es war der Griff eines Ertrinkenden. Seine Augen waren weit aufgerissen und voller Schrecken.

»Dann … haben sich die ganzen Bruchstücke wieder zusammengefügt, aber die Farben sind nicht verschwunden. Sie haben sich tanzend gedreht wie Nordlichter am Winterhimmel. Und die Menschen ringsum … das waren keine Menschen mehr.«

»Was denn sonst, Hugh?«

»Ameisen«, flüsterte er. »Riesige Ameisen, wie sie nur in tropischen Wäldern vorkommen. Braune und schwarze und rote. Sie haben den Rev mit toten Augen angeschaut. Aus den Mäulern ist ihnen das Gift getropft, das sie produzieren. Ameisensäure.« Er holte tief und stockend Luft. »Wenn ich so etwas noch einmal sehe, bringe ich mich um.«

»Aber jetzt ist es vorüber, oder?«

»Ja. Vorüber. Gott sei Dank.«

Er zerrte seinen Schlüsselbund aus der Tasche und ließ ihn in den Dreck fallen.

Ich hob ihn auf. »Lass mich zurückfahren«, sagte ich.

»Klar. Mach nur.« Er wollte schon zur Beifahrertür gehen, hielt aber noch einmal inne und sah mich an. »Du auch, Jamie. Ich habe den Kopf in deine Richtung gedreht, und da stand eine riesige Ameise neben mir. Du hast dich zu mir umgewandt … hast mich angesehen …«

»Nein, Hugh, das habe ich nicht getan. Ich habe kaum mitgekriegt, wie du rausgegangen bist.«

Das schien er nicht gehört zu haben. »Du hast dich umgewandt … du hast mich angesehen … und ich glaube, du hast versucht zu *lächeln*. Du warst ganz von Farben umgeben, aber deine Augen waren tot wie die von allen anderen. Und dein Mund war voller Gift.«

Von nun an schwieg Hugh, bis wir an das große Holztor gelangten, das die Einfahrt zur Ranch markierte. Es war geschlossen, und ich machte Anstalten auszusteigen, um es zu öffnen.

»Jamie.«

Ich drehte mich zu ihm um und sah ihn an. Sein Gesicht hatte wieder etwas Farbe, aber nicht viel.

»Ich will seinen Namen nie mehr hören. *Nie wieder.* Wenn du ihn noch mal erwähnst, kannst du von hier verschwinden. Ist das klar?«

Das war es. Was aber noch lange nicht bedeutete, dass ich die Sache auf sich beruhen lassen würde.

IX

Nachrufe als Bettlektüre. Neues von Cathy Morse. The Latches.

Gemeinsam mit Brianna Donlin lag ich an einem Sonntagmorgen Anfang August 2009 im Bett und studierte Todesnachrichten. Dank der Sorte Computerhokuspokus, den nur echte Freaks zu handhaben in der Lage sind, war es Bree möglich, die Todesnachrichten aus einem Dutzend großer amerikanischer Zeitungen so zusammenzustellen, dass man sie in Form einer alphabetischen Liste betrachten konnte.

Es war nicht das erste Mal, dass wir das unter so angenehmen Umständen taten, aber das letzte Mal kam allmählich immer näher, das war uns beiden klar. Im September flog Bree nach New York, um sich bei Firmen, die Berufsanfängern ein mindestens sechsstelliges Jahresgehalt zahlten, für einen IT-Job zu bewerben – vier Termine hatte sie bereits in ihren Kalender eingetragen –, und ich hatte eigene Pläne. Die Zeit mit ihr war für mich jedoch in vieler Hinsicht gut gewesen, und ich hatte keinen Grund, Bree nicht zu glauben, wenn sie sagte, das gelte auch für sie.

Ich war nicht der erste Mann, der eine Liebelei mit einer halb so alten Frau hatte, und wenn man mich als alten Esel oder gar als alten Bock bezeichnet, werde ich mich nicht wehren, manchmal sind solche Beziehungen okay, zumindest auf kurze Sicht. Keiner von uns beiden klammerte, und keiner von uns hatte irgendwelche Illusionen, was die langfristigen Aussichten anging. Es war einfach passiert, und Bree hatte den ersten Schritt getan. Das war etwa drei Monate nach dem Abend in Jacobs' Revival-Zelt gewesen und vier Monate nach dem Beginn unserer gemeinsamen Internetrecherche. Ich hatte nicht viel Widerstand geleistet, als sie eines Abends in meiner Wohnung aus Bluse und Rock geschlüpft war.

»Bist du dir sicher, dass du das tun willst?«, hatte ich gefragt.

»Definitiv.« Sie grinste mich an. »Schließlich muss ich bald in die große weite Welt hinaus, und da sollte ich vorher mit meinem Vaterkomplex fertigwerden.«

»War dein Vater etwa ein weißer Gitarrist?«

Das brachte sie zum Lachen. »In der Nacht sind alle Katzen grau, Jamie. Gehen wir jetzt ans Werk oder nicht?«

Wir gingen, und es war fantastisch. Ich würde lügen, wenn ich sagte, ihre Jugend hätte mich nicht erregt – sie war vierundzwanzig –, und gelogen wäre auch, wenn ich behaupten würde, ich hätte immer mit ihr Schritt halten können. Als ich an jenem Abend neben ihr lag, ziemlich erschöpft nach dem zweiten Durchgang, fragte ich sie, was wohl ihre Mutter dazu sagen würde.

»Von mir wird sie es nicht erfahren. Von dir etwa?«

»Nein, aber Nederland ist wie ein kleines Dorf.«

»Das stimmt, und in so kleinen Dörfern bleibt wohl nicht viel im Verborgenen. Falls sie mich also tatsächlich darauf ansprechen sollte, werde ich sie einfach daran erinnern, dass sie für Hugh Yates früher mal mehr gemacht hat, als ihm die Bücher zu führen.«

»Nicht im Ernst!«

Sie kicherte. »Ihr weißen Jungs seid manchmal wirklich dämlich.«

Nun stand Kaffee auf ihrer Seite des Betts und Tee auf meiner, während wir dasaßen, mit Kissen im Rücken und ihrem Laptop zwischen uns. Der Sommersonnenschein – morgens immer am besten – warf ein Rechteck auf den Boden. Bree trug ein T-Shirt von mir und sonst nichts. Ihr kurz geschnittenes Haar bildete eine lockige schwarze Kappe.

»Eigentlich könntest du auch ohne mich ganz gut weitermachen«, sagte sie. »Du behauptest zwar, keinerlei Ahnung vom

Internet zu haben, aber das liegt wohl vor allem daran, dass du nachts jemand zum Schmusen brauchst. Mit einer Suchmaschine umzugehen ist schließlich keine Schwarze Kunst. Außerdem hast du jetzt doch schon genügend Material, oder etwa nicht?«

Das hatte ich tatsächlich. Angefangen hatten wir mit drei Personen, die auf der Website von C. Danny Jacobs Zeugnis von ihrer Wunderheilung ablegten. Ganz oben auf der Liste stand der Name von Robert Rivard, dem jungen Burschen, der in St. Louis von Muskelschwund geheilt worden war. Hinzugefügt hatte Bree jene Teilnehmer der Revival-Versammlung in Norris County, die ich als koscher eingeschätzt hatte – Leute wie Rowena Mintour, deren plötzliche Genesung schwer anzuzweifeln war. Falls der Moment, in dem sie weinend auf ihren Mann zuwankte, reine Schauspielerei gewesen war, dann verdiente sie dafür einen Oscar.

Bree hatte die Revival-Tour von Pastor Danny Jacobs von Colorado bis Kalifornien nachverfolgt, alles in allem zehn Auftritte. Gemeinsam hatten wir die neuen Videoclips auf der Website mit der Begeisterung von Meeresbiologen betrachtet, die eine soeben entdeckte Fischart studierten. Wir diskutierten, welchen Wert sie besaßen (zuerst in meinem Wohnzimmer, später in meinem Bett), um sie schließlich unter vier Kategorien einzuordnen: *kompletter Bockmist, wahrscheinlich Bockmist, nicht einschätzbar* und *kaum anzuzweifeln.*

Im Lauf dieses Prozesses hatte sich allmählich eine Ausschlussliste herauskristallisiert. An jenem sonnigen Augustmorgen in meinem Schlafzimmer standen darauf fünfzehn Namen. Wir hatten sie aus fast siebenhundertfünfzig angeblichen Heilungen ausgesiebt, weil wir uns ihrer Echtheit zu achtundneunzig Prozent sicher waren. Auf dieser Liste stand Robert Rivard; Mabel Jergens aus Albuquerque stand darauf, ebenso wie Rowena Mintour und Ben Hicks, der auf dem Festplatz von Norris County seine Halskrause abgerissen und seine Krücken weggeworfen hatte.

Hicks war ein interessanter Fall. Sowohl er als auch seine Frau hatten die Authentizität der Heilung in einem Artikel der *Denver*

Post bestätigt, der einige Wochen nach Jacobs' Auftritt in Colorado erschienen war. Hicks war Professor für Geschichte am Community College in Denver und hatte einen makellosen Ruf. Er bezeichnete sich als religiösen Skeptiker und sagte, die Teilnahme an dem Revival in Norris County sei ein letzter Versuch gewesen. Auch dies hatte seine Frau bestätigt. »Wir sind erstaunt und dankbar« waren ihre Worte. Inzwischen, fügte sie hinzu, würden sie wieder zur Kirche gehen.

Rivard, Jergens, Mintour, Hicks und alle anderen auf unserer Hauptliste waren zwischen Mai 2007 und Dezember 2008, als die Revival-Tour in San Diego geendet hatte, von Jacobs' »heiligen Ringen« berührt worden.

Bree hatte in fröhlicher Stimmung mit den Recherchen begonnen, aber im Oktober 2008 war ihr anders zumute. In diesem Monat hatte sie im *Weekly Telegram* von Monroe County einen Bericht über Robert Rivard entdeckt, eigentlich nicht mehr als eine kurze Notiz. Darin stand, der Wunderjunge sei aus nicht mit seiner früheren Muskeldystrophie zusammenhängenden Gründen ins Kinderkrankenhaus von St. Louis eingewiesen worden.

Bree zog Erkundigungen ein, sowohl übers Internet als auch per Telefon. Rivards Eltern weigerten sich, mit ihr zu sprechen, aber eine Schwester im Kinderkrankenhaus fand sich schließlich dazu bereit, als Bree ihr sagte, sie wolle, C. Danny Jacobs als Schwindler entlarven. Das war zwar nicht exakt das, was wir vorhatten, aber es wirkte. Nachdem Bree der Schwester versichert hatte, ihr Name werde nie in irgendeinem Artikel oder Buch erwähnt werden, berichtete sie, weshalb Bobby Rivard eingewiesen worden sei. Er hatte chronische Kopfschmerzen und war einer ganzen Reihe von Tests unterzogen worden, um einen Hirntumor auszuschließen. Letzteres war gelungen, worauf man den Jungen ins Gad's Ridge Hospital in Oakville, Missouri verlegt hatte.

»Was ist das für eine Klinik?«, hatte Bree gefragt.

»Eine psychiatrische« war die Antwort gewesen. Und während

Bree das noch verdaute, hatte die Schwester hinzugefügt: »Die meisten Leute, die dort landen, kommen nie wieder raus.«

Brees Versuche, im Gad's Ridge mehr herauszubekommen, stießen auf eisernes Schweigen. Weil ich Rivard für unseren wichtigsten Fall hielt, flog ich nach St. Louis, nahm mir einen Mietwagen und fuhr nach Oakville. Nachdem ich mehrere Nachmittage in der Kneipe verbracht hatte, die der Klinik am nächsten lag, fand ich einen Krankenpfleger, der für die kleine Vergütung von sechzig Dollar bereit war, den Mund aufzumachen. Wie er berichtete, konnte Robert Rivard immer noch problemlos gehen, kam jedoch nie weiter als bis in die Ecke seines Zimmers. Anschließend blieb er dort wie ein für schlechtes Benehmen bestraftes Kind einfach stehen, bis ihn jemand wieder zum Bett oder zum nächsten Stuhl führte. An guten Tagen aß er etwas; in schlechten Phasen, die wesentlich häufiger auftraten, musste er künstlich ernährt werden. Er war als partiell katatonisch eingestuft worden. Was heißt, dass er, wie der Pfleger es ausdrückte, hinüber war.

»Leidet er immer noch an chronischen Kopfschmerzen?«, fragte ich.

Der Pfleger hob seine massigen Schultern. »Wer weiß das schon?«

Tja, wer wusste das.

Soweit wir es beurteilen konnten, ging es neun Personen auf unserer Liste gut. Dazu gehörten Rowena Mintour, die ihre Lehrtätigkeit wieder aufgenommen hatte, und Ben Hicks, mit dem ich mich im November 2008, fünf Monate nach seiner Heilung, persönlich unterhielt. Ich verriet ihm zwar nicht alles (vor allem erwähnte ich weder die gewöhnliche noch irgendeine spezielle Elektrizität), aber doch genug, dass ich sein Vertrauen gewann: von Jacobs in den frühen Neunzigern geheilter Heroinsucht, gefolgt von beunruhigenden Nachwirkungen, die allmählich nachgelassen und dann ganz aufgehört hatten. Von Hicks wollte ich wissen, ob er ebenfalls unter irgendwelchen Nachwirkungen gelitten habe: Blackouts, Lichtblitze, Schlafwandeln, Plappern wie beim Tourettesyndrom.

Überhaupt nicht, sagte er. Es gehe ihm bestens.

»Ich weiß nicht, ob Gott nun wirklich durch ihn hindurch gewirkt hat oder nicht«, meinte Hicks, während wir in seinem Büro saßen und Kaffee tranken. »Meine Frau glaubt das zwar, und da habe ich auch nichts dagegen, aber mir ist das eigentlich egal. Ich bin schmerzfrei und kann täglich ein gutes Stück weit gehen. Noch zwei Monate, dann wird man mir wahrscheinlich erlauben, wieder Tennis zu spielen, solange ich beim Doppel bleibe, wo ich bloß ein paar Schritte rennen muss. *Das* sind die Dinge, die mir wichtig sind. Wenn er für Sie das getan hat, was Sie mir erzählt haben, dann wissen Sie ja, was ich meine.«

Wohl wahr, aber ich wusste noch mehr.

Dass Robert Rivard seine Heilung in einer psychiatrischen Klinik genoss und per Schlauch mit Glukose gefüttert wurde, statt mit seinen Freunden Cola zu trinken.

Dass Patricia Farmingdale, die in Cheyenne, Wyoming, von peripherer Neuropathie geheilt worden war, sich Salz in die Augen geschüttet hatte, offenbar um sich selbst zu blenden. Sie hatte keinerlei Erinnerung daran, das getan zu haben. Weshalb, wusste sie erst recht nicht mehr.

Dass Stefan Drew aus Salt Lake City manchmal zwanghafte Wanderungen unternahm, nachdem er von einem mutmaßlichen Hirntumor geheilt worden war. Diese Wanderungen, teilweise fünfzehn Meilen weit, ereigneten sich nicht während eines Blackouts; wie er erklärte, überkam ihn der Drang dazu einfach so, und dann musste er losgehen.

Dass Veronica Freemont aus Anaheim mehrfach etwas erlebt hatte, was sie als Störung des Sehvermögens bezeichnete. Beim Autofahren hatte sie daher einmal einen Zusammenstoß verursacht, glücklicherweise bei langsamem Tempo. Der Drogen- und Alkoholtest war zwar negativ ausgefallen, aber sie hatte ihren Führerschein freiwillig abgegeben, weil sie Angst hatte, so etwas könnte wieder passieren.

Dass Emil Klein, der in San Diego auf wundersame Weise von einer Halsverletzung geheilt worden war, anschließend periodisch den Drang verspürte, in seinen Garten zu gehen und Dreck zu essen.

Schließlich war da noch Blake Gilmore aus Las Vegas, der behauptete, C. Danny Jacobs habe ihn im Spätsommer 2008 von einem Lymphom geheilt. Einen Monat später verlor er seine Stelle als Black-Jack-Croupier in einem Kasino, weil er den Spielern wiederholt vulgäre Ausdrücke an den Kopf warf – Sprüche wie »Nimm noch ’ne Karte, verdammt, nimm doch noch ’ne Karte, du feiges Arschloch«. Als er seine drei Kinder ähnlich beschimpfte, setzte seine Frau ihn vor die Tür. Er zog in ein billiges Motel nördlich des Fashion Show Drive. Zwei Wochen später fand man ihn tot auf dem Boden des Badezimmers liegen, eine Flasche mit Sekundenkleber in der Hand. Er hatte sie verwendet, um sich die Nasenlöcher zu verstopfen und den Mund zuzukleben. Das war nicht der einzige mit dem Namen Jacobs verbundene Todesfall, den Bree im Internet gefunden hatte, aber es war der einzige, den wir definitiv mit einer Heilung in Verbindung bringen konnten.

Bis wir von Cathy Morse erfuhren.

Auch nach einem ganzen Becher mit schwarzem Tee fühlte ich mich weiterhin schläfrig. Die Schuld daran gab ich der automatischen Scroll-Funktion von Brees Laptop. Die sei zwar hilfreich, sagte ich, wirke jedoch hypnotisch.

»Süßer, wenn dich das schon stört, musst du dich warm anziehen«, sagte sie. »Nächstes Jahr bringt Apple einen Tablet-Rechner raus, der eine wahre Revolution ...« Bevor sie den Satz vollenden konnte, hörte man ein *Bing*, und der Autoscroll stoppte. Bree warf einen Blick auf den Bildschirm, auf dem eine Zeile in Rot hervorgehoben war. »Oje. Das ist einer von den Namen, die du mir ganz am Anfang genannt hast.«

»Was?« Damit meinte ich: *Wer?* Am Anfang hatte ich ihr nur wenige Namen zur Verfügung stellen können, und einer war der meines Bruders Con gewesen. Jacobs hatte zwar behauptet, bei dessen Heilung habe es sich nur um einen Placeboeffekt gehandelt, aber …

»Ganz ruhig. Lass mich mal auf den Link klicken.«

Ich beugte mich hinüber, um etwas zu sehen. Mein erstes Gefühl war Erleichterung: nicht Con, natürlich nicht. Mein zweites war trostloses Grauen.

Die Todesanzeige stammte aus der *Tulsa World* und war Catherine Anne Morse gewidmet, Alter achtunddreißig Jahre. Plötzlich verstorben, stand da. Und außerdem: *Cathys trauernde Eltern bitten darum, statt Blumen dem Netzwerk zur Suizidverhütung eine Spende zukommen zu lassen. Die Spenden sind steuerlich absetzbar.*

»Bree«, sagte ich. »Such in den Nachrichten von letzter Woche, und …«

»Ich weiß schon, was ich tun muss, also lass mich einfach machen.« Dann, nach einem zweiten Blick auf mein Gesicht: »Alles in Ordnung?«

»Ja«, sagte ich, wusste jedoch nicht wirklich, ob das stimmte. Mir stand vor Augen, wie Cathy Morse vor all den Jahren auf der Bühne von Jacobs' Blitzporträtbude gestanden hatte, ein hübsches Mädel aus Oklahoma mit gebräunten Beinen, die unter einem Jeansrock mit ausgefranstem Saum hervorblitzten. *Jedes hübsche Mädel hat eine ganz spezielle positive Ladung*, hatte Jacobs verkündet, aber irgendwann hatte Cathys Ladung sich ins Negative gewendet. Von einem Ehemann war in der Anzeige nicht die Rede, obwohl es einer so gut aussehenden Frau sicher nicht an Verehrern gefehlt hatte. Kinder wurden ebenfalls nicht erwähnt.

Vielleicht stand sie auf Frauen, dachte ich, aber das war ziemlich schwach.

»Bitte sehr, Süßer«, sagte Bree. Sie drehte den Laptop, damit ich den Bildschirm besser sehen konnte. »Aus derselben Zeitung.«

FRAU STÜRZT SICH VON BRÜCKE IN DEN TOD, so lautete die Schlagzeile. Cathy Morse hatte keinen Abschiedsbrief hinterlassen, und ihre trauernden Eltern waren ratlos. »Ich frage mich, ob nicht irgendwer sie hinuntergestoßen hat«, soll Mrs. Morse gesagt haben ... aber laut Artikel war jedes Verbrechen ausgeschlossen worden, auch wenn nicht erklärt wurde, wie.

Hat er das eigentlich schon mal getan, Mister, hatte Mr. Morse mich 1992 gefragt, nachdem er meinen alten Fünften im Spiel ins Gesicht geschlagen und ihm die Lippe gespalten hatte. *Hat er andere so um den Verstand gebracht wie meine Cathy?*

Ja, Sir, dachte ich nun. *Ja, Sir, das hat er wohl.*

»Jamie, da kannst du dir doch nicht sicher sein«, sagte Bree und legte mir die Hände auf die Schultern. »Sechzehn Jahre sind eine lange Zeit. Wahrscheinlich liegt es an etwas ganz anderem. Vielleicht hat sie erfahren, dass sie an Krebs oder einer anderen tödlichen Krankheit leidet. Tödlich und schmerzhaft.«

»Es lag an ihm«, sagte ich. »Das weiß ich, und ich habe den Eindruck, dass du es inzwischen auch weißt. Den meisten Patienten von ihm geht es hinterher gut, aber manche haben eine Zeitbombe im Kopf. Wie Cathy Morse, bei der die Bombe losgegangen ist. Wie viele weitere in den nächsten zehn bis zwanzig Jahren wohl explodieren werden?«

Ich dachte dabei auch an mich, und das wusste sicherlich auch Bree. Von Hughs Erlebnis wusste sie hingegen nichts, weil es nicht meine Sache war, ihr davon zu erzählen. Die prismatischen Erscheinungen, die er bei der Zeltshow erlebt hatte, waren wahrscheinlich durch Stress verursacht worden und seither nicht mehr aufgetreten, aber das konnte sich ändern. Obwohl wir nicht darüber sprachen, war er sich darüber bestimmt ebenso im Klaren wie ich.

Zeitbomben.

»Also willst du ihn jetzt suchen.«

»Darauf kannst du wetten.« Die Todesanzeige von Catherine Anne Morse war der letzte Beweis, den ich brauchte. Er hatte meine Entscheidung in eine endgültige verwandelt.

»Und ihn dazu bringen, dass er aufhört.«

»Wenn ich das hinkriege.«

»Und wenn er sich weigert?«

»Dann weiß ich auch nicht.«

»Wenn du willst, komme ich mit.«

Aber *sie* wollte das nicht. Das drückte ihr Gesicht nur zu deutlich aus. Als intelligente junge Frau hatte sie sich mit Begeisterung in die Sache gestürzt, solange es sich um reine Recherche handelte, und unsere erotischen Aktivitäten hatten dem Ganzen zusätzliche Würze verliehen, aber nun hatte der Charakter der Recherche sich verändert, und Bree hatte genug gesehen, zu Tode erschrocken zu sein.

»Du kommst mir nicht in seine Nähe«, sagte ich. »Aber er hat jetzt seit acht Monaten keine Tournee mehr absolviert, und von seiner wöchentlichen Fernsehsendung laufen nur Wiederholungen. Ich muss herausbekommen, wo er momentan steckt.«

»Dabei kann ich dir helfen.« Sie schob den Laptop beiseite und griff unter das Laken. »Aber zuerst würde ich gern was anderes tun, falls du nichts dagegen hast.«

Das hatte ich keineswegs.

Anfang September nahmen Bree Donlin und ich in ebenjenem Bett Abschied voneinander. Er verlief in erster Linie sehr körperlich, was uns beide befriedigte, aber er war auch traurig. Für mich mehr als für sie, glaube ich. Sie hatte ein Leben als hübsche, ungebundene Karrierefrau in New York vor sich; was ich vor mir hatte, war eine gewisse Schnapszahl, die mir in knapp zwei Jahren drohte. Wie ich vermutete, würde es von nun an keine lebhaften jungen Frauen mehr für mich geben, und damit sollte ich völlig richtig liegen.

Langbeinig und wunderschön nackt schlüpfte Bree aus dem Bett. »Übrigens habe ich gefunden, was du wolltest«, sagte sie und kramte in ihrer Handtasche, die auf dem Nachttisch lag. »Es war schwerer als gedacht, weil er derzeit nämlich unter dem Namen Daniel Charles lebt.«

»Das ist er. Nicht gerade ein Deckname, aber nahe dran.«

»Es ist wohl eine Art Vorsichtsmaßnahme, denke ich. So wie Promis beim Einchecken im Hotel einen falschen Namen – oder eine Variante von ihrem richtigen – angeben, um den Autogrammjägern zu entkommen. Das Haus, in dem er wohnt, hat er als Daniel Charles gemietet, was legal ist, solange er ein Bankkonto hat und die Schecks einlösbar sind, aber manchmal muss man eben doch seinen richtigen Namen verwenden, um sich nicht strafbar zu machen.«

»Von welcher Sorte manchmal sprichst du in diesem Fall?«

»Er hat letztes Jahr in Poughkeepsie, New York, einen Wagen gekauft – nichts Extravagantes, nur einen biederen Ford Taurus – und ihn unter seinem echten Namen angemeldet.« Sie stieg wieder ins Bett und reichte mir einen Zettel. »Da, mein Hübscher.«

Auf dem Zettel stand: *Daniel Charles (alias Charles Jacobs, alias C. Danny Jacobs), The Latches, Latchmore, New York 12561.*

»Was sollen denn The Latches sein?«

»Das Haus, das er gemietet hat. Eigentlich ein Anwesen. Eines mit einem Zaun drum herum, also sei wachsam. Latchmore liegt ein kleines Stück nördlich von New Paltz – dieselbe Postleitzahl. Es befindet sich in den Catskills, wo Rip Van Winkle einst mit den Zwergen gebowlt hat. Allerdings sprach man damals – mmh, deine Hände sind schön warm – vom Kegeln.«

Sie schmiegte sich an mich, und ich sagte sinngemäß, was Männer meines Alters zunehmend häufiger sagen: Danke für das Angebot, aber leider fühle ich mich momentan nicht in der Lage, es anzunehmen. Im Rückblick würde ich mir allerdings wünschen, ich hätte mich etwas mehr angestrengt. Ein letztes Mal wäre nett gewesen.

»Schon in Ordnung, Süßer. Nimm mich einfach in den Arm.«

Ich umarmte sie. Dabei nickten wir offenbar ein, denn als ich wieder zu mir kam, war die Sonne vom Bett zum Boden gewandert. Bree sprang auf und zog sich an. »Muss jetzt los. Hab heute noch unheimlich viel zu tun.« Sie hakte ihren BH zu, dann sah sie mich im Spiegel an. »Wann fährst du zu ihm?«

»Wahrscheinlich erst im Oktober. Hugh hat jemand aus Minnesota angestellt, der mich vertreten soll, aber der kann vorher nicht kommen.«

»Du musst unbedingt in Kontakt mit mir bleiben. Per E-Mail *und* per Telefon. Wenn ich nicht täglich von dir höre, während du dort unterwegs bist, mache ich mir Sorgen. Nicht dass ich noch hinfahren muss, um nachzusehen, ob dir auch nichts passiert ist.«

»Tu das nicht«, sagte ich.

»Bleib einfach in Kontakt, Süßer, dann muss ich es sowieso nicht tun.«

Als sie sich angezogen hatte, kam sie zurück und setzte sich auf die Bettkante.

»Vielleicht ist es gar nicht nötig, dass du hinfährst. Ist dir das schon mal in den Sinn gekommen? Er hat keine Tournee angekündigt, auf seiner Website tut sich nichts Neues, und im Fernsehen laufen bloß Wiederholungen. Neulich bin ich in einem Blog auf einen Thread mit dem Titel *Wo in aller Welt ist Pastor Danny?* gestoßen. Die Diskussion ging seitenlang weiter.«

»Worauf willst du hinaus?«

Sie nahm meine Hand und verflocht ihre Finger mit meinen. »Wir wissen – okay, wissen tun wir's nicht, aber wir sind uns ziemlich sicher –, dass er manchen Leuten im Lauf der Zeit geschadet und anderen geholfen hat. Das kann man nicht mehr rückgängig machen. Aber wenn er mit dem Heilen aufgehört hat, wird er keinen weiteren Schaden anrichten. Was für einen Sinn hätte es dann, ihn zur Rede zu stellen?«

»Wenn er tatsächlich aufgehört hat, dann nur, weil er genügend Geld kassiert hat, den nächsten Schritt zu tun.«

»Den nächsten Schritt wohin?«

»Keine Ahnung, aber wenn man bedenkt, was er bereits angerichtet hat, könnte es gefährlich sein. Und Bree ... weißt du was?« Ich setzte mich auf und nahm ihre andere Hand. »Abgesehen von allem anderen, muss jemand ihn für das, was er getan hat, zur Rechenschaft ziehen.«

Sie hob meine Hände an ihren Mund, um erst die eine und dann die andere zu küssen. »Aber musst ausgerechnet du derjenige sein, Süßer? Schließlich gehörst du zu denen, bei denen er Erfolg gehabt hat.«

»Ich glaube, genau das ist der Grund. Außerdem haben Charlie und ich ... wir haben eine lange gemeinsame Geschichte. Eine sehr lange.«

Zum Flughafen von Denver brachte ich sie nicht – dafür war ihre Mutter zuständig –, aber nach der Landung rief sie mich an, ebenso nervös wie aufgeregt. Sie blickte vorwärts, nicht zurück. Ich freute mich für sie. Als mein Telefon zwanzig Minuten später wieder läutete, dachte ich, es wäre wieder sie. Was aber nicht der Fall war. Es war ihre Mutter Georgia, die fragte, ob wir uns mal unterhalten könnten. Vielleicht beim Mittagessen.

Oje, dachte ich.

Wir aßen bei McGee's – eine angenehme Mahlzeit bei angenehmer Unterhaltung, hauptsächlich über das Musikgeschäft. Als wir uns gegen ein Dessert und für einen Kaffee entschieden hatten, neigte Georgia ihren ansehnlichen Busen über den Tisch und kam zur Sache. »Also, Jamie. Ist die Sache zwischen euch beiden jetzt erledigt?«

»Ich ... äh ... Georgia ...«

»Du liebe Güte, jetzt fang bloß nicht an rumzustottern. Du weißt genau, was ich meine, und ich werde dir schon nicht den Kopf abreißen. Wenn das meine Absicht wäre, hätte ich das schon letztes Jahr getan, als sie das erste Mal mit dir ins Bett gehüpft ist.« Sie sah meinen Gesichtsausdruck und grinste. »Nein, sie hat es mir nicht gebeichtet, und ich habe nicht gefragt. War gar nicht nötig. Bree ist für mich wie ein offenes Buch. Bestimmt hat sie dir sogar erzählt, dass zwischen mir und Hugh früher mal was sehr Ähnliches gelaufen ist. Stimmt's?«

Ich zog den unsichtbaren Reißverschluss an meinen Lippen zu, worauf Georgias Grinsen sich in ein Lachen verwandelte.

»Na, das ist ja großartig. So was mag ich. Und dich mag ich auch, Jamie. Beinahe vom ersten Tag an, als du noch spindeldürr warst und erst mal mit dem Zeug fertigwerden musstest, das du dir in den Leib gespritzt hast. Du hast wie Billy Idol ausgesehen, allerdings so, als hätte man den durch die Gosse gezogen. Auch gegen Beziehungen zwischen Schwarz und Weiß habe ich nichts, und Altersunterschiede spielen für mich genauso wenig eine Rolle. Weißt du, was mein Vater mir geschenkt hat, als ich alt genug für einen Führerschein war?«

Ich schüttelte den Kopf.

»Einen 1960er Plymouth mit lädiertem Kühlergrill, abgefahrenen Reifen, rostigen Schwellern und einem Motor, der literweise wiederaufbereitetes Öl gesoffen hat. Hat ihn einen echten Straßenbomber genannt. Hat gesagt, alle Führerscheinneulinge sollten erst mal eine alte Karre fahren, bevor sie einen Wagen unter den Hintern bekommen, der die nächste Inspektion übersteht. Weißt du, worauf ich hinauswill?«

Das wusste ich definitiv. Bree war keine Nonne; sie hatte eine angemessene Anzahl sexueller Abenteuer erlebt, bevor ich des Wegs kam, aber mit mir hatte sie ihre erste längere Beziehung gehabt. In New York würde sie einen Schritt weiter gehen und sich vielleicht jemand suchen, der ihre Hautfarbe hatte, zumindest jedoch altersmäßig besser zu ihr passte.

»Ich wollte das nur erst mal aus dem Weg räumen, bevor ich dir sage, weshalb ich dich heute eigentlich treffen wollte.« Sie beugte sich noch weiter vor, wodurch ihr wuchtiger Busen die Kaffeetasse und das Wasserglas in Gefahr brachte. »Bree hat mir zwar nicht viel von den Recherchen erzählt, die sie für dich erledigt hat, aber ich weiß, dass sie ihr Angst einjagt haben, und als ich Hugh darauf ansprechen wollte, ist er fast ausgerastet.«

Ameisen, dachte ich. *Plötzlich sahen alle Leute im Zelt für ihn wie Ameisen aus.*

»Es geht um diesen Prediger«, fuhr sie fort. »Das weiß ich immerhin.«

Ich schwieg.

»Hat es dir die Sprache verschlagen?«

»Könnte man so sagen.«

Sie nickte und lehnte sich zurück. »Ist schon in Ordnung. Kein Problem. Aber ich will, dass du Brianna von nun an aus dem Spiel lässt. Tust du mir den Gefallen? Und wenn auch nur deswegen, weil ich nicht mal angedeutet habe, dass es besser gewesen wäre, deinen nicht mehr ganz taufrischen Schwanz von der Unterwäsche meiner Tochter fernzuhalten?«

»Sie hat nichts mehr damit zu tun. Das hatten wir schon so besprochen.«

Georgia nickte mir geschäftsmäßig zu. »Hugh sagt, du nimmst dir Urlaub«, sagte sie dann.

»Stimmt.«

»Willst du den Prediger besuchen?«

Wieder schwieg ich. Was einer Bejahung entsprach, und das wusste sie.

»Pass auf dich auf.« Sie streckte die Hand über den Tisch und verflocht ihre Finger mit meinen, wie ihre Tochter es oft getan hatte. »Was auch immer dich und Bree beschäftigt hat, es hat sie furchtbar mitgenommen.«

An einem Tag Anfang Oktober landete ich auf dem Flughafen von Newburgh. Die Bäume nahmen bereits ihre Herbstfärbung an, und die Fahrt nach Latchmore war wunderschön. Als ich dort anlangte, neigte sich der Nachmittag gerade dem Ende zu, und ich checkte im örtlichen Motel 6 ein. Es gab keinen Internetzugang, geschweige denn WLAN, weshalb mein Laptop nicht in der Lage war, mit der Welt außerhalb meines Zimmers Kontakt aufzunehmen, aber ich benötigte kein WLAN, um The Latches zu finden, das hatte nämlich Bree bereits für mich getan. Das vier Meilen östlich vom Ortszentrum an der Route 27 gelegene Anwesen war einst im Besitz einer alten Geldadelsfamilie namens Vander Zanden gewesen. An der Wende zum 20. Jahrhundert war ihr offenbar das alte Geld ausgegangen, denn The Latches war verkauft und in ein teures Sanatorium für übergewichtige Damen und versoffene Herren umgewandelt worden. Dieses hatte bis fast zur Wende zum 21. Jahrhundert Bestand gehabt. Seither war das Anwesen zum Verkauf oder zur Miete angeboten worden.

Ich hatte gedacht, ich würde lange wach im Bett liegen, aber ich versank fast augenblicklich in einen tiefen Schlaf, während ich noch damit beschäftigt war, mir zu überlegen, was ich Jacobs sagen sollte, wenn ich ihn sah. Falls ich ihn überhaupt zu Gesicht bekam. Als ich an einem weiteren sonnigen Herbsttag erwachte, beschloss ich, spontan zu reagieren. Ich dachte (vielleicht irrtümlich), wenn ich kein vorgefasstes Konzept hätte, könnte man mich auch aus keinem bringen.

Um neun stieg ich in meinen Mietwagen, fuhr die vier Meilen und fand nichts. Etwa eine Meile weiter hielt ich am Verkaufsstand einer Farm, wo das letzte Gemüse der Saison angeboten wurde. Mit dem geübten Blick eines geborenen Landeis stellte ich fest, dass die Kartoffeln ziemlich armselig aussahen, aber die Kürbisse waren fantastisch. Besetzt war der Stand von zwei Jugendlichen, denen man ansah, dass es sich um Bruder und Schwester handelte. Ihrer Miene nach zu urteilen, langweilten sie sich zu Tode. Ich fragte nach dem Weg zu The Latches.

»Da sind Sie dran vorbeigefahren«, sagte das Mädchen. Sie war die ältere der beiden.

»Hab ich mir schon gedacht. Ich weiß bloß nicht, wie ich das geschafft habe. Eigentlich habe ich eine gute Wegbeschreibung, und das Anwesen ist offenbar ziemlich groß.«

»Früher war da ein Schild, aber der Typ, der das Haus gemietet hat, hat es abgenommen«, sagte der Junge. »Pa meint, er ist wohl gern für sich. Ma meint, wahrscheinlich ist er eingebildet.«

»Halt die Klappe, Willy. Mister, wollen Sie vielleicht was kaufen? Pa sagt, wir dürfen hier nicht dichtmachen, bis wir dreißig Dollar kassiert haben.«

»Ich nehme einen Kürbis. *Falls* ich dazu eine anständige Wegbeschreibung bekomme.«

Sie stieß einen theatralischen Seufzer aus. »Ein Kürbis. Ein Dollar fünfzig. Super Geschäft.«

»Wie wär's mit einem Kürbis für fünf Dollar?«

Willy und seine Schwester tauschten einen Blick, dann lächelte Letztere. »Das ist schon besser.«

Mein kostspieliger Kürbis lag auf dem Rücksitz wie ein orangefarbener Minimond, während ich in die Richtung zurückfuhr, aus der ich gekommen war. Das Mädchen hatte mir gesagt, ich solle nach einem großen Felsen Ausschau halten, auf den jemand METALLICA RULES gesprayt habe. Als ich ihn sah, bremste ich ab. Ein kleines Stück weiter kam ich zu der Zufahrt, die ich verpasst hatte. Sie war asphaltiert, aber an der Abzweigung stark zugewuchert und mit Herbstlaub bedeckt. Das sah nach Tarnung aus. Als ich die Kids am Verkaufsstand gefragt hatte, ob sie wüssten, womit sich der neue Bewohner so beschäftige, hatten sie die Achseln gezuckt.

»Pa meint, wahrscheinlich hat er an der Börse Geld gemacht«, sagte das Mädchen. »Auf jeden Fall muss er 'ne Menge davon haben, dass er in so einem Haus wohnt. Ma meint, es hat bestimmt fünfzig Zimmer.«

»Wieso wollen Sie eigentlich zu dem?«, fragte der Junge.

Seine Schwester stieß ihm den Ellbogen in die Rippen. »Das ist unhöflich, Willy.«

»Wenn er der ist, für den ich ihn halte, kenne ich ihn schon seit langer Zeit«, sagte ich. »Und dank euch habe ich ein Mitbringsel für ihn.« Ich hob den Kürbis hoch.

»Mit dem kann man 'ne Menge Kuchen backen«, sagte der Junge.

Oder eine Halloween-Laterne basteln, dachte ich, während ich auf die Zufahrt einbog. An den Seiten meines Wagens schrammten Zweige entlang. *Eine mit einem hellen kleinen elektrischen Licht statt einer Kerze. Direkt hinter den Augen.*

Die Zufahrt – gleich nach der Abzweigung wurde sie zu einer richtigen Straße, breit und gut asphaltiert – stieg in einer Reihe von S-Kurven an. Zweimal musste ich bremsen, weil Rehe vor mir über den Weg staksten. Sie beäugten meinen Wagen ohne jede Furcht. Offenbar hatte schon seit Langem niemand mehr in diesem Wald gejagt.

Vier Meilen weiter kam ich zu einem geschlossenen schmiedeeisernen Tor, das von zwei Schildern flankiert war. Auf dem linken stand PRIVATBESITZ, auf dem rechten ZUTRITT VERBOTEN. An einem aus Feldsteinen gemauerten Pfosten war eine Sprechanlage angebracht und darüber eine Videokamera, die so geneigt war, dass sie die Besucher im Blick hatte. Ich drückte die Taste. Mir klopfte spürbar das Herz, und ich schwitzte. »Hallo? Ist jemand zu Hause?«

Zuerst nichts. Schließlich: »Was kann ich für Sie tun?« Die Klangqualität war wesentlich besser als bei den meisten Sprechanlagen – sie war sogar fantastisch –, aber in Anbetracht von Jacobs' Leidenschaft war das nicht verwunderlich. Es war nicht seine Stimme, aber sie war mir irgendwie vertraut.

»Ich möchte mit Daniel Charles sprechen.«

»Ohne vorherige Terminvereinbarung empfängt Mr. Charles niemand«, teilte die Sprechanlage mir mit.

Darüber dachte ich kurz nach, dann drückte ich wieder die Taste. »Wie steht es mit Dan Jacobs? Unter dem Namen ist er auf dem Rummelplatz in Tulsa aufgetreten. Porträts in Blitzen hieß seine Bude.«

Die Stimme aus dem Kästchen sagte: »Ich habe keine Ahnung, wovon Sie sprechen, und Mr. Charles weiß das sicher auch nicht.«

Nun fiel der Groschen, und ich wusste, wem dieser geschmeidige Tenor gehörte. »Sagen Sie ihm, hier steht Jamie Morton, Mr. Stamper. Und erinnern Sie ihn daran, dass ich dabei war, als er sein erstes Wunder gewirkt hat.«

Eine lange, lange Pause entstand. Ich dachte schon, das Gespräch wäre beendet. In diesem Fall wäre ich völlig aufgeschmissen gewesen, abgesehen von der Möglichkeit, mit meinem gemieteten Mittelklassewagen das Tor zu rammen, wobei mit ziemlicher Sicherheit Letzteres gesiegt hätte.

Als ich mich bereits abwenden wollte, fragte Al Stamper: »Was war das für ein Wunder?«

»Mein Bruder Conrad hatte seine Stimme verloren. Reverend Jacobs hat sie ihm wiedergegeben.«

»Blicken Sie direkt in die Kamera.«

Ich gehorchte. Nach einigen Sekunden erklang aus der Sprechanlage eine neue Stimme. »Komm rein, Jamie«, sagte Charles Jacobs. »Wie schön, dich zu sehen.«

Ein elektrischer Motor schnurrte, und das Tor rollte auf einer unsichtbaren Schiene beiseite. *Wie der über den See des Friedens wandelnde Jesus*, dachte ich, während ich in den Wagen stieg und losfuhr. Etwa fünfzig Meter weiter kam noch einmal eine enge Kurve, und bevor ich sie durchfahren hatte, sah ich das Tor wieder zugehen. Die Assoziation, die dadurch bei mir erweckt wurde – der Rauswurf der ursprünglichen Bewohner aus dem Garten Eden, weil sie den falschen Apfel gegessen hatten –, war nicht weiter erstaunlich. Schließlich war ich mit der Bibel aufgewachsen.

The Latches war ein weitläufiges Gebäude, das sein Leben wahrscheinlich im viktorianischen Stil begonnen, sich jedoch zu einem Mischmasch aus architektonischen Experimenten entwickelt hatte. Es besaß vier Stockwerke, viele Giebel und einen geschwungenen Anbau an der Westseite, hinter dem sich die Hügel, Senken und Teiche des Hudsontals ausbreiteten. Die Route 27 lief wie ein dunkler Faden durch eine farbig leuchtende Landschaft. Das Hauptgebäude war aus rustikalem Naturholz mit weißen Zierbalken erbaut, und mehrere große Nebengebäude zeigten denselben Stil. Ich fragte mich, in welchem Jacobs wohl sein Labor untergebracht hatte. Irgendwo musste es sich befinden, da war ich mir sicher. Hinter den Gebäuden stieg das Gelände steiler an und ging in Wald über.

Unter dem Säulenvorbau, wo Pagen einst die schicken Schlitten der ankommenden Kurgäste und Alkoholiker ausgeladen hatten, stand der unauffällige Ford Taurus, den Jacobs unter seinem richtigen Namen angemeldet hatte. Ich parkte dahinter und erklomm dann die Stufen zu einer Veranda, die mir so lang wie ein Footballfeld vorkam. Noch bevor ich die Klingel drücken konnte, ging die Tür auf. Dahinter stand Al Stamper, gekleidet in Schlaghosen im Stil der Siebziger und ein gebatiktes Trägershirt. Seit ich ihn im Revival-Zelt gesehen hatte, war er noch fülliger geworden und hatte in etwa den Umfang eines Umzugswagens.

»Tag, Mr. Stamper. Jamie Morton. Ich bin ein großer Fan Ihres Frühwerks.« Ich streckte ihm die Hand hin.

Er schüttelte sie nicht. »Ich weiß zwar nicht, was Sie wollen, aber Mr. Jacobs kann keine Störung brauchen. Er hat viel Arbeit vor sich, und es geht ihm in letzter Zeit gesundheitlich nicht besonders gut.«

»Sie wollten doch eigentlich Pastor Danny sagen, oder etwa nicht?«, fragte ich. (Na ja … es war wohl eher eine Stichelei als eine Frage.)

»Kommen Sie mit in die Küche.« Es war die warme, geschmeidige Stimme eines typischen Soul-Bruders, aber sein Gesicht drückte aus: *Für Typen wie dich ist die Küche genau das Richtige.*

Ich war einverstanden, und die Küche war für jemand wie mich tatsächlich genau das Richtige, aber bevor er mich dorthin geleiten konnte, ertönte eine andere, mir wohlbekannte Stimme: »Jamie Morton! Du kommst in einem ausgesprochen günstigen Moment!«

Er kam den Flur entlang, leicht hinkend und nach links geneigt. Sein inzwischen fast völlig weißes Haar war weiter von den Schläfen zurückgewichen, und die Haut seiner Geheimratsecken glänzte. Die blauen Augen blickten jedoch so scharf wie eh und je. Die Lippen waren zu einem Lächeln verzogen, das ziemlich raubtierhaft wirkte (in meinen Augen zumindest). Er ging an der massigen Gestalt von Stamper vorbei, der für ihn Luft zu sein schien, und streckte mir die rechte Hand entgegen. Heute trug er daran keinen Ring, aber dafür einen an der linken: einen einfachen Goldring, schmal und zerkratzt. Das Gegenstück dazu befand sich gewiss unter der Erde des Friedhofs von Harlow, an einem Finger, der inzwischen kaum mehr als ein fleischloser Knochen war.

Wir schüttelten uns die Hände. »Seit Tulsa ist viel Zeit vergangen, Charlie, meinen Sie nicht auch?«

Er nickte, während er mir wie ein Politiker auf Stimmenfang die Hand quetschte. »Viel, viel Zeit. Wie alt bist du jetzt, Jamie?«

»Dreiundfünfzig.«

»Und deine Familie? Geht es ihr gut?«

»Ich sehe sie nicht oft, aber Terry lebt immer noch in Harlow und führt das alte Ölgeschäft. Er hat drei Kinder, zwei Jungen und ein Mädchen. Die sind schon ziemlich groß. Con arbeitet weiterhin als Sterngucker auf Hawaii. Andy ist vor ein paar Jahren gestorben. An einem Schlaganfall.«

»Das tut mir wirklich leid. Aber du siehst toll aus. Das blühende Leben.«

»Sie aber auch.« Das war eine glatte Lüge. Mir kamen die drei Lebensalter des amerikanischen Mannes in den Sinn – Jugend, mittleres Alter und du siehst verdammt gut aus. »Dabei sind Sie bestimmt schon ... wie alt? Siebzig?«

»In etwa.« Er drückte mir immer noch die Hand. Es war ein guter, starker Griff, aber ich spürte, dass unter der Haut ein leichtes Zittern lauerte. »Wie steht's mit Hugh Yates? Arbeitest du noch für ihn?«

»Ja, und es geht ihm gut. Er hört immer noch jede Stecknadel fallen.«

»Wunderbar. Wirklich wunderbar.« Endlich ließ er meine Hand los. »Al, Jamie und ich haben viel zu besprechen. Bringst du uns bitte zwei Gläser Limonade? Wir setzen uns in die Bibliothek.«

»Hören Sie mal, Sie werden sich doch nicht übernehmen, oder?« Stamper betrachtete mich mit Misstrauen und Antipathie. *Er ist eifersüchtig*, dachte ich. *Seit dem Ende der letzten Tournee hat er Jacobs für sich allein gehabt, und so soll es bleiben.* »Für Ihre Arbeit brauchen Sie Ihre ganze Kraft.«

»Ist schon in Ordnung. Es gibt kein besseres Lebenselixier als einen alten Freund. Komm mit, Jamie.«

Er führte mich den großen Flur entlang. Links fiel mein Blick in einen Speisesaal von der Größe eines Eisenbahnwagens, rechts sah ich einen, zwei, drei Salons. Den mittleren schmückte ein gewaltiger Kronleuchter, der wie eine Requisite aus James Camerons *Titanic* wirkte. Wir gingen durch eine Rotunde, wo das polierte Parkett in polierten Marmor überging, sodass unsere Schritte von den Wänden widerhallten. Es war ein warmer Tag, aber die Temperatur im Haus war angenehm. Ich hörte das sanfte Flüstern einer Klimaanlage und fragte mich, wie viel es wohl kostete, diesen Kasten im August, wenn es draußen wesentlich wärmer war, kühl zu halten. Dann fiel mir die Werkstatt in Tulsa ein, und die Frage nach den Kosten hatte sich erledigt.

Die Bibliothek war ein runder Raum im hinteren Ende des Hauses. Auf den geschwungenen Regalen standen Tausende von Büchern, aber in Anbetracht der Aussicht konnte ich mir nicht vorstellen, wie man hier etwas hatte lesen können. Die Westwand war vollständig aus Glas und bot einen weiten Blick über das Tal des Hudsons, der kobaltblau in der Ferne funkelte.

»Heilen zahlt sich eben aus.« Mir fiel das Goat-Mountain-Resort ein, jener Spielplatz für Reiche, der eingezäunt war, um das gemeine Volk – wie die Mortons – fernzuhalten. Manche Ausblicke gab es eben nur für Geld.

»In verschiedener Hinsicht«, sagte er. »Ich muss gar nicht erst fragen, ob du immer noch die Finger von den Drogen lässt, das sehe ich an deiner Gesichtsfarbe. Und in deinen Augen.« Nachdem er mich damit daran erinnert hatte, dass ich in seiner Schuld stand, forderte er mich auf, mich zu setzen.

Nun, da ich tatsächlich hier war und ihn vor mir hatte, wusste ich nicht recht, wie und wo ich anfangen sollte. Vorläufig wollte ich das auch gar nicht, da Al Stamper – der derzeit offenbar als Assistent und Butler fungierte – gleich Limonade bringen würde. Wie sich herausstellte, war das kein Problem. Bevor mir irgendein belangloses Zeug einfiel, die Zeit zu überbrücken, kam der frühere Leadsänger der Vo-Lites herein. Er sah noch mürrischer als vorher drein, während er sein Tablett auf das zwischen Jacobs und mir stehende Kirschholztischchen stellte.

»Danke, Al«, sagte Jacobs.

»Gern geschehen.« Das richtete er an seinen Chef; mich ignorierte er.

»Hübsche Hose«, sagte ich. »Erinnert mich an die Zeit, als die Bee Gees auf das transzendentale Zeug verzichtet haben, um Disco zu machen. Jetzt brauchen Sie bloß noch ein paar klassische Schuhe mit Plateausohlen.«

Er warf mir einen Blick zu, der nicht sehr soulful (und ebenso wenig christlich) war, und ging wieder. Man könnte sagen, Stamper sei hinausgestampft.

Jacobs griff nach seiner Limonade und trank einen kleinen Schluck. Aus den an der Oberfläche schwimmenden Resten Fruchtfleisch schloss ich, dass sie selbst gemacht war. Und daraus, wie die Eiswürfel klirrten, als er das Glas wieder abstellte, schloss ich, dass Jacobs tatsächlich leicht zitterte. Sherlock Holmes wäre an diesem Tag stolz auf mich gewesen.

»Das war ausgesprochen unhöflich, Jamie«, sagte Jacobs, klang jedoch belustigt. »Besonders für einen Gast, der ungeladen kommt. Laura hätte sich für dich geschämt.«

Ich ließ die Anspielung auf meine Mutter – kalkuliert, da bin ich mir sicher – unkommentiert. »Ungeladen oder nicht, Sie freuen sich offenbar, mich zu sehen.«

»Natürlich! Wieso auch nicht? Probier doch mal deine Limonade. Du siehst aus, als wäre dir heiß. Und, wenn ich ehrlich bin, auch so, als würdest du dich ein bisschen unwohl fühlen.«

Das stimmte, aber wenigstens hatte ich keine Angst mehr. Was ich verspürte, war Zorn. Da saß ich hier in einem riesigen Haus, umgeben von einem riesigen Stück Land, auf dem sich zweifellos ein riesiger Swimmingpool und ein riesiger Golfplatz befanden. Letzterer war inzwischen eventuell zu stark überwuchert, als dass er bespielbar war, aber zum Anwesen gehörte er dennoch. Ein luxuriöses Heim, in dem Charles Jacobs den Lebensabend damit verbringen konnte, seine Experimente durchzuführen. Anderswo stand Robert Rivard in einer Ecke, wahrscheinlich in einer Windel, weil seine Ausscheidungsfunktionen inzwischen seine geringste Sorge darstellten. Veronica Freemont fuhr mit dem Bus zur Arbeit, weil sie es nicht mehr wagte, sich ans Steuer eines Autos zu setzen, und Emil Klein naschte womöglich immer noch Dreck. Und dann war da noch Cathy Morse, das hübsche Mädchen aus Oklahoma, das jetzt in einem Sarg lag.

Langsam, weißer Junge, hörte ich Brees Stimme. *Immer sachte.*

Ich kostete meine Limonade, dann stellte ich sie aufs Tablett zurück. Schließlich wollte ich den Lack des teuren Kirschholztischchens nicht beschädigen; wahrscheinlich war das verfluchte Ding antik. Und, zugegeben, vielleicht hatte ich doch noch ein wenig Angst, aber wenigstens klirrten in *meinem* Glas nicht die Eiswürfel. Inzwischen hatte Jacobs das rechte Bein über das linke geschlagen, und mir war aufgefallen, dass er dabei die Hände zu Hilfe genommen hatte.

»Arthritis?«

»Ja, aber nicht so schlimm.«

»Erstaunlich, dass Sie sich mit Ihren heiligen Ringen nicht selbst heilen. Oder würde das als Selbstbefleckung gelten?«

Er betrachtete das spektakuläre Panorama, ohne etwas zu erwidern. Über den scharfen, blauen Augen zogen sich struppige, eisengraue Brauen zu einer Monobraue zusammen.

»Oder haben Sie vielleicht Angst vor den Nachwirkungen? Liegt es daran?«

Er hob die Hand, um mich zum Schweigen zu bringen. »Das reicht. Auf Andeutungen kannst du bei mir verzichten, Jamie. Dafür sind unsere Schicksale zu eng miteinander verflochten.«

»An Schicksal glaube ich ebenso wenig, wie Sie an Gott glauben.«

Er wandte sich mir zu und schenkte mir wieder jenes Lächeln, bei dem er nur die Zähne zeigte, ohne auch nur eine Spur von Wärme hineinzulegen. »Noch einmal: Es reicht. Du sagst mir, weshalb du gekommen bist, und ich sage dir, weshalb ich mich freue, dich zu sehen.«

Es gab wirklich keine andere Möglichkeit, es anzusprechen, als es einfach auszusprechen. »Ich bin gekommen, um Ihnen zu sagen, dass Sie mit den Heilungen aufhören müssen.«

Er nahm einen Schluck Limonade. »Und weshalb sollte ich das tun, Jamie, wo es für viele doch so viel Gutes bewirkt hat?«

Du weißt, wieso ich hier bin, dachte ich. Dann kam mir ein noch unbehaglicherer Gedanke. *Er hat mich erwartet.*

Ich schüttelte diese Vorstellung von mir ab.

»Manchen hat es nicht besonders gutgetan.« In meiner Gesäßtasche steckte unsere Liste, aber es war nicht nötig, sie hervorzuholen. Ich hatte mir die Namen samt den Nachwirkungen eingeprägt. Also fing ich mit Hughs prismatischen Erscheinungen an und berichtete, wie er bei der Revival-Show in Norris County eine davon erlitten hatte.

Jacobs tat das achselzuckend ab. »Momentaner Stress. Hat er seither wieder welche gehabt?«

»Keine, von denen er mir erzählt hätte.«

»Er hätte dir bestimmt davon erzählt, weil du dabei warst, als er die letzte hatte. Mit Hugh ist alles in Ordnung, da bin ich mir sicher. Was ist mit dir, Jamie? Spürst du zurzeit irgendwelche Nachwirkungen?«

»Böse Träume.«

Er gab einen dezent spöttischen Ton von sich. »Die hat jeder ab und zu, ich ebenfalls. Aber die Blackouts, unter denen du gelitten hast, treten nicht mehr auf, oder? Kein zwanghaftes Sprechen mehr, keine myoklonen Bewegungen, keine Gabelstiche in die Haut?«

»Nein.«

»Na also. Siehst du? Nicht schlimmer als Schmerzen im Arm nach einer Impfung.«

»Oh, ich habe den Eindruck, dass einige Ihrer Anhänger etwas schwerwiegendere Folgen davongetragen haben. Robert Rivard zum Beispiel. Erinnern Sie sich an ihn?«

»Der Name kommt mir irgendwie bekannt vor, aber ich habe so viele Menschen geheilt.«

»Der Junge aus Missouri? Der mit Muskelschwund? Sein Video findet sich auf Ihrer Website.«

»Ach ja, jetzt erinnere ich mich. Seine Eltern haben eine sehr großzügige Liebesgabe hinterlassen.«

»Sein Muskelschwund ist sozusagen verschwunden, aber sein Verstand ebenfalls. Er befindet sich in der Sorte Klinik, die man auch als Klapsmühle bezeichnet.«

»Das zu hören tut mir wirklich leid«, sagte Jacobs und wandte seine Aufmerksamkeit dann wieder dem Fenster zu, hinter dem die lodernde Landschaft sich auf den Winter vorbereitete.

Ich ging die anderen Fälle durch, obwohl klar war, dass er bereits vieles von dem wusste, was ich ihm erzählte. Wirklich überrascht zeigte er sich nur ein einziges Mal, ganz am Ende, als ich ihm von Cathy Morse berichtete.

»Meine Güte«, sagte er. »Das Mädchen mit dem tobenden Vater.«

»Ich glaube, der tobende Vater würde sich jetzt nicht mehr mit einem Schlag in Ihr Gesicht begnügen. Vorausgesetzt, er könnte Sie in die Finger bekommen.«

»Mag sein. Aber, Jamie, du siehst die Dinge nicht in ihrem größeren Zusammenhang.« Er beugte sich vor, faltete zwischen seinen knochigen Knien die Hände und sah mir in die Augen. »Ich habe viele, viele arme Seelen geheilt. Manche davon – die mit den psychosomatischen Problemen – heilen sich eigentlich selbst, wie du sicher weißt. Aber andere sind tatsächlich kraft der geheimen Elektrizität geheilt worden. Wobei das Verdienst natürlich Gott gebührt.«

Seine Lippen verzogen sich wieder zu einem freudlosen, verkrampften Lächeln, bei dem die Zähne sichtbar wurden.

»Versetzen wir uns in eine hypothetische Situation. Nehmen wir an, ich bin Neurochirurg, und du kommst mit einem bösartigen Hirntumor zu mir, der zwar operabel ist, aber nur unter großen Schwierigkeiten. Es ist sehr riskant. Angenommen, ich sage dir, deine Chance, auf dem Operationstisch zu sterben, beträgt ... hmmm ... sagen wir mal fünfundzwanzig Prozent. Würdest du nicht trotzdem zustimmen, wohl wissend, dass die Alternative eine Zeit elenden Leidens wäre, gefolgt vom sicheren Tod? Natürlich würdest du das tun! Du würdest mich sogar anflehen, dich zu operieren.«

Ich sagte nichts, weil die Logik unwiderlegbar war.

»Was meinst du, wie viele Menschen ich durch elektrische Interventionen wirklich geheilt habe?«

»Keine Ahnung. Meine Assistentin und ich haben nur die aufgelistet, bei denen wir uns sicher waren. Deshalb ist die Liste ziemlich kurz.«

Er nickte. »Gute Recherchetechnik.«

»Danke für das Lob. Hört man gern.«

»Ich habe meine eigene Liste, und die ist wesentlich länger. Weil ich *weiß*, wenn es geschieht, verstehst du? Wenn es wirkt. Es besteht nie irgendein Zweifel. Und auf der Basis meiner anschließenden Nachforschungen kann ich sagen, dass später nur wenige unter negativen Auswirkungen leiden. Drei Prozent, vielleicht auch fünf. Verglichen mit dem Beispiel von der Tumoroperation, das ich gerade konstruiert habe, würde ich das als fantastisches Ergebnis bezeichnen.«

Was die Nachforschungen anging, war ich eindeutig im Nachteil. Ich hatte nur Brianna gehabt. Er hingegen hatte Hunderte, wenn nicht Tausende von Anhängern, die nur zu gern bereit waren, seine Heilungen im Blick zu behalten; er musste sie nur darum bitten. »Mit Ausnahme von Cathy Morse kannten Sie schon jeden einzelnen Fall, den ich gerade genannt habe, oder?«

Er gab keine Antwort. Beobachtete mich lediglich. In seinem Gesicht lag keinerlei Zweifel, nur felsenfeste Gewissheit.

»Natürlich kannten Sie alles. Weil Sie Buch führen. Für Sie sind alle Menschen nichts als Laborratten, und wen kümmert es schon, wenn ein paar Ratten krank werden? Oder sterben?«

»Das ist schrecklich unfair.«

»Ich finde nicht. Sie ziehen eine religiöse Schau ab, denn wenn Sie Ihre Heilungen in dem Labor durchführen würden, das Sie sich hier bestimmt eingerichtet haben, würde man Sie verhaften, weil Sie an Menschen herumexperimentieren ... und manche von denen dabei umbringen.« Ich beugte mich ebenfalls vor und sah ihm ins Gesicht. »Die Zeitungen würden Sie einen neuen Josef Mengele nennen.«

»Vergleicht irgendjemand einen Neurochirurgen etwa mit Josef Mengele, bloß weil einige seiner Patienten sterben?«

»Zu Ihnen kommt man nicht wegen einem Hirntumor.«

»Manche haben das getan, und viele von denen sind am Leben und genießen heute dieses Leben, statt unter der Erde zu liegen. Habe ich auf meinen Gastspielreisen manchmal falsche Tumore vorgezeigt? Ja, das habe ich, und darauf bin ich nicht gerade stolz, aber es war *notwendig*. Weil man etwas, was soeben verschwunden ist, schließlich nicht vorzeigen kann.« Er dachte nach. »Es stimmt, dass die meisten Leute, die zu mir ins Zelt gekommen sind, nicht *unheilbar* krank waren, aber in gewisser Hinsicht sind nicht zum Tode führende Gebrechen schlimmer. Damit führt man ein langes, von Schmerzen geprägtes Leben. In manchen Fällen ist das nichts als reine Tortur. Und du sitzt da und schwingst dich zum Richter auf.« Er schüttelte kummervoll den Kopf, doch in seinen Augen stand kein Kummer. In ihnen stand blanker Zorn.

»Cathy Morse hatte keine Schmerzen, und sie ist nicht freiwillig gekommen. Sie haben sie aus dem Publikum gezogen, weil sie sexy war. Ein Hingucker für die Bauerntölpel.«

Wie bereits Bree zuvor wies Jacobs darauf hin, dass es andere Gründe für Cathys Selbstmord gegeben haben konnte. Sechzehn Jahre waren eine lange Zeit, in der viel geschehen sein mochte.

»Sie wissen es besser«, sagte ich.

Er nahm einen Schluck aus seinem Glas und stellte es mit nun sichtlich zitternder Hand ab. »Dieses Gespräch ist sinnlos.«

»Weil Sie sowieso nicht mit dem Heilen aufhören werden?«

»Weil ich schon aufgehört habe. C. Danny Jacobs wird nie wieder ein Revival-Zelt aufstellen. Momentan grassieren im Internet allerhand Diskussionen und Spekulationen über den Burschen mit diesem Namen, aber die menschliche Aufmerksamkeitsspanne ist kurz. Bald wird er aus dem Bewusstsein der Öffentlichkeit verschwunden sein.«

Falls das stimmte, lief mein Besuch darauf hinaus, eine Tür einschlagen zu wollen, nur um zu entdecken, dass diese Tür nicht einmal abgeschlossen war. Statt mich zu beruhigen, verstärkte diese Vorstellung jedoch mein Unbehagen.

»In sechs Monaten, vielleicht auch erst in einem Jahr, wird meine Website verkünden, dass Pastor Jacobs sich aufgrund seines Gesundheitszustands zurückgezogen hat. Anschließend wird sie abgeschaltet.«

»Weshalb? Weil Ihre Forschungen abgeschlossen sind?« Wobei ich nicht glaubte, dass die Forschungen von Charlie Jacobs das jemals sein würden.

Er wandte sich ab, um wieder aus dem Fenster zu blicken. Schließlich streckte er seine zuvor übereinandergeschlagenen Beine aus und erhob sich, wobei er sich an den Lehnen seines Sessels hochstemmen musste. »Komm mit nach draußen, Jamie. Ich will dir etwas zeigen.«

Al Stamper saß am Küchentisch, ein Fettberg in Discohosen. Er sortierte die Post. Vor ihm lag ein Stapel getoasteter Waffeln, die von Butter und Sirup nur so troffen. Daneben stand ein Pappkarton, in dem sich früher Flaschen mit irgendwelchen alkoholischen Getränken befunden hatten. Neben seinem Stuhl standen auf dem Boden drei kistengroße Kunststoffbehälter der Post, vollgepackt mit weiteren Briefen und Päckchen. Ich sah zu, wie er einen braunen Umschlag aufriss. Er schüttelte einen von Hand geschriebenen Brief, das Foto eines Jungen im Rollstuhl und einen Zehndollarschein heraus. Den Zehner legte Stamper in den Pappkarton, dann überflog er den Brief, während er eine Waffel mampfte. Wie Jacobs da so neben ihm stand, sah er noch magerer aus. Diesmal dachte ich nicht an Adam und Eva, sondern an Laurel und Hardy.

»Auch wenn C. Danny nicht mehr mit seinem Zelt durch die Lande zieht, kommen die Liebesgaben offenbar immer noch herein«, sagte ich.

Stamper warf mir einen Blick voll bösartiger Gleichgültigkeit zu – falls es so etwas geben sollte –, um sich dann wieder seinem Öffnen und Sortieren zuzuwenden. Von seinen Waffeln ganz zu schweigen.

»Wir lesen jeden Brief«, sagte Jacobs. »Nicht wahr, Al?«
»Das stimmt.«
»Beantworten Sie auch jeden Brief?«, fragte ich.
»Eigentlich sollten wir das«, sagte Stamper. »*Ich* jedenfalls bin der Meinung. Und wir könnten es auch, wenn ich Hilfe hätte. Eine Person würde ausreichen, samt einem Computer anstelle von dem, den Pastor Danny in seine Werkstatt transportiert hat.«
»Wir haben das doch bereits besprochen, Al«, sagte Jacobs. »Sobald wir anfangen würden, mit Bittstellern zu korrespondieren ...«
»... würden wir nie damit fertig, ich weiß. Ich frage mich bloß, was aus dem Werk des Herrn geworden ist.«
»Das verrichtest doch du«, sagte Jacobs. Seine Stimme war sanft. Seine Augen hingegen blickten amüsiert; es waren die eines Mannes, der einem Hund bei einem Kunststück zusah.
Statt etwas zu erwidern, öffnete Stamper den nächsten Umschlag. In dem steckte kein Bild, nur ein Brief und ein Fünfer.
»Komm weiter, Jamie«, sagte Jacobs. »Überlassen wir ihn seiner Arbeit.«

Von der Auffahrt aus hatten die Nebengebäude hübsch und gepflegt gewirkt, aber aus der Nähe sah ich, dass die Bretter an manchen Stellen zersplittert waren und die weißen Zierleisten einen frischen Anstrich nötig hatten. Das Hundszahngras, durch das wir gegangen waren und dessen Pflege einst zweifellos ein Vermögen gekostet hatte, musste dringend gemäht werden. Wenn das nicht bald geschah, würde der weitläufige Rasen hinter dem Haus sich zusehends in eine Wiese zurückverwandeln.
Jacobs blieb stehen. »Was meinst du, in welchem Gebäude sich wohl mein Labor befindet?«
Ich deutete auf die Scheune. Sie war am größten, etwa so groß wie die ehemalige Karosseriewerkstatt in Tulsa.
Er lächelte. »Wusstest du, dass die Zahl der Mitarbeiter am

Manhattan-Projekt vor dem ersten Atombombentest in White Sands stetig abgenommen hat?«

Ich schüttelte den Kopf.

»Als die Bombe losging, waren mehrere der Baracken, die man für die Unterbringung des Personals gebaut hatte, bereits leer. Das weist auf eine wenig bekannte Regel der wissenschaftlichen Forschung hin: Wenn man auf das endgültige Ziel zuschreitet, braucht man normalerweise immer weniger Ressourcen.«

Er führte mich zu einem Bau, der wie ein bescheidener Werkzeugschuppen aussah, zog einen Schlüsselbund aus der Tasche und öffnete die Tür. Statt der Hitze, die ich darin erwartete, empfing uns dieselbe Kühle wie im Haupthaus. Entlang der linken Wand war ein Arbeitstisch aufgestellt, auf dem nichts stand außer einigen Notebooks und einem Macintosh-Desktop, auf dessen Monitor ein Bildschirmschoner mit endlos galoppierenden Pferden lief. Vor dem Mac stand ein Bürostuhl, der ergonomisch und teuer wirkte.

An der rechten Wand waren Regale angebracht. Darauf standen Behälter, die wie versilberte Zigarettenkartons aussahen ... nur summten Zigarettenkartons nicht wie Verstärker im Standby-Modus. Auf dem Boden befand sich ein weiterer Kasten, grün lackiert und etwa so groß wie ein Minikühlschrank im Hotel. Darauf stand ein Monitor, der sofort aufleuchtete, als Jacobs leicht in die Hände klatschte. Zu sehen war eine Reihe von Säulen – rot, blau und grün –, die sich hoben und senkten, als würden sie etwas Atmendes darstellen. Was den Unterhaltungswert anging, konnte das allerdings kaum mit *Big Brother* konkurrieren.

»Hier arbeiten Sie?«

»Ja.«

»Wo sind die Geräte? Die Instrumente?«

Er deutete auf den Mac, dann auf den Monitor. »Hier und da. Aber die wichtigste Komponente ...« Er legte sich den Zeigefinger an die Schläfe, als wollte er einen Selbstmörder mimen. »Hier oben. Du stehst in der fortschrittlichsten elektronischen Forschungseinrichtung der Welt. Gegenüber dem, was ich in diesem Raum entdeckt habe, verblassen die Erfindungen aus Edisons Menlo Park zur Bedeutungslosigkeit. Es sind Dinge, die die Welt verändern könnten.«

Ich fragte mich, ob diese Veränderung wohl eine Verbesserung dargestellt hätte. Der träumerische, besitzergreifende Gesichtsausdruck, mit dem Jacobs sich umblickte, obwohl es scheinbar fast nichts zu sehen gab, gefiel mir nicht. Dennoch konnte ich seine Behauptung nicht als Illusion abtun. Die silbernen Kartons und die kühlschrankgroße grüne Kiste vermittelten das Gefühl einer schlummernden Kraft. In diesem Schuppen zu sein war so, wie zu nahe an einem unter Volllast arbeitenden Kraftwerk zu stehen, nahe genug, in den Metallfüllungen der eigenen Zähne das Vibrieren der abgestrahlten Energie zu spüren.

»Zurzeit erzeuge ich Elektrizität mit geothermalen Mitteln.« Er tätschelte die grüne Kiste. »Hierbei handelt es sich um einen geosynchronen Generator. Darunter ist ein Brunnenrohr, nicht größer als die Sorte, die man zur Versorgung eines mittelgroßen Milchviehbetriebs verwenden würde. Dennoch könnte dieser Generator mit halber Kraft genügend Heißdampf erzeugen, dass er nicht nur dieses Anwesen, sondern das gesamte Hudsontal mit Energie versorgt. Mit voller Kraft könnte er das Grundwasser wie einen Teekessel zum Kochen bringen. Was eventuell den Zweck verfehlen würde.« Er lachte herzhaft.

»Unmöglich«, sagte ich. Aber natürlich war es auch unmöglich, mit heiligen Ringen Hirntumore und schwere Rückenmarksverletzungen zu kurieren.

»Keineswegs, Jamie, das versichere ich dir. Mit einem etwas größeren Generator, den ich aus problemlos im Versandhandel erhältlichen Einzelteilen bauen könnte, könnte ich die gesamte Ostküste mit Strom versorgen.« Das sagte er mit ruhiger Stimme, nicht prahlerisch, sondern wie jemand, der lediglich eine Tatsache konstatierte. »Allerdings tue ich das nicht, weil mich nämlich die Energieerzeugung gar nicht interessiert. Soll die Welt doch in dem Dreck, den sie erzeugt, ersticken; aus meiner Sicht verdient sie es nicht anders. Was jedoch meine Zwecke angeht, ist die Geothermie wohl leider eine Sackgasse. Sie reicht nicht aus.« Grübelnd betrachtete er die über den Computerbildschirm galoppierenden Pferde. »Ich hätte mir von diesem Ort mehr erwartet, vor allem im Sommer, wenn ... aber egal.«

»Und dieser Generator läuft nicht mit dem, was man normalerweise unter Elektrizität versteht?«

Er sah mich ebenso amüsiert wie verächtlich an. »Natürlich nicht.«

»Er läuft mit *geheimer* Elektrizität.«

»Ja. So bezeichne ich das jedenfalls.«

»Einer Art Elektrizität, die seit diesem Scribonius niemand wiederentdeckt hat, obwohl so viele Jahre vergangen sind. Bis Sie auf der Bildfläche erschienen sind. Ein Landpfarrer, dessen Hobby es früher war, batteriebetriebenes Spielzeug zu basteln.«

»Oh, bekannt ist sie durchaus. Beziehungsweise war sie es. Im fünfzehnten Jahrhundert erwähnt Ludwig Prinn sie in *De Vermis Mysteriis*. Er nennt sie *potestas magna universi*, die große, das Universum antreibende Kraft. Prinn zitiert sogar Scribonius. Seit ich Harlow verlassen habe, ist diese Kraft – die Suche danach und das Bestreben, sie zu bändigen – alles, wofür ich lebe.«

Ich hätte ihn gern für wahnhaft gehalten, aber die Heilungen und die merkwürdigen dreidimensionalen Porträts, die er in Tulsa erschaffen hatte, sprachen dagegen. Vielleicht war das auch egal. Vielleicht kam es nur darauf an, ob er C. Danny Jacobs tatsächlich in die Mottenkiste gesteckt hatte. Wenn er keine Wunderheilungen mehr durchführte, war meine Mission eigentlich erfüllt. Oder doch nicht?

Er verfiel in einen oberlehrerhaften Ton. »Um zu begreifen, welche Fortschritte ich gemacht und wie ich so vieles ganz allein auf mich gestellt entdeckt habe, musst du dir klarmachen, dass die Naturwissenschaft in vieler Hinsicht so launenhaft ist wie die Modeindustrie. Die erste nukleare Explosion fand 1945 in White Sands statt. Vier Jahre später führten die Sowjets in Semipalatinsk ihren ersten Atombombenversuch durch. Elektrizität wurde durch

Kernspaltung erstmals 1951 in Arco, Idaho, erzeugt. In dem halben Jahrhundert, das seither vergangen ist, ist die Elektrizität zum hässlichen Entlein geworden; die Kernenergie hingegen ist der schöne Schwan, den jedermann bewundert. Bald wird die Kernspaltung zum hässlichen Entlein degradiert werden, und dann wird die Kernfusion zum schönen Schwan. Was die Erforschung der elektrischen Theorie angeht, werden keine Forschungsgelder mehr gewährt. Vor allem ist jedoch das Interesse daran geschwunden. Man hält die Elektrizität heute tatsächlich für antiquiert, obwohl *jede* moderne Energiequelle in Ampere und Volt umgewandelt werden muss!«

Inzwischen klang er weniger belehrend als entrüstet.

»Trotz der gewaltigen Kraft der Elektrizität, zu töten und zu heilen, trotz der Art und Weise, wie sie das Leben jedes Bewohners auf unserem Planeten verändert hat, *und trotz der Tatsache, dass man sie immer noch nicht begreift*, wird die Forschung in diesem Bereich mit gutmütiger Verachtung bedacht! Neutronen sind sexy! Elektrizität dagegen ist so langweilig wie ein staubiger Lagerraum, aus dem man alles von Wert entnommen hat, sodass nur noch nutzloser Schrott übrig ist. Aber dieser Raum ist nicht leer. An seiner Rückseite befindet sich eine unentdeckte Tür. Sie führt zu Kammern, die nur wenige Menschen je gesehen haben, obgleich sie Dinge von überirdischer Schönheit enthalten. Und diese Kammern nehmen kein Ende.«

»Jetzt machen Sie mich allmählich nervös, Charlie.« Das sollte locker und leicht dahingesagt klingen, kam jedoch todernst heraus.

Ohne darauf zu achten, begann er zwischen dem Arbeitstisch und den Regalen hin und her zu hinken. Dabei starrte er auf den Boden, berührte jedoch jedes Mal, wenn er daran vorbeikam, die grüne Kiste, als wollte er sich vergewissern, dass sie noch da war.

»Ja, andere haben diese Kammern bereits aufgesucht. Ich bin nicht der Erste. Scribonius war dort, Prinn ebenfalls. Doch die meisten haben ihre Entdeckungen für sich behalten, genau wie ich. Weil die verfügbare Kraft gewaltig ist. Eigentlich jenseits allen Vorstellungsvermögens. Kernenergie? Pah! Die ist ein Witz!« Er berührte die grüne Kiste. »Würde man das, was sich hier drin befindet, mit einer ausreichend starken Kraftquelle verbinden, wäre die Kernenergie vergleichsweise so unbedeutend wie die Spielzeugpistole eines Kindes.«

Leider hatte ich meine Limonade nicht mitgebracht. Mein Hals war wie ausgetrocknet. Ich musste mich räuspern, bevor ich etwas erwidern konnte. »Nehmen wir einmal an, Charlie, dass alles, was Sie mir da erzählen, wahr ist. Ist Ihnen dann klar, womit Sie es zu tun haben? Wie das alles funktioniert?«

»Eine berechtigte Frage. Lass mich eine Gegenfrage stellen. Begreifst *du*, was geschieht, wenn du einen Lichtschalter an der Wand betätigst? Kannst du die Abfolge von Ereignissen aufführen, die damit endet, dass Licht die Schatten in einem dunklen Zimmer vertreibt?«

»Nein.«

»Weißt du wenigstens, dass du durch die Bewegung deines Fingers einen Stromkreis schließt oder ihn öffnest?«

»Von so etwas habe ich keine Ahnung.«

»Aber das hat dich nie davon abgehalten, das Licht anzuknipsen, nicht wahr? Oder deine elektrische Gitarre einzuschalten, wenn du spielen wolltest.«

»Stimmt, aber ich habe meine Gitarre auch nie in einen Verstärker eingestöpselt, der so stark war, dass man damit die ganze Ostküste mit Strom versorgen könnte.«

Er warf mir einen misstrauischen Blick zu, der so düster war, dass er an Paranoia grenzte. »Falls an deinen Einwänden etwas dran sein sollte, kapiere ich leider nicht, was.«

Damit sagte er wohl die Wahrheit, was vielleicht das Erschreckendste an der ganzen Sache war.

»Macht nichts.« Ich nahm ihn bei den Schultern, um ihn am Weiterwandern zu hindern, und wartete, bis er mich ansah. Aber selbst als seine weit offenen Augen auf mein Gesicht gerichtet waren, hatte ich den Eindruck, dass er durch mich hindurchblickte.

»Charlie – wenn Sie das Heilen aufgegeben und kein Interesse daran haben, die Energiekrise zu lösen, was wollen Sie *dann?*«

Zuerst antwortete er nicht. Er schien in Trance zu sein. Dann entzog er sich mir und begann wieder umherzuschreiten wie ein Professor im Hörsaal.

»Die Transfergeräte, die ich beim Menschen verwende, haben eine Reihe von Veränderungen durchlaufen. Bei Hugh Yates' Heilung von seiner Taubheit habe ich große, mit Gold und Palladium beschichtete Ringe benutzt. Heute kommen sie mir lächerlich altmodisch vor, wie Videokassetten im Zeitalter von Computerdownloads. Der Kopfhörer, den ich bei dir verwendet habe, war kleiner und wirkungsvoller. Als du mit deinem Heroinproblem aufgetaucht bist, hatte ich das Palladium bereits durch Osmium ersetzt. Osmium ist preiswerter, ein Pluspunkt für jemand, der wie ich damals sparen musste, und der Kopfhörer war zwar effektiv, hätte in einem Revival-Zelt jedoch nicht besonders gut ausgesehen. Schließlich hat Jesus auch keine Kopfhörer getragen, oder?«

»Wahrscheinlich nicht«, sagte ich. »Aber Eheringe hat er wohl ebenso wenig getragen. Er war bekanntlich Junggeselle.«

Jacobs zeigte keine Reaktion. Er schritt hin und her wie ein Gefangener in seiner Zelle. Oder wie die Paranoiker, die durch jede Großstadt streiften und mit aller Welt über die CIA, die internationale jüdische Verschwörung oder die Geheimnisse der Rosenkreuzer diskutieren wollten. »Daher bin ich auf die Ringe zurückgekommen und habe mir eine Geschichte ausgedacht, um sie meiner Gemeinde ... schmackhaft zu machen.«

»Das heißt, sie waren ein Verkaufstrick.«

Das holte ihn wieder ins Hier und Jetzt zurück. Er grinste, und einen Moment lang stand ich neben dem Reverend Jacobs, an den ich mich aus meiner Kindheit erinnerte. »Ja, gut, ein Verkaufstrick. Inzwischen habe ich jedoch eine Legierung aus Ruthenium und Gold verwendet, weshalb die Ringe wesentlich kleiner waren. Und noch kraftvoller. Sollen wir rausgehen, Jamie? Du siehst irgendwie durcheinander aus.«

»Das bin ich auch. Ich kapiere zwar nicht, was das für eine Energie sein soll, aber ich kann sie spüren. Fast so, als würde sie Bläschen in mein Blut pressen.«

Er lachte. »Kein Wunder! Man könnte sagen, die Atmosphäre hier drin ist *aufgeladen!* Ha! Das genieße ich zwar, aber ich bin auch daran gewöhnt. Komm, lass uns rausgehen und frische Luft schnappen.«

Die Außenwelt hatte nie besser gerochen als in den Minuten, in denen wir zum Haus zurückschlenderten.

»Ich habe noch eine weitere Frage, Charlie. Falls Sie nichts dagegen haben.«

Er seufzte, wirkte jedoch nicht ungehalten. Nachdem er den Klaustrophobie auslösenden Schuppen verlassen hatte, kam er mir wieder ganz vernünftig vor. »Wenn ich es kann, gebe ich gern eine Antwort.«

»Sie erzählen den Tölpeln, dass Ihre Frau und Ihr Sohn ertrunken sind. Warum lügen Sie? Mir ist nicht klar, welchem Zweck das dienen könnte.«

Er blieb stehen und senkte den Kopf. Als er ihn wieder hob, sah ich, dass seine übliche Gelassenheit verschwunden war, falls sie jemals vorhanden gewesen sein sollte. Auf seinem Gesicht stand ein so tiefer und finsterer Zorn, dass ich mich unwillkürlich einen Schritt hinter ihn zurückfallen ließ. Der leichte Wind hatte ihm eine Strähne seines schütteren Haars in die zerfurchte Stirn geweht. Er strich sie zurück und presste sich dann die Handflächen an die Schläfen, als würde er unter extremen Kopfschmerzen leiden. Als er sprach, war seine Stimme dennoch tonlos und leise. Wäre der Ausdruck auf seinem Gesicht nicht gewesen, hätte ich diesen Ton wohl fälschlich für Vernünftigkeit gehalten.

»Die Leute haben die Wahrheit nicht verdient. Du nennst sie Tölpel, und damit hast du völlig recht. Sie haben das an Verstand abgeschaltet, was sie haben – viele von denen haben eine ganze Menge davon –, und ihr Vertrauen in jene ebenso gigantische wie betrügerische Versicherungsgesellschaft investiert, die man als Religion bezeichnet. Sie verspricht ihnen ewige Freude im nächsten Leben, wenn sie sich in *diesem* an die Regeln halten. Viele versuchen das auch, aber selbst das reicht ihnen nicht aus. Sobald sie Schmerzen haben, wollen sie nämlich ein Wunder sehen. Für diese Leute bin ich nichts als ein Medizinmann, der sie mit magischen Ringen berührt, statt eine Knochenrassel über ihrem Leib zu schütteln.«

»Hat denn niemand je die Wahrheit herausgefunden?« Die gemeinsam mit Bree durchgeführten Recherchen hatten mich davon überzeugt, dass Fox Mulder zumindest in einer Hinsicht richtig lag: Die Wahrheit ist irgendwo da draußen, und jeder in unserem Zeitalter, in dem so gut wie ausnahmslos alle Menschen in einem Glashaus sitzen, kann sie mit einem Computer und einer Internetverbindung entdecken.

»Hast du mir nicht zugehört? Sie haben die Wahrheit nicht verdient, und das ist in Ordnung so, denn sie wollen sie gar nicht wissen.« Er lächelte, wobei wieder seine Zähne sichtbar wurden. Die obere und die untere Reihe lagen fest aufeinander. »An der Glückseligkeit des Hohelieds sind sie übrigens auch nicht interessiert. Sie wollen nur geheilt werden.«

Stamper hob nicht einmal den Blick, als wir die Küche durchquerten. Inzwischen waren zwei der Postbehälter leer, und er beschäftigte sich mit dem dritten. Der Pappkarton sah etwa halb voll aus. Neben einigen Schecks enthielt er hauptsächlich gefaltete Banknoten. Ich musste daran denken, wie Jacobs sich als Medizinmann bezeichnet hatte. In Afrika hätten seine Kunden vor der Tür Schlange gestanden, voll beladen mit Obst, Gemüse und Hühnern mit frisch umgedrehtem Hals. Im Grunde war es dasselbe, es ging nur um den Profit. Um das, was man in die Tasche stecken konnte.

Als wir wieder in der Bibliothek waren, setzte sich Jacobs mit einer Grimasse und trank seine Limonade aus. »Jetzt muss ich bestimmt wieder den ganzen Nachmittag lang aufs Klo rennen«, sagte er. »Der Fluch des Altwerdens. Aber nun zu dem Grund, weshalb ich mich gefreut habe, dich zu sehen, Jamie. Ich will dich nämlich einstellen.«

»Sie wollen *was?*«

»Du hast schon richtig gehört. Al wird nicht mehr lange hier sein. Ich bin mir nicht sicher, ob er das schon weiß, aber ich weiß es. Mit meiner wissenschaftlichen Arbeit will er nichts am Hut haben; ihm ist zwar klar, dass sie die Grundlage meiner Heilungen darstellt, aber er hält sie trotzdem für einen Frevel.«

Fast hätte ich gefragt: *Was wäre, wenn er damit recht hat?*

»Du kannst seine Aufgaben übernehmen – jeden Tag die Post öffnen, die Namen und Beschwerden der Absender notieren, die Liebesgaben beiseitelegen und einmal in der Woche nach Latchmore runterfahren, um die Schecks einzulösen. Außerdem würdest du die Leute unter die Lupe nehmen, die zum Tor kommen – es werden zwar allmählich weniger, aber es sind immer noch mindestens ein Dutzend pro Woche –, und sie abwimmeln.«

Er drehte sich so, dass er mir direkt in die Augen sah.

»Und du kannst tun, was Al verweigert – mich bei den letzten Schritten zu meinem Ziel unterstützen. Ich bin ihm sehr nahe, aber meine Kräfte sind beschränkt. Daher wäre ein Assistent eine unschätzbare Hilfe für mich, und wir beide haben ja schon einmal gut zusammengearbeitet. Ich weiß nicht, wie viel Hugh dir bezahlt, aber ich biete dir das Doppelte – nein, das Dreifache. Na, was sagst du?«

Zuerst konnte ich gar nichts sagen. Ich war fassungslos.

»Jamie? Ich warte.«

Ich griff nach der Limonade, und diesmal klirrten die schmelzenden Überreste der Eiswürfel doch. Ich trank und stellte das Glas ab.

»Sie sprechen von einem Ziel. Sagen Sie mir, was es ist.«

Er dachte nach. Oder tat so. »Noch nicht. Komm und arbeite für mich, dann wirst du die Kraft und Schönheit der geheimen Elektrizität etwas besser verstehen. Vielleicht ist es dann so weit.«

Ich stand auf und streckte ihm die Hand hin. »Es war schön, Sie wiederzusehen.« Das war wieder so etwas, was man einfach sagte, Schmiermittel, damit die Räder sich weiterdrehten; aber diese Lüge war wesentlich größer als die Behauptung, er würde toll aussehen. »Machen Sie's gut. Und seien Sie vorsichtig.«

Er erhob sich, ergriff meine Hand jedoch nicht. »Ich bin enttäuscht von dir. Und, wie ich gestehen muss, ziemlich wütend auf dich. Du hast eine weite Reise gemacht, um einen müden alten Mann zu beschimpfen, der dir einmal das Leben gerettet hat.«

»Charlie, was ist, wenn diese geheime Elektrizität außer Kontrolle gerät?«

»Das wird sie nicht.«

»Das haben die Leute, die für Tschernobyl verantwortlich waren, bestimmt auch gedacht.«

»Es reicht. Das ist mehr als unverschämt. Ich habe dich eingelassen, weil ich von dir Dankbarkeit und Verständnis erwartet habe. In beiderlei Hinsicht habe ich mich augenscheinlich getäuscht. Al wird dich hinausbegleiten. Ich muss mich jetzt hinlegen. Ich bin sehr müde.«

»Charlie, Dankbarkeit empfinde ich durchaus. Ich weiß zu schätzen, was Sie für mich getan haben. Aber ...«

»Aber.« Sein Gesicht war steinern und grau. »Immer ein Aber.«

»Abgesehen von der geheimen Elektrizität kann ich nicht für jemand arbeiten, der sich an gebrochenen Menschen rächt, weil er sich nicht dafür rächen kann, dass Gott ihm seine Frau und seinen Sohn genommen hat.«

Seine Gesichtsfarbe ging nun von Grau in Weiß über. »Wie kannst du es wagen? Wie *kannst* du es nur wagen?«

»Mag sein, dass Sie manche von denen heilen, aber verachten tun Sie sie alle«, sagte ich. »Ich gehe jetzt. Nicht nötig, dass Mr. Stamper mich rausbringt.«

Ich machte mich auf den Weg zur Haustür. Als ich die Rotunde durchquerte, wo meine Absätze auf dem Marmor klapperten, rief er mir etwas nach. Der hohe, offene Raum verstärkte seine Stimme.

»Wir sind noch nicht fertig miteinander, Jamie, das verspreche ich dir. Nicht einmal ansatzweise.«

Stamper musste mir nicht einmal das Tor öffnen; es ging automatisch auf, als mein Wagen darauf zufuhr. Am Ende der Zufahrtsstraße sah ich, dass mein Handy Verbindung hatte, und rief Bree an. Sie ging schon nach dem ersten Freizeichen ran, und noch bevor ich den Mund aufmachen konnte, fragte sie mich, ob mit mir alles in Ordnung sei. Das bejahte ich und berichtete ihr dann, dass Jacobs mir einen Job angeboten habe.

»Ernsthaft?«

»Ja. Ich habe abgelehnt ...«

»Na klar, verdammt, natürlich hast du das getan!«

»Das ist allerdings nicht das Wichtigste. Er behauptet, seine Revival-Touren und das Heilen aufgegeben zu haben. In Anbetracht der mürrischen Miene, die Al Stamper, früher Sänger der Vo-Lites und heute Charlies persönlicher Assistent, durch die Gegend trägt, glaube ich ihm das sogar.«

»Also ist es vorbei?«

»Wie der Lone Ranger immer zu seinem treuen indianischen Gefährten sagt: ›Tonto, unsere Aufgabe hier ist erledigt.‹« *Falls er mit seiner geheimen Elektrizität nicht die Welt in die Luft jagt.*

»Ruf mich an, wenn du wieder in Colorado bist.«

»Das tue ich, Süße. Wie ist New York?«

»Große Klasse!« Bei der Begeisterung, die ich in ihrer Stimme hörte, fühlte ich mich wesentlich älter als dreiundfünfzig.

Wir unterhielten uns eine Weile über ihr neues Leben in der großen Stadt, dann legte ich den Schalthebel um und bog auf die Landstraße ein, um zum Flughafen zu fahren. Ein ganzes Stück weiter warf ich einen Blick in den Spiegel und sah auf der Rückbank einen orangefarbenen Minimond liegen.

Ich hatte vergessen, Charlie seinen Kürbis zu geben.

X

Hochzeitsglocken.
Wie man einen Frosch kocht.
In der alten Heimat.
»Du willst das lesen, ganz bestimmt.«

Innerhalb der folgenden beiden Jahre sprach ich zwar oft mit Bree, sah sie jedoch erst am 19. Juni 2011 wieder, als sie in einer Kirche auf Long Island zu Brianna Donlin-Hughes wurde. In vielen unserer Telefongespräche ging es um Charles Jacobs und seine unheilvollen Heilungen – wir stießen auf ein halbes Dutzend weiterer Personen, die wahrscheinlich an Nachwirkungen litten –, doch als die Zeit verging, sprachen wir immer öfter über Brees Arbeit und über George Hughes, den sie bei einer Party kennengelernt hatte und mit dem sie bald danach zusammengezogen war. Er war ein erfolgreicher Firmenanwalt, er war Afroamerikaner, und er war gerade erst dreißig geworden. Bestimmt war Brees Mutter also in jeder Hinsicht zufrieden … oder zumindest so zufrieden, wie die alleinerziehende Mutter eines Einzelkindes es sein konnte.

Inzwischen war die Website von Pastor Danny abgeschaltet worden, und das Internetgeplapper über ihn tröpfelte nur noch spärlich nach. Es gab Spekulationen, er sei entweder tot oder irgendwo in einer Einrichtung, wahrscheinlich unter falschem Namen und mit der Diagnose Alzheimer. Bis Ende 2010 war ich nur auf zwei harte Fakten gestoßen, die beide interessant, aber nicht besonders aufschlussreich waren. Al Stamper hatte eine Gospel-CD mit dem Titel *Thank You Jesus* herausgebracht (zu den Gastkünstlerinnen zählte Mavis Staples, das Idol von Hugh Yates), und The Latches wurde wieder zur Miete angeboten, für »geeignete Privatpersonen oder Organisationen«.

Charles Daniel Jacobs war vom Bildschirm verschwunden.

Für die Reise zu den Hochzeitsfeierlichkeiten charterte Hugh Yates eine Gulfstream und nahm die gesamte Mannschaft der Wolfjaw-Ranch an Bord. Beim Fest selbst erwies Mookie McDonald sich als bewundernswerter Repräsentant der Sechziger: Paisley-Hemd mit bauschigen Ärmeln, eng anliegende Röhrenhose, Chelsea-Boots aus Wildleder und ein psychedelischer Schal. Die Mutter der Braut hatte sich im Versandhandel ein klassisch-traditionelles Kleid von Ann Lowe besorgt, in dem sie atemberaubend aussah, und als das Brautpaar sich das Jawort gab, benetzte sie ihr Mieder reichlich mit Tränen. Der Bräutigam hätte gut aus einem Roman von Nora Roberts stammen können: groß, dunkel und gut aussehend. Wir unterhielten uns freundlich auf dem anschließenden Empfang, bevor die Party ihren unvermeidlichen Gang nahm – von angeheiterter Konversation hin zu besoffenem Getanze. Offenbar hatte Bree ihm nicht verraten, dass ich die alte Karre mit den rostigen Schwellern war, auf der sie gelernt hatte. Eines Tages würde sie das allerdings bestimmt tun – höchstwahrscheinlich im Bett nach besonders gutem Sex. Dagegen hatte ich nichts, schließlich musste ich nicht dabei sein, um das unvermeidliche maskuline Augenrollen zu beobachten.

Die Rückreise nach Colorado trat die Gruppe aus Nederland mit American Airlines an, denn Hughs Geschenk an die Neuvermählten war die Nutzung der Gulfstream, die die beiden in ihre Flitterwochen nach Hawaii flog. Als Hugh das während der Trinksprüche verkündete, kreischte Bree wie eine Neunjährige und sprang auf, um ihn zu umarmen. An Charles Jacobs dachte sie in diesem Augenblick sicher nicht im Entferntesten, und das war auch richtig so. Aus meinen Gedanken verschwand er jedoch nie, jedenfalls nicht vollständig.

Als es allmählich spät wurde, sah ich, wie Mookie dem Leader der Band etwas zuflüsterte. Es war eine sehr anständige Rock-und-Blues-Combo mit einer starken Sängerin und einem umfangreichen Repertoire an Oldies. Der Bandleader nickte und fragte, ob ich nicht auf die Bühne kommen und ein oder zwei Sets mit der Band spielen wolle. Ich war versucht zuzustimmen, aber der Vernunftengel auf meiner rechten Schulter siegte, und ich lehnte höflich ab. Man war zwar nie zu alt für Rock and Roll, aber die Fingerfertigkeit nahm im Lauf der Jahre ab, während die Wahrscheinlichkeit, sich in der Öffentlichkeit zum Narren zu machen, zunahm.

Ich hatte mich zwar noch nicht vollständig vom Geschäft zurückgezogen, aber seit über einem Jahr nicht mehr vor Publikum gespielt und war nur bei drei oder vier Aufnahmesessions eingesprungen, jedes Mal in einem echten Notfall. In allen Fällen hatte ich mich nicht besonders gut geschlagen. Beim späteren Abspielen einer Aufnahme bekam ich mit, wie der Drummer eine Grimasse schnitt, als hätte er in etwas Saures hineingebissen. Als er merkte, dass ich ihn beobachtete, behauptete er, der Bass hätte einen falschen Ton gespielt. Was nicht der Fall war, wie wir beide wussten. Falls es für einen Mann in den Fünfzigern lächerlich sein sollte, sich im Bett mit einer Frau zu vergnügen, die jung genug war, seine Tochter sein zu können, dann war es ebenso lächerlich für ihn, eine Strat in die Hand zu nehmen und sich an »Dirty Water« zu versuchen. Dennoch sah ich mit ein wenig Sehnsucht und ziemlich viel Nostalgie zu, wie die Jungs loslegten.

Jemand ergriff meine Hand, und als ich mich umblickte, sah ich Georgia Donlin vor mir. »Vermisst du es sehr, Jamie?«

»Nicht so sehr, wie ich es respektiere«, sagte ich. »Und deshalb sitze ich hier. Diese Typen sind nämlich richtig gut.«

»Und du bist das nicht mehr?«

Mir fiel der Tag ein, an dem ich ins Zimmer meines Bruders Con gegangen war und gehört hatte, wie seine akustische Gibson mir etwas zuflüsterte. Wie sie mir zuraunte, ich könne »Cherry, Cherry« spielen.

»Jamie?« Sie schnippte vor meinen Augen mit den Fingern. »Wach auf, Jamie.«

»Ich bin gut genug, mich damit ein bisschen zu vergnügen«, sagte ich. »Aber die Zeiten, in denen ich mich mit der Gitarre vor ein Publikum gestellt habe, sind vorüber.«

Wie sich herausstellen sollte, stimmte das nicht ganz.

2012 wurde ich sechsundfünfzig. Hugh und seine Lebensgefährtin führten mich zum Abendessen aus. Auf dem Heimweg fiel mir ein Stück alter folkloristischer Überlieferung ein – vermutlich hat jeder schon mal davon gehört –, nämlich das Rezept, einen Frosch zu kochen. Man setzt ihn in kaltes Wasser und dreht die Herdplatte dann stufenweise höher. Wenn man es langsam genug macht, ist der Frosch zu dämlich herauszuspringen. Ich weiß nicht, ob das tatsächlich funktioniert, fand jedoch, dass es ein ausgezeichnetes Sinnbild fürs Altwerden darstellte.

Als Teenager habe ich Leute über fünfzig mit Mitleid und Unbehagen betrachtet. Sie gingen zu langsam, sie redeten zu langsam, sie sahen fern, statt ins Kino oder zu Konzerten zu gehen, ihre Vorstellung einer tollen Party bestand darin, mit den Nachbarn zu grillen und nach den Elfuhrnachrichten in die Falle zu hüpfen. Aber als ich – wie die meisten Fünfzig-, Sechzig- und Siebzigjährigen, die bei relativ guter Gesundheit sind – so weit war, störte es mich nicht besonders. Das *Gehirn* altert nämlich nicht, auch wenn seine Vorstellungen über die Welt sich eventuell verhärten und man eher dazu neigt, sich endlos darüber auszulassen, wie es in der guten alten Zeit war. (Zumindest das blieb mir erspart, denn meine sogenannte gute alte Zeit hatte ich zum überwiegenden Teil mit meiner strammen Drogensucht verschwendet.) Ich glaube, bei den meisten Leuten über fünfzig lösen die trügerischen Illusionen des Lebens sich allmählich auf. Die Tage werden kürzer, die Wehwehchen nehmen zu und der Schritt verlangsamt sich, aber es gibt gewisse Entschädigungen. Mit zunehmender Gelassenheit wächst die Fähigkeit des Wertschätzens, und in meinem Fall war damit der Entschluss verbunden, in der mir verbleibenden Zeit so viel richtig zu machen wie möglich. Das bedeutete, in Boulder einmal pro Woche in einem Obdachlosenasyl Suppe auszuteilen und als Wahlkampfhelfer für ein paar Politiker zu arbeiten, die mit der radikalen Idee antraten, Colorado nicht vollständig zupflastern zu lassen.

Gelegentlich ging ich auch noch mit Frauen aus. Zweimal pro Woche spielte ich immer noch Tennis und fuhr täglich mindestens sechs Meilen mit dem Rad, wodurch ich einen flachen Bauch behielt und meine Endorphine zum Strömen brachte. Klar, beim Rasieren bemerkte ich ein paar mehr Fältchen um Mund und Augen herum, aber alles in allem fand ich, in etwa so auszusehen wie eh und je. So etwas war natürlich eine freundliche Illusion der späteren Jahre. Erst als ich im Sommer 2013 nach Harlow zurückkehrte, begriff ich die Wahrheit: Ich war nur ein Frosch im Kochtopf. Die gute Nachricht lautete, dass der Temperaturregler bisher nur auf mittlerer Stärke stand. Die schlechte war, dass dieser Prozess nicht so bald enden würde. Die drei wahren Lebensalter des Menschen sind Jugend, mittleres Alter und wie zum Teufel bin ich bloß so schnell alt geworden?

Als ich am 19. Juni 2013, zwei Jahre nach Brees Heirat mit George Hughes und ein Jahr nach der Geburt ihres ersten Kindes, nach einer nicht besonders berauschenden Aufnahmesession nach Hause kam, fand ich im Briefkasten einen fröhlich mit Luftballons geschmückten Umschlag vor. Der Absender war mir vertraut: Methodist Road, Harlow, Maine. Ich öffnete den Brief und sah ein Foto mit meinem Bruder Terry, seiner Familie und dem Text: *ZWEI GRÜNDE ZU FEIERN SIND BESSER ALS EINER! KOMMT ALLE ZU UNSERER PARTY!*

Bevor ich die Karte aufklappte, nahm ich mir etwas Zeit, Terrys weiße Haare, Annabelles wachsende Wampe und die Kinder der beiden zu betrachten, die nun drei junge Erwachsene waren. Das kleine Mädchen, das einst kichernd mit nichts als einer schlabberigen Schlumpfine-Unterhose am Leib durch den Rasensprenger getollt war, hatte sich zu einer gut aussehenden jungen Frau mit einem Baby auf den Armen entwickelt. Letzteres war meine Großnichte Cara Lynne. Einer meiner Neffen, der magere, sah aus wie Con. Der stämmige ähnelte auf unheimliche Weise unserem Vater ... und irgendwie auch mir, der arme Kerl.

Ich klappte die Einladung auf.

KOMMT UND FEIERT MIT UNS ZWEI
GROSSE TAGE
AM 31. AUGUST 2013!
DEM 35. HOCHZEITSTAG VON
TERENCE UND ANNABELLE!
DEM 1. GEBURTSTAG VON CARA LYNNE!
ZEIT: 12 UHR MITTAGS BIS?
ORT: UNSER HAUS, DANN DIE EUREKA GRANGE
ESSEN: ÜPPIG!
BAND: THE CASTLE ROCK ALL-STARS
MITZUBRINGEN: NICHTS! BIER & WEIN
FLIESST IN STRÖMEN!

Darunter stand eine kurze Nachricht von meinem Bruder. Obwohl Terry nur noch wenige Monate bis zu seinem sechzigsten Geburtstag vor sich hatte, schrieb er immer noch mit derselben Grundschülerklaue, die eine seiner Lehrerinnen einmal dazu gebracht hatte, an sein Zeugnis einen Zettel zu heften: *Terence muss UNBEDINGT seine handschriftlichen Fähigkeiten verbessern!*

Hallo, Jamie! Bitte komm zu unserer Party, ja? Ausflüchte werden nicht akzeptiert, schließlich hast Du 2 Monate, um Deine Termine zu arrangieren. Wenn Connie aus Hawaii kommen kann, dann schaffst Du den Trip aus Colorado erst recht! Wir vermissen Dich, kleiner Bruder!

Ich warf die Einladung in den Korb, der an der Rückseite der Küchentür hing. Den nannte ich die Irgendwann-Ablage, weil er voller Sendungen war, die ich eventuell irgendwann beantworten wollte ... was in Wirklichkeit natürlich nie geschah, wie sich wahrscheinlich schon jedermann denken kann. Ich redete mir ein, keinerlei Sehnsucht nach einer Rückkehr nach Harlow zu verspüren, und das stimmte eventuell auch, aber die Familienbande waren immer noch sehr stark. Springsteen liegt nicht völlig daneben, wenn er in »Highway Patrolman«

beschreibt, wie gut es tut, mit seinem Bruder zusammen zu sein.

Einmal pro Woche kam eine Frau namens Darlene in meine Wohnung, um zu saugen, Staub zu wischen und die Bettwäsche zu wechseln (ich fühlte mich immer noch schuldig, Letzteres zu delegieren, nachdem man mir in der Kindheit beigebracht hatte, es selbst zu tun). Sie war eine mürrische alte Schachtel, weshalb ich es einrichtete, nicht anwesend zu sein, wenn sie kam. Als ich an einem ihrer Putztage wieder heimkam, stellte ich fest, dass sie die Einladung aus der Irgendwann-Ablage gefischt und aufgeklappt auf den Küchentisch gestellt hatte. So etwas hatte sie zuvor noch nie getan, weshalb ich es als Omen nahm. Noch am selben Abend setzte ich mich an meinen Computer, seufzte und schickte Terry eine aus drei Wörtern bestehende E-Mail: *Ich bin dabei.*

Es wurde ein wirklich tolles Labor-Day-Wochenende. Ich genoss es unheimlich und konnte kaum glauben, dass ich beinahe abgesagt hätte ... oder mich gar nicht gemeldet, wodurch meine bereits strapazierten Familienbande wahrscheinlich endgültig gerissen wären.

Es war heiß in Neuengland, und die Landung auf dem Flughafen von Portland am Freitagnachmittag war angesichts der labilen Luftschichtung ungewöhnlich holperig. Die Fahrt zum nördlich gelegenen Castle County verlief langsam, was allerdings nicht am Verkehr lag. Ich musste den Blick auf jedem einzelnen Wahrzeichen ruhen lassen – auf den Farmen, den Feldsteinmauern, auf Brownie's Store, nun geschlossen und dunkel – und darüber staunen. Es war, als wäre meine Kindheit hier erhalten geblieben, gerade noch sichtbar unter einem Stück Plastik, das im Lauf der Zeit verkratzt, staubig und halb undurchsichtig geworden war.

Es war schon nach sechs Uhr abends, als ich mein Elternhaus erreichte. Es war mit einem Anbau versehen, durch den sich die ursprüngliche Größe fast verdoppelt hatte. In der Einfahrt parkte ein roter Mazda, offensichtlich am Flughafen ausgeliehen wie mein Mitsubishi Eclipse, und auf dem Rasen stand ein Lieferwagen mit der Aufschrift MORTON HEIZÖL. Letzterer war mit so viel Kreppapier und -blumen geschmückt, dass er wie ein Festzugswagen aussah. An den Vorderrädern lehnte ein großes Schild: ERZIELTE PUNKTZAHL – TERRY UND ANNABELLE 35, CARA LYNNE 1! DAS MACHT 3 GEWINNER!! HIER STEIGT DIE PARTY! HEREINSPAZIERT! Ich parkte, erklomm die Stufen zur Haustür, hob die Faust, um zu klopfen, dachte *ach, was soll's, schließlich bin ich hier aufgewachsen*, und marschierte einfach hinein.

Einen Moment lang fühlte ich mich in die Zeit zurückversetzt, als ich mein Alter mit einer einzelnen Ziffer angeben konnte. Meine Familie saß dicht gedrängt um den Esstisch herum wie in den Sechzigern; alle redeten durcheinander, lachten und kabbelten sich, reichten Schweinekoteletts, Kartoffelpüree und eine mit einem feuchten Geschirrtuch abgedeckte Platte herum: Maiskolben, genauso warm gehalten, wie es meine Mutter früher tat.

Zuerst erkannte ich den distinguierten grauhaarigen Herrn am Tischende nicht, und der dunkelhaarige Adonis, der neben ihm saß, sagte mir schon gar nichts. Als mich der professorale Typ jedoch erblickte und sich strahlend von seinem Stuhl erhob, wurde mir klar, dass es sich um meinen Bruder Con handelte.

»*JAMIE!*«, rief er und stürmte um den Tisch herum, wobei er Annabelle fast von ihrem Stuhl gestoßen hätte. Er schlang ungestüm die Arme um mich und bedeckte mein Gesicht mit Küssen. Lachend klopfte ich ihm auf den Rücken. Dann war auch Terry da, packte uns beide, und die drei Brüder vollführten einen tollpatschigen Festtagstanz, bei dem der Fußboden erbebte. Ich sah, dass Con weinte, und auch mir selbst war nach Weinen zumute.

»Schluss jetzt, Leute!«, sagte Terry, obwohl er immer noch auf den Boden stampfte. »Sonst landen wir im Keller!«

Eine Weile tanzten wir trotzdem weiter. Offenbar mussten wir das tun. Und das war in Ordnung. Das war gut so.

Con stellte mir den Adonis, der wahrscheinlich zwanzig Jahre jünger als er war, als seinen guten Freund von der botanischen Abteilung der University of Hawaii vor. Während ich ihm die Hand schüttelte, fragte ich mich, ob die beiden sich wohl die Mühe gemacht hatten, im Castle Rock Inn getrennte Zimmer zu beziehen. In der heutigen Zeit wahrscheinlich nicht. Ich weiß nicht mehr, wann mir zum ersten Mal klar wurde, dass Con schwul war, wahrscheinlich während er seinen Master machte und ich an der University of Maine mit den Cumberlands »Land of 1000 Dances« spielte. Unsere Eltern hatten es sicher schon viel früher gemerkt. Sie machten keine große Sache daraus, weshalb wir das ebenfalls nicht taten. Durch Beispiele ohne Worte lernen Kinder wesentlich mehr als durch explizit formulierte Regeln; so kommt es mir jedenfalls vor.

Ich habe nur ein einziges Mal gehört, wie Dad auf die sexuelle Orientierung seines Sohnes angespielt hat. Das war in den späten Achtzigern. Offenbar hat es großen Eindruck auf mich gemacht, denn das waren meine schlimmsten Jahre, in denen ich so selten wie möglich zu Hause anrief. Ich wollte meinen Dad wissen lassen, dass ich noch am Leben war, hatte jedoch immer Angst, er könnte meinen baldigen Tod, den ich mehr oder weniger akzeptiert hatte, in meiner Stimme hören.

»Ich bete jeden Abend für Connie«, sagte er während dieses Telefongesprächs. »Dieses verfluchte Aids. Man hat fast den Eindruck, sie lassen absichtlich zu, dass es sich verbreitet.«

Das war an Con vorübergegangen, und jetzt sah er fürchterlich gesund aus, was allerdings nicht verschleiern konnte, dass auch er älter wurde, vor allem wenn er so neben seinem Freund von der botanischen Abteilung saß. Eine Erinnerung blitzte in mir auf: Con und Ronnie Paquette, die Schulter an Schulter auf dem Wohnzimmersofa saßen, »House of the Rising Sun« sangen und das auch noch zweistimmig versuchten ... was ein völlig vergebliches Unterfangen war.

Irgendwie waren diese Gedanken offenbar auf meinem Gesicht zu lesen, denn Con grinste, während er sich die Augen auswischte. »Ist lange her, seit wir darüber gestritten haben, wer für Mama die Wäsche von der Leine holen soll, hm?«

»Sehr lange«, stimmte ich zu und dachte wieder mal an den Frosch, der zu dämlich war zu erkennen, dass das Wasser in seinem Kochtopf immer wärmer wurde.

Dawn, die Tochter von Terry und Annabelle, gesellte sich mit Cara Lynne auf den Armen zu uns. Die Augen des Babys hatten die Farbe, die unsere Mutter *Mortonblau* nannte. »Hi, Onkel Jamie. Das ist deine Großnichte. Morgen wird sie ein Jahr alt, und zur Feier des Tages hat sie einen neuen Zahn bekommen.«

»Sie ist wunderschön. Darf ich sie mal übernehmen?«

Dawn lächelte den Fremden, dem sie zuletzt mit einer Zahnspange im Mund begegnet war, zaghaft an. »Versuchen kannst du es, aber bei jemand, den sie nicht kennt, brüllt sie normalerweise wie am Spieß.«

Ich nahm das Baby entgegen, bereit, es ihr sofort zurückzugeben, wenn das Gebrüll losging. Was jedoch nicht eintrat. Cara Lynne musterte mich, streckte die Hand aus und kniff mir in die Nase. Dann lachte sie. Meine Familie jubelte und klatschte. Erschrocken blickte die Kleine sich um, dann sah sie wieder mich an. Ich hätte schwören können, dass es die Augen meiner Mutter waren. Und dann lachte sie wieder.

Bei der eigentlichen Party am nächsten Tag trat weitgehend dasselbe Ensemble auf, nur mit vielen zusätzlichen Nebendarstellern. Manche erkannte ich sofort, andere kamen mir vage vertraut vor, und mir wurde klar, dass es sich um die Kinder von Leuten handelte, die vor langer Zeit für meinen Vater gearbeitet hatten und jetzt für Terry tätig waren, dessen Imperium gewachsen war. Neben dem Heizölhandel besaß er eine in ganz Neuengland verbreitete Kette von kleinen Supermärkten, die sich Morton's Fast-Shops nannten. Seine schlechte Handschrift war kein Hindernis für den Erfolg gewesen.

Ein Cateringteam aus Castle Rock bediente vier Grills, auf denen unablässig Hamburger und Hotdogs produziert wurden.

Außerdem gab es ein unglaubliches Aufgebot an Salaten und Desserts. Aus Stahlfässern floss Bier, aus Holzfässern Wein. Während ich im Garten an einer dick mit Schinkenspeck belegten Kalorienbombe kaute, berichtete mir einer von Terrys Verkäufern – betrunken, fröhlich und redselig –, der Chef besitze nebenbei noch Splash City in Fryeburg und den Littleton Raceway in New Hampshire. »Die Rennbahn bringt keinen einzigen Cent ein«, sagte er. »Aber Sie kennen Terry ja – in Stockcars und Straßenbomber war er immer schon vernarrt.«

Ich musste daran denken, wie er mit meinem Vater in der Garage an den verschiedenen Inkarnationen des Road Rockets herumgebastelt hatte, beide in öligem T-Shirt und schlabberigem Overall. Da kam mir plötzlich die Erkenntnis, dass mein heimatverbundener Bruder, dieses Landei, wohlhabend war. Vielleicht sogar reich.

Jedes Mal, wenn Dawn mit Cara Lynne in meine Nähe kam, streckte das kleine Mädchen die Arme nach mir aus. Letztlich schleppte ich sie den Großteil des Nachmittags durch die Gegend, bis sie schließlich an meiner Schulter einschlief. Als ihr Vater das sah, befreite er mich von meiner Last. »Ich staune«, sagte er, während er sie unter dem größten Baum im Garten auf einer Decke in den Schatten legte. »Sonst ist sie nämlich nie so zutraulich.«

»Das schmeichelt mir«, sagte ich und gab dem schlafenden Baby einen Kuss auf die vom Zahnen gerötete Wange.

Man plauderte viel über die alten Tage und die alten Zeiten, was bekanntlich für jene, die damals dabei waren, immer ungemein interessant war, für alle anderen hingegen elend langweilig. Von Bier und Wein hielt ich mich fern, weshalb man mich als Fahrer rekrutierte, als die Party vier Meilen weiter in die Eureka Grange verlagert wurde. Es war nicht ganz einfach, mit den Gängen des monströsen Pick-ups zurechtzukommen, der der Ölhandlung gehörte. Ich hatte seit dreißig Jahren keinen Wagen mit Handschaltung mehr gefahren, und meine beschwipsten Passagiere – es waren etwa ein Dutzend, die sieben auf der Ladefläche eingerechnet – brüllten jedes Mal vor Lachen, wenn ich den Gang wechselte und der Wagen einen Satz vorwärts machte. Es war ein Wunder, dass niemand hinten herunterfiel.

Das Cateringteam war vor uns eingetroffen und bereits damit beschäftigt, Buffettische entlang den Seiten der Tanzfläche aufzubauen, an die ich mich gut erinnerte. Ich stand da und betrachtete das weitläufige Parkett, bis Con mir die Schulter drückte.

»Ruft wohl Erinnerungen wach, was, kleiner Bruder?«

Ich musste daran denken, wie ich zum ersten Mal mit fürchterlichem Schiss auf die Bühne gegangen war und den Schweiß gerochen hatte, der mir literweise aus den Achselhöhlen quoll. Und wie später unsere Eltern vorübergetanzt waren, als wir gerade »Who'll Stop the Rain?« spielten.

»Mehr, als du dir vorstellen kannst«, sagte ich.

»Ich glaube, das kann ich mir durchaus vorstellen«, sagte er und umarmte mich. Dabei flüsterte er mir noch einmal ins Ohr: »Ich glaube, das kann ich.«

Zum Mittagessen in meinem Elternhaus waren wir etwa siebzig Personen gewesen, um sieben Uhr abends waren doppelt so viele in der Eureka Grange, und der Schuppen hätte die magische Klimaanlage von Charlie Jacobs gut brauchen können, um die lahmen Deckenventilatoren zu unterstützen. Ich nahm mir eine Schale mit dem Dessert, das immer noch eine Spezialität von Harlow war – Wackelpeter mit Limettengeschmack und darin schwebenden Stücken Dosenobst – und ging damit nach draußen. Mit einem Plastiklöffel kostend, ging ich um die Ecke des Gebäudes, und da war die Feuertreppe, unter der ich Astrid Soderberg zum ersten Mal geküsst hatte. Ich erinnerte mich, wie der fellbesetzte Parka, den sie trug, das vollkommene Oval ihres Gesichts umrahmt hatte. Und ich erinnerte mich an den Erdbeergeschmack ihres Lippenstifts.

War es okay?, hatte ich gefragt. Und sie hatte erwidert: *Mach's noch einmal, dann sag ich's dir.*

»He, Frischling!« Das kam von so dicht hinter mir, dass ich zusammenschrak. »Willst du heute Abend mal wieder Musik machen?«

Zuerst erkannte ich ihn nicht, denn der schlaksige, langhaarige Teenager, der mich als Rhythmusgitarrist für die Chrome Roses rekrutiert hatte, war nun am Scheitel kahl und an den Seiten grau. Außerdem stellte er eine Wampe zur Schau, die ihm über den eng geschnürten Gürtel hing. Ich starrte ihn an, meine Pappschale mit herabtropfender Götterspeise schief in der Hand.

»Norm? Norm Irving?«

Er grinste so breit, dass die Goldzähne hinten in seinem Mund aufblitzten. Ich stellte den Wackelpudding ab und umarmte ihn. Lachend erwiderte er die Umarmung. Wir teilten uns gegenseitig mit, wir würden toll aussehen. Wir teilten uns mit, wir hätten uns viel zu lange nicht gesehen. Und natürlich unterhielten wir uns über die alten Tage. Norm sagte, er habe Hattie Greer geschwängert und sie daraufhin geheiratet. Die Ehe hatte nur wenige Jahre gehalten, aber nach der auf die Scheidung folgenden Zeit der Verbitterung hatten die beiden beschlossen, die Vergangenheit zu begraben und Freunde zu werden. Ihre Tochter Denise (oder Deenie) ging auf die vierzig zu und besaß in Westbrook einen Friseursalon.

»Völlig schuldenfrei, die Bank ist ausbezahlt. Mit meiner zweiten Frau habe ich zwei Jungs, aber unter uns gesagt, Deenie ist mein Liebling. Hattie hat mit ihrem zweiten Mann auch noch einen Sohn bekommen.« Grimmig lächelnd beugte er sich zu mir. »Sitzt immer mal wieder im Knast. Der Kerl ist keinen Schuss Pulver wert.«

»Was ist mit Kenny und Paul?«

Kenny Laughlin, unser Bassist, hatte ebenfalls seine Freundin aus der Zeit bei den Chrome Roses geheiratet, und das hatte gehalten. »Er hat eine Versicherungsagentur in Lewiston. Macht gute Geschäfte. Er ist heute Abend da. Hast du ihn noch nicht gesehen?«

»Nein.« Allerdings hatte ich das vielleicht doch und ihn nur einfach nicht erkannt. Und vielleicht hatte er mich ebenfalls nicht erkannt.

»Tja, und Paul Bouchard …« Norm schüttelte den Kopf. »Der ist im Arcadia State Park bei einer Klettertour abgestürzt. Hat noch zwei Tage gelebt und ist dann gestorben. 1990 war das. Wahrscheinlich war es gut so. Die Ärzte haben gesagt, wenn er überlebt hätte, wäre er vom Hals abwärts gelähmt gewesen. Tetraplegie nennt man so was.«

Einen Moment stellte ich mir vor, dass unser alter Schlagzeuger es geschafft hätte. Ich sah ihn mit einer Maschine, die ihm beim Atmen half, im Bett liegen und die Fernsehshow von Pastor Danny anschauen. Dann schüttelte ich diese Vorstellung ab. »Und was ist aus Astrid geworden? Weißt du, wo sie wohnt?«

»Irgendwo im Osten. War es Castine? Oder Rockland?« Er hob die Schultern. »Keine Ahnung mehr. Ich weiß, sie hat ihr Studium abgebrochen, um zu heiraten, weshalb ihre Eltern stocksauer auf sie waren. Wahrscheinlich doppelt sauer, als sie sich später hat scheiden lassen. Ich glaube, sie führt ein Restaurant, so einen Laden, wo es Hummer gibt, aber verlass dich nicht drauf. Ihr wart ziemlich verknallt, stimmt's?«

»Ja«, sagte ich. »Das waren wir.«

Er nickte. »Junge Liebe. Was Schöneres gibt's einfach nicht. Weiß nicht recht, ob ich sie jetzt noch mal wiedersehen will, denn damals war die alte Astrid eine richtig scharfe Granate. Pures *Nitroglyzerin*. Stimmt doch, oder?«

»Ja«, sagte ich und dachte an die verfallene Hütte an der Himmelsspitze. Und an den Eisenstab, der rot glühte, wenn ein Blitz in ihn einschlug. »Ja, das war sie.«

Für einen Moment sagten wir nichts, dann schlug er mir auf die Schulter. »Also, was meinst du? Spielst du mit? Wäre dringend nötig, sonst hört sich die Band verflucht lahm an.«

»Bist *du* etwa in der Band? Bei den Castle Rock All-Stars? Und Kenny auch?«

»Na klar. Wir spielen zwar nicht oft – ist nicht mehr so wie in den alten Zeiten –, aber diesen Gig konnten wir unmöglich ablehnen.«

»Hat dich mein Bruder Terry etwa dazu angestiftet, mich zu fragen?«

»Der hat vielleicht gedacht, du kommst für ein oder zwei Stücke auf die Bühne, aber ansonsten: Nein. Er wollte bloß eine Band aus der alten Zeit haben, und wir beide, Kenny und ich, sind mehr oder weniger die Einzigen von damals, die noch am Leben sind, noch in dieser gottverlassenen Gegend rumhängen und noch Musik machen. Unser Rhythmusgitarrist ist ein Zimmermann aus Lisbon Falls, und der ist letzten Mittwoch vom Dach gefallen und hat sich beide Beine gebrochen.«

»Autsch«, sagte ich.

»Irgendwie trifft sich das gar nicht schlecht«, sagte Norm Irving. »Eigentlich wollten wir als Trio spielen, was absolut beschissen ist, wie du weißt. Aber wenn du mitmachst, sind es drei von vier Chrome Roses. Nicht übel, wenn man bedenkt, dass wir unseren letzten Auftritt vor über fünfunddreißig Jahren hatten, irgendwo drüben in der Stadt. Also, komm schon. Ein kleines Wiedervereinigungskonzert kann nicht schaden.«

»Norm, ich habe keine Gitarre dabei.«

»Ich hab gleich drei in meinem Wagen«, sagte er. »Du kannst dir eine aussuchen. Und denk dran, wir fangen immer noch mit ›Hang On Sloopy‹ an.«

Unter begeistertem, von Alkohol befeuertem Applaus marschierten Norm und ich auf die Bühne. Kenny Laughlin, mager wie eh und je, aber nun mit mehreren nicht besonders hübschen Leberflecken auf dem Gesicht, war gerade damit beschäftigt, den Gurt an seinem Fender-Precision-Bass zu justieren. Er hob den Blick, und wir schlugen die Fäuste zusammen. Ich war zwar nicht so nervös wie damals, als ich zum ersten Mal mit einer Gitarre in den Händen auf dieser Bühne gestanden hatte, aber dafür kam ich mir vor wie in einem besonders lebhaften Traum.

Norm rückte einhändig sein Mikro zurecht, wie er es immer

getan hatte, und wandte sich an das Publikum, das darauf wartete, ein paar gute alte Rock-and-Roll-Schritte aufs Parkett zu legen. »Da auf dem Schlagzeug steht zwar Castle Rock All-Stars, Leute, aber heute Abend haben wir einen speziellen Gast, weshalb wir für die nächsten paar Stunden wieder die Chrome Roses sind. Leg los, Jamie.«

Ich dachte daran, wie ich Astrid unter der Feuertreppe geküsst hatte. Ich dachte an Norms rostigen VW-Bus und an seinen Vater Cicero, der auf dem durchgesessenen Sofa in seinem alten Wohnwagen saß, mit Zig-Zag-Blättchen Joints drehte und mir sagte, wenn ich meine Fahrprüfung schon beim ersten Versuch in trockene Tücher bringen wolle, dann solle ich mir lieber die verfluchten Haare schneiden lassen. Ich dachte daran, wie wir beim Teenie-Schwof in der Rollschuhbahn von Lewiston gespielt und nie auch nur einen Moment Pause eingelegt hatten, wenn die unvermeidlichen Rempeleien zwischen den Kids von der Edward Little und der Lisbon High oder von der Lewiston High und St. Dom's ausgebrochen waren. Wir hatten einfach nur lauter gedreht. Kurz, ich dachte daran, wie mein Leben sich abgespielt hatte, bevor mir klar wurde, dass ich ein Frosch im Kochtopf war.

Ich röhrte: *»One, two, you-know-what-to-do!«*

Wir legten los.

Mit E.

Dieser ganze Scheiß fängt mit E an.

In den Siebzigern hätten wir eventuell bis zur Sperrstunde um ein Uhr morgens gespielt, aber dies waren nicht mehr die Siebziger, weshalb wir schon um elf völlig erschöpft in Schweiß gebadet waren. Das war in Ordnung; auf Terrys Anordnung hin hatte man Bier und Wein um zehn weggeschafft, und sobald es kein Feuerwasser mehr gab, lichtete das Publikum sich zügig. Die meisten von denen, die blieben, waren ausgelaugt von der Tanzfläche an ihre Plätze zurückgeschlichen, hörten aber noch bereitwillig zu.

»Du bist ’ne ganze Stange besser, als du’s früher warst, Frischling«, sagte Norm, als wir unsere Instrumente ablegten.

»Du aber auch.« Was ebenso eine Lüge war wie *du siehst toll aus.* Mit vierzehn hätte ich nie geglaubt, dass einmal der Tag kommen würde, an dem ich ein besserer Rockgitarrist war als Norm Irving, aber nun war dieser Tag doch gekommen. Norm teilte mir mit einem Grinsen mit, dass er wusste, was besser unausgesprochen blieb. Kenny gesellte sich zu uns, und die drei verbliebenen Mitglieder der Chrome Roses fanden sich zu einer Umarmung zusammen, die wir in unserer Highschoolzeit als Schwuchtelkram bezeichnet hätten.

Terry kam herüber, begleitet von Terry junior, seinem ältesten Sohn. Mein Bruder sah müde, aber auch irrsinnig glücklich aus. »Hör mal, Con und sein Freund haben ein paar Leute, die zu besoffen sind, nach Castle Rock mitgenommen. Kannst du ein paar andere mit dem großen Pick-up nach Harlow schaffen, wenn ich dir Terry junior als Kopiloten zur Verfügung stelle?«

Ich sagte, dass ich das sehr gern tun würde, und nach einem letzten Abschied von Norm und Kenny (begleitet von jenem merkwürdig schlaffen Händedruck, der Musikern zu eigen ist), sammelte ich meine Ladung Besoffener zusammen und machte mich auf den Weg. Eine Weile gab mein Neffe mir Anweisungen, die ich selbst in der Dunkelheit kaum brauchte, aber schon bevor ich die letzten zwei oder drei Paare draußen an der Stackpole Road abgeladen hatte, hatte er damit aufgehört. Ich blickte zu ihm hinüber und sah, dass er ans Fenster gelehnt tief und fest schlief. Als wir nach Hause in die Methodist Road kamen, weckte ich ihn auf. Er gab mir einen Kuss auf die Wange (was mich tiefer berührte, als er sich das hätte vorstellen können) und stolperte ins Haus, wo er wahrscheinlich wie bei Jugendlichen üblich bis Sonntagmittag schlafen würde. Ich fragte mich, ob er das wohl in meinem früheren Zimmer tat – wahrscheinlich nicht, er war bestimmt im neuen Anbau untergebracht. Die Zeit veränderte alles, und vielleicht war das auch ganz in Ordnung so.

Ich hängte den Autoschlüssel vom Pick-up an das Brett im

Flur, und als ich schon auf dem Weg zu meinem Mietwagen war, sah ich in der Garage Licht. Ich ging hinüber, spähte hinein, und da war Terry. Statt seiner Partyklamotten trug er einen Overall. Sein neuestes Spielzeug, ein Chevy SS aus den späten Sechzigern oder frühen Siebzigern, funkelte unter den Hängelampen wie ein blauer Edelstein. Er war damit beschäftigt, es mit Wachs zu polieren.

Als ich hereinkam, blickte er auf. »Kann noch nicht schlafen. Bin zu aufgeregt. Deshalb bringe ich das Baby hier etwas auf Hochglanz, bevor ich mich ins Bett haue.«

Ich strich mit der Hand über die Kühlerhaube. »Ein wunderschönes Teil.«

»Jetzt schon, aber du hättest es sehen sollen, als ich es bei der Auktion unten in Portsmouth mitgenommen habe. Die meisten Leute da haben es für Schrott gehalten, aber ich dachte, ich kriege es schon wieder flott.«

»Eine Wiederbelebung«, sagte ich, mehr zu mir selbst als zu Terry.

Er warf mir einen nachdenklichen Blick zu, dann hob er die Schultern. »Könnte man so sagen, ja, und wenn ich ein neues Getriebe eingebaut habe, bin ich so gut wie fertig. Ist schon was anderes als die alten Road Rockets, was?«

Ich lachte. »Erinnerst du dich noch, wie der erste beim Speedway einen Purzelbaum geschlagen hat?«

Terry verdrehte die Augen. »In der ersten Runde. Mit Duane Robichaud, diesem Dorftrottel, am Steuer. Der hatte seinen Führerschein offenbar im Lotto gewonnen.«

»Gibt's den eigentlich noch?«

»Nee, der ist schon zehn Jahre tot. Mindestens. Hirnkrebs. Als man den endlich entdeckt hat, hatte der arme Kerl nicht mehr die geringste Chance.«

Nehmen wir an, ich bin Neurochirurg, hatte Jacobs an jenem Tag in seinem Anwesen gesagt. *Nehmen wir an, ich sage dir, deine Chance, auf dem Operationstisch zu sterben, beträgt fünfundzwanzig Prozent. Würdest du nicht trotzdem zustimmen?*

»Das ist hart.«

Er nickte. »Weißt du noch, was wir als Kinder immer gesagt haben? Das Leben ist hart, aber ich bin härter.«

»Ja, das weiß ich noch. Damals haben wir das lediglich für einen flotten Spruch gehalten.« Ich zögerte. »Denkst du eigentlich oft an Claire, Terry?«

Er warf das Poliertuch in einen Eimer und ging zum Waschbecken, um sich die Hände zu reinigen. Früher war dort nur ein Wasserhahn gewesen – mit kaltem Wasser –, aber jetzt waren es zwei Hähne. Er drehte sie auf, nahm ein Stück Seife und fing an, sich einzuschäumen. Bis zu den Ellbogen, genau wie Dad es uns beigebracht hatte.

»An jedem verdammten Tag. An Andy denke ich auch, aber weniger oft. Bei dem war es der natürliche Gang der Dinge, könnte man sagen, obwohl er ein bisschen länger hätte leben können, wenn er nicht so verfressen gewesen wäre. Aber was mit Claire geschehen ist ... das war einfach verflucht *falsch*. Weißt du, was ich meine?«

»Ja.«

Terry lehnte sich an die Kühlerhaube des Chevys und blickte ins Leere. »Weißt du noch, wie schön sie war?« Er schüttelte bedächtig den Kopf. »Unsere wunderschöne Schwester. Dieser Bastard – diese *Bestie* – hat sie um all die Jahre gebracht, die ihr noch geblieben wären, und sich dann feige durch die Hintertür geschlichen.« Er wischte sich mit der Hand übers Gesicht. »Über Claire sollten wir lieber nicht sprechen. Das geht mir einfach zu nahe.«

Mir ging es ebenfalls nahe. Claire, gerade so viel älter als ich, dass sie für mich so etwas wie eine zusätzliche Mutter gewesen war. Claire, unsere wunderschöne Schwester, die nie irgendjemand etwas zuleide getan hatte.

Wir gingen durch den Vorgarten und hörten im hohen Gras die Grillen zirpen. Am lautesten taten sie das immer Ende August und Anfang September, als wüssten sie, dass der Sommer zu Ende ging.

An der Treppe zur Veranda blieb Terry stehen, und ich sah, dass seine Augen noch feucht waren. Er hatte einen guten, aber auch langen und stressigen Tag verbracht. Es war ein Fehler gewesen, an seinem Ende auf Claire zu sprechen zu kommen.

»Bleib doch über Nacht, kleiner Bruder. Wir haben ein Ausziehsofa.«

»Nein«, sagte ich. »Ich habe Connie versprochen, dass ich morgen mit ihm und seinem Partner im Hotel frühstücke.«

»Mit seinem *Partner*«, sagte er und verdrehte die Augen. »Genau.«

»Na, na, Terence, nun lass bitte endlich das zwanzigste Jahrhundert hinter dir, wenigstens mir gegenüber. Heutzutage können die in ungefähr einem Dutzend Staaten sogar heiraten, wenn sie wollen. Übrigens auch im hiesigen.«

»Oh, da habe ich nichts dagegen, wer wen heiratet, ist nicht meine Angelegenheit, aber dieser Typ ist nicht sein *Partner*, egal was Connie denken oder empfinden mag. Ich weiß, wie ein Schnorrer aussieht, wenn ich einen sehe. Himmel, er ist gerade mal halb so alt wie Con.«

Dabei fiel mir Brianna ein, die *weniger* als halb so alt wie ich war.

Ich umarmte Terry und gab ihm einen Schmatzer auf die Wange. »Wir sehen uns morgen. Beim Mittagessen, bevor ich zum Flughafen fahre.«

»Alles klar. Ach, übrigens, Jamie – auf deiner Gitarre hast du heute Abend richtig was gerissen.«

Ich dankte ihm und ging zu meinem Wagen. Als ich die Tür öffnete, hörte ich meinen Namen. Ich drehte mich um.

»Erinnerst du dich noch an den letzten Sonntag, an dem Reverend Jacobs auf der Kanzel stand? Als er die Furchtbare Predigt gehalten hat, wie wir sie später nannten?«

»Ja«, sagte ich. »Sehr gut sogar.«

»Damals waren wir alle total geschockt und haben es darauf zurückgeführt, dass er um seine Frau und seinen Sohn getrauert hat. Aber weißt du was? Wenn ich an Claire denke, würde ich ihn gern noch mal sehen, um ihm die Hand zu schütteln.« Terrys

Arme – so kräftig wie die unseres Vaters – waren über seinem Overall verschränkt. »Weil ich heute nämlich denke, dass es ganz schön mutig war, all diese Dinge auszusprechen. Und ich denke, dass jedes einzelne seiner Worte wahr war.«

Terry mochte reich geworden sein, war aber immer noch sparsam, weshalb es am Sonntagmittag die Reste von der Party gab. Fast während des gesamten Essens hielt ich Cara Lynne auf dem Schoß und fütterte sie mit winzigen Bissen. Als es Zeit zu gehen war und ich sie ihrer Mutter zurückgab, streckte sie die Arme nach mir aus.

»Nein, Kleines«, sagte ich und gab ihr einen Kuss auf die unglaublich glatte Stirn. »Ich muss jetzt gehen.«

Sie kannte erst ein Dutzend Wörter oder so – eines davon war jetzt mein Name –, aber ich habe gelesen, dass Kinder in diesem Alter schon viel mehr verstanden, und ich glaube, sie wusste, was ich zu ihr sagte. Das kleine Gesicht zog sich in Runzeln, sie streckte wieder die Ärmchen aus, und Tränen traten in die blauen Augen, die genau dieselbe Farbe wie die meiner Mutter und meiner toten Schwester hatten.

»Schnell, mach dich auf den Weg!«, sagte Con. »Sonst musst du sie noch adoptieren.«

Also machte ich mich auf den Weg. Zurück zu meinem Mietwagen, zurück zum Flughafen von Portland, zurück zu dem von Denver, zurück nach Nederland. Aber dabei dachte ich ständig an die ausgestreckten stämmigen Ärmchen und die mit Tränen gefüllten mortonblauen Augen. Cara Lynne war erst ein Jahr alt, aber sie hatte gewollt, dass ich länger bliebe. So etwas gehört, denke ich, zu den Dingen, die einen wissen lassen, dass man daheim ist, egal wie weit man sich davon entfernt oder wie viel Zeit man an einem anderen Ort verbracht hat.

Daheim ist dort, wo jemand will, dass du länger bleibst.

Im März 2014, als die meisten Skihasen schon aus Vail, Aspen, Steamboat Springs und unserem Eldora Mountain abgereist waren, kündigte der Wetterbericht einen heftigen Schneesturm an. Unser berüchtigter Polarwirbel hatte bereits über einen Meter Schnee auf Greeley fallen lassen.

Den größten Teil des Tages verbrachte ich auf der Ranch, um gemeinsam mit Hugh und Mookie die Studios und das Haupthaus zu verbarrikadieren. Ich blieb, bis der Wind auffrischte und die ersten Schneeflocken vom bleiernen Himmel fielen. Da kam Georgia heraus, mit einer dicken Jacke, Ohrenschützern und einer Schirmmütze mit der Aufschrift *Wolfjaw-Ranch* ausstaffiert. Empört nahm sie sich Hugh zur Brust.

»Schick diese Burschen jetzt endlich heim«, sagte sie. »Sonst bleiben die bis Juni irgendwo am Straßenrand stecken.«

»Wie die von George Donner geführten Siedler, die hier mal durchgezogen sind«, sagte ich. »Allerdings würde ich Mookie nie im Leben essen. Zu zäh.«

»Los jetzt, weg mit euch«, sagte Hugh. »Aber schaut auf dem Heimweg noch mal nach, ob die Studiotüren gut geschützt sind.«

Das taten wir und warfen obendrein noch einen Blick in den Stall. Ich nahm mir sogar Zeit, ein paar Apfelschnitze zu verteilen, obwohl Bartleby, mein Lieblingsross, drei Jahre zuvor gestorben war. Als ich Mookie an seiner Unterkunft ablieferte, schneite es bereits heftig, und der Wind war eine mehr als steife Brise. Das Zentrum von Nederland war menschenleer; die Verkehrsampeln schwangen hin und her, und an den Türen der Geschäfte, die früher zugemacht hatten, bildeten sich die ersten Schneewehen.

»Mach, dass du nach Hause kommst!«, brüllte Mookie, um den Wind zu übertönen. Er hatte sich sein Halstuch so um Mund und Nase geknüpft, dass er wie ein alter Bandit aussah.

Unterwegs rempelte der Wind meinen Wagen unablässig wie ein schlecht gelaunter Raufbold an. Noch energischer bedrängte er mich, während ich zur Haustür ging, sodass ich mit dem Kragen mein glatt rasiertes Gesicht schützte, unvorbereitet für einen Tag, an dem der Winter in Colorado wirklich Ernst machte. Als ich drin war, brauchte ich beide Hände, um die Tür gewaltsam wieder zuzuziehen.

Ich warf einen Blick in meinen Briefkasten und sah einen einzelnen Brief. Ein Blick reichte, und ich wusste, von wem er stammte. Zwar war die Handschrift von Charlie Jacobs zitterig und spinnenhaft geworden, aber sie war noch identifizierbar. Die einzige Überraschung war der Absender: *Postlagernd, Motton, Maine.* Nicht direkt mein Heimatort, aber gleich nebenan. In meinen Augen gefährlich nahe.

Ich klopfte mir mit dem Umschlag auf die flache Hand und hätte fast meinem ersten Impuls gehorcht, das Ding zu zerreißen, die Tür zu öffnen und die Fetzen in den Wind zu streuen. Noch heute – an jedem Tag, manchmal in jeder Stunde – stelle ich mir vor, das zu tun, und frage mich, was wohl anders gelaufen wäre, wenn ich mich so verhalten hätte. Stattdessen drehte ich den Umschlag um. Auf der Rückseite stand in derselben wackeligen Handschrift ein einziger Satz: *Du willst das lesen, ganz bestimmt.*

Das wollte ich zwar nicht, riss den Umschlag aber trotzdem auf. Heraus kam ein kleinerer Umschlag, der in ein Blatt Papier eingeschlagen war. Auf diesem zweiten Umschlag stand: *Lies meinen Brief, bevor Du dies öffnest.* Also tat ich das.

Gott steh mir bei, ich tat es.

4. März 2014

Lieber Jamie,

ich habe mir Deine beiden E-Mail-Adressen besorgt, geschäftlich und privat (wie Du weißt, verfüge ich über gewisse Mittel), aber ich bin jetzt ein alter Mann mit den entsprechenden Gepflogenheiten, und ich bin der Meinung, wichtige persönliche Angelegenheiten sollten brieflich besprochen werden, und zwar, wenn möglich, handschriftlich. Wie Du siehst, ist Letzteres mir nach wie vor möglich, wenngleich ich nicht weiß, wie lange noch. Im Herbst 2012 erlitt ich einen leichten Schlaganfall und vergangenen Sommer einen weiteren, der schwerer ausfiel. Ich hoffe, Du verzeihst mir den abscheulichen Zustand meiner Handschrift.

Ich habe einen weiteren Grund, Dich per Brief zu kontaktieren. Es ist nur allzu leicht, E-Mails zu löschen, aber ein wenig schwieriger, einen Brief zu zerstören, den jemand mühsam mit Feder und Tinte verfasst hat. Sollte ich dennoch keine Antwort erhalten, werde ich einen Abgesandten schicken müssen, und das will ich nicht, denn die Zeit ist knapp.

Einen Abgesandten. Das hörte sich gar nicht gut an.

Als wir uns das letzte Mal trafen, habe ich Dich gebeten, mir als Assistent zu dienen. Du hast abgelehnt. Nun frage ich Dich erneut, und diesmal wirst Du zustimmen, dessen bin ich mir gewiss. Du musst zustimmen, da mein Werk nun sein letztes Stadium erreicht hat. Es fehlt nur noch ein einziges Experiment. Ich bin mir sicher, dass es gelingen wird, aber ich wage nicht, allein damit fortzufahren. Ich brauche Hilfe, und – was genauso wichtig ist – ich brauche einen Zeugen. Glaube mir, wenn ich Dir sage, dass Du an diesem Experiment ein fast ebenso großes Interesse hast wie ich selbst.

Du meinst jetzt bestimmt, ablehnen zu wollen, aber ich kenne Dich recht gut, mein alter Freund, und ich denke, Du wirst Deine Meinung ändern, nachdem Du den beigefügten Brief gelesen hast.

Mit herzlichen Grüßen,

Charles D. Jacobs

Der Wind heulte, und der Schnee prasselte wie feiner Sand an die Scheiben der Tür. Bald würde man die Straße nach Boulder sperren, falls das nicht schon geschehen war. Ich hielt den kleineren Umschlag in der Hand und dachte: *Irgendwas ist passiert.* Ich wollte nicht wissen, was, hatte jedoch das Gefühl, dass es zu spät war, noch umzukehren. Daher setzte ich mich auf die zu meiner Wohnung führende Treppe und öffnete den Umschlag, während ein besonders grimmiger Windstoß das Haus schüttelte. Die Handschrift war ebenso zitterig wie die von Jacobs, und außerdem fielen die

Zeilen schräg nach unten ab, aber ich erkannte sie auf der Stelle. Natürlich tat ich das, schließlich hatte ich in dieser Schrift verfasste Liebesbriefe erhalten, darunter ein paar ziemlich heiße. Mir wurde flau im Magen, und einen Augenblick lang dachte ich, ich würde umkippen. Ich senkte den Kopf, legte mir die freie Hand über die Augen und presste die Finger an die Schläfen. Als der Schwächeanfall vorüber war, bedauerte ich das beinahe. Ich las den Brief.

25. Feb. 2014

Lieber Pastor Jacobs,
Sie sind meine letzte Hoffnung.

Ich komme mir verrückt vor, so etwas zu schreiben, aber es ist wahr. Ich versuche, Sie zu erreichen, weil meine Freundin Jenny Knowlton mich dazu drängt. Sie ist Krankenschwester und sagt, dass sie früher nie an Wunderheilungen geglaubt hat (obwohl sie sehr wohl an Gott glaubt). Vor mehreren Jahren hat sie in Providence, Rhode Island, eines Ihrer Revivals besucht, und Sie haben ihre Arthritis geheilt, die so schlimm war, dass sie kaum die Hände öffnen und schließen konnte. Außerdem ist sie »süchtig« nach Oxycodon gewesen. Das hat sie mir erzählt: »Ich habe mir eingeredet, ich gehe bloß hin, um Al Stamper singen zu hören, weil ich alle seine alten Platten mit den Vo-Lites habe, aber tief drinnen muss ich gewusst haben, weshalb ich wirklich dort war, denn als gefragt wurde, ob jemand anwesend ist, der oder die geheilt werden will, habe ich mich ans Ende der Schlange gestellt.« Sie sagt, als Sie ihr die Ringe an die Schläfen gelegt haben, sind nicht nur die Schmerzen in ihren Händen und Armen verschwunden, sie musste auch kein Oxycodon mehr nehmen. Das fand ich noch unglaublicher als die Heilung von Arthritis, weil da, wo ich wohne, viele Leute dieses Zeug nehmen und ich weiß, dass es sehr schwer ist, von einer solchen Sucht loszukommen.

Pastor Jacobs, ich habe Lungenkrebs. Während der Bestrahlungen habe ich alle Haare verloren, und bei der Chemotherapie musste ich mich die ganze Zeit über erbrechen (ich habe 30 Kilo abgenommen), aber am Ende dieser höllischen Behandlungen war der Krebs immer noch da. Jetzt meinen die Ärzte, ich soll eine

Operation machen lassen, um einen meiner Lungenflügel zu entfernen, aber meine Freundin Jenny hat sich in einem ruhigen Moment mit mir zusammengesetzt und mir erklärt: »Ich muss dir eine harte Wahrheit mitteilen, Liebes. Wenn sie so etwas tun, ist es meistens schon zu spät, und das wissen sie auch, aber sie tun es trotzdem, weil man nichts anderes mehr tun kann.«

Mir dröhnte der Schädel, während ich das Blatt umdrehte. Zum ersten Mal seit Jahren wünschte ich mir, high zu sein. Wäre ich high gewesen, so hätte ich die Unterschrift, die auf mich wartete, anschauen können, ohne am liebsten losschreien zu wollen.

Jenny sagt, sie hat sich im Internet mit Ihren Heilungen beschäftigt und den Eindruck, dass nicht nur ihre eigene echt war, sondern auch viele andere. Ich weiß, Sie reisen nicht mehr durchs Land. Vielleicht haben Sie sich zurückgezogen, vielleicht sind Sie krank und vielleicht sogar tot (allerdings bete ich, es möge nicht so sein, um Ihretwillen und um meinetwillen). Aber selbst wenn Sie noch am Leben und gesund sind, lesen Sie vielleicht Ihre Post nicht mehr. Ich weiß daher, dass dies hier wie eine Flaschenpost ist, die man über Bord wirft, aber irgendetwas – nicht nur Jenny – drängt mich dazu, es zu versuchen. Schließlich werden manche solcher Flaschen an den Strand gespült, und jemand liest die Botschaft darin. Die Operation habe ich abgelehnt. Daher sind Sie wirklich meine letzte Hoffnung. Ich weiß, wie dürftig und wohl auch töricht diese Hoffnung ist, aber wie uns die Bibel sagt: »Der Glaube versetzt Berge.« Ich werde warten, ob ich von Ihnen höre … oder nicht. So oder so, möge Gott Sie segnen und behüten.

Ich grüße Sie voll Hoffnung
Ihre

Astrid Soderberg
Morgan Pitch Road 17
Mt. Desert Island, Maine 04660
(207) 555-6454

Astrid. Du meine Güte.

Da war Astrid wieder, nach all den Jahren. Ich schloss die Augen und sah sie neben der Feuertreppe stehen, das junge, wunderschöne Gesicht von der Kapuze ihres Parkas umrahmt.

Ich öffnete die Augen und las die Notiz, die Jacobs unter Astrids Adresse hinzugefügt hatte.

Ich habe ihre Untersuchungsergebnisse und die letzten Tomogramme gesehen. Vertraue mir diesbezüglich; wie ich in meinem Brief geschrieben habe, verfüge ich über gewisse Mittel. Durch die Bestrahlung und die Chemotherapie hat sich der Tumor im linken Lungenflügel zwar zurückgebildet, aber nicht vollständig, und im rechten Flügel sind weitere Metastasen aufgetaucht. Ihr Zustand ist ernst, aber ich kann sie retten. Auch was das angeht, kannst Du mir vertrauen, aber solche Krebsarten sind wie ein Buschfeuer – sie verbreiten sich rasend schnell. Daher ist die Zeit knapp, und Du musst sofort eine Entscheidung treffen.

Wenn die Zeit so verflucht knapp ist, dachte ich, *wieso hast du dann nicht angerufen oder das Angebot für deinen Teufelspakt wenigstens per Eilpost geschickt?*

Allerdings wusste ich die Antwort bereits. Er *wollte*, dass die Zeit knapp war, denn Astrid kümmerte ihn gar nicht. In einem Schachspiel wäre Astrid nur ein Bauer gewesen, ich hingegen eine der Figuren in der hinteren Reihe. Wieso das so war, wusste ich nicht, aber es war so.

Der Brief zitterte in meiner Hand, während ich die letzten Zeilen las.

Wenn Du bereit bist, mir zu assistieren, während ich mein Werk im kommenden Sommer abschließe, wird Deine alte Freundin (oder vielleicht gar Geliebte) gerettet werden. Der Krebs wird ihren Körper verlassen. Weigerst Du Dich hingegen, so werde ich sie sterben lassen. Das kommt Dir natürlich grausam, ja abscheulich vor, aber wenn Du wüsstest, welch gewaltige Bedeu-

tung mein Werk hat, dann würdest Du anders denken. Ja, sogar Du! Meine Telefonnummern, Festnetz und mobil, habe ich unten notiert. Während ich Dir schreibe, liegt die Nummer von Miss Soderberg neben mir. Wenn Du mich anrufst – eine positive Antwort natürlich vorausgesetzt –, werde ich mich bei ihr melden.

Du hast die Wahl, Jamie.

Zwei Minuten lang blieb ich auf der Treppe sitzen, atmete tief durch und zwang mein Herz, langsamer zu schlagen. Dabei dachte ich ständig daran, wie Astrid ihre Hüften an meine gepresst hatte und mein pochender Schwanz hart wie Stahl geworden war, wenn sie mir mit einer Hand den Nacken liebkost und dabei Zigarettenrauch in den Mund geblasen hatte.

Endlich stand ich auf und stieg zu meiner Wohnung hinauf, beide Briefe in meiner schlaff herabhängenden Hand. Die Treppe war weder lang noch steil, und weil ich regelmäßig Fahrrad fuhr, war ich gut in Form, aber ich musste trotzdem zweimal innehalten und Luft holen, bevor ich oben anlangte. Dort zitterte meine Hand so stark, dass ich sie mit der anderen stützen musste, bevor ich es schaffte, den Schlüssel ins Schloss zu stecken.

Draußen war es dunkel, und meine Wohnung war voller Schatten, aber ich machte mir nicht die Mühe, das Licht einzuschalten. Was ich tun musste, geschah am besten rasch. Ich nahm mein Handy vom Gürtel, ließ mich aufs Sofa fallen und wählte die Mobilnummer von Jacobs. Es läutete ein einziges Mal.

»Hallo, Jamie«, sagte er.

»Sie Bastard«, sagte ich. »Sie verfluchter Bastard.«

»Schön, von dir zu hören. Wie lautet deine Entscheidung?«

Wie viel wusste er über uns? Hatte ich ihm irgendwann etwas erzählt? Oder hatte Astrid das getan? Falls nicht, wie viel hatte er ausgegraben? Ich hatte keine Ahnung, aber es war auch egal. An seinem Ton merkte ich, dass er seine Frage nur der Form halber gestellt hatte.

Ich sagte ihm, ich würde so schnell wie möglich bei ihm sein.

»Wenn du kommen willst, gern. Ich freue mich, dich zu sehen, obwohl ich dich eigentlich erst im Juli brauche. Wenn du Miss Soderberg lieber nicht sehen möchtest ... in dem Zustand, in dem sie sich jetzt befindet, meine ich ...«

»Sobald das Wetter sich beruhigt hat, sitze ich im Flieger. Wenn Sie es tun können, bevor ich da bin ... sie wieder hinbekommen ... sie heilen ... dann nur zu. Aber Sie werden sie nicht gehen lassen, bevor ich sie gesehen habe. Egal was passieren sollte.«

»Du vertraust mir nicht, nicht wahr?« Er hörte sich an, als würde ihn das furchtbar traurig stimmen, aber darauf gab ich nicht viel. Er war ein Meister darin, Emotionen vorzutäuschen.

»Wieso sollte ich, Charlie? Schließlich habe ich Sie in Aktion gesehen.«

Er seufzte. Ein Windstoß schüttelte das Haus und heulte in den Dachtraufen.

»Wo in Motton finde ich Sie?«, fragte ich ... aber, wie Jacobs, nur der Form halber. Das Leben ist ein Rad, und es dreht sich immer wieder dahin, wo es angefangen hat.

XI

Goat Mountain. Sie wartet. Schlechte Nachrichten aus Missouri.

Und so landete ich sechs Monate nach der kurzen Reinkarnation der Chrome Roses abermals am Flughafen von Portland und reiste abermals nordwärts nach Castle County. Diesmal allerdings nicht nach Harlow. Fünf Meilen von meinem Elternhaus entfernt bog ich von der Route 9 auf die Straße nach Goat Mountain ab. Es war ein warmer Tag, und da Maine einige Tage zuvor ebenfalls von einem Frühlingsschneesturm überrollt worden war, hörte man von überallher das musikalische Geräusch von schmelzendem Schnee und gluckerndem Wasser. Die Kiefern und Fichten, deren Äste sich unter dem Gewicht des Schnees bogen, drängten sich immer noch nahe an die Straße, aber diese war geräumt worden und glänzte nass in der Nachmittagssonne.

In Longmeadow, wo die Jugendgruppe ihre Picknicks abgehalten hatte, machte ich einige Minuten Pause, und an der Abzweigung zur Himmelsspitze blieb ich noch etwas länger stehen. Ich hatte keine Zeit, die baufällige Hütte aufzusuchen, in der Astrid und ich unsere Jungfräulichkeit verloren hatten, und selbst wenn ich Zeit gehabt hätte, wäre das nicht möglich gewesen. Inzwischen war die Straße hinauf zwar asphaltiert und ebenfalls vom Schnee befreit worden, aber ein stämmiges Holztor mit einem Vorhängeschloss von der Größe einer Orkfaust versperrte den Weg. Als ob das noch nicht ausgereicht hätte, stand auch noch ein großes Schild daneben: ZUTRITT ABSOLUT VERBOTEN und ZUWIDERHANDLUNGEN WERDEN MIT ALLEN MITTELN STRAFRECHTLICH VERFOLGT.

Eine Meile weiter kam ich zum Pförtnerhaus von Goat Mountain. Der Weg war nicht mit einer Schranke verschlossen, aber daneben stand ein Wachmann mit einer leichten Jacke über der braunen Uniform. Die Jacke war aufgeknöpft, vielleicht weil es warm war, vielleicht aber auch, damit alle, die hier anhielten, einen guten Blick auf das Holster an seiner Hüfte werfen konnten. Die Pistole darin sah ziemlich groß aus.

Ich ließ das Fenster herunter, aber noch bevor der Wachmann sich nach meinem Namen erkundigen konnte, ging die Tür des Pförtnerhauses auf, und Charlie Jacobs trat heraus. Der wuchtige Parka, den er trug, konnte nicht verbergen, wie zerbrechlich er geworden war. Als wir uns das letzte Mal gesehen hatten, war er dünn gewesen. Nun war er hager. Mein alter Fünfter im Spiel hinkte stärker denn je, und wenngleich er sein Begrüßungslächeln wohl für warm und herzlich hielt, hob sich dabei die linke Seite seines Gesichts kaum, wodurch das Resultat eher einem höhnischen Grinsen ähnelte. *Der Schlaganfall*, dachte ich.

»Jamie, wie schön, dich zu sehen!« Er streckte mir die Hand hin, und ich schüttelte sie ... allerdings nicht ohne Vorbehalt. »Eigentlich hatte ich dich erst morgen erwartet.«

»In Colorado dauert es nach einem Schneesturm nicht besonders lange, bis die Flughäfen wieder offen sind.«

»Gewiss, gewiss. Nimmst du mich mit hinauf?« Er wies mit dem Kinn auf den Wachmann. »Sam hat mich mit einem Golfmobil heruntergefahren, und im Pförtnerhaus ist zwar ein Heizgerät, aber mir wird inzwischen sehr schnell kalt, selbst an einem so frühlingshaften Tag wie heute. Erinnerst du dich, wie wir den Frühlingsschnee früher genannt haben, Jamie?«

»Den Dünger des armen Mannes«, sagte ich. »Los, steigen Sie ein.«

Er hinkte um die Kühlerhaube herum, und als Sam versuchte, ihn am Arm zu stützen, schüttelte er ihn entschieden ab. Sein Gesicht funktionierte nicht mehr richtig, und das Hinken war eher ein Torkeln, aber er war trotzdem ziemlich agil. *Ein Mann mit einem Ziel*, dachte ich.

Mit einem erleichterten Ächzen stieg er ein, drehte die Heizung hoch und rieb sich vor der Belüftungsöffnung die knorrigen Hände, als würde er sie sich über einem offenen Feuer wärmen. »Ich hoffe, du hast nichts dagegen.«

»Tun Sie sich keinen Zwang an.«

»Erinnert dich das nicht an die Zufahrt zu The Latches?«, fragte er, wobei er sich immer noch die Hände rieb. Sie gaben ein unangenehm papierenes Geräusch von sich. »Mich schon.«

»Mehr oder weniger ... bis auf das da.« Ich deutete nach links, wo sich einst eine Skipiste mittleren Niveaus namens Smoky Trail befunden hatte. Vielleicht auch Smoky Twist. Jetzt war eines der Liftkabel heruntergestürzt, und mehrere Sessel lagen auf dem Boden, halb in einer Schneewehe vergraben, die sich wahrscheinlich noch fünf Wochen halten würde, falls das warme Wetter nicht andauerte.

»Unschön«, stimmte Jacobs mir zu. »Aber es hat keinen Sinn, das Ding zu reparieren. Sobald der Schnee weg ist, lasse ich alle Lifte abbauen. Zum Skifahren werde ich wohl nicht mehr kommen, oder was meinst du? Warst du als Kind eigentlich mal hier, Jamie?«

Ja, ich war hier gewesen, etwa ein Dutzend Male, zusammen mit Con, Terry und ihren Freunden aus dem Flachland, aber mir war nicht nach weiterem Small Talk zumute. »Ist sie hier?«

»Ja, gegen Mittag ist sie angekommen. Ihre Freundin Jenny Knowlton hat sie hergebracht. Eigentlich wollten die beiden schon gestern hier sein, aber im Osten war der Sturm wesentlich schlimmer. Und um deine nächste Frage auch gleich zu beantworten: Nein, ich habe sie noch nicht behandelt. Die arme Frau ist völlig erschöpft. Morgen wird genügend Zeit dafür sein, und auch genug Zeit für ein Gespräch zwischen euch beiden. *Sehen* kannst du sie, so du magst, allerdings heute schon, wenn sie das von ihr noch zu bewältigende winzige Abendmahl zu sich nimmt. Das Restaurant ist mit Überwachungskameras ausgestattet.«

Ich wollte ihm klarmachen, was ich davon hielt, aber er hob die Hand.

»Friede, mein Freund. Nicht ich habe die Kameras einbauen lassen; sie waren schon da, als ich das Resort gekauft habe. Wahrscheinlich hat die Geschäftsführung sie eingesetzt, um sich zu vergewissern, dass das Personal die erwartete Arbeitsleistung erbringt.« Sein einseitiges Lächeln sah höhnischer denn je aus. Vielleicht lag das nur an meiner Einstellung, aber so kam es mir nicht vor.

»Erkenne ich da vielleicht Schadenfreude?«, fragte ich. »Empfinden Sie die jetzt etwa, weil Sie es geschafft haben, mich hierherzulocken?«

»Natürlich nicht.« Er drehte sich zur Seite und betrachtete die schmelzenden Schneewehen, die an beiden Seiten vorüberzogen. Dann sah er mich wieder an. »Nun ja. Vielleicht. Ein ganz klein wenig. Als wir uns das letzte Mal begegnet sind, warst du so überlegen. So *hochmütig*.«

Jetzt fühlte ich mich nicht überlegen, und hochmütig kam ich mir schon gar nicht vor. Ich hatte das Gefühl, in der Falle zu hocken. Schließlich war ich wegen einer Frau hier, die ich seit vierzig Jahren nicht gesehen hatte. Die sich ihr eigenes Verhängnis, Packung für Packung, im nächsten Supermarkt gekauft hatte. Oder in der Drogerie von Castle Rock, wo man die Zigaretten gleich vorn an der Theke bekam. Wenn man echte Medikamente brauchte, musste man bis ganz nach hinten marschieren. Eine der Ironien des Lebens. Ich stellte mir vor, Jacobs beim Ferienhotel abzusetzen und einfach wegzufahren. Die Vorstellung besaß eine gefährliche Anziehungskraft.

»Würden Sie sie wirklich sterben lassen?«

»Ja.« Er wärmte immer noch vor der Belüftungsöffnung seine Hände. Jetzt stellte ich mir vor, eine davon zu packen und die knotigen Finger durchzubrechen wie Salzstangen.

»Warum? Warum bin ich so verflucht wichtig für Sie?«

»Weil du mein Schicksal bist. Ich glaube, das wusste ich schon, als ich dich zum ersten Mal gesehen habe. Da hast du vor deinem Elternhaus gekniet und im Dreck gebuddelt.« Er sprach mit der Geduld eines echten Gläubigen. Oder eines Irren. Vielleicht bestand da ohnehin kein echter Unterschied. »Endgültig klar wurde es mir, als du in Tulsa aufgetaucht bist.«

»Woran arbeiten Sie eigentlich, Charlie? Was soll ich im Sommer für Sie tun?« Das fragte ich ihn nicht zum ersten Mal, aber es gab andere Fragen, die ich nicht zu stellen wagte. *Wie gefährlich ist es? Wissen Sie das? Und kümmert es Sie überhaupt?*

Er schien nachzudenken, ob er es mir sagen sollte oder nicht ... wenngleich ich in Wirklichkeit nie wusste, was er dachte. Dann kam das Goat-Mountain-Resort in Sicht – noch größer als The Latches, aber hässlich und voller moderner Winkel und Kanten, ein misslungener Abklatsch von Frank Lloyd Wright. Auf die begüterten Urlauber, die in den Sechzigern hierhergekommen waren, mochte der Bau wahrscheinlich wirklich modern, sogar futuristisch gewirkt haben. Jetzt sah das Ferienhotel aus wie ein kubistischer Dinosaurier mit Glasaugen.

»Ah!«, sagte Jacobs. »Da sind wir. Bestimmt willst du dich frisch machen und ein bisschen ausruhen. Ich habe das jedenfalls dringend nötig. Es ist unheimlich aufregend, dich hier zu haben, Jamie, aber auch ermüdend. Ich habe dich in der Snowe-Suite im zweiten Stock einquartiert. Rudy wird dich dorthin begleiten.«

Rudy Kelly war ein Berg von einem Mann in ausgeblichenen Jeans, einem losen grauen Kittel und Krankenpflegerschuhen mit weißer Kreppsohle. Er sei tatsächlich Krankenpfleger, sagte er, und obendrein der persönliche Assistent von Mr. Jacobs. Angesichts seiner wuchtigen Gestalt fungierte er eventuell auch als dessen Leibwächter. Sein Händedruck war jedenfalls etwas ganz anderes als der schlaffe Musikergruß.

Ich war schon einmal als Kind im Foyer des Ferienhotels gewesen und hatte damals sogar mit Con und der Familie seiner Freunde hier zu Mittag gegessen (in ständiger Furcht, die falsche Gabel zu verwenden oder mir etwas aufs Hemd zu kleckern), aber die oberen Stockwerke kannte ich nicht. Der Aufzug war einer jener antiken Klapperkästen, die in Gruselromanen ständig zwischen den Etagen stecken blieben, und ich beschloss, immer die Treppe zu nehmen, egal wie lange ich mich hier aufhalten musste.

Die Räumlichkeiten waren gut geheizt (zweifellos dank der geheimen Elektrizität von Charlie Jacobs), und ich sah, dass man einige Reparaturen vorgenommen hatte, allerdings eher planlos. Sämtliche Lampen funktionierten, und die Dielen ächzten nicht, aber eine gewisse Atmosphäre der Verlassenheit war deutlich spürbar. Die Snowe-Suite befand sich am Ende des Flurs, weshalb sich von dem großen Wohnraum aus ein fast so guter Blick bot wie von der Himmelsspitze, aber die Tapete war an mehreren Stellen stockfleckig, und während es im Foyer nach Bohnerwachs und frischer Farbe duftete, herrschte hier ein leicht muffiger Geruch.

»Mr. Jacobs würde gern um sechs in seinem Apartment mit Ihnen zu Abend speisen«, sagte Rudy. Seine Stimme klang sanft und diensteifrig, aber er kam mir wie ein Häftling in einem Gefängnisfilm vor – und zwar nicht wie der Typ, der den Ausbruch plante, sondern wie der Berufskiller aus der Todeszelle, der jeden Wächter umbrachte, der die Ausbrecher aufhalten wollte. »Passt Ihnen das?«

»Ist in Ordnung«, sagte ich, und nachdem er gegangen war, verriegelte ich die Tür.

Ich stellte mich unter die Dusche – es gab reichlich warmes Wasser, das sofort kam – und legte danach frische Sachen zurecht. Nachdem das erledigt war, blieb mir noch Zeit, weshalb ich mich auf die Tagesdecke des schmalen Doppelbetts legte. In der vergangenen Nacht hatte ich nicht gut geschlafen, und im Flugzeug schlief ich sowieso nie ein. Ein Nickerchen wäre daher gut gewesen, aber es gelang mir nicht, einzudösen. Ich musste ständig an Astrid denken – daran, wie sie damals gewesen war, und daran, wie sie jetzt wohl aussah. Astrid, die sich im selben Gebäude wie ich befand, nur zwei Etagen tiefer.

Als Rudy um zwei Minuten vor sechs kaum vernehmlich an die Tür klopfte, war ich längst ausgehfertig angezogen. Auf meinen Vorschlag hin, wir sollten die Treppe nehmen, bedachte er mich mit einem mitleidigen Grinsen. »Der Aufzug ist vollkommen ungefährlich, Sir. Bestimmte Reparaturen hat Mr. Jacobs selbst beaufsichtigt, und der alte Kasten stand ganz oben auf seiner Liste.«

Ich widersprach ihm nicht. Stattdessen dachte ich daran, dass mein alter Fünfter im Spiel kein Reverend mehr war, kein Rev., kein Pastor. Am Ende seines Lebens war er nur noch jemand, den man Mister nannte und dem ein Typ, der wie Vin Diesel nach einem misslungenen Facelifting aussah, den Blutdruck maß.

Das Apartment von Jacobs befand sich im Parterre des Westflügels. Mein Gastgeber hatte sich umgezogen; nun trug er einen dunklen Anzug und ein weißes Hemd mit offenem Kragen. Er erhob sich, um mich mit seinem einseitigen Lächeln zu begrüßen. »Danke, Rudy. Sagen Sie Norma bitte, dass wir in einer Viertelstunde bereit zum Essen sind.«

Rudy nickte und verschwand. Immer noch lächelnd, wandte Jacobs sich mir zu, und ich hörte wieder jenes unangenehm papierene Geräusch, mit dem er sich die Hände rieb. Vor dem Fenster versank eine Skipiste ohne Beleuchtung und ohne Skispuren im Frühlingsschnee in der Dunkelheit wie eine Straße nach nirgendwo. »Es gibt leider nur Suppe und Salat. Auf Fleisch verzichte ich schon seit zwei Jahren. Es erzeugt Fettablagerungen im Gehirn.«

»Suppe und Salat ist wunderbar.«

»Außerdem gibt es Brot, das Norma aus Sauerteig bäckt. Es ist ausgezeichnet.«

»Klingt köstlich. Ich möchte Astrid sehen, Charlie.«

»Norma wird ihr und ihrer Freundin gegen sieben das Essen servieren. Sobald die beiden gegessen haben, wird Miss Knowlton Astrid ihr Schmerzmittel verabreichen und ihr helfen, sich bettfertig zu machen. Ich habe Miss Knowlton gesagt, Rudy könne ihr dabei assistieren, aber davon wollte sie nichts hören. Leider scheint Jenny Knowlton mir nicht mehr zu vertrauen.«

Ich dachte an Astrids Brief. »Obwohl Sie sie von ihrer Arthritis geheilt haben?«

»Tja, damals war ich eben Pastor Danny. Nachdem ich nun alles religiöse Brimborium aufgegeben habe – das habe ich den beiden auch gesagt, weil ich mich dazu verpflichtet fühlte –, tritt Miss Knowlton mir mit Argwohn entgegen. Das bewirkt die Wahrheit nämlich, Jamie. Sie macht die Leute argwöhnisch.«

»Leidet Jenny Knowlton etwa an Nachwirkungen?«

»Überhaupt nicht. Sie fühlt sich bloß unbehaglich, weil sie sich nicht mehr an den Hokuspokus mit der Wunderheilung klammern kann. Aber da du das Thema der Nachwirkungen aufs Tapet gebracht hast – komm doch mal mit in mein Arbeitszimmer. Ich will dir etwas zeigen; es ist noch ausreichend Zeit dafür, bevor unser Abendmahl serviert wird.«

Das Arbeitszimmer war eine Nische, die vom Wohnraum der Suite abging. Der Computer lief; über den riesigen Bildschirm galoppierten endlos die mir bereits bekannten Pferde. Jacobs setzte sich, wobei er schmerzhaft das Gesicht verzog, und tippte auf eine Taste. Anstelle der Pferde erschien der simple blaue Desktop-Hintergrund mit lediglich zwei Ordnern. Sie waren mit A und B gekennzeichnet.

Jacobs klickte auf den Ordner A, worauf eine Liste mit alphabetisch geordneten Namen und Adressen angezeigt wurde. Beim Drücken einer anderen Taste lief sie mit mittlerer Geschwindigkeit über den Bildschirm. »Weißt du, worum es sich hier handelt?«

»Um Heilungen, nehme ich an.«

»Um *verifizierte* Heilungen, allesamt erzielt durch die Behandlung des Gehirns mit elektrischem Strom – allerdings nicht mit der Art von Strom, die ein Elektriker erkennen würde. Insgesamt mehr als hundertdreißig. Ich hoffe, du glaubst mir das.«

»Ja.«

Er drehte sich zu mir um, eine Bewegung, die ihm sichtlich Schmerzen bereitete. »Meinst du das ehrlich?«

»Ja.«

Mit befriedigtem Blick schloss er den Ordner A und öffnete B. Weitere Namen und Adressen, ebenfalls in alphabetischer Reihenfolge. Diesmal bewegte die Liste sich so langsam über den Bildschirm, dass ich mehrere Namen erkannte. Stefan Drew, der zwanghafte Wandersmann; Emil Klein, der Dreckesser; Patricia Farmingdale, die sich Salz in die Augen geschüttet hatte. Diese Liste war wesentlich kürzer als die andere. Bevor das Ende erreicht war, sah ich den Namen Robert Rivard vorüberziehen.

»Das sind alle, die nach der Behandlung unter signifikanten Nachwirkungen gelitten haben. Insgesamt siebenundachtzig. Wie ich dir, glaube ich, schon bei unserer letzten Begegnung erklärt habe, sind das weniger als drei Prozent aller Behandlungen. Früher hat der Ordner B einmal über einhundertsiebzig Namen enthalten, aber viele der betreffenden Personen haben inzwischen keine Probleme mehr – anders gesagt, die Nachwirkungen sind verschwunden. Wie bei dir. Seit acht Monaten beobachte ich meine Heilungserfolge zwar nicht mehr, aber wenn ich das weiter getan hätte, wäre diese Liste inzwischen bestimmt noch kürzer. Der menschliche Körper verfügt über außerordentliche Fähigkeiten, sich von einem Trauma zu erholen. Wendet man diese neue Elektrizität korrekt auf den Kortex und den Nervenstamm an, dann sind diese Fähigkeiten praktisch unbegrenzt.«

»Wen wollen Sie gerade eigentlich überzeugen? Mich oder sich selbst?«

»Pah!« Er stieß entrüstet den Atem aus. »Ich versuche lediglich, deine Bedenken zu zerstreuen. Ein bereitwilliger Assistent ist mir nämlich lieber als ein zögerlicher.«

»Ich bin da. Ich werde tun, was ich versprochen habe ... falls es Ihnen gelingt, Astrid zu heilen. Das sollte Ihnen genügen.«

Es klopfte leise an der Tür.

»Nur herein«, sagte Jacobs.

Die Frau, die eintrat, hatte die mollige, matronenhafte Figur der guten Großmutter aus einer Kindergeschichte und die wachsamen Augen eines Kaufhausdetektivs. Sie stellte ihr Tablett auf den Tisch im Wohnzimmer; dann blieb sie stehen, die Hände prüde auf ihrem einfachen, schwarzen Kleid gefaltet. Mit einer weiteren Grimasse stand Jacobs auf und schwankte. Es war meine erste Handlung als sein Assistent – zumindest in diesem neuen Stadium unseres Lebens –, ihn am Ellbogen zu fassen, um ihn zu stützen. Er dankte mir und ging auf den Tisch zu.

»Norma, ich möchte Ihnen gern Jamie Morton vorstellen. Er wird fürs Erste bis morgen nach dem Frühstück bei uns bleiben und kommt dann im Sommer für einen längeren Aufenthalt wieder hierher.«

»Freut mich«, sagte sie und bot mir die Hand.

Ich schüttelte sie.

»Du kannst dir nicht vorstellen, welch einen Erfolg so ein Händeschütteln für Norma darstellt«, sagte Jacobs. »Seit ihrer Kindheit hatte sie nämlich eine tiefe Abneigung dagegen, andere Menschen zu berühren. Nicht wahr, meine Liebe? Kein körperliches Problem natürlich, sondern ein psychisches. Nun ist sie jedoch geheilt. Das ist doch interessant, findest du nicht?«

Ich sagte zu Norma, ich würde mich auch freuen, sie kennenzulernen, und hielt ihre Hand ein bisschen länger fest als notwendig. Als ich sah, wie ihr unbehaglich wurde, ließ ich los. Geheilt, aber womöglich nicht *vollständig* geheilt. Das war ebenfalls interessant.

»Miss Knowlton lässt ausrichten, dass sie Ihre Patientin heute Abend etwas früher zum Abendessen bringen wird, Mr. Jacobs.«

»In Ordnung, Norma. Danke schön.«

Sie ging. Wir aßen. Es war eine leichte Mahlzeit, die mir trotzdem schwer im Magen lag. Es fühlte sich an, als hätten alle meine Nerven sich nach außen gekehrt und würden auf meiner Haut knistern. Jacobs aß langsam – wie um mich auf die Folter zu spannen –, aber schließlich schob er seinen leeren Suppenteller doch beiseite. Er machte den Anschein, als wollte er sich noch eine Scheibe Brot nehmen, dann blickte er auf seine Uhr und schob stattdessen seinen Stuhl zurück.

»Komm mit«, sagte er. »Ich glaube, es ist an der Zeit, dass du deine alte Freundin siehst.«

Die Tür auf der gegenüberliegenden Seite des Flurs war mit dem Hinweis ZUTRITT NUR FÜR PERSONAL beschriftet. Jacobs führte mich durch ein relativ großes Büro, das mit leeren Schreibtischen und Regalen möbliert war. Die nächste Tür war abgeschlossen.

»Bis auf die Wachmänner am Tor, die rund um die Uhr von einer Sicherheitsfirma zur Verfügung gestellt werden, besteht mein Personal nur aus Rudy und Norma. Beiden vertraue ich zwar, aber ich sehe keine Notwendigkeit, sie in Versuchung zu führen. Und die Versuchung, heimlich ahnungslose Menschen zu beobachten, ist ziemlich stark, meinst du nicht auch?«

Ich gab keine Antwort. Ich wusste nicht einmal, ob ich das überhaupt gekonnt hätte, denn mein Mund war so trocken wie ein alter Teppich. Insgesamt sah ich zwölf Monitore, die in drei Viererreihen aufgebaut waren. Jacobs schaltete den Bildschirm ein, der mit RESTAURANT KAMERA 3 gekennzeichnet war. »Ich glaube, den hier brauchen wir«, sagte er vergnügt. Wie eine Kreuzung zwischen Pastor Danny und dem Moderator einer Spielshow.

Es schien ewig zu dauern, bis allmählich ein schwarz-weißes Bild auftauchte. Das Restaurant war groß und mit mindestens fünfzig Tischen ausgestattet, aber davon war nur einer besetzt. An ihm saßen zwei Frauen. Zuerst sah ich allerdings nur Jenny Knowlton, da Norma, die gerade die Suppe servierte, mir den Blick auf die andere versperrte. Jenny war hübsch, dunkelhaarig und Mitte fünfzig. Ich sah, wie ihr Mund lautlos danke sagte. Norma nickte, richtete sich auf, trat zurück, und da sah ich das, was von der ersten Frau, die ich je geliebt habe, übrig geblieben war.

Wäre dies eine Liebesgeschichte, so würde ich wahrscheinlich so etwas schreiben wie: »Zwar hatte sie sich im Lauf der Jahre zwangsläufig verändert, und auch die Krankheit hatte ihren Tribut gefordert, aber die ihr eigene Schönheit war ihr geblieben.« Am liebsten würde ich das jetzt tun, aber wenn ich jetzt zu lügen beginne, macht das alles, was ich bisher erzählt habe, wertlos.

Astrid war eine alte Schachtel im Rollstuhl; ihr Gesicht war eine bleiche, schlaffe Maske, aus der dunkle Augen teilnahmslos auf Nahrung starrten, an der sie offenkundig keinerlei Interesse hatte. Ihre Begleiterin hatte ihr ein großes gestricktes Ding – eine Art Schottenmütze – auf den Kopf gesetzt, aber dieses war zur Seite gerutscht und entblößte einen kahlen, mit weißen Stoppeln übersäten Schädel.

Mit einer dürren Hand, die ganz aus Sehnen zu bestehen schien, ergriff sie ihren Löffel, ließ ihn jedoch gleich wieder sinken. Die dunkelhaarige Frau ermahnte sie. Die bleiche Kreatur nickte. Dabei fiel Astrid die Mütze vom Kopf, was ihr anscheinend gar nicht auffiel. Sie tauchte ihren Löffel in die Suppe und führte ihn langsam zum Mund. Auf dem Weg dorthin verschüttete sie den größten Teil des Inhalts. Den Rest schlürfte sie mit gespitzten Lippen, die mich daran erinnerten, wie der verstorbene Bartleby mir seine Apfelschnitze aus der Hand genommen hatte.

Mir wurden die Knie weich. Hätte vor der Reihe aus Bildschirmen kein Stuhl gestanden, so wäre ich einfach zu Boden gesunken. Jacobs stand neben mir, die knorrigen Hände hinter dem Rücken verschränkt. Mit einem leichten Lächeln auf dem Gesicht wiegte er sich hin und her.

Und da dies ein wahrer Bericht und kein Liebesroman ist, muss ich hinzufügen, dass ich mich insgeheim erleichtert fühlte. Ich würde meinen Teil des Teufelspakts, den ich mit Jacobs geschlossen hatte, nicht erfüllen müssen, denn es war völlig unmöglich, dass die Frau im Rollstuhl wieder genas. Krebs ist der Kampfhund unter den Krankheiten, und er hatte sie in den Fängen, zerrte und riss an ihr. Er würde nicht von ihr ablassen, bis er sie in Stücke gerissen hatte.

»Ausschalten«, flüsterte ich.

Jacobs beugte sich zu mir. »Wie bitte? Meine Ohren sind nicht mehr so gut, wie sie früher einmal wa...«

»Sie haben mich durchaus verstanden, Charlie. *Schalten Sie das Ding da aus.*«

Er tat es.

Während der Schnee vom Himmel wirbelte, küssten wir uns unter der Feuertreppe der Eureka Grange. Astrid blies mir Zigarettenrauch in den Mund, während ihre Zungenspitze hin und her glitt, zuerst über meine Oberlippe und dann sanft das Zahnfleisch darunter liebkosend. Ich drückte mit der Hand eine ihrer Brüste, obwohl durch den schweren Parka, den sie trug, nicht viel zu spüren war.

Küss mich in alle Ewigkeit, dachte ich. *Küss mich, damit ich nicht sehen muss, was die Jahre aus uns gemacht haben und wozu du geworden bist.*

Aber kein Kuss konnte ewig dauern. Sie zog sich zurück, und zwischen dem Fellbesatz ihrer Kapuze sah ich das aschene Gesicht, die staubigen Augen, den schlaffen Mund. Die Zunge, die in meinem Mund gewesen war, war nun schwarz und schälte sich. Ich hatte einen Leichnam geküsst.

Vielleicht auch nicht, denn die Lippen verzogen sich zu einem Grinsen.

»Es ist was passiert«, sagte Astrid. »Nicht wahr, Jamie? Irgendwas ist passiert, und bald wird die Mutter hier sein.«

Japsend wurde ich schlagartig wach. Ich war in meiner Unterwäsche zu Bett gegangen, aber nun stand ich splitterfasernackt in einer der Zimmerecken. Mit der rechten Hand umklammerte ich den Kugelschreiber, der auf dem Nachttisch gelegen hatte, und stieß damit nach meinem linken Unterarm, wo sich bereits eine kleine, aber wachsende Ansammlung blauer Flecke gebildet hatte. Ich ließ den Kugelschreiber auf den Boden fallen und taumelte ein Stück rückwärts.

Stress, dachte ich. *Es war Stress, der damals im Zelt Hughs prismatische Erscheinungen ausgelöst hat, und heute Abend hatte ich auch Stress. Wenigstens habe ich mir kein Salz in die Augen geschüttet. Und im Garten Dreck gefuttert habe ich auch nicht.*

Es war Viertel nach vier, jene tödliche Zeit am Morgen, wenn es zu spät war, wieder einzuschlafen, und zu früh, schon aus den Federn zu kriechen. Ich griff nach der kleineren meiner beiden

Reisetaschen, zog ein Buch heraus, setzte mich ans Fenster und schlug es auf. Meine Augen nahmen die Wörter auf dieselbe Weise auf, wie mein Mund Normas Suppe und Salat aufgenommen hatte: ohne etwas zu schmecken. Schließlich gab ich es auf, blickte einfach in die Dunkelheit hinaus und wartete auf die Morgendämmerung. Die ließ lange auf sich warten.

Das Frühstück nahm ich in Jacobs' Apartment ein ... falls man eine einzelne Scheibe Toast und eine halbe Tasse Tee als Frühstück bezeichnen konnte. Charlie hingegen vertilgte einen Obstsalat, Rührei und eine anständige Portion Bratkartoffeln. So mager, wie er war, konnte man sich kaum vorstellen, wo er das alles unterbrachte. Auf einem Tisch neben der Tür stand ein Kästchen aus Mahagoni. Darin, sagte er mir, befanden sich seine Behandlungsinstrumente.

»Ringe verwende ich nicht mehr. Die sind nicht nötig, da meine Bühnenlaufbahn vorüber ist.«

»Wann geht es eigentlich los? Ich will es nämlich hinter mich bringen, damit ich wieder von hier verschwinden kann.«

»Sehr bald. Die Tage verbringt deine alte Freundin zwar im Halbschlaf, aber nachts kann sie nicht viel schlafen. Die vergangene Nacht wird besonders schwierig für sie gewesen sein, weil ich Miss Knowlton angewiesen habe, ihr das Schmerzmittel vorzuenthalten, das sie sonst um Mitternacht bekommt. Solche Medikamente unterdrücken die Gehirnwellen. Wir werden im Ostsalon zur Tat schreiten. Jetzt ist meine liebste Tageszeit. Wenn wir zwei nicht wüssten, dass Gott ein profitables, selbst erhaltendes Konstrukt der Kirchen dieser Welt ist, könnte das Morgenlicht uns wohl fast wieder zu Gläubigen machen.«

Er beugte sich vor und sah mich ernst an.

»Es ist wirklich nicht nötig, dass du dabei bist, ehrlich. Ich habe gesehen, wie durcheinander du gestern Abend warst. Im Sommer brauche ich deine Hilfe, aber heute Morgen können Rudy oder Miss Knowlton mir assistieren. Wieso fährst du nicht einen Tag nach Harlow und kommst morgen wieder? Besuch deinen Bruder und seine Familie. Ich glaube, wenn du das tust, wirst du bei deiner Rückkehr eine völlig andere Astrid Soderberg vorfinden.«

In gewisser Weise hatte ich genau davor Angst, denn seit Charlie Jacobs aus Harlow verschwunden war, hatte er eine Karriere als Scharlatan gemacht. Als Pastor Danny hatte er Schweinelebern zur Schau gestellt und behauptet, es handele sich um von ihm entfernte Tumore. Ein solcher Lebenslauf flößte keinerlei Vertrauen ein. Konnte ich mir überhaupt absolut sicher sein, dass es sich bei der ausgezehrten Frau im Rollstuhl tatsächlich um Astrid Soderberg handelte?

Mein Herz sagte mir, dass sie es war; mein Kopf sagte meinem Herzen, es möge vorsichtig sein und niemand vertrauen. Womöglich war die Frau namens Jenny Knowlton Jacobs' Komplizin – ein Lockvogel, wie man unter Schaustellern sagen würde. Die nächste halbe Stunde würde eine Tortur für mich sein, aber ich hatte nicht die Absicht, zu kneifen und Jacobs dadurch die Möglichkeit zu geben, eine Heilung vorzutäuschen. Natürlich benötigte er dazu die echte Astrid, aber angesichts der vielen lukrativen Jahre, in denen er mit seinem Revival-Zelt durch die Gegend gezogen war, war auch das möglich, vor allem wenn meine frühere Freundin in finanzielle Schwierigkeiten geraten war.

Schon klar, das war ein unwahrscheinliches Szenario. Im Grunde ging es darum, dass ich mich verantwortlich fühlte, diese Sache bis zu ihrem mit Sicherheit bitteren Ende durchzuziehen.

»Ich bleibe.«

»Wie du willst.« Er lächelte, und obwohl die gelähmte Seite seines Mundes immer noch nicht kooperierte, sah dieses Lächeln überhaupt nicht höhnisch aus. »Es wird schön sein, wieder mit dir zusammenzuarbeiten. Wie damals in Tulsa.«

An der Tür klopfte es leise. Es war Rudy. »Die beiden Damen befinden sich jetzt im Ostsalon, Mr. Jacobs. Miss Knowlton sagt, sie wären bereit, weshalb Sie jederzeit kommen könnten. Je eher, desto besser, sagt sie, denn es gehe Miss Soderberg gar nicht gut.«

Seite an Seite mit Jacobs ging ich den Flur entlang, das Mahagonikästchen unter dem Arm, bis wir den Ostflügel erreicht hatten. Vor dem Salon versagten mir vorübergehend die Nerven, und ich ließ Jacobs vorgehen, während ich an der Schwelle stehen blieb.

Er bekam das gar nicht mit. Seine gesamte Aufmerksamkeit – und sein beträchtliches Charisma – war auf die zwei Frauen gerichtet. »Jenny und Astrid!«, sagte er herzlich. »Meine beiden Lieblingsgäste!«

Jenny Knowlton berührte kurz seine ausgestreckte Hand, wobei ich sah, dass ihre Finger gerade gewachsen und allem Anschein nach völlig unberührt von Arthritis waren. Astrid versuchte erst gar nicht, eine Hand zu heben. Sie saß zusammengesunken in ihrem Rollstuhl und blickte zu ihm empor. Die untere Hälfte ihres Gesichts war von einer Sauerstoffmaske bedeckt; die dazugehörige Flasche stand auf Rollen neben ihr.

Jenny sagte etwas zu Jacobs, zu leise, als dass ich es hätte hören können, und er nickte energisch. »Ja, wir dürfen keine Zeit vergeuden. Jamie, würdest du bitte ...« Er blickte sich um, und als er sah, dass ich nicht neben ihm stand, winkte er mich ungeduldig herbei.

Es waren nicht mehr als ein Dutzend Schritte bis zur Mitte des Raums, der von strahlendem Morgenlicht erfüllt war, aber für diese Schritte schien ich sehr lange zu brauchen. Es war, als würde ich unter Wasser gehen.

Astrid warf mir einen desinteressierten Blick zu, an dem zu erkennen war, dass sie all ihre Energie aufwenden musste, um mit ihren Schmerzen fertigzuwerden. Statt mich wiederzuerkennen, stierte sie lediglich wieder in ihren Schoß, und für einen Moment verspürte ich Erleichterung. Dann zuckte ihr Kopf nach oben. Unter der durchsichtigen Sauerstoffmaske klappte ihr Mund auf. Sie schlug die Hände vors Gesicht, wobei die Maske zur Seite geschoben wurde. Es war nur teilweise Ungläubigkeit, denke ich. Vor allem war es Entsetzen darüber, dass ich sie in einem solchen Zustand sah.

Vielleicht hätte sie sich länger hinter ihren Händen verborgen, doch dafür hatte sie keine Kraft, und die Hände sanken in ihren Schoß. Sie weinte. Die Tränen wuschen ihre Augen, die dadurch wieder jung wurden. Alle Zweifel, die ich hinsichtlich ihrer Identität gehegt hatte, vergingen. Das war Astrid, ganz eindeutig. Das war immer noch das Mädchen, das ich geliebt hatte, nur lebte es jetzt im ruinierten Körper einer kranken alten Frau.

»Jamie?« Ihre Stimme war so heiser wie die einer Krähe.

Ich ließ mich auf ein Knie nieder wie ein Freier, der einen Heiratsantrag vorbringen wollte. »Ja, Liebes. Ich bin es.« Ich nahm eine ihrer Hände, drehte sie um und küsste die Handfläche. Die Haut war kalt.

»Geh lieber. Ich will nicht, dass du …« Mit einem pfeifenden Geräusch sog sie den Atem ein. »… mich so siehst. *Niemand* soll mich so sehen.«

»Ist schon in Ordnung.« *Weil Charlie dich heilen wird*, wollte ich hinzufügen, tat es jedoch nicht. Weil Astrid nicht mehr zu helfen war.

Jacobs hatte Jenny Knowlton beiseitegezogen und besprach etwas mit ihr, um uns einen ungestörten Moment zu schenken. Das Üble an Charlies Gegenwart war, dass er manchmal richtig zartfühlend sein konnte.

»Zigaretten«, sagte sie mit ihrer heiseren Krähenstimme. »Was für eine dämliche Methode, sich umzubringen. Und ich habe es besser gewusst, das macht es noch dämlicher. *Jeder* weiß es besser. Willst du was Komisches hören? Ich will das Zeug immer noch.« Sie lachte, was in ein raues Husten überging, das ihr sichtlich wehtat. »Habe drei Packungen hier hereingeschmuggelt. Jenny hat sie gefunden und mir weggenommen. Als ob es jetzt noch darauf ankommen würde.«

»Still«, sagte ich.

»Ich habe mal damit aufgehört. Sieben Monate lang habe ich aufgehört. Wenn das Baby überlebt hätte, dann hätte ich vielleicht sogar endgültig aufgehört. Irgendwas …« Sie schöpfte tief und pfeifend Atem. »Irgendwas legt uns immer rein. Das glaube ich jedenfalls.«

»Es ist schön, dich zu sehen.«

»Du bist ein großartiger Lügner, Jamie. Womit hat er dich eigentlich in der Hand?«

Ich sagte nichts.

»Na, ist ja auch egal.« Ihre Hand hatte sich zu meinem Hinterkopf verirrt, genau wie früher, wenn wir miteinander knutschten, und einen grässlichen Moment lang dachte ich, sie könnte mich mit ihrem sterbenden Mund zu küssen versuchen. »Du hast deine Haare behalten. Herrlich dicht sind sie. Ich habe meine verloren. Die Chemo.«

»Die wachsen nach.«

»Nein, werden sie nicht. Das Ganze hier ist ...« Sie blickte sich um. Ihr Atem pfiff wie ein Kinderspielzeug. »Eine Eselei. Und ich bin ein Esel.«

Jacobs kam wieder herbei, Jenny neben sich. »Es ist an der Zeit, die Sache zu beginnen.« Er wandte sich an Astrid. »Es wird nicht lange dauern, meine Liebe, und wehtun wird es auch nicht. Wahrscheinlich werden Sie kurz das Bewusstsein verlieren, aber die meisten nehmen das gar nicht wahr.«

»Ich warte schon sehnlichst auf den endgültigen Bewusstseinsverlust«, erwiderte Astrid und lächelte matt.

»Na, na, das wollen wir jetzt aber gar nicht hören. Ich gebe zwar nie eine absolute Garantie, aber ich glaube, sehr bald werden Sie sich wesentlich besser fühlen. Fangen wir an, Jamie. Klapp das Kästchen auf.«

Das tat ich. Darin lagen, jeweils in ihrer eigenen, mit Samt ausgekleideten Vertiefung, zwei kurze, dicke Stahlstäbe, die an jeweils einem Ende mit schwarzem Kunststoff überzogen waren, dazu ein weißes Steuerkästchen mit einem Schiebeschalter. Das Kästchen sah genauso aus wie jenes, das Jacobs an dem Tag verwendet hatte, als Claire und ich mit Con bei ihm gewesen waren. Mir ging durch den Kopf, dass drei der vier Personen im Raum Idioten waren und eine wahnsinnig.

Jacobs nahm die Stäbe aus ihren Vertiefungen und legte die schwarzen Kunststoffenden aneinander. »Jamie, nimm die Steuerung, und beweg den Schalter ein winziges Stückchen. Nur leicht antippen. Du hörst dann ein Klicken.«

Als ich seine Anweisung befolgte, zog er die Stäbe auseinander. Ich sah einen strahlend blauen Funken und hörte ein kurzes, aber starkes Summen: *Mmmm.* Es kam nicht von den Stäben, sondern von der Wand des Raums, wie ein merkwürdiges elektrisches Echo.

»Ausgezeichnet«, sagte Jacobs. »Wir können loslegen. Jenny, Sie müssen Astrid die Hände auf die Schultern legen. Sie wird sich verkrampfen, und wir wollen ja nicht, dass sie auf dem Boden landet, nicht wahr?«

»Wo sind Ihre heiligen Ringe?«, fragte Jenny. Sie blickte mit jeder Sekunde skeptischer drein.

»Diese Stäbe sind besser als die Ringe. Wesentlich kraftvoller. Wesentlich *heiliger*, wenn Sie so wollen. Die Hände auf die Schultern, bitte.«

»Verpassen Sie ihr bloß keine tödliche Ladung!«

Mit ihrer heiseren Krähenstimme sagte Astrid: »Das ist meine geringste Sorge, Jen.«

»Das wird nicht geschehen«, sagte Jacobs und verfiel in seinen professoralen Ton. »Es ist nämlich unmöglich. Bei der Elektrokonvulsionstherapie – oder Elektroschockbehandlung, wie der Laie sagt – wendet man in der Medizin bis zu einhundertfünfzig Volt an, wodurch ein schwerer Krampfanfall hervorgerufen wird. Aber diese Stäbe …« Er schlug die Stäbe leicht aneinander. »Selbst bei voller Kraft würden sie die Nadel eines Amperemeters nur minimal ausschlagen lassen. Die Energie, die ich anzapfen werde – eine Energie, die hier im Raum präsent ist und uns just in diesem Augenblick umgibt –, kann nicht mit gewöhnlichen Instrumenten gemessen werden. Im Grunde ist sie etwas, was jenseits von menschlicher Erkenntnis liegt.«

Jenseits menschlicher Erkenntnis war keine Aussage, die ich hören wollte.

»Bitte tun Sie es einfach«, sagte Astrid. »Ich bin sehr müde, und in meiner Brust sitzt eine Ratte. Eine, die in Flammen steht.«

Jacobs sah Jenny an. Sie zögerte. »Damals beim Revival war es anders. *Ganz* anders.«

»Mag sein«, sagte Jacobs. »Aber das hier *ist* ein Revival. Sie werden schon sehen. Legen Sie Astrid die Hände auf die Schultern, Jenny. Machen Sie sich bereit, sie fest nach unten zu drücken. Sie werden ihr nicht wehtun.«

Sie gehorchte.

Jacobs wandte sich an mich. »Wenn ich Astrid die Stabenden an die Schläfen lege, betätigst du den Schalter. Zähl dabei das Klicken. Wenn du beim vierten angelangt bist, hörst du auf und wartest auf weitere Anweisungen. Bereit? Dann los!«

Er legte die Stäbe in die Höhlungen an den Seiten von Astrids Schädel, wo zarte blaue Venen pulsierten. Mit spröder, leiser Stimme sagte Astrid: »Es war so schön, dich wiederzusehen, Jamie.« Dann schloss sie die Augen.

»Möglicherweise wird sie ziemlich zappeln; bereiten Sie sich also darauf vor, ordentlich Kraft aufzuwenden«, sagte Jacobs zu Jenny. Dann: »In Ordnung, Jamie.«

Ich bewegte den Schiebeschalter. Klick ... und klick ... und klick ... und *klick*.

Nichts passierte.

Das sind bloß Wahnvorstellungen eines alten Mannes, dachte ich. *Egal was er in der Vergangenheit erreicht haben mag, er ist nicht mehr dazu in der Lage ...*

»Noch zwei weitere Klicks, bitte.« Seine Stimme klang kühl und zuversichtlich.

Ich gehorchte. Immer noch nichts. Seit Jennys Hände auf ihren Schultern lagen, war Astrid noch stärker in sich zusammengesunken als vorher. Es tat weh, ihren pfeifenden Atem zu hören.

»Noch einmal«, sagte Jacobs.

»Charlie, ich bin schon fast am Ende der …«

»Hast du nicht gehört? *Noch einmal!*«

Ich bewegte den Schalter. Man hörte wieder ein Klicken, aber diesmal ertönte das von der Wand kommende Summen wesentlich stärker und kehliger, kein *Mmmm*, sondern ein *MMMOOOH.* Einen Lichtblitz sah ich nicht (jedenfalls erinnere ich mich nicht daran), aber ich war dennoch für einen Moment geblendet. Es war, als wäre eine tief unten in meinem Gehirn vergrabene Bombe explodiert. Ich glaube, dass Jenny Knowlton aufschrie. Undeutlich sah ich, wie Astrid in ihrem Rollstuhl zusammenzuckte. Der Krampfanfall war so stark, dass Jenny – kein Leichtgewicht – zurückgestoßen wurde und beinahe zu Boden gestürzt wäre. Astrids knochenmagere Beine zuckten hoch, entspannten sich, zuckten wieder hoch. Irgendwo jaulte die Alarmanlage.

Rudy kam hereingerannt, dicht gefolgt von Norma.

»Ich habe Ihnen doch gesagt, Sie sollen das verdammte Ding abstellen, bevor wir anfangen!«, brüllte Jacobs Rudy an.

Astrids Arme schossen senkrecht in die Höhe, einer direkt vor Jennys Gesicht, die sich wieder hinter sie gestellt hatte, um ihr die Hände auf die Schultern zu legen.

»Tut mir leid, Mr. Jacobs, aber …«

»Ausschalten, Sie Idiot!«

Er riss mir das Steuerkästchen aus den Händen und schob den Schalter in seine ursprüngliche Position zurück. Nun stieß Astrid Würgegeräusche aus.

»Pastor Danny, sie erstickt!«, schrie Jenny.

»So ein Blödsinn!«, fuhr Jacobs sie an. Seine Wangen waren gerötet, seine Augen glänzten. Er sah zwanzig Jahre jünger aus. »Norma! Rufen Sie im Pförtnerhaus an! Sagen Sie dem Mann da, der Alarm war ein Versehen!«

»Soll ich …«

»Los, machen Sie schon, was ich sage! Raus hier, *RAUS!*«

Sie verschwand.

Astrids Augen öffneten sich, nur dass es keine Augen waren, sondern aus den Höhlen quellende weiße Kugeln. Sie verfiel erneut in eine epileptische Zuckung, dann rutschte sie mit zappelnden, zuckenden Beinen vorwärts. Mit den Armen schlug sie um sich wie eine ertrinkende Schwimmerin. Die Alarmanlage jaulte weiter. Ich packte Astrid an den Hüften und schob sie in den Rollstuhl zurück, bevor sie noch ganz hinausrutschte. Im Schritt ihrer Hose war ein dunkler Fleck, und ich roch strengen Urin. Als ich aufblickte, sah ich aus einem ihrer Mundwinkel Schaum rinnen. Er tropfte vom Kinn auf den Kragen der Bluse, der sich ebenfalls fleckig verdunkelte.

Die Alarmanlage verstummte.

»Wenigstens etwas«, sagte Jacobs. Er hatte sich vorgebeugt, die Hände auf die Oberschenkel gestützt und beobachtete Astrids Konvulsionen jetzt mit Interesse, aber ohne Besorgnis.

»Wir brauchen einen Arzt!«, schrie Jenny. *»Ich kann sie nicht festhalten!«*

»Unsinn«, sagte Jacobs. Auf seinem Gesicht lag ein halbes Lächeln, das einzige, das er zustande brachte. »Haben Sie etwa erwartet, dass es leicht sein wird? Es ist *Krebs*, um Himmels willen. Lassen Sie ihr eine Minute Zeit, dann wird sie ...«

»In der Wand ist eine Tür«, sagte Astrid.

Die Heiserkeit war aus ihrer Stimme verschwunden. Ihre Augen drehten sich in den Höhlen wieder nach vorn ... aber nicht gleichzeitig, sondern nacheinander. Als sie wieder an Ort und Stelle waren, blickten sie Jacobs an.

»Ihr könnt die Tür nicht sehen. Sie ist klein und ganz dicht von Efeu überwuchert. Der Efeu ist tot. Auf der anderen Seite, über der zerstörten Stadt, wartet *sie*. Über dem Himmel aus Papier.«

Das Blut in den Adern konnte nicht kalt werden, jedenfalls nicht wirklich, aber meines schien das doch zu tun. *Irgendwas ist passiert*, dachte ich. *Irgendwas ist passiert, und bald wird die Mutter hier sein.*

»Wer?«, fragte Jacobs. Er ergriff eine von Astrids Händen. Das halbe Lächeln war verschwunden. »Wer wartet da?«

»Ja.« Ihre Augen blickten starr in seine. *»Sie.«*

»Wer? Astrid, *wer?*«

Zuerst sagte sie nichts. Dann verzogen sich ihre Lippen zu einem grässlichen Grinsen, bei dem jeder Zahn in ihren Kiefern sichtbar wurde. »Nicht die, die *Sie* erwarten.«

Er schlug ihr mit der flachen Hand ins Gesicht. Astrids Kopf zuckte zur Seite. Speichel flog umher. Ich stieß einen erschrockenen Schrei aus und packte Jacobs am Handgelenk, als er den Arm hob, um abermals zuzuschlagen. Daran konnte ich ihn hindern, aber nur mit Mühe. Er war viel stärker, als er es hätte sein sollen. Es war die Art von Kraft, die durch Hysterie entstand. Oder durch aufgestaute Wut.

»Sie dürfen sie nicht schlagen!«, schrie Jenny laut auf. Sie ließ Astrids Schultern los und kam um den Rollstuhl herum, um sich Jacobs entgegenzustellen. *»Sie Irrer, Sie dürfen sie nicht schla…«*

»Hör auf«, sagte Astrid. Ihre Stimme war schwach, aber klar. »Hör auf, Jenny.«

Jenny blickte sich um. Ihre Augen weiteten sich, denn sie sah dasselbe wie ich: Auf Astrids bleichen Wangen zeigte sich ein zarter rosafarbener Schimmer.

»Wieso brüllst du ihn an? Ist irgendwas passiert?«

Ja, dachte ich. *Irgendwas ist passiert. Da ist definitiv etwas passiert.*

Astrid sah Jacobs an. »Wann fangen Sie denn endlich an? Sie müssen sich beeilen, die Schmerzen sind nämlich sehr … sehr …«

Zu dritt starrten wir sie an. Nein, wir waren zu fünft. Rudy und Norma hatten sich an die Schwelle des Ostsalons zurückgeschlichen und starrten ebenfalls herüber.

»Moment«, sagte Astrid. »Moment mal.«

Sie berührte ihre oberen Rippen. Sie umfasste die verdorrten Überreste ihrer Brüste. Sie presste die Hände auf den Bauch.

»Sie haben es schon getan, nicht wahr? Das weiß ich, weil ich keine Schmerzen mehr spüre!« Sie holte tief Luft und stieß sie mit einem ungläubigen Lachen aus. »Und ich kann atmen! *Jenny, ich kann wieder atmen!*«

Jenny Knowlton sank auf die Knie, hob die Hände zum Kopf und begann so schnell das Vaterunser herzusagen, dass sie sich wie eine mit 78 Umdrehungen abgespielte 45er-Single anhörte. Eine zweite Stimme gesellte sich zu ihrer: die von Norma. Auch sie lag auf den Knien.

Jacobs warf mir einen amüsierten Blick zu, der leicht zu deuten war: *Siehst du, Jamie? Ich erledige die ganze Arbeit, und der liebe Gott kassiert die ganzen Lorbeeren.*

Astrid versuchte, sich aus dem Rollstuhl zu erheben, aber ihre abgemagerten Beine trugen sie nicht. Ich trat schnell zu ihr, bevor sie einen Gesichtsklatscher machen konnte, und legte die Arme um sie.

»Noch nicht, Liebes«, sagte ich. »Du bist zu schwach.«

Während ich sie behutsam wieder auf den Sitz sinken ließ, glotzte sie mich an. Die Sauerstoffmaske war ihr vom Gesicht gerutscht und hing nun wie vergessen an der linken Halsseite.

»Jamie? Bist du das? Was tust du hier?«

Ich sah Jacobs an.

»Ein Verlust des Kurzzeitgedächtnisses kommt nach der Behandlung häufig vor«, sagte er. »Astrid, können Sie mir sagen, wie unser Präsident heißt?«

Sie blickte zwar verwirrt drein, als sie die Frage hörte, antwortete jedoch ohne jedes Zögern. »Obama. Und der Vizepräsident heißt Biden. Geht es mir wirklich besser? Wird das auch so bleiben?«

»Es geht Ihnen besser, und es wird so bleiben, aber das ist jetzt nicht so wichtig. Sagen Sie mir ...«

»Jamie? Bist das wirklich du? Deine Haare sind so weiß!«

»Ja«, sagte ich. »Allmählich werden sie das wohl. Hör doch mal zu, was Charlie dich fragt.«

»Ich war früher ganz verrückt nach dir«, sagte sie. »Du konntest zwar Gitarre spielen, aber getanzt hast du nie besonders gut, außer wenn du high warst. Nach dem Abschlussball sind wir zum Abendessen ins Starland gegangen, und da hast du dir ...« Sie hielt inne und fuhr sich mit der Zunge über die Lippen. »Jamie?«

»Ich höre.«

»Ich kann atmen. Ich kann tatsächlich wieder *atmen.*« Sie weinte.

Jacobs schnippte vor ihren Augen wie ein Hypnotiseur mit den Fingern. »Konzentration, Astrid! Wer hat Sie hierhergebracht?«

»J-Jenny.«

»Was hatten Sie gestern zum Abendessen?«

»Schuppe. Schuppe und Salat.«

Er schnippte vor ihren tränennassen Augen wieder mit den Fingern, worauf sie blinzelte und zurückwich. Ich sah, wie die Muskeln unter ihrer Haut fester und straffer zu werden schienen. Das war gleichermaßen wunderbar und schrecklich.

»*Suppe.* Suppe und Salat.«

»Sehr gut. Was ist das für eine Tür in der Wand?«

»Eine Tür? Ich weiß nicht ...«

»Sie haben gesagt, sie war von Efeu überwuchert. Auf der anderen Seite liegt eine zerstörte Stadt.«

»Ich ... daran erinnere ich mich nicht mehr.«

»Sie haben gesagt, dort wartet jemand. Und ...« Er betrachtete ihre verständnislose Miene und seufzte. »Lassen wir's gut sein. Sie müssen sich ausruhen, meine Liebe.«

»Wahrscheinlich schon«, sagte Astrid. »Aber am liebsten würde ich jetzt tanzen. Vor Freude.«

»Bald werden Sie das können.« Er tätschelte ihr die Hand. Dabei lächelte er, aber ich hatte den Eindruck, dass er tief enttäuscht war, weil sie sich nicht mehr an die Tür und die Stadt erinnerte. Mir ging es anders. Ich wollte nicht wissen, was sie gesehen hatte, als Jacobs' geheime Elektrizität durch die tiefsten Furchen ihres Gehirnes gestürmt war. Ich wollte nicht wissen, was hinter der verborgenen Tür wartete, von der sie gesprochen hatte, aber ich fürchtete, ich wusste es bereits.

Die Mutter.

Über einem Himmel aus Papier.

Astrid schlief den ganzen Vormittag und einen guten Teil des Nachmittags. Als sie aufwachte, erklärte sie, sie sei völlig ausgehungert. Das freute Jacobs, der Norma Goldstone beauftragte, »unserer Patientin« einen Käsetoast und ein kleines Stück Kuchen zu bringen, den Zuckerguss jedoch vorher abzukratzen. Der war seiner Meinung nach womöglich zu üppig für ihren verkümmerten Magen. Jacobs, Jenny und ich sahen zu, wie Astrid den ganzen Toast und das halbe Kuchenstück verzehrte, bevor sie die Gabel sinken ließ.

»Eigentlich will ich den Rest auch noch essen«, sagte sie. »Aber ich fühle mich voll.«

»Lass dir Zeit«, sagte Jenny. Sie hatte auf Astrids Schoß eine Serviette ausgebreitet, an der sie ständig zupfte. Sie sah Astrid nie lange an und Jacobs überhaupt nicht. Zu ihm zu kommen war ihre Idee gewesen, und zweifellos freute sie sich über die plötzliche Veränderung ihrer Freundin, aber was im Ostsalon geschehen war, hatte sie sichtlich tief erschüttert.

»Ich will nach Hause«, sagte Astrid.

»Ach, Liebes, ich weiß nicht recht ...«

»Ich fühle mich bereit dazu. Ehrlich.« Astrid warf einen entschuldigenden Blick auf Jacobs. »Es ist nicht so, dass ich nicht dankbar wäre – ich werde Sie mein Leben lang in meine Gebete einschließen –, aber ich will in meinen eigenen vier Wänden sein. Falls Sie nicht der Meinung sind ...?«

»Nein, nein«, sagte Jacobs. Da die Sache erledigt war, wollte er sie offenbar so schnell wie möglich loswerden. »Ich kann mir keine bessere Medizin vorstellen, als wenn Sie in Ihrem eigenen Bett schlafen, und wenn Sie bald abreisen, sind Sie schon kurz nach Einbruch der Dunkelheit daheim.«

Jenny erhob keine weiteren Einwände und ging wieder dazu über, an der Serviette zu zupfen. Aber bevor sie den Blick senkte, sah ich einen erleichterten Ausdruck auf ihrem Gesicht. Sie wollte ebenso rasch verschwinden wie Astrid, wenn auch vielleicht nicht ganz aus denselben Gründen.

Die Farbe, die in Astrids Gesicht zurückkehrte, war nur ein

Teil ihrer bemerkenswerten Wandlung. Sie saß aufrecht in ihrem Rollstuhl; ihre Augen blickten klar und interessiert. »Ich weiß nicht, wie ich Ihnen jemals danken könnte, Mr. Jacobs, und dafür revanchieren kann ich mich schon gar nicht, aber wenn es je etwas geben sollte, was ich für Sie tun kann, brauchen Sie es mir nur zu sagen.«

»Tja, da gibt es gleich mehrere Punkte.« Er zählte sie an seinen knorrigen Fingern ab. »Essen. Schlafen. Hart an sich arbeiten, um wieder zu Kräften zu kommen. Schaffen Sie das?«

»Ja. Das schaffe ich. Und ich werde nie wieder zu einer Zigarette greifen.«

Er wedelte wegwerfend mit der Hand. »Das werden Sie nicht mal mehr wollen. Oder, Jamie?«

»Wahrscheinlich nicht«, sagte ich.

»Miss Knowlton?«

Sie zuckte zusammen, als hätte er sie in den Hintern gekniffen.

»Astrid muss sich um einen Physiotherapeuten kümmern, oder Sie müssen das für sie tun. Je eher sie diesen verfluchten Rollstuhl nicht mehr braucht, desto besser. Habe ich nicht recht? Ist das nicht klar wie Kloßbrühe, wie man früher gesagt hat?«

»Ja, Pastor Danny.«

Er runzelte die Stirn, korrigierte sie jedoch nicht. »Da ist noch etwas, was Sie beide für mich tun können, meine Damen, und das ist ausgesprochen wichtig: *Lassen Sie meinen Namen aus dem Spiel.* In den kommenden Monaten habe ich viel Arbeit vor mir, und da kann ich es absolut nicht gebrauchen, wenn haufenweise Kranke hier heraufströmen, weil sie hoffen, geheilt zu werden. Haben Sie verstanden?«

»Ja«, sagte Astrid.

Jenny nickte, ohne den Blick zu heben.

»Astrid, wenn Sie Ihren Arzt aufsuchen und der sein Erstaunen bekundet, was er bestimmt tun wird, dann erzählen Sie ihm lediglich, Sie hätten um Heilung gebetet und Ihre Gebete seien erhört worden. Es ist völlig egal, ob er selbst an die Wirksamkeit von Gebeten glaubt oder nicht; so oder so wird er gezwungen sein, die Fakten auf seinen MRT-Aufnahmen zu akzeptieren. Von Ihrem glücklich lächelnden Gesicht ganz zu schweigen. Von Ihrem *gesunden* lächelnden Gesicht.«

»Klar, das mache ich. Ganz wie Sie wollen.«

»Ich werde dich in unsere Suite zurückschieben«, sagte Jenny. »Wenn wir schon heute abfahren, muss ich jetzt packen.« Subtext: *Ich will hier raus.* Was das anging, waren sie und Charlie Jacobs einer Meinung, das war klar wie Kloßbrühe.

»In Ordnung.« Astrid sah mich zaghaft an. »Jamie, bringst du mir eine Cola? Ich möchte mit dir reden.«

»Klar.«

Jacobs beobachtete, wie Jenny Astrid durch das menschenleere Restaurant zur Tür schob. Als die beiden verschwunden waren, drehte er sich zu mir um. »So. Sind wir uns einig?«

»Ja.«

»Und du wirst dich nicht abseilen?«

Abseilen. So sagte man unter Schaustellern, wenn jemand einfach Leine zog.

»Nein, Charlie. Das werde ich nicht tun.«

»Dann ist ja alles gut.« Er warf einen Blick auf die Tür, durch die die beiden Frauen verschwunden waren. »Seit ich nicht mehr im Namen Jesu durch die Lande ziehe, mag Miss Knowlton mich offenbar nicht mehr.«

»Sie hat schlicht Angst vor Ihnen.«

Er tat es mit einem Achselzucken ab, das wie sein Lächeln eher einseitig ausfiel. »Vor zehn Jahren hätte ich die gute Miss Soderberg noch gar nicht heilen können. Vielleicht nicht mal vor fünf. Aber inzwischen geht es rasend vorwärts. In diesem Sommer ...«

»Was wird in diesem Sommer sein?«

»Wer weiß?«, sagte er. »Wer weiß?«

Du weißt es, dachte ich. *Du weißt es, Charlie.*

»Schau dir das an, Jamie«, sagte Astrid, als ich mit ihrer Cola ankam.

Sie stemmte sich aus ihrem Rollstuhl und wankte drei Schritte bis zu dem Sessel, der am Fenster ihres Zimmers stand. Daran hielt sie sich fest, während sie sich umdrehte und sich mit einem ebenso erleichterten wie freudigen Seufzer hineinfallen ließ.

»Großartig ist das nicht, ich weiß ...«

»Machst du Witze? Es ist fantastisch!« Ich reichte ihr das bis zum Rand mit Eiswürfeln gefüllte Glas Coca-Cola. Sogar einen Limonenschnitz hatte ich auf den Rand gesteckt, als Glücksbringer. »Und du wirst jeden Tag ein bisschen mehr schaffen.«

Wir hatten das Zimmer für uns allein. Jenny war hinausgegangen, um zu packen, obwohl ich den Eindruck hatte, dass das bereits erledigt war. Astrids Mantel lag ausgebreitet auf dem Bett.

»Ich glaube, dir verdanke ich ebenso viel wie Mr. Jacobs.«

»Das stimmt nicht.«

»Lüg mich nicht an, Jamie, sonst bekommst du eine lange Nase, und die Bienen stechen dich ins Knie. Bestimmt kriegt er immer noch massenhaft Briefe von Leuten, die ihn um Heilung anbetteln. Ich glaube nicht, dass er meinen zufällig ausgewählt hat. Warst etwa du dafür zuständig, sie durchzuschauen?«

»Nein, das war Al Stamper, das alte Idol deiner Freundin Jenny. Charlie hat erst später Kontakt mit mir aufgenommen.«

»Und du bist gekommen«, sagte sie. »Nach all den Jahren bist du gekommen. Warum?«

»Weil ich musste. Viel besser kann ich es nicht erklären, außer vielleicht damit, dass du einmal mein Ein und Alles warst.«

»Du hast ihm doch nichts versprochen? Es gab nicht etwa eine Art von ... wie soll ich es ausdrücken ... Gegenleistungsforderung?«

»Überhaupt nicht«, sagte ich, ohne auch nur einen Augenblick zu stocken. In meinen Jahren als Süchtiger war ich zum perfekten Lügner geworden, und es war leider so, dass einem derartige Fähigkeiten erhalten blieben.

»Komm mal hierher. Stell dich direkt neben mich.«

Ich gehorchte. Ohne Zögern und ohne jede Verlegenheit legte sie mir die Hand vorn auf die Jeans. »Du warst sanft mit dem da«, sagte sie. »Viele Jungs wären das nicht gewesen. Du hattest keine Erfahrung, aber du wusstest, wie man jemand guttut. Und du warst auch mein Ein und Alles.« Sie ließ die Hand sinken und betrachtete mich mit einem Blick, der nicht länger getrübt und nur mit den eigenen Schmerzen beschäftigt war. Inzwischen waren ihre Augen voller Lebendigkeit. Aber auch voller Sorge. »Und du hast ihm *doch* etwas versprochen. Das weiß ich. Ich werde dich nicht fragen, was, aber wenn du mich je geliebt hast, nimmst du dich vor ihm in Acht. Ich verdanke ihm mein Leben, und da ist es ekelhaft, so etwas zu sagen, aber ich glaube, er ist gefährlich. Der Meinung bist du offensichtlich auch.«

Ein ganz so perfekter Lügner, wie ich gedacht hatte, war ich also nicht. Vielleicht war es aber auch nur so, dass sie jetzt, da sie geheilt war, einfach mehr sah.

»Astrid, du musst dir wirklich keine Sorgen machen.«

»Ich frage mich ... ob ich wohl einen Kuss bekommen könnte, Jamie? Solange wir allein sind? Ich weiß, ich mache nicht viel her, aber ...«

Ich sank auf ein Knie, wobei ich mich wieder wie ein Bauernjunge beim Hochzeitsantrag fühlte, und küsste sie. Nein, sie machte nicht viel her, aber verglichen damit, wie sie am Morgen ausgesehen hatte, war sie geradezu atemberaubend. Dennoch – dieser Kuss war nur eine Berührung von Haut und Haut. Es war keine Glut mehr in der Asche. Aus meiner Sicht zumindest. Miteinander verbunden waren wir trotzdem. Jacobs war der Knoten.

Sie streichelte mir den Hinterkopf. »Was für schöne Haare du immer noch hast, auch wenn sie jetzt allmählich weiß werden. Das Leben lässt uns so wenig, aber das hat es dir gelassen. Leb wohl, Jamie. Und danke.«

Bevor ich die Suite verließ, unterhielt ich mich kurz mit Jenny. Vor allem wollte ich wissen, ob sie in der Nähe von Astrid wohnte und deren Fortschritte überwachen konnte.

Sie lächelte. »Astrid und ich sind Schicksalsgefährtinnen, weil wir beide geschieden sind. Wir kennen uns, seit ich nach

Rockland gezogen bin, um dort im Krankenhaus zu arbeiten. Vor zehn Jahren war das. Als sie krank wurde, bin ich bei ihr eingezogen.«

Ich gab ihr die Nummer meines Mobiltelefons und die der Wolfjaw-Ranch. »Möglicherweise treten Nachwirkungen auf«, sagte ich.

Sie nickte. »Pastor Danny hat mich darüber aufgeklärt. Mr. Jacobs, meine ich. Kann mich nur schwer daran gewöhnen, ihn so zu nennen. Er sagt, dass Astrid wahrscheinlich zum Schlafwandeln neigen wird, bis ihre Gehirnwellen sich wieder reguliert haben. Vier bis sechs Monate kann das dauern, sagt er. Ich habe so was schon bei Leuten gesehen, die es mit Schlafmitteln wie Ambien und Lunesta übertrieben haben.«

»Ja, Schlafwandeln ist am wahrscheinlichsten.« Allerdings war es auch zu Dreckfressen, zwanghaften Wanderungen, einer Art Tourettesyndrom, Kleptomanie und Hughs prismatischen Erscheinungen gekommen. Soviel ich wusste, wurde nichts dergleichen von zu viel Schlafmitteln verursacht. »Aber falls etwas anderes auftritt ... rufen Sie bitte an. Unbedingt.«

»Machen Sie sich große Sorgen?«, fragte sie. »Dann sagen Sie mir, was ich zu erwarten habe.«

»Das weiß ich nicht genau, und wahrscheinlich wird es sowieso nicht zu Problemen kommen.« Schließlich war das in den meisten Fällen so, zumindest laut Jacobs. Und so wenig ich ihm traute, darauf musste ich zählen, denn es war zu spät, etwas anderes zu tun. Die Sache war bereits gelaufen.

Jenny stellte sich auf die Zehenspitzen und gab mir einen Kuss auf die Wange. »Es geht ihr *besser*. Das ist durch Gottes Gnade geschehen, Jamie, egal was Mr. Jacobs denken mag, seit er vom Glauben abgefallen ist. Ohne die – ohne *ihn* da oben – wäre Astrid innerhalb von sechs Wochen tot gewesen.«

Astrid ließ sich mit ihrem Rollstuhl die Behindertenrampe hinunterschieben, stieg jedoch ganz allein in Jennys Subaru. Jacobs schloss ihre Tür. Sie streckte beide Hände durchs offene Fenster, um seine rechte Hand zu ergreifen und ihm noch einmal zu danken.

»Es war mir ein Vergnügen«, sagte er. »Aber denken Sie an Ihr Versprechen.« Er entzog ihr seine Hand und legte ihr einen Finger auf die Lippen. »Nichts weitersagen.«

Ich beugte mich zu ihr und gab ihr einen Kuss auf die Stirn. »Iss ordentlich«, sagte ich. »Ruh dich aus. Mach eine Physiotherapie. Und genieß dein Leben.«

»Aye, aye, Käpt'n«, sagte sie. Sie spähte an mir vorbei, und als sie Jacobs langsam die Stufen zur Veranda erklimmen sah, blickte sie mir in die Augen und wiederholte, was sie zuvor gesagt hatte: *»Nimm dich vor ihm in Acht.«*

»Mach dir keine Sorgen.«

»Das werde ich aber.« Voll schwerer Bedenken ruhte ihr Blick auf mir. Sie wurde alt, genau wie ich, aber da die Krankheit nun aus ihrem Körper verbannt worden war, konnte ich das Mädchen sehen, das mit Hattie, Carol und Suzanne vor der Bühne gestanden und den Hintern geschwenkt hatte, während die Chrome Roses »Knock on Wood« oder »Nutbush City Limits« spielten. Das Mädchen, das ich unter der Feuertreppe geküsst hatte. »Ich werde mir Sorgen machen.«

Ich ging zu Charlie Jacobs auf die Veranda, und gemeinsam sahen wir Jenny Knowltons gepflegten kleinen Outback die Straße hinunterrollen, die zum Tor führte. Da es ein warmer Tag gewesen war, hatte der Schnee sich zurückgezogen und Gras zum Vorschein kommen lassen, das bereits grün wurde. *Der Dünger des armen Mannes*, dachte ich. So *haben wir den Frühlingsschnee früher genannt.*

»Ob diese Frauen wohl den Mund halten werden?«, fragte Jacobs.

»Ja.« Vielleicht nicht für immer, aber zumindest so lange, bis er seine Arbeiten abgeschlossen hatte, wenn er dem Ende tatsächlich so nahe war, wie er behauptete. »Schließlich haben sie es versprochen.«

»Und du, Jamie? Wirst du dein Versprechen halten?«

»Ja.«

Das stellte ihn offenbar zufrieden. »Bleib doch noch eine Nacht.«

Ich schüttelte den Kopf. »Ich habe in den Embassy Suites schon ein Zimmer reserviert. Mein Flieger geht gleich frühmorgens.«

Und ich kann es kaum erwarten, hier wegzukommen, so wie ich es auch nicht erwarten konnte, The Latches hinter mir zu lassen.

Das sagte ich zwar nicht, aber er wusste es wahrscheinlich trotzdem.

»Na dann. Aber sei bereit, wenn ich mich melde.«

»Was brauchen Sie eigentlich noch, Charlie? Eine schriftliche Bestätigung? Ich habe gesagt, dass ich komme, und das werde ich auch tun.«

»Gut. Wir sind im Leben immer wieder wie zwei Billardkugeln aneinandergeprallt, aber das ist jetzt bald vorbei. Ende Juli – spätestens Mitte August – sind wir fertig miteinander.«

Damit hatte er recht. Gott steh ihm bei, er hatte recht.

Vorausgesetzt natürlich, es gibt ihn überhaupt. Gott, meine ich.

Obwohl ich in Cincinnati umsteigen musste, war ich am nächsten Tag noch vor ein Uhr mittags in Denver. Was Zeitreisen anging, funktionierte nichts besser, als in einem Düsenjet nach Westen zu fliegen. Ich schaltete mein Handy ein und sah, dass ich zwei Nachrichten bekommen hatte. Die erste war von Jenny. Sie hatte in der vergangenen Nacht die Tür von Astrids Zimmer abgeschlossen, bevor sie selbst zu Bett gegangen war, aber das Babyfon hatte keinen Mucks von sich gegeben, und als sie um halb sechs aufgestanden war, schlief Astrid immer noch tief und fest.

»Als sie aufgestanden ist, hat sie ein weich gekochtes Ei und zwei Scheiben Toast gegessen. Und so, wie sie aussieht ... Ich muss mir ständig sagen, dass das nicht irgendeine Illusion ist.«

Das war die gute Nachricht. Die schlechte stammte von Brianna Donlin – mittlerweile Brianna Donlin-Hughes. Sie hatte sie, wenige Minuten bevor mein United-Flug gelandet war, auf die Mailbox gesprochen. »Robert Rivard ist tot, Jamie. Die Einzelheiten kenne ich nicht.« Aber bis zum Abend hatte sie die in Erfahrung gebracht.

Eine Krankenschwester hatte zu Bree gesagt, wer in Gad's Ridge lande, komme meist nie wieder heraus, und auf den Jungen, den Pastor Danny von Muskelschwund geheilt hatte, traf das definitiv zu. Man hatte ihn in seinem Zimmer in einer Schlinge baumelnd vorgefunden, die er aus einem Paar Bluejeans angefertigt hatte. Er hatte einen Zettel hinterlassen, und auf dem stand: *Ich sehe nichts als die Verdammten. Ihre Kolonne erstreckt sich unendlich weit.*

XII

Verbotene Bücher. Mein Urlaub in Maine. Die traurige Geschichte von Mary Fay. Das Nahen des Sturms.

Etwa sechs Wochen später bekam ich eine E-Mail von meiner alten Rechercheassistentin.

An: Jamie
Von: Bree
Betreff: Zu deiner Information

Nachdem du damals bei Jacobs in seiner Villa warst, hast du mir in einer Mail geschrieben, er hätte ein Buch mit dem Titel *De Vermis Mysteriis* erwähnt. Dieser Titel ist mir im Kopf geblieben, wahrscheinlich weil ich mit meinen ausreichenden Lateinkenntnissen von der Highschool weiß, dass die Übersetzung *Die Mysterien des Wurmes* lautet. Habe den Eindruck, dass das Thema Jacobs-Recherche so was wie eine schwer abzulegende Angewohnheit ist. Ich habe nämlich weitere Nachforschungen angestellt. Ohne meinem Mann was zu verraten, wie ich hinzufügen sollte, denn der geht davon aus, dass ich das Thema Jacobs hinter mir gelassen habe.

Jedenfalls handelt es sich um starken Tobak. In der katholischen Kirche gehört *De Vermis Mysteriis* zu einem halben Dutzend sogenannter verbotener Bücher. Sie werden als »Grimoires«, also Zauberbücher, bezeichnet. Die anderen fünf sind *das Buch des Apollonios* (das war ein Arzt zur Zeit von Christus), *das Buch des Albertus Magnus* (Zaubersprüche, Talismane, Gespräche mit den Toten), *Lemegeton und Clavicula Salomonis* (angeblich beide von König Salomo verfasst) und der Grimoire *Picatrix*. Letzteres und *De Vermis Mysteriis* bilden angeblich die Grundlage von H. P. Lovecrafts fiktivem Grimoire mit dem Titel *Necronomicon*.

Von allen verbotenen Büchern sind Ausgaben erhältlich, AUSSER VON *De Vermis Mysteriis*. Laut Wikipedia haben geheime Abgesandte der katholischen Kirche (Dan Brown lässt grüßen) um das Jahr 1900 fast sämtliche Exemplare dieses Buchs verbrannt. (Übrigens behauptet man im Vatikan inzwischen, ein solches Werk habe nie existiert.) Wo die restlichen Exemplare, sechs oder sieben, verblieben sind, weiß man nicht. Man nimmt an, dass sie zerstört wurden oder sich in Privatbesitz befinden.

Jamie, in allen verbotenen Büchern geht es um MACHT und darum, wie man sie erwirbt, indem man Alchemie (die wir heute »Naturwissenschaft« nennen), Mathematik und bestimmte garstige okkulte Rituale miteinander kombiniert. Wahrscheinlich ist das alles Blödsinn, aber es beunruhigt mich – du hast mir gesagt, Jacobs habe sich sein Leben lang mit elektrischen Phänomenen beschäftigt, und angesichts seiner Heilungserfolge liegt es nahe, dass er möglicherweise eine ziemlich furchterregende Macht erworben hat. Dabei muss ich an das alte Sprichwort denken: »Wer einen Tiger am Schwanz gepackt hat, wagt es nicht, loszulassen.«

Außerdem noch zwei weitere Dinge, über die du nachdenken solltest:

Erstens: Bis Mitte des 17. Jahrhunderts wurden Katholiken, die sich mit potestas *magna universi* (der das Universum antreibenden Kraft) beschäftigten, exkommuniziert.

Zweitens: In Wikipedia wird behauptet – allerdings ohne Quellen, muss ich zugeben –, dass der bekannteste Vers aus Lovecrafts fiktivem *Necronomicon* aus einem Exemplar von *De Vermis* stammt, zu dem Lovecraft Zugang hatte (besessen hat er sicher nie eines, er war zu arm, sich eine solche Rarität leisten zu können). Dies ist der Vers: »Das ist nicht tot, was ewig liegt, bis dass die Zeit den Tod besiegt.« Das hat mir Albträume bereitet. Ich scherze nicht.

Manchmal hast du Charles Daniel Jacobs als »meinen alten Fünften im Spiel« bezeichnet. Ich hoffe, du bist endlich mit ihm fertig, Jamie. Früher hätte ich über all das gelacht, aber früher dachte ich auch, Wunderkuren bei Revival-Shows wären Bockmist.

Ruf mich irgendwann mal an, ja? Sag mir, dass du das Thema Jacobs hinter dir gelassen hast.

Grüße und Küsse,

Bree

Ich druckte die Mail aus und las sie noch zwei weitere Male durch. Dann googelte ich *De Vermis Mysteriis* und fand alles, was Bree mir mitgeteilt hatte, sowie eine zusätzliche Information. In einem Blog für antiquarische Bücher mit dem Titel *Dunkle Schriften der Magie* bezeichnete jemand den auf den Index gesetzten Grimoire von Ludwig Prinn als »das gefährlichste Buch, das je geschrieben wurde«.

Ich verließ meine Wohnung, ging zur nächsten Straßenecke und kaufte mir zum ersten Mal, seit ich auf dem College kurz mit Tabak geflirtet hatte, eine Schachtel Zigaretten. Das Haus, in dem ich wohnte, war rauchfrei, weshalb ich mich davor auf die Treppe setzte, um mir eine anzustecken. Den ersten Zug hustete ich aus, mir wurde schwindelig, und ich dachte: *Tja, solche Dinger hätten Astrid umgebracht, wenn Charlie nicht eingegriffen hätte.*

Ja, Charlie Jacobs und seine Wunderheilungen. Charlie, der einen Tiger am Schwanz gepackt hatte und ihn absolut nicht loslassen wollte.

Es ist was passiert, hatte Astrid in meinem Traum gesagt. *Irgendwas ist passiert, und bald wird die Mutter hier sein.*

Dann, später, nachdem Jacobs ihr seine geheime Elektrizität in den Kopf geschossen hatte: *In der Wand ist eine Tür. Sie ist von Efeu überwuchert. Der Efeu ist tot. Auf der anderen Seite wartet* sie. Und als Jacobs gefragt hatte, von wem Astrid spreche: *Nicht die, die* Sie *erwarten.*

Ich kann mein Versprechen brechen, dachte ich und warf die Zigarette weg. *Es wäre schließlich nicht das erste Mal.*

Wohl wahr, aber bei diesem ging das nicht. Nicht bei diesem Versprechen.

Ich ging durch die Haustür, zerknüllte die Schachtel Zigaretten mit der Hand und warf sie in den Mülleimer neben den Briefkästen. In meiner Wohnung angelangt, wählte ich die Nummer von Brees Handy, um eine Nachricht zu hinterlassen, aber sie ging ran. Ich dankte ihr für ihre Mail und sagte, ich hätte nicht die Absicht, Charles Jacobs jemals wiederzusehen. Diese Lüge erzählte ich ohne Schuldgefühle, und ohne zu zögern. Brees Mann hatte recht; sie durfte sich nicht mehr mit dem Thema Jacobs beschäftigen. Und wenn es so weit war, nach Maine zurückzukehren und mein Versprechen einzulösen, würde ich Hugh Yates aus demselben Grund ebenfalls anlügen.

Vor langer Zeit hatten zwei junge Menschen sich ineinander verliebt, so heftig, wie nur Teenager das konnten. Einige Jahre später hatten sie in einer verfallenen Hütte zum ersten Mal miteinander geschlafen, während der Donner grollte und Blitze loderten – ganz wie bei Victoria Holt. Später hatte Charles Jacobs beide im Lauf der Zeit davor bewahrt, den äußersten Preis für ihre jeweilige Sucht zu bezahlen. Ich stand also doppelt in seiner Schuld. Das wird jedermann verstehen, und ich könnte es dabei belassen, doch dann würde ich eine wesentlich wichtigere Wahrheit verschweigen: *Abgesehen davon war ich neugierig.* Gott steh mir bei, ich wollte zusehen, wie er die Büchse der Pandora öffnete und hineinspähte.

»Damit willst du mir doch nicht etwa durch die Blume sagen, dass du in Rente gehen willst, oder?« Hugh versuchte, scherzhaft zu klingen, doch in seinem Blick lag echte Besorgnis.

»Überhaupt nicht. Ich will bloß ein paar Monate Urlaub. Vielleicht reichen auch sechs Wochen, wenn ich mich langweilen sollte. Ich muss die Verbindung zu meinen Verwandten in Maine wieder aufleben lassen, solange das noch möglich ist. Schließlich werde ich nicht jünger.«

Natürlich hatte ich keinerlei Absicht, auch nur in die Nähe meiner Verwandten dort zu kommen. Die wohnten ohnehin schon viel zu nahe am Goat Mountain.

»Verglichen mit mir bist du ein junger Kerl«, sagte Hugh trübsinnig. »Ich werde im Herbst schlappe sechsundsiebzig. Dass Mookie im Frühjahr Leine gezogen ist, war schlimm genug. Wenn du auch noch aufhörst, muss ich den Laden hier wahrscheinlich dichtmachen.«

Er stieß einen Seufzer aus.

»Ich hätte Kinder kriegen sollen, damit jemand den Betrieb übernehmen kann, wenn ich mal weg bin, aber funktioniert so was überhaupt? Selten. Wenn man zu seinen Kindern sagt, dass man hofft, sie werden das Familiengeschäft übernehmen, antworten die bloß: ›Tut mir leid, Dad, aber ich und mein ständig bekiffter Kumpel aus der Highschool, der dir damals so zuwider war, gehen nach Kalifornien, um Surfbretter mit WLAN-Funktion zu bauen.‹«

»Nachdem du das nun losgeworden bist ...«

»Ja, ja, geh nur zurück zu deinen Wurzeln. Spiel Sandkuchenbacken mit deiner kleinen Großnichte, und hilf deinem Bruder, seinen neuesten Oldtimer auf Hochglanz zu polieren. Du weißt ja, wie das Geschäft im Sommer hier läuft.«

Das wusste ich natürlich: beschissen. Im Sommer waren selbst die miesesten Bands ausgebucht, und wenn Bands live in Kneipen und bei den vielen Freiluftfestivals spielten, die in Colorado und Utah veranstaltet wurden, gingen sie nicht gerade oft ins Aufnahmestudio.

»Immerhin hat sich George Damon angekündigt«, sagte ich. »Der ist wirklich wieder groß im Kommen.«

»Ja«, sagte Hugh. »Der einzige Typ in Colorado, der ›I'll Be Seeing You‹ so singen kann, dass es wie ›God Bless America‹ klingt.«

»Vielleicht ist er sogar der Einzige auf der Welt, der das kann. Hugh, du hast doch nicht wieder irgendwelche prismatischen Erscheinungen gehabt, oder?«

Er warf mir einen eigenartigen Blick zu. »Nein. Wie kommst du denn *darauf?*«

Ich hob die Schultern.

»Mir geht es prima. Nachts muss ich immer ein paarmal aufstehen, um eine halbe Tasse Wasser loszuwerden, aber das ist in meinem Alter wahrscheinlich normal. Obwohl ... willst du was Komisches hören? Ich finde es allerdings eher unheimlich.«

Ich war mir nicht sicher, ob ich so etwas hören wollte, hielt es jedoch für notwendig. Es war Anfang Juni. Jacobs hatte sich noch nicht gemeldet, aber das würde er irgendwann tun. Da gab es keinen Zweifel.

»Ich träume immer mal wieder denselben Traum. Darin bin ich nicht hier auf der Ranch, sondern in Arvada, in dem Haus, in dem ich aufgewachsen bin. Jemand klopft an die Tür. Das heißt, eigentlich ist es kein Klopfen, sondern ein *Hämmern.* Ich will nicht aufmachen, weil ich weiß, dass es meine Mutter ist, und die ist tot. Ziemlich bescheuert, denn damals in Arvada war sie am Leben und bei bester Gesundheit, aber ich weiß es trotzdem. Ich gehe den Flur entlang, obwohl ich das nicht will, weil meine Beine sich einfach immer weiterbewegen – du weißt ja, wie Träume so sind. Inzwischen donnert sie regelrecht gegen die Tür, als würde sie mit beiden Fäusten darauf einschlagen, und da fällt mir eine Horrorgeschichte ein, die wir in der Highschool lesen mussten. Ich glaube, sie hieß ›Augusthitze‹.«

Nicht »Augusthitze«, dachte ich, *sondern »Die Affenpfote«. Das ist die Geschichte, in der an die Tür gehämmert wird.*

»Ich greife nach dem Türknauf, und dann wache ich auf, in Schweiß gebadet. Was hältst du davon? Ist das mein Unbewusstes, das versucht, mich auf den großen Abgang von der Bühne vorzubereiten?«

»Kann sein«, sagte ich, doch eigentlich war ich gar nicht mehr richtig anwesend. Ich dachte an eine andere Tür. Die war klein und von totem Efeu überwuchert.

Jacobs rief am ersten Juli an. Ich war gerade in einem der Studios, um Apples Logic-Pro-Software upzudaten. Als ich seine Stimme erkannte, setzte ich mich ans Mischpult und blickte durch die Glasscheibe in den schalldichten Aufnahmeraum, der mit Ausnahme eines auseinandergenommenen Schlagzeugs leer war.

»In Kürze wird für dich die Zeit kommen, dein Versprechen einzulösen«, sagte er. Seine Stimme klang verwaschen, als hätte er getrunken, obwohl ich ihn nie mit etwas Stärkerem als schwarzem Kaffee gesehen hatte.

»In Ordnung.« Meine Stimme war relativ ruhig. Kein Wunder. Es war ein Anruf, den ich erwartet hatte. »Wann soll ich kommen?«

»Morgen. Spätestens übermorgen. Ich vermute, du willst nicht bei mir hier im Resort wohnen, zumindest anfangs nicht ...«

»Da vermuten Sie richtig.«

»... aber du darfst nicht mehr als eine Stunde von mir entfernt sein. Wenn ich dich rufe, kommst du.«

Dabei fiel mir eine andere Gruselgeschichte ein: »Oh, pfeif' nur, und gleich komm' ich zu dir, mein Schatz«.

»Alles klar«, sagte ich. »Aber, Charlie ...«

»Ja?«

»Sie bekommen zwei Monate von meiner Zeit, und damit hat sich's. Anfang September sind wir quitt, egal was passiert.«

Es entstand eine Pause, aber ich konnte seinen Atem hören. Er klang schwerfällig und erinnerte mich daran, wie Astrid sich in ihrem Rollstuhl angehört hatte. »Das ist ... akzeptabel.« *Akscheptabel.*

»Geht's Ihnen nicht gut?«

»Habe leider einen weiteren Schlaganfall gehabt, daher ist meine Sprache nicht mehr so klar wie in der alten Zeit.« *Scheit.* »Aber wie ich dir versichern kann, ist mein *Geist* so klar wie eh und je.«

Heile dich selbst, Pastor Danny, dachte ich nicht zum ersten Mal.

»Hab übrigens 'ne kleine Neuigkeit für Sie, Charlie. Robert Rivard ist tot. Der Junge aus Missouri, Sie wissen schon. Der hat sich aufgehängt.«

»Tut mir leid, das zu hören.« Er hörte sich allerdings nicht so an, als täte ihm das leid, und er vergeudete auch keine Zeit damit, sich nach irgendwelchen Einzelheiten zu erkundigen. »Ruf mich an, wenn du angekommen bist, und sag mir, wo du dich einquartiert hast. Und denk daran, es darf nicht mehr als eine Stunde entfernt sein.«

»In Ordnung«, sagte ich und legte auf.

Mehrere Minuten saß ich in dem unnatürlich stillen Studio einfach da und betrachtete die gerahmten Plattenhüllen an der Wand, dann rief ich Jenny Knowlton in Rockland an. Sie hob beim ersten Läuten ab.

»Wie geht es der Patientin?«, fragte ich.

»Gut. Sie nimmt zu und geht täglich ein ganz schönes Stück spazieren. Sieht zwanzig Jahre jünger aus.«

»Keine Nachwirkungen?«

»Nichts dergleichen. Keine Krampfanfälle, kein Schlafwandeln, keine Amnesie. An die Zeit, die wir im Resort verbracht haben, erinnert sie sich zwar nicht mehr besonders gut, aber ich finde, das ist ein Segen, oder was meinen Sie?«

»Wie geht es Ihnen, Jenny? Alles in Ordnung?«

»Ja, aber ich muss jetzt los. Im Krankenhaus ist heute die Hölle los. Gott sei Dank dauert es nicht mehr lange, bis ich endlich Urlaub habe.«

»Sie werden doch nicht etwa verreisen und Astrid allein lassen? Das wäre nämlich keine gute Idee, glaube ich.«

»Nein, nein, natürlich nicht!« Irgendetwas lag in ihrer Stimme. Sie klang nervös. »Jamie, mein Pieper hat sich gemeldet. Ich muss auflegen.«

Ich saß vor dem dunklen Mischpult. Ich betrachtete die Plattenhüllen – heutzutage sind es ja eigentlich CD-Hüllen, kaum postkartengroße kleine Dinger. Ich dachte daran, wie ich einmal mit Norm Irving in meinem ersten Wagen gefahren war, dem 66er Ford Galaxie, den ich zum Geburtstag bekommen hatte. Auf dem zwei Meilen langen Abschnitt der Route 9, den wir als Harlow-Gerade bezeichneten, nervte Norm mich damit, ich solle das Gaspedal durchdrücken. Damit wir sehen, wie viel die Karre schafft, sagte er. Bei achtzig Meilen begann das vordere Ende zu flattern, aber ich wollte nicht als Weichei dastehen – mit siebzehn war das ausgesprochen wichtig –, weshalb ich den Fuß unten ließ. Bei fünfundachtzig Meilen hörte das Flattern auf. Bei neunzig nahm der Wagen eine ebenso traumhafte wie gefährliche Leichtigkeit an, weil der Kontakt mit der Straße abnahm, und mir wurde klar, dass der letzte Punkt erreicht war, an dem ich noch Herr des Geschehens war. Ohne die Bremse zu berühren – ich wusste von meinem Vater, dass das bei hoher Geschwindigkeit katastrophale Folgen haben konnte –, ging ich vom Gas, und der Galaxie wurde allmählich langsamer.

Ich wünschte, so etwas könnte ich jetzt auch tun.

Die Embassy Suites in der Nähe des Flughafens hatten mir ganz gut gefallen, als ich die Nacht nach Astrids wundersamer Genesung dort verbracht hatte, weshalb ich wieder dort eincheckte. Es war mir zwar in den Sinn gekommen, meine Wartezeit im Castle Rock Inn zu verbringen, aber die Chancen, dort auf alte Bekannte zu stoßen – zum Beispiel auf Norm Irving –, waren zu groß. Falls das geschah, würde es so gut wie sicher meinem Bruder Terry zu Ohren kommen. Der wollte dann garantiert wissen, wieso ich in Maine war und nicht bei ihm wohnte. Das waren Fragen, die ich nicht beantworten wollte.

Die Zeit verging. Am vierten Juli stand ich mit mehreren Tausend anderen Leuten auf der Promenade von Portland, um das Feuerwerk zu bewundern. Wir alle riefen *Ah* und *Oh*, als die Päonien, Chrysanthemen und Diademe am Himmel explodierten und sich in der Casco Bay spiegelten, wo sie auf den Wellen schaukelten. In den folgenden Tagen besuchte ich den Zoo von

York, das Straßenbahnmuseum von Kennebunkport und den Leuchtturm am Pemaquid Point. Ich machte einen Rundgang durch das Kunstmuseum von Portland, wo drei Generationen Wyeth ausgestellt waren, und genehmigte mir eine Matinee der *Buddy Holly Story* im Ogunquit Playhouse – der (singende) Hauptdarsteller war gut, wenn auch kein Gary Busey. Ich aß Hummer, bis er mir zu den Ohren herauskam. Ich unternahm lange Spaziergänge die felsige Küste entlang. Zweimal pro Woche suchte ich den Buchladen in der Maine Mall auf, um mir Taschenbücher zu besorgen, die ich in meinem Zimmer las, bis ich schläfrig wurde. Überallhin nahm ich mein Handy mit, weil ich auf den Anruf von Jacobs wartete, aber dieser Anruf kam nicht. Einige Male überlegte ich sogar, ihn selbst anzurufen, sagte mir jedoch, dass es völlig schwachsinnig war, auch nur daran zu denken. Wozu schlafende Hunde wecken?

Das Wetter war traumhaft – Tag für Tag niedrige Feuchtigkeit, makellos blauer Himmel und ausgesprochen angenehme Temperaturen. Es gab zwar Schauer, aber normalerweise nur nachts. Eines Abends hörte ich, wie Joe Cupo das bei seinem Wetterbericht als »taktvollen Regen« bezeichnete. Er fügte hinzu, dass dies der schönste Sommer sei, den er in seinen fünfunddreißig Jahren beim Fernsehen erlebt habe.

In Minneapolis fand das All-Star-Game statt, die reguläre Baseballsaison fing wieder an, und als der August näher rückte, hoffte ich schon, ich könnte es nach Colorado zurück schaffen, ohne Charlie Jacobs überhaupt zu sehen. Womöglich hatte er sich seinen vierten Schlaganfall eingefangen, diesmal einen mit verheerenden Folgen, weshalb ich die Nachrufe im *Portland Press Herald* im Blick behielt. Nicht dass ich so etwas gehofft hätte, aber …

Scheiße, was soll das. Natürlich hoffte ich es.

Während der Lokalnachrichten am 25. Juli informierte Joe Cupo mich und sein restliches Publikum im südlichen Maine mit bedauernder Miene, alles Gute habe nun einmal ein Ende, und die Hitzewelle, die derzeit den Mittleren Westen in einen

Backofen verwandele, werde sich im Lauf des Wochenendes bis nach Neuengland ausbreiten. In der gesamten letzten Juliwoche werde es glutheiß werden, und für August sehe es auch nicht viel besser aus, zumindest nicht am Anfang. »Prüft lieber mal nach, ob eure Klimaanlagen laufen, Leute«, riet Cupo. »Schließlich spricht man nicht ohne Grund von den Hundstagen.«

Am selben Abend rief Jacobs an. »Sonntag«, sagte er. »Ich erwarte dich nicht später als neun Uhr morgens.«

Ich teilte ihm mit, ich würde da sein.

Was die Hitze anging, hatte Joe Cupo ins Schwarze getroffen. Sie zog am Samstagnachmittag heran, und als ich am Sonntagmorgen um halb acht in meinen Mietwagen stieg, war die Luft bereits zähflüssig. Die Straßen waren leer, weshalb ich zügig die Abzweigung zum Goat Mountain erreichte. Auf der Fahrt zum Resort fiel mir auf, dass der zur Himmelsspitze führende Feldweg wieder befahrbar war. Das stabile Holztor stand offen.

Sam, der Wachmann, erwartete mich, wenn auch nicht mehr in Uniform. Er hockte auf der geöffneten Heckklappe eines Pick-ups, trug Jeans und verzehrte einen Bagel. Den legte er sorgfältig auf eine Papierserviette, als ich mich näherte, und schlenderte dann zu meinem Wagen.

»Tag, Mr. Morton. Sie sind aber früh dran.«

»Kein Verkehr«, sagte ich.

»Ja, im Sommer ist das die beste Tageszeit, irgendwo hinzukommen. Später gurkt das ganze Volk aus Massachusetts an den Strand.« Er blickte in den Himmel, dessen Blau bereits zu diesigem Weiß verblasste. »Sollen die sich doch in die Sonne knallen und Hautkrebs bekommen. Ich fahre nach Hause, schaue mir das Spiel von den Sox an und freue mich an meiner Klimaanlage.«

»Dann ist Ihre Schicht bald vorbei?«

»Hier gibt's keine Schichten mehr für uns«, sagte er. »Sobald ich bei Mr. Jacobs angerufen habe, um ihm zu sagen, dass Sie unterwegs sind, war es das. Feierabend.«

»Na, dann genießen Sie den restlichen Sommer.« Ich streckte ihm die Hand hin.

Er schüttelte sie. »Haben Sie eigentlich irgendeine Ahnung, woran er da werkelt? Ich kann so was für mich behalten; das gehört zu meinem Job.«

»Tut mir leid, da weiß ich genauso wenig wie Sie.«

Er zwinkerte mir zu, wie um auszudrücken, dass wir das beide besser wüssten, und dann winkte er mich weiter. Bevor ich um die erste Kurve bog, sah ich im Rückspiegel, wie er sich seinen Bagel griff, die Klappe des Pick-ups zuschlug und sich ans Lenkrad setzte.

Das war's. Feierabend.

Das hätte ich auch gern gesagt.

Jacobs kam langsam und vorsichtig die Stufen der Veranda herunter, um mich zu begrüßen. Mit der linken Hand stützte er sich auf einen Gehstock. Sein Mund war stärker verzerrt denn je. Auf dem Parkplatz stand nur ein einziger Wagen, einer, den ich sofort wiedererkannte: ein gepflegter kleiner Subaru Outback. Auf der Heckklappe sah ich einen Aufkleber mit der Aufschrift: WER EIN LEBEN RETTET, IST EIN HELD. WER TAUSEND RETTET, IST KRANKENSCHWESTER. Mir wurde schwer ums Herz.

»Jamie! Wie schön, dich zu sehen!« Heraus kam *dischu schehen*. Er bot mir die freie Hand. Das kostete ihn offensichtlich Mühe, aber ich ignorierte es.

»Wenn Astrid hier sein sollte, reist sie ab, und zwar augenblicklich«, sagte ich. »Und falls Sie denken sollten, ich bluffe, probieren Sie's nur aus.«

»Beruhig dich, Jamie. Astrid sitzt hundertdreißig Meilen von hier entfernt in ihrem gemütlichen kleinen Nest nördlich von Rockland und widmet sich weiterhin ihrer Genesung. Ihre Freundin Jenny hat liebenswürdigerweise zugestimmt, mir zu helfen, während ich mein Werk vollende.«

»Irgendwie bezweifele ich, dass das aus Liebenswürdigkeit geschieht. Widersprechen Sie mir, falls ich falsch liegen sollte.«

»Komm rein. Es ist schon richtig heiß hier draußen. Du kannst deinen Wagen später auf den Parkplatz stellen.«

Selbst mithilfe seines Gehstocks kam er nur langsam die Stufen hoch, und ich musste ihn stützen, weil er taumelte. Der Arm, den ich dabei ergriff, war kaum mehr als ein Knochen. Als wir oben ankamen, keuchte Jacobs bereits.

»Ich muss mich einen Moment ausruhen«, sagte er und sank auf einen der Schaukelstühle im Shaker-Stil, die aufgereiht auf der Veranda standen.

Ich hockte mich aufs Geländer und betrachtete ihn.

»Wo ist Rudy? Ich dachte, *der* ist hier Ihr Krankenpfleger.«

Jacobs bedachte mich mit seinem merkwürdigen Lächeln, das nun noch einseitiger ausfiel. »Kurz nachdem ich Miss Soderberg im Ostsalon behandelt habe, haben Rudy und Norma ihre Kündigung eingereicht. Heutzutage ist es praktisch unmöglich, gute Hilfskräfte zu bekommen, Jamie. Anwesende natürlich ausgeschlossen.«

»Und da haben Sie Jenny Knowlton eingestellt.«

»Ganz recht, und glaub mir, das war ein Gewinn. Sie hat mehr über Krankenpflege vergessen, als Rudy Kelly jemals darüber wusste. Hilf mir mal hoch, ja?«

Ich zog ihn auf die Beine, und wir gingen hinein, wo es kühl war.

»In der Küche findest du Saft und Frühstücksgebäck. Nimm dir, was du magst, und komm dann zu mir in den großen Salon.«

Ich verzichtete auf das Gebäck, goss mir jedoch aus der Karaffe, die in dem riesigen Kühlschrank stand, ein kleines Glas Orangensaft ein. Als ich die Karaffe zurückstellte, inspizierte ich die Vorräte und sah, dass sie für etwa zehn Tage reichten. Im Notfall auch für zwei Wochen. Ob wir wohl so lange hier sein würden – oder sollten Jenny oder ich zwischendurch zum Einkaufen nach Yarmouth fahren, wo sich wahrscheinlich der nächste Supermarkt befand?

Den Wachdienst hatte Jacobs abbestellt. Für seinen früheren Krankenpfleger hatte er Ersatz gesucht, was mich angesichts seines zunehmend gebrechlichen Zustands nicht besonders überraschte. Eine neue Haushälterin gab es jedoch nicht, was (unter anderem) bedeutete, dass Jenny ihm nun seine Mahlzeiten zubereitete und vielleicht auch die Bettwäsche wechselte. Wir waren also nur zu dritt; jedenfalls dachte ich das damals.

Wie sich später herausstellte, waren wir ein Quartett.

Der große Salon war an der Nordwand vollständig verglast, um einen guten Blick auf Longmeadow und die Himmelsspitze zu bieten. Die Hütte sah ich nicht, aber den in den dunstigen Himmel ragenden Eisenstab konnte ich erkennen. Als ich ihn betrachtete, setzten sich die Teile des Puzzles in meinem Kopf allmählich zusammen ... allerdings sehr langsam, und außerdem hielt Jacobs das eine entscheidende Element zurück, das ein kristallklares Bild ergeben hätte. Nun mag man vielleicht sagen, ich hätte es trotzdem sehen müssen, da eigentlich sämtliche Teile vorhanden waren, aber ich bin Gitarrist, kein Detektiv, und was deduktive Folgerungen angeht, war ich nie der Schnellste.

»Wo ist Jenny?«, fragte ich. Jacobs hatte sich auf dem Sofa niedergelassen; ich setzte mich ihm gegenüber auf einen Lehnsessel, der mich fast verschluckte.

»Beschäftigt.«

»Womit?«

»Das geht dich momentan überhaupt nichts an, wenngleich sich das bald ändern wird.« Er hatte die Hände auf dem Knauf seinen Gehstocks verschränkt und beugte sich nun vor, wodurch er wie ein Raubvogel aussah. Einer, der zum Fliegen bald zu alt sein würde. »Du hast Fragen. Das verstehe ich besser, als du glaubst, Jamie. Ich weiß nämlich, dass dich nicht zuletzt deine Wissbegierde hierhergeführt hat. Die Antworten wirst du mit der Zeit erhalten, aber wahrscheinlich noch nicht heute.«

»Wann dann?«

»Schwer zu sagen, aber bald. Inzwischen wirst du unsere Mahlzeiten zubereiten und kommen, wenn ich läute.«

Er zeigte mir ein weißes Kästchen, das nicht viel anders aussah als jenes, das ich im Ostsalon bedient hatte. An diesem befand sich allerdings statt eines Schiebeschalters ein Druckknopf, und ein Markenname war eingeprägt: Notiflex. Er drückte auf den Knopf, worauf Glockentöne erklangen, offenbar in allen großen Räumen des Erdgeschosses.

»Um auf die Toilette zu gehen, brauche ich dich nicht, das bringe ich noch allein zustande. Allerdings musst du leider bereitstehen, wenn ich unter der Dusche bin. Falls ich ausrutsche. Man hat mir ein Gel verschrieben, das du mir zweimal täglich in den Rücken, die Hüften und die Oberschenkel einmassieren wirst. Ach ja, und außerdem musst du mir etliche meiner Mahlzeiten in mein Apartment bringen. Nicht weil ich träge wäre oder dich in meinen Butler verwandeln wollte, sondern weil ich schnell ermüde und meine Kräfte sparen muss. Ich habe noch ein letztes Projekt vor mir. Es ist ein großes, ein äußerst wichtiges Projekt, und wenn es so weit ist, muss ich bei Kräften sein, damit ich es durchstehe.«

»Das Essen mache und serviere ich gern, Charlie, aber was die pflegerischen Dinge angeht, hätte ich gedacht, dass dafür Jenny Knowlton zuständig ...«

»Die ist beschäftigt, wie ich dir bereits erklärt habe, deshalb musst du ihre Aufgaben ... Wieso siehst du mich eigentlich so an?«

»Ich habe an den Tag gedacht, an dem ich Sie zum ersten Mal gesehen habe. Da war ich erst sechs, aber es ist eine klare Erinnerung. Ich hatte aus Erde einen Berg gebaut ...«

»Das stimmt. Auch ich erinnere mich klar daran.«

»... und habe mit meinen Soldaten gespielt. Ein Schatten ist über mich gefallen, ich habe den Kopf gehoben, und da standen Sie. Jetzt habe ich gerade gedacht, dass Ihr Schatten mein ganzes Leben lang auf mich gefallen ist. Eigentlich sollte ich sofort abfahren, um seine Reichweite zu verlassen.«

»Aber das wirst du nicht tun.«

»Nein. Das werde ich nicht tun. Aber ich werde Ihnen etwas verraten. Ich erinnere mich auch an den Menschen, der Sie damals waren – wie Sie sich einfach neben mich gekniet haben, um mitzuspielen. Ich erinnere mich an Ihr Lächeln. Wenn Sie jetzt lächeln, sehe ich nichts als ein höhnisches Grinsen. Wenn Sie jetzt sprechen, höre ich nichts als Befehle: tu dies, tu jenes; warum, sage ich dir später. Was ist nur aus Ihnen geworden, Charlie?«

Mühsam erhob er sich vom Sofa, und als ich ihm helfen wollte, wies er mich mit einer Handbewegung zurück. »Wenn du solche Fragen stellen musst, ist aus einem klugen Jungen ein dummer Mann geworden. Als ich meine Frau und meinen Sohn verloren habe, bin ich immerhin nicht drogensüchtig geworden.«

»Sie hatten Ihre geheime Elektrizität. Die war *Ihre* Droge.«

»Danke für diese wertvolle Einsicht, aber da dieses Gespräch völlig sinnlos ist, wollen wir es beenden, ja? Im ersten Stock sind mehrere Zimmer hergerichtet. Bestimmt findest du eines, das deinem Geschmack entspricht. Zum Mittagessen möchte ich ein Sandwich mit Eiersalat, ein Glas Magermilch und ein Plätzchen mit Haferflocken und Rosinen. Ballaststoffe sind gut für meine Verdauung, hat man mir gesagt.«

»Charlie ...«

»Schluss jetzt«, sagte er und humpelte zum Aufzug. »Bald wirst du alles erfahren. Behalte deine kleinbürgerlichen Vorurteile bis dahin für dich. Essen um Punkt zwölf Uhr mittags. Bring es in die Cooper-Suite.«

Damit ließ er mich stehen. Ich war zu perplex, als dass ich auch nur ein Wort hätte erwidern können.

Drei Tage gingen vorüber.

Draußen war es brütend heiß, sodass der Horizont ständig in einem feuchten Dunst verschwamm. Drinnen war es kühl und angenehm. Ich bereitete das Essen zu. Am zweiten Abend kam Jacobs zwar herunter und setzte sich zu mir, doch die restlichen Mahlzeiten nahm er in seinem Apartment ein. Wenn ich sie ihm brachte, hörte ich von draußen den Fernseher plärren, was darauf hinwies, dass auch sein Hörvermögen abgenommen hatte.

Am meisten begeisterte ihn offenbar der Weather Channel. Wenn ich klopfte, stellte er das Gerät immer ab, bevor er mir sagte, ich solle hereinkommen.

Diese Tage waren meine Einführung in die Altenpflege. Er war noch in der Lage, sich selbst auszuziehen und das Wasser für seine Morgendusche anzustellen. In der Dusche stand ein spezieller Hocker, auf den er sich setzte, während er sich einseifte und abduschte. Währenddessen saß ich auf seinem Bett und wartete darauf, dass er mich rief. Tat er das, so stellte ich das Wasser ab, half ihm heraus und trocknete ihn ab. Sein Körper war ein kümmerliches Überbleibsel dessen, was er in seinen Tagen als methodistischer Pfarrer und später als Schausteller gewesen war. Die Hüften ragten hervor wie die Knochen eines gerupften Truthahns, jede Rippe warf einen Schatten, und der Hintern war kaum mehr vorhanden. Aufgrund der Schlaganfälle sackte alles nach rechts, wenn ich ihm ins Bett zurückhalf.

Dort massierte ich ihn mit Voltaren-Gel gegen seine Zipperlein und Schmerzen, und dann holte ich seine Tabletten. Die befanden sich in einer Plastikschachtel mit fast so vielen Fächern, wie ein Klavier Tasten hatte. Wenn er es geschafft hatte, sie alle zu schlucken, hatte das Voltaren gewirkt, und er konnte sich selbst anziehen – mit Ausnahme der Socke an seinem rechten Fuß. Die musste ich ihm überstreifen, worauf ich jedoch jedes Mal wartete, bis er in seine Boxershorts geschlüpft war. Ich hatte kein Interesse daran, einen Blick auf seinen verschrumpelten Pimmel zu werfen.

»In Ordnung«, sagte er, wenn die Socke bis zu seinem dürren Schienbein hochgezogen war. »Den Rest schaffe ich selbst. Danke, Jamie.«

Er bedankte sich immer, und der Fernseher ging immer sofort an, sobald ich die Tür geschlossen hatte.

Das waren lange, lange Tage. Den Swimmingpool des Resorts hatte man trockengelegt, und es war viel zu heiß für einen Spaziergang im Garten. Immerhin war ein Fitnessraum vorhanden, und wenn ich nicht gerade las (es gab eine äußerst dürftig sortierte Bibliothek, die hauptsächlich mit Erle Stanley Gardner, Louis L'Amour und alten Reader's-Digest-Bänden bestückt war), trainierte ich dort in einsamer, klimatisierter Pracht. Ich joggte Meile um Meile auf dem Laufband, strampelte weitere Meilen auf dem Trimmrad runter, marschierte tapfer auf dem Stepper und stemmte Kurzhanteln.

Der einzige Sender, den ich in meinem Zimmer hereinbekam, war Channel 8 aus Poland Spring, und der Empfang war miserabel. Das Bild war zu unscharf, es überhaupt betrachten zu können. Dasselbe galt für den Monsterbildschirm in der Sunset Lounge. Wahrscheinlich war irgendwo eine Satellitenschüssel angebracht, doch an die war nur Charlie Jacobs angeschlossen. Ich wollte ihn schon fragen, ob ich daran teilhaben durfte, entschied mich jedoch dagegen. Womöglich hätte er zugestimmt, und ich hatte bereits genug von ihm bekommen. Charlies Geschenke waren immer mit einem Preisschild versehen.

Trotz allem Training schlief ich beschissen. Mein alter, seit Jahren nicht mehr aufgetauchter Albtraum kehrte zurück. Rund um den Esstisch meines Elternhauses saßen die toten Mitglieder meiner Familie, und auf dem Tisch stand ein verschimmelter Geburtstagskuchen, aus dem riesige Insekten krochen.

Am Morgen des 30. Julis wachte ich kurz vor fünf auf und dachte, unten etwas gehört zu haben. Ich kam zu dem Schluss, dass das Geräusch noch aus meinem Traum stammte, worauf ich mich wieder hinlegte und die Augen schloss. Als ich schon eindämmerte, hörte ich es erneut: ein gedämpftes Klappern, das sich nach dem von Kochtöpfen anhörte.

Ich stand auf, stieg in meine Jeans und hastete nach unten. Die Küche war leer, doch durchs Fenster sah ich, wie jemand die Hintertreppe an der Seite der Laderampe hinunterging. Als ich draußen anlangte, setzte Jenny Knowlton sich bereits ans Lenkrad eines Golfwagens mit der Aufschrift GOAT MOUNTAIN RESORT. Auf dem Sitz neben ihr lag eine Schüssel mit vier Eiern darin.

»Jenny! Warten Sie!«

Sie zuckte zusammen, aber als sie sah, um wen es sich handelte, lächelte sie. Ich war bereit, ihr dafür ein paar Fleißpunkte zu geben, aber sonst taugte dieses Lächeln nicht besonders viel. Sie sah zehn Jahre älter aus als bei unserer ersten Begegnung, und die dunklen Ringe unter ihren Augen wiesen darauf hin, dass ich nicht der einzige Mensch war, den Schlafprobleme plagten. Offenbar hatte sie aufgehört, sich die Haare zu färben, weshalb unter dem glänzenden Schwarz mindestens fünf Zentimeter Grau sichtbar waren.

»Ich habe Sie aufgeweckt, oder? Tut mir leid, aber das ist Ihre eigene Schuld. Der Geschirrablauf ist voller Töpfe und Pfannen, und ich bin mit dem Ellbogen drangestoßen. Hat Ihre Mutter Ihnen eigentlich nicht beigebracht, wie man einen Geschirrspüler verwendet?«

Die Antwort darauf lautete nein, weil wir nie einen besessen hatten. Dafür hatte meine Mutter mir beigebracht, dass man das Geschirr problemlos von selbst lufttrocknen lassen konnte, solange es nicht zu viel war. Über dieses Thema wollte ich mich allerdings nicht unterhalten.

»Was tun Sie eigentlich hier?«

»Ich habe Eier geholt.«

»Sie wissen, dass ich was anderes meine.«

Sie wandte den Blick ab. »Das kann ich Ihnen nicht sagen. Ich habe ein Versprechen abgelegt. Genauer gesagt, habe ich einen Vertrag unterschrieben.« Sie stieß ein humorloses Lachen aus. »Vor Gericht hätte der wahrscheinlich nicht Bestand, aber ich habe vor, ihn trotzdem zu erfüllen. Schließlich bin ich Mr. Jacobs etwas schuldig, genau wie Sie auch. Außerdem werden Sie es früh genug erfahren.«

»Ich will es aber jetzt sofort wissen.«

»Ich muss los, Jamie. Er will nicht, dass wir miteinander sprechen. Wenn er es herausbekäme, wäre er zornig. Ich wollte mir bloß ein paar Eier machen. Die ganzen Cheerios und Frosties und sonstigen Cornflakes hängen mir nämlich zum Hals raus.«

»Falls bei Ihrem Wagen nicht die Batterie leer ist, könnten Sie nach Yarmouth in den Supermarkt fahren und dort so viele Eier kaufen, wie Sie wollen.«

»Ich darf hier nicht weg, bis es vorüber ist. Das gilt auch für Sie. Stellen Sie mir jetzt keine Fragen mehr. Ich muss mein Versprechen halten.«

»Wegen Astrid.«

»Tja ... er bezahlt mir zwar sehr viel Geld für ein kleines bisschen Krankenpflege, genug, dass ich anschließend in Rente gehen kann, aber hauptsächlich tue ich es wegen Astrid, das stimmt.«

»Wer passt eigentlich auf sie auf, während Sie hier sind? Das ist nämlich dringend nötig. Ich weiß nicht, was Jacobs Ihnen erzählt hat, aber nach manchen seiner Behandlungen treten tatsächlich Nachwirkungen auf, und die können ...«

»Astrid wird gut versorgt, da brauchen Sie sich keine Sorgen zu machen. Wir haben ... gute Freundinnen in der Szene.«

Diesmal war ihr Lächeln stärker und natürlicher, und immerhin wurde mir eines klar.

»Sie sind zusammen, nicht wahr? Sie und Astrid?«

»Wir sind *Partnerinnen*. Nicht lange nachdem Maine die Schwulenehe legalisiert hat, haben wir einen Termin festgesetzt, um es amtlich zu machen. Dann ist sie krank geworden. Mehr kann ich Ihnen nicht sagen. Ich muss jetzt los. Ich darf nicht lange weg sein. Für Sie sind noch genügend Eier da, keine Sorge.«

»Warum dürfen Sie nicht lange weg sein?«

Sie schüttelte den Kopf, ohne mir in die Augen zu sehen. »Ich muss los.«

»Waren Sie eigentlich schon hier, als wir neulich miteinander telefoniert haben?«

»Nein ... aber ich wusste, dass ich hierherkommen *würde*.«

Ich sah sie den Hang hinuntergondeln. Die Räder des Golfwagens hinterließen Spuren im glitzernden Tau. Diese Juwelen würden bald verschwunden sein; der Tag hatte kaum begonnen, und es war schon so heiß, dass mir auf Armen und Stirn Schweißtropfen standen. Jenny wurde von den Bäumen verschluckt. Wäre ich ihr gefolgt, so hätte ich einen Pfad vorgefunden. Und wenn ich diesen Pfad entlanggegangen wäre, so wäre ich zu einer Hütte gekommen. Zu jener Hütte, in der ich in einem anderen Leben Brust an Brust und Hüfte an Hüfte mit Astrid Soderberg gelegen hatte.

Am selben Morgen war ich kurz nach zehn damit beschäftigt, *Das fehlende Glied in der Kette* zu lesen, eines der Lieblingsbücher meiner verstorbenen Schwester, als es im gesamten Erdgeschoss gongte. Jacobs hatte seinen Rufknopf gedrückt. Während ich zur Cooper-Suite hinaufging, hoffte ich, ihn nicht mit einer gebrochenen Hüfte auf dem Boden liegend vorzufinden. Ich hätte mir keine Sorgen machen müssen. Er stand angekleidet am Fenster und blickte auf seinen Stock gestützt hinaus. Als er sich zu mir umdrehte, glänzten seine Augen.

»Ich glaube, heute könnte unser Tag sein«, sagte er. »Sei bereit.«

Er hatte sich getäuscht. Als ich ihm sein Abendessen bringen wollte – Gerstensuppe und ein Käsesandwich –, war der Fernseher ausgeschaltet, und er machte mir nicht auf. Stattdessen brüllte er mich durch die geschlossene Tür an, ich solle verschwinden. Er klang wie ein bockiges Kind.

»Sie brauchen doch was zu essen, Charlie.«

»Was ich brauche, ist Ruhe und Frieden! Lass mich allein!«

Gegen zehn Uhr abends ging ich noch einmal hinauf, um an der Tür nach dem Plärren seines Fernsehers zu lauschen und ihn im Fall, dass ich es vernahm, zu fragen, ob er vor dem Schlafengehen nicht wenigstens ein paar Scheiben Toast wolle. Der Fernseher war ausgeschaltet, aber Jacobs war wach und telefonierte mit der zu lauten Stimme, die allmählich taub werdende Menschen offenbar immer am Telefon verwendeten.

»Sie macht sich nicht davon, bis ich bereit bin! Dafür werden Sie sorgen! Deshalb bezahle ich Sie schließlich, also *sorgen Sie dafür!*«

Probleme – und zwar mit Jenny, dachte ich zuerst. Wahrscheinlich hatte sie allmählich genug und wollte weg, zurück in das Heim im Osten, das sie mit Astrid teilte. Dann kam mir in den Sinn, dass er vielleicht mit Jenny selbst gesprochen hatte. Was konnte das bedeuten? Als Antwort fiel mir nur ein, was der Ausdruck *sich davonmachen* für Leute im Alter von Charlie Jacobs oft bedeutete.

Ich ging, ohne zu klopfen.

Das, worauf er gewartet hatte – worauf wir alle gewartet hatten –, kam am nächsten Tag.

Sein Rufzeichen ertönte um ein Uhr mittags, nicht lange nachdem ich ihm sein Essen gebracht hatte. Die Tür zur Suite stand offen, und während ich darauf zuging, hörte ich den Wetterfrosch darüber sprechen, wie warm der Golf von Mexiko sei und was das für die kommende Hurrikan-Saison bedeute. Dann wurde seine Stimme von einer Reihe harscher Brummtöne unterbrochen. Als ich eintrat, sah ich am unteren Rand des Bildschirms ein rotes Band entlanglaufen. Bevor ich lesen konnte, was darauf stand, war es verschwunden, aber es musste eine Unwetterwarnung gewesen sein.

Während einer langen Hitzeperiode bedeutete eine solche Warnung Gewitter, Gewitter bedeuteten Blitze, und bei Blitzen dachte ich an die Himmelsspitze. Jacobs ebenfalls, da war ich mir ziemlich sicher.

Er war wieder vollständig angezogen. »Heute ist es kein falscher Alarm, Jamie. Die Gewitterzellen befinden sich momentan im Westen von hier, aber sie bewegen sich nach Osten und verstärken sich dabei noch.«

Die Brummtöne setzten wieder ein, und diesmal konnte ich die über den Bildschirm ziehende Information lesen:

UNWETTERWARNUNG BIS 1. AUGUST, 14 UHR, FÜR FOLGENDE COUNTYS: YORK, CUMBERLAND, ANDROSCOGGIN, OXFORD UND CASTLE.

WAHRSCHEINLICHKEIT SCHWERER GEWITTER 90 %. SOLCHE GEWITTER KÖNNEN MIT STARKREGEN, STURMBÖEN UND GOLFBALLGROSSEM HAGEL VERBUNDEN SEIN. FREILUFTAKTIVITÄTEN NICHT EMPFOHLEN.

Ohne Scheiß, Sherlock, dachte ich.

»Solche Zellen können sich weder auflösen noch die Richtung verändern«, sagte Jacobs. Er sprach mit einer Ruhe, wie nur entweder Wahnsinn oder absolute Gewissheit sie mit sich brachten. »Das ist ganz unmöglich. Außerdem wird sie nicht mehr lange durchhalten, und ich bin zu alt und krank, noch einmal mit jemand andres von vorn anzufangen. Bring ein Golfmobil zur Rampe hinter der Küche, und halt dich bereit. Es kann jederzeit losgehen.«

»Zur Himmelsspitze«, sagte ich.

Er lächelte sein schiefes Lächeln. »Geh jetzt. Ich muss diese Gewitterzellen im Auge behalten. Im Gebiet von Albany schlagen gerade pro Stunde über hundert Blitze ein. Ist das nicht wunderbar?«

Das war nicht der Ausdruck, den ich gewählt hätte. Ich erinnerte mich zwar nicht mehr daran, wie viele Volt ein einzelner Blitzschlag laut Charlie Jacobs erzeugte, aber es war eine Menge, das wusste ich.

Mehrere Millionen.

Das nächste Mal ertönte die Rufglocke kurz nach fünf Uhr abends. Während ich die Treppe erklomm, hoffte ich einerseits, Jacobs niedergeschlagen und zornig vorzufinden, während ich andererseits so verflucht neugierig war wie eh und je. Diese Neugierde würde nun wohl befriedigt werden, denn im Westen wurde es zusehends dunkel, und ich hörte bereits Donner grollen, fern, aber anrückend. Eine Armee im Himmel.

Jacobs hatte zwar wie üblich Schlagseite nach steuerbord, aber die Erregung – er platzte praktisch davor – ließ ihn um Jahre jünger aussehen. Sein Mahagonikästchen stand auf dem kleinen Tisch neben dem Sofa. Den Fernseher hatte er zugunsten seines Laptops ausgeschaltet. »Sieh dir das an, Jamie! Es ist herrlich!«

Auf dem Bildschirm war die behördliche Wettervorhersage für den kommenden Abend zu sehen. Sie zeigte einen sich ständig weiter verengenden Kegel in Orange und Rot, der direkt über Castle County hinwegzog. Laut der Zeitleiste würde das Unwetter höchstwahrscheinlich zwischen sieben und acht Uhr abends bei uns eintreffen. Ich blickte auf meine Armbanduhr und sah, dass es Viertel nach fünf war.

»Findest du nicht?«, sagte Jacobs. »Ist es nicht herrlich?«

»Wenn Sie meinen, Charlie.«

»Setz dich, aber hol mir zuerst ein Glas Wasser, bitte. Ich muss dir ein bisschen was erklären, und ich glaube, wir haben noch Zeit dazu. Allerdings müssen wir bald los, ja, das müssen wir. Die Zelte abbrechen, um es im Jahrmarktsjargon zu sagen.« Er gackerte.

Ich nahm eine Flasche Wasser aus dem Kühlschrank der Zimmerbar und goss es in ein Glas aus Bleikristall – für die Bewohner der Cooper-Suite war nur das Beste gut genug. Jacobs trank und schmatzte genüsslich mit den Lippen, ein lederiges Geräusch, auf das ich gern verzichtet hätte. Donner grollte. Jacobs blickte in die betreffende Richtung und strahlte wie jemand, der die Ankunft eines alten Freundes erwartete. Dann wandte er seine Aufmerksamkeit wieder mir zu.

»In meiner Rolle als Pastor Danny habe ich eine Menge Geld verdient, wie dir bekannt ist. Aber statt es für Privatjets, geheizte Hundezwinger und vergoldete Wasserhähne auszugeben, habe ich es für zwei Dinge verwendet. Das eine war ein ungestörtes Dasein – ich habe mehr als genug den Namen Jesu brüllende Heiden gesehen, das kannst du mir glauben. Das andere war die Indienstnahme mehrerer Detektivbüros, insgesamt ein Dutzend, die besten der besten, jeweils in einer anderen amerikanischen Großstadt. Sie hatten die Aufgabe, bestimmte Leute zu finden und zu beobachten, die an bestimmten Krankheiten leiden. Vergleichsweise seltenen Phänomenen. Alles in allem sind es acht solcher Erkrankungen.«

»*Kranke* Menschen? Nicht die von Ihnen geheilten? Das nämlich haben Sie mir früher weisgemacht.«

»Oh, eine repräsentative Zahl geheilter Personen haben diese Büros auch beobachtet – schließlich warst du nicht der Einzige, der sich für eventuelle Nachwirkungen interessiert hat, Jamie –, aber das war nicht ihre Hauptaufgabe. Seit sie vor zehn Jahren damit angefangen haben, konnten sie mehrere Hundert bedauernswerte Leidende finden. Sie haben mich regelmäßig über deren Zustand informiert. Um die entsprechenden Dossiers hat Al Stamper sich gekümmert, solange er in meinen Diensten stand; seit er weg ist, mache ich das selber. Viele dieser unglückseligen Personen sind seither gestorben, andere sind an ihre Stelle getreten. Der Mensch ist zu Krankheit und Leid geboren, wie du weißt.«

Ich antwortete nicht, dafür aber der Donner. Der Himmel im Westen hegte inzwischen eindeutig düstere Absichten.

»Während meine Studien ihren Fortschritt nahmen ...«

»War vielleicht auch ein Buch mit dem Titel *De Vermis Mysteriis* Teil dieser Studien, Charlie?«

Er blickte erst bestürzt drein, dann entspannte er sich. »Gute Arbeit. *De Vermis* war nicht nur ein Teil meiner Studien, es war deren Grundlage. Prinn ist wahnsinnig geworden, weißt du das? Sein Lebensende verbrachte er in einer deutschen Burg, wo er sich mit abstruser Mathematik beschäftigte und von Wanzen ernährte. Er ließ sich die Fingernägel abnorm lang wachsen, schlitzte sich eines Nachts damit die Kehle auf und starb im Alter von siebenunddreißig Jahren, während er mit Blut mathematische Gleichungen auf den Boden seiner Kammer schrieb.«

»Wirklich?«

Er hob wie gewohnt eine Achsel, begleitet von seinem einseitigen Grinsen. »Wer weiß das schon genau? Wenn die Geschichte stimmt, ist sie ein Warnsignal, aber die Geschichten solcher Visionäre wurden von Leuten geschrieben, die dafür sorgen wollten, dass niemand denselben Weg beschritt. Von Männern der Kirche hauptsächlich, Oberaufsehern der himmlischen Versicherungsgesellschaft. Aber das ist jetzt nicht so wichtig; über Prinn unterhalten wir uns ein andermal.«

Das bezweifle ich, dachte ich.

»Während meine Studien fortschritten, hat man sich in den von mir beauftragten Detekteien darangemacht, die Ergebnisse auszusieben. Aus Hunderten wurden Dutzende. Anfang dieses Jahres wurden aus Dutzenden ganze zehn. Im Juni wurden diese zehn zu dreien.« Er beugte sich vor. »Ich suchte nach der Person, die ich mir immer als Patient Omega vorgestellt habe.«

»Ihre letzte Heilung.«

Das schien ihn zu amüsieren. »Könnte man so sagen. Ja, unbedingt. Was uns zu der traurigen Geschichte von Mary Fay führt, die ich dir gerade noch erzählen kann, bevor wir uns in meine Werkstatt begeben.« Er stieß ein heiseres Lachen aus, das mich an das von Astrid vor ihrer Heilung erinnerte. »Werkstatt Omega, sozusagen. Nur dass es sich in diesem Fall zudem um ein gut ausgestattetes Minikrankenhaus handelt.«

»Geführt von Schwester Jenny.«

»Was für ein Glücksfall sie doch war, Jamie! Rudy Kelly wäre völlig überfordert gewesen ... falls er nicht gleich wie ein Welpe mit einer Wespe im Ohr jaulend Reißaus genommen hätte.«

»Erzählen Sie mir die Geschichte«, sagte ich. »Damit ich weiß, worauf ich mich einlasse.«

Er lehnte sich zurück. »Vor langer Zeit, in den Siebzigern, heiratete ein Mann namens Franklin Fay eine Frau namens Janice Shelley. Die beiden studierten Englisch an der Columbia University, und später wurden sie Dozenten. Franklin Fay hat einige Lyrikbände veröffentlicht – ich habe einige Sachen von ihm gelesen, und sie sind ziemlich gut. Hätte er mehr Zeit gehabt, wäre er vielleicht sogar ein wahrhaft großer Dichter geworden. Seine Frau schrieb ihre Dissertation über James Joyce und unterrichtete anschließend englische und irische Literatur. 1980 bekam das Ehepaar eine Tochter.«

»Mary.«

»Ganz recht. 1983 hat man den beiden dann angeboten, im Rahmen eines Austauschprogramms zwei Jahre am American College von Dublin zu unterrichten. Kannst du mir so weit folgen?«

»Ja.«

»Im Sommer 1985, als du Musik gemacht hast und ich mit meinen Porträts in Blitzen über Jahrmärkte und Vergnügungsparks gezogen bin, haben die Fays beschlossen, vor ihrer Rückkehr in die Staaten eine Rundreise durch Irland zu unternehmen. Zu diesem Zweck mieteten sie einen Wohnwagen – beziehungsweise etwas, was unsere britischen und irischen Vettern einen Caravan nennen – und fuhren los. Eines Tages hielten sie an einem Pub in der County Offaly zum Mittagessen. Kurz nachdem sie wieder losgefahren waren, ereignete sich ein Frontalzusammenstoß mit einem Gemüselaster. Mr. und Mrs. Fay kamen ums Leben. Das Kind, das hinten angeschnallt auf seinem Kindersitz saß, wurde schwer verletzt, hat jedoch überlebt.«

Das war eine fast identische Wiederholung des Unfalls, bei dem Jacobs' Frau und Sohn gestorben waren. Damals dachte ich, dass ihm das bewusst gewesen war, aber jetzt bin ich mir da nicht mehr so sicher. Manchmal sind wir einfach zu dicht an etwas dran, als dass wir es erkennen.

»Sie sind auf der falschen Straßenseite gefahren, verstehst du? Meine Theorie lautet, dass Franklin Fay ein Glas Bier oder Wein zu viel getrunken hatte, weshalb er vergaß, dass er in Irland war, und in seine alte Gewohnheit verfiel, rechts zu fahren. Was Ähnliches ist mal, glaube ich, einem amerikanischen Schauspieler passiert, an dessen Namen ich mich allerdings nicht mehr erinnere.«

Ich erinnerte mich daran, verzichtete jedoch darauf, ihn aufzuklären.

»Im Krankenhaus erhielt die junge Mary Fay mehrere Bluttransfusionen. Ahnst du schon, worauf die Geschichte hinausläuft?« Und als ich den Kopf schüttelte: »Das Blut war verunreinigt, Jamie. Mit den infektiösen Prionen, von denen eine neue Variante der Creutzfeldt-Jakob-Krankheit verursacht wird, im Volksmund als Rinderwahn bekannt.«

Weiterer Donner. Nun dröhnte er, statt lediglich zu grollen.

»Mary wuchs bei einer Tante und einem Onkel auf. Sie war gut in der Schule, wurde Anwaltsgehilfin, ging später aufs College, um Jura zu studieren, stieg nach zwei Semestern aus und arbeitete schließlich wieder in ihrem ursprünglichen Beruf. Das war 2007. Die Krankheit, die sie in sich trug, war lediglich latent und blieb das auch bis zum Sommer letzten Jahres. Da nämlich begann Mary an psychischen Symptomen zu leiden, die normalerweise mit Drogenmissbrauch, einem Nervenzusammenbruch oder beidem in Verbindung gebracht werden. Sie kündigte, wodurch auch noch finanzielle Probleme hinzutraten. Ab Oktober 2013 folgten körperliche Symptome: Myoklonien, Ataxie, epileptische Anfälle. Die Prionen waren nun vollständig erwacht und eifrig damit beschäftigt, Löcher in ihr Gehirn zu fressen. Eine Lumbalpunktion und eine Kernspinuntersuchung brachten die Ursache schließlich ans Licht.«

»Jesus«, sagte ich. In meinem Kopf liefen Bilder aus alten Fernsehberichten ab, die ich wahrscheinlich in irgendeinem Motelzimmer gesehen hatte, während ich auf Tour war: eine Kuh, die in einem verdreckten Stall mit gespreizten Beinen auf dem Boden lag, mit den Augen rollte und hirnlos muhte, während sie vergeblich aufzustehen versuchte.

»Jesus kann Mary Fay nicht helfen«, sagte er.

»Aber Sie können es.«

Seine Antwort war ein Blick, den ich nicht deuten konnte. Dann drehte er den Kopf und betrachtete den sich verdunkelnden Himmel.

»Hilf mir hoch. Meine Verabredung mit den Blitzen will ich nämlich nicht versäumen. Schließlich habe ich mein ganzes Leben lang darauf gewartet.« Er deutete auf den Tisch mit dem Mahagonikästchen. »Und nimm das mit. Ich brauche seinen Inhalt.«

»Zauberstäbe statt Zauberringe.«

Er schüttelte den Kopf. »Dieses Mal nicht.«

Wir nahmen den Aufzug. Jacobs schaffte es ohne Hilfe ins Foyer, wo er sich vor dem erloschenen offenen Kamin in einen Sessel fallen ließ. »Geh in den Ostflügel. Am Ende vom Flur kommst du zu einem Lagerraum. Dort findest du ein Hilfsmittel, dessen Verwendung ich bisher vermieden habe.«

Es handelte sich um einen altmodischen Rollstuhl mit einem Sitz aus Korbgeflecht und eisernen Rädern, die wie der Teufel quietschten. Ich schob das Ding ins Foyer und half Jacobs hinein. Als er anschließend die Hände nach dem Mahagonikästchen ausstreckte, übergab ich es ihm, wenngleich nicht ohne Bedenken. Er drückte es an seine Brust wie ein Baby, und während ich ihn durch das Restaurant in die verlassene Küche schob, nahm er den Faden seiner Geschichte mit einer Frage wieder auf.

»Ob du wohl errätst, weshalb Miss Fay ihr Jurastudium abgebrochen hat?«

»Weil sie krank wurde.«

Er schüttelte missbilligend den Kopf. »Hast du nicht zugehört? Die Erkrankung war damals noch latent.«

»Vielleicht hat ihr das Studium nicht gefallen? Oder ihre Noten waren nicht gut genug?«

»Weder noch.« Er blickte sich nach mir um und wackelte wie ein alter Wüstling mit den Augenbrauen. »Mary Fay ist eine jener Heldinnen der Moderne, eine alleinerziehende Mutter. Das Kind, ein Junge namens Victor, ist inzwischen sieben Jahre alt. Ich habe ihn nie kennengelernt, das wollte Mary nicht, aber sie hat mir viele Fotos von ihm gezeigt, während wir über seine Zukunft sprachen. Er erinnert mich an meinen eigenen kleinen Jungen.«

Wir hatten die Tür zur Laderampe erreicht, aber ich drückte sie noch nicht auf. »Hat der Junge dieselbe Krankheit?«

»Nein. Zumindest noch nicht.«

»Wird er sie bekommen?«

»Da kann man sich nicht völlig sicher sein, aber die Tests auf die verantwortlichen Erreger sind negativ. Bisher wenigstens.« Weiterer Donner dröhnte. Der Wind hatte aufgefrischt, rüttelte an der Tür und heulte vorübergehend in den Dachtraufen. »Mach schon, Jamie. Wir müssen wirklich los.«

Die Stufen der Laderampe waren zu steil, als dass er sie mit seinem Gehstock hätte bewältigen können, weshalb ich ihn hinuntertrug. Er war entsetzlich leicht. Ich deponierte ihn auf dem Beifahrersitz des Golfwagens und setzte mich ans Lenkrad. Während wir über den Kiesweg und dann den weitläufigen Rasen hinter dem Gebäude hinunterfuhren, ertönte ein weiterer Donnerschlag. Die Wolken im Westen hatten sich zu schwarzvioletten Kolossen aufgetürmt. Während ich sie betrachtete, zuckten an drei verschiedenen Stellen gespaltene Blitze aus ihren aufgeblähten Bäuchen. Jede Hoffnung, das Unwetter könnte an uns vorbeiziehen, war reine Illusion, und wenn es zuschlug, würde es alles um uns her zum Beben bringen.

»Vor vielen Jahren habe ich dir erzählt, dass der Eisenstab auf der Himmelsspitze die Blitze anzieht«, sagte Charlie. »Viel stärker, als ein gewöhnlicher Blitzableiter es tun würde. Erinnerst du dich noch daran?«

»Ja.«

»Bist du jemals hierhergekommen, um es dir mit eigenen Augen anzusehen?«

»Nein.« Diese Lüge kam mir ohne Zögern über die Lippen. Was im Sommer 1974 an der Himmelsspitze geschehen war, ging nur mich und Astrid etwas an. Vielleicht hätte ich es Bree erzählt, wenn sie mich je nach meinem ersten Mal gefragt hätte, aber Charlie Jacobs würde es nicht erfahren. Der nie und nimmer.

»In *De Vermis Mysteriis* schreibt Prinn über die ›gewaltige Maschinerie, die die Mühle des Universums antreibt‹ und über den Kraftstrom, der diese Maschinerie speist. Diesen Strom nennt er …«

»Potestas magna universi«, sagte ich.

Er starrte mich an. Seine Augenbrauen waren bis zu der Stelle hochgezogen, wo vorher sein Haaransatz gewesen war. »Offenbar habe ich dich falsch eingeschätzt. Du bist alles andere als ein Dummkopf.«

Ein Windstoß fuhr durch das Gras, das seit Wochen nicht mehr gemäht worden war. An meinen Wangen fühlte die stürmische Luft sich immer noch warm an. Wenn sie kalt wurde, kam der Regen.

»Es sind Blitze, nicht wahr?«, sagte ich. »In den Blitzen steckt die *potestas magna universi.*«

»Nein, Jamie.« Er sprach beinahe sanft. »Trotz ihrer hohen Voltzahl sind Blitze lediglich ein *Rinnsal*, eines von vielen, von denen das gespeist wird, was ich als geheime Elektrizität bezeichne. Diese geheime Elektrizität, so gewaltig sie auch sein mag, ist jedoch selbst nur ein Zufluss. Sie strömt in etwas Größeres, in eine Kraft, die über das menschliche Verständnis hinausgeht. *Das* ist die *potestas magna universi*, über die Prinn schreibt, und sie will ich heute anzapfen. Die Blitze ... und dies« – er hob das Kästchen in seinen knochigen Händen – »sind lediglich Mittel zum Zweck.«

Als wir die Bäume erreicht hatten, folgten wir dem Weg, den Jenny am Morgen mit ihrer Portion Eier genommen hatte. Über uns wiegten die Äste sich hin und her; Blätter, die vielleicht schon bald von Wind und Hagel zerfetzt wurden, flüsterten aufgeregt miteinander. Abrupt nahm ich den Fuß vom Gaspedal, worauf das Golfmobil wie für elektrisch angetriebene Fahrzeuge dieser Art üblich sofort stehen blieb.

»Falls Sie vorhaben, die Geheimnisse des Universums anzuzapfen, Charlie, sollten Sie vielleicht lieber auf mich verzichten. Ihre Heilungen sind schon so unheimlich genug. Offenbar geht es um ... wie soll ich sagen ... um eine Art Tür oder Tor. Einen *Durchgang.*«

Um ein kleines Portal, dachte ich dabei. *Von totem Efeu überwuchert.*

»Beruhige dich«, sagte er. »Ja, es gibt eine Tür – Prinn spricht davon, und Astrid hat das, glaube ich, ebenfalls getan –, aber ich will sie nicht öffnen. Ich will lediglich durchs Schlüsselloch spähen.«

»Aber *warum*, in Gottes Namen?«

Er blickte mich mit einem Ausdruck wilder Verachtung an. »Bist du etwa doch ein Dummkopf? Wie würdest du eine Tür nennen, die der gesamten Menschheit verschlossen ist?«

»Wieso sagen Sie es mir nicht einfach?«

Er seufzte, als wäre ich ein hoffnungsloser Fall. »Fahr weiter, Jamie.«

»Und wenn ich das nicht tue?«

»Dann gehe ich zu Fuß, und wenn meine Beine mich nicht tragen, werde ich kriechen.«

Natürlich bluffte er. Ohne mich wäre er nicht weitergekommen. Aber das wusste ich damals nicht, weshalb ich weiterfuhr.

Die Hütte, in der Astrid und ich uns geliebt hatten, war verschwunden. Wo sie gestanden hatte – windschief, in sich selbst zusammensackend, mit Graffiti überzogen –, befand sich nun ein hübsches kleines Cottage, weiß mit grünen Verzierungen. Davor war ein Garten mit einem quadratischen Rasenstück und prächtigen Sommerblumen angelegt, von denen am Tagesende sicher nicht mehr viel übrig sein würde. Im Osten des Gebäudes ging die asphaltierte Zufahrt in die Schotterstraße über, an die ich mich von meinen Fahrten mit Astrid zur Himmelsspitze erinnerte. Die Zufahrt endete an der Granitkuppel, auf deren Spitze der Eisenstab in den schwarzen Himmel ragte.

Jenny, gekleidet in eine Bluse mit Blumenmuster und weißen Schwesternhosen aus Nylon, stand auf der schmalen Veranda. Sie hatte die Arme unter den Brüsten gekreuzt und umfasste mit den Händen ihre Ellbogen, als wäre ihr kalt. Um den Hals hing ihr ein Stethoskop. Ich hielt vor der Treppe und ging um die Schnauze des Golfwagens herum zur anderen Seite, wo Jacobs mühsam versuchte auszusteigen. Jenny kam die Stufen herab und half mir, ihn auf die Beine zu stellen.

»Gott sei Dank sind Sie endlich da!« Sie musste laut rufen, um sich über den anschwellenden Wind, vor dem die Tannen sich neigten, verständlich zu machen. »Ich dachte schon, Sie kämen doch nicht!« Donner grollte, und als ein Blitz folgte, zuckte sie zusammen.

»Rein mit Ihnen!«, brüllte ich sie an. »Sofort!« Der Wind war eisig geworden, und meine verschwitzte Haut registrierte die Veränderung in der Luft wie ein Thermometer. Der Sturm war nur noch wenige Minuten entfernt.

Wir halfen Jacobs die Treppe hinauf, einer an jeder Seite. Die wenigen dünnen Haare, die ihm noch verblieben waren, wirbelten im Wind um seinen Schädel. Er trug immer noch seinen Gehstock und drückte das Mahagonikästchen beschützend an die Brust. Ich hörte ein rasselndes Geräusch, blickte zur Himmelsspitze und sah, wie Geröll, das von den Blitzschlägen früherer Unwetter aus dem Granit geschlagen worden war, an der Felswand herabpolterte und von der Kante des steilen Abhangs fiel.

Als wir drin waren, gelang es Jenny nicht, die Tür zu schließen. Ich schaffte es, musste dabei aber ordentlich Kraft aufwenden. Sobald sie zu war, war das Windgeheule nur noch gedämpft zu hören. Die hölzernen Knochen des Häuschens ächzten, aber es kam mir ziemlich stabil vor. Wir würden wohl nicht davongeweht werden, und der Eisenstab fing alle Blitzschläge in der unmittelbaren Nähe auf. Zumindest hoffte ich das.

»In der Küche steht eine halbe Flasche Whiskey«, sagte Jacobs außer Atem, sonst jedoch ruhig. »Falls Sie den nicht ausgetrunken haben, Miss Knowlton.«

Sie schüttelte den Kopf. Ihr Gesicht war bleich, ihre Augen, weit aufgerissen, glänzten – nicht von Tränen, sondern vor Entsetzen. Bei jedem Donnerschlag fuhr sie zusammen.

»Bring mir ein Gläschen«, sagte Jacobs zu mir. »Ein Fingerbreit reicht. Und schenke auch dir und Miss Knowlton etwas ein. Wir werden auf den Erfolg unseres Vorhabens anstoßen.«

»Ich will keinen Whiskey, und auf irgendwas anstoßen will ich auch nicht«, sagte Jenny. »Ich will bloß, dass das Ganze endlich vorüber ist. Es war Wahnsinn, mich in so etwas reinziehen zu lassen.«

»Mach schon, Jamie«, sagte Jamie. »Bring drei Gläser. Und zwar schleunigst. Tempus fugit.«

Die Flasche stand auf der Arbeitsfläche neben der Spüle. Ich stellte drei Saftgläser nebeneinander und goss in jedes einen kleinen Schluck. Ich trank sehr selten Alkohol, weil ich Angst hatte, dadurch wieder Geschmack auf Drogen zu entwickeln, aber das brauchte ich jetzt.

Als ich ins Wohnzimmer zurückkam, war Jenny verschwunden. In den Fenstern leuchtete blau ein Blitzstrahl auf; die Lampe an der Decke flackerte, bevor sie wieder hell wurde.

»Sie muss sich um unsere Patientin kümmern«, sagte Jacobs. »Ich trinke ihre Portion. Falls du die nicht willst.«

»Haben Sie mich etwa in die Küche geschickt, um mit ihr sprechen zu können, Charlie?«

»Unsinn.« Auf die gute Seite seines Gesichts trat ein Lächeln, die andere blieb ernst und wachsam. *Du weißt, dass ich lüge*, schien diese Seite auszudrücken, *aber jetzt ist es zu spät. Nicht wahr?*

Ich reichte ihm eines der Saftgläser und stellte das für Jenny gedachte auf das Tischchen neben dem Sofa, auf dem zu einem geschmackvollen Fächer angeordnet ein paar Zeitschriften lagen. Dabei kam mir in den Sinn, dass ich womöglich genau an der Stelle, an der jetzt dieses Tischchen stand, zum ersten Mal in Astrids Körper eingedrungen war. *Halt still, Liebling*, hatte sie gesagt, und dann: *Es ist wunderschön.*

Jacobs hob sein Glas. »Trinken wir auf …«

Ich kippte meinen Whiskey, bevor er den Satz vollenden konnte.

Er sah mich vorwurfsvoll an, dann schluckte er seinen Drink – mit Ausnahme eines einzelnen Tropfens, der an der erstarrten Seite seines Mundes herunterrann. »Du findest mich abscheulich, nicht wahr? Dass du so empfindest, bedauere ich. Mehr, als du dir vorstellen kannst.«

»Nicht abscheulich, sondern Furcht einflößend. Ich würde jeden als so empfinden, der mit Kräften herumspielt, die über seinen Verstand gehen.«

Er griff nach dem Whiskey, der für Jenny gedacht gewesen war. Das Glas vergrößerte die erstarrte Seite seines Gesichts. »Darüber könnte ich mit dir diskutieren, aber was soll's? Der Sturm ist bald direkt über uns, und wenn der Himmel wieder aufklart, werden wir miteinander fertig sein. Aber sei wenigstens Manns genug zuzugeben, dass du neugierig bist. Das ist es doch hauptsächlich das, was dich hergeführt hat – du willst es *wissen*. Genau wie ich. Und wie damals Ludwig Prinn. Die Einzige, die gegen ihren Willen anwesend ist, ist die arme Jenny. Sie ist gekommen, um eine Liebesschuld zu begleichen. Weshalb ihr ein Edelmut eigen ist, den wir für uns nicht in Anspruch nehmen können.«

Die Tür hinter ihm öffnete sich. Ich nahm die typischen Gerüche eines Krankenzimmers wahr – Urin, Körperlotion, Desinfektionsmittel. Jenny zog sie hinter sich zu, sah das Glas in Jacobs' Hand und nahm es ihm weg. Sie trank mit einer Grimasse, bei der die Sehnen an ihrem Hals hervortraten.

Jacobs beugte sich über seinen Gehstock und betrachtete sie aufmerksam. »Darf ich annehmen ...?«

»Ja.« Donner dröhnte. Jenny stieß einen kurzen Schrei aus und ließ das leere Saftglas fallen. Es schlug auf dem Teppichboden auf und rollte davon.

»Gehen Sie wieder rein zu ihr«, sagte Jacobs. »Jamie und ich kommen gleich nach.«

Wortlos betrat Jenny wieder das Krankenzimmer. Jacobs sah mich an.

»Hör genau zu. Wenn wir hineingehen, siehst du zu deiner Linken eine hohe Kommode. In der obersten Schublade liegt ein Revolver. Den hat Sam, der Wachmann, mir besorgt. Du wirst ihn zwar wahrscheinlich nicht verwenden müssen, aber falls doch, Jamie ... dann zögere nicht!«

»Weshalb in Gottes Namen sollte ich ...«

»Wir haben über eine gewisse Tür gesprochen. Es ist die Tür zum Tod, und früher oder später wird jeder von uns ganz klein, schrumpft auf nichts als Geist und Seele zurück, und in diesem reduzierten Zustand treten wir hindurch und lassen unseren Körper hinter uns wie einen leeren Handschuh. Manchmal kommt der Tod auf ganz natürliche Weise, als Gnade, die allem Leiden ein Ende bereitet. Aber nur allzu oft ist er ein Mörder, voll absurder Grausamkeit und ohne jede Spur von Mitgefühl. Meine Frau und mein Sohn, die mir durch einen dummen und sinnlosen Unfall genommen wurden, sind ein perfektes Beispiel. Deine Schwester ist ein anderes. Das sind drei von Abermillionen. Den größten Teil meines Lebens habe ich jene verflucht, die versuchen, diese Stupidität und Sinnlosigkeit zu erklären, indem sie was vom Glauben schwafeln und Kindergeschichten über den Himmel erzählen. Derartiges Geschwätz hat mich nie getröstet, und das gilt mit Sicherheit auch für dich. Aber dennoch ... da ist *etwas*.«

Ja, dachte ich, während der Donner so laut und so nahe krachte, dass die Fensterscheiben in ihren Rahmen erbebten. *Etwas ist da, jenseits der Tür, und etwas wird passieren. Etwas furchtbar Schreckliches. Falls ich der Sache kein Ende bereite.*

»Bei meinen Experimenten habe ich Andeutungen von diesem Etwas erblickt. Ich habe seine vage Gestalt bei jeder Heilung gesehen, die durch die geheime Elektrizität bewirkt wurde. Selbst die Neben- und Nachwirkungen, die du teilweise selbst erlebt und beobachtet hast, haben es mir offenbart. All dies sind Bruchstücke irgendeiner unbekannten Existenz jenseits unseres Daseins. Jedermann fragt sich zu dieser oder jener Zeit, was sich hinter der Wand des Todes befindet. Heute, Jamie, werden wir es mit eigenen Augen sehen. Ich will wissen, was aus meiner Frau und meinem Sohn geworden ist. Ich will wissen, was das Universum für uns alle bereithält, wenn dieses Leben vorüber ist, und ich habe vor, es jetzt herauszufinden.«

»Wir sind nicht dazu bestimmt, das zu sehen.« Das Entsetzen hatte mir fast die Stimme geraubt, und ich war mir nicht sicher, ob er mich im Windgetöse gehört hatte, doch das hatte er.

»Willst du mir etwa erzählen, dass du nicht jeden Tag an deine Schwester Claire denkst? Fragst du dich nicht, ob sie noch *irgendwo* existiert?«

Ich antwortete nichts, aber er nickte, als hätte ich ihm zugestimmt.

»Natürlich fragst du dich das, und in Kürze werden wir die Antwort kennen. Mary Fay wird sie uns geben.«

»Wie kann sie das?« Meine Lippen fühlten sich taub an, aber nicht vom Alkohol. »Wie kann sie das, wenn sie von Ihnen geheilt wird?«

Er warf mir einen Blick zu, der mich fragte, ob ich wirklich so ahnungslos war. »Ich *kann* sie gar nicht heilen. Die acht erwähnten Krankheiten habe ich ausgewählt, weil *keine von ihnen* einer Heilung durch die geheime Elektrizität zugänglich ist.«

Der Wind steigerte sich zu einem Brüllen, und die ersten Regentropfen prasselten gegen die Westseite des Hauses. Sie prallten so hart auf, dass sie sich wie Kieselsteine anhörten.

»Während wir vom Resort hierhergefahren sind, hat Miss Knowlton das Beatmungsgerät abgeschaltet. Inzwischen ist Mary Fay bereits fast eine Viertelstunde lang tot. Ihr Blut kühlt ab. Der erstaunliche und wunderbare Computer in ihrem Schädel, beschädigt von der seit ihrer Kindheit in ihr lauernden Krankheit, ist in Finsternis abgestürzt.«

»Sie glauben ... Sie glauben *tatsächlich* ...« Ich brachte den Satz nicht zu Ende. Ich war völlig entgeistert.

»Ja. Viele Jahre voller Studien und Experimente waren vonnöten, um diesen Punkt zu erreichen, aber: ja. Indem ich Blitze als Verbindung zur geheimen Elektrizität und die geheime Elektrizität als Portal zur *potestas magna universi* nutze, beabsichtige ich, Mary Fay in irgendeine Form von Leben zurückzuholen. Ich will die Wahrheit darüber wissen, was sich auf der anderen Seite der Tür befindet, die ins Reich des Todes führt. Erfahren werde ich das von den Lippen einer Frau, die dort gewesen ist.«

»Sie sind völlig wahnsinnig.« Ich wandte mich zum Gehen. »An so etwas will ich keinen Anteil haben.«

»Wenn du wirklich gehen willst, kann ich dich nicht aufhalten«, sagte er. »Wenngleich es ausgesprochen unbesonnen wäre, bei einem derartigen Unwetter vor die Tür zu treten. Hilft dir vielleicht bei deiner Entscheidung die Versicherung, dass ich auch ohne dich fortfahren und dadurch nicht nur mein Leben, sondern ebenso das von Miss Knowlton aufs Spiel setzen würde? Welche bittere Ironie es doch wäre, wenn sie so bald, nachdem Astrid gerettet wurde, sterben müsste.«

Ich drehte mich um. Ich hatte bereits den Türknauf ergriffen, auf der anderen Seite hämmerte Regen an die Tür. Ein Blitzstrahl warf ein blaues Rechteck auf den Teppichboden.

»Du *könntest* in Erfahrung bringen, was aus Claire geworden ist.« Nun war seine Stimme leise und klang sanft und seidig, die Stimme von Pastor Danny in ihrer überzeugendsten Form.

Die Stimme eines schmeichelnden Teufels.

»Möglicherweise kannst du sogar mit ihr sprechen ... und hören, wie sie dir sagt, dass sie dich liebt. Wäre das nicht wunderbar? Vorausgesetzt natürlich, dass sie immer noch als bewusstes Wesen existiert ... *Willst du etwa auf dieses Wissen verzichten?*«

Wieder flammte draußen ein Blitz auf, und aus dem Mahagonikästchen schoss ein giftig grünlich violetter Lichtstrahl durch den Spalt unter der Klappe. Nach einem kurzen Moment war er wieder verschwunden.

»Falls es dich tröstet, so sei versichert, dass Miss Fay diesem Experiment zugestimmt hat. Die entsprechenden Dokumente sind tadellos in Ordnung, darunter eine eidliche und gezeichnete Erklärung, die mich ermächtigt, sogenannte drastische, also lebensverlängernde Maßnahmen nach eigenem Ermessen einzustellen. Als Gegenleistung für meine kurze und gänzlich respektvolle Verwendung der sterblichen Überreste von Miss Fay habe ich ihren Sohn mit einem großzügigen Treuhandvermögen ausgestattet, das ihn bis weit ins Erwachsenenalter hinein versorgen wird. Es gibt bei dieser Sache keine Opfer, Jamie.«

Das sagst du, dachte ich. *Das sagst du.*

Donner brüllte. Diesmal hörte ich direkt vor dem Blitzschlag ein schwaches, klickendes Geräusch. Jacobs hörte es ebenfalls.

»Es ist so weit. Komm jetzt mit mir in das Zimmer, oder verschwinde.«

»Ich komme«, sagte ich. »Und ich werde beten, dass nichts passiert. Weil das hier kein Experiment ist, Charlie. Das ist Teufelswerk.«

»Glaub ruhig, was du willst, und bete, so viel du möchtest. Vielleicht hast du damit mehr Glück, als ich jemals hatte ... obwohl ich das stark bezweifle.«

Er öffnete die Tür, und ich folgte ihm in den Raum, in dem Mary Fay gestorben war.

XIII

Die Wiedererweckung von Mary Fay.

Mary Fays Sterbezimmer besaß ein großes, nach Osten gerichtetes Fenster, aber das Unwetter war nun beinahe direkt über uns, weshalb ich dahinter nur einen mattsilbernen Vorhang aus Regen sah. Trotz der Lampe auf dem Nachttisch war der Raum voller Schatten. Mit der linken Schulter streifte ich die Kommode, von der Jacobs gesprochen hatte, doch an den Revolver in der obersten Schublade dachte ich keinen Augenblick. Meine ganze Aufmerksamkeit war von der Gestalt in Anspruch genommen, die reglos in ihrem Krankenhausbett lag. Ich konnte sie gut sehen, denn die verschiedenen Monitore waren ausgeschaltet und der Infusionsständer in die Ecke geschoben worden.

Sie war wunderschön. Der Tod hatte alle Spuren ausradiert, die von der in ihrem Gehirn tobenden Krankheit in ihren Körper eingeritzt worden waren, und ihr nach oben gewandtes Gesicht – alabasterne Haut, umgeben von üppigem, kastanienbraunem Haar – war so vollkommen wie eine Kamee. Die Augen waren geschlossen. Dicke Wimpern berührten die Wangen. Mary Fays Lippen waren leicht geöffnet. Auf dem bis zu den Schultern hochgezogenen Laken ruhten ihre verschränkten Hände über der Wölbung ihres Busens. Mir kamen Bruchstücke eines Gedichts in den Sinn, das wir im Englischunterricht gelesen hatten: *Mit deinem hyazinthenen Haar, mit deinem edlen Angesicht ... darf ich dich wie ein Bildwerk sehn ...*

Jenny Knowlton stand neben dem nun nutzlosen Beatmungsgerät und rang die Hände.

Ein Blitz flammte auf. In seinem kurzen, grellen Schein sah ich den Eisenstab auf der Himmelsspitze, der dort schon seit

Gott weiß wie vielen Jahren stand und jedes Unwetter dazu herausforderte, sein Schlimmstes zu geben.

Jacobs streckte mir das Kästchen hin. »Hilf mir, Jamie. Wir müssen uns beeilen. Nimm es und öffne es. Den Rest erledige ich.«

»Tun Sie's nicht«, sagte Jenny aus ihrer Ecke. »Lassen Sie sie um Gottes willen in Frieden ruhen.«

Angesichts des trommelnden Regens und des heulenden Windes hatte Jacobs sie wahrscheinlich nicht gehört. Ich hörte sie, entschied mich jedoch, sie zu ignorieren. So führen wir nämlich unsere eigene Verdammnis herbei – indem wir bewusst die Stimme überhören, die uns anfleht innezuhalten. Aufzuhören, solange noch Zeit dazu ist.

Ich öffnete das Kästchen, in dem sich weder Stäbe noch ein Steuergerät befanden. An deren Stelle war ein Stirnband aus Metall getreten, schmal wie der Riemen am Tanzschuh einer jungen Frau. Jacobs nahm es behutsam, geradezu ehrfürchtig heraus und zog sanft daran. Ich sah, wie es sich dehnte. Und als der nächste Blitzschlag kam, sah ich ein grünes Leuchten darübertanzen, wodurch es nicht mehr nach totem Metall aussah, sondern wie etwas anderes. Wie eine Schlange vielleicht.

»Miss Knowlton, heben Sie Marys Kopf an«, sagte Jacobs.

Jenny schüttelte so heftig ihren Kopf, dass die Haare flogen.

Er seufzte. »Jamie. Tu du es.«

Ich trat zum Bett wie jemand in einem Traum. Ich dachte daran, dass Patricia Farmingdale sich Salz in die Augen geschüttet hatte. Dass Emil Klein Dreck gegessen hatte. Dass Hugh Yates gesehen hatte, wie die Gläubigen in Pastor Dannys Revival-Zelt sich in riesige Ameisen verwandelten. Und ich dachte: *Jede Heilung hat ihren Preis.*

Man hörte ein neuerliches *Klick*, gefolgt von einem Blitzstrahl. Donner brüllte und schüttelte das Haus. Die Nachttischlampe erlosch. Einen Augenblick lang lag der Raum im Dunkeln, dann sprang ratternd ein Generator an.

»Schnell!« Jacobs' Stimme klang gequält. Auf seinen Handflächen sah ich Brandwunden. Dennoch hatte er das Stirnband nicht fallen lassen. Es war der letzte elektrische Leiter, den er konstruiert hatte, seine Verbindung zur *potestas magna universi*, und ich glaube noch heute, er hätte es selbst dann nicht losgelassen, wenn ihn der Stromstoß in den Tod gerissen hätte. »Schnell, bevor ein Blitz in den Stab einschlägt!«

Ich hob Mary Fays Kopf an. Als dunkle Flut lösten sich die kastanienbraunen Haare von jenem vollkommenen (und vollkommen reglosen) Gesicht und sanken aufs Kissen. Jacobs stand vornübergebeugt neben mir. Er atmete in rauen, erregten Zügen, die nach Alter und Gebrechlichkeit stanken. Mir kam in den Sinn, dass er nur ein paar Monate hätte warten müssen, um persönlich zu erforschen, was sich auf der anderen Seite jener Tür befand. Aber das war es natürlich nicht, was er wollte. Den Kern jeder Religion bildete ein geheiligtes Mysterium, das den Glauben und die Glaubenstreue anspornte, manchmal bis hin zum Märtyrertum. Ja, er wollte wissen, was hinter dem Tor des Todes lag. Aber noch mehr wollte er – das glaube ich von ganzem Herzen – dieses Mysterium entweihen. Er wollte es ans Licht zerren, in die Höhe halten und schreien: *Da ist es! Dafür sind all eure Kreuzzüge und eure Morde im Namen Gottes geschehen! Da ist es! Na, wie gefällt es euch?*

»Ihre Haare ... hebe ihre Haare an.« Er wandte sich vorwurfsvoll an die geduckt in der Ecke stehende Frau. »Verflucht noch mal, ich habe Ihnen doch gesagt, dass Sie die abschneiden sollen!«

Jenny erwiderte nichts.

Ich hob Mary Fays Haare an. Sie waren so weich und leicht wie Seidentuch, und ich wusste, wieso Jenny sie nicht abgeschnitten hatte. Das hatte sie einfach nicht über sich gebracht.

Jacobs schob der Toten das schmale Metallband über die Stirn, sodass es sich fest an die Höhlungen der Schläfen schmiegte.

»Geschafft«, sagte er und richtete sich auf.

Ich legte den Kopf der Toten behutsam wieder aufs Kissen, und als ich die dunklen Wimpern betrachtete, die sich an die

Wangen legten, kam mir ein tröstlicher Gedanke: Es würde nicht funktionieren. Eine Frau wiederzubeleben, die seit fünfzehn Minuten tot war – nein, jetzt war es schon fast eine halbe Stunde –, war etwas ganz anderes, als Menschen zu heilen. Es war schlicht unmöglich. Falls ein Millionen Volt starker Blitz tatsächlich etwas bewirkte – falls er dazu führte, dass die Tote mit den Fingern zuckte oder den Kopf drehte –, dann würde das keine größere Bedeutung haben, als wenn man das Bein eines toten Froschs mit einem elektrischen Reiz aus einer Batterie zum Zappeln brachte. Was konnte Jacobs sich erhoffen? Selbst wenn Mary Fays Gehirn völlig gesund gewesen wäre, hätte es sich jetzt in ihrem Schädel zu Fäulnis zersetzt. Ein Hirntod war unumkehrbar; selbst ich wusste das.

Ich trat einen Schritt zurück. »Was jetzt, Charlie?«

»Wir warten«, sagte er. »Es wird nicht lange dauern.«

Als die Nachttischlampe etwa eine halbe Minute später zum zweiten Mal erlosch, flammte sie hinterher nicht wieder auf, und auch das Rattern des Generators hörte ich nicht mehr, nur noch den heulenden Wind. Seit Jacobs das Metallband um Mary Fays Kopf gelegt hatte, schien er das Interesse an ihr verloren zu haben. Er starrte aus dem Fenster, die Hände hinter dem Rücken verschränkt wie ein Kapitän auf der Brücke seines Schiffs. Durch den strömenden Regen hindurch war der Eisenstab nicht sichtbar, nicht einmal als Schatten, aber wenn ein Blitz in ihn einschlug, würden wir ihn sicher zu sehen bekommen. Falls tatsächlich ein Blitz einschlug. Bisher war das noch nicht geschehen. Vielleicht gab es *doch* einen Gott, dachte ich, und der hatte Partei gegen Charles Jacobs ergriffen.

»Wo ist der Steuerkasten?«, fragte ich ihn. »Wo ist die Verbindung zu diesem Stab da draußen?«

Er sah mich an, als wäre ich schwachsinnig. »Es gibt keine Möglichkeit, eine Kraft zu steuern, die stärker ist als Blitze. Sie würde selbst einen Behälter aus Titan zu Asche werden lassen. Und was die Verbindung angeht ... die bist *du*, Jamie. Hast du immer noch nicht erraten, weshalb du hier bist? Hast du wirklich gedacht, ich hätte dich hergeholt, damit du mir das *Essen* kochst?«

Sobald er es ausgesprochen hatte, fiel es mir wie Schuppen von den Augen. Ich konnte mir nicht erklären, warum ich so lange dafür gebraucht hatte, es zu erkennen. Die geheime Elektrizität war nie gänzlich aus mir und allen anderen, die Pastor Danny geheilt hatte, verschwunden. Manchmal schlummerte sie wie die Krankheit, die sich so lange in Mary Fays Gehirn verborgen hatte. Und manchmal erwachte sie und brachte die Betroffenen dazu, Dreck zu fressen, sich Salz in die Augen zu schütten oder sich mit der eigenen Hose aufzuhängen. Man brauchte zwei Schlüssel, um jene kleine Tür aufzuschließen. Der eine war Mary Fay.

Ich war der andere.

»Charlie, Sie müssen aufhören.«

»*Aufhören?* Bist du wahnsinnig?«

Nein, dachte ich, *das bist eher du. Ich bin zur Besinnung gekommen.*

Ich hoffte nur, dass es nicht zu spät war.

»Auf der anderen Seite wartet irgendetwas«, sagte ich. »Astrid hat es die Mutter genannt. Ich glaube nicht, dass Sie die wirklich sehen wollen, und ich will es auf keinen Fall.«

Ich bückte mich, um das Metallband zu lösen, das um Mary Fays Stirn lag. Sofort umschlang mich Jacobs und zog mich weg. So dürr, wie seine Arme waren, hätte ich fähig sein müssen, die Umklammerung zu lösen, aber das gelang mir nicht, wenigstens zunächst nicht. Er hielt mich mit der ganzen Kraft seiner Besessenheit fest.

Während wir in jenem düsteren, von Schatten erfüllten Zimmer miteinander rangen, flaute der Wind plötzlich ab. Auch der Regen ließ nach. Durchs Fenster konnte ich wieder den Stab sehen. An den Runzeln, von denen die gewölbte Granitstirn der Himmelsspitze durchzogen war, liefen kleine Wasserströme herab.

Gott sei Dank, dachte ich. *Das Unwetter zieht vorüber.*

Gerade als es mir schon fast gelungen war, mich zu befreien, gab ich meinen Widerstand auf und verlor so meine Chance, den Gräueln dieses Tages ein Ende zu bereiten, bevor sie beginnen konnten. Der Sturm war nicht vorbei, sondern hatte nur Atem geholt, bevor er zu seinem Hauptangriff überging. Bald war der Wind wieder da, nun mit der Wucht eines Hurrikans, und in dem Sekundenbruchteil, bevor der Blitz einschlug, spürte ich, was ich an jenem Tag mit Astrid gespürt hatte: Alle Haare an meinem Körper stellten sich auf, und ich hatte das Gefühl, die Luft im Raum hätte sich in Öl verwandelt. Diesmal war es kein Klicken, sondern ein Knall, so laut wie der Schuss einer Kleinkaliberflinte. Jenny schrie vor Entsetzen auf.

Ein gezackter Ast aus Feuer schoss aus den Wolken, schlug in den Eisenstab auf der Himmelsspitze ein und ließ ihn blau erglühen. Mein Kopf war von einem gewaltigen Chor schreiender Stimmen erfüllt, und ich begriff, dass dies alle Menschen waren, die Charles Jacobs jemals geheilt hatte, und dazu alle, die je von seiner Blitzporträtkamera auf den Jahrmärkten aufgenommen worden waren. Nicht nur jene, die an Neben- und Nachwirkungen gelitten hatten, sondern alle, Tausende an der Zahl. Hätte dieses Schreien auch nur zehn Sekunden angedauert, so hätte es mich in den Wahnsinn getrieben. Doch als das elektrische Feuer, das den Stab umhüllte, zum kirschroten Glühen eines frisch aus der Esse genommenen Brandeisens verblasste, verklangen auch die qualvollen Stimmen.

Donner krachte, und der Regen rauschte hernieder, begleitet von prasselndem Hagel.

»O Gott!«, schrie Jenny. *»O mein Gott, seht nur!«*

Das Band um Mary Fays Kopf glühte in einem strahlenden, pulsierenden Grün. Ich sah es nicht nur mit meinen Augen; das Glühen befand sich auch tief in meinem Gehirn, denn ich war die Verbindung. Ich war der Leitkörper. Das Glühen ließ allmählich nach, doch da schlug ein neuer Blitzstrahl in den Stab ein. Wieder schrie der Chor auf. Diesmal ging die Farbe des Bandes von Grün in ein funkelndes Weiß über, das zum Hineinblicken zu grell war. Ich schloss die Augen und presste mir die Hände auf die Ohren. In der Dunkelheit sah ich ein Nachbild des Bandes, nun in ätherischem Blau.

Die Schreie in meinem Inneren verklangen. Ich öffnete die Augen und sah, dass das Glühen des Bandes ebenfalls verblasste. Jacobs starrte mit weit aufgerissenen, unendlich faszinierten Augen auf die Leiche von Mary Fay. Von der erstarrten Seite seines Mundes tropfte Speichel.

Der Hagel ließ ein letztes wütendes Rasseln ertönen, dann setzte er aus. Auch der Regen ließ allmählich nach. Ich sah noch einen gegabelten Blitz in die Bäume jenseits der Himmelsspitze zucken, aber der Sturm zog bereits nach Osten ab.

Hals über Kopf rannte Jenny aus dem Zimmer. Die Tür ließ sie offen stehen. Ich hörte, wie sie im Wohnzimmer irgendetwas anrempelte, und dann einen Knall, mit dem die Tür nach draußen – die ich nur mit Mühe zubekommen hatte – aufflog und gegen die Wand krachte. Dann war sie fort.

Jacobs schenkte ihrem Abgang keinerlei Beachtung. Er beugte sich über die Tote, die mit geschlossenen Augen und dunklen, die Wangen berührenden Wimpern dalag. Das Stirnband war nur noch totes Metall; in der Dunkelheit glänzte es nicht einmal. Falls es die Stirn verbrannt hatte, befanden die Spuren sich darunter. Wahrscheinlich war das jedoch nicht geschehen, sonst hätte ich verschmortes Fleisch riechen müssen.

»Wach auf«, sagte Jacobs. Als keine Antwort kam, rief er es. »Wach auf!« Er schüttelte den reglosen Arm – zuerst sanft, dann stärker. »Wach auf! Wach auf, verflucht, *wach auf!*«

Während er sie schüttelte, bewegte ihr Kopf sich wie verneinend von einer Seite zur anderen.

»WACH AUF, DU MIESES AAS, WACH AUF!«

Wenn er so weitermachte, würde er sie aus dem Bett auf den Boden ziehen, und diese neue Schändung hätte ich nicht ertragen. Ich packte ihn an der rechten Schulter und zerrte ihn weg. In einem plumpen Tanz stolperten wir rückwärts und prallten gegen die Kommode.

Mit vor Zorn und Frustration lodernder Miene drehte er sich nach mir um. *»Lass mich los! Lass mich los! Ich habe dir dein elendes, nutzloses Leben gerettet, und ich verlange von dir, dass …«*

Da passierte etwas.

Vom Bett ertönte ein leises summendes Geräusch. Ich lockerte meinen Griff. Die Leiche lag da wie zuvor, nur waren ihre Arme jetzt, da Jacobs so an ihr gerüttelt hatte, ausgebreitet.

Es war nur der Wind, dachte ich. Mit der Zeit hätte ich mir das bestimmt erfolgreich einreden können, aber bevor ich auch nur damit anfangen konnte, kam es wieder: ein leises Summen von der Frau auf dem Bett.

»Sie kehrt wieder«, sagte Charlie. Seine Augen waren riesig; sie quollen aus ihren Höhlen wie die Augen einer von einem grausamen Kind gequetschten Kröte. »Sie ist wiedererweckt. Sie *lebt.*«

»Nein«, sagte ich.

Wenn er mich gehört hatte, so achtete er nicht darauf. Seine gesamte Aufmerksamkeit war auf die Frau im Bett gerichtet, auf das bleiche Oval ihres Gesichts tief in den schwimmenden Schatten, die den Raum heimsuchten. Dann hastete er zu ihr, das gelähmte Bein hinter sich herziehend wie Ahab auf dem Deck der *Pequod.* Seine Zunge leckte an der nicht gelähmten Seite seines Mundes. Er rang nach Atem.

»Mary«, sagte er. »Mary Fay.«

Abermals erklang das summende Geräusch, leise und tonlos. Die Augen der Toten blieben geschlossen, doch mit eisigem Entsetzen wurde mir klar, dass sie sich unter den Lidern bewegten, als träumte ihre Besitzerin noch im Tod.

»Hörst du mich?« In seiner trockenen Stimme lag ein fast lüsterner Eifer. »Wenn du mich hörst, so gib mir ein Zeichen!«

Das Summen hielt an. Jacobs legte der Toten die Handfläche auf die linke Brust, dann drehte er sich zu mir um. So unglaublich es war, er grinste. Im Dunkel sah sein Kopf wie ein Totenschädel aus.

»Kein Herzschlag«, sagte er. »Und doch lebt sie. *Sie lebt!*«

Nein, dachte ich. *Sie wartet. Aber das Warten ist bald vorüber.*

Jacobs wandte sich wieder Mary Fay zu und senkte sein zur Hälfte erstarrtes Gesicht, bis es nur noch wenige Zentimeter von ihrem toten entfernt war – ein Romeo mit seiner Julia. »*Mary!* Mary Fay! Komm zu uns zurück! Komm zurück, und sag uns, wo du gewesen bist!«

Es fällt mir schwer, an das zu denken, was dann geschah, geschweige denn, es niederzuschreiben, aber es muss sein, und sei es nur zur Warnung all jener, die ein ähnliches Experiment der Verdammnis planen, diese Worte lesen und davon zur Umkehr veranlasst werden.

Sie öffnete die Augen.

Mary Fay öffnete die Augen, aber es waren keine *menschlichen* Augen mehr. Blitze hatten das Schloss an einer Tür zertrümmert, die nie hätte geöffnet werden dürfen, und die Mutter trat hindurch.

Zuerst waren es blaue Augen. Strahlend blau. Es lag nichts in ihnen. Sie waren vollkommen leer. Sie starrten nach oben, durch Jacobs' begieriges Gesicht hindurch, durch die Zimmerdecke und durch den wolkenverhangenen Himmel jenseits davon. Dann kehrten sie wieder. Sie nahmen Jacobs wahr, und ein gewisses Begreifen – ein Verständnis – trat in sie. Das summende Geräusch erklang wieder, aber ich hatte Mary keinen einzigen Atemzug machen sehen. Der sowieso zwecklos gewesen wäre. Sie war ein unbelebtes Ding ... mit Ausnahme dieser unmenschlich starrenden Augen.

»Wo bist du gewesen, Mary Fay?« Jacobs' Stimme zitterte. Immer noch tropfte Speichel aus der starren Seite seines Mundes und hinterließ feuchte Flecken auf dem Laken. »Wo bist du gewesen, und was hast du dort gesehen? Was erwartet uns jenseits des Todes? *Was ist auf der anderen Seite?* Sage es mir!«

Ihr Kopf begann zu pulsieren, als wäre das tote Gehirn darin zu groß für sein Gehäuse geworden. Die Augen wurden dunkler, zuerst lavendelfarben, dann purpurn und schließlich tiefblau. Die Lippen verzogen sich zu einem Lächeln, das breiter und zu einem Grinsen wurde. Es setzte sich fort, bis ich sämtliche Zähne sehen konnte. Eine der Hände wanderte spinnenartig über das Laken und packte Jacobs am Handgelenk. Er rang nach Atem, als er den kalten Griff spürte, und schlug mit der anderen Hand um sich, um das Gleichgewicht zu halten. Ich ergriff sie, und so waren wir drei – zwei lebendig, eine tot – miteinander vereint. Der Kopf auf dem Kissen pulsierte. Er wuchs. *Blähte sich auf.* Die Frau war nun nicht mehr schön; sie war nicht einmal mehr menschlich.

Das Zimmer verschwand nicht; es war immer noch da, aber ich sah, dass es eine Illusion war. Das kleine Haus war eine Illusion, die Himmelsspitze, das Resort. Die ganze lebende Welt war eine Illusion. Was ich für die Wirklichkeit gehalten hatte, war nichts als ein Schleier, so fadenscheinig wie ein alter Nylonstrumpf.

Die *wahre* Welt befand sich dahinter.

Basaltblöcke ragten in einen schwarzen, von heulenden Sternen gelochten Himmel. Ich glaube, diese Blöcke waren alles, was von einer riesigen, in Trümmern liegenden Stadt übrig geblieben war. Sie standen in einer öden Landschaft. Öde, ja, aber nicht leer. Eine breite und scheinbar endlose Kolonne aus nackten menschlichen Gestalten schleppte sich hindurch, mit gesenkten Köpfen und stolpernden Füßen. Diese Albtraumparade erstreckte sich bis zum fernen Horizont. Angetrieben wurden die Menschen von ameisenähnlichen Kreaturen, meist schwarz, teils dunkelrot wie venöses Blut. Fielen die Menschen zu Boden, so stürzten die Ameisenwesen sich auf sie, um sie zu beißen und zu stoßen, bis sie wieder auf die Beine kamen. Ich sah junge Männer und alte Frauen. Ich sah Teenager mit Babys auf dem Arm. Ich sah Kinder, die bemüht waren, sich gegenseitig weiterzuhelfen. Und auf jedem Gesicht stand derselbe Ausdruck blanken Grauens.

So marschierten sie unter den heulenden Sternen dahin, sie stürzten, sie wurden bestraft, und wenn sie wieder auf die Beine getrieben worden waren, klafften an Armen, Beinen und Bäuchen tiefe Bisswunden, die nicht bluteten. Es kam kein Blut, weil dies die Toten waren. Das törichte Trugbild des irdischen Lebens war ihnen entrissen worden, und statt des von Predigern aller Glaubensrichtungen versprochenen Himmels erwartete sie eine tote Stadt aus zyklopischen Steinblöcken unter einem Himmel, der selbst nur Kulisse war. Die heulenden Sterne waren gar keine Sterne. Es waren *Löcher*, und das aus ihnen ertönende Geheul kam von der wahren *potestas magna universi*. Jenseits des Himmels befanden sich *Wesen*. Sie waren lebendig, allmächtig und vollkommen wahnsinnig.

Die Neben- und Nachwirkungen sind Bruchstücke irgendeiner unbekannten Existenz jenseits unseres Daseins, hatte Jacobs gesagt, und jene Existenz war im Kerker dieses trostlosen Ortes eingesperrt, in einer prismatischen Welt voll irrwitziger Wahrheiten, die jeden Menschen, so er auch nur einen flüchtigen Blick auf sie warf, in den Wahnsinn treiben konnte. Die Ameisenkreaturen dienten jenen großen Wesen dort oben, wie die dahinmarschierenden nackten Toten den Ameisen dienten.

Vielleicht war die Stadt gar keine Stadt, sondern eine Art Ameisenhaufen, wo alle Toten der Erde erst versklavt und dann gefressen wurden. Und sobald das geschehen war, starben sie dann wohl endgültig? Womöglich nicht. Ich wollte mich nicht an die Verszeilen erinnern, die Bree in ihrer Mail zitiert hatte, aber sie kamen mir unweigerlich in den Sinn: *Das ist nicht tot, was ewig liegt, bis dass die Zeit den Tod besiegt.*

Irgendwo in dieser marschierenden Horde waren Patsy Jacobs und Morrie das Klettchen. Irgendwo war auch Claire, die den Himmel verdient und stattdessen dies erhalten hatte: eine allem Leben hohnsprechende Welt unter hohlen Sternen, ein Totenreich, dessen ameisenhafte Wächter manchmal krochen und manchmal aufrecht standen, mit Gesichtern, die grässlich menschlich wirkten. *Dieses Grauen war das Jenseits, und es wartete nicht nur auf jene von uns, die Böses getan hatten, sondern auf uns alle.*

Meine Gedanken gerieten ins Taumeln. Das war eine Erleichterung, und fast hätte ich losgelassen. Nur eine einzige Vorstellung rettete mich vor dem Wahnsinn, und an der klammere ich mich noch heute fest – an der Möglichkeit, dass diese albtraumhafte Landschaft ihrerseits ein Trugbild war.

»Nein!«, rief ich.

Die dahinmarschierenden Toten wandten sich nach meiner Stimme um. Das taten auch die Ameisenkreaturen, mit mahlenden Mandibeln und drohend starrenden Augen, die abscheulich waren, aber *intelligent* wirkten. Hoch über allem ging mit titanischem Reißen der Himmel entzwei. Ein riesiges schwarzes Bein, von Nestern aus stacheligem Fell bedeckt, schob sich hindurch. Das Bein endete in einer aus menschlichen Gesichtern bestehenden gewaltigen Klaue. Das Wesen, dem das Bein gehörte, wollte nur eines: die Stimme der Verneinung zum Schweigen bringen.

Es war die Mutter.

»Nein!«, rief ich wieder. *»Nein, nein, nein, nein!«*

Hervorgerufen wurde diese Vision durch unsere Verbindung mit der wiedererweckten Toten; meinem unermesslichen Entsetzen zum Trotz war mir das bewusst. Jacobs umklammerte meine Hand wie eine eiserne Fessel. Hätte er das mit der rechten – seiner *guten* – Hand getan, so hätte ich mich niemals rechtzeitig befreien können, aber es war seine geschwächte Linke. Ich zog mit aller Macht, während sich jenes widerwärtige Bein nach mir ausstreckte und mit seiner Klaue aus schreienden Gesichtern zupacken wollte, um mich hinauf in das unergründliche Universum des Grauens zu zerren, das mich jenseits des schwarzen Papierhimmels erwartete. Durch den Riss im Firmament sah ich irrwitzige Lichter und Farben, die nie von einem sterblichen Wesen hätten erblickt werden sollen. Die Farben waren lebendig. Ich spürte sie über mich hinwegkriechen.

Mit einem letzten Ruck befreite ich mich aus Jacobs' Griff und taumelte rückwärts. Die öde Ebene, die riesige zerstörte Stadt, die nach mir greifende Klaue – alles verschwand. Ich lag lang ausgestreckt auf dem Boden des Häuschens an der Himmelsspitze. Mein alter Fünfter im Spiel stand am Bett. Mary Fay – oder die finstere Kreatur, die er durch seine geheime Elektrizität in deren Leiche und totes Gehirn gerufen hatte – umklammerte seine Hand. Ihr Kopf war zu einer pulsierenden Qualle geworden, auf die in groben Zügen ein menschliches Gesicht gekritzelt war. Die Augen waren glanzlos schwarz. Ihr Grinsen … man würde wohl sagen, dass niemand *tatsächlich* von einem Ohr zum anderen grinsen konnte, das war eine bloße Redensart, aber die tote Frau, die nicht mehr tot war, tat genau das. Die untere Hälfte ihres Gesichts hatte sich in einen zitternden, pochenden schwarzen Krater verwandelt.

Jacobs starrte sie mit hervorquellenden Augen an. Sein Gesicht war käsig weiß geworden. »Patricia? Patsy? Wo bist du? Und wo ist Morrie?«

Das Ding sprach zum ersten und letzten Mal.

»Die sind dahingegangen, um den Großen zu dienen im Nihil. Nicht Tod, nicht Licht, nicht Ruhe.«

»Nein.« Seine Brust hob sich, und er wiederholte schreiend: *»Nein!«*

Er versuchte zurückzuweichen. Sie – *es* – hielt ihn fest.

Nun fuhr aus dem klaffenden Mund der Toten ein schwarzes Bein mit einer angespannten Klaue am Ende. Auch diese Klaue war lebendig; sie war ein Gesicht. Eines, das ich kannte. Es war Morrie das Klettchen, und er schrie. Ich hörte ein dunkles Rascheln, mit dem das Bein zwischen den Lippen hindurchglitt; in meinen Albträumen höre ich es immer noch. Das Bein tastete umher, es streckte sich weiter aus, es berührte das Laken, krabbelte darauf wie gehäutete Finger und hinterließ Brandflecken, von denen dünne Rauchfäden aufstiegen. Die schwarzen Augen des Dinges, das einmal Mary Fay gewesen war, blähten sich auf und breiteten sich aus. Über dem Nasenrücken verschmolzen sie und wurden zu einer einzigen, riesenhaften Halbkugel, die den Mann vor ihr mit blanker Gier anstierte.

Der Kopf von Jacobs zuckte zurück, und aus seinem Mund kam ein gurgelndes Geräusch. Er stellte sich auf die Zehenspitzen, als wollte er einen letzten, krampfhaften Versuch unternehmen, sich aus dem Griff des Wesens zu befreien, das aus jener wahnsinnigen Totenwelt hervordringen wollte, die unserer so nahe ist, wie ich jetzt weiß. Dann sank er auf die Knie und kippte nach vorn, bis er mit der Stirn ans Bett stieß. Er sah aus, als würde er beten.

Das grässliche Ding ließ ihn los und wandte seine Aufmerksamkeit mir zu. Es schlug das Laken zurück und versuchte mühsam, sich zu erheben. Immer noch ragte das schwarze Insektenbein aus der klaffenden Höhle des Mundes. Nun jedoch wand sich an seinem Ende nicht mehr allein Morries Gesicht. Das von Patsy war mit dem ihres Sohnes verschmolzen.

Ich kam hoch, indem ich den Rücken an die Wand presste und mich mit den Beinen vom Boden abdrückte. Mary Fays aufgeblähtes, pulsierendes Gesicht wurde dunkler, als würde sie an dem Ding in ihrem Inneren ersticken. Das glatte schwarze Auge starrte. In seiner Oberfläche spiegelten sich die zyklopische Stadt und die endlose Kolonne der marschierenden Toten, jedenfalls bildete ich mir das ein.

Ich erinnere mich nicht daran, wie ich die oberste Schublade der Kommode aufriss; ich weiß nur noch, dass die Waffe urplötzlich in meiner Hand lag. Wäre es eine Automatik mit aktivierter Sicherung gewesen, hätte ich wahrscheinlich nur dagestanden und an dem blockierten Abzug gezogen, bis das Ding sich vom Bett erhoben hätte, um durchs Zimmer zu tappen und mich zu ergreifen. Dann hätte die Klaue mich in den klaffenden Mund und jene andere Welt gezerrt, wo mir eine unsägliche Strafe zuteilgeworden wäre, weil ich es gewagt hatte, ein einziges Wort auszusprechen: *Nein.*

Aber es war keine Automatik. Es war ein Revolver. Ich drückte fünfmal ab, und vier der Kugeln fuhren in das Ding, das sich von Mary Fays Totenbett erheben wollte. Wie viele Schüsse ich abfeuerte, weiß ich aus einem guten Grund – ich hörte es krachen, sah im Dunkel die Mündungsblitze, spürte die Waffe in meiner Hand zucken, auch wenn dies alles jemand andres zu erleben schien. Das Ding fuchtelte mit den Armen und fiel aufs Bett zurück. Die ineinander verschränkten Gesichter schrien mit verschmolzenen Mündern auf. Ich weiß noch, wie ich dachte: *Die Mutter kannst du nicht mit Kugeln töten, Jamie. Nein, die nicht.*

Dennoch bewegte sich der Körper nicht mehr. Die Obszönität, die aus seinem Mund gekrochen war, lag schlaff auf dem Kissen. Die Gesichter von Patsy und Morrie Jacobs verblassten. Ich schlug die Hände vor die Augen und schrie, wieder und immer wieder. Ich schrie, bis ich heiser war. Als ich die Hände wieder sinken ließ, war die Klaue nicht mehr da. Auch die Mutter war verschwunden.

Falls sie überhaupt je da war, höre ich euch sagen, und daraus mache ich euch keinen Vorwurf; ich hätte es selbst nicht geglaubt, wenn ich nicht dort gewesen wäre. Aber ich war dort. Die Toten waren dort – und *sie*, die Mutter.

Nun jedoch gab es nur noch Mary Fay, eine Frau, deren Totenruhe durch vier in ihren Leichnam gefeuerte Geschosse gestört worden war. Schief lag sie da, die Haare aufgefächert um den Kopf. Der Mund stand weit offen. In ihrem Nachthemd entdeckte ich zwei Einschusslöcher, zwei weitere darunter in dem Laken, das nun zerknüllt um ihre Hüften lag. Auch die Brandflecken, die von der grässlichen Klaue stammten, sah ich. Es waren die einzigen erkennbaren Spuren, die sie hinterlassen hatte.

Jacobs rutschte ganz langsam nach links. Ich streckte die Hand nach ihm aus, aber die Bewegung kam mir so träge vor wie in einem Traum. Ich hatte keine Chance, ihn zu erreichen. Mit gebeugten Knien plumpste er seitlich zu Boden. Die Augen waren weit geöffnet, aber bereits glasig. In seine Gesichtszüge war ein unbeschreiblicher Ausdruck des Entsetzens eingegraben.

Charlie, du siehst wie jemand aus, der gerade einen üblen Elektroschock verpasst bekommen hat, dachte ich und fing an zu lachen. Und wie ich lachte. Ich beugte mich vornüber und stützte mich auf die Knie, damit ich nicht umfiel. Es war fast geräuschlos, dieses Lachen – das lange Schreien hatte meine Stimme ausgelöscht –, aber es war echt. Weil das Ganze tatsächlich komisch war; ist doch so, oder? Ein übler Elektroschock! Eine schockierende Entwicklung! Saukomisch!

Aber während ich lachte, bis ich mich bog, bis mir schließlich schlecht davon wurde, hielt ich den Blick die ganze Zeit auf Mary Fay gerichtet. Ich wartete darauf, dass sich wieder das schwarz behaarte Bein aus ihrem Mund schob und jene schreienden Gesichter gebar.

Endlich taumelte ich aus der Totenkammer ins Wohnzimmer. Auf dem Teppichboden lagen zerbrochene Zweige, die durch die von Jenny Knowlton offen gelassene Tür hereingeweht waren. Unter meinen Sohlen knirschten und knackten diese Zweige wie Knochen, und ich hätte am liebsten aufs Neue losgeschrien, aber ich war zu müde. Ach, ich war so unendlich müde.

Die aufgetürmten Gewitterwolken zogen nach Osten davon und warfen dabei wahllos gezackte Blitze übers Land. Bald würden die Straßen von Brunswick und Freeport überflutet und die Gullys vorübergehend von Hagelkörnern verstopft werden, doch zwischen jenen dunklen Wolken und dem Ort, an dem ich stand, spannte ein Regenbogen seine Farben über die gesamte Breite von Androscoggin County. Hatten an dem Tag, an dem Astrid und ich zum ersten Mal hierhergekommen waren, nicht mehrere Regenbogen am Himmel gestanden?

Gott sandte Noah das Regenbogenzeichen, das hatten wir donnerstagabends in der Jugendgruppe gesungen, während Patsy Jacobs sich auf der Klavierbank im Takt wiegte und ihr Pferdeschwanz hin und her schwang. Eigentlich war ein Regenbogen ein gutes Zeichen, weil es bedeutete, dass das Unwetter vorüber war, doch als ich diesen Bogen sah, erfüllte er mich mit neuem Schrecken und Abscheu, weil mir dabei Hugh Yates in den Sinn kam. Hugh und seine prismatischen Erscheinungen. Hugh, der die Ameisendinger ebenfalls gesehen hatte.

Die Welt um mich herum verdunkelte sich. Ich merkte, dass ich gleich in Ohnmacht fallen würde, und das war gut. Wenn ich aufwachte, hatte ich vielleicht alles, was geschehen war, aus meiner Erinnerung gelöscht. Das wäre sogar noch besser. Selbst der Wahnsinn wäre besser ... solange die Mutter darin nicht vorkam.

Am besten aber wäre der Tod gewesen. Robert Rivard hatte ihn gewählt, Cathy Morse ebenfalls. Mir fiel der Revolver ein. Bestimmt steckte darin noch eine Kugel für mich, aber das schien keine Lösung zu sein. Vielleicht hätte ich anders gedacht, wenn ich nicht gehört hätte, was die Mutter zu Jacobs gesagt hatte: *Nicht Tod, nicht Licht, nicht Ruhe.*

Dort hausten nur jene Großen, hatte sie gesagt.

Im Nihil.

Die Knie knickten mir ein, und ich sank, an den Türrahmen gelehnt, zu Boden. Dort kam die Bewusstlosigkeit über mich.

XIV

Nachwirkungen.

Das alles ist vor drei Jahren passiert. Heute lebe ich in Kailua, nicht weit entfernt von meinem Bruder Conrad. Kailua ist ein hübscher Küstenort auf Big Island. Ich wohne in der Oneawa Street in einem in einiger Distanz zum Strand gelegenen und keineswegs besonders schicken Viertel, aber meine Wohnung ist geräumig und preiswert, zumindest für Hawaii-Verhältnisse. Außerdem liegt sie in der Nähe der Kuulei Road, und das ist ein wichtiger Aspekt. An dieser Straße befindet sich das Brandon L. Martin Psychiatric Center, und dort hat mein Psychiater seine Praxis.

Er heißt Edward Braithwaite und behauptet, er sei einundvierzig, sieht meiner Meinung nach aber eher wie dreißig aus. Wenn man einundsechzig wird – bei mir ist es im August so weit –, kommen einem alle Leute zwischen fünfundzwanzig und fünfundvierzig wie dreißig vor, habe ich festgestellt. Es ist schwer, jemand ernst zu nehmen, wenn er aussieht, als hätte er seine wilden Zwanziger gerade erst hinter sich gelassen. Zumindest für mich ist es das, aber was Braithwaite angeht, bemühe ich mich redlich, weil er mir ziemlich gutgetan hat ... obwohl die Antidepressiva mehr für mich getan haben, muss ich sagen. Ich weiß wohl, dass manche Leute die nicht mögen. Sie behaupten, die Pillen wirken dämpfend auf ihr Denken und ihre Emotionen, und das kann ich bestätigen.

Gott sei Dank tun sie das.

Auf Ed bin ich durch Con gestoßen, der seine Gitarre gegen den Sport und den Sport gegen die Astronomie eintauscht hat. Allerdings spielt er immer noch fantastisch Volleyball, und auf dem Tennisplatz macht er ebenfalls eine gute Figur.

Ich habe Dr. Braithwaite alles berichtet, was auf diesen Seiten zu lesen war. Ich habe nichts verschwiegen. Natürlich glaubt er nicht viel davon – welcher Mensch, der klar bei Verstand ist, würde das tun? –, aber was für eine Erleichterung es brachte, es zu erzählen! Außerdem haben ihm gewisse Elemente meiner Geschichte zu denken gegeben, weil sie verifizierbar sind. Pastor Danny zum Beispiel. Noch heute fördert eine Google-Suche nach diesem Namen fast eine Million Ergebnisse zutage; das kann man gern selbst überprüfen, wenn man mir das nicht glaubt. Ob irgendwelche seiner Heilungen echt waren oder nicht, ist weiterhin umstritten, aber das gilt auch für Papst Johannes Paul II., der angeblich zu seinen Lebzeiten eine französische Nonne von Parkinson geheilt hat, aber auch eine Frau aus Costa Rica von einem Aneurysma, Letztere sechs Jahre nach seinem Tod. (Ein guter Trick!) Was vielen der von Jacobs Geheilten zugestoßen ist – was sie sich selbst oder anderen angetan haben –, ist ebenfalls eher Fakt als Mutmaßung. Ed Braithwaite meint, ich hätte diese Fakten in meine Erzählung eingeflochten, um dieser eine größere Wahrscheinlichkeit zu verleihen. Jedenfalls hat er das mehr oder weniger eines Tages im letzten Jahr gesagt, als er C. G. Jung zitierte: »Die brillantesten Geschichtenerzähler der Welt sitzen in Irrenhäusern.«

Ich sitze nicht in einem Irrenhaus; wenn mein Gespräch mit Dr. Braithwaite beendet ist, darf ich gehen und in meine ruhige, sonnige Wohnung zurückkehren. Dafür bin ich dankbar. Das bin ich außerdem dafür, dass ich noch am Leben bin, viele der von Pastor Danny Geheilten sind das nämlich nicht mehr. Zwischen Sommer 2014 und Herbst 2015 haben sie zu Dutzenden Selbstmord begangen. Vielleicht auch zu Hunderten, das ist nicht mit Gewissheit zu sagen. Ich kann nicht umhin, mir vorzustellen, wie sie in jener anderen Welt wieder aufwachen und nackt unter den heulenden Sternen dahinmarschieren, angetrieben von grässlichen Ameisensoldaten, und ich bin sehr froh, nicht unter ihnen zu sein. Ich glaube, eine solche Dankbarkeit für das Leben an sich, aus welcher Quelle auch immer sie entspringt, weist darauf hin, dass man es geschafft hat, sich den Kern der eigenen geistigen Gesundheit zu bewahren. Dass ein Teil dieser Gesundheit für immer verloren ist – amputiert wie ein Arm oder Bein durch das, was ich in Mary Fays Totenzimmer gesehen habe –, ist eine Tatsache, mit der ich zu leben gelernt habe.

Und von vierzehn bis vierzehn Uhr fünfzig rede ich an jedem Dienstag und Donnerstag fünfzig Minuten lang.

Und wie ich rede.

Am Morgen nach dem Sturm erwachte ich auf einem der Sofas im Foyer des Goat-Mountain-Resorts. Ich hatte Schmerzen im Gesicht, und mir platzte fast die Blase, aber trotzdem wollte ich mich nicht auf der Herrentoilette gegenüber dem Restaurant erleichtern. In der gab es nämlich Spiegel, und mein Spiegelbild wollte ich selbst versehentlich nicht erblicken.

Um mich zu erleichtern, ging ich also nach draußen, und dort sah ich ein Golfmobil, das gegen die Verandastufen gekracht war. Auf dem Sitz und dem rudimentären Armaturenbrett klebte Blut. Ich blickte auf mein T-Shirt und sah weiteres Blut. Als ich mir die geschwollene Nase wischte, blieb an meinen Fingern eine rotbraune Kruste hängen. Also war ich mit dem Golfwagen hierhergefahren, war an die Treppe geknallt und hatte mir dabei das Gesicht lädiert. Erinnern konnte ich mich allerdings an nichts dergleichen.

Es wäre die Untertreibung des Jahrhunderts zu sagen, dass ich nicht in das Häuschen an der Himmelsspitze zurückkehren wollte, aber ich musste dorthin. Mich auf das Golfmobil zu setzen war relativ einfach. Das Gefährt den Weg hinab durch den Wald zu lenken war schon schwieriger, und jedes Mal, wenn ich anhalten musste, um herabgefallene Äste wegzuräumen, war es noch ein bisschen schwerer, wieder loszufahren. Meine Nase pochte, und in meinem Schädel pulsierten Spannungskopfschmerzen.

Die Tür stand immer noch offen. Ich hielt, kletterte aus dem

Golfwagen und konnte zuerst nur dastehen und meine arme, geschwollene Nase reiben, bis sie wieder Blut absonderte. Der Tag war sonnig und wunderschön, denn das Unwetter hatte alle Hitze und Feuchtigkeit weggespült, aber der Raum hinter dieser offenen Tür war eine Höhle aus Schatten.

Du brauchst dir keine Sorgen zu machen, sagte ich mir. *Es wird nichts passieren. Es ist vorbei.*

Aber wenn das nicht stimmte? Was, wenn *etwas* immer noch passierte?

Wenn *sie* mich erwartete, bereit, mit ihrer aus Gesichtern bestehenden Klaue nach mir zu greifen?

Ich zwang mich, die Stufen zu erklimmen, eine nach der anderen, und als hinter mir grell eine Krähe krächzte, schrak ich zusammen, schrie auf und umfasste schützend meinen Kopf. Vor einer überstürzten Flucht hielt mich nur eines ab: Wenn ich nicht sah, was sich in Mary Fays Totenzimmer befand, würde dieses Zimmer mich bis ans Ende meines Lebens verfolgen.

Da war kein pulsierendes Gräuel mit einem einzelnen schwarzen Auge. Charlies Patientin Omega lag so da, wie ich sie zuletzt gesehen hatte, mit zwei Einschusslöchern in ihrem Nachthemd und zwei weiteren in dem Laken um ihre Hüften. Der Mund stand offen, und obwohl keinerlei Anzeichen jenes grässlichen schwarzen Beines zu sehen waren, versuchte ich erst gar nicht, mir einzureden, ich hätte mir alles nur eingebildet. Ich wusste es besser.

Immer noch lag das Metallband, nun matt und dunkel, um die Stirn der Toten.

Die Körperhaltung von Jacobs hatte sich hingegen verändert. Statt mit angezogenen Knien seitlich neben dem Bett zu liegen, lehnte er in einer sitzenden Position auf der anderen Seite des Raums mit dem Rücken an der Kommode. Zuerst dachte ich, er wäre doch nicht gleich tot gewesen. Hatte das Grauen angesichts dessen, was hier geschehen war, einen weiteren Schlaganfall verursacht, der nicht sofort zum Tod geführt hatte? War Jacobs zu sich gekommen, bis zum Büro gekrochen und dort gestorben?

Das wäre möglich gewesen, aber der Revolver in seiner Hand sprach dagegen.

Stirnrunzelnd starrte ich die Waffe lange an und versuchte, mich zu erinnern. Das gelang mir nicht, und ich habe Ed Braithwaites Angebot abgelehnt, mich von ihm hypnotisieren zu lassen, um an meine blockierten Erinnerungen zu kommen. Teilweise liegt das daran, dass ich Angst vor dem habe, was die Hypnose aus den dunkleren Regionen meines Geistes hervorholen könnte. Hauptsächlich aber, weil ich weiß, was geschehen sein musste.

Ich wandte mich von Charlie Jacobs' Leiche ab (jener Ausdruck des Entsetzens war ihr immer noch ins Gesicht gebrannt), um Mary Fay in Augenschein zu nehmen. Ich hatte den Revolver fünfmal abgefeuert, da war ich mir sicher, aber nur vier Kugeln hatten sie getroffen. Eine war danebengegangen, kein Wunder angesichts meines Zustands. Doch als ich den Blick auf die Wand richtete, sah ich dort *zwei* Einschusslöcher.

War ich erst wieder zum Resort gefahren und dann am Abend hierher zurückgekehrt? Möglich wäre es gewesen, aber ich konnte mir nicht vorstellen, dass ich das über mich gebracht hätte, selbst während eines Blackouts nicht. Nein, ich hatte die Szene manipuliert, bevor ich verschwunden war. Erst dann war ich zurückgefahren, mit dem Golfmobil gegen die Verandatreppe gekracht, die Stufen hinaufgestolpert und im Foyer eingeschlafen.

Jacobs hatte sich nicht selbst durchs Zimmer geschleppt, das hatte ich getan. Ich hatte ihn an die Kommode gelehnt, ihm den Revolver in die rechte Hand gelegt und auf die Wand gefeuert. Wenn die Polizei diese bizarre Szene entdeckte, würde man Charlies Hand nicht unbedingt nach Pulverspuren untersuchen, aber wenn man das doch tat, würde man welche finden.

Ich hätte gern Mary Fays Gesicht verhüllt, aber alles musste genau so bleiben, wie es war, und außerdem wollte ich unbedingt aus diesem Raum voller Schatten fliehen. Dennoch nahm ich mir noch einen Moment Zeit. Ich kniete mich neben meinen alten Fünften im Spiel und berührte ihn an einem seiner dünnen Handgelenke.

»Du hättest aufhören sollen, Charlie«, sagte ich. »Du hättest schon vor langer Zeit damit aufhören sollen.«

Aber wäre er dazu überhaupt in der Lage gewesen? Es wäre verführerisch, das zu bejahen, denn dann könnte ich ihm die Schuld zuweisen. Nur müsste ich mir sie in diesem Fall mit ihm teilen, denn ich hatte ebenfalls nicht aufgehört. Die Neugier ist eine schreckliche Eigenschaft, aber sie ist menschlich.

So überaus menschlich.

»Ich war gar nicht dort gewesen«, sagte ich zu Dr. Braithwaite. »So lautete meine Strategie, und es gab nur eine einzige Person, die das Gegenteil bezeugen konnte.«

»Die Krankenschwester«, sagte Ed. »Jenny Knowlton.«

»Ich dachte, sie würde keine andere Wahl haben, als mir zu helfen. Schließlich mussten wir uns gegenseitig helfen, und das konnten wir mit der Behauptung, wir hätten gemeinsam das Resort verlassen, als Jacobs davon fantasierte, die lebenserhaltenden Apparate in Mary Fays Zimmer abzuschalten. Bestimmt würde Jenny damit einverstanden sein, und wenn auch nur, damit ich verschwieg, welche Rolle sie bei der ganzen Angelegenheit gespielt hatte. Ihre Handynummer hatte ich zwar nicht, aber Jacobs musste sie notiert haben. Sein Adressbuch lag in der Cooper-Suite, und tatsächlich fand ich darin die Nummer. Als ich anrief, erreichte ich nur die Mailbox. Ich sprach drauf, sie solle mich zurückrufen. Astrids Nummer stand ebenfalls in dem Adressbuch, weshalb ich es anschließend bei ihr versuchte.«

»Und da war auch nur die Mailbox erreichbar.«

»Ja.« Ich schlug die Hände vors Gesicht. Zu diesem Zeitpunkt war Astrid nämlich nicht mehr in der Lage gewesen, einen Anruf entgegenzunehmen. »Ja, das stimmt.«

Passiert ist Folgendes. Jenny fuhr mit ihrem Golfwagen zum Resort zurück; Jenny stieg in ihren Subaru; Jenny fuhr nach Mount Desert Island, ohne ein einziges Mal anzuhalten. Sie wollte nur zurück in ihr tröstliches Zuhause. Das bedeutete zurück zu

Astrid, und tatsächlich erwartete Astrid sie. Man fand die beiden Leichen gleich hinter der Wohnungstür. Offenbar hatte Astrid ihrer Partnerin das Fleischermesser in die Kehle gestoßen, nachdem diese eingetreten war. Dann hatte sie sich damit die Pulsadern aufgeschnitten. Zwar quer zum Handgelenk, also nicht die empfohlene Methode ... aber sie schnitt bis zum Knochen. Ich stelle mir vor, wie die beiden in Lachen aus trocknendem Blut lagen, während zuerst Jennys Telefon in ihrer Handtasche läutete und dann das von Astrid auf der Arbeitsfläche unter dem Messerhalter. Das *will* ich mir zwar nicht vorstellen, aber ich kann nicht verhindern, dass es geschieht.

Nicht alle der von Jacobs geheilten Personen haben sich umgebracht, doch innerhalb der folgenden zwei Jahre waren es nicht wenige. Nicht alle haben ihnen nahestehende Menschen mit in den Tod genommen, aber über fünfzig haben es getan; das weiß ich durch meine Recherchen, deren Ergebnis ich Ed Braithwaite mitgeteilt habe. Der würde das gern als Zufall abtun. Das gelingt ihm nicht ganz, aber dafür ist er mit Freuden bereit, die Schlussfolgerung zu bezweifeln, die ich aus dieser Parade aus Wahnsinn, Selbstmord und Mord ziehe: Die Mutter fordert Opfer.

Patricia Farmingdale, die Frau, die sich Salz in die Augen geschüttet hatte, gewann genug von ihrer Sehkraft zurück, dass sie ihren betagten Vater in seinem Bett ersticken konnte, bevor sie sich mit der Ruger ihres Mannes eine Kugel in den Kopf jagte. Emil Klein, der Dreckesser, erschoss Frau und Sohn, um anschließend in seine Garage zu gehen, sich mit Rasenmäherbenzin zu übergießen und ein Streichholz anzureißen. Alice Adams – bei einem Revival in Cleveland geheilt – betrat mit dem AR-15 ihres Freundes einen Supermarkt, wo sie wahllos um sich schoss und drei Menschen umbrachte. Kaum war das Magazin leer, zog sie eine handliche Achtunddreißiger aus der Tasche und richtete sie auf ihren Gaumen. Margaret Tremayne, eine der von Pastor Danny in San Diego Geheilten (Morbus Crohn), warf ihren kleinen Sohn vom Balkon ihrer im neunten Stock gelegenen

Wohnung und folgte ihm dann nach unten. Wie Augenzeugen berichteten, gab sie beim Fallen keinen Mucks von sich.

Dann war da noch Al Stamper. Über den weiß wahrscheinlich schon jedermann Bescheid; wer hätte die grellen Schlagzeilen der Boulevardzeitungen übersehen können? Er lud seine beiden Exfrauen zum Abendessen ein, aber eine der beiden – die zweite, glaube ich – blieb im Stau stecken und kam zu spät, was ihr Glück war. Als sie durch die offene Tür von Stampers Eigenheim in Westchester trat, sah sie Frau Nummer eins mit eingeschlagenem Schädel am Esstisch sitzen, an einen Stuhl gefesselt. Der frühere Sänger der Vo-Lites kam aus der Küche, in den Händen einen mit Blut und Haaren beschmierten Baseballschläger. Schreiend floh Frau Nummer zwei aus dem Haus, von Stamper verfolgt. Ein Stück weiter stürzte er aufs Pflaster der Wohnstraße, verstorben an einem Herzinfarkt. Kein Wunder, er war ein Schwergewicht.

Bestimmt habe ich nicht sämtliche Fälle aufgespürt, da diese sich übers ganze Land verstreut in die Ausbrüche sinnloser Gewalt einreihten, die offenbar zunehmend zu einem festen Bestandteil des amerikanischen Alltags werden. Bree hätte weitere entdecken können, aber sie hätte mir selbst dann nicht geholfen, wenn sie noch alleinstehend gewesen wäre und in Colorado gelebt hätte. Bree Donlin-Hughes will heute nichts mehr mit mir zu tun haben, und das verstehe ich total.

Kurz vor Weihnachten im letzten Jahr rief Hugh Brees Mutter an und bat sie, in sein Büro im Haupthaus zu kommen. Er sagte, er habe eine Überraschung für sie, und das hatte er tatsächlich. Er erdrosselte seine einstige Geliebte mit einer Lampenschnur, trug ihre Leiche in die Garage und deponierte sie auf dem Beifahrersitz seines altehrwürdigen Lincoln Continental. Dann setzte er sich ans Lenkrad, ließ den Motor an, stellte im Radio Rockmusik ein und schnüffelte Auspuffgase.

Bree weiß, dass ich versprochen habe, mich von Jacobs fernzuhalten ... und Bree weiß, dass ich dieses Versprechen gebrochen habe.

»Nehmen wir einmal an, dass das alles wahr ist«, sagte Ed Braithwaite kürzlich bei einer unserer Therapiestunden.

»Wie mutig von Ihnen«, sagte ich.

Er lächelte, blieb jedoch beim Thema. »Dann würde daraus trotzdem nicht folgen, dass die Vision, die Sie von diesem höllischen Jenseits hatten, die Wahrheit darstellt. Ich weiß, dass Sie davon immer noch gepeinigt werden, Jamie, aber denken Sie doch mal an all die Menschen – darunter Johannes von Patmos, der Verfasser der Offenbarung –, die Visionen von Himmel und Hölle hatten. Alte Männer ... alte Frauen ... selbst Kinder behaupten, hinter den Schleier gespäht zu haben. Zum Beispiel beruht ein Buch mit dem hübschen Titel *Den Himmel gibt's echt* auf der Jenseitsvision eines kleinen Jungen, der mit vier Jahren fast gestorben wäre ...«

»Colton Burpo«, sagte ich. »Ich hab's gelesen. Er spricht über ein Pferdchen, das nur Jesus reiten kann.«

»Sie können sich gern darüber lustig machen«, sagte Braithwaite achselzuckend. »Bei so einem Bericht ist das weiß Gott nicht schwierig ... aber Colton ist auch einer fehlgeborenen Schwester begegnet, von der er nichts wusste. Das ist eine verifizierbare Information, genau wie diese ganzen Morde und Selbstmorde.«

»Von denen gab es eine ganze Menge, aber Colton ist nur auf eine einzige Schwester getroffen«, sagte ich. »Das ist ein quantitativer Unterschied. Ich habe zwar nie an einem Statistikseminar teilgenommen, aber das immerhin weiß ich.«

»Ich bin gern bereit anzunehmen, dass die Vision dieses Jungen vom Jenseits falsch war, weil genau das meine These stützt, dass Ihre Vision davon – die tote Stadt, die Ameisenkreaturen, der Himmel aus schwarzem Papier – gleichermaßen falsch war. Sie sehen, worauf ich hinauswill, nicht wahr?«

»Ja. Und ich würde es nur zu gern glauben.«

Natürlich würde ich das. Das würde jeder. Weil jeder Mann und jede Frau einen Tod schuldig ist, und der Ort, den ich gesehen habe, nicht nur einen Schatten über mein Leben geworfen hat; er hat dieses Leben dürftig und unwichtig erscheinen lassen. Nein – nicht nur mein eigenes Leben, *jedes* Leben. Daher halte ich mich an einem Gedanken fest. Er ist mein Mantra, mein Glaubensbekenntnis, das Erste am Morgen und das Letzte am Abend.

Die Mutter hat gelogen.

Die Mutter hat gelogen.

Die Mutter hat gelogen.

Manchmal glaube ich das tatsächlich ... es gibt jedoch Gründe dafür, weshalb es mir nicht ganz gelingt.

Es gibt *Anzeichen.*

Bevor ich nach Nederland zurückkehrte – wo ich entdecken sollte, dass Hugh erst Brees Mutter ermordet und dann sich selbst umgebracht hatte –, fuhr ich zu meinem Elternhaus in Harlow. Dafür gab es zwei Gründe. Nachdem die Polizei die Leiche von Jacobs entdeckt hatte, würde man mich vielleicht kontaktieren und sich erkundigen, was ich in Maine getrieben hätte. Das kam mir wichtig vor (allerdings wollte man letztlich doch nichts von mir), aber etwas anderes war noch wichtiger: Ich brauchte den Trost eines vertrauten Ortes und von Menschen, die mich liebten.

Der wurde mir versagt.

Man erinnert sich doch noch an Cara Lynne, oder? An meine Großnichte? Die ich bei der großen Party 2013 umhertrug, bis sie an meiner Schulter einschlief? Die jedes Mal, wenn ich in ihre Nähe kam, die Ärmchen nach mir ausgestreckt hat? Als ich das Haus betrat, in dem ich aufgewachsen war, saß Cara Lynne in einem altmodischen Hochstuhl, in dem ich vielleicht selbst einmal gesessen hatte, zwischen ihrer Mutter und ihrem Vater. Als das kleine Mädchen mich sah, fing es zu schreien an und warf sich so heftig von einer Seite zur anderen, dass es auf den Boden gefallen wäre, hätte sein Dad es nicht aufgefangen. Immer noch schreiend wie am Spieß, vergrub es sein Gesicht an seiner Brust. Es hörte erst auf, als sein Großvater Terry mich auf die Veranda hinauszog.

»Was zum Teufel ist denn *da* los?«, fragte Terry halb scherzhaft. »Als du das letzte Mal hier warst, konnte sie gar nicht genug von dir bekommen.«

»Weiß auch nicht«, sagte ich, doch natürlich wusste ich es. Ich hatte gehofft, eine Nacht zu bleiben, vielleicht auch zwei, um Normalität einzusaugen, wie ein Vampir Blut saugte, aber das würde nicht klappen. Ich wusste zwar nicht genau, was Cara Lynne in mir spürte, aber ihr kleines, entsetztes Gesicht wollte ich nie wiedersehen.

Ich sagte Terry, ich sei nur kurz vorbeigekommen, um hallo zu sagen, könne nicht mal zum Essen bleiben, müsse in Portland meinen Flieger erwischen. Ich sei in Lewiston gewesen, um ein Demo von einer Band aufzunehmen, auf die Norm Irving mich gebracht habe. Seiner Meinung nach hätte die überregionales Potenzial.

»Und, stimmt das?«, fragte Terry.

»Nein. Das Potenzial ist stark begrenzt.« Ich warf demonstrativ einen Blick auf meine Armbanduhr.

»Vergiss den Flieger«, sagte Terry. »Nimm einfach einen anderen. Komm rein und iss mit uns, kleiner Bruder. Cara wird sich schon beruhigen.«

Das glaubte ich nicht.

Ich sagte Terry, ich hätte auf der Ranch Aufnahmetermine wahrzunehmen, die ich absolut nicht versäumen dürfe. Und als er die Arme ausbreitete, drückte ich ihn ganz fest an mich, weil ich wusste, dass ich ihn wahrscheinlich niemals wiedersehen würde. Von den Morden und Selbstmorden hatte ich zu jenem Zeitpunkt zwar noch keine Ahnung, aber ich wusste, dass ich etwas Giftiges in mir trug und das aller Voraussicht nach bis zum Ende meines Lebens so bleiben würde. Auf keinen Fall wollte ich damit die Menschen infizieren, die ich liebte.

Auf dem Weg zu meinem Mietwagen blieb ich stehen und betrachtete den unbefestigten Streifen zwischen dem Rasen und der Methodist Road. Die Straße war schon seit Jahren asphaltiert, aber der angrenzende Boden sah noch genauso aus wie damals, als ich dort mit den Spielzeugsoldaten spielte, die ich von meiner Schwester zum sechsten Geburtstag bekommen hatte. Eines Tages im Herbst 1962 hatte ich dort gekniet und mit ihnen gespielt, als ein Schatten über mich gefallen war.

Dieser Schatten liegt immer noch auf mir.

»Haben *Sie* eigentlich jemand ermordet?«

Diese Frage hat Ed Braithwaite mir schon mehrere Male gestellt. Das ist, soweit ich weiß, eine Technik des sogenannten *inkrementellen Lernens.* Ich verneine das jedes Mal mit einem Lächeln. Zwar habe ich die arme Mary Fay mit vier Kugeln vollgepumpt, das stimmt, aber zu diesem Zeitpunkt war die Frau bereits ziemlich lange tot, und Charles Jacobs ist an einem letzten, verheerenden Schlaganfall gestorben. Wäre das nicht an jenem Tag geschehen, dann an einem anderen, und zwar wahrscheinlich noch vor Ende des Jahres.

»Und Suizid haben Sie offensichtlich auch nicht begangen«, fährt Ed dann ebenfalls lächelnd fort. »Falls ich nicht gerade halluziniere jedenfalls.«

»Das tun Sie nicht.«

»Es ist kein Impuls dazu vorhanden?«

»Nein.«

»Nicht mal als theoretische Möglichkeit? Als etwas, was Ihnen mitten in der Nacht in den Sinn kommt, vielleicht dann, wenn Sie nicht einschlafen können?«

»Nein.«

Mein heutiges Leben ist alles andere als glücklich, aber durch die Antidepressiva habe ich einen Boden unter den Füßen. An Selbstmord denke ich nicht. Und angesichts dessen, was mich eventuell nach dem Tod erwartet, will ich so lange wie möglich leben. Außerdem gibt es noch einen weiteren Grund. Mein Gefühl sagt mir – zu Recht oder zu Unrecht –, dass ich viel wiedergutzumachen habe. Deshalb versuche ich weiterhin, mich in jeder Hinsicht richtig zu verhalten. Ich koche in der Suppenküche in der Aupupu Street. Zweimal die Woche arbeite ich ehrenamtlich im Gebrauchtwarenladen einer karitativen Einrichtung am Keolu Drive, gleich neben der Nene Goose Bakery. Wenn man tot ist, kann man überhaupt nichts mehr wiedergutmachen.

»Dann sagen Sie mir, Jamie – wieso sind Sie der ganz spezielle Lemming, der keinerlei Drang verspürt, von der Klippe zu springen? Wieso sind Sie immun dagegen?«

Ich lächele nur und zucke die Achseln. Ich könnte es ihm zwar verraten, aber er würde mir doch nicht glauben. Mary Fay war für die Mutter das Tor zu unserer Welt, aber ich war der Schlüssel. Wenn man auf eine Leiche schießt, tötet man nichts – abgesehen davon, dass ein unsterbliches Wesen wie die Mutter sowieso nicht getötet werden könnte –, aber durch meine Schüsse habe ich das Tor verschlossen. In diesem Moment habe ich nämlich mit mehr als nur meinem Mund *nein* gesagt. Wenn ich meinem Psychiater erzählen würde, dass ein jenseitiges Wesen, das zu jenen Großen gehört, mich veranlasst durch dieses Nein für irgendeinen letzten, apokalyptischen Racheakt aufspart, dann würde besagter Psychiater wahrscheinlich an eine Zwangseinweisung denken. Das will ich nicht, denn ich muss noch einer Pflicht nachkommen, die ich für wesentlich wichtiger halte, als in der Suppenküche mitzuhelfen oder im Secondhandladen Kleiderspenden zu sortieren.

Nach jeder Sitzung bei Ed bezahle ich bei seiner Sprechstundenhilfe per Scheck. Das kann ich mir leisten, weil der durch die Lande ziehende Rockgitarrist, der später zum Aufnahmeleiter wurde, heute ein reicher Mann ist. Das entbehrt nicht einer gewissen Ironie, oder? Hugh Yates ist ohne Nachkommen gestorben und hat ein beträchtliches Vermögen hinterlassen (ererbt von seinem Vater, Großvater und Urgroßvater). In seinem Testament fanden sich viele kleine Zuwendungen, darunter Geldbeträge für Malcolm »Mookie« McDonald und Hillary Katz (alias Pagan Starshine), aber ein Großteil des Nachlasses sollte zwischen mir und Georgia Donlin aufgeteilt werden.

Da Georgia durch Hughs Hand zu Tode gekommen ist, hätte

dieser Teil des Testamentes die geeigneten Fachanwälte mit einem zwanzigjährigen Rechtsstreit und üppigen Gebühren versorgen können, aber weil niemand da war, der die Sache hochkochen lassen wollte (ich ganz gewiss nicht), gab es keinerlei Gezerre. Hughs Anwälte traten mit Bree in Verbindung und teilten ihr mit, dass sie, da die Verstorbene ihre Mutter gewesen sei, stichhaltige Ansprüche auf das Erbe habe.

Bree weigerte sich jedoch, irgendetwas zu unternehmen. Wie der für mich zuständige Anwalt mir erzählt hat, behauptete sie, Hughs Geld sei »befleckt«. Schon möglich, aber ich hatte keinerlei Gewissensbisse, meinen Anteil einzustecken. Teils, weil ich nichts mit Hughs Heilung zu tun hatte, hauptsächlich aber, weil ich mich ohnehin schon für befleckt halte und der Meinung bin, dass es besser ist, in komfortablen Umständen befleckt zu sein als in Armut. Ich habe keine Ahnung, was aus den mehreren Millionen geworden ist, die an Georgia gegangen wären, und ich will es auch nicht herausfinden. Zu viel Wissen ist nicht gut für einen Menschen. Das weiß ich jetzt.

Wenn meine zweimal pro Woche stattfindende Sitzung also vorüber ist und ich meine Rechnung bezahlt habe, verlasse ich die Praxis von Ed Braithwaite. Ich trete in einen breiten, mit Teppichboden ausgelegten Flur, in dem sich weitere Praxen befinden. Würde ich mich nach rechts wenden, käme ich in den Eingangsbereich und von dort auf die Kuulei Road. Aber ich wende mich nicht nach rechts, sondern nach links. Auf Ed Braithwaite bin ich nämlich nur zufällig gestoßen; ursprünglich bin ich aus anderen Gründen ins Brandon L. Martin Psychiatric Center gekommen.

Ich gehe den Flur entlang, um anschließend den duftenden, wundervoll gepflegten Garten zu durchqueren, der das grüne Herz dieser weitläufigen Einrichtung darstellt. Hier sitzen Patienten in der zuverlässig scheinenden hawaiischen Sonne. Viele sind vollständig gekleidet, manche tragen einen Pyjama oder ein Nachthemd, einige wenige (die Neuankömmlinge, nehme ich an) haben einen Krankenhauskittel an. Manche unterhalten sich, entweder mit anderen Patienten oder mit unsichtbaren Begleitern. Andere sitzen nur da und starren auf die Bäume und Blumen. Ihr leerer Blick weist darauf hin, dass sie bis zum Anschlag mit Medikamenten vollgepumpt sind. Zwei oder drei werden beaufsichtigt, damit sie sich selbst und anderen keinen Schaden zufügen. Die dafür abgestellten Pflegekräfte grüßen mich normalerweise mit Namen, wenn ich vorbeigehe. Inzwischen bin ich hier gut bekannt.

Auf der anderen Seite dieses Freiluftatriums steht die Cosgrove Hall, eines von drei Gebäuden für die stationäre Behandlung. Die anderen beiden sind für kurzfristige Aufenthalte vorgesehen, vor allem für Leute, die Probleme mit Alkohol- oder Drogenmissbrauch haben. Dort beträgt die übliche Aufenthaltsdauer achtundzwanzig Tage. Die Cosgrove Hall ist für Patienten mit Problemen, deren Behandlung länger dauert. Falls sie überhaupt Erfolg hat.

Wie der Flur des Hauptgebäudes ist auch der in der Cosgrove Hall breit und mit Teppichboden ausgelegt. Wie der Flur im Hauptgebäude ist auch hier die Luft perfekt gekühlt. Aber es hängen keine Bilder an den Wänden, und mit Musik berieselt wird man ebenfalls nicht, weil manche der Patienten darin Stimmen hören würden, die obszöne Dinge murmeln oder ihnen unheilvolle Anweisungen geben. Im Flur des Hauptgebäudes stehen manche Türen offen. Hier sind alle geschlossen. Mein Bruder Conrad wohnt nun schon fast zwei Jahre in der Cosgrove Hall. Die Klinikverwaltung und der ihn behandelnde Psychiater wollen ihn eigentlich in eine für permanentere Aufenthalte gedachte Institution verlegen – man hat vom Aloha Village auf Maui gesprochen –, aber bisher habe ich mich dem widersetzt. Hier in Kailua kann ich Con nach meinen Terminen bei Ed Braithwaite besuchen, und dank Hughs Großzügigkeit kann ich mir seine Unterbringung leisten.

Allerdings muss ich zugeben, dass mein Weg durch diesen Flur jedes Mal eine Strapaze ist.

Ich versuche, ihn mit auf meine Füße gerichtetem Blick hinter mich zu bringen. Das kann ich tun, weil ich weiß, dass es exakt hundertundzweiundvierzig Schritte vom Eingang bis zu Cons kleiner Suite sind. Immer gelingt es mir nicht – manchmal höre ich eine Stimme meinen Namen flüstern –, aber meistens doch.

Man erinnert sich doch an Cons Partner, oder? An den Adonis von der botanischen Abteilung der University of Hawaii? Ich habe ihn bisher nicht beim Namen genannt und habe das auch jetzt nicht vor, wenngleich ich es vielleicht täte, wenn er Connie mal besuchen würde. Das tut er nämlich nicht. Wenn man ihn fragen würde, dann würde er sicher sagen: *Weshalb in Gottes Namen sollte ich jemand besuchen, der versucht hat, mich umzubringen?*

Mir fallen da zwei Gründe ein.

Erstens war Con nicht bei vollem Verstand ... vielmehr hatte sein Verstand völlig ausgesetzt. Nachdem mein Bruder dem Adonis eine Lampe über den Schädel gezogen hatte, rannte er ins Badezimmer, verriegelte die Tür und schluckte eine Handvoll Valiumtabletten – eine *kleine* Handvoll. Als der Botanikerknabe wieder zu sich kam (mit blutender Kopfhaut, die genäht werden musste, aber sonst weitgehend unversehrt), wählte er den Notruf. Die Polizei kam und brach die Tür des Badezimmers auf. Con lag schnarchend in der Badewanne. Nachdem ihn die Rettungssanitäter untersucht hatten, pumpten sie ihm nicht einmal den Magen aus.

Zweitens – das ist der andere Grund – hat Con sich keine besondere Mühe gegeben, den Botanikerknaben und sich selbst umzubringen. Allerdings war er einer der ersten Menschen, die Jacobs geheilt hat. Vermutlich der allererste. An dem Tag, an dem Jacobs Harlow verließ, hat er mir gegenüber behauptet, Con habe sich höchstwahrscheinlich selbst geheilt; der Rest sei ein Trick gewesen, reiner Hokuspokus, Placebo. *Solche Tricks lernt man im Theologiestudium*, hatte er gesagt. *Darin war ich schon immer gut.*

Nur war das gelogen. Die Heilung war so authentisch wie Cons heutiger halb katatonischer Zustand. Das weiß ich jetzt. *Ich* war derjenige, den Jacobs hereingelegt hat, nicht nur ein einziges Mal, sondern wieder und wieder und immer wieder. Dennoch – man muss immer die positive Seite sehen, oder nicht? Conrad Morton hatte viele gute Jahre als Sterngucker, bevor ich die Mutter erweckte. Und es besteht Hoffnung für ihn. Schließlich spielt er Tennis (wenngleich er nie ein Wort spricht) und ist, wie bereits erwähnt, ein geradezu fantastischer Volleyballer. Sein Arzt sagt, er zeige zunehmend Reaktionen auf äußere Reize, was immer das heißen soll; und wenn die Schwestern und Pfleger in sein Zimmer kommen, sehen sie ihn inzwischen weniger häufig in der Ecke stehen und leicht den Kopf gegen die Wand schlagen. Ed Braithwaite meint, dass Conrad mit der Zeit womöglich vollständig genesen und *wieder aufleben* werde. Ich habe mich entschieden, das zu glauben. Es heißt, wo Leben ist, da ist auch Hoffnung, was ich nicht bestreiten will, aber das gilt meiner Meinung nach umgekehrt genauso.

Es gibt Hoffnung, daher lebe ich.

Zweimal pro Woche, nach meinen Gesprächen mit Ed, sitze ich bei meinem Bruder und spreche noch ein wenig mehr. Manches von dem, was ich Con erzähle, hat wirklich stattgefunden – eine Rangelei in der Suppenküche, bei der die Polizei kam; eine Riesenladung fast neuer Klamotten im Secondhandladen; dass ich es endlich geschafft habe, mir alle fünf Staffeln von *The Wire* anzuschauen –, und manches ist frei erfunden wie die Kellnerin aus der Nene Goose Bakery, mit der ich ausgehe, und die langen Skype-Konversationen, die ich mit Terry führe. Unser Zusammensein ist ein Monolog, keine Unterhaltung, und daher sind fiktive Elemente unverzichtbar. Mein wirkliches Leben reicht einfach nicht aus, denn das ist heute so kärglich möbliert wie ein billiges Hotelzimmer.

Am Ende sage ich Con immer, dass er zu mager ist und mehr essen muss, und ich sage ihm, dass ich ihn lieb habe.

»Hast du mich auch lieb, Con?«, frage ich.

Bisher hat er darauf nicht geantwortet, aber manchmal lächelt er ein bisschen. Das ist doch eine Art Antwort, meint ihr nicht auch?

Wenn es vier Uhr wird und mein Besuch vorüber ist, mache ich mich auf den Rückweg zum Atrium, wo die Schatten der Palmen, der Avocadobäume und des großen, verschlungenen Banyans in der Mitte allmählich lang werden.

Ich zähle meine Schritte und werfe kurze Blicke auf die Tür vor mir, lasse die Augen jedoch sonst fest auf den Teppichboden gerichtet. Falls ich nicht höre, wie jene Stimme meinen Namen flüstert.

Wenn das geschieht, kann ich das manchmal ignorieren.

Manchmal gelingt mir das nicht.

Manchmal blicke ich unwillkürlich auf und sehe, dass die in beruhigendem Pastellgelb getünchte Klinikwand durch graue Steine ersetzt worden ist, von uraltem Mörtel zusammengehalten und von Efeu überwuchert. Der Efeu ist tot, und seine Ranken sehen wie zugreifende Knochenhände aus. Die kleine Tür in der Wand ist verborgen, da hatte Astrid recht, aber sie ist vorhanden. Die Stimme kommt von dahinter; sie schwebt durch ein uraltes, rostiges Schlüsselloch.

Ich gehe entschlossen weiter. Natürlich tue ich das. Schließlich warten auf der anderen Seite von dieser Tür unfassbare Schrecken. Nicht nur das Land des Todes, sondern auch das Land *jenseits* des Todes, ein Ort voller wahnsinniger Farben, verrückter geometrischer Formen und bodenloser Klüfte, wo die Großen ihr unendliches, fremdartiges Leben leben und ihre unendlichen, bösartigen Gedanken denken.

Jenseits dieser Tür ist das Nihil.

Ich gehe weiter und denke an die Verszeilen in Brees letzter E-Mail: *Das ist nicht tot, was ewig liegt, bis dass die Zeit den Tod besiegt.*

Jamie, flüstert die Stimme einer alten Frau durchs Schlüsselloch einer Tür, die nur ich sehen kann. *Komm. Komm zu mir, dann wirst du ewig leben.*

Nein, erwidere ich ihr, genau wie in meiner Vision. *Nein.*

Und ... so weit, so gut. Aber irgendwann wird etwas passieren. Das ist immer so. Und *wenn* es so weit ist ...

Dann werde ich zur Mutter gehen.

6. April bis 27. Dezember 2013

Nachbemerkung des Autors

Chuck Verrill ist mein Agent. Er hat das Buch verkauft und mir unterdessen Hilfe und Trost gespendet. Nan Graham hat das Buch mit scharfem Blick und einem noch schärferen blauen Stift redigiert. Russ Dorr, mein unermüdlicher Rechercheassistent, hat mir Informationen besorgt, wenn ich welche brauchte. Falls ich irgendetwas vermurkst haben sollte, liegt das daran, dass ich es nicht kapiert habe. Gebt in solchen Fällen mir die Schuld, nicht ihm. Susan Moldow hat alle meine Anrufe entgegengenommen, selbst wenn ich ihr auf den Wecker ging, und mich fleißig angetrieben. Marsha DeFilippo und Julie Eugley kümmern sich um meine Angelegenheiten in der wirklichen Welt, damit ich in meiner Fantasie leben kann. Tabitha King, meine Frau und beste Kritikerin, hat mich auf Schwachstellen hingewiesen und mich gedrängt, diese zu beseitigen. Was ich nach besten Kräften getan habe. Ich liebe sie sehr.

Ich danke euch allen und besonders den Rock Bottom Remainders, die mir klargemacht haben, dass man nie zu alt für Rock and Roll ist. Seit 1992 versuche ich mich dank ihnen an »In the Midnight Hour«. Das fängt mit einem E-Akkord an. Dieser *ganze* Scheiß fängt mit E an.

Bangor, Maine